U0623671

中国专业作家小说典藏文库

中国专业作家小说典藏文库

杨英国卷

呼啸

杨英国 ◎ 著

中国文史出版社

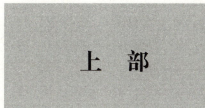

上　部

O

白河镇那高大厚重的围墙,眼下已被炮火轰塌了。一截截断壁残垣,像一溜高低不平的烂木桩,在褐黄的尘埃中沮丧地戳立着。草木的灰烬随风飘荡,与战场的硝烟相混杂,若即若离地游荡于镇内镇外的上空,似乎总躲不过这片血腥之地的诱惑。人肉的腥臭掺和着草木的焦煳味,拼命地弥漫开来,使本应静谧清爽的早晨,变得凄惨而污浊。

零星的枪炮声渐渐逝去,太阳开始升起。当四溅的血光将万物喷醒时,大地才意识到自己仍在喘息。雾障散尽,苍穹始现高阔,一道淡黄的巨幕悄悄铺漫而来,最终成为整个乾坤的主宰。

白河镇南三里外,是高高的白沙河大堤。大堤与镇子之间,是一片平整的开阔地。如今,开阔地里的庄稼已被枪弹和人腿扫平,没有人影,没有雀儿,除了间或从堤南传出几声战马的嘶鸣外,大地一片静寂。

这是个两千多户人家的大镇。此刻,镇子里依然黑烟缕缕,街巷烂杂。数不清的房梁檩条被夜间的炮火炸飞到各处,有的压住血肉模糊的尸身,有的将幸存的房顶楼壁戳穿。到处都是弹坑弹痕,到处都是炸碎的土坯瓦砾。后街的房屋仍在冒烟,前街的宅院大都成了废墟。南风不大,在轻轻地刮,把这里的腥味、臭味、焦煳味,一直刮到镇北的五羊河堤。

白河镇坐落在两堤之间,是八路军东岳军分区司令部的驻地。在阳光的照射下,可以看到镇前远处的坑洼里瘫痪着日本装甲车,装甲车的这边,是大片日本兵和八路军战士的尸体。尸体虽已僵硬,仍旧相互扭打在一起,交叠横陈。显然,夜里这儿曾经发生过殊死的搏斗,而且,谁也没有在这场拼杀中占到多大的便宜。

天亮后,日本人撤到了大堤以南,对白河镇不攻、不打,似乎在等待着什么。

太阳从东方天际吃力地往上爬,爬到一个相应的高度忽然停住了。忧郁的眼神散发出哀伤的目光,静静注视着这片倒霉的土地。这时,镇北的五羊河上突然响了两枪,接着,镇南大堤上出现了一个日本人。他手拿红、白两面旗,左右交叉地挥舞了一阵,靠白河镇东南角的堤顶上,也随即出现了一个执旗的日本人。这个日本人照葫芦画瓢，在向北打旗语，于是，在镇东——在那个日本人的视力范围内，又出现了红、白两面旗。旗语继续向北传递……

堤上的日本人打完旗语，正要同堤下的一个胖军官说什么，镇子里突然一阵枪响，子弹虽然不是冲这儿飞来的，他还是吓得打了个愣怔，慌忙将身伏下。胖军官骂了一句，跑上大堤，刚刚拔出军刀，忽见白河镇口出现了五个骑马的人。人伏马背，流星赶月般冲出镇来，直向西南不远的一片枣林飞奔。胖军官的仁丹胡抖动了几下，似乎领悟了什么，军刀指处连连怪叫，架在堤上的机枪立即"嘎咕咕"一个点射，紧接着就"哗"地扫过去了。子弹带着尖厉的啸音在马队后边打起一溜溜尘土，其中的一匹马扑地跌倒，往前斜着滚了几滚，连同骑手一头抢在了地上。就在这眨眼间，枪弹撵不上快马，胖军官眼睁睁看着另外四骑蹿进了枣树林。他知道，那林中有一支强悍的八路军小部队，他吃过他们的苦头，不敢贸然去攻。

八嘎！胖军官挥着军刀冲机枪射手骂了一句，气呼呼地走下了大堤。

半小时后，四骑又出现在枣林的西南边缘。与此同时，他们两边的矮土墩上，也分别架起了两挺机枪。土墩隐在林边，依傍的枣树，正是天然的掩体。每棵枣树的旁侧，差不多就有一支黑黑的枪口，一动不动地冲着白沙河堤。此时，堤上寂静无声，除偶尔有人露露头外，只晃荡着一面丧幡似的膏药旗。从大堤东头射来的阳光，灿然绚丽，这堤上堤下的景物，倒也显现出几分怪异、几分清奇。

林中的最高统帅，是位挽着袖子的八路军连长。连长此刻挺紧张的，因为他知道，那条看上去很安静的河堤后，有差不多一个联队的日军，这些狼崽子夜间曾几次向枣林进攻，只是由于自己的部队占了有利地形，才将他们一次次地打退。日本人报复性极强，也很鬼，不会白吃亏，别看眼下惮于天光不再进攻，那隐在堤上的机枪筒子，却肯定正指向这里。他身边的这四骑，是执行特殊任务的小分队，每个人的身上，都揣着件极为重要的东西。军分区司令员江震为此专门给他写了亲笔信，告诉——实际上就是命令他，无论如何，也要掩护这些骑兵冲过西南上的白沙河斜堤。

难啊！

连长用短枪把军帽顶到脑后，粗黑的眉毛打了个结。他蹲在林边树旁，边观察边琢磨。前边，出树林二百米有条一人多深的顺水沟，顺水沟直通西南上的河口。只要集中火力，暂时压住堤上的敌人，战马在一分钟内能够冲进沟里，两分钟能够奔到河口，跃出河口处向西一百几十米，就可以冲上斜

4

坡，插入早已选择好的敌接合部空当，然后拐进西去的河湾，就算大半成功了。

这是步险棋，但又非走不可。连长立起身，扭脸问那领头的骑兵：准备好了？

领头战士扬扬下巴，脸绷得像块铁，然后以近乎命令的口气对连长说：敌人不动，你们别开火！

连长横他一眼，没说话。

领头战士吸了口气，朝林外看了看，忽然喝声"走！"双足一踹马肚，战马原地蹭了蹭蹄子，"咴"地蹿出去了。像是影随人行，另外三骑也猛地跃出，呈三角形跟在后边，箭一般奔向了顺水沟。霎时间，枣林外扬起一片黄尘。

树林边上，连长不看骑兵，却咬紧嘴唇，攥着望远镜紧张地盯住远处的河堤。骑兵刚刚跑出百多米，他突然嘶哑着嗓子喊了声"打"。"打"字未落，两挺机枪分别从左右"哗"地响了。原来，连长从望远镜里看到膏药旗下跪起两个日本兵，一个向着骑兵瞄准，另一个朝堤下招手比画。也多亏他及时下令，枪声响处，两个日本兵刚刚倒地，一大群日本鬼子就从堤下蹿上来了。但他们被这突如其来的火力盖住，只能死死地伏在堤上，被动还击。这一刹那，四骑马已经跃进沟里。连长放下望远镜，长长地松了口气。

然而，连长高兴得过早。就在他拉下帽盖，准备转身时，跑进沟中的骑兵突然变得处境险恶了。因为堤上的日军不再理睬这里，而是集中火力向着四名骑兵射击。显然，日军指挥官已经明白了什么，开始截击他们认为行动诡秘的骑兵了。而这一段的地势，越往南越低，顺水沟也越来越浅。距离近，角度好，别说机枪，就是用步枪拦截也相当容易。果然，说话间，已有两骑中弹，人从马上给甩到沟里，趴在那里不动。而战马拖着肠子朝沟沿上爬，朝主人跟前挣扎。这时，河堤以南又隐隐传来战马的嘶叫，很明显，敌人的骑兵也开始出动了。连长急红了眼，捋下帽子，大吼一声：加强火力，短促出击！

机枪刮风似的扫向河堤，冲锋号"呜呜"吹响。战士们跃出枣林，在"冲啊杀啊"的喊声中向前扑去。这一招果然奏效，敌人以为他们也要突围，慌忙将火力转向这里。可是，战士们冲出不远，在机枪的掩护下又退回了树林。就在这电光火石间，那幸存的两骑已经冲出河口，上了斜坡，眨眼间越过堤顶隐没了。这里树林边上，连长攥着自己的帽子，不甚相信似的久久盯住斜坡堤顶。待到确信任务完成，这才一腚坐下，松了口气。

敌人明白上了当。日军指挥官恼羞成怒，竟然忘了危险，不顾小命地在堤上暴跳叫骂。他命令部下冲刚才倒在沟涯上的战马和八路军战士的尸体扫射。枪弹像旋风般撩起片片黄土。刚刚坐下要吸烟的八路军连长又猛地跳起，拽过一挺机枪靠在林边的树上，嘴里骂着：日你小日本儿的缺德祖奶奶。一个清脆响亮的单发点射，就见那日本军官在堤上蹦了两下，挺麻利地滚下去了。日本士兵也像接到了命令，马上停止射击，齐刷刷地退下了河堤。不一会儿，河堤上又出现了那面丧幡似的膏药旗。

五羊河伸展到镇西北二三里后，开始蜿蜒南拐。它恰如一个巨大的簸箕沿，往南通到白沙河，两堤相接处，形成一个大的斜坡。由于镇西地势较高，这段河床几乎常年干涸。这里是日军两个大队的接合部，防范稍稍松懈。苦战了一夜，此刻大部分日本兵都已睡了。八路骑兵先奔河口，后又猛然跃出西突，少量正在值勤的日本兵刚一愣神，人如流星马如风，两骑已冲到他们跟前了。有两三个回过神来的日本兵正要推弹上膛，可是慢了几秒钟，两名八路骑兵的短枪连发，鬼子当即倒下好几个。等到大批日军闻声来到，一红一黑两匹战马早就呼啸着拐进伸往西北的河湾，影儿也不见了。

马如蛟龙，顺着白沙河湾的二滩狂奔了好一会儿，领头的年轻骑兵这才发现，身后只剩了一个战友跟随着。他勒住马，回首眺望，小而圆的眼睛里，射出刀刃般的寒光。那厚厚的嘴唇，像坦克的铁甲，扣得严严的、紧紧的。胸脯呈大幅度的张弛，分明是燃起了复仇的火。他的鼻孔里进出两股冒烟的热气，右手下意识地攥住战刀的圆柄，嘴唇微启，迸出个带有血腥味的"杀"字。机敏的战友似乎窥出了他的心理，并且理智地明白尚未脱离险境，忙驱马靠过去，用枪苗子朝他的马屁股上拧了一下。大黑马疼痛难忍，一声长嘶往前蹿去。就在这时，后边响起了枪声，隐约可见十几骑日本兵追了上来。大洋马引颈狂奔，鬼子的战刀在钢盔顶上白光闪烁。看对岸，远处也出现了日本骑兵，很显然，那是赶来增援的。倘若两股敌人同时逼近，他们的后果就不堪设想了。领头的八路骑兵看在眼里，就放慢马速，摘下步枪，打量敌骑已经追到自己的射程之内，便让过战友，返身举枪，枪声响处，领头的鬼子好像打了个愣怔，在马背上挺挺身子一头栽下。可是，敌人并没有停止追赶，并且也开始还击，一时间流弹乱飞，枪声大作。但领头的八路骑兵没有惊慌，因为他已看准，鬼子用的是马步枪，射程短，在这样的距离内没有准头。自己用的是三八式，有效射程远，准确性大。所以他频频举枪，在稍稍间断的"叭叭"声中，鬼子兵相继跌下马来，队形终于大乱了。他们明白碰上了名副其实的神枪手，再不敢肆意狂追，就放慢马速，举枪乱射。瞅这机会，领头的八路骑兵一抖缰绳，大黑马撒开四蹄，霎时又越过了前边的红马。可是，几乎就在同时，一颗流弹恰好击中了红马。红马咴咴儿嘶叫着跌在河滩上，战士反应不及，一头栽下。领头的战士赶忙勒马趔回，镫里藏身抓住战友的腰带提起来，打马一直往西去了。

重量增加，马蹄陷得很深。大黑马奔跑时撩起的细沙越来越多。细沙如雾如云，在河道里荡起一溜褐黄的烟尘。烟尘中，大黑马就像乌龙似的，在褐黄的激流里飞驰着。沙尘把刚才跌昏的战士呛醒过来，他耳中只听呼呼风声，马蹄嚓嚓，眼前云笼雾罩，恍惚中，自己进入了一个迷乱混沌的世界。他忽然忆起了刚才发生的事情，这才明白自己是被战友救了。此刻，战友正一手提着他的腰带，一手拼命地挥掌打马。马儿也已竭尽了全力，戴着嚼口的唇角和大张的鼻孔里，开始溢出粉红色的血沫。它跑炸了肺，仍在跑。它决心救他们。被救的战士感动了，但随即又愤怒了。因为他明白，如此下去，他俩连同忠诚的大黑马谁也别想活。他大声朝马上的人喊叫：放下我，快放下我！可是，马上的人好像没听到，不理他。他便拼命地挣扎。然而，那只手就像一把老虎钳，他怎么挣得脱呢？大黑马虽然雄壮，毕竟身负二人，已是越跑越吃力，越跑越慢了。后边的敌人呢，却越逼越近。他们的处境，已如临渊之鹿，相当险恶。这时，战士的眼里开始放出奇怪的蓝光，他在马肚上看看前边，看看后边，瞧瞧马上的战友，瞅瞅马肚下飞逝向后的白沙河。暗黄的天空，低低地朝他压下来。天底下的一切，全成了血的颜色。他动动右臂，右臂跌脱了臼；他蜷蜷右腿，右腿麻木，显然受伤了。他明白，自己已经丧失了战斗力，也马上意识到，此时自己应该做些什么。于是，他拼力把挤在马肚上的左手抽出来，从腰间拔出短枪，十分坦然地顶住自己的脑门"叭"地打了一下……

骑手仍在策马狂奔，仍在不时地单手擎枪扭身后射。忽然，他觉得战马速度骤慢，左手的坠力越来越重了。一种不祥之感在脑中闪过，忙低头看去，啊！战友的全身奓拉下去，连同用皮条套在腰间的短枪，被河滩上的砂粒无情地拖擦着。他意识到此时提着的已是一具尸体，不由得就撒了手。战友的尸体掉在地上，打了个滚，然后仰面朝天。大黑马负载骤减，"唰"地往前蹿出一段距离，但随即又被主人勒转回来，在死者的跟前站住了。后边远处的追兵见此情景，吓了一跳，也纷纷勒住了马。瞅这机会，这位八路骑兵又要举枪射击。可就在这一刹那，他猛然看到了躺在地上的战友，战友虽还只有半边脸，但那半边脸上的一只眼睛，却出奇地瞪着天空。那眼里似乎有遗恨，有怪罪，有泪，有血，有火。他打了个冷战，蓦地意识到了战友之所以自戕的原因，想起了此时自身责任的重大。他当即收枪勒马，双足狠狠一磕，大黑马嘶叫着，蹦跳着，绕烈士的尸体转了一圈，然后哗啦啦冲进了白沙河。

白沙河水浅底硬，河水连同河底的沙砾同时被马蹄刨起，搅出一大溜黑白相间的浪花。大黑马在浪花中奔腾着，跳跃着，像巨灵神舞锤突进，只看到黑影绰绰，只听到水声哗哗，眨眼间，百步开外的河床已在身后。他冲过去了，他胜利了。后边的枪声越来越远，他策马顺河滩西驰，接着奔上南堤，半个时辰后，远远地望到了堤南一个长约五里的大村镇，进了那个村子，他的任务就算完成了。

他下了河堤，加鞭打马，大黑马一阵狂奔，看看已到村前，村口忽地拥出一股鬼子兵。他木雕似的呆了一下，便赶忙勒缰掉头，撒腿奔西北去了。鬼子们也呆了一小会儿，这才想起应该开枪。可是，那不期而遇的八路骑兵已经跑进了远处的那片大坟岗。日本官叽里呱啦叫喊起来，马上有鬼子兵在一个高岗上架起小炮。小炮咚咚连发，炮弹拖着尾巴，乌鸦一样划着半弧飞向正在狂奔的大黑马。

十几秒钟以后，大黑马的周围响起了连续不断的爆炸声。空气被炸得咯咯作响，大地给震得摇摇晃晃。空气与大地碰撞后同时颤抖，同时发出奇怪的轰鸣声。轰鸣声中，出现了许多红中有白、黄中有黑的烟柱。烟柱中，大黑马像跳越障碍似的蹿起多高，紧接着重重地掼在地上，四腿不停地挣扎，抽搐着。终于，它从喉腔里发出拽锯般的咻咻声，鼻翅剧烈地扇动几下，脖子一挺不动了。马的肚子被炮弹皮撕开，内脏仍然一颤一颤的。马的前胸和后腔裂出了深洞，洞中淌出了血。血色黑红，凝滞，迅速将土地和它的皮肉黏合。漫开来的烟气掺着血的热气，散发出烤肉的焦煳味。很快，焦煳味被风带走，雾一样飘向远处的村庄和田野。

在刚才的炮弹爆炸中，骑手突然感到自己被谁从马背上提起，又轻轻地给抛出去。他恍惚看到，大黑马也随后飞起来，飞得离他越来越远。潜意识中，他非常后悔没能及时地抓住缰绳。正当他竭力要看清心爱的大黑马飞往何处时，一股裹挟着火辣味和铁腥气的大风猛地将他刮向远方。他腾云驾雾，他随风飘荡，他在雾中风中身不由己。蓦地，风停了，雾更浓了，他被重重地摔在了地上。他恍惚觉得着地处松软而倾斜。他顺着斜坡滚动了许久，好像滚到了一处遥远而平坦的地方。身下有一洼水，只是这水腥而发黏。他的脸贴在水洼中，湿漉漉热乎乎有种似曾经感受过的感觉。这种感觉不止一次，只是在什么年月什么情况下却记不清了。就在他竭力体验和回忆时，脑子中忽然闪出一个奇怪的亮点。亮点迅速变大变色，变得发黄、发红，像一片鲜红的血。立时，一股似乎来自天外的冰冷气息钻进心里，他觉得自己仿佛凝固了。他想动动不了，想看看不到，想听也听不着，一个可怕的模糊的想法在他脑中若隐若现——难道我要死了吗？他全然无意识地伸开双臂，十指像鹞鹰搏斗时的利爪一样伸张着，收缩着，将他自己根本不知是什么的一种东西抠住，抠住——抠紧大地，抠紧了世界。

骑手虽然暂时丧失了意识，然而胸部仍在起伏，心脏仍在跳动，口鼻仍在微微喘息。他想动但却动不了，他被炮弹炸伤并被震得昏迷。昏迷中的骑手似乎听到一个苍老的声音在呼唤：小虎，起来起来，跟我进城去……

1

丙寅岁中。

这一天，残阳将尽，暮色未合。还算安宁的平州城南街上走着不多的男女行人。有推小木车的老人，有挑担的年轻人，有挎篮子的姑娘，有抱孩子的媳妇，小商小贩在街边高声叫卖着。

南街口不远处走来一老一少。老的五十多岁，个儿头不高，举手投足间，显得懒散疲沓。身上背个不重的大包袱，很像走街串巷做小买卖的。只有当他偶尔睁大一下那双细眯的眼睛时，才显露出一种鹰隼般的慑人光波。小的十岁上下，光头圆脸，身着黑裤蓝褂，透着一种让人喜爱的机灵活泼。少年边走边左观右看，兴致勃勃，似乎对眼前的世界倍感新奇。

一老一少走着走着停住了脚步，老的抬头望着前边——"丰顺客栈"的招牌在风中摇着转着。

一老一少两个人走进客栈。

那小的就是袁虎，老的就是袁虎的爷爷。

客栈里四十多岁的伙计迎着进门的一老一少。

客栈伙计满脸笑容：二位，里边请，里边请。

老人点点头扫了客厅一眼，像说顺口溜似的笑笑说：掌柜的，走江湖，江湖难，一路风尘一路烟，歇歇脚，住店。

伙计一拍手，大声回应：老人家久历江湖，好嘞，后院上房请。

一老一少跟着伙计走进后院的一个房间里，伙计走出去端来洗脸水，少年好奇地查看房内。老人擦洗着脸问袁虎：一天走了近百里，累了吧？小虎连说：不累不累，爷爷传授的铁臂膀金刚腿，百儿八十里的算吗呀？您瞧，我这腿上还绑着沙袋呢。袁虎说着坐下拉开裤腿，解下绑着的沙袋。老人笑着看着小虎解下两个沙袋，将手中的毛巾洗干净递给孙儿：呵呵，好，真是爷爷的好孙子。来吧，把你的脏脸擦一擦。

小虎擦着脸问爷爷，说：天黑前还能出去二十里，干吗这么早就住下了。爷爷说：早住早歇，明晨起个五更甩甩腿，天黑前赶到泊头打尖。袁虎说：原来这么回事啊，我还寻思爷爷害怕天黑遇上劫道的呢。老人禁不住仰脸大笑：小虎呀，亏你想得出，劫道的，咱爷儿俩还怕遇到劫道的？哈哈。

店伙计探进头来，问这一老一少晚上要酒菜还是单吃饭。老人拱拱手说：您客气了，俺爷儿俩得到街上馆子里吃晚饭。店伙计连说：失礼了，失礼了。

店伙计看看客人再无需要，弓着腰退出去。

街东一家饭馆里，墙角处一位身材高大的年轻人正和几个人边吃饭边说着什么。夕阳的红光透过窗户射进饭馆，一个店伙计身系围裙，头戴白色圆帽，端着托盘脚步轻快地走到餐桌前。店伙计把菜摆在餐桌上，恭敬地对那位大个子年轻人说：师傅，你们慢用。

店伙计转过身，看到袁氏爷孙走进来，他赶紧迎上去大声相让。墙角处那年轻人听到说话声朝这里望了望，一怔，忽然起身跑过来。年轻人跑到袁老爷子跟前：咦咦咦，这不是袁老镖师吗？哪阵儿风把您老吹到平州来了？

袁老镖师怔了怔：你是，哦，你是？

年轻人说：我是马立田啊，您不记得了？十多年前我去天津卖硝遇到一帮混混儿砸摊子，您老人家出手搭救，还把我接到您家住了两三天。我回来后，就整天发愁报恩无地呢。老人似乎想起来了，连说：哦哦，是啊是啊，你变化大些了，我差点儿没认出来。马立田慌忙把袁镖师扶向墙角餐桌处：来来，您快到这边坐，伙计，快看茶！

尽管袁镖师一再推辞，马立田还是把爷孙二人强行拽到他们的餐桌前。餐桌周围的几个人起身礼让，袁镖师和小虎只好坐下。马立田看着同伴们：诸位，这位就是我多次提到过的袁镖师。那年我回来后把在天津遇到袁镖师的事一说，教头伯伯这才告诉我，说袁家是祖传的武功，清朝年间出过三位大将、三位武举，可以说名震京津冀鲁啊。武功传到他老人家这一辈，功夫已经到了炉火纯青的地步了。

众人敬佩地点头。

袁镖师连说：过奖了，过奖了，功夫是会一点儿，可不像人们传说的那么神。马立田说：老人家您甭客气，我听教头说过，要不是光绪年间废了科举，袁老镖师这个武状元保证手掐把拿。哎，老人家，听说当时包括最负盛名的北京八大镖局在内，都在争相高薪聘请您，您咋谁也不伺候呢？

袁镖师叹口气说：我也是不愿受制于人。在那个外寇入侵、内部倾轧、魑魅魍魉横行的年月，你进了镖局，有时就不得不给一些吸民血的人拼死卖命，给发国难财的东西们护驾保行。我那时虽还年轻，可也是烈性之人啊，既要洁身自好，还得挣钱吃饭，别的营生不通，只好倚仗这点儿本领在京津一带跑单镖。马立田说：早听教头老人说了，袁老跑单镖时，但凡正经商号或是遇到难处的买卖人找到袁老，袁老定然铁保。由于他的为人、他的本事、他的名气，黑道上的人谈起来，也是七分恭敬三分怕。故此，他走镖多年，极少失手出过差错。袁镖师扔摇头：后来就不行了，我三十几岁时，中国开始大兴洋枪洋炮。新家伙一出，咱那刀枪剑棍的跟不上趟，走镖的生计越来越淡了。最后再没有人用咱，只好在天津开个杂货铺挣钱养家糊口，岁岁月月，上苍关顾，日子倒也舒心快活。

哎，老人家，那年你把我救到你家时，记得有个哥哥还是弟弟的和我差不多年纪，他现在做什么呢？

袁镖师说：那是我家小子，当年我走镖到山西，和山西上党的一位武师拉热了心，俺俩爱好做亲，第二年，亲家送来女儿成了婚。之后，就有了这个孙儿小袁虎。过了几年，袁虎又有了个小弟弟。现如今，天津的铺子就是他两口子打理着。马立田拍拍小虎的肩膀：哦？就是这位小侄子了，长得真虎实。

小袁虎瞪大惊讶的眼睛看着每一个说话的人。这时听到马立田夸他，挺挺身子：还真虎实呢，我都十来岁了，还赶不上你肩膀头高呢。餐桌上的人哈哈哈大笑，马立田用手摁摁小袁虎的肩：咦，身子这么硬实，也是个练家子吧？

袁镖师告诉众人，说袁虎这孩子禀赋过人，从四五岁就开始跟他练功，现今儿已有个五六成了。马立田问袁老镖师这是从哪里来，袁镖师笑笑说：我想改改这谋生的习惯，就把铺子的事让小虎他父母管起来，我呢，开始改做贵重药材生意。走到哪儿，就把孙儿带到哪儿。这样做一是怕他在家荒废了功夫，二是要让他开开眼界。这次是从江南返回路过平州城的。

袁家的武功是祖传的，自中国出现了洋枪洋炮后，他初时瞧不起这些洋家伙，吃了几次小亏，认了，认了之后，就热上了。可能习武的人对武器有种特殊的亲和力，不上一年，他打起长枪盒子炮来，那个利索和准头，老兵油子见了都发呆。

一桌人正说着话，店伙计又送来两个菜，几个人边吃饭边聊天。袁镖师问马立田如今做什么，马立田苦笑一下，说：咱们穷人家，这年头儿能干什么。我还是老营生，除了条编就是熬硝，闲下来到拳房院里帮帮忙，凑合着混呗。袁镖师说：熬硝这营生可不好干，除了吃苦还得想法应付官府。马立田点头称是，说：光为私盐火硝的事，就和官府斗了多少年了。这不，盐局子新近聘来一位姓左的盐巡，这人功夫极好，来到不久，便把这一方卖私盐的都给镇住了。可是，他镇得了附近，却镇不住咱碱洼村，碱洼村照旧支着熬硝盐的锅。

袁镖师疑惑地看看马立田：官府岂肯善罢甘休？

马立田说：是啊，断水须断源，盐局子想了个办法，让左盐巡向碱洼村挑战比武。碱洼村可以自己应战，也可以找人替打，三场胜一场，私盐当作官盐卖；胜两场，减税一年；胜三场，捐税俱免。如若败了，自砸盐锅，还要由教头领着村中父老，进城三步一磕头，一直磕到盐局子门口，跪一天，再在契约上签字画押。一位同桌叹口气，说自己见过左盐巡耍刀使棍，功夫的确出类拔萃，凭这左盐巡的本领，碱洼村就是胜一场也难。所以，他们才敢想这样的办法，说这样的大话。马立田朝袁镖师拱拱手：哦，忘了介绍了，这位是平州南街的安师父，拳脚棍棒，在平州地面上也算数一数二了。所以，我今儿特地进城，邀了安师父和几位武林中的练家子商量对策，没想到无意中遇到了您老人家。

袁镖师朝安师父抱抱拳，连说失敬。安师父慌忙起身还礼，说自己已决定舍死出面迎战左盐巡，练武之人宁可站着死，也不躺着生的性格，自然不吃这个气。袁镖师点点头，目中精光一闪，询问何时比试，马立田告诉袁镖师，碱洼村已欣然应战，这比武的日子就是明天上午，地点在东北沙河二滩。马立田叮嘱袁镖师，请他爷孙先在店里住着，待明儿过了这事后就来请他们到村里住上几天，一是谢恩，二是也当让老人家解解乏。袁镖师点点头：也好也好！

较技比武，古老而又愚鲁的传统。但这传统却也坦荡，实在，公正。

就在这天晚上，碱洼村但凡会功夫的人齐聚拳房院北讲武堂里。屋内点着巨大的牛油蜡烛，烛烟和油烟一起慢慢飘着。迎面墙上贴着武圣像，正中一张八仙桌，桌后条山几上整齐摆放着《武经图解》。条山几两端各有一尊花瓶，花瓶里插着鸡毛掸子，条山几正中的香炉里燃着几支芭兰香。整个讲堂内显得格外洁净、幽雅。

老教头坐在椅子上，几位乡绅和十多个青壮年分坐各处。教头声音低沉地告诉大家：明天上午咱们就得和盐局子见高低了。人们七嘴八舌地说：大伙儿都知道了，人家把战书都下到咱拳房院里来，还有什么可商量的。教头说：盐局子里请来的这个盐巡不是善茬儿，听说县内各个盐锅都让他砸了。

坐在春凳上的一位黑大汉极不服气，说：我就不信他能隔山打虎，教头伯伯别心焦，到时看我的。教头看他一眼微微摇头，说：人外有人，天外有天，可别大意啊。另一乡绅插话：那盐巡再有本事，也不能一人连敌咱三人吧？

教头点点头眯上眼睛：按武行里的规矩，只能是单挑单一对一，可这也不能怨咱，是他自己提出来的。我已让立田进城找安师父了，要是安师父能来帮帮场子，兴许一战就能定输赢。咱呢，也不落个以众敌寡。

大伙议论纷纷，说：不管那盐巡多厉害，咱碱洼村也不能缩脖子，宁让他打傻，不能让他吓傻。亥时已过，老教头站起身：大伙儿今晚早歇着，明天到这里聚合。

老教头与众人计议的同时，袁镖师也在丰顺客店房间里喝茶。袁镖师一边喝茶，一边看着袁虎站在墙根处练马步出拳。这时店伙计走进来告诉袁镖师，说：刚刚有位中年汉子预付了店钱，说是让您爷孙在这里多待几天。袁镖师并没有追问什么，只说：我明白代付店钱的是谁了。他请伙计坐下，说是有事相烦。店伙计谦让着坐在椅子上探着半截身子：您老有事尽管说。

袁镖师询问碱洼村在哪里。店伙计告诉说就在城东北三十多里两省三县交界处，是个几千人的大村。袁镖师问：都是当地人吗？店伙计连说：对对对，村里人同族不同宗，有几百年前定居的老户，有近几十年躲避兵灾迁来的，也有发了横财隐居此处享清福的绿林好汉。村人亲结亲，亲连亲，多少年下来，整个村就跟一大家子人似的。袁镖师问他村里人是不是都熬盐炼硝。店伙计摇头，说：那个村的人谋生手段挺多，种庄稼，收兽皮，编荆筐，也做黑道上的买卖，当然大多数住户熬硝盐。伙计告诉袁镖师：碱洼村熬硝卖盐多少辈子了，各家各户，大人孩子抽空儿刮碱土，支了铁锅熬出硝盐，结伙儿背着推着来城里卖，也有跑天津的。

袁镖师点头问：官家不查不管吗？店伙计说：见到卖私盐的盐局子哪有不管的道理？盐巡专查私盐，查住了不是扣留，就是打骂。可是，盐巡见了他们这道儿人，也是睁只眼闭只眼，轻易不招惹……

袁镖师从店伙计嘴里了解到，以往的岁月里，也有盐官嫌碱洼村的人公开卖私盐扎了眼，便吊着眼睛冲着他们敲竹杠。他们也不争辩，掏出钱来递上去。不想盐官没走几步，冷不丁有人将他绊个跟头，立时一群人涌上来，掐屁股，用脚踩，乱哄哄一阵之后，盐官的钱袋子飞了，裤子被扯破了，帽子也让叫花子抢走了。街道集镇上"炸市"的事常有，这倒霉的盐官无奈，只好骂骂咧咧，先跑回家去缝扯破了的衣裤。有的盐官到了家门口才猛然明白自己为啥挨了一顿揍。几经折腾，盐官们也就终于认账了。袁镖师听到这里哈哈大笑，店伙计聊得兴起，探着身子问道：哎，您老听说了吗，左盐巡明儿要去碱洼村打私盐了。

袁镖师：听说了，不是说要比武定输赢吗？

店伙计说：是哩是哩，唉！凭左盐巡的本事，碱洼村这下要吃亏了。店伙计说着站起身，说是要到其他客人那里看看。袁镖师说声"有劳"，起身送他。

店伙计走后，小袁虎也上炕睡觉，袁镖师仍旧若有所思地在椅子上坐着。

第二天。

树梢徐动，阳光泼洒，一碧万顷的天上，几片白云在轻轻舒卷着。白沙河河水淙淙，阔大的二滩上，细砂和贝壳晶光闪烁。天地美好，人不美好。因为在今天，在这儿，将有一场殊死的拼杀。

平州城距碱洼村三十来里地，这比武的地点，就设在两地之间的白沙河二滩。白沙河二滩宽大平整，正可适于较技比武。

太阳一竿子高，双方的人马就已来到。盐局子一伙在西，后边是几百名从城内跟来看热闹的人。碱洼村一伙儿在东，后边是几百名不停祷告求神明保佑的碱洼村人。两边隔着百多步，中间是开阔的空场地，相互看得清脸面神色，听得到鼓噪喧哗。比武尚未开始，彼此可以走动。

东面人群中出现了袁镖师爷孙俩。袁镖师领了孙儿，快步往东去了。走到领头的老教头跟前道个"打扰"，老教头以为是哪家的外地亲戚赶来壮胆助威，匆忙答礼后，随口说道：老乡靠后站，一会儿动了手别碰着。

袁镖师微笑着点点头领着小虎后退几步。

日上三竿，白沙河二滩上，一个"中人"撩起长袍走到两方人中间分别朝两边抱抱拳后扯起嗓子高喊——各尽其能，生死由命，有本事的较量，没本事的服软！"中人"话音刚落，西边盐局子的左盐巡一声长啸，紧跟着几个漂亮的旋风脚，起起落落形影不分，眨眼已到场子中间立住。左盐巡抬手举步间的那种矫健灵活，简直跟他人高马大的身躯不相符合。与此同时，东边碱洼村一伙人里走出一位汉子，大马金刀，壮健而敏捷。他就是碱洼村请来

14

的安师父。左盐巡和安师父二人抱拳立式，随即战在一处。刚开始二人还难分高下，然而不长时间安师父已渐渐支撑不住，惶惶中未及招架，被左盐巡趁势一掌击中肩窝，又旋身一脚端中左胯，一百几十斤的安师父竟离地三尺斜斜地甩出去。安师父被甩到一丈开外"扑通"地砸下，地上扬起一片黄沙。

东边碱洼村的人发出一片惊呼声，西边盐局子的人狂喜躁动，用语言和手势奚落着安师父。安师父腾身跃起，羞愧地回到东边队伍里。

左盐巡掐腰而立：还有不知死活的吗？

碱洼村的人们在小声地议论着，一时间不知如何应对。少顷，一位瘦削强悍的黑大汉手持长枪走出来朝左盐巡拱拱手，说：咱们别打散手了，咱们抢家伙吧。左盐巡轻蔑一笑，从跟随他的人手里接过自己的金背九环刀。九环刀白刃黄环，吓人耀眼，又宽又厚又长又沉，和庄户人用的头号铡刀差不多，一般人别说交手，就是看看也得吓傻了。黑大汉看见左盐巡的大刀愣了一愣，便持枪欺身上前，刀枪相碰，发出一声声响亮，左盐巡和黑大汉二人战在一起，兵器光影相撞相错，不时迸出一串串火花。虽说是年刀月棍一辈子枪，可是兵器再强，还得看谁使。更为关键的，是看使得怎么样。刚开始黑大汉似乎略占上风，打斗了一会儿，不知是疏忽了还是力不能敌，黑大汉"呀"的一声，手中的长枪让对方的九环刀磕得脱出手心飞了出去，两边的人不约而同发出了"嗬"的一声惊叹：完了！

左盐巡步步紧逼，漫天遍地卷起了银光金花。黑大汉被裹在银光金花里，艰难地蹦跳躲闪着，像只被网套罩住了的马。又一小会儿，左盐巡刀式一变，欺到近前，双手握刀，身借刀势向左一趔。黑大汉惊叫一声仰面跌下，保住了性命，胸前的衣服却被刀尖齐刷刷地豁开了。

河滩上分成两边的人群对峙着，议论着，开阔的场地中心站着傲视一切的左盐巡。他手拄金背九环刀朝碱洼村这边招招手：还有出头的吗？

碱洼村两场俱败，人群中起了骚动。不能就这样了结啊，有人提议说：这小子太厉害，咱们合伙上去和他打。领头的教头脸上变了颜色，他止住身后躁动的人群，眼睛盯着左盐巡慢慢地脱去身上的长袍，提了特制的三节铁棍往外走。村民们为自己的教头担心，有的上前阻拦，有的自知不济也要舍命替他，有人就要一拥而上，人群中乱哄哄闹嚷嚷，完全没了章法。教头朝后挥挥手：别乱动，碱洼村人说话算数。宁可输掉，也不能以多胜少。我今天和他死拼到底了。

那边左盐巡见了，越发得意，怪模怪样地冲这儿嬉笑着。他手拄九环刀蔑视地扫了碱洼村这边一眼：怎么样，还有没有个长公鸡毛的！

盐局子里的众人开始哄笑。

老教头甩开众人仰空大叫：天啊，碱洼村里的今儿真要丢人现眼了吗？

袁镖师一直在旁看着。他抻了又抻，觉得不能不出面了，便蹿前几步，仍旧先是一个"打扰"，接着口气诚恳地说：教头别着急，我来试试看。

教头认出是比武前刚来到的那位老人，便连连摇头。因为这事情闹不好非死即伤，怎能让个外来的老乡代替自己呢？再说，他心里有底，远一点儿的不敢说，只大碱洼内，目前还没有谁的功夫能够超过他。照眼前的情况，自己和对方相拼也断难取胜。那么，这一位的本领还会更高吗？既如此，莫如自己竭尽全力去争，去斗，万一上天佑护打个平手，总比办那绝对没把握的事情要强吧。

教头正摇着头继续往场子里走，马立田匆匆跑到他跟前，左手拦住教头，右手抓着袁镖师的胳膊，脸上显出惊喜的神色。老教头一怔，就听马立田口气吃惊地问那老人什么时候来的。那老人说：我早就来了，只是没敢露面。马立田唯恐袁镖师年老力衰难是对方敌手，正要劝他不要掺和，却见袁镖师摆摆手，霍地在人们面前跃起四五尺高，身子利落地在空中停了片刻又轻轻地落下。袁镖师身子腾空的刹那间蜷膝弹足，舒臂出拳，一连做了三四个击技动作。

人群中爆发出一片喝彩声。教头一惊，手中的三节棍掉在地上：老弹腿！

袁镖师立在地上捡起三节棍递给教头，教头依然瞠目结舌。教头接过三节棍一把抓住袁镖师的胳膊：这是弹腿中一等一的功夫啊，空中的每一击都是一绝。成了名的练家子空中能露两招已属罕见，您能连显四招，而且招招干脆利索，真是绝代高手，绝代高手啊！

马立田说：教头，这是您对我讲起过的袁镖师啊。

教头：啊？是天津卫的袁镖师吗？

马立田：正是，正是，正是名震京津冀鲁的袁镖师。

教头趋前一步和袁镖师相握：闻名不曾谋面，在下心中仰慕已久，碱洼村有救了。

袁镖师轻轻拍了下教头的手背，转身朝场子中间走去。

教头双手捧在胸前祈祷着什么。他在感谢上天的恩泽，在这最最紧急的关头遭来一位"救护使者"。

袁镖师紧了紧腰身，慢慢地走向左盐巡。此时的左盐巡，脸上再没了刚才的得意之色，而是每根肉丝都已绷紧。他死死地盯着正向自己走来的人。这人的举止和面貌像四十岁像五十岁，很难看出准确年龄。刚才，这人在那边亮出的功夫，他看得一清二楚。他是个识深浅的人，明白自己遇上了名副其实的绝世高手。他有点儿胆寒心悸，忙下意识地将刀柄握紧。这时，那人已经到了跟前，他还没说话，对方已到跟前抱拳：壮士，您请吧！

左盐巡双手捧着刀柄举在胸前：敢问英雄贵庚？

袁镖师：好说，虚度五十春秋了。

左盐巡摇头吃惊：先看壮士举止面貌，像四十岁像五十岁，可眼前为何又像三十几岁呢？

袁镖师说：壮士也是武行里的人，想必明白精气内存运于全身的道理。左盐巡点点头，脸皮紧了几下，下意识地将刀柄握紧了。他很坦诚，说刚才就看出来了，自己在拳脚功夫上绝难取胜，因此建议直接打器械。袁镖师瞄了一眼对方的刀啧啧连声，说：江湖上能用金背大九环的如今已经不多，此刀重达十几斤，一定是壮士家传的宝刀。左盐巡更加吃惊，心中暗自叹服对方果然是地道行家，因为这刀重一十六斤，在他来说已是家传数代。左盐巡以为对方忌惮这把刀，便口气轻慢地说：壮士所言不差，这刀随我多年，自从出道以来，横断白山黑水，震慑多少英雄豪杰，尚未遇过敌手。壮士虽然身手不凡，在器械上恐怕难敌我力大刀沉吧。你我即便打个平手，我姓左的也算胜了一半。这样，大碱洼的人不去城内服罪认罚，起码以后也不能再给盐局子添麻烦了。

袁镖师出身于武术世家，一般兵刃不趁手。他惯用一条十八斤的大铁枪，这铁枪当然不能随身带着。他回头看看村民们手中的兵刃，全无一件有分量的，便有些犯难。犯难归犯难，他还是要答应的。看看左盐巡的神气，又瞧瞧他手中的刀，明白对方在避难就易，心想这人倒也有趣。于是就笑一笑，说：壮士不遮不瞒，是条汉子，请稍等。袁镖师返身走回去，从人群中拽出一条细细的白蜡杆，轻飘飘舞了几下，摇头之后，又微微颔首：还凑合。

碱洼村的人们几乎同时吃惊地睁大眼睛，人群中又出现了一阵骚动。

左盐巡见对手拿根白蜡杆走回来，以为对手看不起他，很惊讶，也很纳闷，生气。生气归生气，还是忍住了，他得稳下心来，好好琢磨一下对策。他已认定，自己与这人争斗，拳脚功夫上绝难取胜。能够仰仗的，也就是自己的金背九环刀了。他是个想到就说、说到就做的人，当即望定了袁镖师，指头弹着刀背说：老英雄，你我手中家伙不对称，可不要说我以强凌弱呀。

东西两边，人们几乎同时炸了锅。以如此细棍儿对付九环刀，不是开玩笑吗？只有教头老人沉得住气，他明白，虽说"月棍年刀一辈子枪"，可这不起眼的棍到了武术大家手里，就不单单是"棍"的作用了。他一动不动地立在原处，眼睛一眨不眨地注视着场子中已经对阵交手的两个人。他们由慢渐快，说话间就打在一起了。这是真正的一场恶战，这是高手与高手的较量，豪壮而又惨烈。有人看了几看，就慌忙地扭转了脸。有的人瞅了一小会儿，就开始头晕眼花。

左盐巡手里的九环刀就像刮风泼水似的，闪闪烁烁的白光中，夹杂着急骤的金环银铛声。袁镖师手中的白蜡杆，有时笔直如钎，有时抖如软绳，总是闪闪挪挪，尽量不让大刀砍着。偶尔间似乎闪躲不及，细棍碰在刀刃上，就"噌"地削去一截。就这样，九环刀的势头越来越猛，白蜡杆越削越短。到后来，白蜡杆只剩一尺多长，顶端尖尖，如一支秃头毛笔似的。又过片刻，左盐巡发觉对手的脚步身形变慢，心想机会已到，九环刀猛地抢平，发力向前一削。刀到处，眼前对手忽然弹身拔地而起；他的刀恰好蹭着人家的鞋底削过去。对手落在地上，随即抬起右脚让他瞧：好险，我鞋底上的土都给砍净了！

左盐巡一看，脸上没了血色。他明白，今日自己是必败无疑了。然而，他也是血性之人，那个"输"字不肯轻易说出口的。稳稳心神，用了个祖传的招式，手腕抖动，半身倾斜，九环刀银铛响亮，发出一片的银光金花。袁镖师见状，"唰"地退后数步，那双微眯的眼睛豁然睁大。随着寒光突露，身子变得异常灵活，三闪两动中，已经逼到了左盐巡的身边，半截白蜡杆忽然使成了龙泉剑，上下左右，专找对手的要害之处戳。九环刀既长且重，贴身近战吃亏，左盐巡立时惊慌失措，心神脚步全乱了。稍一犹豫间，袁镖师左掌当腕磕掉他的九环刀，旋即将半截白蜡杆直插他的胯下，喝声"出去吧！"双膀用力一挑，左盐巡就如一条结实笨重的大口袋，斜向右后凌空甩出去了。与此同时，袁镖师也仰身后跌，一连几个狮子滚绣球，待到盐巡落地时，他恰好仰身在下边等着，双脚朝上一接一送，左盐巡踉跄倒地又一个前翻立起来，终于没有跌伤。

东西两边，喝彩声如雷似涛。左盐巡不知是跌晕了还是吓蒙了，直瞪双眼，立地不动。似在回想刚才发生了什么。袁镖师跃起身来，走到他跟前，伸手指在他胸背处戳弄了几下，他吭了几吭，身子方才活泛了。袁镖师立在左盐巡的跟前，见他呼吸均匀，面色也已正常，这才叉手胸前，说自己不慎失手，让壮士受惊了。左盐巡叉手抱拳：前辈手下留情了，在下败得心服口服。

已经取胜的袁镖师转身就要离去，万没料到，左盐巡大喊一声，扑身倒地，连磕几个响头，要拜师，要学艺，要认罪，要请罚……袁镖师将他拽起，他又跪倒，冲着已经走过来的碱洼村人，完全出人意外地说了句江湖话：小子今儿笨鸟归林，老乡们恕罪吧！

人们全给弄糊涂了。盐局子里的人大惊，碱洼村的人大惊，教头同样大惊。教头附耳袁镖师：壮士，左盐巡有背着人的话，这里不便，咱们回村去说吧。

袁镖师点点头，碱洼村的人拥着老教头、袁镖师、左盐巡等人返回碱洼村。盐局子的人和看热闹的人意犹未尽，也极不情愿地开始散去。

也算是得胜而归的碱洼村人半个时辰后回到村中拳房院里，拳房院经受了多年的风风雨雨，陈旧但不颓败。正门和武圣殿相对屹立，两旁是宽敞整洁的南北讲武堂。院中，一棵百年杨树拔地冲天，几株苍郁葱茏的古柏松散地围着它。整个大院既幽雅肃穆，又庄重神秘。袁镖师望着武圣殿顶的遥楼，手扪右胸低头向西默诵着什么。教头朝北讲堂门口伸出右手：袁镖师，请进！

袁镖师说：教头先请。马立田插话说：远来是客，袁老镖师您就别客气了。人们相互礼让着，先后走进了讲武堂。小袁虎始终紧紧跟在爷爷一侧。

拳房院讲武堂里，教头把袁镖师让在右边太师椅上，自己坐在左侧，其余人等分别在两旁椅子凳子上就座。徒弟们沏上茶水，给每人倒上一杯并送到面前。教头朝周围的人让茶，他看看袁镖师又看看左盐巡：今天要不是袁镖师，咱碱洼村的人丢脸丢大发了。

左盐巡听了惭愧地低下了头。

袁镖师谦辞着：什么也别说了，这都是事儿赶事儿了。端人家饭碗受人家管，左盐巡也是官身不由己。不过，左壮士这事也弄得欠妥当，像这类有意让对方出大丑的做法，武行里一般来说是不赞成的。啊？左壮士您说呢？

左盐巡抬起头：袁老前辈说得对，全怪我处事鲁莽。晚辈知道您老今天是手下留情了，以往在关外就听人说起过天津有个袁大侠，不光武功盖世，武德尤其让江湖上的人佩服。今日见面，方知此话不假……接下来细细聊起，人们才知道左盐巡本来也是关内人。他十多岁跟爹闯关东，后来在营口混日子，不想有一天父亲和一个日本教官比武，失手将日本教官打死了。日本人枪杀了他父亲又派人到家里抓他，幸亏同在码头扛大个的弟兄及时赶到家里告知，他才得以逃脱。那年他才十几岁，从营口逃出后一路北行。因为带着这把刀，只能昼伏夜出。那晚路上遇到一伙胡子劫道，被他接连砍倒好几个，不想胡子们人多势众，到底还是把他擒住。胡子头们见他功夫好，就硬把他留在山上。那时日本人胜了俄国人，关东地成了日本人的天下，为了活命，他也只能在山上落草为寇。日长月久，"野"了。父亲在日，还能受些约束。

老人西归，他就基本上叛了本性乱了谱。后来，他带人抢了日本人的仓库，烧了日本人的军营，日本人调集人马围剿山寨，弟兄们被打散，想想别无出路，就打扮成要饭的逃回来。回到关里后，他先是在一家盐行里扛盐包，盐行掌柜见他有力气会武功，就把他荐到盐局当了盐巡。但凡自小练功夫的人，基本功从来离不了"老弹腿"。老腿练得精了，可以演绎出出神入化的奇招。就是练到两三成再学别的功夫也可事半功倍。左盐巡自小习武，绝不糊涂，所以一见袁镖师的弹腿功夫，心中先自打怵。可是袁镖师今儿打败了他，还不让他受伤，这就看出了"侠士心肠"。他自愧自责，能不重新"归林"吗？

听着左盐巡的述说，讲武堂内一片寂静，人们面面相觑。袁镖师连连叹气，说这个年轻人原来也是个苦命的人啊！左盐巡眼圈发红，忽然"扑通"跪在地上。

众人全都吃惊地站起来。教头趋前要扶左盐巡，左盐巡执意不起，眼里流出了泪。教头点点头，说在白沙河二滩上，自己就觉出左盐巡心里一定有个难以解开的疙瘩。然而，这"笨鸟归林"一话，可不是随便乱说的，必须再行仪式。左盐巡擦去脸上的泪水：一切听教头安排就是了。我自愧自责，想起自己的根本，早有重新"归林"的想法，可不知咱武行里还能不能收留我呀！

大伙一起上前扶起了左盐巡。教头安慰他，说：左壮士不要难过，武林中人是宽容的，大度的。你只要一心向善，迷途知返，就有你的一席之地。放心吧，啊？

左盐巡和袁镖师祖孙暂时留在了碱洼村。左盐巡按照武林规矩淋浴忏悔，在老教头的指导下按步骤进行完了各项仪式，然后穿戴整齐后跟着教头走进坐西朝东的武圣殿。左盐巡面西而跪，袁镖师和袁虎跪在右侧作陪。左盐巡在教头、袁镖师和小袁虎三个证人面前重又忏悔……

回到讲武堂后，教头将一张写着朱砂文的蓝布全帖交给他，左盐巡恭敬地向教头鞠躬致谢：好好好，我总算重新归武林了。

拳房院讲武堂里，袁镖师坐在椅子上，马立田给他倒上茶水。袁镖师呷口茶水说：左壮士重新归林，一场风波总算过去。今天和各位就此话别，我和孙儿赶回平州城，明天就要返回天津了。来日方长，咱们以后再叙。

袁镖师说着站起身。

马立田走过来：老前辈慢行，我们还有话说。

袁镖师重新落座：哦？

马立田看看室内众人，说：刚才他们上殿时，屋内爷儿几个商量了一件事，就等你开口允诺了。袁镖师说：只管讲，能办到的，袁某绝不推辞。马立田连连拍手：这就好，我们是想请老前辈留下来，留在平州城。不知您老人家意下如何？

袁镖师：留在平州城？我留下能干什么？

马立田：我们打算请您在平州城里开办国术馆，教徒授业。

左盐巡忽地站起来：对对对，我也正有此意，只是还没来得及说。

袁镖师连连摇头：不行不行，我行走四方惯了，从来也没想过开武馆的事。

马立田：前辈，以后这地面上再想出您这样的武学大家怕是不易了。我说句不怕您见怪的话，您就忍心将来把一身本事带到那里边去吗？

教头慢慢站起身：这是个理，立田说得是个理。这说人呢也没有说死的，你我都是逾知天命之龄的人了，人的寿限并非杳无穷尽，指不定何日上天叫到，总得给这世间留下个念想吧。你说呢，袁家老弟。

袁虎跳到爷爷跟前：爷爷，留下吧，留下吧，这平州挺好的。你带着大伙办起国术馆来，我也就能安下心来练武了。

袁镖师抚摩着袁虎的头沉默不语，他在思考着。一旁的安师父连忙插话：袁老镖师，就这么定了吧。我在西街正好有个闲着的大院，我把它拾掇出来，就当是平州国术馆的馆址，你看行吗？

袁镖师迟疑着：那天津……

马立田：我过几天正好有事去天津，您老写封家书，我顺便带去就是了。

袁镖师站起来抻抻胳膊蹬蹬腿：各位说得也在理，我已五十多岁了，总不能还活五十多年吧，万一……呵呵，好好，留下，留下，寻到好苗子，我把一身功夫都传给他。

黑大汉站起来，说：您老就是把身上功夫传三成，也够我们一辈子受用的。袁镖师轻轻一笑：立田啊，托你件事，顺便把我的大铁枪捎来好吗？

马立田：好好，反正是坐火车，站着坐着一样沉，我捎来就是了。

这以后，袁镖师就留在了平州城，办起了本地有史以来的第一个国术馆。马立田为袁镖师从天津取回自己的十八斤大铁枪，他竭诚授业，弟子们努力习学，国术馆蒸蒸日上，一年比一年红火。天津的杂货铺由袁虎的父母经管，袁虎则住在平州，跟爷爷潜心习武。

2

白云苍狗，风霜雨雪，时间像流水一样于有声或无声中迅速逝去，转眼就是八年。八年后，袁镖师创办的平州国术馆已是由小到大声名远播。冀鲁各地的青年才俊纷纷前来拜师学艺，袁镖师将自己的家传绝技毫无保留地授予自己的徒弟。有些异秉聪慧又勤学苦练者，如今已能独行江湖名震齐鲁了。这八年里，小袁虎也已长大成人，虽然看起来不是那么高大威猛，却是精壮结实功夫一流，不时地在拳脚器械上帮着爷爷传技授业。

平州西街中段不远有一所宽阔大院，大院门口右侧竖书五个大字——平州国术馆。来来往往的人们走到这里不时驻足观看，能够看到迎门的影壁墙上草书一个大大的"武"字，听到院内不时传来器械相碰或拳脚对练时的喊喝声。

此刻，国术馆的大院里，袁镖师正手拄大枪指点一群后生学习枪械。袁镖师时而讲着要领，时而示范动作。几个后生在一遍遍地领会、习练着袁镖师教授的动作。不远处的墙边一侧，长成大小伙子的袁虎也正带领一帮年轻人练拳劈掌。袁虎双眉竖立，飞身跃起出拳又重力劈下铁掌。一帮年轻人排着队认真跟他练习，因为人人都明白，功夫的根基是基础，只有基础打牢，功夫才能练到家。

大院里正练得热火朝天，马立田带着碱洼村的几个年轻人走进来。袁镖师抬头看见马立田，立即停下一个示范动作说：立田，你回来了？

马立田走到袁镖师跟前：是的袁伯，我刚从天津回来，哥哥嫂子仍无音讯。

袁镖师以手抚额：这就怪了，俩人带着二小子袁光去上党两年了，怎么到如今还没个回信儿呢？

马立田：就是呀，会不会是那边老人病重，他们脱不开身子？

袁镖师：兴许是吧，可我总是放心不下，要不，打发小虎去上党看看？

马立田：袁伯，小虎虽然武功超卓，可毕竟还是太年轻啊。

袁镖师微微摇头，说：鸟不飞翅膀不硬，虎不跃不能生风。让他出去历练一下，对以后闯荡江湖会有好处。昨晚他也说过这话，说是想他爹妈，要亲自去趟姥爷家。马立田听袁镖师这么说，扭头看向正在带人练功的袁虎。不远处的袁虎正在专心指导国术馆的学员练拳法，那招式那功力，明眼人一看就知，虽不能说是炉火纯青，却也无可挑剔了。马立田点点头：也好，就让小虎跑一趟吧。

平州到上党有一千多里地，袁虎按照爷爷给他画的路线，有时雇车，有时步行，不到半个月就到了上党。袁虎小时跟随爷爷来过上党，凭着小时的记忆很快找到了姥爷的家。袁虎推开院门走进院内，只见屋门大开，院子里悄无声息。袁虎咳嗽一声走进屋里，屋里光线很暗，炕上躺着的老人在病中不停地呻吟。袁虎的眼睛适应了屋内光线后才看清，一个少年坐在炕下灶膛前烧水。少年被柴烟呛得咳嗽起来。袁虎身背包袱走到他跟前：是你，小光？

小光站起身眨眨眼睛看清是自己的哥哥，立时扑在袁虎身上大哭起来，连说：是我是我，哥哥，你可来了！袁虎把弟弟抱在怀里，竭力忍住眼泪：别哭小光，听话，我这不是来了吗，咱姥爷的病情怎么样了？咱爹和咱妈呢？

炕上传来姥爷微弱的声音：谁？是小虎来了吗？是小虎来了吗？

袁虎和小光一起来到炕前，老人从炕上挣扎着坐起来。袁虎赶紧凑到姥爷面前抓住老人的手：姥爷，是我，我来了，来看您呢。

老人抱着袁虎老泪纵横，说：你可来了小虎，出了大事儿了啊！袁虎焦急地询问出了什么事，袁光哭得上气不接下气：哥，咱爹和咱妈……

袁虎的脑子嗡地响了一下：怎么了，咱爹妈怎么了？

袁光哭得说不上话来，姥爷咳嗽着告诉他，半年前，就在袁虎的爹妈要回平州的前几天里忽然摊上了塌天大祸。老人咳喘很急，小光忙给老人倒了一碗水递过来，袁虎给老人背后垫上枕头：姥爷，您别着急，慢慢说，慢慢说。

老人喘息了一下：你爹妈因为打抱不平，在街上跟人动了手。可他们哪里知道，对方是当地一霸呀。那伙人吃了亏，晚上使巧计把你爹妈调出去暗害了，尸体就给扔到了家门口。在街坊邻居的帮助下，我才把你爹妈发送了。我正准备告官，不想他们倒天天找上门来，口口声声说你爹妈欠他们赌债，非要我偿还不可。你爹妈一向仁义正直，何时赌过博？我出去说理，竟又被他们打伤。我的身子骨远非昔日，年老力衰浑身是病，又受了内伤外伤，躺在炕上起不来了。

袁虎怒气上涌：怎么会这样，这个恶霸叫什么名字？

老人咳嗽一阵后告诫袁虎，再也别打听仇人是谁，赶紧领着兄弟小光回平州，可不能再搭上一个饶上一个了。老人说：你们走了，我也就放心了。你要是孝顺呢，就听姥爷的话。袁虎咬着牙：姥爷，求你告诉我，这仇家到底是谁？

老人刚要说什么，外边忽然响起急促的敲门声。老人一惊，赶紧松开袁虎的手，说是不好，八成儿那伙人又来了。袁虎抬脚就要往外走，老人死死抓住袁虎的胳膊。袁虎不忍强行挣脱，急得嘴唇咬出了血。老人嘶哑着嗓门：小虎呀小虎，千万别出去，姥爷我求你了！有我，一切有我呢。听话，啊？袁虎只好强忍怒火，对老人点点头：好好，姥爷你别着急，我听你的，不出去。

外边的敲门声一阵紧似一阵，还掺杂着叫骂声。老人挣扎着下了炕，一步步挪到屋门口：来了来了，这就来了。

老人蹒跚着走到门口，拉开院门。迎门站着一个短衣打扮的人，在短衣人的身后，是几个横眉立目的恶棍。短衣人冲着老人嗤嗤牙花：老东西，还钱，我家柳老爷说了，不还钱就拆你的老窝。

老人家冲他们作了个揖：先生，俺说了多少遍了，俺家孩子从来不沾赌场的边，天地良心，何时欠过你们赌债呀？

短衣人发怒，说：难道我家柳老爷还赖你们不成？你也不打听打听柳老爷的姓！老人口气变了：你们打死人还说反理，我到官府告你们去。

短衣人冷笑一声，骂了句"我让你个老不死的去告！"冲着老人当胸一拳，老人一声惨叫倒在地上。短衣人继续骂着脏话，喝令身后的恶棍上来乱打。后边几个人涌上来，对倒在地上的老人拳打脚踢。短衣人口叼香烟立在旁边观看，不时地喊着"打，给我狠狠打，看这老东西还赖账不！"短衣人正在发狠，忽听院中屋内有外地口音，先是一个小孩气喘吁吁地叫着——哥，我死了也不让你出去。你答应过姥爷不出去的。继而听到一个近乎成年人的声音——小光，听哥的话，我出去和他们好好说话，我不发火。接着院子里响起了急促的脚步声。

短衣人正纳闷，院门口走出一个精干壮实的青年人。青年人身子一飘来到门外，叉腿挡住了那几个正在行凶的恶棍：哎哎，有话好好说嘛。几个年轻人殴打一个老者，算什么能耐？

短衣人抬头看看袁虎：嘿嘿，什么时候冒出个挡道的来了，啊？哈哈哈。这老家伙是你什么人，我们打他管你屁事儿？识相的，趁早让开点。

袁虎双目盯着短衣人：我看你是拿着驴屄当脆瓜不识好歹呀！

短衣人听到对方骂他，不禁怒火中烧，手一挥，说了句"弟兄们先给我揍这个不识好歹的"。那几个人便抛下老人号叫着向袁虎扑来。袁虎一个简单的大鹏亮翅，拳脚并用眨眼间把几个恶棍全部撂倒在地。短衣人大惊，乘袁虎不备伸手从后边偷袭，不料刚到跟前，就被袁虎返身一脚将他踢翻。这些人中了袁虎重手，躺在地上翻滚着，嗯哼着，挣扎半天才爬起来。短衣人盯着袁虎愣了片刻，咬着牙想发狠却什么也没敢说，他朝手下使了个眼色，几个人跌跌撞撞地逃走了。

袁虎和小光抬起奄奄一息的姥爷，急匆匆地回到院里。

尽管袁虎再三延医求药，尽管弟兄二人日夜守在老人身边，然而重病加上重伤，老人家还是在悲愤与遗恨中归天了。在本地拳房院里乡老们的帮助下，袁虎举行了简单的殡礼，发送了老人。野外墓地里，几座长了草的旧坟旁又添一座新冢，通往另一个天地的奈何桥上又多了位行走者。袁虎和弟弟跪在新旧坟前泪流满面：爹妈，儿子不孝。姥爷，您外孙没有保护好您呀……

小光也哭得悲悲戚戚。

袁虎哭过擦擦泪看着小光：小光，姥爷走了，仇人的名字你该告诉我了。

袁光仍旧抽咽着：哥哥，邻居一位伯伯告诉过我，说害死咱爹妈的恶霸叫柳飞龙，打死咱姥爷的那些人也是他的手下。

袁虎：哦？这个柳飞龙住在哪里？

袁光：那伯伯说这人是本地黑道的头头儿，住在哪里没人知道，指不定是人家知道也不敢说。

袁虎思索片刻：没人说那咱们就暗暗打探吧，总会有办法知道的。

弟兄俩正在悄悄议论，坟地附近的柏树林中潜入两个人，他们在窥探，在偷听，在探察这兄弟二人今后的行踪。这些，有着深厚功力的袁虎早就瞧在眼里，他明白那个吃了亏的短衣人不会善罢甘休，一定会撺掇他的主人为自己报仇。即使这个短衣人不撺掇，那个本地恶霸柳飞龙也绝对不会放过他。

袁光也发现了那两个探头探脑的歹人，他的身子微微一颤，压低声音告诉哥哥，说那位邻居伯伯知会他兄弟二人快快逃走，迟了就走不成了。袁虎站起身扶着小光的肩膀安慰道：小光，有哥哥在，你就放心吧。

仇人是谁，外祖父自然知道。但老人家深谙世事险恶，唯恐袁虎报仇心切再遭不测，所以临终也没告诉他，袁虎如今才从弟弟口中知道，仇人是个叫柳飞龙的人。柳飞龙是当地黑道人中六霸之一，可他住在哪里，没人知道，也可能知道不敢告诉他。他没办法，只有暗暗访察。

为免遭暗算，袁虎带着弟弟暂时避到了外县，有时给人打短工，有时打拳卖艺维持生活。本来，他可以迅速返回故乡。可是，"有仇不报非丈夫"，铮铮五尺硬汉的袁虎，能够舍此而"走之乎也"吗？这天，弟兄二人在黄河岸边的一个村子里给姓于的财主扛活。于财主家的仓屋前，一袋袋粮食码在屋外地上，于财主抱着膀子吸着烟袋监视着扛活的伙计。他看到刚来不久的袁虎走到粮垛跟前，下腰掀起一麻袋粮食放到肩上，又将一麻袋粮食夹到腋下，然后脚步轻松地走进仓屋里。于财主从嘴里拔出烟袋跟上去，大瞪双眼冲袁虎说：咦，你小子这力气，简直就是神人啊！以后，你就留在我家扛长活吧。

袁虎停住脚步回过头来：那我弟弟呢？

于财主：一块儿留下，一块儿留下。

从这天开始，袁虎兄弟二人不再流浪，他们住在于财主家，袁虎干壮活，袁光干零活，工钱虽然不多，但总算暂时安顿下来。

春种秋收，多半年转眼就过来了。这天袁虎正坐在马扎上休息，袁光牵着一头毛驴走进院。袁虎说：小光你站一下，明天和掌柜的算算账，咱们回上党。

袁光怔了怔：回上党，行吗？

袁虎把小光拉到身边：都多半年了，上党人怕是早忘了那桩血案。柳飞龙一伙以为咱兄弟俩逃回到平州，自然也不会留意你我的行踪了，咱们回去慢慢打听，弄准了他们的老窝在哪里就给爹妈和姥爷报仇。大仇报后，咱们就回平州。

袁光微微点点头：我听哥哥的。

袁光牵着毛驴往牲口棚里走，毛驴的尾巴在腚后一甩一甩的。

转年初夏，袁虎带了弟弟返回上党，在一家杂货铺里当了伙计。明是挣钱糊口，实是探察柳飞龙的底细。然而出乎袁虎意料的是，那个柳飞龙也是个久历江湖的惯匪，清楚地知道像袁虎这样的武林高手都是血性十足的汉子，大仇不报绝对不会离开此地。再说，袁虎三拳两脚踢了他的场子打了他的人，作为一方之霸，他岂能受此窝囊气。所以这一年多来总是派人暗中察访，甚至把他的耳目手下分散到邻县各地。所幸袁虎兄弟二人躲得远，这才没有被他的人发现。

袁虎兄弟返回上党不几天，就被柳飞龙的人发现，首先得到这一消息的人当然是柳飞龙的心腹，也就是那个狐假虎威的短衣人。短衣人立即跑到柳飞龙家送信儿，要求柳飞龙无论如何也要给他报那一脚之仇。

十分富足的柳飞龙家陈设讲究。柳飞龙在铺着绫罗绸缎的炕上侧歪着抽着大烟，短衣打扮的人站在他的炕前。柳飞龙抽完一个烟泡坐起来打个舒身，问短衣人是否看清楚在杂货铺里当伙计的就是那小子。短衣人咬牙切齿，说：半点儿也不假，黑老六告诉我后，我去亲眼看了。去年我挨了他一脚，半年没爬起炕来。就凭这，我就能记他一辈子。柳飞龙眯起眼睛沉思半天阴阴一笑：好，你去吧。

短衣人应了一声退出去。

袁虎当伙计的那家杂货铺并不大，货架上摆放着一些各式各样的日用品。这天傍晚，正在整理货架物品的店东想起了什么，店东拿起一包蜡烛和肥皂走到后门，朝正在后院收拾东西的袁虎说道：那活路一会儿再收拾吧，你去把这两样东西给南街刘家巷子里的刘二爷送了去。

袁虎问刘二爷家在哪里，店东告诉他：就是南街老牌坊北边的巷子，进巷子第二个大门便是他家。袁虎答应着接过东西往外走，店东在后边大声嘱咐，让他想着把钱捎回来。袁虎点点头：好，知道了。

黄昏时街上过往行人已经不多，袁虎拿着东西顺街往南走着，身后有两个人在远处瞄了他一眼又迅速闪到旁边。袁虎走进刘家巷子时，巷子里静悄悄的前后都没人。袁虎进了巷子转入第二个门，在拐进套院门时冷不防被一条索子绊倒。袁虎刚要腾身跃起，旁边一下子蹿出四个大汉，拧胳膊摁大腿用绳子捆住袁虎，顺手往他嘴里塞进一块毛巾。袁虎"呜呜"地挣扎着说不出话，四个大汉把他抬起来跑进一所阴暗的后院。一间黑屋的门被踢开，袁虎被"咚"地扔了进去。

躺在地上的袁虎这才明白，这是落进了坏人的圈套。他深悔自己麻痹大意。想一想，自己突然回到此地，又是外方口音，虽然昔日露面挺少，总还有人认得他。仇人既是本地一霸，必然眼线众多，且也了解袁家本领，能不防备能不派人盯住他吗？这一来，大仇报不了，命也搭上了，但那可怜的小弟弟怎么办呢？一个十二三岁的孩子，举目无亲，恐怕早晚也逃不脱仇人的魔爪吧。他想着想着，开始喉头发紧，胸腔里有股火样的东西忽上忽下的。

袁虎正焦急自责，门口外边有了响动。袁虎挣扎着直起身子望去，门开了，一道亮光照进来。亮光中有什么闪了闪，一个黑乎乎的人被扔进屋里。屋门紧接着关上了，从外边传来上锁的声音。被扔进来的那个人喘息挣扎着，袁虎定睛细看，这个人竟然是弟弟袁光。袁虎大惊，他想叫，嘴被堵着；想过去扶起弟弟，手脚被捆着。他赶紧挪动身子靠近小光，因为嘴被堵着，袁虎只能"呜呜"地却说不出话。黑暗中，适应了屋内光线的小光也看出了是袁虎，小光摇晃着捆住了胳膊的上身，哭喊着"哥哥"扑上来，死死地偎住他，偎住他。

屋门从外边上了锁，一个乖戾的嗓音隔着木板传进来：哥儿俩快亲亲，没有很多时间了，剩下的话，留着到黄泉路上去说。

袁虎暗示小光别作声。听听说话的人走远了，袁虎朝小光扬扬头，袁光明白哥哥的意思，用嘴咬住袁虎堵在嘴上的破布扯下。袁光虽然仍在抽泣，却已极力压低声音：哥哥，咱中了人家的套子了！

袁虎点点头：小光别哭，你说你是怎么给他们弄到这里来的？

袁光说：有两个人到了咱的住处，说是你送货跌伤了，让我赶紧来……袁虎打断弟弟的话：哦，明白了，这是谋划已久的。

袁光刚要说话，袁虎"嘘"了一下，门外响起脚步声，接着是打开门锁的声音。有个人提着马灯先进了屋，屋里顿时亮了起来。随之，一个身材魁梧面目和善的中年人走进屋。他身后跟着两个刚才来过的帮凶，手中打着手电筒。那中年人要过手电筒，将电光照在袁虎脸上，嘻嘻笑着问：你就是袁武师的儿子袁虎？

袁虎：你知道还问什么？

柳飞龙：呵呵，我是说你爹妈功夫很不错，可惜好管闲事。

袁虎说：该管的，当然要管了。柳飞龙一听这话发怒了：可是，他们不该管我的事。一个臭戏子，我想骑住，碍你家什么事？他两口子打的哪路抱不平呢？嗯？这不，逞能逞得搭上了命，也不想想，在这地面上和我柳爷作对还有个好吗？

袁虎轻蔑一笑：看来此事是该管。要不，我父母不会闲得没事找事吧？

柳飞龙：好好好，什么爹什么种，一样的倔，一样的倔啊。那么，今夜就让你兄弟俩到阎老二那里去找爹妈。哎，你不是走了吗，咋又惦着回来送死？

袁虎横他一眼，再不说话。

柳飞龙嘻嘻笑着：你不说，我也不强问，我知道你是回来找人结账的。我柳飞龙今儿实话相告，你爹妈确是我打发人送他们上路的。当初我就闻了信儿，说是你打听过咱爷儿们。爷儿们肚里能行船，本想给你家留个种，可你们非回来送顶子，我能不把它掐掉吗？

这个黑道恶棍，面目和善却心狠手辣。袁虎恨得口唇咬出了血。可是手脚都给捆住，发狠有什么用？他干脆双目紧闭，仍一言不发。

柳飞龙见袁虎如此表情，嘴角一翘：袁伙计，记住今儿这日子，夜里到阎老二跟前应卯时，别把码子报错了。

柳飞龙说完，吩咐把小袁光的腿也捆了，丢在墙角，嘻嘻笑着走出去了。

屋门咔嗒又上了锁，还是柳飞龙口音：这趟镖，你俩走吧。

随从答应着，又问：红烧还是清炖？

柳飞龙：清炖。省得弄一地血。

说话声渐渐远去，袁虎明白，是要把他兄弟二人装入麻袋往河里或井里扔。扔进水里后"咕嘟嘟"乱冒泡，就像清炖羊肉的情景。土匪黑话，他懂。

黑暗中，他难过地望着墙角处的弟弟，心中却在琢磨死里逃生的办法。那些人没有小看他，但还是小看了他。说真的，对于袁虎的本领，他们还不十分了解。真要十分了解，也许袁虎弟兄二人就真的活不成了。

屋里窗外，全是黑咕隆咚的。弟弟在小声啜泣，几只老鼠顺了墙根溜过来，爬到他身上嗅着，跳着，跳到他肩上，冲他脸上望了一会儿，又受惊般"吱"一声跳下去逃走了。接着，墙角里传来老鼠啃东西的声音，外边似乎更黑更静了。袁虎见是时候了，不犹豫，一个就地滚绣球，几下就到了弟弟所在的那个墙角里，小声对弟弟说：小光，别哭，听我的。

小光仍旧哽咽：哥哥……

袁虎翻个身，脊背冲着弟弟：小光你听着，靠近些，啃我手腕上的绳，快，啃断一股就行。

小光立即凑上来，脸贴哥哥的手腕，用牙啃那麻纸拧成的绳索。麻纸如弦如丝，只几下就磨破了他的口唇、他的牙花。他的舌头像扎满了蒺藜刺，又痛又麻。然而，他完全顾不得，他急了，疯了，忘了自己，忘了世界上的其他，心中脑中只有哥哥，他要救出自己的哥哥。口中、唇间、牙齿间只有那根万恶的绳索，他要啃断它，咬烂它，像对付一条咬死了自己亲人的毒蛇那样扯碎了它。

麻索一丝一丝被咬断，麻纸带着小光的口水、唇皮和鲜血被扯落。当一缕稍粗的麻纸带着弟弟一枚血肉模糊的牙齿横断时，一股热流猛地涌向袁虎的十指，十指顿时又痛又麻。而这正是袁虎所企盼的。他当即将手腕离开弟弟的脸，凝神静气，片刻间两股神奇的热流由双臂下行至腕，紧随着他的一声低喝，麻索"嘣"地断了。他活动一下胳膊，三两下解开弟弟身上的绑索，伸腰舒臂间，真想把小屋搞塌。

猛虎冲出樊笼，狮王挣开了铁索……

$\mathcal{S}$

夜深人静，万籁俱寂，后院的这间黑森森的屋子里，只有借着窗棂上透过来的些许光亮，才能看出一大一小两个人影。袁虎把弟弟搂在怀里，低声叮嘱着什么。黑暗中，小袁光只是微微点头，不敢说话当然也不能说话。

门外传来杂乱的脚步声，袁虎朝弟弟做了个手势，两人同时隐身门后墙角处。一阵轻轻拨弄铁锁的声响后，门被轻轻推开，两个大汉的身影进得门来，一人拿着棍棒一人拿着麻袋。两个大汉走进屋里看到室内没人，手持棍棒的一个刚刚"嗯"了一声，隐在门后的袁虎突然蹿出来照他脖后挥掌砍去，对方"哼"了一声，扑地趴下。拿麻袋大汉一怔间刚要转身，袁虎已经伸出手来掐住他的脖子。袁虎轻轻一提，一百几十斤大汉双脚离地，手脚如溺水小孩儿一样抓了几抓，便软软地瘫在门口了。此刻，手持大棒的那一位本是后枕挨了一掌，短时间的昏厥后又醒过来，翻身坐起动也不动，只是大睁了双眼，朝黑暗朦胧中瞧着。像所有脑震荡复苏的人一样，他记不清刚才自己做了什么和发生了什么。袁虎瞅在眼里，脚尖一伸就点住了对方的喉结，稍稍用力，那家伙又极不情愿地躺下去，躺下去，听得清骨头断裂的"咔嚓"声。随后，像被震坏了心肺的狗，从那肮脏的嘴里淌出一股股腥臭的血沫。袁虎把两个大汉分别装进麻袋里，扎好袋口扔在墙角。他带上门，然后牵着小光的手蹑手蹑脚走出门去。

　　后院里静悄悄的漆黑一片，袁虎领着弟弟走到后院西边的墙根下，他先自蹿上墙，又将小光拽上去，兄弟俩一块儿跳到院外。院外墙下除了蛐蛐声，周围一片安静。袁虎长长地松了口气，他低声叮嘱小光在右边那片树丛中等他；说自己去去就来。袁光担心哥哥的安全，抓住他的衣服不放，袁虎附耳低语：好弟弟，快去，听哥哥的话！

　　袁光无奈地松开手，袁虎腾身一跳上了墙头，眨眼消失在夜色中。

　　袁虎跳进后院里，循原路摸到前院子门房前。门房前的墙根处恰巧有个瘸老头在小解，袁虎走上去抓住瘸老头的衣襟拽进门房，他压低声音说：老人家，我不打你不骂你更不害你，只让你告诉我，这儿是不是柳飞龙的家？

　　瘸老头提着裤子胆战心惊：好汉饶命，这儿并非柳飞龙的家，是城中刘二爷的闲宅。柳飞龙得知有个仇家来到上党，为了对付仇家前些日子才特意租赁的。

　　袁虎点点头，问：柳飞龙为什么不明着下手，却要暗算他的仇家？瘸老头见无生命之忧，说话胆子也大了。他告诉袁虎，说：姓柳的这些人到底是黑道上的，碍于当地官府，也为遮人耳目，不敢对仇家公开下手，这才想了如此办法。袁虎问他这院里今夜住着几个人，瘸老头以实相告，说：一共住进他们五个人，有俩人上半夜出去做买卖，有俩人去后院干活，只有一人还在内院住着。袁虎琢磨了一下，院子里的三个人已被我整死两个，这院里显然只有柳飞龙了。袁虎追问这个人住在哪个屋子里，瘸老头说：正在内院南房里和一个破鞋女人睡觉呢。

袁虎听罢伸手点了一下老头的后脖颈，老头软软地瘫在地上。瘫在地上的老头并不昏迷，连说"好汉饶命"。袁虎说：我不害你，放心吧。只是你老人家得受受委屈了。袁虎把瘸老头堵了嘴捆在桌子腿上，遛出门房朝前院走去。

袁虎走到前院一看，前院不大，他知道柳飞龙睡在两间南屋里，便走到南屋门前蹲在窗下，压着嗓音学他同伙的音调喊他：柳爷，柳爷，有急事，快起来！

屋内传出慵懒的应答声，柳飞龙迷迷糊糊披着衣服开了屋门。门一开，柳飞龙就发了呆。呆怔中让袁虎劈胸揪着拽出来。袁虎低声喝问：还认得我吗？

柳飞龙哆嗦了一下：哦，是你？

袁虎：是我。袁武师的儿子袁虎。

柳飞龙一抬手挣脱了袁虎：你个小崽子，怎么，那两个窝囊废不中用，让你滑了？也好也好，柳爷我今天就亲手收拾你，也让你明白锅是铁打的。

袁虎一声低吼：不知死活的东西，到这时了还敢吹牛皮说大话。

柳飞龙冷笑：嗬，你个嫩皮娃子，也不打听打听我是谁。

柳飞龙也真不愧当地一霸，看清是冤家对头，不喊不叫，竟毫无怯意地拉开架子和袁虎对打。活该他死，他实在也太不了解袁虎了，还没看出对方怎么动的手，身上连拳带掌已经挨了五六下。袁虎双肘一拐，双掌一击，柳飞龙胸前中了拳掌仰身摔倒。柳飞龙爬起来连忙退后，袁虎如影随形欺身而上，拳掌相加。柳飞龙爬起来跌倒，跌倒又爬起，毫无还手的空儿。袁虎犹不解恨，待对方再次爬起来时，他一拧腰身绕到了柳飞龙背后，两个手掌同时斜向里击中柳飞龙的脑后风池穴。这是袁家的毙敌绝技，柳飞龙只觉两根铁条似的东西由后向前直捅眼珠——禁不住发出一声非人的惨叫……

屋里的女人听到叫声，慌忙穿衣出门。她来到院中所看到的骇人景象，当即把她吓得瘫在了地上。只见柳飞龙双眼脱出眼眶，像两条肉坨似的在脸上吊搭着。他挓挲着手，号叫着在地上转啊跳啊，显然是疼痛把他折磨疯了，他就这么跳着叫着足有十分钟，在经受了人类所能忍受的痛苦极限后，才像一只中了毒箭的野兽，最终猛嗥一声轰然倒地，身体四肢仍在抽搐扭曲，鼻孔嘴里咕嘟咕嘟冒着血泡。

袁虎看看已经毙命的柳飞龙，转身一跃上了墙头。

袁虎跳到院外寻到袁光，兄弟二人乘着夜色脚步急促地离开了上党。

第二天，拴在桌腿上的瘸老头报了案。当地官府见到死的是几个土匪，便大事化小，小事化了，表面文章做了一下，匆匆将案了结。然而，袁虎和弟弟却再不能在当地露面。柳飞龙虽死，同党尚多，要是不慎被他们发现，麻烦自然不小。

一个月后，袁虎在邻县一家小煤窑当了采煤工。这活儿虽然又苦又累又危险，但能避开仇人耳目，挣钱又多。兄弟俩也总算有了住处，有了吃喝。可时隔不久，一次意外的塌顶事故发生，许多工友被砸死，他福大命大，得幸脱险。为了照应年少的弟弟，他得保命，不能再继续待在那里。于是，在一个漆黑的夜晚，他带了弟弟悄悄离去。

兄弟二人再次转到黄河边上的于庄，仍旧给于财主家扛活。

这天中午，袁虎和袁光坐在于财主家的门房里吃饭，于财主叼着烟袋坐在一边。于财主磕磕烟锅对袁虎说：当时我就说不让你哥儿俩走，你们非走不可。这不又拐回来了？

袁虎说：俺兄弟俩也是惦着去找父亲的。于财主问他找没找到，袁虎回答：原来听说是在上党，可打听遍了也没打听到。于财主叹口气，说：这年月乱得很，在外找个人就跟大海捞针似的，我劝你哥儿俩就在我这里安顿下来，也许日子长了能碰上你父亲呢。袁虎说：谢大伯照应，俺只求在您这儿打打短工，等积攒下点盘缠后再回平州老家。于财主说：也行也行，我就贪图你这孩子干活不惜力，一个人能顶仨人的活。这样吧，我给你双份的劳金。至于你弟弟嘛，还是帮着侍弄牲口吧。袁虎连忙答应：行行行，只是给我双份劳金不敢受，我只是一个人干活呀。

于财主笑了：我刚说了，你一个能抵仨人干，我给你双份劳金也占便宜，因我还省下两个人的饭呢。啊？哈哈。

袁虎和小光也笑了起来。其实于财主并没注意到，袁虎一人能顶仨人的饭量。

袁虎和袁光再次在于财主家安顿下来，他想避避风头，多攒些钱，也好瞅时机返回内地老家。他想家，的确想家，因为他惦挂着年迈的爷爷。可是，黑风突起，灾难降临，日本人一步步逼向关内，路上已经非常不安全了。他只好暂时忍耐着。

秋天的原野里，日头高照，白云悠悠，小南风轻松欢快地刮着，空气温热但不炎烈。阔野里草禾油绿，田埂坟头的杨树松树上，有雀儿在跳跃啁啾。远处，传来黄河水的哗哗声，就像给这温馨的田野美景进行伴奏。

袁虎和袁光在给于财主的地里刨玉米，哥儿俩一个在前，一个在后。于财主也在地里帮着捆个、装车、往场院里运。哥儿俩刨到地头，袁虎站起身来看看身后已经长得很壮实的小光欣喜地微笑着。袁虎看了看远处的高山对弟弟说：小光啊，咱们家这时节也正在秋收吧？

袁光直起腰来：是呢，这时候正割谷子扦高粱。

袁虎说：我真想家，想家里那些人。袁光说：我也想家，更想爷爷。袁虎和弟弟商量，收完秋就和掌柜的说，结账回平州老家。袁光说：就怕于掌柜舍不得放咱呀。

袁虎低头沉思：可也是……

正这时，突然远处黄河口边传来一阵枪声。袁虎、袁光正在疑惑，于财主从地中间跌跌撞撞跑过来：快，快快，别刨了，回家，快回家！

袁虎吃惊地问出了什么事，于财主惊慌地说：枪声一响，非抢即绑。不是来抢粮食，就是来抓丁的。你们不赶紧回家找个地方藏起来，在这里等着给绑了去当丘八吗？袁虎一听这话，连忙拽起弟弟朝着村里飞跑。

一支部队风尘仆仆地开进于庄村，于庄村的街上没有一个村民。这支队伍进村后在墙上刷标语，喊口号，几个女兵站在大街一个高土台上用喇叭反复讲着什么。队伍里的战士主动给农户家担水、扫院、劈柴、收庄稼。不到半天时间，各家各户就有人探头探脑地在门口朝外张望了。妇女孩子慢慢地开始接近战士们，袁虎和袁光也从地窖中爬出来走上大街，吓跑了的老百姓不再惊慌，纷纷走出家门和战士们说话，有的农户还主动给战士们烧水喝……几个长官专找穷汉拉家常，他们看上了袁虎这位外地长工，有个挎盒子枪的和他在一块儿拉了很长时间知心话。他们越拉越投机，袁虎认准，这是他心中想象的那种好人。

这天晚上已是掌灯时分，于财主在屋里和老婆小声地说着话。外边忽然传来敲门声，一个响亮的南方口音问道：老乡在家吗？

于财主赶紧起身跑出屋：来了来了。

于财主跑过去打开院门，白天那位挎着短枪和袁虎聊天的长官带着三个背背包的人在门外站着。于财主连忙让道：是长官啊，屋里请屋里请。

四个人随于财主进了屋，那位长官和气地问：老乡，你是这家的主人吗？

于财主连说：是是是，我就是当家的，长官如有吩咐，我一定尽力，一定效劳。长官的口气依旧温和：麻烦你一下，今晚我们几个能不能住在你们家？

于财主连说：可以可以，不麻烦，不麻烦。请进上房，请进上房。那位长官说：我们不住上房，就和你们家扛活的外地老乡住一起吧。于财主很是惶恐：长官，这怎么成，这怎么成。

长官说：能成，就这样决定了，好吗？你快带我们去吧。

于财主把四个人带进袁虎兄弟俩住的偏房，偏房里亮着棉油灯。袁虎和袁光正要脱鞋上炕，于财主推开门转身：请请，长官请。哎呀，就是这屋太小太黑了。

长官等四个人走进屋，袁虎和袁光都有些吃惊，两个人怔怔地看着这些人，一时不知道应该说什么。长官笑嘻嘻地看着这哥儿俩：你们就是在于家扛活的？

袁虎：是的，长官咋知道？

这位长官笑起来：白天咱们不是聊过吗，我来就是专门找你拉拉的。

袁虎有点儿摸不着头脑：长官，我……

这位长官拍拍袁虎的肩膀：老乡别紧张，我姓江，叫江震。是红军的连长，你就叫我老江或江同志好了。

袁虎：哦，江、江同志！

名叫江震的红军连长连连点头：对，就这么叫。你是冀鲁一带的人吧？

袁虎更吃惊：长官……江同志你咋知道？

江震说：听口音啊，我们队伍里有很多同志就是那一带的。

一直站在旁边的于财主连忙插话：坐坐，都坐下说话长官。

江震坐在炕沿上，笑嘻嘻地看着袁虎：老乡们都夸你，说你为人厚诚，身强力壮，闲时总爱帮助别人干这干那，人缘好着呢。还说你哥儿俩前后两次在这村里打短工，我心里纳闷，就决定今晚住在于家，专门找你拉拉话。

袁虎低头想了一会儿，犹豫着心里话该说还是不该说。江震似乎看出了他的心思，告诉他：红军是为穷人打天下的队伍，别顾虑，你有什么难处尽管说好了。袁虎看看其他三个兵，仍旧犹豫不决。江震笑笑：他们都是我的部下，你不用介意。来，咱们躺在被窝里拉。

于财主笑着：长官，你们一起拉拉家常，呵呵，我退了。

于财主说着走出去，江震、袁虎和袁光睡在土炕上，三个士兵在墙边打地铺轮换着休息和站岗。暗淡的油灯摇曳着，江震坐起身来说：小袁啊，叫我看，你是个非同一般的人。

袁虎也坐了起来：江同志，我就是一个老百姓，哪有什么一般不一般的。

江震：不，你天生是个军人，我看加入我们的队伍吧？

袁虎：江同志，我不能，秋收后结了工钱，我就带着弟弟回平州，平州有俺爷爷，还有爷爷开的国术馆，还有……

江震连连摆手：小袁啊，日本人占了咱们东北，现正在准备进攻关内。俗话说，国家兴亡匹夫有责，为了国家，为了民族，咱不能光想着个人的家呀。再说，从当前的形势看，即使你千辛万苦回到平州，说不定将来还得活在日本人的铁蹄下。你想想，啊？你想想，现在咱们睡觉，明天你答复我。

袁虎疑惑地看着江震，一时闹不清应该如何回答。

第二天下午，于庄村村街上一声军号响过，队伍在一个场院集合了。江震挎着短枪站在队伍前，战士们在一、二、三地报着数。

江震：军需部的同志，粮食收购得怎么样了？

一个军人跑步到江震面前敬个军礼：报告连长，收购任务完成。

江震：好，同志们，接上级指示，要我们马上过河执行新的战斗任务。

队伍在口令中向右转向左转，然后唱着军歌往黄河岸边进发。

队伍的后边，袁虎和袁光紧紧跟随着。

于财主从一条小巷里转出来紧跑慢跑追上队伍后边的袁虎。

于财主：哎哎，小袁啊，这是你的工钱，快带上，啊，你的工钱。

袁虎边走边再三推托。

于财主把钱硬塞进袁虎的口袋里。

部队走远了。

于财主望着袁虎的背影爱怜地说：真是个难得的好孩子！

七七事变后，日本人开始向关内发动侵略。

一九三七年秋天，平型关山岭间被大雨笼罩，一队八路军在雨中行进着。身着八路军服装的袁虎浑身湿透，背着长枪手持大刀紧紧跟在江震一侧。江震同样身背大刀手持匣枪，脸色铁青紧绷口唇在雨中疾走，队伍中所有的八路军指挥员和战士都被淋得湿透了。

所幸，一天之后平型关山岭间的雨停了。雨停之时，江震和袁虎所在的部队已经埋伏好，他们的任务是伏击不可一世的日军部队。不知过了多长时间，山路上一辆日军汽车进入伏击圈，埋伏着的江震眼睛顿时瞪圆了。他看看渴望战斗的同志们，咬牙下达了命令：全体都有，手榴弹准备！

就在指战员准备投入战斗之际，一个传令兵气喘吁吁跑到阵地上对江震传达聂副师长的命令：沉住气，没有命令不许开火。

埋伏着的战士们的眼睛睁大了，握着手榴弹的手不停地颤抖着。一直卧在江震身旁的袁虎紧盯着远处的公路，公路上日军的部队、汽车、马车越来越多。敌人和他们的辎重渐渐进入伏击圈，传令兵再次气喘吁吁地跑到阵地上大声喊道：师长命令，马上出击！

江震站起身大喊一声"先甩手榴弹"，一大群老鸹似的手榴弹飞向公路。随着手榴弹的爆炸，战士们如同猛虎下山冲向敌人。袁虎第一个跃出阵地，朝最后一辆敌人汽车处甩出了手榴弹。袁虎力气大，投出的手榴弹又远又准，当即炸毁了日军最后面的汽车，汽车霎时间燃起了大火。

敌人退路被截断，于是拼命冲杀起来。敌我双方都想争夺公路两侧的制高点——老爷庙。江震率领八路军一个连与日军护卫队展开血战。袁虎挥舞大刀以一当十，把日本兵砍得人仰马翻。三个鬼子兵围住了江震，眼见着刺刀就要捅到江震胸前，袁虎闪电般蹿过来，弹腿上击，鬼子的下颌骨咔嚓碎了。江震手中短枪顺势一甩，另外两个鬼子应声倒下。

战斗结束，日军的护卫队全部被歼。浑身血污的战士们在快速打扫着战场，江震拐着腿走到袁虎跟前说：小袁，今天是你救了我一命。

袁虎行个军礼：报告首长，前边杀声不绝，我想过去参战。

江震：不行，刚刚接到命令，我们必须马上西撤，准备阻击日军增援部队。

平型关大战后，为开辟敌后抗日根据地，袁虎所在的营扩编成一个支队，跨过千山万水，经过多少次的大小战斗，于深秋时节来到冀鲁边区。袁虎此时已是排长，途中一边与敌作战，一边照顾弟弟袁光。战争摧残了人，也锻炼了人，小袁光在战火中像施足了水肥的庄稼，生机勃勃，长得膀大腰圆。然而，他毕竟只有十四五岁啊！

广袤的平原上，一支八路军部队在急促行走着。袁虎扶着战斗中脚部负伤的袁光一瘸一拐地紧跟队伍，有两个战士看着心疼抬来了担架，说：小弟弟你上担架吧，我们抬着你走还快些。袁光挥挥手：去去去，你们是八路，是英雄，是好汉，我他娘就是稀泥软蛋吗？

江震骑马赶上来：袁光，骑我的马。

江震说着就要下马，不料袁光忽然从袁虎肩上摘下枪，一枪托砸在马腚上。马儿哒哒地叫着驮了江震往前冲去。江震回过头来哈哈大笑：好小子，年纪不大，脾气不小啊。

袁光拄着棍子大步前进，头上虚汗直流。

一阵停止前进的军号响了，队伍停下来休息吃饭。袁虎领着卫生员走到弟弟跟前看他的伤势，卫生员看了一下皱起眉头，因为鞋袜已与皮血粘连，没法往下脱了。卫生员正在动剪刀，袁光一挡卫生员的手：我自己来！

袁光一咬牙硬是连鞋袜加皮肉一块儿撸下来。

与此同时，袁光大叫一声昏厥过去，哥哥袁虎在一旁心疼地闭上了眼。

一路上经过千难万险，队伍终于来到了冀鲁边区。稍作休整，就要进行敌后新区的开辟工作了。

平州国术馆的大院里，许多后生在认真地练武。袁镖师、左盐巡、安师父、马立田等人站在屋前台阶上，欣喜地看着这些生龙活虎的年轻人。然而，袁镖师却一直皱着眉，他侧身对着马立田说：立田啊，小虎也去上党一两年了，到现在怎么也像他爹妈一样连个信儿也没有呢？唉，这孩子，不知道别人牵挂着他啊。

马立田：是啊，老镖师。不过从小虎走了之后我才想明白，现在小日本占了东三省，张少帅的人马都给赶到西北一带，关里关外一片乱，他们都是因为路上难走才迟迟不归吧。

袁镖师：嗯，但愿是这么回事吧。

左盐巡：袁老前辈，闲着也是心烦，咱爷儿俩活动活动手脚如何？

袁镖师：好嘞！

听说袁镖师和他的大徒弟演习长枪对金刀，国术馆院里练武的年轻人都停下了手脚。他们纷纷站到边上，饶有兴趣地观看着。左盐巡亮出金背九环刀，袁镖师从器械架上取下自己的大铁枪。二人金刀对铁枪，顿时一片刀光枪影，看得众人头晕眼花。年过花甲的袁镖师英武不减当年，几十招过后，正当壮年的左盐巡竟然渐渐力不能支了。他跳出圈子拄刀喘息，好半天才冲袁镖师竖起大拇指说：师父神勇，别看年纪大，对付我这种功夫的人，十个八个也不在话下。

袁镖师手拄大枪哈哈大笑：算盘常拨拉，拳脚常踢达嘛。一个人要想保持体力和精气神，这手中的家伙同样不能放下。

1

平州国术馆正厅里，袁镖师、左盐巡、安师父和马立田围桌而坐。桌上摆着茶壶、茶碗和一盘花生，几个人一边喝茶一边聊天。袁镖师仍然惦着袁虎，说：小虎去上党好几年了，至今音信全无，莫非他们真的出了意外？马立田安慰老人家不必着急，他告诉袁镖师，现在日本人占了半个中国，各地烽烟四起，他们想回也回不来呀。安师父接上话茬：袁镖师，鬼子进占中国，就像得了失心疯，见到谁在舞枪弄棒就认作"胡子"，不是刀挑，就是枪杀。因此，各地的武馆拳房纷纷关门，喜爱武功的后生们也不明演明练了。

袁镖师说：看样子咱们的武馆也得关门大吉了。左盐巡插进话来：听说平州鬼子宪兵队队长渡边命令保留咱们的国术馆，让咱们帮着日伪军训练特务队。

袁镖师目闪精光，一拳砸在桌子上：妄想！

安师父说：这个宪兵队队长我见过，剑道空手道都相当出色，平日里练功，经常一人对付三五个。袁镖师不屑地一笑：当年我在京津曾多次与日本浪人交过手，知道他们中有些会个三拳两脚的。

众人大哈哈。笑声中马立田提醒大家，要是渡边带着宪兵队真的找到咱们国术馆来，提出让我们为他训练特务队的话，这事实在不好办。袁镖师想了想：那咱们就暂时关闭国术馆，宁可没饭吃，也不给鬼子卖这个力。

安师父：这个渡边竞武成癖，我真怕他慕名找上你。

袁镖师不屑地冷笑一声：我可是很久没有出手伤人了！

就在袁镖师等人在武馆议论眼下局势的同时，平州日本宪兵司令部的院子里也在上演着"好戏"——宪兵队队长渡边正和几个皇协军士兵比试武功。三个皇协兵轮番上阵，三几下都被渡边用空手道打趴下了。有一个皇协军士兵爬起来和渡边硬拼，渡边一个背摔将对手摔到地上，随即一脚踏上去，皇协士兵挣了几挣，躺在地上没气了。渡边挥挥手：拖出去！

渡边从一个日本兵手里接过东洋刀，朝三个日本兵招招手，他用日语说：支那人个个都是窝囊废，你们来吧。三个日本兵手持大枪，呀呀叫着围住渡边。渡边挥刀迎战，三个日本兵有的被他磕飞了手中枪，有的被他踢倒。渡边双手拄刀站在院子里依然用日语喊道：我，大日本皇军的骄傲！

翻译官走过来竖起大拇指，说：渡边先生，自从进入中国以来，您从没遇到过对手呀。渡边翻着白眼点点头，说：特别是你们中国人，统统不堪一击。翻译官赔着小心告诉他：这平州城里有一个人你没和他较量过，他名震三省，可厉害呢。渡边一听异常兴奋，忙问这个人现在在哪里。翻译官告诉他：就是你下令为皇军训练特务队的平州国术馆馆主。渡边"哦"了一声：大大的好，你去找他下战书，就说我要和他公平比武。我要叫这个名震三省的支那人在大街上倒在我的脚下。

翻译官连忙答应，说今天他就去国术馆给那人下战书。

翻译官带人来到平州国术馆，恰逢袁镖师等人从室内走出来。几个人见了翻译官爱搭不理，翻译官只好厚着脸皮上前搭讪。待到翻译官说明来意后，安师父不由自主叹道，果然不出所料啊！他看看袁镖师，却见老人家面如平湖，好像对这事他早有准备似的。当翻译官将一封战书递过来时，袁镖师挥挥手：不要弄这俗套了，你们定时间选地点吧。

这天上午，平州城隍庙前，大批人圈成一个空场子。场子里，日本兵手持着刺刀的大枪，面朝外担任警戒。圈子以内，袁镖师身穿长袍腰系绦带，头上戴着圆帽，气定神闲抱膀而立。宪兵队队长渡边身着和服脚蹬木屐，双手立掌交叉胸前。突然间，渡边甩掉木屐，"呀"的一声冲向袁镖师。渡边使出空手道的击技术，拳掌交加，左右横竖攻势如风。然而，袁镖师双手抱膀闪转腾挪，渡边招招落空。渡边见不能得逞，马上改用柔道，一个曲插手擒拿，看看就要抓住袁镖师的腰带，袁镖师原地一转轻轻躲过。袁镖师微微笑着：大和十三式。继续使来！

渡边一愣怔，袁镖师"唰"地踅到他面前，右肘外顶，正中渡边前胸。渡边捂着前胸连连后退，"扑通"坐在地上，人群中爆起叫好声。渡边爬起来定定心神，突然跃起身来双脚交替踹向袁镖师。袁镖师伸掌磕开渡边的腿脚，渡边感觉腿脚如同踢在石条上，疼得抱着脚龇牙咧嘴。袁镖师又是微微一笑：东瀛连环脚。不错！

渡边呆了呆，再次欺身向前，双手展开五指如同五条钢叉抓向袁镖师的前胸、脖颈、面门。袁镖师左闪右躲，渡边仍是招招落空。袁镖师仍是面带讥讽：这日本武士的东瀛鸳鸯爪，倒还有几分功夫！

渡边被对方点破招数，恼羞成怒，他欺负对方年老，手脚并用招招逼向袁镖师阴部。袁镖师终于大怒：小鬼子，爷给你脸不要脸，休怪本爷手狠了！

袁镖师说着侧身下蹲，左脚轻轻点地，右脚斜着向上弹击，一脚正好击中渡边腰胯，渡边整个身子平地飞出七八步，结结实实摔在地上。人群大哗：哎呀，这哪里像六十多岁的老人啊，就是年轻后生也没这么利索的身手啊！

躺在地上的渡边挣了几挣爬起来，他看看对方，老头却没事人似的在原处站着。渡边干号一声，瞪起双眼，从身边日本兵手里抽出自己的战刀，直冲袁镖师劈了过来。袁镖师纵跳后退，退到场边抄起卖香油的一根扁担，阳光下一溜黑红油光就和渡边打上了。

渡边的东洋刀步步紧逼，袁镖师连连闪退。

东洋刀虽窄却极锋利，把扁担削去一截又一截，眼睄着扁担仅剩了二尺来长。

袁镖师又用了当年制伏左盐巡时四两拨千斤的奇招，他欺身而上，左掌击中渡边握刀的手腕，渡边手中长刀当即落地。几乎与此同时，袁镖师的半截扁担插入渡边裆里，运力扬臂间，渡边就给撅出十步开外了。

渡边扭动着身子再次爬起来，眼睛阴阴地朝周围看。渡边扭脸看到一个卖花生的小贩，他蹿上去夺过小贩手里的秤砣，冲上来朝袁镖师的头顶就砸。袁镖师未及提防，头上重重地挨了一下。人们耳畔只听"噗"的一声，镖师仰身倒下，双脚蹬了几蹬不动了。渡边气犹未消，朝袁镖师身上端了几脚，看到对方确实死了，这才招呼他的部下"统统地开路！"

马立田等人从人群中跑上来，抬起袁镖师匆匆跑回国术馆。

人群中一片哗然。

杨家庄是鲁西北一个出名的大村，这天，村中显得很安静，没有人在街上走动，只有狗儿、鸡鸭悠闲地在街上溜达。接近中午，一支八路军部队开进村里。部队在地下党和村干部的安排下，暂时在一片树林里休息。一位中年男子带人抬着盛窝头的柳条筐走进树林，几位妇女抱着新鞋、提着水壶跟在后边。

树林里传出八路军战士和当地干部群众亲切的说话声。

村干部：同志们辛苦了！

八路军：为了打鬼子，吃点儿苦算不了什么。

村干部：条件不好，老百姓都很穷，同志们凑合着吃点儿饭吧。

八路军战士：多谢乡亲们照顾……

一家农院门口处，两名八路军战士端枪站立。几名身着便衣腰别匣枪的地方武装领导相继走进院里。门口站岗的八路军战士认识，这几人是鲁北特委陈书记、工委书记老杨和战委会副主任老张。

东进支队独立团团长江震、李政委和林参谋长正在屋内商议军情，听到脚步声连忙起身迎出去，几位地方领导业已走到门口前。

江震：陈书记，部队刚进村，就把你们召了来，真是不好意思。

工委杨书记：首长说哪里话呀，军民一家亲，我们就盼着主力部队到来呢。

几个人说着话走进屋里。

几位部队领导人和地方武装成员围坐在桌旁，桌上摆着茶壶茶杯和盛旱烟的烟管萝。他们相互交流分析着这一带的敌我情况，不时有人吸袋旱烟或喝杯茶水。

江震：地方上的同志最了解情况，请你们谈谈这一带目前的局势，部队可以根据地方同志的建议展开军事行动，为开辟抗日根据地开创新局面。

老杨：就是部队首长不通知，我们也应该来和你们联系。我所工作的这一带还没建区，所以县里暂以工委名义活动。陈书记是我的上级领导，他讲全面的，我说具体的，部队首长需要哪方面的情况，尽管提出来就是了。

李政委起身给几位地方领导满上茶：大的方面呢，我们东进之前基本了解了一些。现在最重要的就是部队开进之后这一地区的情况，我看还是工委杨书记讲讲。

老陈和老张：李政委说得对，就请老杨谈谈这一带的情况吧。

杨书记喝口茶水润润嗓子：这里因为是边远地区，情况比较乱，土匪杂团很多。这些杂团名义上抗日，其实早在七七事变前就和国民党的剿匪司令勾结着。事变后国民政府名存实亡，他们就更猖狂了，胡抢乱夺，征粮派款，鱼肉百姓，无恶不作。其中最出名的就是什么"纪司令"，手下有上千人，分成三个支队，在这一带是百里称王的家伙。因为我们东进支队的到来，他认为占了他的地盘，夺了他的买卖，前些天竟放出话来，说要联合日本人把我们八路部队消灭或赶走。

江震：我想听听三位地方领导的意见，在这里开辟工作，先消灭哪一股反动武装才能活动开，才能站住脚呢？

陈书记：江团长，俗话说擒贼先擒王，如果除掉这个纪司令，其他杂团即使不散伙，我看也不敢扬毛刺刺了。

林参谋长点点头：陈书记这话有战略眼光，是从大局着想。

江震：如此看来，我们就先拿这个所谓的纪司令开刀。

杨书记：不过，这家伙实力颇强，怕是消灭不了反惹出乱子来。假设他们往南一撤，真的和日本人勾结起来，对我们边区是个大威胁。

江震笑了笑：请诸位放心，只要你们确定了，我保证把他消灭掉。

几位地方领导拍拍手：太好了，除去这个拦路虎，我们边区的工作就更好开展了。我们先前已建立了"民族抗战先锋会"，在此基础上可以大张旗鼓地组织青年救国会、妇女联合会、工作团、地方武装等，以配合我们大部队打击敌人。

江震看着李政委和林参谋长：那么，我们就研究一下战斗计划吧。

几位地方领导站起来，要起身离去。

院子里又响起脚步声，袁虎身背匣枪跟着营长走进来。营长给江震行过军礼后直话直说，讲明自己是给他们营的副连长袁虎来请假的。袁虎要和弟弟袁光到平州城看望爷爷，他不敢擅自决定，特带袁虎一同来请示是否准假。

江震笑嘻嘻地看着袁虎：平州城有日军重兵把守，这太冒险了吧？

袁虎当即回答，说：团长您放心，我们可以化装进平州，和爷爷见一面立即返回。好几年没见到他老人家了，这心里实在是惦着。江震想了想说：我们正和地方武装的领导同志开联席会议，准备肃清这一带与日本人有勾结的杂牌势力，等这个军事行动结束后，我给你十天假。行吗？

袁虎敬礼：那好，我服从命令。不过，到时你可不能说话不算数了。

江震站起身，冲他肩上擂一拳说：你小子，一匹烈马！

这天夜里，八路军独立团二营将"纪司令"的第一支队驻地围住。一连担任主攻，副连长袁虎率两个排从东头向村内突袭，连长率领一个排担任侧击。也就吸袋烟的工夫，村中响起激烈的枪声和喊杀声。半夜时分，在火把的照耀下，袁虎指挥着八路军战士将一溜杂牌军俘虏押着朝村外走。正在村西准备担任截击的营长陆彪见到袁虎大吃一惊：咦，这么快就解决了？

袁虎在他眼前耍了个刀花：一帮窝囊废，连三流战斗水平也没有。

陆彪哈哈大笑，他让袁虎把俘虏押走，说：接到团部命令，这个姓纪的匪首竟然趁我们二营前来收拾他第一支队的机会，亲率另外两个土匪支队去偷袭我独立团机关驻地。一营三营外出执行任务，留守的三营二连在杨庄以北正全力进行阻击。自己要率领二连三连紧急驰援，让一连返回营部驻地休息。袁虎摆摆手说：俘虏交给你，这活儿还是由我来干吧。

连长刚要阻拦，袁虎已经挥挥手，带领刚才参加战斗的同志们往西奔去。

袁虎身轻腿快，不时地将同志们甩在身后很远。逢这情况他就发火：你们的腿是萝卜、地瓜吗？怎么连点横劲儿也没有，如果谁再跟不上，我把他的双腿敲折。部下都知道副连长是个说到做到的人，心里一害怕一紧张，身上的劲头竟然出乎意料地增强了。他们咬着牙紧跟袁虎，半个时辰后就赶到了杨庄以北。

幸亏袁虎率人及时来到，八路军一个连对付的是六七百名土匪。眼看着就要顶不住，二连长业已派人到村内帮助机关撤离，恰好袁虎率队赶到。虽然袁虎手下只有两个排的兵力，但毕竟这是支生力军。

袁虎观察了一下敌情，和二连长咬着耳朵说了几句什么，就率领这支生力军绕到土匪们的一侧。他们不打枪不扔手榴弹，而是挥舞大刀突然发起攻击。袁虎刀法出众力气又大，遇上他的土匪几乎没回过神来就被砍翻了。跟在袁虎身后的战士们受了袁虎鼓舞，更是如同猛虎下山，见一个砍一个，遇两个杀一双。土匪队伍哪里见过这种阵势，加之夜黑风高，不明白这支不打枪只抡刀的奇兵何以忽然从天而降，稍加抵抗就开始后退。二连连长趁机率领战士们冲杀过来，机枪步枪一起开火，土匪们更是惊恐万状，哭爹喊娘纷纷四散逃命了。那个"纪司令"本想骑马逃跑，没料到天黑路窄，马失前蹄跌进一个沟里，他本人从马背上给甩出去，跌断了脖颈，勉强挣扎不长时间就断了气。

天已破晓，二连连长和袁虎所率部队合兵一处，他们稍作商议，便分头追歼逃敌。

袁虎亲率一个排在河堤上追击一股逃匪，匪徒们被一个接一个地击毙。一个"纪司令"的支队长在几个匪徒的掩护下逃出来，逃到河对岸，因惊吓而脸色蜡黄的支队长一屁股坐在路旁土堆上：妈的，我快累瘫了，歇歇，歇歇再跑！

一个匪徒从后边赶上来，见自己的头儿和几个同伙坐在土堆上大口喘气，脚下不停嘴里却在急咧咧地说：当家的快跑吧，后边还在追呢！支队长说：再跑我就炸了肺了！你能跑你就跑吧。那个土匪也真听话，丢下自己的头儿管自逃掉了。

支队长渐渐缓过劲儿来，正准备继续逃命，霎时间路边庄稼地里轻轻响了一下，一个人左手持着匪枪，右手握着单刀悄悄走出来。匪徒们大惊，有几个参着胆子迎上去拒敌，不料刚到跟前就被对方端倒一个，刀劈一个，甩枪打死两个。支队长吓哭了，扑通跪下，扭头朝着自己部下声嘶力竭：爹，别他妈的硬扛了！

匪徒们相继跪在地上，举起了手中的枪：英雄，只要饶命，我们全投诚。

后边追上来的战士们见到这一幕，忍不住乐了。

战后俘虏们被押到八路军驻地，在政工干部给他们集中训话时，袁虎因事出现在俘虏们面前，那个支队长看见袁虎，仍是心有余悸。过后他问政工干部，训话时那个挎着匪枪走进来的人是谁。政工干部骄傲的同时也有些夸张地说：你连他也不认识吗，这就是刀法、枪法、武功名震鲁北的神枪将袁虎。

支队长打了个哆嗦：妈呀，这哪里是人，简直就是一头老虎。

支队长和他的部下经过教育改造后，有的加入了八路军，有的回到老家种地。这个支队长也基本收敛了匪性，和几个部下改头换面在当地跑起了生意。支队长和他的几个部下每到一处，总要绘声绘色地诉说袁虎打仗如何勇猛无敌，如何功夫高强，飞檐走壁。时间不长，"袁老虎"的威名就传遍了鲁北各地。

那天，马立田等人把袁镖师抬回国术馆放在炕上，徒弟们吓坏了，正准备请郎中救治老人家，却见袁镖师笑嘻嘻地坐起身。一直安若止水的安师父俯下身嘻嘻道：袁伯，这一秤砣挺厉害呀。

袁镖师笑笑：厉害归厉害，咱的金钟罩也不是白练的。

左盐巡走上来，说：我看你不闪不躲，就知是有意挨这一秤砣。不过，我心里还是直犯嘀咕，真怕时运不济摊上灾祸。袁镖师微微摇头，说：这点儿撞击还扛得住。一直守在袁镖师身边的马立田低声道：袁伯，这国术馆真的要暂时关门了。

安师父说：是啊，渡边那个狗杂种如果看到袁镖师死而复生，肯定还找麻烦。到时，说不定国术馆要摊上更大的灾难。袁镖师思忖半晌吩咐道：这样吧，为避锋芒，咱们藏起家伙利刃，让徒弟们暂且回家。

左盐巡说：袁老前辈你也得避一避，我有个朋友在北街的一个小巷里有所小闲院，那里僻静，你就暂时住到他那里。别的家伙不带，只把大铁枪带上。马立田摇头说：这么长的家伙放到哪里也不保险。左盐巡建议把大枪藏到土炕里，袁镖师点点头，事情就这么定了。

当天下午，平州国术馆大门紧闭，院里不时响起哭悼声，过往行人都在判断，袁镖师是让日本人用铁秤砣砸死了。可是到了第二天拂晓，院子里再无声息，国术馆的大门也上了锁。人们猜测，袁老镖师的尸首大约运回了天津。

第三天晚上，月色朦胧，小风微拂，墙角的蛐蛐在高一声低一声地唱着。安师父和袁镖师在北街胡同的院中练习枪法，两人各使长枪，一来一往，月光下寒星点点，光影交错。练了不长时间，安师父收住长枪，口气有点儿沮丧地说：袁伯，我的枪怎么就是使不出那股泼辣劲儿来呢？

袁镖师把大枪拄在地上，说：枪是器械中最难用的，找不到门道儿一辈子也使不好，所以才各家有各家的枪法。安师父说：是不是要看禀赋？袁镖师回说：禀赋是一项，要紧的是心神一处人枪合一。得把枪当作自己的一双手，让它怎么着就得怎么着。这得苦练，还得自己揣摩。比如这一招……

袁镖师长枪一挺"唰"地收回。

安师父连说"好快的身手！"袁镖师说：这就叫一寸长一寸强，一寸短一寸险。遇贴身近战，长枪就得收回来当成短刀使了。安师父点点头，说自己开始明白一点儿了。袁镖师：年刀月棍一辈子枪。我到现在也不敢说自己已把袁家枪法弄精通了。

安师父：啧啧……

薄云后边的月儿渐渐西落，二人重又练起了枪法。同样练了不长时间，安师父收式立定：袁伯，你知道吗，左家兄弟在东街开了家杂货店。

袁镖师：立田告诉我了，他也是无奈之举，暂时迁就呗。

安师父：明天我打算和立田到他铺子里看看，您老人家去吗？

袁镖师沉吟着，摇摇头：我暂时还不能露面。

安师父嘘了口气：你看我，麻痹大意。

平州东街一家杂货店里，左盐巡百无聊赖地坐着。安师父和马立田走进来，左盐巡把二人让到内间落座。马立田看看店里的摆设开起了玩笑：左家兄弟，武功高强的大汉开个小铺子，是不是有些憋屈啊？

左盐巡说：装装样子吧，反正也不靠这买卖活着。安师父连说：对对，闲着也是闲着，反正国术馆暂时是不能办了，权当解闷消闲。左盐巡端过茶壶沏上茶水：你们抽空就来喝茶，说说闲话聊聊家常，免得我自己闷出毛病来。

马立田点点头：左家兄弟，俺有点儿事想和你商量。

左盐巡：还商量？有事尽管说就是了。

马立田：为了打鬼子，有些事想请你帮帮忙。

左盐巡：没说的，我正琢磨怎么给我爹报仇呢。

马立田：你这个铺子，以后就是我们来往人员的联络点。

左盐巡：放心吧，有我在，保证安全。

安师父：我想在你铺子里入个股。

左盐巡：行啊，五五分成。哈哈哈。

安师父：我那里有批日本货，就借你这里转手让出去吧。

左盐巡：日本货？

安师父挤挤眼睛。

左盐巡：明白了，听说前几天日本商行夜间被劫……

马立田摆摆手：晚上送过来，会有人来接。

左盐巡朝外边看了看：留个接头暗号吧。

5

八盘镇一所院中的屋子里，江震和李政委坐在桌旁。林参谋长走进来，笑眯眯地将一封密信放在桌子上：新情报。

江震站起身：情报中怎么说？

林参谋长：由天津开往平州的一个鬼子大队暂住南边县城，伪县长要求鬼子帮助消灭我们团。

李政委：是老马派人送来的？

林参谋长：对，他提议我们伏击这些来犯的鬼子伪军。

江震走到地图前，边看边思考着。江震看了一会儿，摸起蓝铅笔在地图的某处地方画了几个圈，转过身来问道：敌人的行动计划和时间？

林参谋长：情报中说，敌人昨天下午就已悄悄接近我们的边区，准备明天拂晓向八盘镇发动进攻。

李政委也走到地图前察看着：老马的地下工作真是做到家了。

江震回到桌边喝了几口水：是的，老马有水平啊，否则组织上不会让他担任这个敏感地区的特委书记。

三个人商量了一会儿，重又同时走到地图前，一边看，一边相互交谈。江震看了一会儿侧过身来：征求一下你二位的意见，我提议这次战斗一定要高度保密，不必召开战前会议，直接向各营下达作战命令。

李政委和林参谋长点点头。林参谋长说：你谈谈具体作战计划吧。

江震眼盯地图，一边说一边用手指在上面点点画画，然后做了个双手合拢的姿势说：你俩提提意见，对这个作战计划补充一下意见。

林参谋长手指敲敲额头：这次战斗的关键是提前设伏，埋伏的人不能多，人多容易暴露。但是，人少了战斗力又差，不能保证完成作战任务。这是个矛盾，解决这个矛盾的要点是只能派一个战斗力相当强的连，这问题……

江震挥挥手：没问题，派袁虎去嘛。

入夜，升任连长的袁虎率领他的连队悄悄来到八盘镇以南五里地的土公路一侧。夜光中，只见遍地的高粱、谷子和棉花，南风飒飒，夜虫叽叽，一片秋收在望的田园气息。袁虎让张副连长带领两个排埋伏在土公路东边的谷子地里，自己带领两个排进入公路以西高粱地里。

开始行动之前，袁虎把各排排长召集到一起，向他们下达了严格的命令：听好了，团部下令，今夜就趴在这里，告诉你们的班长和战士，任何人不准动，不准吸烟，不准咳嗽。谁违反了纪律，我揍死他。

排长们低声笑起来。

按照袁虎的部署，两股部队分别埋伏好了。夜里露水很重，战士们伏在庄稼地里，衣服都湿透了。但是他们坚持着，忍耐着，始终一动不动。

黎明前，二百多名日本兵和三百多名伪军拉着炮车，抬着四挺重机枪从南边赶过来。埋伏在远处庄稼地里的袁虎看得一清二楚，他不动，战士们也不动，就这样眼睁睁看着前边的伪军和随后跟进的日军从土公路上走过去了。

天将透亮，北边八盘镇方向的攻击号吹响了，听得到轻重机枪的爆响声、迫击炮弹的爆炸声。随着枪声和爆炸声，一连串的喊杀声隐隐传来。袁虎依然左手枪右手刀，向身边的人下达命令：记住了，敌人溃败下来后，远的用枪打，近的用刀劈。惊枪的兔子不好抓，你们腿脚一定得利索。

一个战士仰起脸：连长，憋了一夜，我能抽袋烟吗？

袁虎横他一眼：先忍着，战斗结束后，你杀一个敌人我赏你一根烟卷。

战士：只给一根？

袁虎：一根少吗，鬼子汉奸的命不值钱。就这，我还得找团长去要呢。

战士侧侧头：行，买卖成交！

半个小时后，一群鬼子慌乱地顺着公路从北往南逃过来。已经贴近路边埋伏在高粱地里的袁虎照着跑在前边的鬼子抬手就是一枪。就在鬼子跌倒挣扎的同时，公路两侧庄稼地里的八路军战士忽地蹿出来，有的用刀，有的用枪，冲着逃过来的敌人乱杀乱砍。因为出其不意，敌人毫无防备，又因他们逃命心切，后边的撞着前边的，收脚不住，一下子钻进了八路军的包围圈。

战士们冲上去枪打刀砍，有的鬼子拼命抵抗，有的抱着头往公路道沟里钻。激战一个多小时，一百多名鬼子被杀死六七十个，只有二十几人没命地冲出包围圈逃回城去。打仗时向来"冲锋在前，撤退在后"的伪军眼见着回撤无望，就拼命地往东西逃窜。身后的八路军追击部队也赶了上来，和袁虎这个连前后夹击，一阵乱枪扫射，一百多伪军在乱枪中逃脱，一百个多伪军缴械投降了。

袁虎撸着袖子舞着刀花走到伪军面前：熊货，真不经打！

张副连长从东边赶过来告诉袁虎，说：这次缴获的战利品老鼻子了，有炮，有轻重机枪，还有战马。袁虎眨眨眼：老张，把咱们缴获的武器留下别上交。

张副连长：你去找营长吧，我不敢。

袁虎：怕什么，咱们自己缴获的。

张副连长：我怕挨训。你去吧，你面子大，连团长都护着你。

袁虎：好，我去找营长，再找团长，你负责清理战场。

张副连长高兴地和袁虎握手。

袁虎小眼一挤，抓住张副连长的手腕，把对方的手表撸下来戴在自己腕上走了。张副连长甩拉着又酸又麻的左手，跳着高地吼：小子，你仗着有劲儿，欺负我！知道吗，这手表是在北平念大学的表哥送给我的。

万物之灵中有的好动，有的喜静。这是规律，也是常情。即使修炼多年再有耐性的人，也不会像武侠书里所描写的"闭关修炼"者那样长时间不与人接触。袁镖师在胡同小院里躲了半个多月，每天除了几个朋友徒弟间或来看望一下外，几乎对外面的事情一无所知。因此，他很憋闷，也很寂寞，总想到外边走走看看，借以冲淡或缓解心中对袁虎及其父母的惦念之情。

耐不住了，实在耐不住了。这天午饭后，袁镖师稍作歇息后终于走出小院来到平州大街上。街上行人匆匆，因为日本人的巡逻队不时扛着长枪刺刀来回转悠，人们都像被狼撵着似的快步躲过。袁镖师到街上溜达了一会儿，想了想便转到东街左盐巡的铺子里喝茶。因为久日不见，左盐巡见了袁镖师情不自禁地嘘寒问暖。客气之后当然是先烧水沏茶，左盐巡给袁镖师满上茶端到跟前后，十分歉疚地说：师父，一开这铺子，我就顾不得晚上去找你老人家对练了。

袁镖师：立田和老安隔三岔五去找我，我看他俩都有长进了。

左盐巡佩服地看着袁镖师，说：师父呀，到你这年纪，十几斤的大铁枪使起来怎么还是那么得心应手呢？袁镖师呷口茶水：还是那句话，算盘常拨拉，拳脚常踢达。武把行里的活不能搁下，搁下再想拾起来就难了。我之所以这把年纪仍能使枪抢棒地和你们年轻人较量，就是得益于几十年的持久不懈。

左盐巡叹道：难怪前辈您是人老身子轻啊！

袁镖师说：也算是吧，六十几岁的人了，感觉自己精、气、神、力都还凑合。左盐巡说：不是凑合，我看你比我这三十几岁的人还结壮呢。袁镖师稍一沉吟：唉，实话讲，因为你年轻时的功夫没有练到家，所以现在很难保持原来的劲头了。

两个人谈古论今说些武行里的，一直把壶酽茶喝得淡了。这时，门外响起沉重的脚步声。脚步声先是很整齐，之后又杂乱，袁镖师侧耳听了听，说：怎么跟过队伍似的。左盐巡说：我听着也像，走，出去看看。

二人一前一后走出铺子。

袁镖师和左盐巡走出店门，果然看到一支日本军队从门前经过。日本军队渐渐西去，接着又驶来两辆汽车。汽车过后，街上腾起一片淡淡的烟雾。袁镖师抬头看看西边的太阳说：天不早了，我也该回去了。

袁镖师说着走上街面，抬脚西行。不料还没走到十字街口，迎面遇上渡边带着十几个日本兵从西边走过来。袁镖师躲闪不及，让这个日本队长看见了。袁镖师以为风波已过，小鬼子早把此事忘了。岂料渡边看见袁镖师后，大呼小叫像是见了活鬼，惊恐地瞪起眼来盯着袁镖师：你的没死，狡猾狡猾的！

渡边抽出东洋刀，日本兵一起向袁镖师围拢。

袁镖师明白，不动真的狠的，今儿走不了。他乘鬼子惊魂未定，一侧身甩掉大褂，低咤一声跃起多高，一连串从弹腿中演绎出的霹雳脚，近身的三个鬼子兵当即趴下了。脚落地的刹那，身体朝前一欺，快得让人难以想象地从那刚刚打开的豁口中穿了出去。鬼子兵拉枪栓的时间，袁镖师已经冲出很远。身后，十几个日本人紧紧地追着袁镖师，在日本人的后边，左盐巡也在踮步尾随。

袁镖师拐过十字街往北去，眨眼拐进了不远处的巷子口。鬼子兵追到巷口时，他已踹开板门进了小院。渡边带领士兵跑到院前，冲着院门连开两枪，见门内没有动静，就带人一窝蜂地拥上去。可是，他们进了院，袁镖师却在小院之内上了墙。人落墙外，手拈一条又粗又长的大铁枪。

大铁枪一直藏在这里，今日取出，他本无意——却无奈。

袁镖师手持大枪冲出巷子口，鬼子们返身追出来时，袁镖师已经冲到十字街口。他在十字街口，挂枪掐腰，冲着后边追来的日本人凛然而立。渡边带人追到十字街，见此情景，突然像让谁使了定身法，踉跄几步，咯噔停住了。这些东洋武士望着那挂枪而立的中国老头，一个个惊疑不定，心中有股说不出的灾难临头的感觉。此情此景，不像他们在追杀老头，倒像老头专等他们来送死的。老头的大枪要比他自身长出三分之一，巴掌宽的枪刃白光闪闪，那一蓬紫红的枪缨，如虬髯乍开迎风猎猎。这追魂夺命的场面，让渡边这个杀人魔王也产生了从未有过的恐惧。由于自身恐惧的袭扰，对方的威慑力就显得更大。虽然相距还有五六丈，可鬼使神差，他仍旧不自主地后退了好几步。他终于稳住心神，举起了战刀，一咬牙，牙齿嘎嘣响，显然是有一颗或两颗牙给咬碎了。他将战刀更高地举起，发出那种让人听了立即昏厥的半夜鬼叫，随着他的叫声，日兵噼里啪啦退出枪中子弹，十几人举刀端枪，呈弧状队形，搜索前进般一步一步往前靠。

渡边挥舞着东洋刀呀呀叫着冲向袁镖师，十几个日本兵呀呀叫着同时围上来。袁镖师轻蔑地看了对方一眼，面西而立，口中轻轻诵念着家传的《铁枪谱》。念罢，袁镖师霍然转身，长啸一声抖开大枪，一片白光红晕交相混杂，黑黑的枪杆雪亮的枪刃就已抢到鬼子跟前了。鬼子豁出命来拼刺砍杀，可是，这袁家铁枪冲锋陷阵几百年，战场上噬过多少人肉，吮过多少敌血，

49

千军万马中穿行自如，何曾被人挡开封住过？此时，更是连人带枪附了神，乒乒响亮中，听得到惊惧痛苦的惨叫声，日本兵有的武器脱手而去，有的胳膊身子被枪杆打折；有的给挑断了肋骨刺穿了肚腹，有的半边脑袋眨眼没了。渡边首先连人加刀一块儿飞上街旁的房槽，没挂住，又"咚"地跌下来，自己的刀正好把自己的喉管切断了。也就是半炷香工夫，十字街上大日本皇军已是血肉一片，横躺竖卧。

袁镖师习练几十年的功夫，几十年的枪法，几十年的威风，几十年的压抑着的怒火，全在这忍无可忍的时候抖出来了。

这儿，才是有中国人的中国。

袁镖师的大枪陡然收住，枪头枪杆全是血，阳光下红灿灿一片，如神龙喷出的烈火。袁镖师看看面前鬼子们残缺不全的尸体，嘴角上露出轻蔑的一笑。他明白，自己已经做完了自己所要做的，他应该走了。他枪尖点地身子腾起，在街旁的墙上沾一沾又跳下去。他人借枪力，枪挥人"飞"，穿宅过院跃向正西。他打算出城先到一位朋友那里躲一躲，然后再转去外地。可是，街上的打斗早已惊动了岗楼上的日兵。鬼子居高临下看得清楚，就在袁镖师越过一面高墙时，一串机枪子弹从岗楼上射来，他被打中了……

四街响起急剧的哨声和人的叫声，鬼子从各处朝袁镖师中枪的院里奔。然而，先期而至的却是袁镖师的几位徒弟，当然首先是左盐巡。

他们要救出老人。

可是，老人已经浑身是血，他看了看手中铁枪，说了句"把它留给袁家……"就喉头一紧，辞世西归了。

这所大院有着前、后门，左盐巡让师弟们抬了老人的尸身从后门走。叮嘱他们穿胡同拐小巷，把袁镖师送到安师父家。师弟们抬起师父匆匆走了，左盐巡则提气运力，吼声如雷地横刀堵住前门。

十几个鬼子号叫着冲到前门口，左盐巡舞起金背九环刀，不大会儿，五六个鬼子已经死在他的刀下。足有半个时辰，鬼子没能进院一步。但是，左盐巡也再难以脱身。因为另一伙鬼子从后门里涌进来，前攻后截，团团围住了他。大院里，这一条冀鲁烈汉，中国雄杰，他眼泛蓝光，周身是血，抢着锃亮森寒的金背刀，以他民族的刚力，绿林的风范，和小鬼子们进行着殊死拼杀。在他双手擎刀劈向一个鬼子官时，终于力疲垮下去。他被几个鬼子同时刺中胸腹，同时将他的伟岸之躯举起来，又重重地掼下……

入夜，十数个人影悄悄从安师父家的大门里悄悄走出来，这是袁镖师的徒弟们。徒弟们抬着袁镖师和左盐巡的尸体在前，安师父拎着袁镖师的大铁枪断后。夜色中，他们悄悄爬上东北角的城墙。城墙角上转出几个人来，其中两人将两根大绳顺到城墙下，大绳抖动了几下，安师父说：动手吧，下边来人接了。几个人将袁镖师和左盐巡的尸首吊下去，又有几人顺着大绳溜下城墙。安师父挽起大绳，将袁镖师的大铁枪从城墙壁上顺到城外。

漆黑夜里，平州城东北角城墙下，十几个人抬着担架径直奔向了大碱洼。有几个黑影从城墙上顺着大绳溜到城外，黑影们有的提刀，有的执枪，他们稍作商议，分别朝正东和东南方向奔去。

碱洼村的乡亲将袁镖师和左盐巡的尸首安置好，以当地最隆重的葬礼，发送了这两位真正的中国人……

6

八盘镇以南的东西大路上，一辆马拉大车从东南方向驶来。车把式不停地鞭打辕马和前边的套马，两匹马颠儿起碎步，大车速度明显加快。车上坐着一位绅士模样的中年人，大车驶到一个岔路口，车把式"吁"了一声，马儿停住。绅士模样的中年人从车后跳下来，车把式仍旧坐在车辕上，指指往东北方向的路：先生，你顺这条路直接往前走，记着别拐弯，再有半个时辰就到八盘镇了。

中年人朝车把式拱拱手：多谢车老板照顾。

车把式：谢什么呀，老马说什么我都听，他不是外人。

中年人：明白，明白。

车把式看看太阳，说：天不早了，我得赶路。车把式一扬鞭子，两匹马甩开蹄脚，大车继续顺路东去。中年人左右看了看，按车把式指给的路径奔东北。

就在中年人跳下马车之前的一个小时，两个身着便衣的八路军前哨埋伏在八盘镇以南数里的灌木丛中。便衣战士警惕地注视着远远近近的情况，认真观察野外各种掩蔽物的变化。他们既是放哨，也是侦察，因为敌我距离相当接近，日伪经常派了便衣到这边活动。

田野东南方的路上出现了一个人影，一战士戳戳另一战士说：你瞧，过来一个人。另一战士手搭凉棚仔细看去：我也看到了，只是离着太远，看不清楚。

两个人拨开树丛，从缝隙里盯着那人越走越近。

从车上下来的中年人肩背褡裢顺着小路走过来，走到树丛不远处停下来，这个人东张西望，像在寻找什么。埋伏着的战士看得清楚，这个中年人犹豫片刻，径奔八盘镇而去。两个便衣战士悄悄钻出树丛迅速跟上他。中年人听到身后脚步声撒腿就跑，便衣战士随后追上去。这人虽然跑得快，到底赶不上青年人的持久力，渐渐地，他累了，垮了，终于跌倒在地。两个战士冲上去把他捉住：跑啊，怎么不跑了！说：你是干什么的，从哪里来？

中年人：我从平州来，是串亲戚的。

一个战士撇撇嘴，说：从平州到这里七八十里地，什么要紧事来串亲戚啊？糊弄谁呢！中年人爬起身来连连哈腰：好汉别误会，我表叔就住在前边村子里，我是来探望表叔的，不信你们跟我去对证。身上只带了几块钱，都给你们。

中年人说着从衣袋里往外掏钱，一个战士黑着脸说：别搞这一套，我们不是劫道的。我问你，这个村叫什么村，你表叔叫什么名字？

中年人满脸惊惧，迟疑着答不上来：我……让你们一吓唬，忘了，全忘了。

一个战士口气嘲讽地说：你不用装，一看就是个老油子。另一战士搡了中年人一把：看这打扮就不是地道货，跟我们走！

中年人很焦急，想跑跑不了，想反抗没有能力。他只好哀求，说：两位先生啊，我、我可不是坏人啊！战士冷笑道：是不是坏人很快就能搞清楚，走！

两个便衣战士押着中年人朝村里走。

两个战士押着中年人进了八盘镇，径奔二营营部。中年人见到穿军装的八路军，表情立即轻松了。中年人进了营部也不等礼让，一屁股坐在凳子上，他端起桌上的茶缸咕咚咚连喝几口，擦擦嘴上的水渍：亲娘啊，可找到你们了。

陆营长警惕地看着中年人：你从哪里来，干什么的？

中年人：你是这里的首长吧，我有紧急情况需要面见江团长。

陆营长：你认识江团长？

中年人：不认识。

陆营长：不认识你见他干吗，有事和我说吧。

中年人：同志，这事关系重大，不能跟你说。

陆营长：哦？那你等一等。

陆营长摸起电话：喂，接团部江团长。

八盘镇八路军独立团团部里，江团长、李政委和林参谋长围桌而坐。参谋人员在整理着各种文件，通信员出出进进地传递上各种命令和信件。一直在沉思的李政委站起身：哎，按时间计算，从冀中派来的三名敌工干部应该来到了。

　　林参谋长：也许有事在路上耽搁了。

　　江震：如果有变化，军分区会通知的。

　　李政委转向一位参谋：哎！小张，军分区有没有那三位政工干部的新消息？

　　正在整理文件的张参谋站起来：报告政委，没有！

　　江震皱皱眉头，站起身来在屋内来回踱着。

　　电话铃响起，一个参谋抓起听筒：哪里？哦，是陆营长啊，在在，江司令、李政委和林参谋长都在。你找江司令，好好。

　　江震听到这话走过来，接过参谋手中的话筒：我是江震。好好好，你不用往这里送，我派人去接。对，去接他。也行也行，那你派人送过来吧。

　　半小时后，二营派人把中年人送到团部。江震把中年人让进屋内，连忙给他沏了一杯茶。中年人问：你就是江司令吧？江震点点头，看着中年人不说话。中年人想了想取出一张信纸递给江震，说是老马让他捎来的。江震点点头，从抽屉里取出一小瓶略略发黄的碘酒，用毛笔蘸了蘸在纸上轻轻地抹着，抹着，白纸上渐渐显出了字迹，江震看着这封密信，神情有些紧张了。

　　当时共产党地下工作者所传递的秘密信件一般采用两种办法书写：一种是用干净毛笔蘸了米浆写，另一种是用干净毛笔蘸了白矾水写。这种密信从外表看是一张白纸，但前一种办法书写的信只要用碘酒一擦就可看清，后一种办法将纸放进清水中就可慢慢显示字迹。江震看了一遍老马派人送来的信，眉头皱起来：麻烦，这么说那三位政工干部已经落入敌手了！

　　中年人喝着茶水，说：是的，是的，马书记让我火速赶来，说无论如何要在今天天黑前把信送到你手里。江震握住中年人的手：同志，从平州城北的大山镇到这里有五十来里地，你辛苦了。

　　中年人笑笑：马书记临时安排的，他让我搭了去海边运盐的大车。要不，现在怕是也来不到呢。

　　江震：哦，你好好休息吧，我们研究一下救人方案。

　　林参谋长从那边走过来，招呼张参谋带中年人到后边休息。张参谋答应着，领着绅士走了。江震等三人立即凑到一起，紧张地研究了一会儿。三个人齐声说了句"就这么定了"，江震当即摸起了电话：接二营。

二营电话接通，江震口气焦急地说：陆营长，马上命令袁虎跑步到团部报到。

江震给二营打电话时，二营营部不远的一片空地上，二营一连连长袁虎正扒光膀子教战士们练摔跤。营通信员气喘吁吁跑了来：报告袁连长，陆营长命令你马上跑步到团部报到。

袁虎拍拍衣服上的土甩在肩膀上：没说什么事吗？

通信员：没说，只是命令你跑步报到。

袁虎朝通信员瞪起眼：跑步跑步，平时没事大撒鹰，有事就跟狼撵着一样。

通信员连忙后退几步：这是陆营长亲口说的，我只是原话传达。

袁虎边走边嘟哝：你紧张什么，我只是发发牢骚，又不是冲你来的。

通信员屁颠儿屁颠儿跟在后边：怕你犯邪行，那胳膊腿儿就跟铁棒似的，随便朝人拨拉一下谁受得了啊。

袁虎忽然一纵身子跑起来，通信员撒开腿拼命追。通信员追不上，扯着嗓子喊道：袁连长，慢着点儿，慢着点儿不行吗？

袁虎一口气跑到团部，江震等人连忙让他坐在凳子上。营长陆彪随后走进来，十分规矩地给首长行军礼。再看袁虎，已经摸起江震的茶缸咕咚咕咚喝水。陆营长看了一眼自己的下属，摊开双手摇摇头：首长原谅，他就这德行。

江震岔开话题：是这样，刚接到情报，冀中派来的三名扮成皮货商人的政工干部，在平州城北的大山镇被伪军截住。贪财的伪小队长在搜他们腰包时搜到一封密信，起了疑心，留下钱物，却连信加人送到了日本人那里。这个镇上驻扎的日军小队长叫木村，兵力不到一个小队，大约二十个人。

陆营长：我听说过这个日本人，很凶。

江震：是的，木村是个粗鲁的家伙，他明白自己也审不出什么，就将三位同志关在队部，准备明天送到平州城宪兵司令部里去。要是那样的话，这三位同志一个也别想活。所以，三位同志的生死存亡，关键在今夜。

袁虎从那边走过来，左手擦着嘴，右手比画着：团长，你一说我就明白叫我来的意思了，简单说说首长们的计划吧。

其实，江震不说袁虎也明白，要救人，先得消灭这个日军小队。人去多了，兴师动众易招麻烦，人少了又不能胜任。因为消灭这二十来个鬼子的唯一办法是突袭，以迅雷不及掩耳之势将敌人在尽可能短的时间内歼灭。论打这样的仗，首长们心里都有数，非他莫属。所以才把他叫到团部商量的。袁虎曾经听人说过，木村凶狠残暴至极，他的部下也差不多个个都像他，练拼刺发起疯来，看见什么捅什么。这种秉性的东西打仗就更不必说了，所以，执行任务的人，袁虎心里有数，得依着自己挑。江震似乎早已看透他的心思，说：袁虎啊，既然你已知道叫你来的目的，团里不多作交代了，我已通知特务连，你到他们那里挑人，好吗？袁虎伸了下舌头：团长，你真神，连我肚子里的下水也看得透。说实话，干这种"买卖"我是轻车熟路。不过，我们手中的家伙不争气，你给调兑调兑吧。

江震挥挥手，说：关于武器的问题，你和陆营长商量，自己想办法。我们现在的装备你又不是不知道，除了干部们身上的二十响，哪里有什么凑手的家伙。袁虎眼珠一转：倒是有个办法，不过……好吧，既然上级把任务交给我，我就尽快组织自己的人马再想办法。

袁虎说完转身就走，刚走出几步，江震又叫住他。江震叮嘱他组织好了人马再过来一趟，说是有事向他专门交代。袁虎点点头，走了。

大山镇日军小队部里，一个龇牙咧嘴的死人头用铁条钉在南屋门旁的墙上。一脸横肉的木村挂着东洋刀坐在椅子上，几个伪军在吊打那三位政工干部。政工干部一口咬定是做皮货生意的，有个伪军头目把那封信摆在敌工干部面前，咬牙瞪眼地逼问这是什么。政工干部说这是商号掌柜给他朋友的信，托朋友关照他们三个的生意。伪军头目不相信，木村更不相信，他让伪军头儿念念这封信，伪军头儿磕巴着念道：江掌柜台鉴，今有本号伙计三名前往贵地置货，请予关照。

伪军头儿走到木村面前：太君，这信里看不出什么，是不是……

木村：嗯？你的也通八路的！

伪军头目：不不，太君，我是说……

木村：狠狠地打，辣椒水、老虎凳的给！

伪军头儿继续折磨三位政工干部，抽了一顿鞭子又给三人灌辣椒水。三位政工干部相继昏死过去。伪军们用凉水把他们泼醒，又继续折磨。然而，酷刑用尽，仍旧从三个人嘴中掏不出什么。木村一脚踢翻椅子，说了句"明天送平州的干活！"转身气哼哼地走出门，到他住的屋子里喝酒去了。

八路军二营防区空场上，袁虎从特务连挑选的三十六人突袭队站成两排。袁虎站在队伍前掐着腰讲话，他告诉同志们：这次的任务特殊，特务连虽说个个是把好手，可谁能打这样的仗我心中清楚。我选了你们三十六个人，你们就得既动脑子也使力气，一定要完成这个任务。袁虎把三十六人分成四个分队，计划着晚上先潜到大山镇以北的枣树林里，入夜后由四个方向往大山镇里摸。每个分队划成三个小组，这三个小组在必要时可随时变化。碰上小股敌人，可以从三个方向朝前攻。被敌人包围了，又可集中起来朝外冲。每个分队每个组都可攻击敌人，消灭敌人，或者牵制敌人吸引敌人的注意力，给其他小分队创造消灭敌人搭救同志的机会。当然，要是有两个或三个小分队能摸进镇里，那么歼灭木村小队，搭救被捕同志就算有了把握。袁虎把自己的计划一说，战士们拍手叫好。

什么时代造就什么人。

什么人就能创造什么样的战术。

袁虎看着刚刚组织好的人马，脸上忽然变了颜色。他看着浑身是劲儿的战士们，让他们看看自己手里的家伙。战士们低头一看傻了眼，因为手里的武器太差劲儿了，除了每人一把最原始也是最实惠的单刀片外，方便顶用的家伙就是十来支勃克。袁虎自嘲地说：我这里还有一把二十响，几个战士马上斗嘴，说：还有几支三八大盖呢。大伙相互传看自己的武器，多数是旧式"水连珠"，且不说老得没了口，就连子弹也是平顶的。这种枪老得没了口，肉搏时抡起来当棒槌行，真要拉栓开枪可就惨了。袁虎歪歪头：以这样的武器去对付那样的敌人，咱们不是要吃亏吗？

战士们嚷起来：连长，让团里营里给想想办法呀。

袁虎摆摆手：团长说了，任务要完成，办法只能让我自己想。

一个战士毛毛愣愣地问道：连长你有办法？

袁虎：办法倒是想出来一个，可还不知能不能办成呢。这样，你们先待在这里做做准备，该拉的拉，该撒的撒，路上急行军，可没时间伺候这些零碎事了。我去团部找团长，兴许他能想出办法。

袁虎说完，转过身头也不回地走了。

独立团团部里，江震正站在地图前凝神望着大山镇那个"点"，忽然袁虎在前，值班站岗的战士在后，急匆匆地闯进来。战士跟在袁虎身后嚷：首长，首长，我拦不住他，硬是闯进来了！

袁虎一溜风似的走到江震跟前：团长，突袭队组成，特来报告，另外有件事要和你谈谈。你不表示态度，我心里没底。

江震从墙边走到桌子前，让袁虎坐下说。袁虎坐在江震对面，习惯地抄起江震的杯子喝水。江震问他火急火燎的有什么事，袁虎说：是这样，团长，国民党驻本地"高军"军长不是在八盘镇和咱们团负责人商谈抗日事宜了吗？江震点点头：是啊，他们来了好长时间了，你问这个干吗？

袁虎告诉江震，说：高军长的卫队队长叫别古来，别古来和我是好兄弟，手下百多人武器装备相当好，我想找他借枪。

江震连连摇头：别开玩笑了，他能借给你？

袁虎说：自从"高军"来到这里后，我就和别队长经常接触，有时谈论武功，有时较量枪法，彼此有一种友好而又互不服气的关系。江震仍然摇头，说：凭这关系他就借枪给你？想得倒美。袁虎把嘴凑到江震耳朵边：这人很义气，抗日的决心和劲头非常大，我只要说明原委，相信他准能借给我。不过，这事首先要征得你同意才行，否则出了麻烦责任还是我。

江震沉吟了一会儿：借枪能出什么麻烦？可以啊，我同意，你去试试吧。另外，你们从镇东进去，东边水沟里有人接应。接头暗号是……

江震和袁虎附耳说了几句。

袁虎点点头：明白了，你叫我组织好队伍再回来，就是为了告诉暗号。

江震朝袁虎肩窝捅了一下：情况紧急，快行动吧。

一九三九年，国民党的"高军"在冀鲁边和八路军搞"统战"，袁虎和高军长的卫队队长别古来成了好朋友。别古来是位在北平没毕业的大学生，属于刁钻古怪而又天不怕地不怕的角色。傍晚时分，别古来坐在自己队部椅子上，交叉着的双脚放到面前的桌子上，面前桌子上放着两把勃朗宁手枪。

别古来吹了下茶杯中的茶叶，呷一小口又把茶杯放到桌上，眯起眼睛有滋有味地品茶。勤务兵推门走进来，别古来迅速抓起桌上的枪。勤务兵吓得赶忙退出去，站在门外高声喊道：报告！

别古来放下枪：进来。

勤务兵走进来，说：对不起啊队长，刚才我又忘了喊报告了。别古来撇撇嘴：不长记性，你要晚退出去半秒钟我的枪就响了。记住，枪是我的，命是你自己的。

勤务兵：记住了队长，我着急往屋里走，是因为袁虎来找您。

别古来：哦，快请他进来。

勤务兵退出去。不一会儿，袁虎跟着勤务兵走进来。别古来双脚落地身子一弹立在袁虎面前：兄弟，你咋有空了？

袁虎：大哥！哦，别队长。

别古来指头戳了袁虎一下：叫大哥。

袁虎：哦，大哥，兄弟有事相求，不知能办不能办。

别古来：只有你不能说的，没有大哥我不能办的。先坐下，喝杯茶。

袁虎坐下来，勤务兵给袁虎沏上一杯茶，袁虎喝了一口茶说：真香。别古来嗑了下牙花，说：那当然，明前上等龙井嘛。兄弟什么事，说吧。袁虎看了一眼勤务兵，别古来挥挥手，勤务兵退出去。袁虎俯身低语：是这么回事……

别古来皱了下眉头：咦，枪是军人的命根子，特别是卫队的枪，直接关系军长的安危，这事可真让我作难了。

袁虎：大哥，依我们手中的家伙，除了单刀片子，真没几支顶用的，你就担担风险，让我打个痛快仗吧。

别古来眉梢一扬，说：我老别面对朋友，作难又同情。让八路弟兄拿那样的家伙拼鬼子，战斗精神不讲，只武器上是注定要吃亏的。不帮吧，说良心话着实不忍。帮吧，自己又责任重大。再说，你袁虎及时得手还好交代，万一出岔子，军长追究起来怎么办呢？别古来站起身在屋里来回走着，走着，走了几个来回，忽然眼珠一转立住身，他的眉头一舒，笑眯眯地连连拍着袁虎肩头：我说兄弟，你可以武装偷借……呵呵，有了，你可以武装借枪啊。

袁虎：武装借枪？

别古来对袁虎附耳低语。

袁虎：大哥鬼点子真多。

别古来：这么做，即使有点儿闪失，我在军长面前也好搪塞。

两个人说着搂在一起，袁虎拍别古来的后背，别古来拍袁虎的肩膀。

天近黄昏，几个八路军战士扛着羊肉抱着酒坛走进"高军"卫队一小队宿营地。一小队的官兵一齐站起身，吃惊地瞧着这些送酒送肉的八路军。因为他们知道八路弟兄一向过的是清汤寡水的日子，怎么会又是酒又是肉地送到卫队里来呢。八路军战士连忙解释：高军弟兄们，听说你们小队不值勤，我们连长就让送过来了。这地方贫穷偏僻，弟兄们平日里辛苦，今晚就当改善生活吧。

小队的刘队长一抱拳：八路弟兄真仗义，好，这个情兄弟我领了。

卫队成员们接过酒肉，热情地送走几位八路军战士。

刘队长回队部去了，一小队宿舍里，这些天嘴里淡出"鸟"来的卫士们放开肚子又吃又喝。不大会儿，几十个卫士相继烂醉如泥。这时，袁虎率人溜进来，松松地捆了他们手脚要拿走武器。有那醉而不迷糊的卫兵想阻拦，几名八路军战士跑上来，拽过两双棉布袜子给他俩堵了嘴。袁虎挥挥手，战士们带着"借"到的武器走了。袁虎走出不远又返回来，取出刀子将一张纸扎在门口土墙上。纸上歪歪扭扭一行字：国军弟兄谅，救人来借枪。明早准时还，千万可别嚷。

7

天快黑了，二营驻地前边，袁虎的突袭队一溜排开，有人端着汤姆式，有人腰里别着二十响。闪亮的单刀片斜插在背后，人人精神抖擞，个个斗志昂扬。很明显，大伙儿的劲头已经提到十二分了。袁虎仍然习惯地掐着腰立在队伍面前：弟兄们，咱们现在是张飞卖刺猬，人又刚强货又扎手，能不能完成这个行动，就看你们的了。同志们听我的口令——出发！

袁虎一挥手，队伍先是小跑，后是疾走，很快出了八盘镇，直奔东南方向。

晚上十点左右，袁虎率队急行军到达大山镇东北方。这里有片枣树林，枣树林对面有条顺水沟。袁虎把队伍带进树林休息，他和一位战士在树林边上。这位战士会口技，捧着嘴朝顺水沟方向学了几声蛙叫。黑夜里，蛙声从树林里传出去，长而清晰。可是，等了半天，顺水沟里没有动静。战士又试着学了几声猫头鹰叫，顺水沟方向里终于有了回音，是鸟儿在叫，一声，又一声。

战士说对方真外行，天这晚了哪有鸟儿不宿窝的！袁虎没说话，冲着水沟处也学了两声鸟叫，不大一会儿，只见顺水沟边上出现两个人影。两个人影悄无声息地向树林这边移动，距树林不远，其中一个拍了三下手，停一停，又拍了三下。袁虎也拍了三下，停一停又拍了三下。黑影快速溜进树林里。

袁虎走上去：二位是来接迎的吧？

其中一个握了下袁虎的手：同志们到了？

袁虎：到了。

黑影：我们是马书记派来的向导，队伍跟我俩走。

袁虎挥挥手，队伍走出树林，拉开距离跟在那俩人后头。

因为是在敌占区，日伪军认为很安全，街上既没岗哨更没有巡逻队，袁虎率队很顺利地进了大山镇。大山镇内很静，两位向导领着袁虎他们左转右拐，来到一个坐东朝西的大院外。向导指指大院低声说：这就是日伪军的驻地。

袁虎贴着墙根伏下身子，朝大门口看了一会儿。大门口空无一人，有两个战士就要靠上去，被袁虎一把摁住。袁虎从背袋里掏出一块坷垃掷向门口，坷垃准确地砸到门楣又落到地上，发出不大的声响。袁虎继续盯着门口，不大会儿，一高一矮两个伪军端着枪从暗处走出来。高个子伪军东张西望：刚才什么声音？

矮个子伪军东瞧西看，说：什么也没有啊，你是不是耳朵出了毛病？高个子伪军说：我听到"啪"的一声，也许猫上墙抓下了什么。黑灯瞎火的，怪吓人！矮个伪军低声笑道：兴许这院里被害的人阴魂不散，来讨命报复呢。

高个伪军：要找也是找木村，碍咱们蛋疼了。应付事，站好这班岗吧。

两个伪军端着枪立在门口。

袁虎朝身后招招手，几个战士凑上来。袁虎低声吩咐他们如此这般，几个战士连连点头。袁虎叮嘱完那几个战士，便和另外几个八路军战士贴着墙根悄悄靠上去。这时，恰巧两个伪军相互借火点烟，袁虎和战士们突然出现在他们背后，两个伪军被挟住脖子拖到黑暗处扒了衣服，两名八路军战士穿上伪军衣服回到门口站岗。袁虎用刀子在伪军眼前晃了晃，两个伪军哆嗦着，有一个尿了裤子，尿顺着裤腿流出来，一个八路战士赶忙躲开。

袁虎问：说，鬼子有多少人，都是住在哪里？

高个伪军：两个班，二十二个鬼子，一个班住前院，一个班住后院。

袁虎：你们二鬼子们呢？

高个伪军：哦，我们二鬼子一个中队，大多住在南街队部里，只有一个小队长带着十多个人在这里负责给鬼子轮流站岗放哨。两个小时一换班，眼下都在前院北房里睡觉呢。

袁虎：木村住在哪里？

高个伪军迟疑了一下，矮个伪军赶紧接上话茬：木村住前院正屋的套间里，外间住了鬼子一个班。俺们二鬼子住在前院就是为了给他们站岗担任警戒。

袁虎：被你们抓住的那俩人呢？

矮个伪军：八路爷，不骗您，在西南角那间小屋里吊着，天一明就要押走了。

袁虎哼了一声，让人把他们捆起来塞上嘴。伪军很配合，没有挣扎。袁虎轻轻打了个呼哨，四个分队从四个方向聚拢过来。袁虎给各分队队长布置：你，带一个分队去救人；你，带两个分队消灭后院的鬼子；你，跟着我收拾木村。记住，不到万不得已别打枪。用刀，用刀剁他娘的！

袁虎分配完任务，带领部队潜入院内。袁虎对一个战士附耳一语，战士悄悄溜到北屋门前，将屋门上的吊链挂住，上了锁。另外两个分队直插后院。

袁虎定睛细看，大院西南角上果然有间小屋，小屋门前有两个伪军坐在砖头上打瞌睡。袁虎派两名战士把住南房门口，自己和分队队长带人悄悄走

60

到他们跟前。

两个伪军给惊醒了，夜色中看不清面前人的真实面目。其中一个睡眼惺忪地站起来：怎么，天还早着呢，这时就提人啊？

分队队长从后面亮出刀来：别说话！

几个人一拥而上，搂腿抓胳膊，顺势把他们的嘴也堵上了。分队队长从一个伪军身上搜出钥匙打开门，战士们悄然而入。

眨眼间，三位敌工干部就给抬出来。有三个身体壮实的战士马上背起三位同志，三名战士跟随保护，一伙人悄悄出了门。

袁虎抽出背上单刀来到南房门前，两个守门的战士压低声音：摸进去吗？

袁虎同样压低声音：沉住气，待救护敌工干部的同志们走远了再动手。

袁虎他们堵住鬼子们住的南房门口时，营救政工干部的同志们已经出去挺远了。夜色朦胧中，几个人拉开距离奔向镇东。几个人轮番背着三位受刑后的政工干部，政工干部的头歪在战士的肩上，双手松松地垂在前面。每个背人的战士身边都有另一个战士担任警卫，他们的分队队长左手执刀右手握着二十响匣枪，十分机警地走在队伍前头。

一群人出了镇东聚拢到一起，人们脚步加快，不时有人替换背着敌工干部。前边树林里传来轻轻的击掌声，分队长把枪别在腰里，刀夹在腋下，双手轻轻拍了两下。一辆大车从林间路上拐出来等在林边，众人小跑步走到大车前。分队队长握住车侧两个人的手：谢谢地方同志的支援！

赶车人轻轻点点头：抓紧时间吧，天快亮了。

三位政工干部被人抬上大车，三位担任警卫的战士也跟着上了车。车老板轻轻扬了下鞭子，马儿拉着大车小跑步走了。分队队长打发一个战士回去报信儿，其余两位战士和分队长紧紧地跟在大车后边。

天上，一颗流星划过夜空，迅速划向东北。

大山镇日军小队部的院里，前院正屋里的日本官兵十分放心地睡觉。袁虎带人伏在门口和墙根下等着，一个战士脚步轻捷地闪进门又闪到袁虎跟前。袁虎抬头看着战士，战士扬扬脸压低声音：报告连长，鸟儿归窝。

袁虎点点头，叫过身边战士低声吩咐着。战士贴到正屋门前轻轻推开门，五六个战士随即鱼贯而入。

屋里传来一阵响动，不时响起鬼子兵的惨叫声。鬼子的惨叫声惊动了木村，套间里立刻亮了灯。进到屋内的袁虎脚下一飘闪进屋去，套间里随之传出激烈的打斗声与喝骂声，不一会儿，袁虎提着木村的脑袋走出来。

一个战士将南屋门墙上钉着的死人头弄下来，又把木村的脑袋插上去。

　　派到后院里执行任务的分队战士们提着刀走到前院，分队队长告诉袁虎，说后边的都解决了。袁虎拍拍他的肩膀：好，撤！

　　大约被南屋里鬼子的惨叫声和打斗声惊动，睡意正酣的伪军扒着窗户问：三疤瘌，南屋里太君怎么了？

　　一个战士捏着鼻子冲窗户说：睡吧，没你的事，太君为了争女人打起来了。战士这么说，伪军们并不信，因为此时伪军都已惊醒了。他们惊恐地在土炕上趴着不敢动，伪军小队长侧着耳朵听了一会儿悄悄溜下炕，溜到门口轻轻地拉了下屋门，门板哗啦啦一响没拽开，显然外边是挂了吊链上了锁。伪军小队长驴打滚地逃回炕上，拽条被子蒙上头，有个伪军士兵爬到他跟前：队长，看来不妙。

　　另一个伪军凑过来：说不定是八路部队来救人。

　　伪军小队长从被子里露出头：别说话，都装睡着。

　　伪军士兵：真出了事咋交代？

　　伪军队长：傻孩子，来者不善，善者不来，咱们出去不也是白白送死吗？

　　屋外有轻轻的走动声，有个伪军大着胆子爬到窗前往外偷。往外看的伪军一下子滚在炕上：妈呀，满院都是人影，院里的八路老鼻子了。

　　伪军小队长躺着做手势：躺下，全他妈的给我躺下，谁吭声我日他娘！

　　屋内一片寂静，伪军们静卧炕上，大气也不敢出。

　　拂晓，八盘镇独立团团部里，司令员江震在一颗接一颗地吸烟。李政委不吸烟，他在喝茶。林参谋长不抽也不喝，只是出来进去不停地走动着。江震掐灭香烟说：四五十里路程，以他们的脚力，如果顺利的话应该回来了。

　　林参谋长走出去又回到屋里，摇摇头。

　　正在此时，电话铃响起来，林参谋长三两步抢到电话前，抓起听筒。听筒里有人刚刚说话，就见林参谋长一拳砸在桌子上：好！

　　江震长长地吐出一口烟：回来了？

　　林参谋长：回来了，都倒在三营营部睡着了。

　　李政委：来回上百里，还得与敌人搏斗，肯定累坏了。

　　江震：救出来的政工干部呢？

　　林参谋长：放心吧，三营卫生员进行了临时包扎处理后，陆营长直接派人送去军分区医院了。

　　江震：干得好！

李政委：袁虎出色完成任务，得给他记功。

江震：当然，还得提升，三营不是还有个副营长的位子空着吗？

林参谋长走过来：老江你真有眼力，袁虎是个将才，可堪大用。

天明，"高军"卫队小队长老刘跌跌撞撞去找别队长告状。别古来斜披着军服叼着烟：说说，怎么回事？

刘队长：昨晚八路军送肉送酒灌醉卫队弟兄，把我们的枪给弄走了。

别古来大惊：啊？有这样的事，老刘，如有谎报，军法处置啊！

刘队长满头大汗，赶紧把那"借据"举到别古来面前做证。别古来见上面有落款签名，大怒：你们这群东西，贪酒误事，如今酿成大祸，怎么办吧？

刘队长手里拿着那张纸条直挺挺地站在别古来面前，说：这借据就是证据，他们在搞分裂。别古来说：你把那条子给我，我去告诉军长找八路军算账。刘队长恭敬地把那张纸条呈上：兄弟惹了祸，全仗队长袒护了。

别古来瞪着眼睛，说：要是军长认起真来，别说袒护你，我也保证不了自己。刘队长听到这话，擦着头上的汗，喘气越来越粗。别古来开始伸胳膊穿衣服，准备前往军部。可是，他忙活了一阵忽然又停住，仰着脸似乎在琢磨什么。刘队长疑惑地看着别古来，想说什么又不敢说。别古来仰脸怔了一会儿：不妥，假若八路军真是诚心送酒慰劳，有坏人乘机偷枪又栽赃的话，军长追究起来，责任不在八路在自己。咱们受罚，又影响两军的团结。事情一闹大，就难收拾了。

刘队长一哆嗦：这、这怎么办？

别古来：先别声张，你回去稳住部下，等我着手查明再说。

刘队长：是！队长多操心，我得赶紧回去压服他们。

别古来点点头：去吧，只要暂时不声张，或许还有回旋余地。

刘队长行个军礼，转身跑了出去。

刘队长走后，别古来在室内来回踱着步，然后开门直奔八路军团部。不一会儿，他又匆匆转回来，命令勤务兵去叫刘队长。刘队长飞也似的跑到别古来的队部里，见到别古来就问：别队长，查清了吗？

别古来说：我去他们团部找到了江团长，江团长说外出执行营救任务确有此事，但关于弄咱们枪的事，他并不知。刘队长脸色煞白，有大祸临头的感觉。他结结巴巴想表明自己的看法，可怎么也说不明白。别古来挥挥手打断他的话：我把这张字据给江团长看，他认出是袁虎的笔迹。

刘队长：这么说他承认了？

别古来点点头：他们还算明人不做暗事。

刘队长：是的，这不留了条吗？

别古来：亏他们想得出这个计策。

刘队长：除了他袁虎，谁还敢这么做呀。

别古来：你们是不是也太贪吃贪喝了？

刘队长低下头：属下认错。

别古来：这是袁虎，若是日本人的特务队弄这手段，你们怕是命也搭上了呢。

刘队长：属下以后定要小心提防。

别古来：这事就这么着吧，你也别太嚷嚷了，否则军长知道了怪罪下来，你我都担当不起。

刘队长：要是袁虎失了手，枪械还不回来咋办？

别古来：我正想这事呢。

刘队长：队长您快想办法吧，我最担心的就是这情况。

别古来：好，我给你写封信，你去独立团找江团长。

刘队长：是是是，得防患于未然啊。

天大亮后，被锁在北房里的伪军听听外边再无动静，强行拽开屋门跑了出来。那个伪军小队长看到西南角上的屋门大开，昨天被捉的三个人不见了。有伪军在南屋门口大声号叫起来：了不得了，太君，太君被杀了！

几个伪军赶紧往后院跑，跑到后院又蹿出来。伪军小队长问后院是否也出了事，伪军们哭咧咧地：天啊，后院里的太君也没有一个是活着的！

伪军小队长跑进南屋，南屋里满是日军尸体。伪军小队长在尸体堆里寻找木村，怎么也找不到。忽然门外一个伪军狗转筋似的尖叫一声跌倒在屋门口。伪军小队长慌忙跑出屋门，只见木村的光脑袋给割下，用刺刀从嘴里穿进去，牢牢钉在门口旁的墙上。伪军小队长嘴唇哆嗦着：你们在这里守住，我去报告中队长！

伪军小队长走了好一会儿不回来，有个伪军忽然想起什么似的大叫：去他娘的呱嗒嗒吧，小队长一定是跑了，傻逼才在这里等着日本人来砍头呢！

伪军们听到这话，扔下枪，哄地全跑了。

刘队长手持别古来的信到了八路军团部，团部参谋很热情地接待了他。刘队长说明来意，参谋走进套间，不一会儿江震睡眼惺忪地从套间走出来。刘队长赶紧站起身：江团长，打扰您休息了。

江震：刘队长这么早就来找我，有要紧事吧？

刘队长：是是是，你们袁连长……

江震：袁虎？

刘队长：是是是……

刘队长把别古来的信呈上。

江震看了信拧眉头：这个袁虎也太胆大包天了，竟敢硬借友军的枪！

刘队长说：袁连长也算光明正大，到底是给我们留了借条呢。江震一脸怒气，说：留了借条也不行，这样目无军纪，我饶不了他。刘队长连忙解释，哀求江震先不谈饶不饶袁虎的问题，要紧的是那些枪。江震怒气稍息，他告诉刘队长，袁虎他们已经完成任务回来了。刘队长大喜过望：回来了，没、没说的了！

刘队长高兴得立正一个军礼，辞别江震大踏步走出去。

江震一乐。

太阳一竿子高时，袁虎笑嘻嘻地走进国军卫队的小队部。在他的身后，十几个人搬着"借"去的枪械和一大堆刚缴获来的香烟罐头。袁虎把刘队长拽到旁边，说：对不起刘队长，是我袁虎耍弄了您的部下。不过无论如何得请您担待，我们去大山镇救人，武器不济，万一真打起来，就我们手里那家伙，不是干吃亏吗？

袁虎说着从衣袋里掏出一把光洋，悄悄地塞进刘队长的口袋里。刘队长喜笑颜开：嗯嗯，只要上边不怪罪，我保证不吱声就是了。

袁虎说：刘队长您大人大量，就不要怪罪我了。好吗？刘队长连忙双手抱拳：袁连长，你是边区出名的硬汉，兄弟结交还来不及呢，哪敢怪罪呀。哈哈。

袁虎和八路军战士们在刘队长的卫队部里坐了一会儿，出来后就直奔别古来那里。别古来正在独自喝茶，听到勤务兵报告说袁虎来了，连忙起身迎接。袁虎走进他的队部悄悄地说了一会儿话，别古来脸上露出有些诡异的神色。袁虎并没待住，片刻后就离开了别古来的队部。袁虎刚走，门外勤务兵喊报告。被允许进屋的勤务兵递给别古来一封信：报告队长，是八路军独立团江团长给您送来的。

别古来：哦？

别古来拆信看了看，猛地立起身：这、这叫什么事啊，怎么能关他禁闭呢！

勤务兵：关谁了？

别古来：江团长收到我的信，把袁虎关起来了。

勤务兵：袁虎做得也太过火了，他们团长可能也真生气了。

别古来说：这事我和军长讲了，军长不但没生气，还夸袁虎能干呢。不行，我得亲自走一趟。别古来换上军装，迈着正步走出去。

别古来出了队部直奔八路军团部。

别古来跟着通信员走进屋时，八路军独立团的领导人都在。江震等人起身让座。别古来不坐：江团长，咱长话短说吧，你关袁虎的禁闭是为了那档子事吗？

江震笑一笑：别队长不要着急，他的行为影响到我们和友军的关系，不关他几天说不过去。再者，此事如果让高军长知道了，不影响两军关系吗？

别古来说：我提个要求，希望你看在我们是友军的面子上，马上把袁虎放出来。江震作难地咂砸嘴，说：这么做怕是不妥吧？别古来问：有什么不妥的？江震说：万一高军长知道了这件事，再把这事捅到军分区，你说我们怎么应对？别古来说：请江团长放心，高军长那里有我一人承担，你就赶快把袁虎放了吧。

江震沉了沉：我们至少得关他几天，这是纪律。

别古来着急，说：江团长如果不给别某这个面子，我就昼夜不走住在你们团部里，一直等到你放了袁虎。别古来说着，一屁股坐在椅子上不走了。李政委走到江震面前：老江啊，既然别队长这么说了，我看还是对袁虎从宽处理吧。

李政委侧脸看看林参谋长。林参谋长两个拇指并在一起：袁虎违反军纪是一桩，立功救人又是一桩，两相比较，我看就功过相抵怎么样。

江震：既然大家意见统一，那就放了袁虎吧。

别古来：现在就放？

江震：现在就放！

别古来：那好，我跟着去看看袁兄弟。

别古来跟着警卫人员走到八路军特设的禁闭室前打开门，见袁虎正躺在炕上蒙头大睡。别古来走过去拽拽他：袁兄弟，让你受委屈了。

袁虎懵懵懂懂坐起来：啊，没什么，在哪里待着也是待着。

别古来：袁兄弟可真有情趣。

袁虎：你怎么知道了？

别古来：是你们江团长写信告诉我的。

袁虎口角漾起一丝坏笑：怪不得呀，我说呢。

别古来：袁兄弟，跟我干吧，你干我的副手。你的情况我和军长说了，军长挺吃惊，说你虎将秉性，天才军人，前途不可限量呢。

袁虎：大哥高抬我了，你要喜欢我，就和我一块儿干吧。

别古来：哈哈，兄弟真能诌。不过，咱们不是一直在合伙打日本吗？

袁虎：对，共同对敌。

别古来：走，到我队部里喝几杯，有好酒。

袁虎：对不起大哥，你忘了，我不喝酒。

别古来：哦，疏忽了。哎，你不是喜欢喝龙井茶吗，走，跟我去，送你几盒。大官们喜欢抽白面儿，咱就喜欢喝茶。

袁虎连连打哈欠：累坏了，改日再说吧。

别古来：也好，我派人给你送去，睡醒了再喝。

两个人一块儿走出禁闭室，各回各的住处。

这天下午，广场上扎了台子，军分区首长和独立团领导人坐在台上。广场周围锣鼓喧天，军号齐鸣，给袁虎举行的庆功表彰大会在进行中……

独立团虽然给袁虎举行了庆功表彰大会，但团部接到军分区的命令，说在这次营救行动中袁虎向友军"借"枪的做法有"破坏抗日统一战线"之嫌。因此，袁虎未升反降，降为二连副连长。

8

秋收之后，鲁北大地光秃秃的田野上一望无际，高空盘旋着一只老鹰，飞鸟儿和村内街上觅食的鸡鸭纷纷躲藏。

袁虎和袁光走在通往平州的大路上。兄弟俩一身庄稼人打扮，肩上背着褡裢，腰里扎着褡包，一身粗布衣裤，走起路来双脚稍稍向外撇着。边区开辟行动告一段落，他俩经团长江震批准，化装成农民到平州城看望爷爷。袁虎一边走一边告诉身边的弟弟：要是有人问咱们，就说是在城里学手艺的。袁光说：人家要问学什么手艺呢？袁虎说：做皮活，就说在南街安家皮货店里学着做皮活。袁光很认实，因为做皮活是项很专门的手艺，他怕人家盘问起来自己说得驴唇不对马嘴，就担心，就犹豫。袁虎告诉他：临行前江团长是这么嘱咐的。既是江团长这么嘱咐，那肯定有他的道理，袁光点点头：那行，咱就这么说吧。

后边驶来一辆马车，车老板将皮鞭抽得叭叭响。大车驶到二人跟前，车老板看了兄弟二人一眼，问他们去哪里。袁虎回答去平州，车老板哦了一声，大车慢下来。袁虎见车老板不停地看他们，就问：大伯，您这是到哪里去呀？

车老板说是去桥头刘运货。袁虎很机灵：麻烦您老捎我们一段路行吗？

车老板说：行是行，不过桥头刘到平州还有好几十里地呢，我只能把你俩捎到桥头刘啊。袁虎说：捎一段算一段，我们到桥头刘下车再往西拐就是了。车老板很和善，笑嘻嘻地点点头：那好，快上车。

袁虎和袁光跳上车，车老板鞭子一扬，辕马一伸脖颈，车速立即加快了。车老板回过头来看二人，说：你们是哥儿俩吧？袁虎连说：大伯好眼力。车老板乐了：还眼力呢，你俩除了个头大小不一样，剩下的一个模样。

袁虎和袁光笑起来，车老板也笑起来。车老板问袁虎兄弟是哪里的，袁虎说：是八盘镇的。车老板笑眯眯地看看两人，手指做个"八"字形，说：那里可是这个占着呢。袁虎说：俺们只是种地的，跟八啊九的都不沾，种地吃饭，闲事不管。

车老板收敛笑意：嗯，这年头，还是肩膀头宽些得好。

车老板一挥鞭子：驾！

接近中午时，大车来到一片小树林前，车老板将车靠在路边阴凉处，把马卸下车来拴在一棵树上，在马嘴前放上一个草料袋子。看着那马吃草嚼料，车老板脸上露出满意的笑容。他从车上取下水袋和干粮，坐在树荫下。车老板招呼袁虎兄弟俩一块儿吃，袁虎从肩上摘下褡裢：谢谢大伯，俺俩自个儿带着呢。

袁虎掏出几个玉米饼子放在褡裢上，兄弟二人一人一个，举在嘴边大口地吃着。人在吃饭，马在吃草，这情景很合拍，也很有趣，车老板和袁虎兄弟两个一边吃饭一边闲聊。车老板漫不经心地问他俩到平州城干什么，袁虎说：城里有个亲戚，俺哥儿俩跟他学皮活。车老板好像很好奇，问这皮活都是做什么，袁虎想想说：就是熟皮子、拧皮鞭、做马鞍、割鞭梢儿。

车老板笑了：呵呵，你还懂得不少呢。

袁光：干啥说啥，卖啥吆喝啥嘛。

车老板：呵呵，年轻的，说起来容易做起来难，皮活这碗饭也不是好吃的。

袁虎：大伯说得对。

车老板说：年轻人，平州城让日本人占着，进城时要装得像一点儿。袁虎听到这话不由一惊，疑惑地看着车老板。车老板说：是啊，听我的没错，你兄弟俩别直挺着个腰板子，这不像手艺人，那些日本人警备队保安队都是眼里有水的人。袁虎停止咀嚼，定定地看着车老板：大伯，这话怎么讲？

车老板说：就你俩这腰板架势啊，再怎么看也不像种地还是学手艺的。记着，进城时要哈着腰，脸上要装着愁眉不展的样子，回答人家的问话时，别太囫囵了，该装傻的地方就装傻。袁虎连连点头。车老板又告诉袁虎：千万别说是八盘镇一带的，闹不好就得让鬼子按八路把你们抓了。袁虎问：那我们说是哪里的才好。车老板想了想：你俩就说是桥头刘的吧，再问你桥头刘谁家的，就说是大车店的。再问你大车店里谁的孩子，你就说是刘再兴家的。

袁虎：大伯您叫刘再兴？

车老板：好聪明的年轻人。

袁虎：谢大伯指点，我们到底还是太年轻了。

午饭后，车老板套上马继续前行。马车很快，不长时间到了桥头刘北的大桥前。车老板驭住大车，袁虎和袁光跳下车来，正要说什么，却见车老板坐在车辕上用鞭子指指河岸下一条路：顺这条道一直往西，天黑就能到平州东门了。

袁虎：谢谢大伯捎我们这一路啊！

车老板：记住我的话，千万小心着。

袁虎：哎！

车老板挥挥鞭子，马车拐上桥头。又一声鞭响，马车顺桥过了河。

袁虎和袁光朝车老板招招手，走下河岸向西而去。

袁虎和袁光脚下很快，走到平州城东一里多地的土岗子前时，太阳还挺高呢。兄弟俩坐在路旁树下，一边休息一边商议。袁虎说：马上进城了，歇歇脚吧。我现在心里没底，几年不见，爷爷是不是还在西街开武馆。袁光说自己没来过平州，也不知道武馆在哪个地方。袁虎告诉弟弟，武馆就在平州西街。袁光听了，说：这也容易，直接去武馆，爷爷在呢当然最好。爷爷不在，可以问问左邻右舍的人嘛。即便爷爷离开了，也会给附近邻居一个信儿。袁虎说：小光真行，你脑子比我灵活。路旁几棵枣树上的叶子稀稀拉拉的，残存在树梢的零星枣子在风中摇来摆去。袁虎说着捡起地上的一块坷垃，一歪头甩上去，一颗干枣"叭"地给打落。袁光朝哥哥竖起大拇指：哥，你手上功夫和爷爷差不多了。

袁虎：差远了呢。

袁光：差不多了，我小时候见过爷爷甩手打鸟，架势准头都差不多了。

袁虎：小光啊，我离开爷爷转眼就是好几年，爷爷现在一定老了吧？

袁光说：听父亲讲，爷爷是功夫老到的练家子，十年八年看不出他有什么变化。袁虎侧侧头：嗯，你这一说我倒明白了，是这么回事，爷爷总是十年才见一老相。

袁光接着补充刚才的话，说他小时常听爹妈说，像爷爷这样功夫练到家的武把式很难说清什么叫老。爹妈说只要他的真气不消散，就能舞动大铁枪。只要爷爷能舞动大铁枪，精气神就能一直抻下去。

袁虎叹口气：袁家功夫到咱们这一辈，怕是要衰落了。

袁光：爹说，咱爷爷是担心过，说洋枪洋炮一出现，这拳脚兵刃一类的功夫就自然落伍。可爹妈又说，拳脚兵刃不能御敌，练好了仍能强身健体。

袁虎说：这道理我听江团长讲过，说这是什么推陈出新，自然规律。袁虎抬头望着城里方向，一脸的忧郁：小光啊，爷爷对咱们还不知怎么牵肠挂肚呢。

袁光：哥，你说爷爷见了咱俩是哭呢还是笑呢？

袁虎：肯定是笑，练武的人有定力，轻易不落泪，你何时见爷爷哭过？

袁光：嗯，真没见他老人家掉过泪。

袁虎：不，我见过，那年打发我去上党时，爷爷的眼圈就红了。

袁光：唉！咱爹娘走了，爷爷要是知道了怕受不住呢。

袁虎：哎，要是爷爷问起姥爷和父亲母亲怎么办？

袁光：照实说呗。

袁虎：不行，得撒个谎，就说咱爹妈在上党干了个小买卖，因为姥爷身子骨越来越差，他们一时半会儿还不能回来。再说，这路上也乱糟糟的不好走。

袁光：那咱俩怎么就回来了呢？

袁虎：就说爹妈惦着爷爷，打发咱俩回来通个信儿的。

袁光：好，只能撒谎了。可也是，真要实话实说，爷爷会受不了的。

兄弟俩聊了一会儿，起身继续赶路。黄昏时二人到了平州城门口，城门口站着手持长枪的鬼子和伪军，进出城门的人都要受盘问接受检查。袁虎和袁光排着队走到城门口，一个伪军上前拦住：站住，良民证？

袁虎取出良民证递上去。伪军看了看又指指袁光：你的？

袁虎说：他是我兄弟，不到年龄，还没领良民证。伪军说：这么大个子还不到年龄？袁虎记起了车老板的话，赶紧哈下腰，说：老总你看他人高马大的呀，其实才十几岁。伪军定定地看了看袁光：嗯，妈的脸蛋儿是挺嫩绰的，你们家是哪里的？

袁虎回答说是桥头刘庄的。伪军追问桥头刘谁家，袁虎说大车店的。伪军继续追问他们是大车店哪个车把式家的，袁虎流利地回答说是刘再兴家的。伪军听完袁虎这一连串的回答，脸上露出笑容：哦，我知道了。

一个日本兵端着大枪走过来：什么的干活？

伪军：哦，太君，一个小孩子，还没到领良民证的年龄。

日本兵指指袁光：你的？

袁光哈哈腰：哈伊！

日本兵乐了：好的，好的，日本话的会。

袁光暗暗骂道：好你妈个屁，要在别处，我要了你狗儿子的命！日本兵问他俩"什么的干活"，袁虎仍旧哈着腰，说：皮匠的干活。日本兵瞧瞧伪军，问皮匠是干什么的。伪军解释，说：皮匠就是拉皮子做皮货的。伪军转向袁虎和袁光，问他们在哪个铺子里做皮活。袁虎立即回答：南街安家皮货店。

伪军：安家皮货店，哦，我知道，很有名，连东北老客都来买他们的货。

日本兵还是不放心，问他们"出城什么的干活"。袁虎指指背上的褡裢说是出城要账去了，早晨出去，天黑回来。日本兵要搜查袁虎。那个刚才盘问袁虎兄弟的伪军赶紧走过来：太君，早晨他们出城时我见到了，就是从我眼前过去的。

袁虎有点儿吃惊地看着那伪军，伪军悄悄地冲他眨眼睛。袁虎会意，马上说：是的是的，这位老总能做证。日本兵眨眨眼：哦，老总的做证，好，开路开路的干活。

袁虎和袁光进了城。袁光说：哥，我看那二鬼子在有意护着咱俩。

袁虎点点头，双眉紧锁。

袁虎在极力地回忆着——这个人自己好像在哪里见过。

进了城门照直走，袁虎领着弟弟来到昔日西街武馆门前。袁虎抬头一看怔住了，大院还在，可是门口换了个木牌——西街仓库。大院的西南角临街处，一座新修的炮楼矗立着，炮楼顶上一个鬼子兵端枪向四处张望。大院门口站着两个放哨的日本兵，日本兵注意到他们俩在驻足观看，其中一个端起枪指着他们，叽里呱啦说了些什么。日本兵说完，大院里跑出一个穿西服的中国人。穿西服的中国人对门口的日本兵又说了一通，日本哨兵看看袁虎哥儿俩，点点头跟着这人走到袁虎兄弟俩面前。

"西服"：你们是干什么的？

袁虎：进城来走亲戚的。

"西服"：走亲戚跑到这里看什么？

袁虎：我记得以往这里有个武馆的吧？

"西服"：武馆早没了，去去，这里是皇军仓库，再不走就把你们抓起来。

袁虎连忙拽起袁光继续往西走。袁光一边走一边回头看，大门前站岗的日本兵又在和那个穿西服的中国人说话。"西服"指指袁虎二人，点着头要往这边追。袁虎明白鬼子在怀疑他们兄弟二人，想跑，觉得不妥，不跑又怕出现意外。就在这进退两难的时刻，西边裁缝铺里走出两个人，其中一个人愣了愣，抬腿朝他们跑过来，一边跑一边喊：哎哎，那不是刘家的两位相公吗？

听见这话，不远处那个要赶上来盘问袁虎兄弟俩的中国人不再追，停下来犹豫着。孙掌柜朝那个中国人施了一礼：于翻译官，俺内侄来了，你进来喝碗茶吧？

于翻译站住：哦哦，是你内侄呀，好好，不打扰了。

于翻译走回去，在向两个日本兵交代什么。日本兵点点头，于翻译返身进院里去了。袁虎和袁光赶紧跟着缝衣铺掌柜走进铺子里。

孙掌柜是这西街缝衣铺里的老板，刚才袁虎兄弟站在大院前发愣时，孙掌柜在铺内将做好的衣服用包袱皮包好，递给一直在柜台外静静地等着的顾客。顾客将手里的一串钱递给孙掌柜转身往外走，孙掌柜赶紧绕过柜台往外送。孙掌柜满脸堆笑把顾客送到门外寒暄时，一抬头看到袁虎兄弟俩站在不远处的国术馆大门口。孙掌柜注意到了刚才门前发生的一切，连忙跑下台阶拉住袁虎和袁光……

孙掌柜领着袁虎兄弟往缝衣铺台阶上走，袁虎疑惑地看看孙掌柜。孙掌柜说话声音很高：快进铺子里，好几年没见着你们了。哎，你们的爹妈还好吧？

袁虎心中激灵一下，他想起来，孙掌柜当年常和国术馆来往，国术馆是这家缝衣铺的老主顾，连碱洼村的马叔和南街的安师父也找他做衣服。

孙掌柜把袁虎兄弟二人拽进铺子，战战兢兢把他二人拉到后院小屋里。孙掌柜神情紧张地连说：好险好险，真要让他们认出你哥儿俩来就麻烦了。袁虎说：大叔你还认识我？孙掌柜点点头：看模样，这是你兄弟吧？你忘了，咱们早就认识。多少年前我就在这个铺子里，那时你是国术馆少当家的。对吧？

袁虎点点头：我爷爷和馆里的人经常找你做衣服。

掌柜擦了下头上的虚汗，说：你俩胆子可真大，怎么敢在日本人的军需仓库前站下细看呢？要是有人认出你曾是这国术馆少当家的，你还想活命吗？袁虎连说：谢谢大叔救我俩。孙掌柜摆摆手：别别，你爷爷当年可没少照应了我的铺子，馆里的布活大都交给我。今天意外遇到你，也是老天支应着让我报恩。

袁虎：记得有一次我爷爷要做袍子，布料是我送来的。后来我又跑回来，说爷爷要把长袍改做成紧身衣靠。

掌柜点点头：是的，那是我给他老人家做的最后一件衣裳。

袁虎：最后一件？

掌柜：是啊。少馆主，你自从走了后再没回来过？

袁虎：没有，一次也没有。怎么……

掌柜：这就难怪了。袁老镖师啊，真是当世英雄，那天的情景，我是亲眼看到的……

孙掌柜给兄弟二人各自倒了杯水，兄弟二人一边喝水，一边听孙掌柜讲述当年爷爷遇难的经过。袁虎脸色铁青，袁光泪流满面。孙掌柜说完袁镖师血战日兵最后中枪"归天"之后，兄弟俩同时哭出声来：爷爷！

孙掌柜连连摆手：别哭别哭，这房子浅，让街上行人听到了不得了。

袁虎和袁光咬着嘴唇忍住了。无声的泪水顺着弟兄二人的脸颊哗哗流下来。

孙掌柜又给二人的茶杯里添上水，这时外边天色已晚，孙掌柜说：你们先喝点儿水，待会儿吃了晚饭后千万别出门，住一宿明天赶紧出城。

袁虎：大叔，我想在城里多待几天，您看哪个客栈合适？

孙掌柜连连摇头：少馆主，不是我撺你，这城里认识你的人很多，万一……

袁虎：都过了好几年了，还有多少人认识我的？

孙掌柜：说真话，你的模样没啥变化，跟走时差不多。所以呀，刚才我一眼就认出你来了。

袁光仍在饮泣，袁虎沉默。

袁虎一咬牙，握在手里的粗瓷水杯"啪"地攥掰了。

孙掌柜脸皮一阵抽搐，盯着袁虎的手：烫没烫着？

袁虎摇摇头。

孙掌柜：扎没扎着？

袁虎摇摇头。

孙掌柜嘘了一口气，俯身将一块块的瓷片收拾起来。

前柜上有人说话：孙掌柜在家吗？

孙掌柜应声走出去：来了，来了！

孙掌柜走出去后，缝衣铺后边小屋里，袁光还在啜泣，肩头一耸一耸的。袁虎安慰着弟弟，和袁光在暗暗商议着如何为爷爷报仇。忽然，门外一前一后传来两个人的脚步声，接着，一个中年人急匆匆地走进来：袁虎！

袁虎扭过脸，忽地站起身：安伯伯！

安师父跑上来抱住袁虎：孩子，可把你盼回来了。

袁虎：小光，这是咱安伯伯。

安师父把袁光搂在怀里：小光？就是老二吧。也这么大了！

袁光：嗯，十六七了。

安师父：唉！真快，要是你爷爷……

安师父说到这里，眼圈红了。

袁虎：安伯伯，孙掌柜把事情都和俺哥儿俩说了，这国仇家恨，我是记牢了。

安师父擦了下眼睛，问袁虎：你什么时候从上党回来的？袁虎回答说：回来两年多了。安师父皱了下眉：你回来后怎么连个信儿也不通，你爷爷……唉，你看我，又提起这事，让你兄弟俩难过。

袁虎：安伯伯，全怪我，全怪我。请问安伯伯，我爷爷葬在哪里？

安师父说：孩子你尽管放心，当天夜里我们就将你爷爷和老左的尸体运出城去，安葬到了我们大碱洼。碱洼村的乡亲们，给你爷爷和老左举行了当地最隆重的葬礼。这爷儿俩死得壮烈，死得其所。

袁虎拉着弟弟给安师父跪下：谢谢安伯伯，伯伯大恩，来日再报。

安师父连忙扶起袁虎兄弟：孩子，这话说得着吗。哎，有件事想问问你，你从上党回来这两年多一直在哪里？

袁虎说：在八盘镇一带。安师父眼睛突然一亮又一暗，他看了孙掌柜一眼，俩人交换了一下眼神。安师父告诉袁虎兄弟，说：孙掌柜是我多年至交，一会儿趁着鬼子巡逻队天黑前不出来，让他把你哥儿俩送到我家去。你住在我那里，比这里安全，咱爷儿们也好把这几年的事拉拉。

孙掌柜点点头，袁虎也点点头。安师父拍拍哥儿俩的肩膀告辞，袁虎要起身相送，被孙掌柜拦下：天还没有完全黑下来，你俩不能露面。

安师父朝袁虎兄弟摆摆手，和孙掌柜一前一后走了出去。

安师父家是大户。安家在城里开着商号，在省城也有生意。

安师父内宅正屋里，迎门摆着一架硕大光亮的条山几，条山几上方挂着《麒麟送子》的玻璃画。条山几两端是两个乾隆年间的圆帽筒，帽筒两旁笔筒里一边斜插两把名人折扇，一边插着两把花翎羽毛掸子。在安师父的内宅正屋里，碱洼村的马立田正陪着一个商贾打扮的中年人聊天。门外有轻轻的脚步声，是习武之人所特有的那种"飘云步"。眨眼间，安师父走进来。安师父坐下后镇定了一下说：刚才在老孙成衣铺里，你们猜我遇到谁了？

中年商人：先别说遇到谁，先说说老孙得了什么新情报吧。

安师父：昨天，鬼子的军车又运进好几十箱枪支来。据老孙的内线说是准备武装大山镇新成立的二鬼子中队的。

中年商人看了一眼马立田。马立田点点头，说：前几天得到的情报也证实，由于我们成功从大山镇救出三位政工干部，平州宪兵司令大发雷霆，除了逃跑的那些外，近百十个二鬼子都给发配到东北挖煤去了。中年商人接上说：鬼子要重新组织大山镇保安队，地方党组织商量了一下，打算借此机会把我们的人派进去。

安师父：这办法不错，到一定火候把队伍再全部拉走。

马立田：就是这么计划的。

安师父：明天我就找小魏子说，让他们瞅机会物色人选准备着。

中年商人：好，这事就这么决定了。哎，刚才你说在老孙家遇到谁了？

安师父：我也别卖关子让你们猜了，你们猜也白费劲。我遇到袁虎了！

两个人同时站起来：啊？

安师父说：还有他兄弟小光，也长得五大三粗的了。马立田问安师傅：袁镖师的事袁虎知道了吗？安师父说：老孙已经告诉了他们。马立田连连顿足，说：就差这么几个月，爷儿仨硬是没见着面。中年商人口气沉重：这就是世事难料啊！

马立田说：这也算是个好机会，要把袁虎安插到大山镇，那可是天遂人愿了。安师父连说：别别，先别这么办，我看呢，小虎是来者不善。他说回来二年多了，我问他一直在哪里，他说在八盘镇一带。马立田自言自语地絮叨：八盘镇一带！

中年商人静静看着马立田和安师父，绷紧嘴唇不说话。马立田沉吟半晌：听听你俩的意见，是不是向独立团打听一下？

安师父：待会儿老孙就把他哥儿俩送到这里来，咱们看看花色再说。

三人正在谈论袁虎一事，外宅里有人传进话来，说成衣铺老孙打发人送衣裳来了。安师父跳起身：说着说着，来了！

9

安师父走出内宅来到门口，将大门轻轻拽开一条缝。只见孙掌柜站在门外，身后跟着袁虎弟兄两个。孙掌柜先把袁虎兄弟推进门内，又递给安师父一包衣服，说了几句什么就悄悄离开了。

安师父也不说话，快步领着袁虎兄弟走进内宅，进入室内。三人走进屋里时，屋里只有马立田一人坐着。马立田慢慢站起身：小虎!

袁虎一怔：马叔，你咋也在这里?

马立田想说什么，一句话没出口却哽咽了。马立田将袁虎哥儿俩搂在怀里，三人头碰头好长时间说不出话。安师父走过来安慰他们：别难过了，你爷仨今晚就在套间大炕上歇着，有话慢慢说。

马立田擦擦脸上的泪水，赶紧让袁虎兄弟坐下。爷仨拉起了这几年的经历，特别谈到袁虎到了上党后发生的一切。马立田唏嘘不已：孩子，经历得多，吃苦就多。吃苦多，长的见识就多。听你说话行事，比几年前成熟练达多了。

袁虎抬头注视着马立田已经略显苍老的面孔，心中充满对往事的追忆、哀伤和悲怆。想想昔日平州国术馆里的蒸腾景象，想想安伯伯对自己曾经的呵护与期望，虽是钢铁硬汉，心里也难免一阵阵地难过。

安师父起身走出去。不大一会儿，安师父又托着一件衣服回到屋里。安师父走到袁虎跟前：小虎，这是你爷爷留下的夜行衣靠，在我手里没用，还给你吧。

袁虎和袁光睹物思人，眼圈又红了。

就在同一天晚上，八盘镇独立团团部里，江震吸着烟在屋里来回踱着步，林参谋长坐在桌前写战斗计划。江震踱了一会儿站在林参谋长跟前，说：老林，我真有点儿后悔不该让袁虎进平州。林参谋长抬起头：为什么?

江震说：你想想他那性格，遇到看不顺眼的事万一出手弄出事来怎么办?林参谋长说：老江你多操心了，袁虎可不是没眼力的人。他不动则已，动则必成。敌人要想抓他，做梦去吧。江震侧侧头，说：这个愣小子，他可是长到我心里了。林参谋长点点头：大伙都看得出，你就像他的老大哥。

江震说：是啊，是他的老大哥，也是他的老战友，是我把他拉进革命队伍的，我得对他负责。这是员虎将，少有的虎将，人才难得啊!哎，袁虎进

76

城的事老李安排过了吧？林参谋长说：李政委已经安排了，地方上有咱们打入敌人内部的同志，说起来都认得袁虎，随时随地会照应他。江震说：那就没问题了，可我仍然担心、惦挂。林参谋长微微一笑：你向来是泰山崩于前而不乱，担什么心啊。

江震：我自己也说不明白，反正就是惦着他。

入夜，马立田和袁虎并排躺在安宅套间里的土炕上。袁光在土炕的另一头睡着了，马立田和袁虎仍在聊着。马立田问袁虎到了上党那年为何一直没回来，袁虎大致把在上党的遭遇和经过说了说。马立田伸出手抚摩着袁虎的头发：孩子，年纪轻轻的让你独自闯荡，这几年你可真遭了大罪了！

袁虎：我年轻力壮倒无妨，就是弟弟跟着我吃的苦太多了。

马立田：你跟着那支队伍回到家乡后，接下来又干什么？

袁虎稍一犹豫：我，我有一膀子力气，一直在那一带给人扛活。

马立田：回来后怎么不早点来看你爷爷？

袁虎想了想：听说路上层层关卡，有八路军的，有杂团土匪的，有二鬼子的，平州这边还有日本人的。心想反正回来了，早一天晚一天，总能见到爷爷。唉！没料想……

马立田：哦，天不早了小虎，睡吧，咱爷儿俩明天再接着拉。

马立田吹熄了灯。

马立田睡不着，袁虎的回答和模糊的态度让他不放心。为了让袁虎能够尽快入睡，他假装睡着，打起了鼾声，但眼睛一直半眯着。夜半之后，马立田忽然听到轻微响动，侧目一瞧，袁虎正起身看他和袁光。见他二人已经睡熟，袁虎轻轻翻身下炕，他打开爷爷的夜行衣靠，十分麻利地穿戴上。袁虎悄悄开门走出去，马立田很吃惊，随后也轻身下炕，踮着脚闪出门去，悄悄在袁虎身后跟踪。

马立田跟着袁虎出了内院，隐在暗处，定定地注视着前边的袁虎。只见袁虎走到墙根，纵身一跃抓住房檐上的木椽，腿一蜷后空翻上了房。马立田竖起大拇指暗暗叫好，眼睁睁看着袁虎穿房踏脊而行，只一会儿就跳到院外去了。

马立田没这本事，他愣了一会儿只好返回屋内。

平州城大街上，一个人影快速移动。这个人影避开鬼子的巡逻队进了一个胡同，从胡同里出来后穿小巷顺街沿踮步疾走。人影在以前的国术馆现在的鬼子军需仓库墙外站住四下望了望，然后小跑步蹿上墙跳进院里。院内传出狗叫，不大会儿，人影又迅速从墙内翻到墙外。人影到了日本宪兵队门前，像旋风一样轻轻旋了几下不见了。

这个人影是袁虎，他有他的打算，他的想法，他在提前做着准备，一旦侦察清楚，他就会霹雳闪电一样施展身手。

袁虎原路返回到安宅内院的正房套间里，听听马立田和袁光仍在熟睡，他放心地脱去夜行衣靠，双手摁着炕沿，身子一旋落到自己刚才睡觉的位置。这一切都被马立田看在眼里，他没有作声，也没有动身，只是在心里暗暗地做了决定。

八盘镇独立团团部里正在召开军事会议，林参谋长在地图前部署着作战计划。这时，警卫员走进来，走到江震面前低声说了几句话，江震站起身来走出去。江震走到另一间屋子里，上次来送信的中年绅士正在屋里坐着喝水。绅士换了衣服，一副商人打扮，见江震走进来，立刻起身叫了声江司令。江震示意对方坐下，自己则坐在他对面：老许，你匆匆忙忙地赶来，有什么紧急情况？

老许：马书记还是让我直接找你。

江震：又有紧急情况吗？

老许：说紧急也不紧急，说不紧急还真紧急。

江震：别打哑谜，我正在开会。

老许：是这么回事，有个叫袁虎的你认识吧？

江震的口角抽搐了一下：他怎么了？

老许：倒没怎么，看来你是认识的。

江震点点头：那是我的兵。

老许：袁虎进平州城你知道吗？

江震：是我准的假，他进城是探望他爷爷。

老许：他爷爷早已死在了日本人手里。

江震：哦？

老许：袁虎自打前天进城后，接连两宿到日本人的住处探察。

江震：老马是怎么知道的？

老许：袁虎进城后，因为爷爷被害，这两天一直住在爷爷的生死之交安师父家。安师父是和马书记联系的人，他悄悄跟上亲眼看到的。

江震：看来，袁虎是要为爷爷报仇。

老许：我们只怕他是绿林道上的人，现在证明是自己的同志了，替爷爷报仇的事我们自当协助谋划。好了江团长，没问题了，您回去开会吧。

江震想了想：对于自己的身份，他什么也没说？

老许摇摇头：嘴可严实呢。

江震：好，你回去告诉老马，让他暂时不要对袁虎明确自己的身份，同时劝说袁虎立即返回八盘镇。

老许：空口白话，他信吗？

江震：我写封信你带着。

江震伏在桌子上迅速写信。

刚才的警卫员跑进来：报告团长，袁虎和袁光回来了！

江震怔了怔：好得很，让他先好好休息，半小时后我去看他。

警卫员答应着跑出去，江震把写了半截的信纸装进自己衣袋里说：老许同志，信你也不用带了。大老远的，又让你受累。

老许呵呵笑着，连说：没问题，累点无妨，这下大家都放心了。

江震让警卫员安排老许休息，自己仍然去参加会议。

团部军事会议结束后，江震、李政委和林参谋长一块儿到了二营驻地。他们径直走进袁虎所在连的连部，见袁虎坐在炕沿上，眼睛红红的。袁虎见三位首长一块儿进来，连忙站起身：报告首长，我……回来了！

因为江震等人已经知道袁镖师已被日本人所害，也就不再询问他到达平州城后的情况。他们走过去劝慰袁虎，说了一些将来一定要为他爷爷报仇之类的话。袁虎不时地摇头，似乎对他们的话似信非信。江震看着袁虎一脸的泪痕，起身洗了块毛巾递给他：小袁啊，不要再难过了，爷爷是中国人的骄傲，是武林中真正的大侠。这个仇我们是一定要报的。

袁虎擦擦脸，说：团长我有个请求！江震坐回凳子上：你说。

袁虎说：请团长给我一个班，我要二进平州城，给小鬼子一点儿颜色看看。行动规模不大，谈不到为爷爷报仇，只想杀个痛快。要不然的话，我会憋出病来的。

江震沉思半晌点点头，他让袁虎说说自己的行动计划。袁虎说：敌人的军需仓库和宪兵队我已侦察清楚，夜间只要摸进去保证袭击成功。江震说：你对敌人的侦察行动这我已知道，现在谈的是你的具体计划。袁虎一惊，问自己的侦察行动江震是怎么知道的，江震一笑，说：这是个秘密，以后再告诉你。不过，这个秘密刚才差一丁点就让你知道了。袁虎疑惑地望着江震，江震说：还是谈谈你的计划吧。

江震递给袁虎一张纸，一支笔，袁虎接过笔在纸上画着：准备这样……

袁虎在纸上圈圈画画，江震、林参谋长在认真地看着，不时做一点儿纠正。三人看完后，林参谋长说：这个计划很完整，但实施起来比较难。袁虎说：请参谋长放心，我对平州城里的街道太熟悉了。

　　林参谋长：对，这是你的优势，也是你的劣势。

　　袁虎：为什么？

　　林参谋长：因为平州城里的人对你也是熟悉。

　　袁虎：嗯。

　　江震：你只要一个班？

　　袁虎：一个班。人多了不行，因为进城前必须分散隐秘行动。

　　江震：那好，我通知特务连，你去挑人吧。

　　袁虎行了个军礼：是！

　　这天黄昏，一队伪军大摇大摆地走进平州城北门。伪军队伍后边是一辆大车，为首的小队长歪戴帽子手提匣枪，走路一摇一晃。城门站岗的鬼子伪军一起走上来拦住这伙人：站住！你们是从哪里来的？

　　伪军小队长瞪起眼，说：我们是大山镇的，进城执行任务。小队长说着凑近一个伪军耳边神秘地说道：兄弟，我们是来运枪支弹药武装新招募的弟兄。

　　伪军将小队长的话转给鬼子兵，鬼子兵跑到岗楼里打电话。不大会儿，鬼子兵从岗楼里走出来挥挥手：开路开路的干活！

　　城北街一个拐角上，马立田、老许和当日在城东门为袁虎兄弟解围的伪军站在街边吸着烟闲聊。刚进城门的那队伪军从北街散散乱乱地走过，为首的小队长朝老许使个眼色，老许压低声音说：他们进来了。马立田：你赶紧去通知老安。

　　老许答应着，匆匆忙忙走了。那个当日在城东门站岗的伪军士兵仍旧站在马立田跟前。马立田侧目而视，说：小魏子，敌人正对大山的伪军进行大换茬，你要尽快找机会把咱们的人掺进去。被称作小魏子的伪军士兵点点头：好吧，我正在操持这件事呢。袁虎他们的行动，晚上是不是需要配合？

　　马立田摇摇头说：干袭击袁虎是把好手，我们只管在一边撺着，万一失手，最要紧的是马上把他们藏起来。小魏子：明白，那我先走了。

　　这伙伪军领着大车直奔西街仓库，此时太阳落下西山，大地罩上一层灰纱。门口站岗的鬼子兵持枪挡住前来运货的伪军小队。那个姓于的翻译官也闻声走了出来，他们在和伪军小队长争论着什么。于翻译拦在伪军面前：太君说了，你们先到街东大车店住下，今日天晚了，明天早晨再来取货。

伪军们故意起哄。鬼子兵端起枪：快快地开路，再闹死啦死啦的！

伪军士兵骂声连天：日他妈的，这不是故意遛人玩儿吧，说好了来到就装车，还让等到明天。明天老子还要回家娶媳妇呢。

伪军们骂骂咧咧朝大车店走去，那辆大车跟在后边。

仓库门前，日本兵在和翻译说着什么。翻译官点点头，急匆匆回到院中去了。

天黑之后，街上行人越来越少。鬼子巡逻队出动了，街上响起嚓嚓嚓的脚步声。脚步声过后，有一个伪军从大车店里探出了头，这个伪军看了看街上的情况就又回去了。夜渐渐深了，傍晚进来的十多个伪军相继溜出大车店。这些人分散避开鬼子巡逻队，几乎在同一时间溜进西街一条巷子里。他们避开岗楼上的探照灯，迅速拐进国术馆东边的胡同。他们分成两拨，一拨三个人举枪隐在暗处监视着院角上的岗楼，另一拨六七个人迅速贴到墙根处。一个黑影麻利地蹿上墙去朝院内看了看，朝外挥挥手然后跳进院里。随之，一个个黑影相继上墙入院。

探照灯扫过来，墙外监视的人迅速隐蔽。

探照灯光"唰"地移过来，从几个人的头上扫过去。

墙内扔出一块石子，石子落在地上"啪"地响了一声。三个人听到信号，迅速跃起身子跑出胡同，故意弄出大的脚步声。岗楼上的鬼子兵听到动静，探照灯"唰"地扫过来。就在这一刹那，三个人三枪齐发，三枪一同打在探照灯上。"砰"的一声，探照灯爆裂，贼亮的灯光闪了一下熄灭。岗楼上的鬼子哇哇乱叫，机枪在黑影里朝下扫射。机枪子弹漫无目的地泼洒下来，打得墙上一片片墙皮往下落。

大院里响起尖厉的哨声，有一队鬼子端着枪冲出院门。十字街上的日本宪兵队里也响起了哨声，远处，鬼子巡逻队正甩着皮鞋朝西街奔。那三个人一边打枪一边往南街跑，鬼子伪军在后边拼命地追。三个黑影跑到南街几条小巷前不见了，鬼子军官指挥日伪军分散进入小巷搜索。

日军仓库的岗楼上虽然没了探照灯，但鬼子依然朝小巷周围开火。鬼子兵打了一阵机枪，忽然看到后院的东侧的弹药库火光一闪，响起惊天动地的爆炸声；岗楼上的鬼子正在惊诧，却见后院西侧的服装库亮了一下，接着就燃起了漫天大火。借着火光，岗楼上的鬼子看到七八个伪军端着枪朝外冲去。鬼子们一时蒙了，闹不清该放伪军走还是应该开枪拦截。就在他们不知所措的瞬间里，七八个伪军端着枪冲出院子，冲上了大街。

从仓库院里冲出来的这队伪军冲到十字街刚要朝南拐，迎面日本宪兵赶过来。日军官战刀一举：站住，那边什么的干活？

一个伪军大声喊：报告太君，八路夜袭军需仓库，弹药和服装全完了。

日军官抬眼望去，军需库的方向果然一片大火。日军官举着战刀向西一指：赶快抢救军需物资，不许逃跑后退！

对面的伪军似乎没有听懂他的话，忽然扔掉长枪从腰里拔出了二十响。这些伪军在近距离内一个个双枪齐发：去你妈妈个蛋的吧！

日军官兵十几人像谷个子一样相继倒下，有几个日兵拼命蹿进小巷里。用日本话发疯地狂喊：警备队开枪杀皇军了！

听到喊声，各处先后响起脚步声和枪声。打死日本兵的伪军们风一样刮到南街。这些伪军在南街遇到正在小巷中搜寻那三个人的日本兵跑出小巷，双方迎面相撞碰个正着，伪军们旧戏重演，马上举枪开火。

远处的鬼子巡逻队见此情景冲过来，伪军们一溜风跑走了。

这几个伪军串胡同走小巷，一直跑到城根处，顺着台阶爬上城墙。先头引开日军的三个伪军正在那里等着，忽见安师父从暗影里走出来，把一根大绳顺到城外墙下。安师父走到领头的伪军跟前：小虎，拽着大绳溜下去，快走！

袁虎：安伯，原来是你？

安师父：别多说了，快走！

袁虎等人拽着大绳溜下城墙到了城外。

安师父往城墙外探探头，将大绳收拢团成一团带走了。

袁虎他们走后，城中街上枪声大作。鬼子和鬼子、伪军和伪军、鬼子和伪军相互开枪对射。有人发出非人的嘶喊：了不得了，八路军大部队来攻城了！

天亮后，袁虎带领手下十多人返回驻地。营长陆彪带人亲自给他们送来热水热饭。同志们边吃饭边谈夜间的行动经过，屋里洋溢着胜利之后的兴奋和喜悦。

第三天上午，独立团团部召开了连以上干部会议，江震在会上发表重要讲话，他说：这次袁副连长率队夜袭平州城，据可靠情报，敌人西仓库的服装被褥大部被烧，枪支弹药悉数被毁。敌人互相残杀直至天明，日伪死伤近百名。

会议室里响起热烈掌声。

江震摆摆手：鉴于袁虎同志屡屡重创和歼敌的突出表现，团里决定为袁虎同志记二等功一次，同时恢复袁虎同志的连长职务。

会议室里又响起热烈掌声。

恢复连长职务几天后的傍晚，袁虎正和指导员老邢、副连长老宁制订战斗训练计划。通信员走进来，说：高军卫队队长别古来先生要找袁连长。袁虎跳起身迎出去，只见别古来腰别双枪，大踏步地走进院里来。袁虎迎上去与别古来握手，一边往屋里让客人一边问道：好长时间不见了，大哥一向忙什么呢？

别古来走进屋，坐下后长时间不语。袁虎感觉挺奇怪，因为别古来是个爽快人，一向喜欢直来直去，袁虎纳闷：怎么了大哥，是不是我有什么地方得罪你了？

别古来：嘿，兄弟你说哪里话啊，我有我的烦心事。

袁虎：那就和小弟说说吧，也许我能帮上忙呢。

别古来摇摇头。

袁虎：大哥揣着个闷葫芦，倒让我不知说啥好了。

别古来把腰里的枪带解下来放在桌子上，长长地叹了口气：唉！兄弟，世事多变，我真不打算干了！

袁虎：这叫什么话，我们抗日正在兴头上，你怎么要打退堂鼓啊？

别古来说：我们军就要南撤了。袁虎"啊"了一声，问他为什么。别古来说：是战局需要。袁虎愣了：这么说，我们兄弟就要天各一方了？

别古来抬眼看了看袁虎：袁老弟，坦言相告，我不想走。

袁虎：军令如山，你能抗得住？

别古来：我和军长说了。

袁虎问高军长怎么说。别古来说：军长讲大部队虽然南撤，但还准备留下打游击的。我说我留下，军长不肯放，他说我跟他好几年，他舍不得。袁虎想了一会儿说：别大哥，这就看你自己的了，你执意要留，我想高军长也不会硬把你带走。再说，你留下来，咱们也好有个相互照应。

别古来：说的是。我来找你正是为此事。

袁虎问他是不是有什么事，别古来说：我打正规战习惯了，但打游击可就成了外行。如果真留下，以后与鬼子还是汉奸交手，你得多帮着我。袁虎一拍桌子大笑起来：没得说。

别古来：部队说走就走，大部队走了，我得有个立足之地。

袁虎：是这样啊，你说吧，打算驻军哪里？

别古来说：在你们驻地西南尹集子一带，有个国军留下来的李鑫李八师，是鬼子一直争取的对象。因为我们高军长驻在这里，他们一直不敢妄动。如今高军长开走，这些人怕是要当二鬼子了。袁虎凑到别古来跟前：你的意思是，吃掉他？

别古来：对，大部队开走后，只要他们一有降意，你得帮我先把他们收拾了。然后，我就以那一带为依托和鬼子周旋。

袁虎哈哈一笑：放心大哥，那些人我了解，名义上是师，实际上连一个营的兵力也不到。收拾他们不劳大哥，我自个儿带人就把事办了。

别古来说：不行，你办了地盘就成你的了，我只让你帮着。

袁虎：大哥不干赔本买卖。

别古来哈哈大笑。

立冬之后，天气变冷，连部里燃起了柴火炉子。桌前电话机旁，袁虎握着电话听筒在和营长陆彪通话。袁虎告诉陆营长：别古来把留下来跟他抗日的一百多号人改成"抗日救国军"了。他自任司令，声称要和我们八路军平起平坐，看谁消灭日本鬼子多。陆彪呵呵笑起来，说：只要他抗日，至于改成什么不就是个名号嘛。没关系，继续保持和他的联系。必要时，我们可以助他一臂之力。

袁虎：是！营长，我明白你的意思。

陆营长：你们紧挨着的李八师最近有动静吗？

袁虎：报告营长，别古来送来信儿，说李八师确有投敌迹象。

陆营长：可以确定？

袁虎：我们接到别古来的信后，派侦察员去了尹集，通过内线得知，日本人已经派了专人和李八师接触过好几次了。

陆营长：有没有他们的具体行动计划？

袁虎：目前还没有。哎，请营长稍等……

门外报告声，一侦察员走进来。

侦察员：报告连长，别队长的人已经掌握了李八师的行动计划。

袁虎：好，快把信给我。

袁虎接过信拆开，对着话筒：报告营长，别队长打入李八师的人已经拿到了证据，我念给你听。

袁虎对着话筒念完信，陆彪在电话里说，他要请示团里，看怎么行动好。同时他让袁虎马上和别古来联系，让他们做好准备，我们全营协助他们夜袭尹集，彻底剿灭李八师，绝不能让他们把部队拉进平州城里。

10

那天，陆彪请示团部批准之后，亲率二营的三个连围住尹集。救国军担任突袭。别古来身穿便衣，腰里插着双枪站在离尹集南街口约一里地处，在他的身后，一百多名穿便衣大汉清一色的双枪和汤姆式。陆营长一声令下，三面一齐开火。李八师的人听到枪声，仓皇集合向没有枪声的南街口突围，这数百人没料到迎头遇上别古来的部队。别古来身先士卒双枪齐发，部下如狼似虎压上去。李八师本来没有什么战斗力，遇上这些拼命三郎般的人物，立即人仰马翻溃不成军。李八师的人重又朝着街里逃，而此时八路军的三个连已将他们包围。绝望中，李八师的人相继跪在地上缴枪投降，别古来带人在一个柴火堆里拽出顾头不顾腚的李鑫。

袁虎率队赶过来，别古来把李鑫朝他面前一推：兄弟，这个胖子交给你，这个地盘交给我。有言在先，你们撤兵吧。

袁虎：这李八师的武器……

别古来：我们挑几件应手的，其余的也统统归你。

袁虎：大哥真是痛快人！

自从东进支队开辟新区以来，共产党八路军在鲁北的势力范围和影响力越来越大。日本驻平州联队长山田大佐认为，如果照这样的速度发展下去，两年后不但会威胁到平州驻军与军用物资的安全，还会影响到南进日军的后方支援。因此，他与驻沧州的日本部队联系后，准备采取联合军事行动，趁这一带的八路军羽翼未丰，及早予以消灭。

这天，山田在联队司令部召开军事会议。山田大佐站在军用地图前，联队属下的三个大队长松井中佐、犬养中佐、伊藤中佐立在两旁。山田指着地图上的一处地点解说，他讲这里的八路军势力越来越大，他们采取的是你进我退、你驻我扰、你守我攻的灵活战术。日军出动时，军力小了不起作用，大部队行动声势又大。八路军各处都安插着侦察人员，消息一经传出，他们马上就会消遁。由于这种原因，自己决定要与沧州驻军联合行动。

三个大队长请山田解释清楚，以便他们分别做好准备随时出动。山田扭脸看看外边，说：据我判断，深冬之后会降大雪，我们可以趁着雪天开往鲁东北八路军的新区。三个部下嘴里不说心里犯嘀咕，因为雪天军事行动受限，日军要想找到八路军不是更难吗？山田看出了部下的忧虑，他阴险地笑笑：

我们不找八路军部队，只消派出日军和保安队把那一带的老百姓围住，共产党八路军最关心的是他们的群众，必然会派出部队前往营救。我们随后加大军事力度，当地八路军装备极差，很难对抗皇军的进攻。外围的八路军闻讯就会前来增援，这样，我们电告距离较近的沧州驻军，由他们派出部队从外围包剿，里外夹击，鲁北一带的八路军必然会全军覆没。三个下属听到这里，松井首先竖起大拇指：大佐高明。

山田：你们从现在开始做好准备，一旦时机来临，马上采取军事行动。

三人齐声"哈伊"，一个魔鬼入境的阴谋计划就这样敲定了。

还真让山田这个日本联队队长判断准了，入冬后鲁北一连下了几天大雪。这天早晨，八路军雪中出操的队伍下操回到宿营地，开饭的号声响了，战士们正抬着大桶筐箩朝伙房方向走，远处传来隆隆炮声。炮声中夹杂着机枪的射击，战士们顾不得去领饭，扔下大桶筐箩返身跑回宿营地。

八路军独立团团部里响起电话铃声，刚刚洗完脸的江震抓起电话，刚说了句"我是江震"，电话里就传来驻守八盘以北刘官屯一营营长李侃急促的声音。李侃报告说：冀鲁交界处我军刚开辟不久的一个地区，今天清晨两千多日伪军偷偷包围了那里的群众。江震一阵紧张，但随即又镇定下来，他问日伪军来自哪里，李侃说：目前还不清楚，据我判断来自平州或沧州。江震命令李侃密切注意敌人动向，说自己马上率领二营和三营赶到。江震放下电话就让警卫员备马，与此同时，李政委和林参谋长也到了。三个人稍一合计，正要向二营三营下令出兵，团部的电话又响了。江震抓起电话，电话里却传来二营陆营长的报告，说：平州城大批鬼子伪军兵发尹集别古来驻地。江震问能否估计一下敌人兵力，陆营长说：据来人讲有一个中队的鬼子、一个大队的伪军。江震拽过桌上的地图看了看大声说：陆彪你听着，日伪军加起来有五六百人，别古来他们怕是顶不住，你速率全营驰援别古来，争取速战速决。记着，如果战斗中稍有转机，立即抽调袁虎的三连紧急赶往八盘镇以北的刘官屯大洼。你们接出别古来的部队后，也要马上赶过去。

陆彪：团长，刘官屯有敌情吗？

江震：是的，敌人趁着雪天把冀鲁交界处我们刚开辟不久的一个地区偷偷包围了，一营正在抗击，形势紧急，我得马上赶过去，来不及多说，照命令执行吧。

陆营长答应着放下电话。

江震摇动电话接通三营：三营长吗？我是江震，命你速率三营沿马颊河潜行到刘官屯以南待命。是的，马上行动，要隐蔽，急行军，对，急行军！

江震放下电话，和李政委、林参谋长急匆匆地走出团部。

外边，好一天的大雪。

两个小时后，独立团两个营赶到刘官屯南边的大洼里。江震、李政委和林参谋长从马上跳下来，登上高高的马颊河岸。站在河岸遥望大洼，只见大雪覆盖了河道、村庄和田野，大地白皑皑一片，正是文人们所形容的那"银装素裹"。江震看看表，已是上午十点多。

从各个村里纷纷跑出来的大批群众，已被敌人的先头部队压缩到一片沟梁纵横的大洼里。东南和西北大道上，又有日伪军继续向这里运动着。几十个骑兵和三辆装甲车跑在路上，扬起一阵阵雪雾。

日伪军开始分片包剿了。当时，主力部队已西进开辟新的根据地，这里只有独立团和少量地方武装驻守。大雪麻痹了这里的群众，许多人是在睡梦中给枪声惊醒的。驻守此地的独立团一营行动时也有些晚了，敌人兵力强，武器装备更精良。八路军明显处于劣势。当然，部队单独突围日伪难说挡得住。可是，几千名群众呢？江震放下望远镜：哪怕牺牲自己，也要保护群众。

独立团团长下了死命令。

江震、李政委和林参谋长相互交流着。江震举着望远镜继续观察，他问一营和三营的部队是否都到了，通信员说已在河堤内潜伏待命。江震让把两个营长叫过来。通信员策马绕道往北驰去。很快，两位营长奉命来到。江震、李政委、林参谋长及两位营长走到河堤下，几个人蹲在堤下二滩上，用马鞭在雪地上画着。

在江震的指挥下，两个营立即分成十几个作战单位。任务很明确，顶住插入大洼的各股敌人，打乱敌人分片包剿的计划，把群众沿几条顺水沟运动到洼东的碱河床，然后保护群众顺河道朝东南方向撤，东南五里外有大片的枣树林和榆树林，只要群众进了林子，部队沿林边布下防线，暂时就不用担心了。因为雪天路滑，敌人没带炮兵，这对我们来说是相当幸运的。坚持一天半日，外出部队及邻近地区的八路武装一来到，就什么也不用怕了。

两个营立即行动，部队很快在雪地里展开了。

一营两个连救出在几个破窑群里躲藏的上千群众后，各地段的大部分群众也在三营的引导下急匆匆向东河岸进水口处集结。独立团虽然伤亡挺大，但团长和政委仍旧各带一支部队，用机枪小炮掩护群众东撤。同时，不断地派出小股部队反击追敌，炸毁日军的装甲车。

这时，日军指挥官已经发现了八路军的意图，命令骑兵部队飞马插向东河口。虽然八路军也同时派出先头部队，但速度却慢得多。八路军先头部队离那儿还有几百米，敌骑已绕道抢先将河口占领了。

河口两边，河岸高高，白雪光滑。敌人占住那里，不管用机枪还是用步枪，也无论是在远处还是在河口，都能牢牢把周围二三里地的河岸封住。这种情况，即便灵活的兔儿也难以从那里通过，就别说穿着臃肿棉衣的人了。

这时，周围的敌人呈簸箕状猛扑过来，河口的敌人也在架枪堵截。部队可以分兵暂时顶住扑过来的敌人，河口处怎么办呢？先头排已被敌人阻住，而这边的群众已经越聚越多。要是敌人现在有三门炮，朝这儿轰击半小时，惨景就可想而知了。江团长摘掉帽子，寒风立即吹乱了他的头发。在枪声喊声手榴弹的爆炸声中，他仍能不受外界惊扰，集中精力思考。他和政委、参谋长隔着几十米，无法商议，而团副也在最初的混战中牺牲了。他必须自裁自断，做出决定。

从望远镜里可以看到，敌人的散兵队像一片片黑豆点，在白色的雪地上蠕动着。装甲车像爬虫一样左拱右钻，以寻找便利行驶的平坦地面。车上的机枪时而连发，时而点射，分明是在枪击尚未逃出来的群众了。战马兔子一样往来奔突，雪地映衬下，马身上不时闪动着一道道白亮的光弧……

团长放下望远镜回眸向东，东距河口三四里，日军的机枪仍在扫射，子弹虽还伤不到这里的人，但对群集一起意欲从那儿寻觅生路的群众来说，无疑是最致命的威胁。更何况，敌人正从三面向这里运动，而且越来越近了。虎口求生的唯一手段，就是迅速攻占河口，把那里目前为数尚少的敌兵歼灭。

派谁去呢？团长凝神思索间，一下子想到了袁虎，并马上认定了他。袁虎打仗有股"疯"劲儿，可团长发现，这"疯"中蕴含着许多出奇制胜的办法。他的办法有时离奇得让人难以接受，但差不多每次都能奏效。这是个人才，将才，是个克制顽敌的硬手。可是，袁虎已经派出营救别古来的救国军，江震咬着牙，一时间真有些冷手难抓热馒头的感觉。江震再次举着望远镜朝远处观察，他朝西望去，忽然发现一支部队在雪地里飞奔。再细看，竟是袁虎率领人马朝这儿杀来了。江震以手拍额：天助我也！

山田大佐站在装甲指挥车上，举着望远镜向正东和东北方向望着。山田望见了正向东河堤运动的八路军，其中有些战士并不参加战斗，而是持枪向周围观望。山田果断下令：那个地方有八路军的指挥员，马上派兵向河堤附近发起攻击。

一百多名鬼子朝河堤这边飞奔。

江震从望远镜里看到了奔向这里的日军。江震也看到各地段的大部分群众在八路军战士的引导下，沿顺水沟急匆匆向东北方向集结。

别古来的部队渐渐脱离险境后，陆彪向袁虎说明江震的安排，当即命令袁虎率领自己的连队赶往刘官屯大洼。袁虎率队赶到这里，远远看到雪地里的情况，明白战斗已经完全打乱了。他对身后的战士们简单喊了几句什么，便带队迎着敌人冲上去。袁虎带队冲到距敌不远处忽然下令全部卧倒，战士们刚刚卧倒，敌人装甲车上的机枪子弹擦着战士们的头皮嗖嗖地飞过。一个战士晃了晃头：好险，连长你怎么知道日本鬼子要打机枪？

袁虎盯着前方：感觉！

有一股敌人从正面冲上来，目的是堵住他们。袁虎朝同志们做了个手势，三连战士便卧在雪地里不动。敌人来到了袁虎他们前边不远处，袁虎大喊一声"手榴弹！"几十枚手榴弹一齐飞向敌群，鬼子们立时乱作一团。烟雾中，鬼子有的被炸死，有的受了伤仍在举枪抵抗。在手榴弹爆炸时的烟雾中，袁虎率领全连跃起来，冲上去。敌我相距不远，战士们眨眼间就到了敌人跟前。三连战士一阵穷追猛打，被打死的鬼子葬身雪地，没被打死的鬼子狼狈逃窜。

手榴弹爆炸时的烟雾尚未散尽，袁虎率领部队已经攻击前进两百米。

江震和李政委分别从望远镜里看到袁虎率队歼敌的情景。李政委在那边高声赞叹：袁虎真是好样的！江震说：袁虎打仗高就高在战斗发生的一瞬间脑子里突然冒出来的灵感。李政委点点头：这正是一名优秀指挥员的素质所在啊！

袁虎前面的日军径直向一个地方冲去，冲去，几乎是不顾死活地冲向那里。敌人这种反常行动让袁虎意识到，团首长可能就在敌人拼命要突过去的地方。他打了个激灵，率领战士们连冲带打，很快赶上了那股敌人。那股敌人只顾没命地往一个固定目标冲，没防备袁虎率队从后边赶上来，回头开枪为时已晚，因为在他们这伙人中已经落下了几十颗手榴弹。一百多人刹那间炸死炸伤二三十个，活着的慌忙卧倒射击，而袁虎瞅这空间已率领战士们越过前边一道雪岭。

袁虎留下部分战士趴在雪岭后阻击敌人，自己率领其余的战士拼命冲到前边的雪洼里。当看到江震等首长果真就在这里时，袁虎一连喊了好几声"我来了，我来了！"江震跑上几步一把抱住袁虎：虎子，你来了就好！

袁虎从江震怀中挣脱：团长，赶紧交代任务，敌人又要压上来了。

江震点点头，用手指了指东边的河口。

袁虎：拿下那个制高点？

江震：要想使大批群众脱险，这是唯一可供选择的战术。我想派你带队执行这个任务，不知能否完成。

这一阵的苦战，袁虎的连已经不成连了。指导员牺牲，两个排长战死，手下已不足八十人，还有几个挂彩的。即便如此，他也不犹豫。在他看来，无论什么时候，什么情况下，杀鬼子都是天经地义的。日本狼来啃中国肉，中国人自己不打指望谁来打？所以，团长叫过他来向他交代任务时，他并没有那种受命于危难之时的感觉。他只是看看面前的大批群众，望望仍在远处阻击敌人的战友，很随便地点点头说：好吧。

说也怪，两个字，团长悬着的心就踏实了。

袁虎让伤号留下，他带起七十多个人，和团长要了四挺机枪三条掷弹筒，在运动到敌人的有效射程之内后，借着起伏的地形和一条条顺水沟汊，忽隐忽现地靠过去了。河口的日军远远发现了他们，机枪步枪排头打过来，袁虎和同志们急忙中途趴下。在敌人火力最猛的这段时间里，他向一旁的排长说了些什么。排长点点头，又向自己的部下交代着。不一会儿，敌人有两挺机枪换梭，火力顿时减缓。袁虎等的就是这个节骨眼儿，马上"以强凌弱"，朝南北相距七十来米的两挺机枪一举手，两挺机枪同时响了。一排长这时"嗖"地跃起，带领一排和两挺机枪，在两条火龙之间向东冲去。冲到一条不大的南北沟前，敌人火力骤猛，一排长他们好像给击中，骨碌碌跌进沟里，惊得后边的副连长"哎呀"一声。

后边的两挺机枪扫了一阵，也要换弹匣。河口处的日军瞅这机会，三挺机枪分头向两个位置打，打得袁虎他们抬不起头来。从形式上看，八路军的火力和行动是让他们遏止了。岂料小日本儿刚刚喘得一口气，方才被"消灭"到南北沟里的那一排八路军又活了。两挺机枪径直射向河口日军阵地，十几支步枪也同时开了火。日军一愣怔，一挺机枪给打哑了。就在他们更换机枪手的时间内，袁虎已带领战士飞身向前，齐刷刷地冲进南北沟与一排会合。四挺机枪，五十来支步枪如涌似波打过去，一下子就把河口守敌冲晕了。待他们稳住心神重新还击时，八路军已经又跃前百多米，隐身到离河岸二百几十米的一片坟丘下。这片坟丘很大，有的坟尖已平，有的仍然高高竖着。袁虎早在行动之前就看在眼里，这时亲临此处更加暗暗庆幸于自己的谋划。因为这片坟地今儿对于他来说，比增加一个连的兵力都强。他真有点儿感谢和佩服昔日给这家选阴宅的风水先生，好像预料到中国同胞今日会在此借助死人的栖息地和鬼子打一场硬仗似的。扛着掷弹筒紧跟袁虎的几名战士分别卧在三座大坟后，不眨眼地盯着袁虎的手势动作。袁虎看看他们，口气轻松地问：距离怎么样？领头的战士单眼吊线瞄了瞄：差不多！

袁虎一个"打"字出口，三杆掷弹筒摇头震颤了一下，小炮弹就拖着尾巴从坟后钻出来，带着哨音向河口处的敌人飞去了，有两发恰好落在河口处。其中一发却飘飘曳曳飞过了头，似乎落在了河床二滩上。爆炸声中，隐约听到人喊声、马叫声。很明显，这是有意地炸敌人藏在河岸后边的战马。骑兵最担心也最爱护自己的战马，河口处的敌人有点儿乱，有的打枪，有的却在向后边挥手喊叫着什么。可是，敌人居高临下，火力虽减，仍不弱。

这边坟地里，掷弹筒仍在轰击，机枪也开始扫射。火力掩护下，袁虎命一排长带队突击出去。顺水沟到这里再往前，几乎不能算作沟了，大雪一填，和平地没大有区别。这二百多米的开阔地，完全暴露在敌人火力的控制下。我们的机枪只注意压住河口顶上的敌人火力，没提防河口下边及两侧的步枪。一排冲到中途，敌人的马步枪突然开火，冲在前边的排长和三名战士相继中弹，其余的同志慌忙卧倒，不能再强行前进了。

袁虎轻轻敲着坟头，面上不急，心里却在暗骂自己麻痹大意。他命令掷弹筒把敌人的步枪手"抠"出来。可是，敌人在河口的位置挺隐蔽，掷弹筒误差大，怎么"抠"得准呢？队伍能够运动到这里已经相当不简单，继续前进，等于硬闯鬼门关。敌人虽然损失很大，可占了好地势，火力依然够强的。子弹嗖嗖盖住这片坟头，八路军是上的上不去，上去的又撤不下来。袁虎眼前火星乱冒，下唇咬出了血。他暗问自己：莫非到了拼命的时候了？

山田大佐站在装甲指挥车上举着望远镜，他从望远镜里看到袁虎率队从后边袭击了派往指定目标的日军部队，看到了袁虎率队向河口方向前进，看到袁虎采取的都是他从未见过的战术。

袁虎带人利用起伏地形呈梯次队形向前贴近。

袁虎把部下每十人一拨，忽隐忽现地先后跳入一条条顺水沟汊……

山田放下望远镜沉默着，少顷自言自语道：这是个战争的精灵！

同车的松井中佐问他说的是谁。山田不语，只是指指东北方向。松井举起望远镜朝那个方向望去，望了一会儿放下望远镜：八路军中竟有这样的指挥员，有这样的指挥员带队，河口阵地很难保住。

山田说：那个制高点保不住，八路军的企图就能得逞。松井冲着报话对讲机喊道：犬养中佐，我们必须在八路军占领河口之前把雪地里的老百姓分割包围。

报话机里传出叽里呱啦的日本话。

松井：只要包围住这里的老百姓，八路军就不会弃他们而去。附近的八

91

路军和国民党留守部队也会前来增援。待他们聚到一起，我们的大部队随后从外围包剿，这样即可把本地的抗日武装聚歼，实现这次的进剿目的。

山田接过报话机：中佐，命令你接受松进中佐的意见，指挥你的部队加快进攻节奏。记着，为天皇陛下效命的时候到了。

报话机里传出一声"哈伊!"

山田放下报话机：如果半小时内不能达到我们的战术目的，我们将前功尽弃。

袁光就在哥哥的连队里。这两年，小家伙像施足了水肥的庄稼，眼看着往上长。刚刚十八岁，已是人高马大。今天早晨他还是二排的副排长，排长牺牲后，他接替了排长职务。此刻，他悄悄爬到和副连长同在一块儿的哥哥眼前，想说什么，又没说。他是看到了战场形势，看到了袁虎的难处，准备要求率队出击的。可是见到袁虎这样子，又不敢开口了。哥哥疼他，爱他。他这么大了，哥哥有时还把他搂到自己怀里揽着。这时，副连长扭头看到了他，眼睛一亮，知道他是来请战的，就拽拽袁虎的衣袖说：让袁光上吧!

袁光刚要答应"是"，一串机枪子弹扫过来，擦着坟边把土和雪粉打得满天飞扬。袁虎几乎是想都没想地护住了弟弟，同时下了一连串的命令：机枪打机枪，步枪打步枪，掷弹筒朝河口里面揍!

这一招果然奏效。

除地形以外，机枪火力和步枪火力八路军都占优势。河口下的敌步枪手给打得藏到了河岸后，河岸上的敌机枪手也给打得卧在了"土牛"后边抬不起头。袁虎见是火候了，不假思索地喊了声：三排长，带机枪上!

三排长答应一声，提起一挺机枪，领着战士们跃出了坟丘。立时，枪声和喊杀声混在一起，整个天地都在震颤。寒风夹带着灼人的火星，白雪搅成了黑色。人们清楚地看到，东边河岸顶上"土牛"后的一挺机枪和它的射手，刚翘起头来摆了摆，就被刚刚接任正职的三排长一梭子机枪子弹打飞了。可是，三排和一排一样，前进了不太远的距离，就被敌人的火力压住，有的牺牲，有的受伤。没伤亡的同志，就趴在雪地里，勉强和敌人对射。

坟丘后的副连长看到这情况，脸色铁青，双眼冒火。这不光是为自己的战友伤亡惨重而痛苦，更重要的是气愤。刚才，袁虎似乎无意也有意地否决了自己的建议，袒护他的弟弟而让别的同志去拼命。这是一位八路军连长所能干的吗？他下了决心，倘若这次战斗中能够侥幸活下来，一定要向上级反映袁虎这种自私卑鄙的做法。

此时，敌人的阵脚也乱了套。他们的三挺机枪已给打坏了一挺，剩下的两挺为了保证火力的持续性，不得不交替扫射。有两个敌兵骑马跑下河岸要奔西北方，那是去请救兵，被坟丘后的八路军机枪手几个点射就打落了马。此时情况表明，我们豁出命去拼，敌人的力量也将耗尽。

然而，河口仍在敌人手里，那里的机枪步枪仍然在响着，只是比刚才弱了。不过，我们要想一时半会儿拿下河口来，也不是容易的。而这时，三面包剿而来的日伪大部队越来越近，有些地段的防线已被突破，双方拼上刺刀了。

情况已是火烧眉毛。

袁虎擦了下口唇上的血渍，红着双眼盯紧了面前的袁光。盯了一小会儿，猛地凑近弟弟那仍旧稚嫩的脸蛋儿"啪"地亲了一口，突然扭脸看着别处，大声吼道：袁光，带机枪上！

袁光怔了一下，抄过一挺刚刚换上弹匣的机枪，朝二排战士挥挥手，"嗖"地蹿出了坟丘。他同时回头瞅了瞅哥哥，见哥哥忽然把身子伏下，双肩一抽一耸的。在坟丘中仅剩的四排的火力掩护下，在掷弹筒炮弹爆炸所产生的烟雾遮蔽下，小袁光那矫捷的身子一溜烟地蹿上去，很快就把身后的战士们甩下一大截。他时起时伏，连冲带打。不知是因他速度太快，还是敌人顾不上打他，后边许多同志中了枪弹，他却幸运地贴近到百米以内。终于，又一挺敌人机枪让他瞅冷子打飞了。敌人火力骤减，后边的同志很快跟了上来。身后远处响起嘹亮的军号，那是团长招呼西边的同志们准备回拢东撤。

忽然，日军的最后一挺机枪也停止了射击。烟雾过处，它的射手端着机枪立起身，和站在河岸下的袁光对望着。俩人同样年纪轻轻，同样身材高大，同样端的是歪把子机枪——蓦然间，两挺机枪又几乎同时响了……

11

袁虎带队拿下了河口阵地，江震谋划的棋着全盘皆活。山田急得双眼冒火，下令日伪军全线进攻。八路军掩护群众步步后退，渐渐地退到了树林里。

山田正要命令向树林里发起攻击，在他们身后的正西方向响起了机枪声。八路军和日军同时朝西望去，一支部队正打着枪朝这片大雪洼里飞奔。日军立即分出兵力迎着那支部队顶上去，双方在人们目力所及的地方展开了殊死拼杀。

树林边上，江震举起望远镜一看，是三营长陆彪带着两个连和别古来的救国军到了。身边的李政委拍手叫好：这是一支生力军，也是一场及时雨。

由于敌人的兵力分散，刚才尚未脱险的群众业已逃出了包围圈向这里聚拢。江震放下望远镜，长长地松了口气。

日军以西的雪地里，陆营长在指挥部队突破日军刚刚回撤后设下的防线。日军在一道盖满了雪的土梁后边拼命阻击，三营的部队被压制在一片洼地里被动还击。在三营的一侧是救国军，别古来手抡双枪对他的部下吩咐着什么。别古来的手下分散向东冲击，然而没跑多远，却一个个相继倒在土梁前不动了。

看到八路军部队被日军的火力压住，别古来脸上显出奇怪的表情。他匍匐到陆营长跟前：营长，我们耗不起时间。

陆营长点点头：我们分散攻击？

别古来说：兄弟正是此意。我想由你率队向东南方向移动吸引鬼子的注意力，我在这里伺机发起攻击。

陆营长点头同意，当即率领队伍向东南方向转移。

别古来的百十号人静静地卧在雪地里不动。

东南方向的一处地段坦荡如砥，负责分兵阻击正西八路军部队的犬养中佐举着望远镜。望远镜里出现了八路战斗部队向东南方向转移的情景。犬养的镜头定格在东南方向那片平坦的开阔地带。他对自己的部下说：那一带地势平坦无险可守，这支八路援军一定想从那里突破我们的防线。正在这时，报话机里响起山田的声音：中佐，注意你的东南方向。

犬养说：大佐阁下，我已经注意到了，马上调整兵力部署。犬养低头向身边的传令兵吩咐几句，就有两个骑兵向土梁后边的日本军队驰去。

土梁后边，日军中队长指挥一百多名日本兵阻击来援的八路军。对面的八路军部队忽然火力减弱，日军中队长正感到奇怪，忽然注意到了对面的八路军在悄悄移动。身后响起剧烈的踏雪声，日军中队一回头，两匹军马踢着积雪冲到面前。马上的骑兵传达了犬养中佐的命令：中佐命令你部斜向东南转移，阻止企图从开阔地突破我军防线的八路。

中队长咕噜了一句，骑兵原路返回。骑兵走后，一直固守在这里的大部分日本兵起身哈腰悄悄向东南方向潜行。立时，来自土梁后的日军火力减弱。

奉命转移的日军走出很远了，刚才倒在土梁前不动的别古来的部下忽然悄悄抬起头来，相互做了个手势掏出手榴弹。这些人距离土梁只有五六十米，领头的打了个呼哨，二十多枚手榴弹飞向土梁后留下的部分日本兵。

手榴弹爆炸声中，土梁上下腾起阵阵烟雾。先是这二十多个人一跃而起冲过去，随后别古来带领身边几十名弟兄同时跃起扑过来。

别古来的队伍占领了土梁，土梁后边的几十个日本兵成了他们的枪靶。

这边陆营长听到了土梁上手榴弹的爆炸声，看到土梁上腾起的烟雾，他一声令下，撤往东南方向的部队又撤回来了。

八路军和救国军合兵一处，趴在土梁后和日本军队打起了对攻。

山田大佐站在装甲车踏板上朝土梁这边看，刚才的情景完全展现在他的眼前。山田放下望远镜命令犬养中佐加强对土梁的兵力投入，说：务必要夺回土梁，否则，八路军西进部队一旦返回，我们必将腹背受敌。不大会儿，一个中队的日军抽调到土梁前，雪地上的八路军部队压力骤减，散落在各处的八路军指战员迅速组织群众向东北河床里跑。中午过后，活着的群众已顺着河床完全进入树林中，江震指挥部队沿林周布下防钱。

江震看看面前的形势，沉思片刻伏在膝盖上写好一封信，他把信交给骑兵班班长，让骑兵班火速赶往铁路以西，把这封信亲手交给军分区佟司令。骑兵班的战士们紧了紧马肚带，一声口令，四骑冲出林子，沿顺水沟绕道往北驰去……

独立团回拢的两个营在斜向东北的沟崖上组成一道火力网，大批群众终于陆续进入密林。两天后，西进开辟新区的大部队接到江震的信迅速回援，七八千名群众终于逃脱了日寇的屠杀。至此，日军这次的战略目的彻底落空。

日军无奈地撤走了，八路军部队也开始转移。途中，袁虎抱着弟弟那已经洞穿了的僵尸，一声不吭地走着。部队再次转移，袁虎仍旧抱着弟弟的尸体。袁虎抱着弟弟的尸体走了三天，守了三夜。别古来一陪着他。

三天头上，部队来到一个村里，袁虎放下弟弟的尸体，扑在弟弟身上大哭不止。是的，作为大哥，对这个自小没了爹娘的小弟弟他似乎没有尽到大哥的责任。他觉得有愧于父母，有愧于爷爷。然而，这就是战争。战争就是这么残酷！

江团长和李政委走到跟前安慰袁虎。江团长说：袁光为救群众牺牲，党和人民不会忘记他。李政委俯身袁虎脸前：袁虎同志节哀，把袁光同志殡葬吧！

别古来：袁兄弟，人生无常，节哀为重。

袁虎点点头立起身：大哥，你的地盘已失，跟我们走吧。

江震：别司令，袁虎说得有道理，你跟我们合兵一处好不好？

别古来：江团长、袁兄弟，感谢你们近年来对兄弟的支持。人各有志，分道行天涯。你我就此别过，来日方长，我们以后再见。

别古来跪在袁光尸体前磕了三个头，然后立起身。

别古来挥挥手，带领他的部下往东而去。

江震摇摇头。

袁虎一直把别古来送出很远很远，仍旧站在那里向别古来招手。

那次战斗后，部队给袁虎记了一等功。然而，刚直的副连长没有原谅他。尽管袁光也已牺牲，他还是把那日袁虎公开袒护弟弟的行为如实上报。军纪自然绝不允许干部有这种私心。上级经过核查，证明副连长举报属实，便有功记功，有过罚过。庆功会后的第十天，袁虎给撤销连长职务，连降两级，调到侦察连任副排长了。

东岳军分区司令部里，江震、李政委、林参谋长坐在正面，各部队负责人坐在两旁。江震站起身来开始讲话：同志们，随着抗日形势越来越好，我们的队伍和地盘越来越壮大。为适应形势的发展，上级根据情况决定扩大编制。我们分区独立团升格为东岳军分区，现在，由李政委宣读渤海军区的决定。

李政委站起来宣读渤海军区的命令。

江震同志任军分区司令，党委副书记。

李如谦同志任军分区政治委员，党委书记。

林达同志任军分区参谋长，党委委员。

东岳军分区向南推进五十里，驻地定为白河镇。

李政委宣读完军区决定的命令后，江震再次立起身：军区交给我们军分区的任务是继续向南开辟，争取在短时间内将敌人压制到河城，然后赶过黄河去。这样，黄河以北的地域就连成了大片的解放区。

李政委：任务很明确也很重要，下面由林参谋长谈一下具体部署。

林参谋长站在地图前给指挥员们讲解了具体部署后，朝江震点点头：下面，请江震司令员宣布一下军分区的建制。

江震站起身，大家鼓掌。

江震：军分区决定，原来的三个营升为三个团的建制。

原独立团一营扩编为东岳军分区第二十一团，李侃同志任团长。

原独立团二营扩编为东岳军分区第二十二团，特别编号为独立团，陆彪同志任独立团团长。

原独立团三营扩编为东岳军分区第二十三团，张达同志任团长。

独立团下设特务营，营长由王天成同志兼任。

特务营下设侦察连、警务连、通信连⋯⋯

这天上午，袁虎在一片空场子上教同志们练擒拿格斗。侦察连连长史大勇急匆匆地赶过来，他告诉袁虎，说：王天成营长命令你马上到特务营营部报到。袁虎问有什么事吗，史大勇笑笑：说是有重要任务，非你这位老虎排长担当不可。

袁虎：这么看重我！

史大勇：当然，要不让我亲自来通知你吗？

袁虎拾起扔在地上的外套，向连长行了个军礼走了。

特务营营部里，王天成正和教导员刘正武商议工作，袁虎一声报告刚落地，人就走进来了。王天成了解袁虎的性格，并不怪他。非但不怪他，还相当尊重他。王天成起身给袁虎倒了碗开水送到面前，口气温和地让他坐下。袁虎意识到了自己的失礼，连忙站直身子向两位领导行了军礼。

王天成和刘正武同时笑起来。

袁虎坐下后开口就说：领导找我，不是有任务，就是有喜事。

王天成：你咋这么想？

袁虎：要不两位首长能对我这么客气呀。

王天成：呵呵，坏小子，你是江司令的爱将，我们凭什么对你不客气。

王天成和袁虎面对面骑在一把椅子上：我说袁虎，大鹏庄一带你熟悉吗？

袁虎：去过两次，不太熟悉。怎么，那里出了什么事？

王天成：军分区决定开辟那一带新区，命令我们营做好先期的侦察工作。

教导员刘正武也坐到袁虎面前：营里考虑到任务的艰巨性，决定由你组建一支小分队到那一带活动。这个小分队既是侦察队，也是战斗队，实力和能力都必须在两个排的兵力以上。我们先征求一下你的意见，能接受吗？

袁虎：这没问题，我喜欢这样的任务，两位首长谈谈具体工作吧。

王在成：大鹏庄是个几千人的大村，你们的任务是摸清那一带敌人的兵力部署情况。另外，尽可能在那一带建立几个联络点，以备下一步的发展工作。

袁虎：如有机会，可以干掉敌人吗？

刘正武：你小子身上的虎劲儿又来了。不过，尽量不要惊动敌人，因为目前来说敌人认为那一带是他们的绝对安全区。具体行动，让天成和你说吧。

王天成告诉袁虎：这个小分队的任务开头只是侦察情况、收集情报，等我们掌握了敌情后，再派小股武装分散揳进去。揳进去的小部队对敌进行袭扰，把敌人的地盘逐渐向南挤压，这样敌人就会向河城集结。我们要的就是这局面，一旦时机成熟，攻占河城，把日本鬼子压到黄河以南去。考虑到这项任务常常需要单兵作战，所以必须由你这样的虎将担纲。

袁虎苦笑了一下：虎将没有虎命，这个任务我接受了。

王天成拍拍手，说：难怪有人讲，无论走到哪里，最危险最重的任务总是首先想到袁虎这家伙。袁虎问王天成听谁说的，王天成说：江司令啊。袁虎一时没转过弯儿来：江司令，哪个江司令？

刘正武说：抗日形势越来越好，我们的队伍和地盘越来越壮大，上级根据情况决定扩大编制，分区独立团升格为东岳军分区，江团长就当了司令了呗。袁虎很吃惊：这是什么时候决定的，我咋不知道？

王天成呵呵笑起来：才两天。这个南进开辟新区的决定，就是刚刚建立的军分区党委和司令部研究决定的。

袁虎：好的，营长和教导员还有别的吩咐吗，没有的话我就开始组织人马了。

王天成说：可以啊，我已经和史大勇打了招呼，人员由你随便挑。你现在回去，马上着手组建小分队。袁虎立起身敬礼：是！

王天成和刘正武同时哂笑：咦，袁老虎懂礼貌了。

大鹏庄鬼子据点里，鬼子小队长佐佐木正抓着伪军练摔跤。伪军们个个给摔得鼻青脸肿，但又不敢不陪他练。一个黑脸伪军给摔急了：妈的，这个缺德八辈的老鬼子，整天把咱们当桩子练。

另一个瘦子看看左右：听说了没有，八路军里那个袁老虎到了我们这边了。

黑脸伪军说：就是那个打了好几年仗总是升不了官的袁虎吗？瘦子说：你也听说过他。黑脸伪军咧着嘴：妈呀，这方圆百十里，谁不知道八路军里有个袁老虎呀。其实他叫袁虎，因为手段厉害，弟兄们见着就害怕，这才叫他袁老虎。

瘦子说：我知道，这个人双手打枪百发百中，飞檐走壁，单掌开碑，是当年津门袁家的后代。黑脸伪军挺惊奇，问瘦子是不是认得他，瘦子朝周围撒目了一眼低声道：不瞒老兄说，上次咱们北上扫荡，我就是让袁老虎给捉住的。

黑脸伪军：他没揍你？

瘦子：没有，训了一顿就把我放了。

黑脸伪军咬着牙：咱们盼着吧，盼着让佐佐木这个王八蛋碰上袁老虎。

佐佐木走过来：你们的，说什么的干活？

瘦子：我们说太君大大的厉害。

佐佐木冷笑着，一把捉住这两个伪军用力抢出去。两个伪军给甩出去七八步，双双弄了个狗啃泥。

围绕大鹏庄周围有十几个村子，各村都修有大小不一的岗楼哨卡。大鹏庄村东南不远修有据点，据点里修有岗楼，岗楼修在一块高地上，天天有两个鬼子兵手持大枪在楼上站岗。

这年春天降了两场及时雨，旱了一年的土地得到滋润，就长出了好庄稼。所以，麦收后，老百姓过着粗面加野菜的生活，倒也凑合。那阵儿，大鹏庄一带尚在开辟中。日军为他们所谓的"安定后方"而修筑的岗楼、哨卡，像坟头一样在各处蠹立着。麦收后"征粮"已过。穷怕了也乱怕了的老百姓，便想重温往昔那真正有过的人的岁月。于是，"女婿看丈人闺女探娘家"的麦后俗礼，也就小来小往地重新出现了。到了秋天的收获季节，田野里是一望无际的庄稼。谷子和春豆子已经成熟。虽是战乱年月，田野里依然晃动着抢收早秋作物的庄户人。

大鹏庄的姜保长带着长工老周在秋收，老婆和女儿秀娥前来给他们送水。两个人走到地边上喝水歇息，拉豆子的大车就在地边上停着。今年雨水勤，庄稼长得不错。姜保长中午喝了二两酒，脸上略有酒意。他看着满地的黄豆荚嘟嘟噜噜而兴奋起来，晕乎乎地唱起了《武家坡》：一马离了西凉界，不由人……

距离姜保长豆子地不远的玉米地里，袁虎此刻正手持匣枪在垄眼里蹲着。袁虎目光如炬，紧紧盯着大鹏庄以南据点里的岗楼。岗楼上有两个鬼子兵站岗，袁虎可以看到鬼子枪上的刺刀在阳光下闪亮。玉米地外传来姜保长的唱腔：

> 一马离了西凉界
> 不由人一阵阵泪洒胸怀
> 青是山绿是水花花世界
> 薛平贵好一似孤雁归来
> 老王允在朝中官居太宰
> ……

袁虎撇撇嘴，心想这兵荒马乱的年月，你还有心情在朝中官居太宰！他嘴里说着，眼睛并没离开据点里的岗楼顶。袁虎看到据点岗楼上的两个鬼子兵忽然消失，和以往不同的是竟然换了两个伪军站岗。袁虎很纳闷，怪了，今天怎么真鬼子换成假鬼子了，莫非情况有变化？

袁虎正暗暗猜测，玉米地外又传来姜保长的唱腔：

柳林下拴战马武家坡外，见了那众大嫂细问开……

袁虎从垄眼里望出去，姜保长"开"字刚出口，张开的嘴就合不上了。袁虎看到不远处的高粱地里出来四个人，阳光下，一片黄乎乎亮闪闪地耀眼。黄乎乎的是四人身上的衣服，亮闪闪的是他们手中枪上的刺刀。袁虎吃了一惊，以为自己被敌人发现了，正在寻思对策，却见那四人朝姜保长跟前走去。

姜保长挤挤眼又擦擦眼，看清是俩鬼子和俩伪军，他的酒醒了一多半。姜保长慌忙站起身，扭头看了看村东南据点里的岗楼。岗楼上站岗的两个鬼子换成了两个伪兵，姜保长认出来，面前这两个鬼子兵就是那两个站岗的。

姜保长看到四个黄皮径直走向他的老婆女儿，马上明白了这几个人要干什么。他气恼、愤怒，但更多的还是害怕。他下意识地摸了下腰里的枪，但枪是日本人给的，好像不该也不敢拿日本人的枪打日本人。当然，这一犹豫，枪就再也拽不出来了。因为在日本人刺刀的拨弄下，两个二鬼子从腰中抽出早已备好的麻绳，把他和长工拴住，打死扣拴在了大车轮子的辐条上。两个鬼子扯住秀娥，拽小鸡一样往高粱地里架。秀娥拼命挣扎，当然挣不开也挣不脱。鬼子"嘿嘿儿"笑着，像赏狗一根骨头似的冲着两个伪兵指指姜保长的老婆：那一个，你们的。

"那一个"是什么意思，二鬼子比姜保长更明白。他们看着已给拖到高粱地里的秀娥，便以那种分赃不均而又无可奈何的赖狗神色咧咧嘴，拖住姜保长那三十几岁的老婆往地里拽。姜保长老婆先是吓瘫了，瘫了之后又吓疯了，她扯着嗓子喊：娥她爹，娥她爹！

姜保长声嘶力竭：太君，我的也是给皇军的干活。太君，不能……我是保长，是大日本皇军的保长啊！

拽他老婆的二鬼子"嘻嘻"地笑。姜保长破口大骂：小日本儿，汉奸狗，王八蛋，我日你们八辈东洋祖奶奶的！

姜保长悲凄绝望，已经不知应该骂什么解恨了。

这时，高粱地里一片的撕扯声、哼唧声、狎笑与哭叫声。庄稼棵在不停地嘎嚓嚓断折响动，姜保长像掉进了百丈魔窟，又像黑夜一脚踩进了坟洞，头皮发麻，两耳轰鸣，眼花头晕恶心欲吐继而就全身发冷。他以往也曾为到村里去的"太君"找女人卖过力。他那时的心情仅仅是有些麻木、无奈和惶悚。因为那时鬼子拽住的是别家的女人，此刻实实在在落在自己头上，那滋味、感受以及由此而生发的一切说不出来的东西，与那时的心情就不同，的确大不相同。

他当然也明白为什么不同。

突然间，他听到鬼子把女儿拖进去的那块地里，传来女儿的一声惊叫——而不是惨叫。过了一小会儿，却又听到了老婆在另一处地方发出的惨叫。紧接着，两个伪军的声音忽然由那种"嘿嘿儿"的狎笑变作惊呼。这惊呼像一个作案的贼猛然回头发现了恰好顶住自己的刀尖或者枪口，音调惊惧、恐慌而又短促。

姜保长闹不清地里边发生了什么。他没动，也不敢动。因为驾辕的骡子怪癖，车动它行，车止它停。他一动，必定拽动车轮，畜生以为叫它走，那么，姜保长和长工都得丧命。

是福是祸，他只好眼巴巴地等着。自然，祸已临头，"福"是不作他想了。

到底过了多长时间，难以估计。反正姜保长觉得极长极长。太阳正毒，他和长工身上的汗水已把衣服以及绳子和车辐条都浸湿了。说实在的，他此刻只想死，因这种情况下死了比活着好受。只是稍存天良，惦着长工和自己同路。想到死，他眼前一黑，脑袋垂了下去。刚垂下，又勉强抬起来。因为，此刻高粱地里有了大的响动。响声处，保长的眼前黑了又亮。他看到两个二鬼子提着裤走出来，边走边哆嗦。二鬼子们的枪已经不知何处去，再细看，却是提在了一位宽肩厚背的年轻人手里。那年轻人左手提了伪兵的长枪，右手举着把二十响，走到地边上，蹲下，借着高粱棵的掩护，用枪顶住那两个二鬼子说：解开他俩。不老实，崩了你个狗娘养的！

匣枪头点了点，两个二鬼子都给吓得尿湿了裤子。

保长和长工很快被解下来。姜保长似乎长了精神头，活动一下手腕，冲两个仍旧提着裤子的伪军想干点什么。那年轻人瞥了眼不远处的岗楼，枪头子一扬把他止住。这时，年轻人身后走出了他的老婆和秀娥。秀娥披头散发地搀着她娘，她娘双手拽紧自己的裤腰，艰难地挪着步……

姜保长跌跌撞撞跑上去，抽着鼻涕把老婆女儿扶上了车。转身要给年轻人磕下头去，不想年轻人匣枪一甩，恶狠狠地说：还不快跑，在这儿等死吗？

姜保长稍一怔，"哎哎"连声也爬上了车。长工掌鞭在手，"啪"地朝辕骤来了一下。大车轱辘朝前驶去，跑出挺远，姜保长回头看，只见那年轻人把两支长枪扔给待在路上的伪兵，自己仍旧蹲在高粱遮掩处，匣枪点屁股地放他们走了。

姜保长的大车一路飞窜，不大会儿就到了家。安置好闺女和倒霉透了的老婆，越想这事越蹊跷。问秀娥，秀娥说她当时吓得快死了，鬼子揪住她刚要使坏，猛然不远处的庄稼唰啦啦急响，一个人眨眼间到了跟前，鬼子还没立起身就每人挨了一脚，躺在地上哼哼着不动了。那人又用鬼子枪上的刺刀捅鬼子的心窝，一刀下去，呼呼淌血。那人捅死鬼子，扶起了她。她先还害怕，后来就明白是人家救了她。她慌乱中指指那边，说了声"还有我妈"，那人放下她又朝指点处蹿过去——这以后的事，姜保长自己就全听到了，看到了。

姜保长挺懊悔，光顾了逃命，却连救命人的姓名都不知道。无论如何，当时也该问问才对呀。现时节，恶棍孬种像蝇子一样多，这样仗义相救又毫无贪图的人，实在是少得可怜啊。他是哪路的杆子，何处的豪杰？姜保长咂咂嘴，忽然又想，可是，他为什么杀了日本兵放走伪兵？那两个二鬼子该杀，着实该杀。他们帮日本人欺侮自己的女儿还糟蹋自己的老婆。他为什么不杀他们呢？想到这里，一颗心就怦怦乱跳。此人莫非是哪个团伙里的高手，是不是有所图谋插圈儿来了？真要如此，就算毁了自己毁了这个家，也可能得毁了整个庄。因为土匪们放线钓鱼的办法极准极辣，他没经历过却听人说过，也见过那跌进"圈儿"里脱不出身子来的……

然而，姜保长无论如何也没想到，救他一家人的并非绿林杆子，也不是什么义士豪杰，他是八路军东岳军分区所属的侦察排排长袁虎，是在日伪中流传的只见影子不见人的"神人"。当然，他不会飞，也不会隐身，他只是个比一般人行动敏捷的人。那些自以为本领高强的日伪特务队总是吃他的亏，没办法解释，就把他说成是"神"。

为了开辟新区，上级特地把他这个威震敌胆的"老虎"排长从作战部队调出来，由他在一年前组织了精干的侦察排。那天中午，袁虎正躲在高粱地里，观察附近那座炮楼上的情况，姜保长一家的险遇，就恰恰让他碰上。他认得这个保长，按他原来的想法，日伪兵糟蹋伪保长的家属，活该，谁让他们这些人替他的日本爹拍马屁了呢？他不想管，以免惹出麻烦，影响自己的侦察工作。正想往远处躲一躲，忽然就听到了姑娘的喊叫，鬼子的狞笑，不知怎么就控制不住了，几乎是下意识地冲过去，用那双能把砖也踹碎的脚，照鬼子身上各踢了一下，再用他们的刺刀往他们自己身上扎。杀了鬼子，又一不做，二不休，救出姑娘的母亲，也顺理成章地缴了伪兵的械。

干吗杀鬼子不杀伪兵呢？想一想，大路上的情况，岗楼上的哨兵肯定能看清楚。要是袁虎自己把她母女送出高粱地，再由他放开拴在车轮上的人，那么，必会引起敌人的怀疑。居高临下，机枪封住大道，你往哪里跑？让两个伪兵出来放人，先就不让哨兵疑心。车走远了，也放伪兵走。可是，伪兵一定不敢再回岗楼。试想，同去的两个日本人死了，偏偏就活着你们两个"中国人"，并且是毫发不损。尿壶有嘴难说"清"，鬼子一向疑心重，能信？这就是对敌斗争的学问。

果然，第二天岗楼上下来一个班的鬼子，在高粱地里找到了他们同类的尸体。天热，尸身发了，肿胀得像个棉花包，绷亮的皮肤裂得横七竖八，臭水就从那裂开的缝儿里往外流。一大群绿豆蝇起起落落，顺便生下堆堆蛆虫。

这以后的几天里，日本人到各村去搜查那两个杀了皇军后逃走了的伪兵。瞅这空隙，有个村里的炮楼大白天让八路军的一支小部队给端了。消息传到大鹏庄，姜保长这才豁然明白那天中午的年轻人为何那么做。因此，他也就更佩服更想见见那位好汉了。可是，这种人传说中都是只干好事不留名的侠客，你想见他一面，容易吗？

12

八路军独立团特务营营部里，营长王天成和教导员刘正武在听袁虎汇报侦察情况。当听到袁虎说据他观察"那一带的敌人胆子挺大"这句话时，两个人同时眯起眼睛盯着袁虎，好像不明白这话的意思是什么。袁虎看出了他们的疑虑，立即解释。他告诉营长和教导员，说白天除了大鹏庄据点里的敌人在岗楼上放哨外，周围一些小据点小岗楼上都不放岗。另外，除了大鹏庄据点里有日本兵，其他据点都是伪兵，似乎并不害怕八路军的袭击，看起来胆子是挺大。

王天成问袁虎有没有注意到敌人的换岗时间，袁虎说：我一直在留意这件事，我对着表计算过，日本兵是每一小时换一班，伪兵时间不定。

王营长看看袁虎手腕上的表：幸亏从人家老张腕子上撸下这块表。

袁虎一乐：反正戴在他手上也是多余，不如借给我。

教导员一笑：还借，说得美，你那是巧取豪夺。也就是人家老张憨厚没声张，否则让上级知道了，非训你我不可。

袁虎：你俩不就是上级吗？

营长和教导员相视一笑，不再说这事了。

营长和教导员在本子上快速记录了一会儿，问袁虎那一带的岗楼是几层。袁虎说：大鹏庄那个是三层，其余都是两层的，有的只是在屋顶上加了个帽。王天成说：这么看来，他们警惕性不高，警戒也不严，我们倒是有空可钻。

袁虎：警戒不严，贼胆还特大，光天化日下就到据点外行凶作恶。昨天中午，我就在大鹏庄东边地里救了母女俩。

刘正武说：这些鬼子汉奸竟还如此放肆，真是小看了我们八路武装。他放下手中的笔，让袁虎说说当时的情况。袁虎把那天中午发生在玉米地和高粱地里的经过大致说了说，王天成和刘正武相互望望，又同时摇摇头。王天成说：真是不可思议，也就是你袁老虎吧，换个人也办不这么利索。

刘正武问袁虎：干吗放走那两个汉奸啊？袁虎说：我自有道理，这么做既不暴露自己，还让鬼子对汉奸产生猜疑，一箭双雕的好买卖，不能错过。

王天成连说：好办法，有道理。刘正武朝王天成脸：这不单单是办法的问题，上升到理论上讲，是一种策略，是对敌斗争的学问。

王天成连连点头：袁老虎有勇有谋，可喜可贺，难怪江司令亲自点将呢。有了袁虎这些可靠材料，加上我们掌握的其他情报，我看可以实施第二步计划，让史大勇率侦察连夜间进入敌占区潜伏，寻到战机就在大白天展开军事行动。要干得漂漂亮亮，搞得轰轰烈烈，让敌占区的人民看到希望，给当地日伪以震慑。

教导员：我同意，命令史大勇马上执行。

袁虎站起身：我也参加。

王营长一乐：顺理成章啊，干这样的活少了袁老虎哪能行。

几天后，侦察连长史大勇率领一支八路军武装夜间悄悄来到大鹏庄以北，趁着夜色未尽潜伏在青纱帐里。第二天早饭后，袁虎从村东绕过来钻进青纱帐内与史大勇会合，史大勇询问周围各个据点的情况，袁虎说：鬼子小队长佐佐木率领部下和一个伪军小队向东去了，估计据点内现在留守的不超过十个人。史大勇的手猛地砍下去：好机会，袁排长你带人截击东去的敌人，我带人拔除这个据点。

袁虎：好嘞！

袁虎带着一个排朝佐佐木去的方向运动。

史大勇率部队隐蔽前进，直插大鹏庄村东。

佐佐木正率领鬼子和伪军朝一个村里走，西边响起激烈的枪声。伪军小队长慌慌张张跑到佐佐木跟前：太君，是不是八路军进攻据点？

佐佐木沉思着。

伪军小队长：太君，我们回援吧？

佐佐木：这里是皇道乐土，又是白天，八路的有这胆量？

伪军小队长：八路军神出鬼没的，说不定啊。

佐佐木想了想，点点头：回撤！

佐佐木带队返回的路上，西边的枪声渐渐小了。佐佐木停下脚步，疑惑地望着西边，可能在琢磨是继续返回还是重新去东边几个村里搜索。就在他犹豫不定的时候，西边轰隆一声巨响，佐佐木从远处望去，大鹏庄据点的岗楼上冒起烈烟。

佐佐木一惊：快快的，快快的，八路的攻取我们的据点了！

佐佐木中途返回，这正是袁虎所期盼的，因为这个鬼子头每次带队出去，都会有无辜百姓被杀，袁虎恨死了他，总想找机会除掉他。袁虎带领一个排埋伏在一道顺水沟坎下，天遂人愿，佐佐木带着日军和伪军渐渐进入了他们的伏击圈。袁虎瞄准佐佐木打了一枪，佐佐木双手一扬倒下。与此同时，二三十枚手榴弹甩向敌群，轰隆隆的爆炸声中，日伪军哭爹叫娘乱成一片。

佐佐木受伤但没毙命。

侥幸活下来的鬼子伪军抬起佐佐木，一边开枪抵抗一边向河城方向逃走。

袁虎带领战士们跃起来追击逃敌，追了不远袁虎忽然下令停住。因为这里目前还是敌人控制区，他们必须当机立断，撤回村内，会合连长返回根据地。

大鹏庄外，史连长率队攻克敌人据点，放火烧了岗楼，然后率领同志们往村东接应袁虎。跑到村东不远就看到袁虎率队也已来到村前，两队会合，进入村内。

这时，大街上有了行人。战士们不失时机地在墙上刷着大标语，史连长派人从老乡家里买来些干粮，又弄了几桶开水，大伙迅速吃喝完毕，稍事休整便顺街一路向北开拔。姜保长混在人群里，他远远地看到了袁虎。

姜保长跑出人群又跑回来，一脸的顾虑。

姜保长试了几试，终究不敢向前和袁虎打招呼。

八路军行动迅速，很快出了北街口。

姜保长怔在原地好长时间，返身跑回家去。

姜保长回到家坐在屋子里，秀娥和她娘见他神色不对头，就走上来问他出了什么事。姜保长摆摆手没说话，坐在椅子上沉思着。好半天，姜保长长长地吐出一口气：娥她娘，你知道那天救咱一家的人是干什么的吗？

秀娥：你不说是个绿林好汉吗？

姜保长摇摇头：不是绿林好汉。

秀娥和母亲靠近了姜保长，姜保长低声对这娘儿俩述说着。

秀娥吃了一惊：哦？八路军！

姜保长：今天八路军发兵到此，把大鹏庄外的据点给拔了。队伍开拔时我藏在人群里，亲眼看到那个八路军肩上挎着盒子炮。

秀娥：人们都听到了爆炸声，这下可好了，鬼子汉奸再也不会进村折腾了。

姜保长：唉，说到汉奸，你爹也算个汉奸啊！

秀娥：爹，你不就是个保长吗？

姜保长：保长也是给鬼子办事的，给鬼子办事就算汉奸。

秀娥：那咱可不顶这个汉奸名。爹，你辞了别干了。

姜保长：傻孩子，这是说辞就能辞掉的吗？

秀娥：人家八路军真是给老百姓办事，你可不能为了鬼子跟八路军作对呀爹。

姜保长看看秀娥，慢慢地点着头。

姜保长：是啊，以往光听有人说八路是为老百姓办事的，现在才亲眼见到。我，我以后再给鬼子办事得长个心眼了。

大鹏庄据点被拔掉之后，周围几个村里接连出事。那天午睡时，袁虎和一位战士扮成卖香烟的小贩摸进王楼据点。来王楼据点里找伪军要花姑娘的两个日本兵给打死，一个班的伪军被缴了械。人们亲眼看到，袁虎和战友背着缴获的枪支大摇大摆走出来，村外两辆自行车接着，二人坐上自行车，风驰电掣朝北去了；又一个夜间，八路军小分队炸毁了肖家屯岗楼，三个鬼子和六个伪军被炸死炸伤；又是一个大白天，袁虎带人伏击了日军运输队，缴获枪支弹药和布匹罐头；还是一个大白天，袁虎在大鹏庄村边遇到三个鬼子抓鸡，一个鬼子被袁虎踢死，一个鬼子被袁虎用枪打死，另一个鬼子拖着大枪仓皇逃走了。

这天，一个小队的伪军终于截住了袁虎。伪军小队长压根没想到对方出枪这么快，他们还没来得及拉开枪栓，袁虎已经双枪齐发，伪军们当即被火力压住抬不起头来。枪声停了，伪军抬头一看，只见远处一个人影像风一样跑走了。

伪军小队长连连喊道：妈呀！这世上还有跑得这么快的人？

佐佐木伤愈后带着日军小队从河城回到大鹏庄，逼着姜保长组织人重修村外东北角上的据点和岗楼。大枪指着，刺刀顶着，姜保长不敢违抗，很快组织起几十号人，在日本兵和伪军的监视下拼力干活。

这天，佐佐木脱掉上衣，露出一身疙瘩肉。他叫过两三个小伙子，指指旁边的一块空地：你们的，不用苦力，和我摔跤练习的干活。

三个棒小伙害怕，他们不会摔跤，便想躲开他。佐佐木"啊"了一声瞪起小眼抽出东洋刀：不合作的死啦死啦的！

三个人只好陪佐佐木练摔跤，但只是围着佐佐木转圈子，都害怕让佐佐木抓到。佐佐木给三人转得兴起，猛然冲上去抓住其中一个。被抓住的小伙子拼命想挣脱，佐佐木不按摔跤规定，使用了日本的柔道。转眼间，这个小伙子就被佐佐木摔得不能动了。第二个吓得脸也黄了，躲得远远的。佐佐木冲上去不再抓他，而是用了空手道击技手段，一个横踹，第二个小伙子给踢断了腿，躺在地上发出痛苦的哀号。第三人见状拔腿便跑，佐佐木号叫着摸起东洋刀截住他：不比试就先死啦死啦的！

一个陌生的年轻人从北边疾步赶来，陌生青年来到修建工地上站住。他几步蹿过去，一横身拦住佐佐木：来，我和你摔！

佐佐木手握东洋刀，惊奇地看着来者：你的，什么干活？

年轻人说：我是小王楼村才上任的保长，来看看这里还需要人吗。佐佐木点点头说了声"哟西"。年轻人不说话，只是双眼紧紧盯着他。佐佐木给对方盯得心里发毛，指指年轻人：你的，要和我摔跤？

年轻人：不光摔，我还要摔死你这个王八养的。

佐佐木听不懂骂人的中国话，小眼一个劲儿地眨巴。

就在年轻人和佐佐木一问一答时，工地上两个监工的伪军定睛朝这里看。这两个伪军就是上次偷偷议论袁老虎的黑脸和瘦子。瘦子说：大哥，你看他来了。

黑脸：你吓迷糊了，谁呀？

瘦子指指那个陌生青年，附耳黑脸：袁老虎！

黑脸吓得一哆嗦：你说梦话吧，这大白天他敢来！

瘦子咬着嘴唇告诉黑脸，说：千真万确就是他，上次佐佐木遭伏击，就是他提着盒子炮带人干的。当时我和保安队的李队副就在旁边，李队副说了声"妈呀袁老虎"，撒丫子就开了腿。我和其他弟兄抬起佐佐木逃跑时，特地看了他一眼。

黑脸：快，快报告太君。

瘦子咬着牙，说：佐佐木这个王八蛋根本算不得人，我们救了他，他不但不说好，到了河城反而让鬼子宪兵队把我们几个吊起来拷打，说我们和八路勾结。瘦子摘下枪上的刺刀：老兄，你要敢说半句闲话，我和你白刀子进去红刀子出来。

黑脸伪军脸色变成焦黄：兄弟别急，要报告的话我早就嚷了。咱们看热闹吧。

这边空场子里，袁虎放过正左右躲闪意图逃跑的小伙子立在佐佐木跟前。佐佐木翻眼看看对方：保长的，你的很勇敢。

袁虎：不光很勇敢，还很厉害呢。

翻译官把袁虎的话翻给佐佐木，佐佐木不屑地笑了。他把东洋刀递给一个伪军士兵，紧了下腰带，先发制人，扑上来抓住袁虎就要搭背摔。佐佐木哈腰甩胯努了几努，袁虎站在原地纹丝不动。佐佐木惊骇地回过头来，他松开手，站在袁虎对面左甩身右跐胯。袁虎朝他努努嘴，两个手指勾了勾：来呀！

佐佐木"呀"的一声冲上来，袁虎顺势往旁一闪。佐佐木扑空，往前跌了几步勉强站住。袁虎冲他撇了下嘴：来，继续来！

佐佐木大怒，咬牙瞪眼冲上来，伸手要抓袁虎的胳膊。什么叫功夫，功夫就是快的打慢的，力气大的打力气小的。袁虎首先是快，他趁势左臂勒住对方脖子往后一拽，佐佐木吃不住袁虎力大，身子往后弯成一张弓。袁虎右腿往上一撩，佐佐木整个身子给顶起多高。袁虎抬右膝照佐佐木腰眼上一磕，佐佐木惨叫一声仰面躺在地上。就在人们惊呆了的当儿，又见袁虎的身子"唰"地起在半空，袁虎的身子落下时，双膝正好磕在佐佐木的胸部。

听到胸骨和肋条断裂的咔嚓声。

佐佐木吭了一下，口鼻耳眼里咕嘟嘟冒出紫血。

翻译官蹲下身子看了看：妈呀，了不得，佐佐木太君给打死了！

监工的两个日兵呀呀叫着冲上来。

袁虎已经双枪在手，他双枪齐发，两个日本兵相继倒下。工地上的民工大乱，哗地一下跑散了。袁虎双脚用力，几个起落，转眼隐进村里。

那两个监工的伪军举枪朝天射击：了不得了，八路军大部队进了村了！快逃啊，迟一步就没了命了！

剩下的民夫和其他伪军慌忙原地趴下，枪声叫嚷声响成一片。

大鹏庄姜保长听到村外枪声慌忙跑出院子。姜保长跑到十字街口，只见袁虎提枪从一条胡同里闪出来。姜保长吓了一跳，但随即就明白发生了什么。

霎时间，袁虎已看到了姜保长，袁虎手中的枪朝姜保长举了举又放下。袁虎跑出胡同顺街往北，姜保长迟疑片刻跑上去拦住袁虎：恩人别急，随我来。

姜保长拽起袁虎，跑进另外一条胡同里。

村口响起枪声，姜保长说：恩人啊，北边岗楼上听到枪声肯定也要下来人，大白天多有不便，你还是先藏起来，到晚上再走吧。

姜保长拽着袁虎拐进一家小院，领着袁虎跑进小院草棚里。姜保长掀开木槽一端，槽下现出一个深洞。姜保长告诉袁虎，这是他家以前养牲口的闲院，这个暗道可以藏身。袁虎迟疑着。姜保长见袁虎犹豫，连忙解释：恩人尽管放心，这暗道下边是地道，能直通四邻八舍。要是有了意外情况，你只要顺着地道拐上几个弯，就有好几个地方可以出去了。

袁虎点点头，身子一弯溜进了深洞。

姜保长把木槽挪回原处。

姜保长拍拍身上的土，返身走出小院……

佐佐木被袁虎打死之后，日军又从河城派来一个小队长。这个小队长叫小泽，戴着眼镜、手套，行动说话显得挺斯文。这天，新任日军小队长小泽坐在一家大院的石凳上，几个鬼子伪军立在他身旁。小泽扶扶眼镜框看着几个伪军士兵：你们的说，这个袁老虎的什么的干活？

一个伪军说：太君可要小心，这个人双手打枪，百发百中；另一个伪军说：这个人武功高强，是百里之内的第一能人；又有一个伪军说：袁老虎会飞檐走壁，平常你见不到他，可只要见到他就等于没命了。

伪军小队长插进话来：是啊太君，像佐佐木太君，刚见到他就……

小泽挥挥手，伪军小队长让伪军们退下。小泽冲门边站岗的日本兵招招手，日本兵从门外带进十多个人来，姜保长也夹在其中。

这些人同样站在小泽面前。

小泽：你们的，都是各村保长的干活？

保长们同时哈下腰：是，是的太君，我们保长的给皇军的干活。

小泽点点头：你们的记住，从今天起每个村里都要组织巡逻队。发现了袁老虎敲锣的不行，打鼓的也不行，只是悄悄跟着的有。

保长们大眼瞪小眼：太君，光跟着吗？

小泽摇摇头：不不，有人跟着的，有人来报告。报告准确皇军大大的有赏。看到袁老虎不报的，全家全村死啦死啦的！

小泽站起来，"唰"地抽出东洋刀，将院内一棵石榴树"咔"地砍断了。

小泽挥挥手，保长们急忙退下去。

小泽向翻译咕噜了几句。翻译朝院内各处吆喝：都听着。小泽队长有话，皇军和保安队全部集合。

鬼子和伪军很快站成两排。小泽在他们面前来回走了几趟：从今天开始，皇军的两个班和一个小队的保安队专门对付追捕袁老虎。逮不住袁老虎，修了据点也白修，因为这是个破坏性惊人的家伙。

翻译官原话翻译。

小泽：日军和保安队混合编队，三班倒，发现情况或听到报告立即行动。也只有这样，抓住袁老虎才有可能。

小泽说完挥挥手，日伪军解散。

自从那次姜保长利用地道帮助袁虎脱险之后，因工作需要，征得王天成和刘正武的同意，袁虎便经常和姜保长联络。姜保长也算知恩图报，之后确实给袁虎提供了许多敌人的信息。当然，这些信息有的情报价值大，有的情报价值小。但无论怎么评价，姜保长到底还是良心发现了。

这天，袁虎又化装悄悄潜入大鹏庄，趁人不注意溜进姜保长家。袁虎伏在姜保长家的厢房平房顶上朝一家驻有日伪军的大院里观察，远处大院里的情况看得见听不到，他不由自主地挺了挺腰。姜保长顺着梯子从墙边上露出了头，见此情景，姜保长吓了一跳，他压低声音：袁排长，你胆子也太大了吧！

袁虎并不回头。

姜保长说：袁排长，求你了，快下来躲躲吧，让鬼子发现了，半个村的人跟着遭殃啊。袁虎点点头，一个平身前扑到了后墙边。姜保长也赶紧下梯子，姜保长下到地面抬头看，身后传来袁虎的声音：姜保长，看什么呢？

姜保长一惊：哎，你，你怎么下来的？

袁虎：跳下来的呀。

姜保长：我咋没看见？

袁虎笑笑：让你看见，二十多年的功夫不是白练了。

姜保长：天啊，神人呀！走，快进屋吧。

姜保长把袁虎让到正位上，自己下首陪坐。

秀娥端来茶壶放在桌子上说：爹，你和大哥先喝着水，我去帮妈做饭。

姜保长：好好，让你妈多炒两个菜，我和袁同志喝几杯。

袁虎赶紧摆手：不要炒菜了，我从不喝酒。

姜保长说：那咱们光吃饭吧。袁虎说：酒不能喝，饭当然是要吃的。姜保长，我在你家吃过的饭要记账，攒到一块儿，我们司务长会给你送米来。

姜保长先是怔了一怔，随之笑了：哪里的话呀，吃几顿饭还记账，这天下除你们八路军，连第二个军队也定不出这种规矩来。

袁虎说：这是我们的纪律，不拿群众一针一线嘛。姜保长起身作揖：袁排长，这几顿饭和救我们一家性命相比，无异于滴水大海呀。

袁虎说：你不是也救过我的命吗，上次我弄死佐佐木跑进村，要不是你及时把我藏进地道，说不定就是一场血战。姜保长告诉袁虎，说：大鹏庄就这么点好处，老长年的人们为了避匪躲祸，家连家户接户地打了许多暗道。后来有人出主意把暗道沟通，不想日本人进中国后，这地道还真起了作用。一有风吹草动，娘们儿孩子先藏进去，少了许多担惊受怕。

两个人正说着，秀娥端着两碗菜，秀娥妈端着一摞油饼走进屋。

秀娥妈：恩人，快吃饭吧。秀娥，给你大哥倒上茶水。

秀娥放下菜碗端起茶壶，一边给袁虎倒水，一边深情地朝袁虎脸上看着。

13

秋收之后，田野里平坦如砥一无遮挡。

两名八路军侦察员化装成农民模样走在前往河城的路上。两名侦察员正在匆匆行走，身后响起铃铛声，回过头，只见袁虎戴着礼帽和墨镜、身穿绸布长衫骑着自行车赶上来。两名侦察员停下脚步，袁虎赶到他们跟前骗下自行车。一位侦察员说：排长，我们以为你到下午才来呢。

袁虎说：今夜必须赶回去，所以我才骑自行车。侦察员说：从咱们驻地到河城，一百五十多里地呀。袁虎说：一百几十里地在咱们八路军来说算什么，别说骑车，就是步行，遇到紧急任务也能一天一夜打来回。那位侦察员点点头：排长说得没错，有次我为了送一个紧急情报，一夜跑了一百里。

袁虎：我们这次去河城的任务你们记下了吧？

侦察员说：当然记下了，到北街皮货铺里和二老板联系取情报。袁虎说：对对，我不露面，你们取到情报后到西城根小茶馆里找我，情报由我带回去。

侦察员：明白。

袁虎：那我头前走了。

侦察员说：排长你目标大，路上千万留神。袁虎指指墨镜说：没问题，化装了。袁虎说着跨上自行车朝南驶去，袁虎走了一段路下了自行车。他撑起自行车摇着脚蹬子：咦，车轴滑丝了！

袁虎回头看看后边不远处的两位侦察员，侧侧头推起自行车继续赶路。

日军小队长小泽到任后，为了捉住袁虎，他命令伪军和当地保长偷偷在各村村头和房顶上设了暗岗。小王楼的村头房顶上就有这么个暗哨，暗哨借着烟囱和秫秸垛静静地伏在房顶上，不时地朝村边路上张望。

袁虎推着自行车来到大鹏庄以南，自行车车轮哧哧地摩擦前车叉。袁虎走一阵用脚踹一下前车轮，走走停停，速度很慢。又行不远，袁虎再次跳下自行车，他左右看看，想找个隐蔽地方把自行车藏起来，步行更利索。庄稼已经收获，田野里没有可以掩藏自行车的地方，袁虎朝自行车轮踹了一脚，只好推着朝前走。

袁虎推着自行车渐渐接近了王楼村，王楼村靠近通往河城的大道。村边房顶上码着一摞秫秸，两个日伪暗哨躲在秫秸堆的阴凉处。两个人轮番值班，隔一会儿就有一个人从秫秸垛后探出头，朝田野路上撒目。

袁虎推着自行车大摇大摆自北往南走过来，一个暗探从房顶上偷偷看了他一眼没在意。袁虎越走越近，暗探再次往下瞧瞧，又瞧瞧，回过身拍拍同伴的肩膀说：哎，我怎么看那人挺眼熟。

另一暗探看了一眼，说：这人穿大褂，戴着礼帽墨镜，推着自行车，是个有身份的人。刚才那个暗探手指摁着印堂：嗯，我可能在哪里见过他。

袁虎走到房前阴凉处停下，两个暗探连忙躲在秫秸垛后。听到袁虎噔噔噔地踹着自行车轮子，一个暗探窃笑：准是车轴滑丝了。

另一暗探好奇地往下探了下头又蓦地缩回头。刚才那个暗探见同伴行为古怪，开玩笑说：怎么了，见着鬼了。这个暗探变貌失色：不是鬼，是袁虎。不信你看看，他正摘下帽子扇凉呢。

另一暗哨小心地探出头去也是马上又缩回来：别说，还真是他，跟小泽那张照片上的人一模一样。

刚才那个暗探说：我见过袁虎的真人，没有照片也能认出他。在大鹏庄修据点时，不就是这个人把佐佐木弄死的吗？另一个暗哨连说：对对对，你一说我记起来了，是他。快，快去报告小泽。

两个暗哨从梯子上溜下房，绕圈子拼命地跑向大鹏庄。

两个暗探正顺着大道往大鹏庄飞蹿，迎面遇上八路军的两个侦察员。侦察员当然心机灵动，立即诈语：你们不是在王楼吗，怎么跑出来了？

两个暗哨停住脚，疑惑地看着两个侦察员：你们也是？

侦察员：我们是簸箩屯的，刚到小泽太君那里报告情况。

暗哨：你们也发现了袁老虎？

侦察员：没有啊，你们发现了？

暗哨：了不得，推着洋车子正往南去呢。

侦察员：没看错吧？

暗哨：没错，我们得赶紧去报告。

侦察员想缠住他们：哎哎……

暗哨不听他们招呼，急惶惶地跑走了。侦察员情急智生，从背后朝他们喊：好，你们去报信儿，俺俩跟上他。

暗探回过头：对对，千万别再让他滑了。

两位侦察员往南飞跑。

暗哨往北跑，侦察员往南跑，这时的袁虎已经到了王楼村东北方小树林前。袁虎在小树林边停下来，支起自行车，不大会儿两位侦察员追上来。侦察员喘息未定：袁排长，快走，敌人的暗哨盯上你了。

袁虎不在乎地点点头，说：盯上我了？盯上好啊。一侦察员告诉袁虎，暗哨已经跑去大鹏庄报告小泽了，他们让袁虎赶快离开这里，因为可能敌人马上就来到。

袁虎：真巧，自行车车轴滑丝了。

侦察员：你目标大，快走吧，联络任务我们保证完成。

两位侦察员说完朝王楼村内走去，袁虎朝北望了望，脱掉大褂扔在树棵间。双手举起自行车往树上一扔，自行车给扔到了一棵树丫上挂住。袁虎从东边出了小树林，顺着一条沟坎绕向北去。

袁虎出了小树林不长时间，小泽已带着十几个日本兵和二十多个伪军士兵顺路跑过来。日伪军轻装上阵，一路往南追下来。

漫洼里寂寥无人，小泽擦着头上的汗叫过暗哨：你们的看清楚了？

暗哨说：看清楚了，就是袁老虎，可能自行车出了毛病，他是推着车子走路的。走到我们哨位前，他停下来端车轮，我们看得清清楚楚。

小泽：推着的，走不远的，哪里去了？

小泽望见了那片小树林。小泽一挥手，日伪军哈着腰包抄过去。

小树林面积不大，四十来个日伪军把小树林团团包围。小泽命令伪军小队长带人进林里搜查，伪军小队长命令伪军班长带人前头搜索。伪军班长刚要命令伪军士兵打头阵，见小泽掏出王八盖子手枪对着他，他只好把帽子顶在枪筒上摇晃着朝林中走，边走边咋呼：看见你了，快出来吧！

日伪军们随后一步步地朝林子里挪，忽听伪军班长一声惊呼：在这里呢！

后边的伪军立即趴在树后边。

小泽举起战刀，伪军们慌忙爬起来。

鬼子和伪军们朝伪军班长喊叫的方位冲过去。

日伪军冲进小树林里，只见一件绸布大褂扔在地上。鬼子伪军把大褂子围住，小泽走过来看看大褂：人呢？

旁边一个伪兵朝树上一指：哎哎，自行车！

自行车静静地挂在树丫上。小泽看着树上的自行车直了眼：人呢？飞了！

小泽朝四周观察，透过树隙，小泽看到了东边的那条沟坎。小泽心想，那条沟坎距离树林近，一定逃往那里去了。

小泽战刀一举，日伪军兵分两路，一路直奔东边的沟坎，一路斜向北去赶往沟坎左侧截击。日伪军一边跑一边喊：捉住袁老虎，抓活的！

袁虎果然就在沟坎以东藏着，他听到敌人的喊叫声，便哈着腰顺沟坎向北跑去。袁虎跑出挺远回头看了一眼，南边沟坎上出现了追赶他的日伪军。追赶他的敌人也看到了袁虎，马上开枪射击。由于小泽一心活捉袁虎，下令不可射死对方。就像赵子龙救阿斗一样，由于曹操的一声命令，袁虎才没被乱枪击中。

子弹在袁虎身后激起一溜尘土，袁虎朝后甩了一枪。袁虎的枪是长苗匣子，射程远，远处沟坎上当即有一个敌兵惨叫着倒了下去。敌人哈着腰追过来，袁虎欺下身子加快速度。身后的敌人渐渐被甩掉，袁虎继续往北飞奔。然而，北边也响起了枪声，刚才北去的那股敌人提前截住了袁虎。

南北方向同时传来喊叫声：别打死他，捉活的！

子弹带着哨音在袁虎身边乱飞。这时，西南、西北方向也响起枪声。显然，附近据点的两股敌人也出动了。袁虎朝北边打出一梭子弹，北边的敌人赶紧趴下。袁虎乘机跃出沟坎，撒开腿直奔大鹏庄。

南、北两路敌人立即呈扇形向大鹏庄包抄过去，眼见着袁虎奔进大鹏庄。小泽命令部下向西南、西北的日伪军分别打旗语。旗语兵朝西南方向挥动小旗，又朝西北方向挥动小旗。西南、西北两路日伪军迅速散开，两路敌人联手将大鹏庄包围。小泽大喜，带领部下随后追进村里。

大鹏庄里姜保长听到村外枪声，搬着梯子趴在自家的高墙头上。姜保长看到，村东沟坎上的日伪军在追击一个人，这个人跃动如飞，很快把日伪军甩掉了。这个人朝身后看了看，飞奔进村来。这时，村民听到枪声大作，家家户户纷纷关门。村周包抄上来的日伪军散开，首先堵住了四个街门。

东边紧紧追上来的日伪军进了村，姜保长吓得从墙上出溜到地上。

大鹏庄内，秀娥正从村中井台上提了一桶水往家走，恰好看到袁虎如飞奔进村来。袁虎跑进大鹏庄，跑到街心，顺街直奔正西。秀娥迎着袁虎让他站住，说：别跑了，快去我家！袁虎停下来：敌人在追我。

秀娥：四处里都是枪响，你不能朝外跑了。

袁虎摇头，抬脚又跑，秀娥拼命截着他。惦着女儿的姜保长从院里跑出来，看到秀娥正在截袁虎，他顾不得多想，赶到跟前一把拽住袁虎，说：你不能再跑了，四个街门已被鬼子和保安队堵上，跑出去不是白送死吗？袁虎仍然要挣脱，说是不能连累他们全家。姜保长：都什么时候了还说这话，快进院，晚了就来不及了。

姜保长拽起袁虎跑进自家院里，秀娥随后跟进来，关上院门落了闩。

姜保长把袁虎拽进屋里，自己又跑到院里，搬条梯子爬上高墙。姜保长看着外边的情况紧张地张大了嘴，日伪军已经从四个街门里冲进来，不大会儿已在十字街口会合。一个鬼子官站在街口拄着指挥刀叽里呱啦说着什么，日伪军散开来，分成四路进入四街，从第一户开始，挨家搜查。

姜保长回头朝院里看，袁虎端着两把匣枪走出屋，若无其事地倚在屋门框上。姜保长脸色大变，连忙出溜到地上：秀娥，快让你妈炒菜，今天咱家伺候姑爷。

秀娥一怔，又马上答应：爹，好的好的，你去叫俺叔叔大爷吧。

姜保长答应着往外走，刚走几步又站住。姜保长把仍在屋门口转悠的袁虎强行拽进屋里，让袁虎擦洗干净换上衣服。袁虎头戴压眉礼帽，身穿府绸长衫，手指上戴着耀眼金子。姜保长说：请上座。

袁虎刚坐在正位上，秀娥跑进屋子说：这不是个好办法，因为鬼子汉奸里很多人都认得袁大哥。姜保长：咦咦，你看，我是吓昏了头了。这可咋办，咋办！

秀娥说：让袁大哥钻地溜子吧。姜保长回过神来，连说：对对对，秀娥说得对，可我还得去应付鬼子们呢！秀娥让父亲出去应付鬼子，她自己要带袁大哥进地溜子。姜保长叹口气：唉！孩子，难为你了。

秀娥：说什么呢爹，大哥救我们一家人，咱能知恩不报吗？

姜保长：那就快进地溜子吧。

姜保长让袁虎挪开墙角一个盛粮食的大缸，缸下现出一个地洞。秀娥前边下到洞里引路，姜保长叮嘱说：里边黑咕隆咚的，小心着。

秀娥说：爹你就放心吧，我进地溜子也不是一回两回了。秀娥的身子掩进地洞，姜保长推了推袁虎，袁虎犹豫了一下，也进了地洞。

姜保长费力地挪动大缸，重新把洞口盖住。

姜保长看看没有什么破绽，便提了铜锣走出去。

外边街上，日伪军正在挨户搜查。小泽拄着战刀立在十字街旁，见姜保长走过来，伸出两个指头冲姜保长勾了勾：你的保长的，赶紧告诉各家。

姜保长连连答应。

姜保长立即敲响铜锣：各家各户注意，八路跑进村里，快快帮助皇军捉拿了！

姜保长迎着小泽走过去。

小泽双眼直勾勾地盯着姜保长。

姜保长提着铜锣走到小泽面前：太君，我马上再喊给全村人，让他们协助皇军捉拿八路军。有知情不报者，杀！

姜保长用手朝自己脖子上划了一下。

小泽点点头：嗯，姜保长的，大大的好，继续的敲锣。

姜保长敲着锣：各家各户注意，家中不许留住陌生人了，看到陌生人马上报告皇军。有隐瞒不报的，全家统统地杀！

锣声顺着街筒子传开去，越传越远，渐渐听不到了。过了一会儿，姜保长又提着铜锣返回到十字街。姜保长回到小泽跟前，哈着腰：太君，还有什么吩咐？

小泽摆摆手：哟西，待会儿的说。

林翻译凑上来：小泽太君，你一定累了，咱们到姜保长家休息一下？

小泽看看正在街上搜查的日伪军，把战刀插进鞘里，身子依然不动。林翻译凑上去：小泽太君，您放心吧，皇军已经堵住了四个街门，村周围房连房，都是墙，八路除非飞出去。

小泽犹豫了一下：袁老虎的，神出鬼没。不小心的，又逃掉了的有。

林翻译说：连皇军加保安队好几百人，这个袁老虎插翅难飞。小泽沉默了好一会儿，点点头：哟西，姜保长家开路。

林翻译眉开眼笑：姜保长，小泽太君要去你家歇歇脚，快快带路。

姜保长手里的锣捂在心口上：翻译官先生您说什么？

林翻译官：小泽太君要到你家喝茶。

姜保长：哦，哦哦，好得很，小泽太君能光临寒舍，三生有幸啊。

林翻译官把姜保长的话翻译给小泽，小泽龇龇牙：哟西，开路开路的。

姜保长脸上掠过一丝惊恐、担忧、害怕又无可奈何。

姜保长提着铜锣前边带路，挎着指挥刀的小泽和林翻译官慢慢跟着。姜保长家距离街心不远，不大会儿就进了院。姜保长把一个鬼子一个汉奸让进屋里，姜保长的女人赶忙擦座沏茶。姜保长依旧哈着腰：小泽太君，请上座。

小泽不谦让，坐在上位。姜保长又搬来一条长板凳，自己和林翻译坐在板凳上。姜保长给小泽斟上茶：太君，喝一杯，解解乏。

小泽用嘴唇沾了沾茶杯，嗅了嗅，开始慢慢地喝。

小泽：姜保长的经营什么？

翻译将小泽的话翻给姜保长。姜保长站起身：报告太君，本人除了给皇军效力，就是庄稼的干活。

林翻译将袁虎的话翻给小泽。小泽点点头：嗯，正经的庄稼人的干活。

几个日伪军端着刺刀冲进院来，日伪军见小泽在场，赶忙又退出去了。姜保长提起茶壶再次为二人满水。这时外边忽然响起枪声，接着门口有急促的脚步声。

林翻译站起来：可能搜到袁老虎了。

小泽立即起身拔出战刀，姜保长吓得一哆嗦，手里的茶壶差点儿掉在地上。小泽提着战刀冲出门，林翻译和姜保长随着跟出去。

三个人跑出去不一会儿重又返回来。外边的枪声是因为一个伪军精神紧张，害怕遇上袁虎而冒冒失开了枪。这个不慎走火的伪军被小队长狠狠扇了一顿耳光后，日伪军仍旧按部就班地进行搜查。跑出去的小泽听到伪军小队长的报告，一连骂了三四声"八嘎"，就和林翻译再次回到姜保长家喝茶。

袁虎和秀娥蹲在地洞里，袁虎把匣枪端在手中，枪口朝地洞口指着。秀娥说：袁哥，地面上没动静，你不必这么留神。袁虎轻声说：还是注意些好，小心无大过。果然，大约一个时辰后，头顶上响起咚咚的脚步声。袁虎侧身洞壁，全神贯注地谛听。秀娥吸了口凉气，身子不由自主地贴在袁虎胸前。俩人挨得很近，也很紧，秀娥话音虽低，但袁虎还是听出她的嘴唇在哆嗦：哥，鬼子进屋了。

袁虎说：你咋知道？秀娥说：你听听，大皮靴的动静，除了鬼子谁穿大皮靴？袁虎扬扬手里的枪说：别怕，有一个我敲一个。秀娥的身子完全靠在袁虎胸前，口气也近乎乞求了：哥，这时候千万不能动硬的，实在不行咱就顺着地溜子走。

袁虎：地溜子？我刚才就想问问你，地洞怎么叫地溜子呢？

秀娥在黑暗中朝后指了指，说：往左拐有座土墙，推开土墙有个通道，顺着通道就到了我二伯家。袁虎说：还是地道啊。秀娥说：袁哥说叫地道就叫地道，可我们村里人都叫地溜子，顺着地溜子家串家户到户，能通遍大半个村子。听我爹说，上次你意外遇险，他就是用地溜子把你藏起来的。袁虎在黑暗中点点头：上次幸亏你爹，要不然的话，一场血战是脱不掉的。

秀娥说：都传着你是神人，鬼子和二鬼子跟你打，只有吃亏。袁虎说：那是人们瞎传，你千万不要相信。再说，猛虎难敌群狼，一个人本事再大，也抵不了对方人多势众。秀娥往袁虎跟前又靠了靠：是这么个理，为了安全，咱们往里走走？

袁虎说：好吧，你头前带路。秀娥在前，袁虎在后，两个人曲里拐弯往前走。袁虎问这些地溜子是什么时候挖的。秀娥回答说：我小时候就有，听说先是财主们怕土匪绑票挖的地窖子，后来大伙一商量，就把地窖子串起来了。因为有这地溜子，许多年来这村里没出过大闪失。要不是你，那天我爹还真不露这个谜呢。

头顶上响起咚咚咚的脚步声，脚步声远了，消失了。秀娥说：鬼子走了。袁虎身子移动了一下要往外走，秀娥赶紧拦住：等一等大哥，没事后我妈会敲缸的。

袁虎：那行，再待一会儿。

可能因为危险已过，人心放松，秀娥长长地松了口气，身子软软地靠在袁虎胳膊上。袁虎往旁边挪了挪，秀娥一侧身，头歪在了他的肩膀上：哥！

袁虎有些乍手乍脚：秀娥！

秀娥口气绵软：大哥，那天要不是你动手，俺们一家就完了。

袁虎说：也是赶巧了。秀娥的头脸紧紧倚住袁虎，久久地不说话。好半天才听她喃喃着：缘分，哥，知道吗，这是缘分。秀娥身子一歪，躺在了袁虎怀里。袁虎哆嗦了一下，不由自主地将秀娥的身子紧紧抱住。两个人喘气急促，越搂越紧。秀娥轻轻叫起来：哎哟哎哟！

袁虎松开手：怎么了秀娥？

秀娥说：你的劲儿咋这么大，我的身子快让你箍得散了板了。袁虎不好意思地辩解，说：我没多么用力啊。秀娥轻轻嗔道：再用力，我得给箍死。

黑暗中，袁虎不好意思地笑笑。秀娥的身子软软地贴在袁虎胸前，双手在他的头脸脖颈上轻轻地抚摩。袁虎第一次和女孩如此亲近，心里一热，顿时有种腾云驾雾的感觉。袁虎把秀娥再次搂在怀里，急切间觉得要做点什么才好。秀娥心细，加之女孩的直觉天性，她把脸贴在袁虎脸上：哥，你想什么我知道。

袁虎被秀娥窥透心思，不觉有些发窘，他不说做什么，也没有特别格外的动作，只将秀娥一个柔软的身体抱在怀里，抱得紧紧的、紧紧的。秀娥喘气越来越粗，身子渐渐松下来，垮下来，浑身上下似乎柔软无骨。

两个人就这样抱在一起待了好长时间，忽然意识到是在地洞里，是在敌人的眼皮子底下，危险并没过去，威胁依然存在，终于同时长长地吐出一口气，又不约而同地将对方松开。袁虎说：小娥，我觉得我们已经走出挺远，要是鬼子走了你妈敲缸，咱们怕是听不到。

秀娥理了理头发：也对，回去吧。上边没有动静，准是鬼子没发现什么。

袁虎在前，秀娥在后，两个人原路返回。就在这时，头顶上又响起咚咚咚的皮靴声，秀娥打个愣怔：哥，不好，鬼子又回来了。

袁虎当即蹲下身来，举枪在手，凝神听着上面的动静。

小泽和翻译官再次回到姜保长的屋里，姜保长先是殷勤地给二人斟茶满水。在姜保长的示意下，秀娥妈从厢房里端来两盘糕点。小泽和林翻译官一边吃糕点一边喝茶，茶水和糕点有滋有味，小泽和林翻译官先是一点点地吃，之后便开始大口吞。不大一会儿，两盘糕点差不多吃个干净。小泽喝口茶水漱漱口咽下去，喫喫牙花儿说了声"哟西"。

鬼子小队长很是惬意。

姜保长一直站在旁边伺候着。

小泽扭头看着姜保长：保长的好，大大的忠诚，抓袁虎，立功的有。

姜保长点头哈腰：全仗太君抬举。

林翻译官：小泽太君，时间不短了，咱们是不是再出去看看？

小泽点头：哟西，出去的看看。

小泽起身就走，东洋刀在门框上绊了一下。小泽用手扶住刀柄，一步跨出门去。姜保长在后边朝老婆使了个眼色，也慌忙跟着小泽和翻译官走了。

秀娥母亲见鬼子汉奸们出了院门，赶紧跑到门口把大门闩上。她颠着四寸小脚回到屋里，轻轻地在缸沿上敲了两下。她敲这两下的意思是告诉袁虎和秀娥：鬼子走了，你们不要害怕了，待会儿男人回来后挪开大缸你们就可以出来了。

秀娥母亲走出屋门，到厢房里收拾果盘和茶具。

袁虎和秀娥来到出口不远处停下，一直静静地听着上面。地洞里黑乎乎的，可能距离稍远，他们听不到上边有什么动静。袁虎靠在洞壁上歇息，秀娥从旁边挤过来，抻了抻再次倚在袁虎怀里。袁虎下意识地将秀娥抱住，两个年轻人相互搂在一起。秀娥：哥，可别再用那么大力气了。

袁虎在黑暗中笑笑，将胳膊放松下来。秀娥：别，这样又太松缓了。

袁虎又稍稍用力，秀娥轻轻呻吟。

时间在黑暗中慢慢逝去，头顶上的大缸忽然当当响了两下。

袁虎连忙放开秀娥。

秀娥拢了下头发：没事了大哥，我妈给信儿了。

袁虎说：那好，待我挪开头顶上的缸。秀娥拉住袁虎：哥，咱们再待一会儿，等我爹回来后他会挪开大缸的。

袁虎犹豫了一下：不，现在就挪开吧。

秀娥倚住袁虎，口气意犹未尽：你在下面怎么挪？

袁虎说：没关系，你看着。袁虎右手托住头顶上的缸底用力举向一边，头顶上渐渐露出了亮光。袁虎左右手倒换着，将大缸移开到一旁。袁虎探头往外看了看，扒住洞沿嗖地纵身跃了上去。

屋里没人。袁虎朝外望了望，院子里很静，外边也没什么声响。袁虎朝洞口轻轻叫道：秀娥，没事了，上来吧。

洞下秀娥答应着，袁虎伸手将她拽出地洞。秀娥傻了一样看着袁虎，竟然忘记扑拉掉身上的土。袁虎奇怪，说：秀娥你怎么了，干吗直眉瞪眼地看我？秀娥呼出一口气：天啊，你的力气咋这么大！平时在上面移动这缸也得两个人，你自个儿咋就把它托起来了？

两个人正说着话，秀娥妈从外边走进屋。秀娥妈见到二人吓了一跳，看看袁虎又看看女儿：咦咦，你们是怎么出来的？

秀娥说：是大哥把大缸托起移开钻出来的。秀娥妈惊得口吃，说：天天、天啊，这世上还有这么大力气的？袁虎笑笑：大婶，外边还有情况吗？

秀娥妈说：我没出去，只是把大门闩上，怕鬼子们再回来。我琢磨，有秀娥她爹照应着，他们不会再回来了。这时，南街头上接连响起乱糟糟的说话声，街上传来脚步声，街心响起集合的哨子声，屋里的人紧张地听着外边的动静。

过了好长时间，外边响起敲门声。敲门声轻一下，重两下。秀娥妈说：这是娥儿她爹回来了。你俩先到套间里躲一躲，防备有人跟进来。袁虎跟着秀娥躲进套间去，秀娥妈快步出去开大门。大门开了，姜保长擦着头上的汗走进屋。

袁虎从套间里走出来：外头是怎么回事？

姜保长：有人从村南朝村里打枪，日本人和保安队追出去了。

袁虎：嗯，准是他俩。

姜保长：谁呀？

袁虎：我来时遇到两个劫道的，青天白日，胆子够大的。

姜保长：唉，这年头，什么愣种都有。

袁虎重新坐回到椅子上，姜保长长嘘了一口气：刚才吓死我了。

袁虎问他怕什么，姜保长说：鬼子小队长和翻译官都进了屋还不害怕？袁虎呵呵一笑，说：小菜一碟，大不了把他们收拾了。姜保长唏嘘连声：天啊，看你说得好轻松。袁虎：那两个东西在我手里就跟掐断两根小葱差不多。

姜保长吐了吐舌头。

袁虎把双枪掖在腰里往外走。姜保长起身拦住他：你干吗？

袁虎说：我还有任务，鬼子走了，我也得走啊。姜保长说：你不要命了？别看鬼子撤走了，他们肯定在村外放了眼线，你出去就会被发现。

袁虎说：你放心，遇上我没了命的肯定只是敌人，发现了他们也抓不住我。姜保长连说：不行不行，你得住下明天走。袁虎迟疑了一会儿仍然要走。姜保长说：不行啊，小泽的一个小队几十号人就驻在村外据点里，加上保安队还有别的据点来增援的有二三百号人，一旦在村外给盯住了，你就是再英雄怕也难以逃脱。到那时，你这半天不是白躲藏了吗？袁虎附耳姜保长：实话相告，刚才村南打枪的就是我的两位战友，我们还要去执行任务。

姜保长：那两位英雄既然敢打枪，就有把握不让鬼子逮着。他们见鬼子没抓住你，现在说不定已猫在暗处等你的消息，你只管放心地住下来，明天到路上肯定能和他们会合。

袁虎思索着。秀娥从套间里探出了头：我爹说得在理，你就住一宿吧。

袁虎点点头，坐下。

晚饭后，袁虎睡在姜保长家的厢房里。入夜，外边小风瑟瑟，吹动的房檐上草儿轻响，袁虎躺在土炕上久久睡不着。窗外忽有簌簌声响，袁虎跃下炕来，从窗缝儿里望出去，外边有个人影儿走动。人影在院中站住，朝厢房窗子盯着。

袁虎持枪在手，横卧窗下。外边的走动声停止，袁虎再次从窗缝里朝外望，院里什么也没有了。袁虎仍然持枪在手，搬条凳子坐在窗下。过了一会儿，院里又有了声响。袁虎从窗缝里朝外看，刚才的人影又出现在院子里。人影犹豫着，踟蹰着，慢慢地轻轻地朝门口走过来。

袁虎轻身立起，悄悄地贴在了门旁。

木板门轻轻响了两下。

袁虎不作声。

有人轻轻敲门，袁虎问道：谁？

袁虎话刚脱口，人已闪到了门的另一侧。门外的声音极轻极细：我！

袁虎吃了一惊：秀娥？

门外果然是秀娥的声音，轻轻的、颤颤的：袁哥，是我！

袁虎压低声音：有事吗，秀娥？

秀娥迟疑了一下：有事。

袁虎：什么事，你说。

秀娥：要紧事，大哥，你……开门，我有话说。

袁虎轻轻拨开闩，拉开门，秀娥迟疑了一下，然后一头撞进来。袁虎往后一退，秀娥径直扑进他的怀里。袁虎的手爹掌了一下，紧紧地搂住了秀娥。秀娥的额头上涔出汗珠，袁虎的身子也在哆嗦。

袁虎把秀娥搀到炕沿上坐下，秀娥喘吁着：大哥，明儿……你就走了？

袁虎说：秀娥你救了我，我不会忘记，抗战胜利后我一定……秀娥截住袁虎的话：是你……救了我，我怕，我怕……

袁虎沉默，秀娥低低地抽泣。

秀娥拽开袁虎的衣服，袁虎不知所措。秀娥在袁虎宽阔厚实的胸上亲了几下，袁虎紧紧搂住秀娥。秀娥喘息着：哥，我给你！

袁虎不语。

秀娥：哥，你别不要我！

袁虎急促地喘息着，袁虎抻了很长时间不说话。

秀娥哭了。袁虎忽然抱起秀娥，把她平放在仍旧散发着热气的被窝里。袁虎三下五除二脱去秀娥的衣服，秀娥眯起眼睛静静地仰躺着。袁虎犹豫了一下，忽然伏下身去，紧紧地贴在秀娥身上。秀娥轻轻地叫了一声，室内重归寂静。

厢房里散发着温馨的香气，炕上不时响起急促的喘息。有轻轻的低叫，有幸福的呻吟。低叫和呻吟时而长久，时而短暂。一切终于沉寂下来，袁虎紧紧地抱着秀娥的身子，秀娥眯着眼睛甜蜜地偎在袁虎怀里。腥风血雨的年代，人世间仍有温情和甜蜜在播散。

黎明前，公鸡叫了第一声。

秀娥恋恋不舍地爬起身来：哥，我该走了！

袁虎那粗壮的臂膀紧紧地箍住她：再待一会儿不行吗？

秀娥迟疑了一下重新仰躺下身子……

特务营侦察连连部里，连长史大勇和指导员坐在桌旁商谈着什么。指导员告诉史大勇，说：侦察员报告，袁虎在大鹏庄逃避敌人追捕时在姜保长家住过一夜。史大勇说：我也听说了，从那以后他经常去姜保长家。指导员的口气有些轻松，据说姜保长在他的影响下渐渐"白皮红心"了。史连长吸了口气：毕竟是日本人的保长，我们得提醒他防备着。

指导员：袁排长那性格，你说我说他能听吗？

史连长说：这是纪律，他不听不行。指导员想了想，说：瞅机会咱俩和他谈谈，他是有名的孤胆英雄，免得出了事不好跟江司令交代。

史大勇：我也是这么想的。

这天黄昏，化了装的袁虎和侦察员小李来到大鹏庄西，两个人顺着一条水沟往北走。袁虎忽然站住，说：小李，我们今夜到大鹏庄住下吧？小李看看天色：好吧，到驻地起码还得六十里地，跑了一天也真累了。

袁虎说：那我们就住一夜。小李问袁虎：这村里有没有咱们的堡垒户？袁虎说：放心吧，住到姜保长家。小李说：我听说你和姜保长有过交往，但他到底是日本人的保长啊。袁虎一摆头：别看是日本人的保长，他不会报告日本人。

二人转身朝大鹏庄走去，走到大鹏庄西二里地的一片麻棵地前钻进了麻棵里。小李问袁虎为什么不立即进村，袁虎说：现在村里正是人多的时候，天黑之后咱们再进去。小李点点头，仰躺在地上，拽了片苘叶在嘴里吮着。

袁虎在细心地擦枪，麻棵下边有小虫在爬，晚风刮进麻棵地，唰唰地响着。

入夜之后，天地间静下来，袁虎带着小李到了大鹏庄的东街门，两个人轻松翻过栅栏，直奔北街姜保长家。到了姜保长的院外，袁虎看看四周无人，从地上捡块坷垃扔进院子里，隔了一会儿又扔进去三块，然后隐在暗处静静地等着。

姜保长坐在屋内和老婆闲聊，院子里"吧"地响了一下。姜保长掏出匣枪刚要往外走，院子里"吧吧吧"又连响了三下。姜保长"嗯"了一下将匣枪装进枪套里，转脸对着老婆说：娥儿她妈，你准备点吃的吧。

女人答应着进套间去了，姜保长蹑手蹑脚走出屋子去。

姜保长站在院子里轻轻拍了三下巴掌，一个黑影悄无声息地出现在墙头上。黑影转过身去伸手一拽，又一个黑影被拽上了墙头。第一个黑影轻轻跳进院里，落地时悄无声息，像一片被风刮下来的树叶。先跳下来的黑影将另一个黑影接下来放到地上，姜保长什么也没说，把二人悄悄领进屋里。

123

屋里点着棉油灯，灯光下，姜保长、袁虎、小李相继进屋坐下。姜保长瞧瞧小李，转脸问袁虎：是从这里路过还是有任务特意来的？袁虎说：我们是路过。姜保长指指小李，袁虎这才想起应该介绍：哦，我排的，别看年龄小，老侦察了。

姜保长向小李抱拳施礼：欢迎欢迎。

小李也抱拳回礼：姜保长客气了。

姜保长：你们是高来高去的吧？

袁虎：当然，街门上有人把守着。

姜保长：嗯，现在是每个街门每晚有两个保安队的人守着。

袁虎：其实那不过是摆设，我要想经街门进来，还能让他们看到吗？

姜保长：只是这村墙很高。

袁虎：再高的墙还能挡得住我？

姜保长：也是也是，可这位小李同志要费些力气了。

袁虎：没事，有我呢。

姜保长的女人从套间里端出大饼咸菜放在桌上。姜保长说：你二位凑合着吃点儿吧，夜深人静再点火生烟的容易让人怀疑。袁虎微微一笑：呵呵，凉水送干粮，我们习惯了。来，小李，不用客气，吃吧。

袁虎和小李吃着饭，姜保长吩咐女人到西厢房把秀娥叫起来，让她到这屋套间里睡。保长的女人走出去。袁虎二人刚吃完饭，秀娥和她母亲一块儿进了屋。秀娥一脸的喜悦：袁大哥，你来了？

袁虎站起身：白天不方便，天大黑了才进村的。

姜保长说：天不早了，二位饭后到西厢房歇着吧。袁虎连说：好的好的，你们累了一天，也早歇着吧。姜保长在前边领着，袁虎和小李相继走出屋。姜保长出了屋门又返回北屋里去，秀娥紧紧地跟在袁虎身后。黑影中秀娥悄悄地攥了下袁虎的手，近在咫尺的小李一眼看到了。小李吐了下舌头，朝袁虎咂咂嘴。袁虎照小李额头弹了一指头，两个人乐呵呵地走进厢房里。

秀娥站在门口好长时间，才悻悻地返回北屋。

姜保长抱着个枕头走进西厢房：差点儿马虎了，俩人不能枕一个枕头啊。

特务营侦察连连部里，指导员与史连长在和侦察员小李谈话。指导员问小李：这段时间和袁排长在一起有什么异常发现？小李说：没有啊，我们北驻白沙河，南到河城，一直在执行上级交给的侦察任务。袁排长机智勇敢，听河城的地下同志讲，敌人听到他的名字就害怕。伪军中传说更神了，说他会飞檐走壁，还说他跟孙悟空似的会七十二种变化。

正在喝水的史连长笑得一口水喷出多远，连声哎呀妈呀，悬，太悬了，袁虎真要会七十二种变化，这抗日战争早胜利了。指导员也笑起来，就是啊，那也用不着我们整天费尽心思琢磨如何端掉敌人的岗楼了。小李说：不过我可以证实，袁排长确实功夫厉害，虽说不是飞檐走壁，可一丈多高的墙他小跑着就能蹿上去。我还试过他的力气，两只手拽着他的一只胳膊怎么用力也撼不动。

史大勇：他出身武术世家，从五六岁就开始练功，常人怎么能和他比呢？

指导员：小李同志，你们到大鹏庄去过吗？

小李：去过，经常去。怎么了？

指导员：经常在大鹏庄过夜吗？

小李：住过两三次。

指导员：是不是住在姜保长家？

小李：对啊，袁排长和姜保长很熟，姜保长也是表面应付鬼子，暗地里抗日的。怎么，这里边莫非还有什么蹊跷？

指导员摇摇头：你说的姜保长的情况我们清楚，不过，在袁排长到姜保长家去的时候，你发现什么异常情况没有？

小李：呵呵，异常情况是有，不过也算不得异常。

史连长：这话怎么讲？

小李说：我发现姜保长的闺女秀娥对袁排长特别好。史大勇让小李说得详细一点儿。小李说：这是人家的私事，咱们不好议论吧。你们老同志都是从延安过来的，咱们不是提倡自由吗？史连长和指导员同时坐在小李面前，指导员口气认真：小李同志，你们在执行特殊任务，哪怕是再细小的问题也应该注意到，否则会产生严重后果。依你看他们间有那种关系吗？

小李歪着头想了想：不敢说有，也不敢保证没有，我只是发现他们暗中说过悄悄话，还在黑影里拉过手。不过，这点儿事有什么大不了的呢？

指导员和连长相互看了一眼。

指导员：小李同志，今天我们是以组织名义和你谈话的，因为牵扯到连里的军事干部，咱们谈话的内容你一定要保密。

小李眨巴着眼，一副迷惑不解的样子。

小李走后，史大勇和指导员商量半天拿不定主意，两个人决定去找营长王天成。王天成听了两人的汇报也不敢做决定，于是三人决定一块儿去找独立团团长陆彪。军人的性格，说做就做，三个人当即前往团部。到了团部，恰好陆彪在打电话，三人只好坐下来等着。

陆彪打完电话走过来坐在桌子旁：你仨联合拜访还是有事找我？

王天成：有事找你，是要紧事。

陆彪让警卫员给三个人倒上开水端过来：既然是要紧事，那就快说吧。

王天成看看史大勇：你们侦察连的事，还是你们汇报吧。

史大勇和指导员一个汇报，一个补充，陆彪认真听着，不时在本子上记下几笔。汇报完毕，两个人直勾勾地看着陆彪：团长，这事咋办好？

陆彪沉吟片刻：你们谈到袁虎在执行任务时经常去大鹏庄姜保长家？

刘指导员：是的，据我们了解，袁虎和姜保长的女儿关系不一般。

陆彪：哦？袁虎可是救过姜保长一家子。

刘指导员：这情况我们都知道，只是担心一旦弄出事来，影响可就大了。

史大勇说：大鹏庄还是敌占区，万一是敌人设下的圈套怎么办？袁虎不是一般的侦察员，他的名气、能力、功劳在我们军分区是挂了号的。出了问题，别说关系到党的抗日大业，单是江司令那里我们也不好交代。

刘指导员：即便不出大问题，在敌占区活动时的侦察纪律也不允许。

陆彪：你们有个主观意见吗？

刘指导员：呵呵，事情摆在这里，袁虎是您和江司令的爱将，我们不敢妄加处理。我们找营长汇报，营长也没主见，于是，就只好请团长拿主意了。

陆彪说：虽说是革命纪律，但在没有确凿证据以前，当然不能随便处理。但为了防患于未然，你们看是不是把他从侦察连调离？

史连长和刘指导员相互看了看，一起点点头。

史大勇说：团长所讲倒是个好办法，等过一段时间后再调回。不过最好给他升升职，也算是个借口。陆彪摇摇头：他这个人升了降，降了升，对职务根本不在乎，还是平调吧。

史大勇：调离后还当排长？

陆彪点点头。

史大勇：可惜了的！

15

半个月后，袁虎被调到二十一团的作战部队，在一个连里任排长。没有理由，也没有原因，只说是因为战争形势的需要。袁虎也没问理由追问原因，接到调任后卷起铺盖就到二十一团那个连里报到。连长姓张，是延安过来的军事干部，袁虎的名字对他来说早已如雷贯耳，听说鲁北出名的袁老虎调到自己连里任排长，张连长一连蹦了几个高：把这么棒的干部调给我，上级领导实在太看得起我老张了！

张连长在连里给袁虎开了欢迎会，并特别声明由袁虎负责主力三排。

袁虎担任排长不久，他们连就有了作战任务。

平州地下党得到的情报，有二十多个鬼子乘汽车由平州开往尹集，目的是加强那里的兵力。因为尹集以前是别古来的势力范围，日伪军下了血本从别古来那里夺得此地，当然不会轻易放弃。因为是小股敌人，也没请示分区，二十一团决定在沙沟村以西打他个伏击。这任务，理所当然要由距沙沟最近的这个连承担。

战前会议上，张连长在向各排排长布置任务。张连长决定伏击战打响后，一排、二排担任主攻，三排殿后并担任警戒。

袁虎站起身：连长，我们三排打主攻吧？

张连长朝袁虎笑笑：袁排长，你刚刚到任，还不太熟悉这里的情况，以后有机会再让你担任主攻。

张连长虽然这么说，其实是不想轻易动用主力三排，更何况这个排的排长是名震鲁北的战斗英雄，分区司令的爱将。他是想在关键时刻让关键的力量发挥关键的作用。袁虎不了解张连长的良苦用心，以为是不信任他：连长，我虽然来的时间短，但对这一带的情况可能比你熟悉。另外，在上次的战斗中我看出一排长脑筋僵硬，行动迟缓，打这样的速决战容易误事，还是改由我排担当主攻吧。

袁虎说话很直爽，张连长一怔，竟不知如何回答。

一排长原是地方武装中的战士，也是自幼练武，颇有几分功底，后来就加入到八路军的正规部队，因为作战勇敢，屡屡立功，很快由战士到班长，由班长升为排长。他早就听说过袁虎，对于袁虎既有敬意也有妒意，曾放出话来，有机会要和袁老虎一较高低。袁虎到任后连长特意为他开了欢迎会，一排长心里就有几分不悦，一个屡升屡降的排长有什么了不起的，值得这么大张旗鼓吗？如今袁虎当着大伙的面对自己说三道四，明显让自己下不了台。一排长很窝火，腾一下站起来说：三排长，我知道你打仗有两下子，可也不能这么狂啊！

袁虎一笑：一排长，请不要生气，我是为战斗结果着想。

一排长挺起脖子：要是你不相信我的指挥能力，可以让上级撤我的职啊！

副连长左手朝下按了按：袁虎，不要自傲，执行命令！

副连长说出"袁虎，不要自傲"这话，一排长的火气小了许多。虽然仍旧挺着脖子，口气却缓和了：袁排长，我不和你计较，是骡子是马，遛遛就知道了。

战前会议草草收场，部队立即进入战斗准备状态。

沙沟是名副其实的沙沟，两边沟崖足足一丈高，七曲八拐由东往西三四里。沟里细沙铺陈，厚度足有十公分。这沙沟是平州通向尹集的必由之路，只要是两地往来，想避也避不开。所以，连里接到命令后才决定在这里打伏击。

张连长带领两个排埋伏在沙沟两侧的庄稼地里，副连长和袁虎带领一个排埋伏在沟西远处的树林里。副连长在接受任务后再三强调：注意，沙沟里打响后，我们要截断鬼子的退路。

袁虎提议副连长不能顾前不顾后。副连长想想，说：这是鬼子换防，不会有后续部队。袁虎摇摇头，噌噌几下爬上一棵高树，专注地往平州方向注视着。

太阳一竿子高，两辆日军卡车顺着大道开过来。袁虎在树上盯着鬼子卡车，鬼子卡车越来越近。袁虎的目光越过鬼子卡车继续盯着西南方向，他有一种不太踏实的感觉。果然，袁虎发现了出乎意料的情况，他"唰"地从树上溜下来：副连长，鬼子汽车有两辆，恐怕得有一个小队的兵力。另外，后边还有伪军步行跟着。

副连长一惊：妈的，情报有误，幸亏我们也在这里设下伏兵。

从树缝隙中看到，两辆鬼子卡车渐渐开进了沙沟。

袁虎问副连长怎么办，副连长说：仍按原来的战斗部署，沙沟里打响后我们截住敌人的退路。袁虎嘶哈了两下：如果后边的伪军赶上来呢？

副连长说：那就兵分两路，一路担任阻击，一路堵截沙沟鬼子的逃路。袁虎摇头说：这不行，我们的目的是全歼鬼子，必须先去增援沙沟中的两个排。把鬼子消灭后，来得及就顺便打一下后边的伪军，来不及就赶紧撤退。副连长虽然赞成袁虎的提议，但他担心这样会破坏了原来的战斗计划。袁虎说：情况有变，我们也得随机应变，战场上讲的就是机动灵活嘛。

副连长一时发蒙，冷冷地说：执行战场命令！

袁虎摇摇头。

张连长率领一排伏在沙沟南侧庄稼地里，此处距沙沟较近。指导员率领二排伏在沙沟北侧庄稼地里，此处距沙沟较远。两辆鬼子汽车一前一后开进沙沟。埋伏在沙沟南侧的连长一怔：咦，怎么是两辆啊！

一排长同样一怔：有五六十个鬼子呢！

连长说：是啊，情报有误，我们设伏的只有两个排六七十个人，明显兵力不足。一排长有点儿慌，说：鬼子武器装备也比我们强得多，你看，汽车上还有掷弹筒呢。

连长犹豫着。

一排长：打还是不打？

连长揉着脑门，焦急地思索着。一排长在旁边喘着粗气，不时地催促连长快拿主意。张连长心一横，牙一咬：豁出去了，打！

敌人的两辆汽车开进了沙沟里八路军所设的伏击圈。沙沟里沉沙很厚，汽车在沙地里侧歪颠簸着，速度越来越慢。连长盯准车顶上的鬼子机枪射手甩手一枪，伏在车顶上的鬼子机枪射手当即趴在车顶上了。

枪声一响，战士们随之将手榴弹甩进沙沟里，沙沟里硝烟四起。一颗手榴弹准确地扔进敌人汽车驾驶室里，汽车燃起大火。

沙沟里手榴弹的硝烟和沙尘混在一起，像大雾天一样灰蒙蒙的。鬼子小队长从车上跳下来，拔出指挥刀哇哇叫着。鬼子兵也相继迅速跳下汽车，在小队长的指挥下朝南侧的八路军还击。借此机会，指导员率领二排从北侧跃出庄稼地。二排战士一边往沙沟跑，一边向沙沟里投掷手榴弹，鬼子眨眼间倒下十多个。

鬼子小队长把战刀指向北侧，鬼子兵马上兵分南北，向沙沟两侧的八路军拼命还击。鬼子的掷弹筒连连发射，小炮弹在两侧八路军战士中爆炸。鬼子把两挺机枪架在两侧的沟边上开火，八路军的两挺机枪也分别从南、北两侧朝沙沟内射击。敌人机枪火力很强，冲过来的八路军战士相继倒下。

张连长见势不好，高声发出全体卧倒的命令。沙沟两侧的八路军部队赶紧卧倒在庄稼地里朝鬼子开枪射击，但鬼子兵藏在沙沟里只露出头来，目标小，击中难度大，别无他法，八路军战士只好连续地向沙沟内投掷手榴弹。

鬼子以沙沟陡坡为依托拼命还击，在掷弹筒的配合下，敌人的火力渐渐压制了八路军的火力。双方先是僵持，继而胶着，后来只能火力对射了。

沙沟里敌我双方对峙着，僵持着。沙沟以西的小树林里，副连长率领袁虎的三排依然潜伏着。听着西边沙沟里的枪声和手榴弹爆炸声不断传来，袁虎既担心又焦急。他所担心的是敌人有后援部队，焦急的是现在沙沟里的战斗形势肯定对我军不利。袁虎再次爬上树去朝西南观察，发现远处的伪军开始跑步前进了。因为有人跑得快，有人跑得慢，伪军部队拉开了一溜线，跑得快的伪军已经接近了这片树林。袁虎溜下树来：副连长，后边的伪军已经加快了行军速度，赶紧改变作战计划，先增援沙沟歼灭日本鬼子，否则就来不及了。

副连长稍一思索：好，我带两个班增援沙沟，你带一个班在这里守着。

袁虎拦住副连长：你在这里守着，我带人去增援。

副连长犹豫，袁虎说：副连长你放心，我熟悉沙沟里的地形情况。副连长听到这话点点头：好，你带同志们速去增援吧。

袁虎朝战士们挥挥手，两个班的战士跟着袁虎冲出树林向东奔去。

此刻，沙沟内外已经打成一锅粥，八路军的两挺机枪分别从南、北两侧朝沙沟内射击，战士们卧在庄稼地里朝沟内不停地投掷手榴弹。日军伏在沟沿上，机枪步枪朝两边射击。掷弹筒几乎一刻不停，接连向八路军发射炮弹。掷弹筒的小炮弹在两边的庄稼地里炸起一团团硝烟，不时有八路军战士受伤和阵亡。

袁虎率领两个班的战士从树林中迅速穿出后，很快就冲进了沟口。冲进沟口后袁虎忽然停下来，他朝后挥挥手：同志们听着，大家全部贴在沟沿旁。

战士们不明所以，有的仍在迟疑，袁虎转过身子狂吼：快，服从命令！

战士们赶紧贴近沟沿上的沙壁，袁虎眼盯着前方：朝天开枪！

一班长：排长你说什么？

袁虎：朝天开枪！

一班长惊奇地看着袁虎，袁虎恶狠地瞪了他一眼：快，执行命令。

班长带头，战士们一块儿朝天开枪，子弹从沙沟上方嗖嗖飞过。

日军小队长听到西边的枪声持续不断，眯起眼睛朝西看了一会儿，脸上露出得意的笑容。日军小队长举起指挥刀：接应部队到了，机枪压住八路火力，撤退！

日军的机枪疯狂地朝两边扫射，掷弹筒"咚咚"连发炮弹。日军小队长指挥着部下抬起死伤的士兵，沿着沙沟一边打枪一边朝西撤退。沙沟里一片沙尘，几十步外看不到人。有几具日兵尸体横卧沟底，日军小队长狂吼不能把大日本帝国的英魂丢下！几个日本兵返回去扛抬日兵尸体。

日军架在沟沿上的机枪撤了下来，机枪手端着机枪往沟沿上扫射，掩护他们的队伍撤离。敌人急速撤退，一直卧在沙沟两侧庄稼地里的八路军迅速跃起。在张连长的指挥下，战士们沿着沙沟沿往西追击。

进入沙沟西口的八路军两个班继续朝天开枪。袁虎远远听到敌人开始往回撤，便压低声音说：同志们注意，敌人开始往这里撤退。大家沉住气，看清敌人再开枪。排枪过后借机冲上去，和小鬼子来个近身肉搏。

身边的战士把袁虎的话往后传开去，战士们迅速上好刺刀。

鬼子们越来越近，沙尘飞扬中，袁虎已经看到沟里人影绰绰。袁虎见时机成熟，猛地朝后一挥手：打！

二十几条步枪一齐开火，跑在前边的几个鬼子应声倒下。袁虎提着匣枪冲上去，二十几名战士紧跟着他，闪电一样出现在鬼子面前。鬼子们发觉上了当，扔掉伤亡的同伴，端起刺刀和八路军杀在一起。这时，连长和指导员率领两个排沿沟沿从东边压过来，战士们迅速跃入沙沟，鬼子们被八路军前后堵住。

日军小队长指挥部下往沙沟上爬，沟沿陡峭，矮个子的日本兵爬不上去。爬不上沟沿的日本兵掉回头来，举着枪和八路军拼命，杀声和"呀呀"声响彻整个沟底。连长、指导员和二排长捡起敌人的长枪和鬼子拼刺，敌我完全混在一起。

因为敌我相混，一排长端着匣枪处于无用武之地，一个鬼子"呀呀"叫着刺向一排长。一排长把枪插腰里，准备和日本兵徒手搏斗。一位战士见一排长处境险恶，立即赶过来救援。战士未到，袁虎已到。袁虎左手抓住鬼子的长枪，右手揪住鬼子前襟往前一掷。长枪到了袁虎手里，鬼子兵被掷出七八步，一头抢在沟帮上不动了。袁虎将长枪扔给一排长，转身直奔日军小队长。

敌我混战中，日军小队长举刀劈死一个八路军战士。日军小队长正要举刀劈向另一个战士，袁虎身子一闪到了他面前。袁虎迎着日军小队长直面站立，日军小队长"呀"的一声举着战刀直奔袁虎而来。

袁虎仍与日军小队长直面而立。

日军小队长举着东洋刀，袁虎的匣枪插在腰带上，双拳攥起。

日军小队长举战刀劈上来，战刀未落，袁虎一闪贴上日军小队长的前身。他左手捏住对方手腕朝外一拧，右手拽住对方腰带往上抛去。东洋刀掉在地上的同时，日军小队长被抛上去的身子平仰着往下落。日军小队长平仰着的身子正好落在袁虎往上顶起的膝盖上，"咔嚓"一声，日军小队长的腰椎断了。仰躺在地上的日军小队长瞪着惊恐的眼睛，那位八路军战士赶上来一刺刀扎下去……

激战半小时，五十多个鬼子被全歼。

西边响起枪声，张连长明白敌人援兵快要到了。他左寻右找终于看清沙尘中的袁虎，立即下令：三排长，带人把副连长接应回来，其余的人打扫战场，撤退！

袁虎应了声"是"，带着十几名战士迅速向西跑去。

沙沟伏击战结束后，部队撤退二十里，中午在一片树林边休息。

树林边躺着受伤的战士，不远处是二十多个牺牲了的八路军战士的尸体。尸体上蒙着被单，指战员脱下帽子在牺牲同志的尸体边默立。连长和指导员擦擦眼泪：同志们抓紧时间休息一下，下午赶回驻地再安葬烈士们。

指战员纷纷坐下来。

一排长满脸泪水哽咽着：这些牺牲的同志中，一多半是我们排里的。

一个战士走到他面前：排长别难过了，打仗就得死人嘛，今天幸亏袁排长手脚利索，否则你也躺到那里了。

一排长横了战士一眼：他不动手，我照样能要了鬼子的命。

战士面显不悦：看来你真不了解袁排长，他是咱们军区出名的战斗英雄。

一排长说：你别替他吹了。战士说：真的呀，他一个人赤手空拳能对付一个班的鬼子兵。一排长撇撇嘴：三脚猫四门斗功夫，就那两下子，我也会。

坐在不远处的袁虎朝这里看看，这位战士无意中把音量提高了：哎，袁排长，俺们排长说你那是些三脚猫四门斗的功夫。

袁虎笑笑：哦，是吗，回到驻地，我让他试试这三脚猫四门斗。

一排长站起来：袁排长，非等到回驻地干什么，有本事现在就较量较量。

袁虎低头不语。

一排长：怎么，是不是徒有虚名啊？

袁虎站起身：我说你这人可真是有点儿不知天高地厚！

一排长怒气冲冲地走过去。

连长站起身：你们这是干什么！

连长刚要上前阻拦，一排长已经薅住袁虎的衣领。一排长转身用屁股顶住袁虎的腰用力往前一摔，袁虎脸上肌肉绷紧，左手摁着一排长的肩头从他背上翻身而过立在地上。一排长跨前低头要用摔跤中的"穿裆靠"，袁虎双眉立起，右手捏住对方衣领，左手抠住对方屁股，轻轻往前一顺：你给我出去吧！

一排长的身子像条面布袋似的给蹿出七八步，脑袋磕在树墩上。

一排长被摔昏了。

张连长和指导员同时跑过来：袁虎，你这是干什么！

袁虎拍拍手上的土：他自找的。

　　几名八路军战士抬着处于半昏迷状态的一排长快步进入白河镇医院，张连长和指导员紧紧跟在后边。提前赶来报信的战士领着院长、大夫走出医院门迎接，人们一起动手，抬着一排长急匆匆走进了病房。

　　指导员一边跟着担架走，一边悄悄地和院长诉说情况的经过，院长点点头说：指导员请放心，这种情况一般不会有生命危险。

　　指导员松了口气：有您这句话我就放心了，真要出了人命，不光这位肇事的战斗英雄难逃制裁，连我们当领导的也责任重大。

　　抬进病房的一排长躺在病床上，医生立即进行治疗，张连长和指导员焦急地站在病房外，透过布帘的缝隙，观看医生护士给一排长输液打针。半昏迷状态的一排长不时地呕吐，有位医生在给一排长做按摩。

　　负责一排长治疗的主治医生说：病人呕吐停止后，可以撤掉液体。护士连说"好的好的"，并向主治医生报告，刚才院长也这么说。

　　主治医生放下这个病人还要去看别的病人，他从这间病房里走出来，张连长和指导员连忙凑上去打听：医生，情况怎么样？

　　医生摘掉口罩说：这位同志是中度脑震荡，幸亏你们及时送了来，要是耽误半天一天的，情况就会恶化了。指导员问有没有生命危险，医生摇摇头，说：除非出血形成硬脑膜外血肿，一般这种中度震荡不会危及生命。连长指导员：这就好。

　　指导员和连长向医生道了谢，说着话离开病房门口。两个人边走边聊，指导员说：一排长没死到战场上真要死到自己同志手上，这可成大笑话了。张连长说：战斗发生前袁虎就看不起一排长，现在又发生了这情况，是不是有点儿挟嫌报复呢？

　　指导员：当时的情况同志们都看到了，起因不在袁虎。

　　张连长：无论如何要处理一下，否则影响太差。

　　指导员：也好，我们回去研究个处理意见上报营团首长。

　　八路军东岳分区司令部里，江震和林参谋长正在察看墙上的地图，研究下一步的战斗计划，李政委则在阅读刚刚油印出来的《边区快报》。一条特讯跃入李政委的眼帘：某连三排长将一排长摔成中度脑震荡。

　　李政接着往下看——独立团讯：某连三排长袁虎在沙沟战斗中作战英勇，

团部通令表彰。但该同志于战后和一排长发生口角，争执中将一排长摔成中度脑震荡。为分清功过，严肃纪律，团里决定批准该连的报告，将袁虎同志由原来的排长职务降为副排长。

李政委站起来拿着《边区快报》走到江震跟前，指着那条特讯说：老伙计，你看你看，你的心腹爱将又出事了。江震看了一遍，一连咦咦咦好几声。林参谋长从地图那边走过来：这个袁虎，怎么老是闯祸呀！

江震说：几年来我一直为这小子着急，以他的能力，当个营长也绰绰有余。可他总是立功、闯祸，闯祸、立功，反反复复升升降降。这不，又降成了副排长。

林参谋长走上来接过快报看了看，想了想便和江震与李政委商量，说：这个袁虎是个怪才、英才、将才，我们既要保护他可也要教育帮助他。江震说：是啊，长此以往，万一碰上个愣头青上级发起火来，不分青红皂白地把他一枪崩掉可麻烦了。林参谋长：这样吧，把他调到军分区特务营，守着你近些，也好随时管着他。

江震看看李政委，李政委点点头：这是个两全之策。

江震：那好，下调令吧。

李政委：要平调，到特务营仍是副排长，否则下边会说军分区有偏有向。

江震点头：好，老李你安排。

江震和林参谋继续察看着地图，不时停下来相互提出意见共同商量。一九四二年五月一日，华北日军五万余人在坦克飞机的配合下，对冀中抗日革命根据地发动空前残酷的"五一"大扫荡。位于冀鲁交界处的东岳军分区因为刚刚建立不久，尚未引起日军的重视，故得以躲过敌人的攻击。分区领导人派出了二十一团、二十三团到冀中一带策应大部队突围后，决定主动出击，开辟新区，吸引敌人以减轻兄弟部队的压力。

江震、李政委、林参谋长坐在桌边研究作战计划。江震首先提出自己的意见，他说：根据目前情况，我冀中八路军部队在日军"五一"大扫荡中损失严重，为了稳定已经取得的抗日形势，我们军分区下一步的任务仍是继续向南武装开辟新区，以分散敌人的注意力，给冀中八路军主力部队创造调整的机会。李政委建议把北边的部队调过来一部分。林参谋长说：最好再等等看，我的意见是先不要调动北边的部队，而要充分调动眼前的抗日力量。自从我们开辟新区后，原来盘踞在白沙河以南李家寨的土匪头子袁世伦也打起了抗日的旗号，如果能将他们收编，不管怎么说这也算股抗日力量。

江震点点头：据我们的地下组织获悉，袁世伦之所以打起抗日旗号，是怕我们消灭他。眼前我冀中主力受创，袁世伦是个见风使舵有奶就是娘的主儿，收编他的难度可能比战前要大。

林参谋长说的确是这样，听说袁世伦现在接受改编的条件已提高了价码。我已派人和他们取得联系，袁世伦现在虽然继续打着抗日旗号，继续同意接受我们的改编，不过指名道姓提出请江司令或李政委去商谈改编事宜。江震说：好啊，答应他们，我去。李政委说：还是我去吧，近来敌情时时变化，作为司令员你可不能擅离帅位。再说做这些人的工作，我也有些较为成熟的经验。

江震想了想，说：你去我有些不放心，毕竟是个土匪窝。李政委说：那你去我就放心吗？别争了，说定了，我去。江震：好吧，不过千万小心，土匪多半容易转性。

李政委：放心吧。

林参谋长说：务必慎重，根据我们掌握的情况，袁世伦是个二三十年的惯匪，手下几百人东占李家寨，西占袁家寨，我们开辟那一带前，方圆几十里全是他的天下。这是些多年惯匪，跟他们打交道，必须格外小心。

江震：和特务营打个招呼，多派警卫跟随。

林参谋长点点头，拿起电话接通特务营。他在电话里告诉王天成，这两天李政委要到白沙河以南的李家寨和袁世伦谈判收编事宜，让特务营制定个安全措施，同时要多派警卫。江震从旁插话：告诉特务营，派袁虎做李政委的贴身警卫。

林参谋长马上转述江震的话，让特务营专派袁虎担任李政委的贴身警卫，并让王天成马上命令袁虎到司令部来一趟。林参谋长放下电话：你看，我怎么就忘了这员虎将了呢，有他在场，这安全就多出七成的保障。

分区司令部研究作战计划的同时，袁虎正和特务营的战友们在练习拼刺格斗。袁虎手持木枪站在中间，周围有五六个战士围着他。周围的战士不断向袁虎进攻突刺，但无论有几个人一起动手，始终近不了他的身。有的战士急了，举木枪扎向前去。袁虎借势一躲，对方一枪刺空，袁虎抓住对方枪身，没费多少力气就夺了过来。袁虎：看见没，这叫空手夺枪，也叫空手入白刃。你们平时练的劈刺很多是花拳绣腿，只会前进后退，左右手直刺，其实一杆枪可以用来砍、刺、挑、扫、锤。遇到紧急情况，棍棒枪管圆锹都能当武器。来，你们看着。

袁虎使起木枪，砍、刺、挑、扫、锤再配合前后左右各方向的突刺。一套劈刺术下来，战士们看得眼花缭乱。有个战士问：袁排长，你是怎么练成的，为什么我们这么多人打不过你自己？

袁虎说：这是将武术里的棍法和枪法相糅合，我独创的一套拼刺方法。我从小跟爷爷习武，把功夫也融合到里头了。无论是使用刺刀砍、刺、挑，还是借助枪托扫、捶、打，身手都很灵活，四面八方都能照顾到。你们中间有武功底子的都可以很快学会。他问谁有武功底子，以后可以跟他学。立时有三四个人站出来：袁排长，我们都多少会些功夫，以后跟定你了。

袁虎点头：好，我保证教会你们，不要很长时，多则三个月，少则一个月，只要勤学苦练，以后战场上遇到小鬼子，你就只管挺起刺刀拼他王八日的。

战士们乐得哈哈大笑。

连部通信员从远处气喘吁吁地跑到操场里，先给袁虎行个军礼：袁副排长，连长说：请你马上到营部报到，有紧急任务。

袁虎问为什么直接去营部，通信员回答：史连长就是这么说的。袁虎披上衣服，和战友们说了声"等我回来继续练"，就跟着通信员走了。

袁虎走进特务营营部报到，王天成站起身和袁虎握手，口气十分郑重，说：袁虎同志，有项特殊任务需要你去执行。袁虎端起桌上的凉开水喝了一口：史连长干吗这么严肃，有任务就直说吧。

王天成说：李政委近两天将代表军分区到李家寨和袁世伦谈判收编事宜，考虑到首长的安全问题，决定让你担任李政委的贴身警卫。袁虎擦了下嘴上的水渍说：请营长放心，我会尽力保证首长的人身安全。

王天成：另外，准备再派一个加强班跟随。

袁虎摇摇头说：再有两个警卫跟着就行了，土匪们性格乖戾，去的人多了他们会认为你心虚。再说，土匪真要打算加害首长，你就是派一个加强排也白搭，关键是从气势上镇住他们。王天成拍拍袁虎的肩膀：久历江湖，言之有理。不过，你的意见我还得报告给司令部，由江司令决定。这样吧，你下午先去司令部报到。

袁虎问问再无其他事，行个军礼转身走出去。

第二天上午，通往李家寨的大路上，李政委和袁虎策马南奔，他们身后紧跟着两名警卫员。李政委：袁虎呀，到了李家寨，你可千万要拢住自己的性子。袁虎说：放心吧政委，他们不找事我保证不动武。李政委告诉袁虎：袁世伦有个手枪队，也是他的警卫队。听说他的手枪队里有几个厉害角色，如果这几个人向你挑衅，你无论如何得克制着。袁虎笑笑说：这几个能有多大本事，敢在光天化日下挑衅分区政委的警卫员！李政委：也说不定，这几个人枪法出众，武功也不弱。碰巧了真要提出和你较技比武一类的，千万忍一忍。

袁虎：是吗，如果真有这么出众的人物，那我倒要和他们比一比。

李政委：你看，傲性子犟脾气又上来了吧。

袁虎：我也只是说说罢了，政委不用放在心上。

四匹马奔跑在大道上，大道上扬起阵阵烟尘。

一个时辰后，李政委带着袁虎等人来到李家寨北，远远看到寨门前活动着许多人。有的东走西转，有的朝北张望。李政委明白，这是袁世伦特意安排的。

袁世伦的"救国军司令部"设在李家大院里。

"司令部"正面大厅内，北面墙上挂着幅猛虎下山的水墨画。袁世伦斜坐在中间交椅上，身边是两个挎枪的高大保镖。五个分队长和手枪队长王明起共六人分列两旁。袁世伦咳嗽了一声：弟兄们听着，今天八路军的军分区政委来和咱们谈判，你们告诉下边弟兄，不该做的事不要做，不该说的话也不要说。

王明起说：大哥，一些土八路，咱们人强马壮，怕他们什么？袁世伦：话是这么说，可这些土八路久经战场，惹翻了他们也不好对付啊。你们也不是没看到，他们每到一地，首先收拾绿林绺子，咱们好不容易拉起的队伍，可不能因小失大。

第一分队长是个愣头青，粗声大气地说：咱也是好几百号人，就这么乖乖地让他们收编了，真有点儿窝囊。袁世伦说：你我弟兄多少年来才经营了这块地盘，得想法保住它。好歹咱们提前拉起了抗日旗号，要不然的话，他们也早就把咱吃了。

王明起：咱也不能就这么窝窝囊囊地归了他们，该挑角拔刺的地方也得比画比画。要不然的话，归顺了他们也得不到好果子吃。

袁世伦对王明起的话深表赞同，他之所以非要一个团的建制，目的就在于不让八路军小瞧了他们。如今经手下这么一撺掇，更是打定主意，非要八路军给一个团的编制不可。袁世伦扬扬脸：我已提出要求，至少给个团的编制。

王明起乐了：是啊，到时大哥你是团长，我们就都是营长了。有了名头，咱们就打着八路旗号瞒天过海地扩充队伍，等每个营扩到几百人时，说不定那时这东岳军分区军司令就是大哥你了。

137

大厅里一阵奸笑。

袁世伦：王队长，估计这会儿八路政委也快到了，你到寨门口替我迎一下。

王明起起身按了按腰里的短枪：好嘞！

王明起奉了袁世伦差遣，带着手下人出北寨门迎接李政委。他刚布置好阵势，李政委、袁虎和两名警卫员就策马到了寨前。王明起笑嘻嘻地双手抱拳：知道李政委今天大驾光临，俺们袁司令命令兄弟早早在此恭候。

李政委和袁虎等人下了马，两人将马缰交给两位警卫员。

王明起吩咐他的手下：你们瞪着眼干吗呢，快替客人牵着马。

有几个手枪队员走上来接过警卫员手里的马缰，王明起和李政委、袁虎在前，两名警卫员和其他牵着马的手枪队员在后，朝寨子里走去。

那十多个手枪队员一边跟在后边，一边朝两个警卫员挤眉弄眼。警卫员早就从李政委那里得到指示，并不和这些人计较，只是微微一笑。

李家寨虽大，但只有从南到北一条街，街两旁不远就是一个胡同或小巷。王明起引着李政委等人过了几条小巷，来到李家大院门前。一番礼让之后，李政委和袁虎进入院中。王明起一边在旁陪伴，一边说着客气话。李政委心中暗道，从这些土匪的表面文章中看，今天的谈判或许能有收获。

袁世伦站在大厅门口迎接李政委。袁世伦双手抱拳：李政委驾临，兄弟我本该亲自出寨相迎，无奈这几天偶感风寒，身上疲懒无力，还请李政委海涵。

李政委说：袁司令客气了，承谢，承谢。说着话，袁世伦和李政委同时迈进客厅。厅内新摆了一张长桌，桌上摆着茶水、香烟。按程序分宾主，李政委坐在东边，袁虎和两名警卫员立在身后；袁世伦坐在西边，王明起和两名手枪队员立在身后。李政委首先开口：袁司令，国难当头之际，司令深明大义，立举抗日大旗，我们共产党八路军深感敬佩。

袁世伦也是能说会道的人：兄弟虽是草莽出身，可也明白国家兴亡匹有责的道理，应该的，应该的。以后相处日久，还望李政委多多关照提携。

李政委说：共产党的统一战线就是团结一切可以团结的力量，组成强大的抗日统一战线。司令也已明白，此番我来贵部就是商讨咱们两家如何合作抗日的问题，还望司令顾全大局，力促能成。袁世伦对答如流，他说：林参谋长早已派人和我们接洽，关于编入八路军一事嘛，我们上上下下虽然意见不一，但家有千口主事一人，只要袁某发了话，弟兄们还是听的。

李政委说：我们知道袁司令在这一带甚有威望，故此就径直前来了嘛。袁世伦忽然口气一转：李政委，兄弟我一个人怎么也好说，可是近千号弟兄的前途我还是要负责的。咱们打开天窗说亮话吧，请贵军给我一个团的编制番号，我也好安排下边弟兄们的职衔。否则……

袁世伦说着，扫了一眼前前后后的手下人。

散坐在室内各处的土匪齐声：是啊，我们整天过着刀尖上舔血的日子，跟着袁司令风风雨雨几十年，八路军朋友好歹也得赏口饭吃呀。

李政委：这个问题等我回去后集体研究一下再作答复，好吗？

袁世伦连说：好的好的。随之他又提出，加入八路军后，这一片地方的军政大权仍要由他们管辖。除非有关和日本人打仗的大事，八路军一般不要过于插手。李政委沉思片刻，说：这个问题也可以考虑。袁世伦听了很高兴：八路军向来说话算话，李政委更是个痛快人，咱们长话短说，就到这里吧。中午兄弟我略备薄酒为众位洗尘，还请李政委赏光。

李政委说：现在敌情时时变化，我手底下还有许多工作等着处理，这酒宴一事，以后再说。袁司令，今天咱们先谈到这里，回去我们分区领导班子开个会研究一下，我再来与你接洽。好吗？

袁世伦：好的好的，李政委既然公务繁忙，我也就主随客便了。

李政委说完这话站起身。袁世伦说：政委真的要走，我也不便强留。尽管在下身体不适，也得送送客人嘛。

袁世伦和李政委等走到院里，袁世伦偷偷朝王明起使个眼色。王明起拔枪在手，袁虎眼快，短枪早已出匣。袁虎抢上一步护住李政委：你们想干什么？

袁世伦哈哈大笑：这位英雄，你误会了，这是我们的待客之道，也是多年的习惯。来，王队长，露一手给客人看。

王明起应声举枪，"叭"的一声，一只麻雀应声而落。院子里响起一片掌声，袁世伦和王明起同时眯起眼睛瞧着李政委。李政委刚要夸奖王明起，却见袁虎正在仰望天空，天空中一只小鸟从院子上边飞过。袁虎举枪，李政委一把按住袁虎的手：你没看到吗，袁司令手下枪法出众，好手如云，咱们不要鲁班门前弄大斧了。

袁世伦很得意：呵呵，李政委夸奖了，好手如云不敢说，兵强马壮是称得起的。哦，八路军中也有些枪头子准的吧？

李政委：要说打鬼子灭汉奸，八路军里面的神枪手的确不在少数。

袁世伦说：李政委初来李家寨，应该带几个露两手，也让在下开开眼界。李政委笑笑，说：以后有机会的话，再带他们前来向袁司令和各位请教。王明起吹着枪口上的轻烟嘻嘻笑着：听说你们八路军里有个什么老虎，打枪多少也有些准头，不知是真是假。

李政委说：是有这么个人，哎，袁司令，还是你的一家子呢，也姓袁，叫袁虎，日伪军听到他的名字就打哆嗦。王明起翘起嘴唇，不屑地哂笑着：哦？下次李长官来时，顺便把袁老虎也带来，我倒想请教请教呢。

李政委看看袁虎：好的，好的。

袁虎明白李政委的意思，只是轻轻一笑，没再说话。

李政委回到军分区司令部后，和江震、林参谋长谈了与袁世伦的谈判过程。李政委说：我首先提出自己的看法，他们只有几百人，根本够不上团的建制，提这要求太过分了。林参谋长说：可以考虑先给他一个加强营的建制，过些日子我们派人进入袁部，帮助他们发展地方武装，时机成熟再给予团的建制。

江震：那好，我们就这么决定吧，老李再去一趟，把我们的意思和袁世伦说一下，团的建制迟早要给他，只是现在他的队伍人员欠缺，说服他，让他谅解。

李政委：好吧，我后天就返回去。

为了尽快促成对袁部的收编工作，李政委第三天上午又带着袁虎和两名警卫员重返李家寨。和昨天一样，双方谈判仍是对面而坐。袁世伦问李政委：我前天提出的要求八路军答应吗？李政委仍旧和颜悦色：袁司令，上次从贵处返回驻地后，我们就召开了司令部联席会议，专门研究了你提出的团建制问题。考虑到你们目前的兵力情况，我们决定暂时先给予高于营级的加强营的建制，一待人员扩充兵力增加，立即转为团的建制，希望袁司令能够谅解。

袁世伦：哦？这、这……

李政委：袁司令请放心，我们说到做到的，因为团建制是要有一定程序的，必须经上一级军区批准。如果我们将你现在的情况上报，这批复问题可能有困难。

袁世伦皱着眉头做沉思状：李政委，恕兄弟直言，我好说，但还得做做下面弟兄们的工作。今天先谈到这里，待我把弟兄安抚好再作答复，行吗？

李政委站起身：好的，那我们先回去了，过几天我再来和您商谈。

一直跟在袁世伦身后的王明起拦住李政委：李长官，你上次可是答应要带袁老虎来的。怎么，是长官你忘了，还是这个人徒有其名不敢来？

李政委看了看袁世伦，袁世伦也是一副挑衅的神色。李政委咬了下嘴唇：哦，王队长不说我倒真忘了，这个袁老虎可是远在天边近在眼前啊。

袁世伦一怔：怎么，就是李政委你吗？

李政委说：我可不敢冒名顶替。袁世伦怔怔地看着李政委，不知所以的样子。李政委指指身边的袁虎说：这不就是你们所想见见的袁老虎吗？

王明起凑到袁虎跟前：兄弟，你就是大名鼎鼎的袁老虎？

袁虎口气淡淡地说：我不能算老虎，只能算一只狼，独狼。

王明起歪头看着袁虎：袁兄弟既然名声在外，想必有些真本事，今日有幸相见，兄弟想亲眼见识见识你的枪法。

袁虎说：可以啊，不过我跟李政委是来商谈合作事宜的，至于枪法，咱们以后再试好吗？袁世伦一旁激将：王队长，你也不掂掂自己的分量，人家八路军里出名的战斗英雄能跟你个草莽比枪法吗？

王明起脸色变得通红。王明起"唰"地抽出双枪，左手枪指着袁虎，右手枪指着李政委：今天袁兄弟要不给我这个面子，可别怪我姓王的翻脸。

袁世伦：王队长，不许无礼。

王明起：大哥，这可不是有礼无礼的事，江湖上最让人看不起的就是把对手不当一回事。这个袁虎不比试也行，只要当着大伙的面认个输，我立马放行。

袁世伦看着李政委，眼睛一眨一眨的。

袁虎看着李政委，嘴唇紧绷。

李政委：袁虎呀，听口气王队长是个大面上的人，别伤了和气。输赢无妨，重在友谊，如果可以，你们就比一比吧。

袁虎掏出双枪：王队长，怎么比，你出题目。

王明起看看袁世伦。

袁世伦：反正今天也没什么要紧事了，咱们到李家祠堂前玩玩儿吧。

王明起将手一摊：好嘞，请！

17

李家祠堂前是一个大场子，也是以往年间寨子里的人唱小戏闹秧歌的场所。那时逢年过节，寨子里的人就聚集到这里，有的踩高跷，有的跑旱船，有的大户为了显摆自己的富有，还专门从天津劝业场请来戏班。近些年来由于土匪祸乱，紧接着日本鬼子进中国，这里就越来越冷清了。再有年节，至多有几个寨子里的小孩跑到祠堂前玩玩儿游戏，放个鞭炮什么的。

听说要比枪法，李家寨闻声前来看热闹的人很多，人们站在场子两边，各自议论着对这场子比试的看法。有的说王明起能赢，有的说袁老虎能胜，有的甚至为此打起赌来——输银圆、输宅第、拿老婆做抵押……

李政委、袁虎跟着袁世伦等人来到祠堂前。祠堂南边两棵老枣树，几棵小榆树，王明起站在祠堂门口看着南边的树。袁世伦侧侧脸说：怎么着王队长，要打树上的小枣吗？王明起说：满树都是枣，一枪打下几百颗也算不了什么，还是剥皮见骨吧。袁世伦看一眼王起明手中的匣枪：好，就按王队长的主意办。

袁世伦从人群中找出两个中人，让这二人在一棵小榆树上用石灰块画下一高一低两道白圈。两个中人画完白圈回到袁世伦跟前：司令你看行吗？

袁世伦点点头，两个中人退到一边等着。

李政委定定地看着几十米外的小榆树，看了好一会儿不明所以。他问袁虎什么叫剥皮见骨，袁虎低声说：就是子弹蹭在树干上，将树皮打掉露出里面的木质为准。这时王明起走过来：袁兄弟，知道什么是剥皮见骨吗？

袁虎点点头走上前：王队长，见骨还是伤骨？

王明起闹不清袁虎话中意思，一怔：这、这只要打得露出木头来就是了。

袁虎摇摇头大声说：露出木头不算本事，剥皮见骨要的是不伤木头只剥皮。

两边人声大哗，王明起有些紧张地看看袁世伦。

袁世伦把脸扭向一旁。

袁虎走到王明起跟前，说：既然记号已经画好，咱们就开始吧。王明起一咬牙，问袁虎打上圈还是打下圈。袁虎说：上下都行，随你挑。王明起连说：那好那好，恭敬不如从命，我个子矮些，打下圈。袁虎说：按江湖规矩来，挑头的先出手。王队长您请吧。王明起叉开双腿立在祠堂前，举起双枪瞄着对面小榆树干上的白圈。

场子上鸦雀无声，人们都在伸脖子瞪眼看着。王明起咬着嘴唇继续瞄准，瞄了半晌忽然把手放下。人们正惊诧，却见王明起双手同时上扬，只听得"砰砰"枪响，两颗子弹先后射出去。王明起歪着脑袋看看周围的人，收起匣枪，大咧咧地将枪插在腰间。

刚才画记号的两个人跑到南边榆树下检查，两个人歪着脑袋在树前看了一会儿，竖着大拇指跑回祠堂前：了不得，王队长枪法如神啊！右手枪从白圈上穿心而过，左手枪打破树皮蹭破了白茬。了不得，真了不得！都说王队长神枪第一，今天我们算是见识了。

两个人说着，眼睛直朝袁虎脸上瞄。

王明起很得意，满脸乐滋滋的。他看着袁虎：是骡子是马拉上来遛遛吧。

袁虎笑一笑提枪向前，站在王明起刚才的位置上。袁虎看了看前边的小榆树，既没稳神也没瞄准，几乎是漫不经心地抬左臂朝前甩手一枪。袁虎第一枪刚响，第二枪接上，袁虎将两只匣枪合了把，慢慢走回到李政委身边。

两个中人跑过去查看小榆树。

两个中人看了很长时间又低声商量着。

两个中人慢慢走回到祠堂前，看着袁虎出神。

袁世伦见二人这种神情，有点儿奇怪：怎么样，打中了没？

其中一个中人指着袁虎看看袁世伦：司令，这是咱阳间的人吗？

袁世伦说：怎么了？中人指指另一个中人：你问他。

另一个中人嗫嚅着：司令，不光打中了，左、右两枪都是剥皮露骨刚显出白茬。

两旁的人群乱嚷，袁世伦脸色骤变：你他妈的说梦话吧！

中人说司令可以亲自去验。袁世伦、王明起和跟班的人一起涌向南边的小榆树，几个人围着小榆树左瞧右看，看了足足十分钟才直起腰来。

袁世伦急匆匆地跑回来：当家子，请问你这枪法是咋练的？

袁虎：打鬼子练的。

袁世伦说：这么多打鬼子的人，怎么偏偏你老弟练成这么神的枪法？李政委走上来开玩笑：司令，实话讲，我估计这与他的出身有关系。

袁世伦问袁虎什么出身。李政委说：你这位当家子出身武术世家，五六岁就跟爷爷练功。我看过一部专门谈论神枪手的书，说是人的武功练到化境就会心安神定，所以对现代的火器就有出神入化的亲和力。一直满脸尴尬的王明起走过来：嘿，闹了半天袁兄弟还是位练家子呢。正好，我手枪队里的刘五也是拳把式，天天教弟兄们练功夫，你们不妨比画比画。

李政委说：算了吧，各怀绝技各有千秋嘛，兴许你们手枪队里还有更出众的，以后有机会凑一块儿时再切磋。天已不早，我们也该返回驻地了。

李政委和袁虎沿祠堂西边往北走，袁世伦跟随相送。在他们旁边，王明起向一个手枪队员低声说了句什么。

李家祠堂以西街道上，李政委等人往前走着。忽然，一个粗壮汉子跑过来拦住。王明起这时从旁绕过来：咦，说曹操曹操就到，这不刘五来了。

刘五叉腰站立：哪一位是姓袁的英雄，听说王队长在枪头子上输给了他，不知这位英雄敢和五爷过两招或者也比比枪法吗？

对于对方的屡屡挑衅，袁虎已是忍无可忍，他双眉立起，看着拦在李政委面前的刘五说：比什么都行，随你的便。李政委刚要阻拦，袁虎已经到了刘五跟前。

刘五：还算汉子，那你我先比枪法。

王明起刚要上前阻拦，刘五已经掏出了匣枪。袁虎问他去哪里比。刘五说：就在这里比。刘五说着取出两个鸡蛋，两个土匪嚷着：明白了，五爷是要枪喝蛋黄。

两人说着跑进祠堂旁边的屋里，转眼间搬出一张条桌。一个人将条桌安放在二十步外，另一个把两个茶杯放在条桌上。刘五走上去把两个鸡蛋放在茶杯口上又走回来，盯着袁虎问他打哪一个。袁虎瞄了一眼远处茶杯口上的鸡蛋故作胆怯：咦，我还从来没打过这么远的鸡蛋。

刘五：怎么，不行就认输，免得五爷伤你面子。

袁虎笑笑说：你是五爷！刘五哼了一声。说：除了袁司令和王队长，凡跟我学功夫的都得称我五爷，小子，你也不例外。袁虎冷笑，说：我并没跟你学功夫啊。刘五双眼望天：比画完了你就得拜师学艺了。

袁虎说：你这么自信。刘五点点头：自信是因为有功夫垫底。

袁虎说：你不怕风大闪了舌头吗？刘五急了：嗬，你小子敢损五爷！

袁世伦说：你们别光斗嘴，来真的呀。刘五说：对对，司令说得对，真本事才服人。刘五说着叉腰而立，举枪朝前边桌上的鸡蛋瞄准、开枪。随着枪响，远处桌上的茶杯没动，鸡蛋"啪"地碎了，蛋黄流了一桌。

旁边一个土匪立即嚷道：看见了没，这就叫枪喝蛋黄！

刘五习惯地吹着枪口：是汉子，你也露一手。

袁虎并不说话，他提枪上前，照准另一只鸡蛋抬手就是一枪。枪响过后，鸡蛋没碎。王明起手下的人齐声喝倒彩，袁虎静静地看着众人不露声色。忽然，喝倒彩的人声戛然而止，这些人惊奇地看到，茶杯口上的鸡蛋在滴溜溜地打转。

这是子弹的气流擦着蛋皮冲过后引起的，即使毫厘之差，鸡蛋皮不焦也破。

刘五脸色通红。袁世伦和王明起目瞪口呆。

刘五大怒，欺身上前：小子，欺负袁司令这里没人吗！

刘五拳脚相加攻向袁虎，袁虎倒背双手左躲右闪，刘五招招落空。刘五再次攻上来，袁虎伸右臂擒住刘五左肩斜向里一带，刘五整个身子横过来。袁虎左手抓住刘五腰胯轻轻往上一抖，刘五的身子担在了袁虎的肩上。袁虎像耍枪花一样将刘五在自己肩上、背上、臂上横过来竖过去耍弄着。

李政委赶紧上前：袁虎，不要下重手，快放下，快放下。

袁虎把六神无主的刘五戳在跟前：五爷，你给我墙根里歇着去吧！

袁虎说着照刘五肩窝"噗"地一拳，刘五软塌塌地跌到祠堂墙角下。

王队长的部下发出骚动。

袁世伦赶紧出面：不许胡闹，这是较技比试嘛。

袁世伦走到袁虎跟前抱抱拳：本家兄弟，以后咱们合了帮，你得给我当两年教练。我手下人能学到你两成功夫，也算是英雄豪杰了。

袁虎也抱抱拳：好说，好说，司令高抬了。

李政委和袁虎等人出寨子。袁世伦说：我送送你们吧，刚才王队长刘五他们吃了亏，怕他们想不开呀。李政委明白对方话中意思：谢谢，袁司令想得周到。

李政委和袁世伦边走边谈。

袁世伦说：李政委，手下有如此虎将，难怪你们闻战则喜，战之必胜啊。

李政委笑笑：袁司令，日伪军叫他袁老虎，你该相信了吧。哎，我说袁司令，你再考虑一下我们的方案，先从独立营过渡一下如何？

袁世伦说：我这里劝劝弟兄们，你回去也和江司令林参谋长说说，咱们尽力往中间凑吧。李政委：还望袁司令以抗日大业为重，尽快做通你手下弟兄的工作。

袁世伦把李政委等人送出寨子，看着他们上了马。他双手抱拳朝李政委作个揖：好吧，李政委，我尽力，尽力就是了。

日军师团部里，师团长蒲原中将站在墙根前，久久地凝望着"白沙河情势图"。

少将旅团长滕野凝立师团长身后。

师团长转过身来，用棍儿指指地图上的白沙河：滕野少将，我们在大扫荡中忽略了这个重要地方，真是百密一疏啊！

滕野问师团长为何说这地方很重要。师团长说：这里是新扩建的八路军东岳军分区司令部驻地，还是冀鲁边界八路军的兵工厂。当初冀中八路军部队所用的枪支弹药，很多出自这里。八路军饮水有源，能说这地方不重要吗？这地方没有引起华北方面军最高司令部的注意，现在，冀中八路军主力基本已被我们歼灭或击溃，为亡羊补牢，我们决定派遣长谷川联队前去攻占白河镇，彻底捣毁他们的兵工厂。

滕野点点头。

师团长说：八路军东岳军分区是由延安来的红军扩充而成，为首的江震是八路军的一员悍将，为强化指挥力量，特派你亲自率领这个联队去进攻白河镇，你现在就把旅团的事情安排交代一下准备率队出发吧。

滕野双脚立正：是！

一九四二年，日本侵略者历时两个月的"五一"大扫荡将近结束时，日军滕野少将亲率一个联队包围了白河镇。一场夜战，双方各有伤亡。

下半夜，日军停止进攻，八路军东岳军分区领导召开紧急作战会议，研究如何击退敌人，保住白河镇的群众、部队和兵工厂。

地下会议室里，土墙上挂着简易地图。八路军团营干部们坐在小凳上，军分区领导站在对面。江震神情凝重：紧急情况，昨天日军派了一个联队包围进攻白河镇。由于没能及时接到情报，我们有些冷手难抓热馒头。二十一团和二十三团外出执行任务尚未返回，白河镇只有独立团守卫。当然，部队突围不成问题，可这里的百姓怎么办？储存的大批军衣、军粮还有那座从原国民党部队"高军"处接过来的兵工厂全都丢下吗？不，决不能。只要有一线希望，就得坚守。

林达：我同意老江的意见，镇里面尚有一千多兵力，有大批的粮食。除炮弹短缺外，子弹基本充足。有比较完备的地道暗洞，百姓有藏身之处，伤病员也可得到照料。只要不出大的意外，守个十天八天是办得到的。二十一团和二十三团得知这里的情况后，也一定会尽快返回。

李政委：日军一个联队有近三千人，再加上伪军，从兵力上说我们处于绝对劣势。再说，日军包围白河镇之前先已攻占了白沙河以南的大部分地区，这就切断了我们和西北、西南两个老区的联系，造成白河镇孤立无援的局势。就目前情况来说，如果外围有支部队牵制一下敌人的话，形势会好一些。所以呢，我建议答应袁世伦的要求，给他一个团的编制，让他率领部队在外围袭扰日军。

林参谋长：这倒是个办法，我看可以考虑。只是从侦察的情况来看，日军进驻白沙河一带后，袁世伦为避锋芒，抛下李家寨，已将他的司令部连同手下人马拉到西南几十里的老家袁家寨了。

江震：这倒不是大问题，眼下我们召开党委扩大会议，形成决议先电告上级军区党委备案，然后派人突出重围直插袁家寨，命令袁世伦在敌后袭扰，燃眉之急，也只能特事特办了。

林参谋长：那就通知军分区特务营，挑选得力人员执行突围任务。

江震：人不宜多，关键是精干强悍。

李政委：不必费时挑选，把任务交给袁虎就是了。

江震和林参谋长同时把手拍在桌子上：英雄所见略同啊！

中　部

O

白沙河的西南方，有块方圆几十里的大碱洼。多少年来，这里就是百姓不喜，官家不理，神想神怕，鬼见鬼愁的地皮。这次，日本华北方面军数万兵马扫荡晋察冀边区，许多被打散了的八路军零星部队，却不得不相继退隐到这里。来自各部的同志如水相汇，自动组成了新的战斗整体。他们暂避锋芒，一面加紧休整，一面积极地寻找战机。

这一夜，残月浮云，细风瑟瑟，一支八路军侦察队悄悄走出大碱洼，摸向白沙河。一位身手矫健的年轻人和一名侦察员走在前头，年轻人朝后摆摆手，侦察队在距坟岗不远的地方停下来。年轻人侧耳细听，悄悄对身旁的战士说：枪炮轰鸣的地方，好像是东岳军分区的驻地白河镇。一个侦察员问他为何知道此处有个白河镇，年轻人说他曾去过那里帮助部队联系运送军火的事宜。

两天来，从白河镇方向传来的枪炮声一阵稀疏，一阵激烈。是鬼子在围攻那个出名的大镇，还是八路军的某主力同敌人拉开架势干上了？为了搞清情况，以便采取相应的行动，他们就派了这支小分队出来侦察。

另一个侦察员说：如果真是白河镇让鬼子给围住了，咱们必须摸上去弄弄清楚，绝对不能躲在碱洼里瞧热闹。刘队长，你说是吧？

被称为刘队长的年轻人点点头：好，借着月色，咱们悄悄摸上去。小陈和小李头前开路，十个人分五组，相隔二十米鱼贯前行。有情况仍是以掷坷垃为号，一个坷垃为停止，两个坷垃是招呼后边的人过去。

侦察员们答应着，队伍继续向东进发。

侦察队悄悄挨近白沙河，爬上河堤，刘队长在月光下细细观察两岸的动静。白河镇以南果然正在激战，双方打得十分激烈，枪声就来自镇子南边那片开阔地。侦察员们凝神观察时，镇前的枪声忽然停了。刘队长一行很奇怪，这是怎么回事，是不是鬼子攻不进去撤退了？还有一件事让他们百思不得其解，鬼子能近战但一般不敢夜战，他们怎么敢和八路军夜里较量呢？

侦察员们正纳闷，忽然看到正东白沙河北岸堤下发出一排排火光。火光过后，白河镇方向传来剧烈的爆炸。正东的火光和白河镇方向的爆炸声持续了十几分钟，随之，白河镇以南又传来激烈的枪声和手榴弹爆炸声。很明显，南河堤下是日本人的火炮阵地，日本人就是在那里对他们的进攻部队进行炮火支援的。

认定是敌人正在围攻白河镇后，刘队长下令马上撤，撤回大碱洼汇报情况。

侦察队原路返回，经过坟岗子时要稍事休息。刘队长说：咱们到坟岗子里去歇息吧，那里安全。这月儿挺亮的，坐在路边容易让人看见，别他姥姥打鹰的让鹰鹞了眼。侦察员们听队长说得有理，便跟在身后朝坟岗里走去。

一位走在后边的大个子侦察员说：别看刘队长年轻，论侦察的功夫可是一等一的高手。另一侦察员说：那当然，人家当过侦察连副连长哪！已经行至坟岗子的刘队长传来压抑的惊呼声：你们快来看哪！

侦察员们闻声跑过去，只见一座大坟头下躺着位年轻的八路骑兵和他的大黑马。大黑马宽阔厚实的前胸上，像给什么尖利的东西撕裂了，肺管和一个血葫芦样的东西露在外面，四腿伸开，依然像挺身奔跑似的。骑兵斜卧在坟丘旁，一只胳膊紧搭住马的后腿，像是仍在顽强地朝马身上爬。

一位侦察员伸手指在骑兵鼻子上试了试：队长，这人还有气。

刘队长将三个指头贴在对方脖颈上压了压：嗯，是还活着。快走，带回去！

马已完全死去，而年轻人却还奇迹般地活着。他原本只是让炮弹擦伤了肩部，又由于强大气浪的抛掷而跌倒昏迷。侦察队不再休息，抬上这位伤员往西而去。

强凌弱，众暴寡。黎明时分，几只草狐在碱岗荆棘丛间赶出两只野兔。几经周旋，一方要吃肉，一方要逃命，前后相继蹿蹦跳跃着向西北方向跑去了。

不知跑了多长时间，兔儿终于逃进了一个地方，摆脱了危险。这地方是个村，有村沟、村墙。周围二里地内，土地碱化较轻，可以长草，长树，还可以种些抗碱性强的庄稼。这在大碱洼里，可说是得天独厚的地方了。

五六百户人家居住在村庄。村里都是本地人，他们已经在此安家四五百年，相传是元世祖忽必烈东征日本失败后，在此留守的一支波斯部队后裔。村人除种一点儿可怜的庄稼外，主要是熬硝盐编荆筐和熟兽皮。另外，还干些让豪绅富户听到后就骨头发软的"买卖"。坚贞不渝的个性，固有的民族特质，恶劣的环境，许多年的苦难日月，使他们的性格磨炼得既粗犷刚烈，又坚韧不拔。常常遭受到的意外侮辱和歧视，使他们团结紧密而又特别同情弱者。兔儿们逃往这里，不是很明智的吗？

那几只狐狸在村边上打着趔趄，眼睁睁见兔儿过了村沟，钻进村墙下的窟窿。它们再不敢追过去，相互失望地看了几眼，舔着舌头悻悻然返回。走出不远，重又站住，目光贪婪地望着一座土坯垒成的小屋。小屋是村人割荆条刮碱土时暂住的，常放有各种食物。昔日，馋嘴的狐狸们曾多次入内做过手脚，今天狼狈之际，又算计进去饱饱口福。它们四顾无人，便耸耳蹑足地往前凑。岂知相距还挺远，一持枪人忽然从里面走出。畜生们当即吓得转了筋，吱吱叫着，四散逃走。

这土屋，眼下正是大碱洼里的八路军指挥部。这些零散部队初来时，曾试图进村。于是就发生了误会，发生了冲突。村墙上立满手端盒子炮的大汉，村口边亮出一片长枪单刀三节棍。高的便于远打，低的可以近拼。这里的老乡历来如此，要保命，先保村。他们义气胆大，却又谨慎小心。尽管八路军领导人费尽唇舌，对方仍旧不准进村。无可奈何，部队只好驻进大碱洼，战士们就露宿在荆条丛下。那土屋，也就成了联合指挥所。有的同志曾生气地说这儿的老乡好像不是生活在目前的中国。殊不知，许多年来，这些村民是让或明或暗的坏人害苦了，坑怕了。他们很希望别人相信自己，而对外来的人，却是轻易不肯相信的。

此刻，指挥所里的小油灯仍在亮着，几位身着八路军服装的人坐在一块儿抽烟，谈论，彼此交换着对当前形势的看法。他们同时也在焦急地等待小分队的侦察结果。所以，当侦察队长跟着哨兵走进门来时，他们不约而同站起来，焦虑的目光流露出无声的询问——情况如何？

侦察队刘队长和哨兵走进来，几个人不约而同立起身。刘队长喘着粗气走到墙根前，从临时搭起的木板桌上端起茶缸喝了一气水。一位大个子军人口气焦急地问：刘成，情况怎么样？

刘队长刚要说话，忽又想起什么似的冲外喊：哎！抬进来呀！

大个子问是不是捉住"舌头"了。刘成摇摇头，说：不是"舌头"，是个本地负伤的八路军战士。说话间，两名侦察员用荆条编的担架抬进一位八路军伤兵。伤兵被放在土炕上，脸色惨白，呼吸微弱。大个子端着油灯走过来细看，伤兵左肩上的血污已和草屑泥土黏合结痂。大个子转过身：快，快叫冬雪。

一个战士跑出去。不一会儿，卫生员刘冬雪背着药箱匆匆跑进来。刘冬雪仔细地看了看伤者的伤口，在伤口四周摁了摁，然后转过脸冲大个子说：

哥，他是今儿上午负伤的，不算太重，可能是让炮弹震昏了。

大个子点点头：赶紧处理包扎，抢救。

刘冬雪审慎地看看伤员情况，首先剪开了他的衣袖。刘冬雪往下褪衣服时，发现左边的内衣袋里装有一块淡黄色的绢片。刘冬雪取出绢片递给大个子，大个子展开一看，血渍中只见上面用工整的毛笔字写着：

令字第（1942016）号

兹任命：

　　袁×××岳军分区第二十四团团长

　　此令

　　八路军东岳军分区司令员江震（印）

　　　　　　　　　　　　　一九四二年×月×日

这无疑是一张任命书。但由于折叠的关系，"袁"字后边的几个字和年号后边的"月日"都为血污所涂混，几个人看了半天，也没弄清是什么。末了，大个子一扬脑袋：哦，看来这是位八路军地方部队的团长了。

一位国字脸的军人猜测这人是个传令兵，大个子想了想说：目前还不敢确定。他让冬雪赶快抢救，想尽一切办法救活他。目前这一带的情况，也只有这个人能了解。大个子说：老于你去弄些盐水来。国字脸应了一声，赶紧出去准备盐水。室内，刘冬雪在有条不紊地进行伤口处理包扎，有人用纱布往伤员嘴里轻轻地蘸水。大个子就地转了几圈，走到包扎完毕正在给伤员喂水的冬雪跟前问：还行吗？

刘冬雪说：咽水还可以，要是有支强心针就好了。大个子发出无奈的笑声说：现在别说强心针，就是红汞酒精和纱布也是无价之宝啊！刚刚弄来盐水的老于咕哝着往外走：这也说不定，我去各处问问找找吧，兴许就能碰巧了。

随着天光的明亮，伤员却意外迅速地清醒了。伤员看看周围的人，脸上显出吃惊、愤怒。伤员瞥见人们的臂章、胸章以及他们的军装，脸上当即出现了脱险后的喜悦。复苏的伤员还不能流利地说话，只是朝面前的人吃力地点着头。

大个子俯下身：同志，请问您贵姓？

伤员困难地吐出一个字：袁！

大个子重又取出那张绢片仔细看着上面的字，脸上忽然漾起欣喜之色。

大个子：哦，看来这是位八路军地方部队的团长了。

大个子指指绢片上的"兹任命 袁×××岳军分区第二十四团团长"。

屋里的人相互一视，眼光交流后统一了看法。

大个子在屋中来回走着：这是位新被任命的指挥员，一定是在军分区司令部参加了重要军事会议后返回的路上和敌人遭遇了。他一定十分掌握当前的敌情，我们现在太需要他了。

人们纷纷点头。看得出，他们对大个子是相当信服的。

这些日子，大碱洼共有三百多名八路军人员隐伏着。他们分别来自晋冀鲁的好几个部队。其中最大的一支，就是这位名叫刘冬武的大个子所领的一百多人。其他的部队则只有三十五十或十人二十人。要将如此零散的部队组织好，其困难程度是可想而知的。更何况，被大伙推为临时负责人的他，也只是位副营长。里面和他不相上下的干部还有四五个。他虽说对此也当之无愧，但由于不了解情况，环境条件又如此恶劣，下一步到底如何行动，总是拿不定主意。如今，忽然从天外"飞"来这么一位本地部队的团长，可真是雨中送伞、雪里送炭了。他兴奋得不能自已，连连重复着那句话：救活他，一定要救活他。

伤员的感觉和思绪还没完全从战场上解脱出来。急剧的枪声，炮弹爆炸时的轰鸣声，仍在脑际耳畔萦回着。自己负伤时的情景依然模糊，好像经过了一个极其漫长的岁月——他将要进村时所遇到的那股敌人似乎犹在眼前，而他随之就调转马头逃走时便已明白——他此行的"目的地"也落在敌人手里了。他眼下虽然侥幸活命，可以后怎么办呢？白河镇目前无论如何是回不去了，而眼前这些同志口音不同服装各异，他们又是从哪儿来到何处去的？莫非自己来到了一个新的军区，难道是意外地碰上了主力部队？果真这样，倒也不虚此行。自己仍然可以参加战斗，可以杀鬼子为战友们报仇，报仇……想到报仇，他的思绪又开始缥缥缈缈地远去，眼前的一切重又朦胧模糊。意识蒙眬中，他再次感受到最初负伤时的那种焦灼、愤恨和悲痛，听觉中重又出现了已经印在耳鼓膜上的炮声和枪声。枪炮声忽远忽近，忽强忽弱，他突然感到一阵隐隐约约的怕。于是，冥冥之中就想抓住点什么，依附点什么。但到底是什么，却又无确切的目的和着落。他便竭力地想象，竭力地搜寻。蓦地，面前终于有什么东西开始一闪一闪，他的心也便随之一舒一缩。终于，心中涌出的血流冲开了思绪中的障碍，他的神志重又清醒，他的眼睛重又睁开。他望着立在炕前的人们，尽可能让声音大一些：你们是……

好了，这就好了！乱纷纷但却宽慰的庆幸之后，一个粗壮的高大军人走到他跟前：袁团长，八路军驻大碱洼临时负责人刘冬武向你报到！

他怔了半天，并且"啊"了一声。当看到对方手里那张带血的委任状时，脸上即刻显出一种难以言状的苦笑。但是，笑容很快收敛，缩小，最终凝固在口角。他天性聪慧，思维敏捷，马上明白自己是被放到一个非常意外的位置上了。他动了动身子，打算坐起来，可是浑身疲软，左肩头火烧火燎的，只好仍旧躺着。大个子军人冲他俯下身，告诉说他们是从敌人的"铁壁合围"里冲出来的。由于人生地不熟，难以行动，很希望他这位地方部队的领导做他们的指挥者。

他为难地张开嘴，打算说明或解释点什么。可是，看到那一双双目光中流露出极大的期待，透着难耐的焦灼，他感到了事态的严重，话儿到嘴边又不由自主地溜回肚里去了。他不能解释，也不能做任何说明。严峻的现实摆在面前，他要去的地方肯定已经去不成，而眼下这些从外地逃来这里的同志，又必须有个既让他们信赖又了解本地情况的组织者。面对这样的特殊情况，他那难言之隐只有窝在心里。他无可推诿，他只能接受他们的信托。

这时，天已经亮了。棉油灯的灯芯也已燃剩了半截。外边刮起了风，风儿将房前的荆条草叶吹得唰唰响。刘冬武见他不语，似已默许的样子，也就不再说什么。他首先作了自我介绍，又将其他同志挨个儿介绍了一下。同时，他们也知道了这位团长的名字。他叫袁虎，的确是从军分区驻地突围出来的。

这时，远处——白河镇方向的枪声炮声忽然停止，想是日军的夜间进攻又收场了。虽然料定敌人攻不进去，但无论怎么讲，有枪炮声就有战斗在进行。他们为白河镇的首长、战友、父老乡亲担心。所以，枪炮声一停，大伙的心也顿感实落了。冬雪从外边端来一碗米汤，里面还加了点糖。袁虎接在手里，先是一口一口地喝。不知是香甜的米汤勾起了他的食欲，还是他的确饿坏了，他突然一气将米汤喝下去，扭头急咧咧地问：有干粮吗？

当即便有几个玉米饼子放在他面前。尽管已经风干了，张了嘴，他还是狼吞虎咽吃下四五个。紧接着，又有两碗米汤灌进肚，这才抹抹嘴角拍拍肚子说：总算不空了。同志们都为这食量而惊奇，大瞪着双眼问他为何能吃这么多。他就笑：实话告诉，这是受了点伤，要在平日嘛，刚贴出的高粱饼子，我自个儿能吃半锅。

大伙儿哄地笑了。笑声传出门外，引进来一大片的曙光。曙光盖住了棉油灯那微弱的淡红光晕，屋里忽然间明亮了许多——似乎也宽绰了许多。

1

年轻人的生命力之强是不可想象的。

太阳缓缓升起，鸟儿也开始飞来飞去，大碱洼被蒙上一层淡红色轻纱。一大片的曙光照进土屋，袁虎已经感到身上有力气了。他动动臂膀，左肩也不再那么痛。他试着溜下炕来，走了几步，除稍稍头重脚轻外，再无什么不适的感觉。

冬武看了看，拿块毛巾弄湿递过来，他擦了擦脸，真起作用，只一会儿，就感到脑清目明，体力也渐渐恢复了。本来嘛，像他这种二十几岁的年龄，这样壮的体格，在那种特殊的年代，被炮弹或子弹从身上蹭出点血，简直跟让耗子咬一口似的。并且，过度的紧张和疲劳一旦消除，这个非同一般的人自然就很快地还原了本来的他。

他重新坐回到炕沿上，看看屋里的同志们，有的比他年纪小，有的比他年纪大，有的和自己差不多。刘冬武高大魁伟，典型的威武挺拔的军人气质。他的临时副手，是白净秀气的于志德，一双漂亮的大眼里，闪射出深沉而智慧的光波。他正在一个个地看下去，墙角处蹿上来个虎头虎脑的小伙子，一把抓住他的手：袁团长，谈谈这里的情况吧！

袁虎怔住，望着小伙子的脸蛋出神，身子晃了晃，眉宇间顷刻显出十分痛苦的神色。小伙子吃了一惊，忙扶住他问：伤口痛吗？

袁虎很快就稳定了自己的情绪，下意识地捧住对方的脸：你叫什么名字？

小伙子回答说：叫刘成。袁虎问他多大了，以前干什么。小伙子不好意思地转转脖子，说：十九岁了，当过侦察排长副连长。袁虎点点头，像要隐掉什么似的咽下口唾沫。他将刘成拉坐在身边细细端详了一会儿，就用右胳膊紧紧地搂住他。

袁虎像是回答刘成也像是对大家说：形势不妙！

袁虎揽住刘成，把本地的形势和战况简略地告诉了大家。原来，在今秋日寇对晋察冀边区进行的大扫荡中，地处齐鲁北部的白河镇地带，根据确切情报，是不在敌人清剿计划之内的。可是，不知什么原因，大前天将近两千多鬼子突然发兵白沙河。分区机关当然来不及转移。说实话，由于一个特殊的原因，也不能转移，只能固守。所幸，目前镇里的八路军部队尚有准备，战斗力也强，连续两天两夜的攻守战，倒也和鬼子打了个平手。这种情况，是敌人所没有料到的。他们为了减少伤亡，就改用白日围困、夜间进攻的办法。看样子，是在等待援兵了。

人们静静地听着，于志德眨动着大眼睛，关切地问：那么你突围时……

袁虎接着他的话：出了大碱洼，正东十几里有个大村袁家寨，那本是我军分区二十四团的驻地。本来，分区指望这个团能在外边牵制敌人的兵力，可是等我突围赶到时，袁家寨也被敌人占了！

有人开始叹气。

袁虎的声音一下高起来：现在好了，有咱们组织起来，行动起来，对敌人就是个不小的威胁。小鬼子有枪，咱也有枪，谁怕谁呀！

刘成挣开袁虎的胳膊跳起身：对，拉出去揍他娘的。这些天让狗日的欺负坏了，真憋气。要不是老于拦住，我昨个儿就想拼出去。

于志德笑了笑，很郑重地说：小刘，说实话，我也想拉出去跟鬼子拼一下。只是情况不明，地形不熟，一旦搞不好招来大批敌人，咱们倒不怕，可这儿的村中老乡要跟着遭殃啊！

袁虎猛地立起身，拍手说：我怎么忘了，碱洼村不是在这里吗？刘冬武很惊奇，问袁虎是不是对这村挺熟悉。袁虎笑笑说：不只是熟悉，告诉同志们吧，我曾在这里住过一段时间。等安排一下，我进村找老乡们给咱们帮忙就是了。

于志德长舒一口气：天助我也！

袁虎敢于拍胸脯，不是没有根据的。当初要是有位与村内老乡熟悉的人在场，同志们进村的阻力可能就不大。不过，袁虎心中有底也就是了，此刻却不能去找老乡叙亲情，他有更急迫的事情要做。

袁虎：哎，你们到这里好几天了，为什么不进村？

刘冬武：初来时，曾试图进村。可是到了村边，只见村墙上立满手端长枪盒子炮的大汉，村口边亮出一片长枪单刀三节棍。尽管我们费尽唇舌，对方仍旧不准进村。无可奈何，部队只好驻进大碱洼，战士们就露宿在荆条丛下，这土屋也就成了联合指挥所。前天有个姓马的碱洼村人来到这里和我们拉了半天，我们才明白碱村的人是让或明或暗的坏人害苦了，坑怕了，所以对外来的人轻易不肯相信。姓马的让我们稍等几天，他说他替我们想想办法。

袁虎：哦，不过，此刻我也不能去找老乡们叙亲情，咱有更急的事情要做。

情况已很明了，三百多号人需要重新组织，重新安排，他根据冬武、志德和刘成这几位临时领导人所提供的人员情况，三百多人编成四个支队，他们四人分兼支队长。支队又设政治教导员和副支队长各一名，负责具体的组织指挥工作。他们四人，自然就是集体总指挥了。每个支队下设四个分队。这样的建制用于小型的军事行动，既实际又灵活。最后，有人提议给这支新组建的部队命名，冬武咧着大嘴笑了笑：我看就叫"混成团队"吧。又有人提议应设党组织，袁虎似乎挺为难地吭哧了几下，看着冬武和志德：我抓打仗，党的事你俩管着。

事情就此决定。小刘成呵呵笑着跑出去，招呼同志们到土屋西南上的一块空场里集合。袁虎说要到门外走走，冬雪跟在他身侧似扶似搀，以防他身虚跌倒。

刘冬武说：首长你感觉行吗？袁虎说：没问题，我感觉好多了。于志德走上来，他和刘冬武扶着袁虎走到门外。

太阳从东方天际蹦了几蹦，马上露出了他那带血的脸。但昨日残留的浮云遮在地平线上，他只好拼力地往外钻。

面前是一个阔大苍凉的大碱洼，日光下白茫茫如云如雾，绿臻臻似茵似藻。两种不同的物质，不同的颜色，在这奇异的天地里混淆错杂。那白色的非云非雾，是一块块厚碱土乱碱岗；那绿色的非禾非草，是一丛丛大小不等高矮不齐的紫荆条。风吹涌动，唰唰起伏，俨然如泛着白沫漂着烂萍的大湖沼。这里边奔走着数不清的狐兔狗獾，飞动着各种各样或大或小的禽鸟。这里有时是强者的乐土，有时却也是强者的坟墓。生灵无意中闯入这个空间，常被一种死亡的气息搅扰。

风继续在刮，荆条儿的绿梢儿也在随风摇曳。这里有灌木也有乔木，荆丛有的粗壮如臂，有的细弱似线。有的矮如谷麦，有的高过房檐。它们一丛丛、一片片，在白花花的大碱洼里疏密相间。杂树里有杨树、槐树和年久长成大树的酸枣丛，这大碱洼因之就愈荒凉愈神秘了。它不光藏得下狐兔狗獾，也藏得住千军万马。只因它地处僻远且又荒凉的地方，才暂时避免了兵灾战祸。

当袁虎他们也走到西南空场上时，干部战士已在那里排好了队。昨天夜里侦察队捎回团长来的消息，早在队伍中传开。倘在平时，人们极可能会有这样那样的想法，甚至还要当成个笑话。但在此时，不管"捎"来的还是"飞"来的，只要是熟悉本地情况能领他们打鬼子的指挥员，他们心里就接受，就踏实，就感到稳妥。所以，袁虎他们还没走到队伍前，队伍里就已掌声如雷了。

在这种时候，无论自我介绍还是别人介绍，都是多余的。袁虎很随便地给大伙讲了讲本地目前的形势，就将他们几个重新安排的建制形式摊开了。

于是，各支队各分队的负责人，分别以少有的快捷去召集各自的人马，在这片空场里重新排队，重新组合。袁虎发现队伍里有很多人背着单刀，大为高兴，当即把这些同志挑出来，组成一支三十多人的单刀队。单刀队配短枪，由他这个"混成团队"的司令官亲自带着。

一九四二年的早秋时节，在这个旭日初升的早晨，伴着远方断断续续的零星枪声，一支非常时期的"八路军混成团队"十分自然而又庄重地成立于白沙河西南方的大碱洼……

战斗，就要从这里开始了。

然而，这里只是他们所谓的基地和后方。他们只是从这里出发，到敌人活动的地方去活动，到敌人休息的地方去"掏窝"。墨守成规是战时的大忌，不同的环境不同的条件，就得采取不同的措施不同的打法。这就是人民战争的一部分，这就是战略战术。它并不神秘。谁领会了它的要领，谁运用得得心应手，谁就能成为战斗、战役乃至战争的胜利者。

领导班子里的四人围坐在土台前，袁虎在一张纸上画着这一带的地形和白河镇的位置。袁虎边画边解释着敌我双方的具体形势：出大碱洼往东十余里能见到稀疏的庄稼。越往东走庄稼越密越好，漫过成片的高粱地，就是宽宽的白沙河。

刘成说：那晚我们已经去过了，只是地形不熟，多走了许多弯路。袁虎点点头：我们的任务，就是在白沙河一带日军后方进行袭扰，达到让日军首尾不能相顾的目的，逼迫他们的部队后撤。这样，白河镇的压力就减小了。

刘冬武：明白团长的意思，但需制订一个完整的行动计划。

袁虎说：这不难，我对这一带了如指掌。我们这样……其余三人俯下身子，静静地看袁虎在纸上一条一点地画着。于志德看了一会儿说：这个行动计划真好，不过，除了熟悉本地情况的团长您，怕也没有第二个人能办到。

袁虎呵呵一笑：这就叫好马不如地理熟，现在做准备，今晚行动。

出碱洼往东北十几里是白沙河。白沙河两岸是细沙质的白土地。由于河道流水外润，两岸很远的一截地段内，庄稼长得都不错。玉米高粱，大豆芝麻，都绿油油水灵灵的。"七月十五定旱涝"，眼下阳历八月上旬，由于是闰月，正是阴历的六月末。这光景，今年无疑将是个丰收的岁月。然而，此时此地，玉米无人管理，大豆草苗相齐，眼睁睁作践着庄稼。也难怪，战乱的节骨眼，谁敢下地呀！

庄稼人打扮的袁虎和刘成从一块已经长得很高的春玉米地里冒出来。他们没扛锄，没拿镰，朝外张望了一下，又哧溜钻进另一片玉米地里去了。在他们身后一里多地，有两个支队悄悄跟着。这地区只有袁虎自己熟悉情况，尽管是"团长"，也只好亲自带人在前边侦察。和他们相隔几十步就有两名侦察兵，侦察兵依次后续，以往后投掷坷垃为号，和一里外的部队呈链条式联络。

袁虎和刘成挨近白沙河，借蒿草的掩护悄悄爬上大堤。二人隐在河堤上的灌木丛里顺堤东望，只见白沙河大桥上车动人行，来来往往全是敌人。北岸大堤下那宽阔的二滩上，隐约可见一门门小炮、一架架帐篷。有战马刨蹄撩起的股股烟尘，还不时传来阵阵凄厉的军号声。南岸外的几个村庄里时有炊烟和枪响，显然都是鬼子部队的后备兵营。桥的南端，是那个叫桥头刘的大村子，不断地有汽车马车从那里进进出出。军事常识告诉他们，那是敌人军用物资的中转站，肯定有相当数量的守军。他们原以为桥头刘会是敌人的物资补给站，如此看来，补给站还在南边。袁虎心中暗喜，因为他们计划今夜动手的目标就是敌人军用物资补给站，它离敌人的大部队越远，越有利于我们行动。

袁虎看着身边的刘成：咱们今夜就动手敲掉敌人的物资补给站，让敌人失去后援保障，不能及时有效地对白河镇发动攻击。

刘成：不愧是团长，判断准确，行动果决。

袁虎拨了下刘成的后脑勺，两人溜下河堤。

袁虎和刘成回到庄稼地里，跟在后边的侦察员已等在那里。袁虎命令侦察员投坷垃。侦察员往后投了两块坷垃，随着"链条"的收缩，后边的部队迅速地朝这里集中了。部队在一片高粱地里潜伏着，袁虎把几位干部找到一块儿，蹲在不远处计议了一番，然后回到大伙儿跟前很简单也很有力地下令：同志们，南撤！

部队悄悄开拔，指战员们哈腰弓背，顺着庄稼垄眼向南转移。部队向南十几里又转向东去。说也奇怪，战士们对什么都不闻不问，对他们的指挥员，是那种绝对的信任。似乎只要跟着走，就有仗可打。只要打仗，就能获胜。也只有获胜，才能驱除许多天来积在心中的那口恶气。看来，他们是真的憋急了，气疯了。

早秋天气依然很热，庄稼地里，战士们腿脚麻利地顺着垄眼朝南疾走。前边出现了一条南北沟，袁虎朝后摆摆手，命令停止前进。刘成朝后扔了块土坷垃，后边的人得到信号，照猫画虎，正在行动的部队停住了。

刘冬武、于志德来到队伍前边。袁虎正从庄稼缝里朝东望着，刘成摆摆手示意他们不要说话。过了一会儿，袁虎扭过脸来招呼他们。三人运动到袁虎跟前，袁虎压低声音：部队就地隐蔽，咱几个到前边看一下。

袁虎带着三人，借着庄稼的掩护巧妙地溜到沟崖下，悄悄地爬上了沟崖。越过沟崖望去，一座相当大的村寨在他们面前出现了。因为沙丘的遮挡，寨子附近的情况看不清楚。可袁虎知道，墙下是条不宽的水沟。袁虎压低声音：你们知道吗，这一带营啊屯的特别多，光这沙河以南，就有九屯七营十八寨。由于世世代代闹土匪，闹兵乱，各个村庄的周围，都有大小不等的水沟围墙。东边这个村寨就是出名的李家寨，墙围又高又厚。我敢断定，这里就是日军的物资补给站。

刘冬武：嗯，跟座小城似的。

于志德：有道理，日军的补给站就需要这样的地方才保险。

袁虎说：你们看到没有，这沟崖距东边的寨子三百多米处有座小沙丘，上面长了几棵杜梨树。于志德咂咂嘴：团长，你真是这一带的活地图。

几个人伏在南北沟崖上，透过杂草青蒿的缝隙，能够隐约看到寨墙上的情况。于志德用望远镜看了一会儿：咦？团长，好像寨子南北都有人进出呢。

袁虎说：是的，寨子里有条大街直贯南北门，出北门有大道直通桥头刘，向南就远去了。出北门折向西，有条路连着昨儿我要去的袁家寨。过袁家寨一溜西北走，就通咱们驻地附近的碱洼村了。

刘成：还有通碱洼村的路？

袁虎轻轻一笑：瞧你说的，没有路怎么出来进去呢？不只这条路，碱洼村往西南，还有条路直通平州城呢。

刘成眨巴着眼说：这倒知道，俺们就是从那条路上跑进大碱洼的。刘冬武说：真奇怪，这地方的村子好像都特别大。袁虎歪歪头：不怪，多少年来，这里一直闹土匪，人们害怕，就亲靠亲，村并村，人越聚越多，村子也越并越大。因为人多，很多财主手里又有枪，土匪也就难以下手了！其实，土匪也是兔子不吃窝边草，大都到外地作案。为了扩充实力，他们也搞联合。看到李家寨这个大土匪窝了吧，土匪头子也姓袁，是西边袁家寨的。他占据李家寨和袁家寨两处大据点，四五百号人，吃食儿（绑票）吃到百里之外。

刘成笑笑说：这土匪还真气派。袁虎点点头，说：这是股不小的力量，自从这一带开辟后，他们不光不在本地作案，还打起了抗日的旗号。这就不简单。所以，我们一直做争取工作。做了一年多他们才同意受编。先是编成一个独立营，可他们要求团的建制，军分区考虑了目前形势，即改编为二十四团。

于志德插话：你就来任团长了？

袁虎犹豫着：是这样……

南边忽然轰嗡响动，一只兔子飞蹿过来，从他们脸前顺沟崖向北去了。

袁虎挥了下手：快趴下！

东边寨墙上有人探出头来，寨墙上的人举着望远镜，望望南，望望北，然后定定地朝这里看着。几个人忙低伏下身子，一动不动地卧在青蒿丛中。几乎就在同时，三个人各自抓起坷垃，万一发生意外，立即把坷垃掷向后去，告诉队伍马上回撤。寨墙上那人望了一会儿，又缩回去，几个人松了口气。

南边的轰嗡声更响，三人循声望去，隐约见东南方尘土滚滚。不大会儿，一支车队从南边开来。袁虎用望远镜观察，见车上站着鬼子兵，有的车后拖着本该由马拉着的小山炮。袁虎：增援围攻白河镇的日本炮兵部队到了。

这时，寨子里响起尖厉的哨声，炮车队鱼贯而入。前边的汽车出了北寨门，后边还在南门外拖着长长的尾巴。最后一辆汽车进了南门，寨里忽又响起哨子声。袁虎扭头向南举着望远镜：同志们注意，东南方又一支鬼子汽车队开来了。

袁虎继续举着望远镜：哟嗬，这次不是运兵车，不是炮车，而是货车。看清了，车上装着箱子、麻袋和圆桶。有几辆装得不算满，用雨布严严地盖着。对，这是支敌人的物资补给部队。

这些车不慌不忙，大摇大摆地朝寨里开，随便而坦然，像是行驶在他们自己的国土上。袁虎看在眼里，咯吱咯吱咬着牙，右手下意识地捏住腰里的手枪柄，恨不得肋生双翅，飞向前去，痛痛快快地干他一家伙。刘冬武看到袁虎的动作，赶忙摁住他的手：团长，你要沉不住，大伙会怎么样呢！

袁虎的手渐渐松开。这时，最后一辆炮车也已出了北寨门。过了挺长时间，还不见物资车露头。袁虎放下望远镜，歪头思索着。

寨子里又忽然想起声声军号，紧接着隐约传出鬼子们叽里呱啦的乱叫。汽车马达声停止，而寨墙上却出现了鬼子兵们晃动的刺刀。

刘冬武：这说明车队在寨里正卸货。李家寨是敌人的物资补给站确定无疑了。

袁虎吐了口唾沫，双眼瞪着前方，口中命令刘成：扔坷垃。撤！

刘成朝后边掷出土坷垃，四个人小心地往下溜着，慢慢地溜下了沟崖。

2

李家寨西南方的一片玉米地里，袁虎把干部们召集到一起。他嚼着一根甜秫秸，大略谈了下他和刘成的侦察经过。袁虎说：我们现在所处的位置，距李家寨有四里地。今天下午，部队就隐蔽在这里休息，吃喝拉撒睡，谁也不准出这片庄稼地。听见了没有？干部们压低声音：明白！

出乎同志们意料，他最后在作战斗部署时，根本不征求别人意见，就口气轻松地说：二毛狼星靠到天河边时……突然又停住，哎，同志们有表吗？

干部们尴尬了一会儿，于志德笑笑：我有块怀表，还不知准不准。

袁虎伸出手腕子：有就好，来，对一下。

袁虎和志德对好表继续刚才的部署：孙队副带一个分队跟我行动，志德带另两个分队，晚十点半绕到寨门北侧，装成敌人伤兵，一旦凑得近了，就开火。

于志德：有点儿冒险，行吗？

袁虎横他一眼：你没把握可以让别人担任。

于志德：团长别急，我只是顺口一问。

袁虎转向刘冬武：你，带着一支队往北去，离寨子二里地左右路边有个高土岗，你们占住高土岗，只要有从白沙河回援的敌人，就截住它狠狠打。但要随时注意寨里的动静，只要寨里枪声一停，你马上带人直接撤回大碱洼。

刘冬武：团长，请你说得具体一点儿，高岗有多高，地形如何，我不是本地人，一点儿也不了解。到时，我怕难以布置埋伏。

袁虎：你问这么多干吗，到了那里不就知道了？你放心吧，岗上有些树棵子，便于部队隐蔽，你又不是带领千军万马，有什么顾虑的？

刘冬武：也是，也是，得令！

刘冬武今儿本来是给派在大碱洼留守的，为确保初战胜利，袁虎在从白沙河南撤时，又特地派人赶回去，命刘冬武再带一个支队来这里集合。对本地情况刘冬武所知甚少，袁虎让他干什么，他自然得乖乖听着。只有刘成沉不住气，拽了袁虎肩头着急地问：我呢，我呢？

袁虎拍拍他的头，指指自己，刘成很机灵，会意地咧嘴笑了。

袁虎布置完毕，这才问大伙还有无补充意见。人们不语，正用草秆剔牙的志德却冒了一句：唉！伤兵好当，可他妈日本话怎么说呀？

这真有点儿作难，然而袁虎满不在乎地冲志德挥手：自己想办法，就这样吧。

任务分派完了，袁虎又补充了一句：注意，谁要出了漏子，老子揍死他！

刘冬武和于志德相视一笑，低声说着什么。

袁虎说：你俩嘀咕什么？于志德说：我们在夸奖团长说话好风趣，也有水平。袁虎摇摇头：我明白自己说话随便，甭刺挠我。

干部们散开去，分别给自己的部下传达袁虎的作战计划。

干部们散去后，袁虎将几棵玉米梢用叶子拢在一起，头顶上就有了一架遮阴的"帐篷"。袁虎和刘成躺在阴凉里，一边休息一边吃着东西。刘成说：团长啊，你怎么守着近的不打却打远的？袁虎问：你是指袁家寨吗？刘成点点头。袁虎说：你要记住，打硬仗可以，但千万不能打"粗仗"。你想想，袁家寨那儿远离日军的大部队，鬼子指挥官不傻，不会在那儿设个累赘，最多放上少量日军或伪军什么的。这种情况，就是把它整个儿端了，又对减轻白河镇的军事压力有多大用处呢？况且袁家寨距离大碱洼不远，端了它引起敌人对大碱洼的注意不是更糟了？

刘成暗暗佩服，团长说得真有道理。又听袁虎接着和他分析：李家寨有敌人驻扎，我从白河镇突围之前就已知道了。原以为李家寨会是敌人的后方指挥部，桥头刘是敌人的物资补给站，没想到咱俩一侦察，日军的物资补给站却在李家寨；桥头刘只不过起个中转作用。截敌粮草断敌后路，这在军事上属上上之策。况且，我对寨子内部的地形了如指掌，又有这些憋红了眼睛的战友们，打胜这个仗有把握。有把握的事情不干，是傻瓜。

刘成：啧啧，我说团长，你真是个天才军事家。

袁虎说：打仗我自知有一套，可我的个性不让人喜欢呀！刘成往前挪挪身子，说：可是我觉得挺好。袁虎习惯地拨了一下刘成的后脑勺：是因为你不了解我。

天过半晌，玉米地里闷热。同志们有的坐，有的躺，有的在地边垄头处遛风。他们都在焦急地等待，等待着这个使人充满希望的夜。文静的于志德忽然冲了天空挥拳头：妈的，我真恨不得把太阳一下子打落！

太阳终于没入西边天际，大地罩上一层淡淡的褐色。西天涌起片片稀疏的黑云，空气开始凉爽了。天公作美。至晚，黑云遮住了星星。夜间十点钟，袁虎率领一个支队又两个分队的人马，悄悄运动到那条长满杂草青蒿的沟崖下。这些打惯了近战夜战的八路兵，行动轻巧而敏捷。只要有点儿掩蔽物，二十步外别说见到人影，你连声音也听不着。一百几十人在几分钟内跃入沟内，就像在短时间内飘下的一片片树叶。袁虎满意地喂喂嘴，对身旁的几位负责人说：按预定方案行动。你们等在这儿，我先上，听寨沟那里蛤蟆叫，刘成马上带四个人过去。其余同志注意，听寨墙上有夜猫子叫，队伍就开始行动。分几批上，每批两个分队，间隔五十步，呈散兵队形。

跟在他身边的几个领导人低声答应着。

黑暗中，袁虎瞪着小眼，咬着牙，声音低沉得让人害怕：话说明了，谁要乱了章法坏了事，回去我他妈揍死他！还有，都把鞋脱了，这里是白沙地，光脚板不出动静。

有人想笑，刚咧嘴儿，又吓得用手捂住。

袁虎说着，将鞋脱掉掖在腰里，轻轻拨开沟沿上的青蒿，就在别人愣神的刹那，身子一旋溜下崖去，眨眼就没入黑暗之中。行动之麻利，身手之快捷，令跟随他的人暗暗称奇又佩服。这样的团长，这样的脾气，他们从来没见过。

太阳落山，西天一片乌云涌上来，在镇前开阔的地上啄食人肉的乌鸦和苍鹰在空中打着旋儿。江司令和林参谋长站在镇中的半截土楼上，举起望远镜朝四周望着。江司令放下望远镜：老林，敌人调整了部署，镇东本就不强的兵力又撤出一部加强南边。看来，镇南始终是敌人的重点进攻地点啊。

林参谋长说：下午来自西南枣林部队的报告，日军又在由北南拐的五羊河堤增设了好几门小山炮。另外，镇北敌人的兵力也加强了。

江震脸色凝重：目前看，说白河镇"四面楚歌"实不为过。只是我有种奇怪的感觉，似乎敌人在玩儿什么鬼把戏，他们的目的到底是什么？

林参谋长说：我认为敌人的目的很明确，不是消灭我们，而是把我们赶出镇。敌人在镇东减弱了兵力，目的是引诱我们从那里突围。

江震像突然醒悟：明白了，小日本祸心包藏，镇东十里外就是一片大沼泽，把我们逼入沼泽后，他们再追上去施以炮击。不过这小小伎俩，岂能得逞！

林参谋长：我们曾指望刚刚收编的二十四团在敌人背后策应一下。但两天过去，消息全无。看来希望不大，只有硬顶了。

江震点点头：天黑了，我们回去调配一下兵力，夜间肯定又是一场恶战。

过了十几分钟，袁虎所去的方向仍没动静。黑暗中，天地间的空隙似乎越缩越小，大批的蚊虫都聚到这长满青蒿的沟崖下。沟崖下开始嗻啪地有响动，战士们在驱赶蚊虫叮食自己的血。刘成急了，低声呵斥：拍打个啥啊，忍着！

声响立止。

潮气、汗气和蒿草味混同着从死蚊身上拍出的人血味，在空气中飘散着。人们就憋闷，就激动，就愤怒，就焦急——焦急地期待着袁虎的信号。

信号终于传来了。

似有似无的夜风中，远远的寨沟处传来两声"咕呱、咕呱"蛤蟆叫。叫声像蛤蟆，但不是蛤蟆。叫声刚停，刘成就带了四个人，持短枪，光着脚，悄没声地溜下沟崖，迅速运动潜伏到前边的沙丘后。

刘成看看沙丘以东没动静，一挥手，五个人便伏身越过沙丘，踩着软软的沙地继续前行。寨墙上传来咳嗽声，五个人又立即伏地不动。咳嗽声停止，五人又起身继续前行。快到寨沟前时，墙垛口上伸出一个手电筒，冲沟里乱晃乱照了几下又缩回去。刘成先是吓了一跳，之后便暗暗发笑，这些王八蛋，也真够马大哈。其实他不知道，敌人在这里驻扎是很放心的。因为在他们看来，八路军被赶走的赶走，没赶走的也给包围在了白沙镇。寨子有队伍守着，有高高的寨墙护着，即使有零散的八路军地方武装，也不敢来老虎腚上拔毛。

五个人越走越近，渐渐听到了寨墙上有人说话，有人詈骂。一个尖嗓门叫了声"赖八"，说：你他妈就别乱叫了，放心撸你的管子吧。一个沙哑的嗓门立即回骂，撸你妈个屌，让八路溜进来先宰了你个狗弄的。尖嗓门嘿嘿儿笑着，说：你小子在这里守着，爷到北边看看去。从那骂出的脏话中，知道放哨的是伪军。此刻，这些二鬼子大约正为了什么不顺心的事诅咒谁，所以声音时小时大。刘成他们停了停，就更加小心地向前摸去，一直摸到了沟边的树下。他们隐身树后，朝沟中看。只看到闪亮的水光，模糊的寨墙轮廓，人呢？正张望，脚下水波晃动，低头瞧，袁虎不知何时已到跟前了。

袁虎用蚊子一样的细小声音说了句"跟上我"，五人便溜下水沟，蹚着齐胸深的水走到寨墙根边，紧贴了墙根，一动不动地立着。袁虎仰起脸望望墙头，墙头上没有动静。袁虎朝身边不远处指指，刘成等人朝他所指的地方看去，那里有个不大的砖券拱。刘成明白了袁虎的用意，立即做好准备。

大约十点半钟，于志德领着几十个"伤兵"出现在北门外的大路上。他们搀着，背着，挂了棍子往前挨着。一个个既紧张又想乐。离寨门还挺远，寨门楼上就有人吆喝：哎哎，站住，干吗的？

一听是伪军，志德乐了。妈的腿，本来只想用"八格牙路"对付，如今"八格"也用不着了。干脆，用中国话骂吧。他一拉枪栓："妈那个腔的，几位太君和一批弟兄负了伤，夜间难照应，派我们送这里来了，你娘的咋呼

165

啥呀？

别看志德文静，骂人可够损的。

然而伪军也不示弱，喝令他站住，说：上边有令，伤号从来不准往这里送，你们他妈咋搞的！接着，两三只手电筒照下来。但隔得远，看不清，志德他们就继续朝前走。队伍里有人故意大声呻吟，有人喊一些让日本人也听不懂的日本话。

寨墙上的伪军沉不住气了。一个可能是当官的大着嗓子吩咐手下"快去叫太君来"，说这些亡命徒难惹。他的话音刚落，里面忽然传出日本人的说话声：喂，外边的，什么的干活？

刚才那个伪军官一脚蹬着寨墙边，一边朝下晃手电筒。嘴里说"太君你来看，这些伤兵……"志德恐怕露馅，甩手一枪，对方像是怔了怔，惨叫着跌下来。

寨墙内响起伪军士兵的号叫声：了不得，伤兵开枪打人了。快，趴下……

寨门楼上炸了窝。刚才那个问话的鬼子官急了眼，咚咚咚跑上寨门楼，拔出战刀一声长号，东边远处墙上立时站起个鬼子兵，端起机枪冲志德他们头顶上方哗地就是一梭子。

有个八路军战士大声嚷嚷：妈的打伤号！

于是，志德他们假戏真做，呼噜跑进不远处的枣林里，乒乒举枪还击。无论寨墙上怎么解释喊叫，只装作没听到。手枪步枪，一股劲儿朝上打。

寨东水沟里，袁虎他们听到了北门枪响，迅速贴紧到水沟寨根墙上。这时听到寨墙上有人嚷，说：伤兵开枪，把李队长打死了！又有人嚷，说：娘的伤兵可真恶，走，瞧瞧去。咕咚咚有人顺了寨墙往北跑。

袁虎见机马上行动：快，你们跟上我。

袁虎在前，刘成他们在后，在水中顺着墙根一步步地往南摸。寨墙的墙基就是寨沟的内岸，墙基垒着长长厚厚的大青砖，大青砖生了绿苔，手一摸滑溜溜的。袁虎往南摸了不远的砖券前站住了，眼前出现了一个贴着水面的弧形涵洞。袁虎声音压得极低：这围绕李家寨的寨沟，往东直通十里外的金牛河。寨内一条横沟，是雨季寨内往外排水用的。沟两头的寨墙基底处修了多半人高的涵洞与外相通。看见了没，沟中水多时这涵洞就给淹没，水小时就稍稍露出些。

刘成暗暗称奇，若非十分熟悉这里的情况，真想不到有这么个"水门"呢。

这就叫窍门满街跑，看你找不找。袁虎低声说着话，身子一低，脸贴水皮钻了进去。过了一会儿，"水门"内传出一声声蟋蟀叫，刘成朝身边战士招招手说跟上往里进，几个人也相继悄悄钻进了涵洞。

第一个钻进涵洞的袁虎在洞口水边上等着。过了一会儿，刘成几人露出水面，六个人兵分左右悄悄爬出了沟。袁虎让两名战士留下警戒，他带刘成三人上墙顶。袁虎他们脱下湿衣服，顺着通往寨墙的土台阶悄悄走上去，寨墙顶部很宽，几乎可以走大车。寨墙的外侧，像城墙一样修了垛口。几个人正走着，前边有人影晃动，袁虎挥手示意同志们在墙边伏下身子。

南边传来询问声：赖八，赖八！伤兵还没走吗？

四人相互做个手势，身子伏得更低了。听到北边远处有人回道：八爷在这儿呢，号什么！没听枪还响吗？坂本老小子急了，下令机枪扫射呢。本来打算吓唬吓唬算了，可那些亡命徒非拧着进来不可。军需重地，夜间能让人闯进来吗？

刚才喊赖八的伪军"哦"了一声，转身回去了。

从北边过来的赖八说着话继续往这走，走到了袁虎身边，袁虎猛地跃起，挥掌冲他颈后猛地砍了一下。赖八咳一下往前倒去，没等赖八身子着地，刘成从后边托住。袁虎怔了一下，看看仰立在刘成胸前的伪兵，似乎感到自己有什么地方失误了。南边的敌兵听到了动静，又转身往回走：哎，赖八，你狗日的咋了？

刘成学了赖八的嗓音：操他娘，蝎子，我让墙垛上的蝎子蜇了。哎哟，痛煞我了！

那伪兵嘿嘿笑着继续朝这走：嘻嘻，关门挤住屌，巧了。

伪兵走到赖八跟前发现不对劲，吓得刚要喊，袁虎一双铁钳手猛然从旁将他掐住。伪军两脚离地双手在空中乱抓了几下，就软绵绵倒在地上不动了。两名战士迅速换了敌兵服装，扛着枪分向南北走去。

袁虎站在寨墙学了几声夜猫子叫，扭过脸压低声音：刘成，你到涵洞外口去接应队伍，他们找不到进寨的水道。

袁虎挟起赖八走到墙下，把他放到一个僻静处。袁虎给他揉搓了几下，赖八缓过气来，张嘴惊恐地望着他。袁虎手中刀子在他脸上一晃：别说话！

赖八：不说，侠客爷！

袁虎：老子是八路。

赖八：哦？不说话，八路……爷！

袁虎：你就叫赖八？

赖八：就叫赖八。怎么，八路爷，有什么让帮忙的吗？

袁虎刀尖在他脸上一划：少贫嘴，老实告诉我，这里有多少鬼子，多少二鬼子，在哪些地方住着？

赖八：我据实相告，你可不能杀我。

袁虎：放心，中国人不杀中国人，要杀早杀了你了。

赖八：好，那我说实话，这寨子里连真鬼子加二鬼子统共二百来人。有的在李家大院，有的守南北寨门，有的在寨墙上巡逻。这阵儿，寨墙上十几个人都跑到北边看伤兵闹事去了。

袁虎：军需仓库在哪里？

赖八说：还没来得及弄仓库，军用物资都在李家祠堂前堆着。袁虎说：你这些都是真话？赖八指天发誓：有半句假话不是人养的。

袁虎将两个指头冲他脑后"风岩"上一摁，顺手将块毛巾堵在他的嘴里。袁虎笑笑立起身：伙计，再委屈你一下。睡吧，两小时后有人来救你。

袁虎原路走下寨墙，来到涵洞口，已有好几十人相继钻进来。涵洞口继续有战士钻进来，刘成走到袁虎跟前：团长，可以按计划行动了。

袁虎拍拍刘成的肩膀：干得不错。这样，你带一个分队溜到南门边，街里枪一响，先占住寨楼。敌人要反抗，就用手榴弹炸他。

刘成答应着挥挥手，三十多名战士跟上他往南摸去。

参加行动的同志陆续地钻进寨内，袁虎拍拍孙队副的肩膀，两个人带领队伍离开墙根，串胡同，转小巷，直插李家祠堂。

北寨门外的枪声依然在响，北寨墙上不断响着机枪和步枪。快要走出一个小巷口时，孙队副冲袁虎嘻嘻一笑：于队长假戏真做，和敌人摽上劲儿了。

袁虎说：摽得越紧越好，越像越好，咱们要的就是这个效果。孙队副说：怎么街上没大有人啊？袁虎说：战事一起，百姓早已逃走，没逃走的也是关门闭户。听俘虏说，敌人有的驻在李家大院，有的守南北寨门，有的在寨墙上巡逻，他们压根儿不会想到我们潜入寨内。你瞧，敌人是不是够大意的。

袁虎在一个巷口站住。战士们从暗处望去，真是自古骄兵多失败，留守这里的日伪军也实在大意得很。大胡同小巷子，全是空荡荡的。大街上，只在显眼处放了几个游动哨。北寨门的鬼子伪军正在注意对付"伤兵"，南寨门上的守兵则将这事当作笑话。李家大院的门口就只放了一个岗，大群的鬼子在院里吃呀喝的，还驴打喷儿似的唱东洋歌。东洋歌叽里呱啦，让人听着念藏经似的。

袁虎将队伍隐在远处：老孙，你带一个分队留在这里准备对付李家大院的鬼子，我带人去李家祠堂前，那里堆放着敌人的军火物资。

孙队副：好的，明白了。

袁虎说：老孙我知道你脾气暴躁，可现在得千万沉住气。你先用机枪指住院门，防备鬼子突然蹿出来。我带人去李家祠堂那边炸鬼子的军需。听得祠堂那边得手，你们就冲上去每人朝院里投两颗手榴弹。借手榴弹的爆炸冲进院里，用机枪往院里扫一通，然后马上撤至大街，顶住必然要从北门来援的敌兵。

孙队副点头：保证执行命令。

孙队副带人朝李家大院门前贴近。

袁虎带人拐弯抹角靠向李家祠堂。

这时，队伍已陆续从水道里进了寨，袁虎挥挥手，带他们贴墙根走了一段路，然后串胡同，转小巷，不一会儿就靠近了李家祠堂。

3

日军设在白河镇前沿的指挥所是一顶硕大的帐篷，因为知道八路军缺少炮弹，距离白河镇又远，所以胆子特别大。晚上，帐篷里灯火通明，有军官进进出出。帐篷内，那边报务员正忙碌着收发电报，这边桌子上放着报话机，报话机旁边是一张不大的本地地图，滕野俯身地图上，正用红蓝铅笔在地图上画杠、打叉。

报务员送过一封电报：将军，师团长来电。

滕野接过电报：太平洋战局吃紧，速决以期南下。

滕野站起身来，挺着腰板在帐篷内来回走着。滕野走了一会儿，再次站在桌前，向着地图俯下身子，双手撑着桌沿沉思。

滕野金丝眼镜滑落到鼻尖上，抬右手扶一扶随之把手举起很高，抬高的右手紧接着劈下来：命令，集中兵力不惜代价，今夜一定要攻破白河镇。

对讲机前，话务员当即传达滕野的命令，他拿起话筒：将军命令，集中兵力不惜代价，今夜一定要攻破白河镇。

随着话务员传达的命令，外边响起震耳欲聋的轰鸣声，沙河南岸下的各种火炮一齐发射，炮弹像冰雹子一样铺天盖地飞向白河镇的镇内和前沿开阔地。

黑云遮星，能见度极差。黑夜对于野狼入村提供机会，日本侵略者也在充分利用这黑暗的夜。此时的白河镇正处于备战迎敌的状态下。为躲避日军炮火，天一黑，镇内的非战斗人员全部进入地道内，前沿八路军指战员提前进入阵地，前沿部队后边是随时准备增援的二、三梯队。为防敌人炮火，二、三梯队的战士们暂时躲在地道掩体里。镇周围一片寂静，静得令人心悸。

入夜，日军猛烈的炮击同时由南、北和西三个方向开始了。

炮轰过后，镇子里燃起漫天大火。火熄后，通红的火星与灰烬掺杂在一起，夜风刮来，像一堆堆磷萤八方散播。镇口处，一堆木料落上好几发炮弹，粗壮的圆木像火柴梗一样被抛出很远。中街的大火熄了又起，焦煳味和翻滚腾跃的浓烟将半个镇子罩住了。

敌人的炮击停止，八路军战士和一些青壮年同时从地道与堑壕里跳出来。从地道与堑壕里跳出来的八路军战士跑进阵地支援战友阻击已经发起进攻的敌人，霎时间，喊杀声和叫骂声混成一片。有负伤的战士爬到前沿，抱着鬼子拉响身上的手榴弹。镇前镇内枪声大震，硝烟弥漫，镇内的青壮年有的抬伤员，有的参与扑灭大火。白河镇的周围，枪声如豆，手榴弹一颗接一颗地爆炸。到处是炸烂砍掉的肢体和头颅，紫红如膏的泥血。

敌人的装甲车开过来，早已隐伏在镇前弹坑里的八路军战士拉响了身上的集束手榴弹。轰隆巨响中，装甲车被炸起火，车里的鬼子跳出来又被飞弹击毙。不远处的八路军机枪手见是机会，立即架枪向装甲车后的日本兵扫射，紧紧跟在装甲车后边的日本兵暴露在八路军的火力下，成簇成片地倒下。

日军的后续部队又很快压上来，一股强悍的日军在火力掩护下往前硬冲，两个鬼子兵抱着两包炸药，同时在围墙前连人带炸药一块儿引爆了。

一段防线被突破，成群的日军朝突破口涌过来……

外边在攻，里边在守。攻者冒死拼突，守者舍命堵截。这是钢铁与意志的较量，是皮骨与血肉的绞合。战争机器所造成的人类灾难，在这血腥的夜里十分醒目地展现着。天在哭，地在号，天地间的空气，也变成了呛人的火药。

白河镇敌我双方的攻守战陷入白热化阶段，袁虎已经带领部队悄悄摸到李家祠堂前的巷子里。袁虎躲在巷子暗影处往外看，正如赖八所讲，祠堂前的空地，如今真的成了敌人的货场。大约是临时性质，这样重要的军需物资，竟很随便地在一个空场里堆放。大批军用物资堆在祠堂前，上面盖着篷布。更滑稽的是，祠堂里面，正中案上点着灯，一个鬼子官挂了战刀在那儿笔挺地坐着，像接受谁的朝拜似的。袁虎从远处见了，想笑：这洋狗儿，大概在老家也有自己的祠堂或神庙。是不是来中国杀人杀得忘了家，今儿触景生情，便坐到里边体会以往滋味呢？

一战士悄悄凑过来，说：团长，这么重要的军需物资，日本人怎么很随便地在一个空场里堆着，这是不是诱饵啊？袁虎让他放心，说：这就叫骄兵必败。日军原以为一两天就可拿下白河镇，所以连军用仓库也没设，我的判断不会错。战士说：还是小心点儿好。袁虎点点头：咱们再仔细观察一下。

袁虎仔细观察，祠堂台阶上有两个日本兵，货场东、西和南三个边缘，有三两个端着枪的人来回走动。袁虎继续凝神观察，确认没有多余的敌兵了。袁虎暗想，真是出乎意料，自从和鬼子打仗以来，还没碰上这么便宜的事或者这么简单得让人不敢相信的情况呢。袁虎真有些后悔，后悔不该带进这么多人来。打这个寨子，两个分队的力量足够了。

正北方忽然传来激烈的枪炮声，袁虎明白，敌人的夜间攻势又开始了。为了减轻分区部队的压力，他必须马上行动。袁虎看看身边战士低声说：机枪准备！

机枪手拉开枪栓，袁虎从身旁战士的手里拿过一条三八大盖。袁虎端起三八大盖枪瞄也没瞄朝祠堂里的日本军官打了一枪。祠堂里的日本官抖了抖，扑地趴在自己胸前挂着的战刀上。这准确的一枪，也是李家寨战斗全面开始的一枪，袁虎身旁的机枪手随即走火，机枪吐着火舌扫向那几个站岗放哨的鬼子，鬼子兵和他的上司一样，打个滚倒在原地不动了。

袁虎指指货场，命令战士们冲上去用手榴弹炸。战士们很快从胡同里涌出来，手榴弹像乌鸦群一样飞向货场。随着手榴弹的爆炸，货场上的炮弹箱和子弹箱被引爆，斜着飞向四面八方，附近的房屋相继被震坏炸塌。继而，大批汽油桶飞上天去凌空炸开，形成一团团火球和火花。

这情景煞是壮观，袁虎带领队伍躲在远处看着。战士们问团长还有任务吗，袁虎好像刚从兴奋中镇定下来，有！紧急撤退到南街。

刚才北门寨楼上，坂本小队长指挥士兵打了一阵机枪，"伤兵"还是不走。非但不走，枪弹倒像长了眼睛，专朝寨墙上的手电筒亮处搂。四五个拿手电筒的日伪军已经中弹倒下，坂本开始疑惑。他命令部下停止射击，喊叫下边的伤兵从树林里出来讲话。不料就在这节骨眼儿上，寨内忽然连响几枪，接着是天崩地裂几声响，寨墙几乎也震得塌了。坂本惊慌地回过头去，只见寨内烟雾腾腾，烈火滚滚。汽油桶像"二踢脚"似的蹿上半空，在降落过程中爆炸、燃烧，形成一个个形状怪异的巨大火球。那冰雹般的砰叭哗啦声，无疑是子弹箱和炮弹箱给炸了。几乎是紧随而来，他们的驻地——李家大院处也传来"嘎咕咕"的机枪声和连续不断的手榴弹爆炸。这些情况好像在同时发生，火力之强大，似乎寨内早就埋伏着千军万马。坂本小队长的眼都吓直了，雪亮的战刀举在手里，竟然不知道放下。他蒙了一会儿，忽然想起外边的伤兵来，回头下望，别说有谁打枪进寨，连个人影儿也没有了。他终于明白上了当，一刀劈死刚刚赶来报丧的伪兵，下了寨墙，带领部下几十人向李家祠堂那儿跑。刚到十字街口，迎面哗啦啦扫来机枪子弹，跑在前边的坂本和几个日本兵猴儿跳圈似的蹦了一下，连同后边的十几个送死鬼一起，结结实实地给扔到街当心了。没中枪的一溜跟头卧倒在墙根儿处，边打枪边咋呼：抓八路，抓八路啊！

袁虎率领战士们炸毁敌人军需物资撤下来后，串胡同过小巷，不一会儿就来到南街。袁虎的人刚到，正北一支队伍跑过来。火光闪亮中袁虎看到是孙队副带着那部分人马也赶到了。袁虎"嘿"了一声：孙队长，李家大院的鬼子收拾了吗？

孙队副气喘吁吁跑到袁虎面前：一个没留，全送回他们东洋老家了。袁团长神机妙算，我们收拾了李家院的敌人往北去。果然在十字街上截住了坂本。

袁虎：截住了？

孙队副：打死了。

袁虎：打死谁了？

孙队副：坂本啊！

袁虎：你咋知道他叫坂本？

孙队副：听到一个二鬼子狼嗥，说是坂本少佐给打死了。

袁虎：哦，我说呢。任务完成，撤退！

部队顺街直奔南寨门，两挺机枪在后边掩护着。残敌只喊不敢追来，队伍顺利地到了南街。离南门挺远袁虎就喊刘成，刘成迎上来说：在这里呢。寨里枪炮一响，我就把南门楼给他端了。

袁虎下令速速撤退，南寨门"吱呀"一声被打开。西边寨墙上忽然有人零零星星地冲这儿打枪，枪弹不着边际地凌空飞去。袁虎说：这是壮胆子瞎打，别理他。

八路军"混成团队"顺利地冲出寨子，不大一会儿消失在夜色里。

袁虎率领队伍顺利地冲出去后，向右拐，过沙丘，身后剧烈的爆炸声仍在持续，战士们频频扭头东顾，李家寨上空火球连连，像过大年放礼花。袁虎呵斥着"不要看了，加快行军速度！"战士们随着袁虎跑步前进。袁虎吩咐刘成留下两个人继续在沟坎这边观察，然后率领部队很快越过南北沟，顺着曲曲折折的田间小路，绕道正南二十里，连夜奔回了大碱洼。

尽管是战争年月，这些庄户人出身的八路军指战员，宁肯多跑冤枉路，也舍不得在黑夜里踩坏老百姓的庄稼。

正当白河镇的攻守战达到白热化时，像六月天的霹雳震撼了大地——不太遥远的东南方向，突然神话般地响起一连串的爆炸。隆隆巨响震得白沙河抖了几抖，紧如滚雷的响声越来越急，越来越大。黑云被震散，星儿一颗接一颗地掉落。空气如潮水般荡来荡去，似乎有股强劲的风在剧烈地刮。几乎在同一瞬间，交战双方都看到，那响声骤起的上空出现团团红色的光焰，有无数大小不一形状各异的火球在争相跳跃着。

难道，这儿也会有火山爆发？

这时，白河镇内，江司令、李政委和林达不约而同跑出指挥所。他们冒着随时有被流弹击中的危险，快步登上附近一座还在燃火冒烟的破楼顶。举目远眺，只见漆黑夜幕中，白沙河以南一个似可确定的地方，在隆隆巨响中闪着片片火光。火光和声响持续了好长时间，开始淡了小了而终于熄灭。奇怪的是，日军的攻势好像也受着那火光和声响的制约，同样由强渐弱，终于莫名其妙地收场了。

楼顶上的两位指挥员同时蒙了。

难道出现了所希望的意外情况吗？政委看看司令，司令瞧瞧政委，两人在黑暗中四目相视，可谁也判断不出什么。

楼顶上的三位八路军指挥员同时撮撮额头。

江司令：莫非袁世伦的二十四团真行动了？

李政委看着江司令：这有可能，另外，是不是我们的两个团赶回来了？

江司令摇摇头：根据路程推算，二十一团和二十三团获知情况后，至少十天才能赶到白沙河。

天亮了，周围的一切渐渐露出了立体的轮廓。前边白沙河大堤上的情况，不用望远镜也能看清。日本兵正在上下乱忙，膏药旗一会儿竖起来，一会儿又拔下，像搞什么体育竞赛似的；白河镇前，尸成堆，血成河。有敌人的，也有我们八路军战士的。弹坑有大有小，交相错落在一起，像一片硕大无朋的蜂窝。这一切，都是冲锋和反冲锋的痕迹，是火炮和手榴弹造成的结果。

镇东南的那段破围墙，此时更破了。有一丈多的地段塌到了墙基处，现有许多的尖木桩和土袋子重新堵上。夜战中，那个地方被鬼子的人肉炸药炸

173

开炸塌，若非等在不远处的预备队拿上去，若非李家寨方向突然出现的意外情况，说不定后边的敌人就从那个豁口里突进来，而我们现在已和敌人在镇内打上巷战了。

此刻，白河镇内的阵地上，堑壕里，到处是通宵未眠的八路军指战员和民工。他们走动着，拾掇着，脸孔疲惫而呆板，一个个像顶着副纸浆糊成的假面洋娃娃。然而，尽管这样，他们仍须时刻警惕，以防日军犯神经似的突然炮击。

战争，一头无情的怪兽。

江司令：战士的尸体不能一直在阵地上暴露着，得想法抬回来。

林参谋长：我已派人潜出镇子，准备乘敌不备抢回我们战士的尸体。可是，我到现在也弄不明白，夜袭李家寨的到底是哪股部队。但我敢保证，即使袁世伦受编袭敌，他的那些部下也没有这么强的战斗力。

这年月，战事的变化，往往神鬼难测。

三人看了一会儿，走下破楼顶。

江震三人从破楼顶上走下来后，顺着战壕看望战士们。江震站在一个拐弯处：同志们，抓紧时间休息一下，准备迎接敌人夜间的进攻。另外，你们还要时时警惕，以防日军的突然炮击。

战士们立正：谢谢首长关怀！请首长放心，有我们在，就有阵地在，有阵地在，敌人就休想攻进咱们白河镇来。

江震整整已经破烂不堪的军装，一个立正，抬手给战士们行了个军礼。

江震声音嘶哑：我代表东岳军分区向忠勇无畏的八路军指战员致敬！

有许多战士流下了眼泪。

清晨，滕野坐在帐篷里和联队长谷川大佐交谈。滕野说：派去李家寨查看情况的河野中佐也该回来了吧。长谷川说：是的将军，快两个小时了呢。滕野让长谷川判断一下昨夜袭击李家寨的是什么人。长谷川见滕野忧虑，便安慰这位年轻有为的上级，他说：李家寨是皇军的物资补给站，补给站遭袭，一般来说应是些零星八路或民兵干的。这在大部队作战中经常发生，将军不必介意，派上少量部队加强守卫也就是了。滕野用铅笔轻轻敲击着桌面摇摇头：可是，这突然发生的袭击事件让我们功败垂成啊。

长谷川：昨夜我们应该继续进攻。

滕野说：我之所以下令对白河镇停止进攻，是因为在通常情况下，这种突袭敌方补给线的闪电战只有大部队里的特工部队才能办得到。这是"先断后路，继而歼灭"的战法。没有足以置对方于死地的力量，谁都不会这么干。这等于明着宣战——我来了！长谷川"哦"了一声：那么将军阁下，您是不是担心八路军跳到外线的主力或他们的两个团赶来增援了？

滕野：若真如此，我们就有被包围全歼的危险。

长谷川点点头：对，有备无患。

滕野说：可是我们派人四处侦察，前后设防。一边防备白河镇的守军乘机攻出，一边防备八路援军包抄进攻，可忙到天光大亮也没有他们援军到来的迹象啊。

长谷川站起身来踱步，滕野继续用铅笔敲击着桌面，滕野忽然站起身来朝帐篷外走去，长谷川随后跟上。滕野走出帐篷，手拄战刀往西南桥头上看着。长谷川和卫队长凝立滕野身后一言不发。滕野有点儿惊恐。难道八路军的主力就在附近，莫非自己的部队已被包围了？他一边派人四处侦察，一边前后设防。这样，万一白河镇的守军也乘机攻出来，他不至于手足失措。可是，滕野神经质地忙了半宿，直到天光大亮，也没有八路军主力到来的迹象。他认真思索了一会儿，命令部队继续警戒，自己则坐在帐篷内认真思索。长时间的思索让他感到脑袋发木，这才走出帐外，一是换换空气，二是等待派往李家寨查看情况的河野。

远处大路上传来马蹄声，滕野和长谷川同时往前走了几步。滕野凝神片刻，看到是河野中佐回来了。远处，河野中佐带领一个小队的日军快马返回白沙河。

河野中佐来到指挥部前勒住战马，跳下马跑到滕野面前行个军礼：报告将军，李家寨的情况十分糟糕，大日本皇军简直就是遭到了无情的屠戮。

滕野手拄战刀面无表情：说详细一些。

河野：据李家寨侥幸活下来的守军讲，八路军似乎是自天而降，突然地出现在寨子里，而且整个战斗只用半个小时，就把寨内连物资加守军几乎全部毁灭。

滕野脸上出现了一丝不易察觉的惶惑：八路军有多少人？

河野：没有人看清。

滕野提着战刀来回踱着步子，滕野踱了一会儿立住脚：长谷川大佐，你指挥部队继续围困白河镇。河野中佐前边开路，卫队随我出发到李家寨。

卫队长听到滕野命令，马上集合队伍。

滕野、河野以及滕野的卫队纷纷上马，一溜十几人奔向白河大桥。

175

侦察员小陈和小李伏在寨西顺水沟的沟坎上，忽见李家寨北去的大路上尘烟滚滚，小李拨开蒿草朝东看：哎呀，敌人的援兵来了。

小陈也拨开蒿草往外看，果然远处出现了马队。马队越来越近越来越慢，烟尘渐消。小陈说：不像援军，你瞧，马队里有挎东洋刀的官，跟班的卫兵手里多是短家伙。小李说：再看一会儿说，可能敌人要从白河镇撤下部分兵力了，注意他们的后面，待会儿可能还有大部队过来。袁团长这一手真灵，在敌人要害处暗捅一刀，让敌人不明原因地难受。咱俩就隐在这里别动，看狗日的到底撤下多少兵。

小陈：对，等着。

两位侦察员缩回到沟坎下，仰身拨弄着眼前的小草。

滕野等人来到李家寨寨门前下了战马。一进北寨门，旅团长就瞪圆了眼睛，本来闭紧的嘴唇，更显得棱角分明。只见寨门前横着几具尸体。有一个尸体是从寨墙被刀劈了肩胛又跌下来的伪兵，一只眼可怕地瞪着，龇出满口的白牙。滕野皱眉看了一下，率人走进寨门内。寨门前同样横着几具死尸。顺街往里走，死尸更多。滕野在一堵被手榴弹炸塌了的墙边站下，盯着眼前的一具尸体看。满身血窟窿的坂本小队长仍旧双手攥紧战刀，坂本的身旁，同样状况的几名日本兵挺亲密地和他偎靠叠摞着。滕野的前前后后死尸一片，血流得满街满地。街两侧的墙上树上弹痕累累，有很多是机枪扫射造成的。

滕野瞪圆了眼睛，本来闭紧的嘴唇，更显得棱角分明。滕野转向河野：这不是八路军的特工部队，因为特工部队不带重武器。

河野：但也不像八路军的零散部队和民兵。这周密的作战步骤和进退自如的行动，一般"土包子"指挥官没这能力。

滕野点点头自言自语，他们到底是谁呢？

河野说：将军，我们再到物资存放处看看吧。滕野点点头继续朝前走，身后河野吩咐一个少佐带人清理一下这段街道。

滕野等人走过大街，拐到东侧的李家祠堂。祠堂前一片混乱，满地的铁皮、木片、罐头盒，未燃尽的东西仍在冒烟。高大宽敞的李家祠堂不见了，只有一大堆碎砖乱瓦。河野笔直地站在滕野面前：看情况，这是八路军突袭部队引爆了堆在场中的炮弹箱，让我们自己的拳头砸瞎了我们自己的眼。

滕野在这里站了一会儿，竭力将一股子怒气从胸腔压下。他没发怒，也不能发怒，他唯恐在下属面前破坏了自己昔日的形象。他竭力稳定情绪，保持镇静，使脸上不显露丝毫的气愤或吃惊。他把握了自己，保持了自我，让在场的人都感到他高深莫测。这是他一贯的做法，不怒不喜，不多说话。东方人的含蓄、矜持和稳健在他身上表现得极充分。只是，他还有着一般东方人所没有或者极少有的猜忌、残忍和阴险毒辣。他非常清楚，自己之所以年纪轻轻就升为少将，除了军事才能之外，也与这种特殊的处世心态关系极大。

滕野咬了咬牙，一声没吭。他挥挥手：到坂本的指挥部看看。

河野带路，一行人向李家大院走去了。

4

滕野等人站在李家大院前，看着高大的门楼出神。

院门高大，飞檐斗拱的门厦下，六级石头台阶。两旁把门石狮，台下有块上马石，各种设计的标志，显示出昔日院主人的威风和富足。如今，飞檐打落，石狮歪斜，大门口楣折扇缺，鲇鱼嘴似的朝外张着。

滕野看到李家大院门口气势不凡，便问这里原来是什么地方。翻译走过来仰起脸：报告太君，李家原是一方豪富，不知何故，几十年前举家迁走了。这寨里的李家大院，就成了一帮帮土匪的窝。皇军到来前，是本地草头王袁世伦的司令部。袁世伦在这里已经经营好些年了。

滕野：哦？就是那个被大日本皇军几天前才收服的袁世伦吗？

翻译官说：是的太君，袁世伦被皇军送到平州城躲起来后，这里一直空着。坂本少佐受命驻防后，就把队部设在这院里了。

滕野点点头：走，里边的看看。

滕野等人走进李家大院时，一个个不由自主地皱起眉头。院中地地道道的一个死人窝，西边房檐上挂着一副人肠子，正厅立柱上糊着半边人屁股。热天，缺头少腿的尸身掺和了发酵的酒饭屎尿，生出呛人心肺的怪味道。随从们刚进院，就忙不迭地捂鼻子。滕野斜眼"哼"了一声，随从们又慌忙把手放下。滕野站住琢磨了片刻，就踩着死尸空子进屋去了。

河野与翻译官随后跟进屋里，滕野已经找到个较为干净的椅子坐下了。滕野让河野派人找一些当时的目击人来，说是他要亲自问话。河野走出屋子，命令一个班的日本兵分头去找目击人。河野随即叫过一个日军小队长，让带人把日本兵们的残尸迅速收拢，然后和街上的尸体一块儿焚化。

小队长：是，请转告将军阁下，英魂们的骨灰盒我们早就备好了。

坂本皱皱眉，挥手让小队长退下去。

少将旅团长滕野次郎端坐在李家大院的正厅上，虽然门外就是一片血肉死尸，但他仍旧手挂金柄指挥刀，腰板挺直，双眼呈水平线朝门外盯着，面孔木讷，让人疑心他像老和尚一样坐化了。

一九三七年七月十六日，他随日本政府增调的十万陆军来华。当时他是日军中最年轻的中佐。他以他从士官学校学到的军事知识，加上自己的固有天赋，率领部下跟随他的上级，攻天津，陷北平，参加淞沪会战，又西调保定，东入山东，从未遇到过今日夜袭李家寨的奇兵、神兵。昨夜一点多，他在指挥部接到报告，说李家寨物资补给遭到袭击，他起先还不介意，认为只不过是些零星八路或民兵干的，派少量部队把他们赶跑也就是了。然而，李家寨那儿出现的骇人情景和接踵而至的报告，终于让这个刚刚晋升为少将的旅团长震惊了。报告说对方似乎是自天而降，突然地出现在寨子里。滕野赶紧下令，对白河镇停止进攻。因为在通常情况下，这只有大部队里的特工部队才能办得到。后来又考虑到形势不会是想象的那么严重，心中稍稍平静。今天面对眼前如此惨状，他的判断和自信心又开始动摇了。他得谨慎从事，认真考察，作为一个高级指挥员和军中共认的军事天才，他不能让自己出现丝毫的失误或差错。

日军小队长进来报告，说他要找的目击人已经带到门外。

滕野点点头，让把目击者带进来。

首先被带进来的是三个日本兵，三个日本兵笔直地站在滕野面前。滕野问他们见到八路军的攻寨部队了吗，日本兵回答说见到了。滕野问：他们当时在哪里？日本兵说：我们奉命和一个小队的保安队守卫南寨门。滕野问南寨门保住了吗，日本兵回说：由于八路军突然袭击，南寨门在十分钟内就丢失了。

滕野：十分钟内！南寨门怎么丢得这么快？

日本兵说：那些协助我们守寨门的保安队员听到动静后，打着枪就朝两边寨墙跑，只有我们一个班的皇军在抵抗。滕野说：一个班的皇军就你们三人活下来了，你们怎么这么幸运呢。日本兵说：我们眼看守不住，就突出来往北冲，这时北边也已枪声大作。滕野责问他们为何不坚守寨门，日本兵无语。

滕野：你们为何不为天皇陛下尽忠？

日本兵无语。

滕野：既然其他的皇军勇士已经战死，你们三个也以身殉国吧。

日本兵含着眼泪连声"哈伊"随之一起走出屋门，走到院子里，跪在院中面对自己同胞的碎尸烂肉剖腹自杀。

日本兵又带进一个伪军班长和五个伪军。滕野问他们昨夜在什么位置，并让他们讲述一下昨夜的情况。翻译官将滕野的问话说给五个伪军，伪军班长胆子挺大：将军阁下，情况是这样的，当时我们正在北寨门的寨子墙上值班站岗，北边来了一队伤兵，说是在白河镇战斗中受伤的。因为长官有令，任何人不许夜进物资存放重地，所以我们就不放他们进来。可是，这些伤兵很骄横，横竖不听命令，不让他们进寨就开了枪，我们的队长当场就给流弹打死。

滕野问伪军班长为何不还击，伪军班长：因为是自己人，我们只能对天开枪。可这些伤兵就是不听邪，荷枪实弹地朝我们开火，没办法，我们只好派人请来坂本太君。坂本太君来到北寨门后很生气，命令我们开枪射击。这些伤兵看到我们动真格的，就跑到寨门西边的树林里躲起来了。可是，就在这时，李家祠堂前的货场上发生了爆炸。坂本太君率领我们跑下寨墙前去支援，在十字街处遭到八路军的火力拦截，坂本太君当场阵亡，我们几个跟在后边的好歹保住命了。

滕野：依你看，八路军是怎么钻进寨子里来的？

伪军班长：报告太君，这寨子的地形我熟悉，事后左思右想，八路军十有八九是从寨墙下的水门进来的。

滕野一惊，追问水门在哪里，伪军班长说：我可以领太君去那地方察看。滕野点点头：嗯，你的很诚实，待会儿带路去水门查看。

滕野挥挥手咕噜了几句，日本兵让这几个伪军站在一旁。

日本兵又带进几个伪军来，滕野问他们：昨夜在哪里的干活？伪军们说：昨晚和一个班的皇军守南寨门。滕野说：南寨门的皇军大部分给打死了，你们为何能脱身。一个伪军说：我们几个要不是跑得快，也得给打死了。

滕野"哼"了一声，朝身旁的日军小队长努努嘴，右手做了个劈的动作。几个伪军给押到院子里，日本兵命令他们跪在东墙根，小队长随后走出屋子，抽出东洋刀，唰唰唰几下砍下了伪军们的脑袋。

站在屋里的几个伪军看到院子里发生的情况，吓得扑通瘫倒了。

滕野：你们的，不必害怕，前边带路，去查看水门。

伪军们哆哆嗦嗦爬起身，晃晃荡荡地走出屋。

伪军班长将滕野等人带到寨墙水道口，指指紧贴水面的涵洞说：太君，我估摸着八路就是从这里进来的。

滕野哈腰仔细察看，顺水沟边上看到许多脚印，还捡到一只布鞋。滕野又爬上寨墙朝外边寨沟里观察了一会儿，然后走下寨墙看了周围的地形地物。

一直跟在滕野身后的河野中佐走上来：将军，各种迹象表明，八路军确实是从这个洞里进来的，保安班长没有说谎话。

滕野点点头：是的，可是，你不觉得奇怪吗？这一带的八路军是从陕甘一带过来的，几乎从来没在这里生活过，他们怎么熟悉李家寨的地形呢？

河野问滕野是不是怀疑有内应，滕野说：这些下等的支那人既然能背叛他们的祖国，对大日本皇军也未必就能真心。他们有奶就是娘，天知道他们会在什么时候马上就会背叛皇军。可以肯定，寨内的保安队里有八路军的内线，夜间悄悄把一支隐藏在附近的八路军部队从这里放进来了。

河野瞥了伪军班长一眼，用手指了指另外几个伪军士兵。

滕野摇摇头说了句半生不熟的中国话：也许勾结八路的内线已经逃走了。

伪军班长擦了下头上的虚汗：报告太君，我们班的赖八确实逃走了。

滕野：嗯，这就是了。

滕野拍拍伪军班长的肩膀：你的，大大的忠诚，队长的干活。

伪军班长一挺胸：谢太君提拔。

现在，滕野已完全确信，昨夜捣毁李家寨的是一支强悍的八路军小部队。自己纯属庸人自扰，附近压根儿没有什么八路军的主力。这判断来自他的观察，他的经验，他的直觉——但凡在军事上有造诣的人，都多多少少具有这种让人难以解释的"直觉"。这同时，他也暗暗佩服计划和指挥这次夜袭的人。他认为，这个人有经验，有胆识，有超群的军人素质。他本人就是这种军人。所以，他平生最嫉恨这种军人，但心中也最佩服这种军人。

他命令部下发报给他的师团后勤部门，要求在最短时间内给予物资补给；他下令逮捕并处死了全部在寨墙上放哨的伪军；他暗暗决定，要调素有"天狼"之称的二联队一大队松井谷野中队来此专门守备。

短时间内，一切都安排得头头是道。滕野为自己充沛的精力和果断的性格而自豪，为处事缜密而又主次分明的做法感到骄傲。他考虑自己如此部署不会再有后顾之忧，就找了个干净处所痛痛快快地洗了个冷水澡。

早饭后，天气越来越热。忙碌了一夜却又不显疲劳的滕野，没有返回他设在后方的指挥部，而是带领卫队径直过了白沙河。

看来，今儿白天，也可能仍是夜间，白沙镇前将会重现昨夜的殊死拼杀。

两位八路军侦察员趴在李家寨西沟坎下，不时地朝外张望。

太阳渐渐露出头来，两位侦察员面前的花草给镀上一层淡金色。侦察员再次从蒿草缝里往外窥视，寨北的大路上依然静悄悄的。小李说：怎么日军撤下来的队伍还不见影？官们都来了，兵们倒拖拖拉拉的。

寨墙上有个日本兵举着望远镜由南到北顺着沟沿观望，二人赶紧伏下身子。小陈说：我判断日军大部队不会撤下来。小李问他理由，小陈说：你想想看，一个日军联队两三千人，每日不说枪支弹药，光吃喝用度也是个大数目。李家祠堂前那些东西，只能是他们围困白河镇准备的一小部分，更多的军用物资还会陆续运来。所以呢，昨晚炸掉的那些物资，很难让日军感到后援被劫后不得不撤下来。

小李：别说，你分析得有道理，不过，我们仍得盯到天黑才能返回营地报告。这是袁团长的命令，不能随便违反。

小陈：那是的，袁团长的命令谁敢违抗，要不的话非给他揍死不可。

两位侦察员捂着嘴笑起来。

两名八路军的侦察员不时拨开沟边上的蒿草往外看。

小陈说：瞧，鬼子们又从北门出来了。

小李：他娘的，闹了半天鬼子不是从白沙河前线撤军，是几个鬼子官来侦察的。瞧，出来的还是那些人那些马。

小陈：是啊，回去的还是原班人马。怎么样，我判断准确吧？

小李点点头：看来我们昨夜的袭击作用不大，得赶紧回去报告袁团长。

两位侦察员溜下沟沿往北走了一段路，翻过西沟坎隐没在庄稼地里。

白河镇东岳军分区司令部里，林参谋长将一份电报递给江震。江震接过来看着电报：这是军区刚刚发来的。

林参谋长：是，你仔细研究一下电报内容。

江震看着电报内容：主力部队正在集结休整，不日往援。随电发去敌指挥官滕野少将的资料：滕野次郎，日本东京大学和日本士官学校毕业，一九三七年七月十六日随日本政府增调的十万陆军来华。颇具军事天赋，率部攻天津，陷北平，参加淞沪会战，又西调保定，东入山东，是目前日军中最年轻的将级军官。

林参谋长一直盯着江震的脸色：有何感想？

江震：哟嗬，这小子还是一代将才呢。这么说，我们还不能轻视他。

林参谋长：所以呀，我估计昨夜李家寨发生的袭击不会改变他继续进攻白河镇的主意。他之所以暂停攻击，只是出于并不确定的一点儿怀疑。

江震说：我现在推断，昨夜捣毁李家寨的是一支不知来自何地的八路军小部队，因为白河镇周围或附近压根儿就没有咱们的主力。李政委怀疑，说：

一支小部队会有这么强的战斗力？江震说：也未可知呀，乱世出英雄，我真佩服计划和指挥这次夜袭的人。这个人有经验，有胆识，有超群的军人素质。

李政委：滕野是不是也有这种判断呢？

江震：那就只能是猜测了。

李政委：那我们今夜的防御还得继续加强。

江震点点头，三个人凑在地图前仔细研究，认真部署。

滕野回到前沿指挥所后，站在帐篷壁边的挂式地图前，一边看地图一边下达作战命令：一、速速电告师团后勤部立即补充军需物资和弹药。二、派人到白沙河南前沿阵地，调一大队二中队队长松井少佐率两个小队前去守卫李家寨。三、松井少佐到达李家寨后，马上逮捕并处死昨晚在寨墙上值班放哨的全部警备队和保安队成员。此令。

书记官站在滕野身后飞快地记录着。

书记官合上文件夹打个敬礼：是！

书记官走出帐篷。

滕野重又走到地图前看了好长时间，手中的红蓝铅笔在地图上转了半圈，最后在一个地方重重点了一下。

午饭后，天气更热，滕野走出临时指挥部朝东南方向凝视着。卫队长走过来立在他身后：将军，现在回后方指挥部吗？

滕野点点头：是的，我要回去好好睡一觉，晚八点前赶回来。

卫队长吹了声哨子，卫队集合。滕野带领卫队经白沙河大桥返回后方指挥所。

报务员交给江震一封刚刚收到的电报。电报里说日军需站昨夜被不明部队严重摧毁，正在紧急补充。江震看完把电报递给林参谋长，林参谋长看后凝神思索：这么说，日军后续物资受阻，今夜不会疯狂进攻了。

江震说：按常理讲应该是这样的，可滕野毕竟是滕野啊，他不同于平常的日军指挥官。林参谋长说：我也是这么判断，说不定他会做出有悖常情的行动来。江震走到白河镇平面地图前看了一会儿，又低头思考半晌：老林，你说滕野会不会集中兵力攻入昨夜这个突破口？

林参谋长思索了一下：我看不会。

江震：理由呢？

林参谋长说：他明白我们会加强对突破口的防御，高明的指挥官从来不

182

会硬碰硬。我估计，今夜他会从这里重点突破。林参谋长的铅笔点在某个地方。江震咂咂嘴说：那我们得调整防御重点。林参谋长：好的，待我重新部署一下。

江震忽然抬起头说：老林，为了防备日军孤注一掷，我们不妨来个以攻代守。林参谋长定定地看着江震：你是说派部队强攻河堤那边的敌人？

江震：你感觉可以吗？

林参谋长：可是，我们缺乏炮火支援。

江震说：敌人补给站被毁，我看其炮弹也不会像前两夜那么充足了。只可惜我们目前兵力不足，不可能占领敌人的阵地，只能佯攻。昨夜他们军需站被摧毁，今夜我们又展开进攻，让滕野摸不清哪头子炕热。

林参谋长：打这样的仗，只能派特务营了。可是特务营万一遭受损失，这军分区机关的警通工作就成大问题了。

江震说：你打电话把王天成叫过来，我们具体研究一下。林参谋长说：好吧。他摇动电话机，不一会儿就接通特务营。

王天成不大会儿就来到司令部，三个人围桌而坐，仔细推敲着刚才江震提出的战斗计划。王天成认真听完，轻轻拍了桌子说：这主意不错，干！

王天成回到特务营院里，命令一连全体指战员列队集合。他在队伍前来回走着讲述战斗计划：三个排配备三挺机枪，除正、副射手和装弹匣的外，其余每人一把二十响匣枪，另外各带十颗手榴弹，接近敌人阵地后潜伏不动，听我的命令发起进攻。记住了吗？另外，发起攻击后每人先甩出五颗手榴弹，借着烟雾冲上大堤长短家伙一齐开火。

特务一连战士们精神振奋，因为特务连到底可以和敌人打个交手仗了！王天成继续说道：如果敌人进行大规模反扑，剩下的五颗手榴弹随之甩出去，然后借着烟雾，三个排交替掩护往镇子里回撤。

一排长：报告营长，我们不是去摸敌人阵地吗，为什么不压上去反而后撤？

王天成说：这是战术安排，要服从命令。一排长不服气地低下头嘟囔：是！

晚上，王天成亲率特务营的一连从围墙缺口处悄悄潜出墙外。三个排呈三角形拉开距离前进，每排以班为单位，借着夜色从这个弹坑跳到那个弹坑。有战士跳进弹坑后碰着了日军丢下的钢盔，王天成压低声音：不许闹出任何动静。

四周黑沉沉的，天上星星稀少，特务连潜行到距离河堤七百米左右，身边的一连长忽然碰了下王天成的胳膊，抬手指指前边。王天成停下来侧耳细听，前边一百几十米处似有轻微的摩擦声，像是有人在匍匐前进。

王天成压低声音：赶紧往后传，停止前进。

战士们接到命令，伏在原地不动。

前边的匍匐动静越来越大，很明显是有部队在行动。

王天成：往后传，准备战斗！

王天成身边的机枪射手拉开枪栓，前边的动静忽然消失。

一连长凑到王天成耳边：怎么回事？

王天成：很可能和敌人对上卯榫了，注意，咱们要以静制动。

一连指战员伏在地上，悄无声息地等待着。

过了一会儿，白沙河以南日军炮兵阵地上响起震耳的炮声。王天成听到炮声抬起了头，炮弹没有从他们头上飞过，而是径直落到镇内和镇南门的围墙处。炮火的余光将特务连潜伏阵地稍稍照亮，王天成清楚看到，距离他们阵地一百多米的地方忽然站起一片鬼子兵。鬼子兵在指挥官的率领下哈着腰冲向围墙缺口处。情况出乎意料，王天成大惊：天啊，快打！

战士们按王天成预先布置的每人先甩出五颗手榴弹，冲在前边的鬼子倒下一片。特务连的机枪短枪一起开火，对面的鬼子立即卧倒和他们对射。一连长摸到王天成跟前：营长，是不是江司令判断出今夜敌人要偷袭，才派咱们出来截击的？

王天成：不不，这次纯粹是意外遭遇。

一连长说：幸亏意外遭遇，要不的话寨墙那段缺口就成了敞开的大门了。

王天成：这就叫天助我也！

王天成说着，和一连长同时抬手，双枪齐发。

5

白河镇外潜伏阵地上，借着夜幕掩护和轻重武器的火力压制，王天成指挥特务连里持短枪的战士又飞快地往前靠近了一段距离。抵近敌人的战士各自以弹坑做掩体，与身后的长武器紧密配合，如此一来，火力更猛，杀伤力更大。

镇南这一不长的地段内，形成了罕见的火力交叉。

对面的敌人被突如其来的手榴弹和机枪、短枪的火力打蒙了。一个日军军官举着东洋刀没来得及喊出声就倒下了。日军马上后退并迅速卧倒，随之机枪步枪一起打过来。日军部队后边的六○炮也咚咚地响起来，小炮弹在特务连阵地上连续爆炸，特务连除三挺机枪外没有长家伙，火力被日军压住了。

一连长请示王天成怎么办，王天成说：这是遭遇战，看样子敌人比我们兵力强得多。一连长建议撤退，王天成摇头，说：这种情况下自动撤退等于送死。先用机枪顶一顶，让同志们尽量隐蔽好，敌人压上来就用手榴弹炸，用短枪打。

王天成明白，今晚敌人是冲着围墙缺口来的，幸亏让特务连遇上，否则后果不堪设想。事情既然到了这一步，那就一定要顶住敌人的进攻，不能让他们靠近围墙缺口。王天成又纳闷，敌人为何朝南门处打炮呢？思忖半天终于明白，这是敌人的调虎离山计，兵不厌诈嘛。

有一股日军在机枪火力支援下发起冲锋，特务连战士投出手榴弹。紧随着手榴弹的爆炸是匣枪的扫射，冲上来的敌人重又退回去。

对面的机枪火力更猛了。

东岳军分区司令部地下室里，江震等人正分析特务连今晚出击后的几种可能，观察哨急匆匆跑进来，报告说前去夜袭的特务连在开阔地段与敌人遭遇了。江震一拳砸在桌子上：我真浑，判断失误，低估了滕野这个狡猾的家伙。

江震和林参谋长跑出地下室，登上附近的那座破楼顶朝南观察。远处开阔地段上枪声大作，小炮弹不时在闪光爆炸，时而传来日本人"呀呀"叫着的冲锋声，随之是短促的枪声和手榴弹的爆炸声。

江震拍着手：赶紧撤回来，赶紧撤回来！

林参谋长：看这情景，王天成他们给压住没法动了。

江震咬紧嘴唇：那么，现在应该提前按预定方案办了。

林参谋长：必须马上行动，否则敌人大部队压上来，特务连就完了。

江震让通信员传达命令，炮连立即架起迫击炮朝敌人阵地轰击。

通信员立即将命令传达下去。破楼东边早已有所准备的炮兵连长大声报告：迫击炮架设完毕，请示发炮数量！

江震：现存炮弹的一半分两次打出去，间隔十五分钟。

炮兵连长答应了一声"是"，迫击炮弹便带着啸音嗖嗖地飞向敌人阵地。敌人阵地上火光连连响声震天，他们的火力被八路军的迫击炮压住了。江震命令司号员吹冲锋号，司号员跑上楼顶：嗒嗒嗒嗒——嗒嗒嗒嗒——嗒嗒嗒嗒——嗒——

特务连潜伏阵地上，王天成指挥机枪压制冲上来的敌人。战士们携带的手榴弹快扔光了，而敌人的六〇炮仍在不停地发射。特务连战士的死伤情况越来越严重，双方处于僵持之中。

王天成在不时地以拳搐地，他深深感到对不起战士们。如果当时脑子多转两圈，每人再带上长枪刺刀就不会是现在的情况。虽说偷袭要的就是轻装上阵，可也得防患于未然啊！无论怎么说，如果这次特务连全军覆没，自己是难逃罪责。

敌人的后续部队上来了，火力明显加强了。就在王天成几乎绝望时，在他们身后，白河镇里起了一阵啸声，像雨啸，像刮风。王天成回了下头，只见炮弹带着火光从上方飞过，准确地落到敌人阵地上。王天成他们头顶上响起咝咝的怪音，特务连潜伏地以南的敌人阵地上顿时闪起一团团火光。

火光声中，是震耳欲聋的爆炸声，日军火力当即给压住了。迫击炮弹爆炸了几十发，蓦地停住。镇子里传来冲锋号声。一连长：营长，镇子里吹起了冲锋号。

王天成：这是我和江司令约定的预案，以进为退。看来江司令观察到我们的处境，预案提前了。

连长：我明白了。

连长大喊：同志们，剩下的手榴弹全部甩出去，抬起我们伤亡的战友，机枪交替掩护，马上回撤！

日军阵地上，一个日军少佐正举着东洋刀指挥战斗，少佐身旁一个军曹听到了镇子里传来的冲锋号声。军曹：少佐，八路军吹起了冲锋号。

少佐听了听，镇子里果然响起冲锋号声，日军少佐说：八路要反击了。他马上下令：全体上刺刀，准备反冲锋！

日本兵稀里哗啦装上了刺刀，这时却接连几排手榴弹在日军阵地上爆炸，三挺机枪刮风一样猛扫过来，日军少佐赶紧命令部下卧倒。

手榴弹烟雾散尽，机枪也不响了。少佐号叫一声举起战刀，日本兵"呀呀"叫着冲过来。八路军阵地上，除了子弹壳和手榴弹盖子，一个人影也没有了。

日军少佐举起战刀：向围墙缺口发起攻击。

几百名日军冲向围墙缺口，空中又响起咝咝的怪啸，白河镇内的第二轮迫击炮弹又在敌人中间爆炸，日军只好再次卧倒。

两挺重机枪从围墙缺口喷着火舌。

日军现在是进退两难了……

日军前沿指挥所里，滕野听着北边传来的枪炮声，神情专注地研究一部中国的《孙子兵法》。滕野忽然放下手中的兵书，侧耳谛听北边的枪炮声。听了一会儿转过身来：长谷川大佐，我们的偷袭失败了。

长谷川：刚刚开始，我已将后续兵力派上去了。

滕野：你听这炮声。

长谷川：是迫击炮。

滕野：嗯，自我们围困白河镇以来，八路军几乎没打过炮。

长谷川：据情报，他们炮弹数量有限。

滕野：是啊，今天他们是豁上老本了。

长谷川：命令山炮还击。

滕野摇摇手：李家寨遭袭后，我们剩下的炮弹今晚可能也打光了吧？

长谷川怔了一下，不好意思地低下头。

滕野：命令部队，撤！

朝霞似火，悄悄地烧红了大碱洼的天空。

那天夜里于志德接应袁虎他们回到驻地，刘冬武那个支队也凯旋了。打了胜仗，就忘记了疲劳，战士们在荆丛间又跳又叫，嬉笑打闹，纷纷描述昨夜往敌人堆里甩手榴弹的经过。有个叫邹威的冀中大汉说是一把甩出去三颗，马上有人证明他是甩了两颗。三争两辩，大汉嘴笨，看着争不过，伸手抓住对方屁股举起来，轻飘飘原地转三个圈，又放下，引得周围一片的哄笑。再问对方，对方承认他甩了三颗。

作为临时指挥部的小土屋里，袁虎歪在土炕上。冬武哭丧着脸，坐在门口吸烟，袁虎问他是不是累了，冬武粗声粗气冷笑：趴了半宿土坎子，没摸着敌人一根毛，能不累吗？

袁虎刚要解释什么，刘成和两位留在李家寨西沟坎观察敌情的侦察员走进来。袁虎忽地坐起身：侦察员回来了，情况怎么样？

刘成把小陈和小李让到袁虎面前，两个侦察员向袁虎汇报了今天上午在李家寨以西顺水沟里看到的情况。袁虎嘶哈了几下，看着刘成和冬武说：看来，我们的夜袭没起作用。好，你们快去休息吧。

刘成和侦察员刚要往外走，袁虎留住刘成。他叮嘱刘成，今晚要派一个小组潜到白沙河附近进行夜间侦察，看看敌人到底有无变化。

刘成答应着出去安排侦察小组，袁虎看看仍在门口吸烟的刘冬武笑眯着眼：我的好老兄哎，看在战友的分上，别掰斤分两的，去给办三件事吧。

冬武让他逗笑了，慢慢地立起身说：吩咐就是。

袁虎：一、抽四十人，分八组，在驻地周围八个方向，四公里以外放游动哨；二、统计一下，各支队共有多少能将手榴弹投到六七十米以外的；三、三……

袁虎说着"三"，开始口齿含糊。

冬武：三，三是什么？

袁虎：三……

袁虎呢喃着，竟自鼾声大作。

冬武的眼里噙满了泪：唉！两天两夜了，还负过伤，铁人也得磨出水来呀！

冬武擦了把眼睛，给袁虎盖上件衣服。

冬武坐在炕沿上，长兄一样亲切痛惜地久久看着他。

当天晚上，袁虎吩咐刘成派来的侦察小组隐在灌木丛里往白河镇方向探望。入夜，白河镇南门处炮弹不断爆炸，炮弹爆炸声响了一小会儿停住，而镇东南的开阔地上却忽然枪声如豆，手榴弹爆炸声此起彼落。侦察员们奇怪这是打的什么仗，几乎就是乱搅云哪！鬼子并不像以往那样跟随炮火延伸射击进攻，而我们的部队却趴在镇外和鬼子干上了。白河镇以南的开阔地段战斗似乎越来越激烈，几位侦察员百思不得其解地朝那里看着。最终大家都是一头雾水，稍作商议终于统一了意见——还是赶紧回营地向团长报告吧。

刘成坐在门口擦枪，袁虎在土炕上翻了个身醒了。袁虎翻身跳下炕来刚刚站稳就迫不及待：小刘，昨夜白河镇一带情况怎么样？

刘成说：据侦察小组讲，昨夜敌人继续发起进攻，不过观察着那情景有点儿奇怪，似乎与以往不大一样。袁虎问：战斗是敌攻我守还是我攻敌守？刘成摇摇头说：都不是，而是敌我双方在镇前开阔地上打起来了。袁虎让他说说详细情况，刘成告诉袁虎：侦察小组的同志们说，双方虽然打得很激烈，但多数时间是相互对射。后来，敌方用上了六〇炮，我们的战士好像被压制了。再后来，镇内响起了迫击炮声，对面阵地上的敌人给炸得很惨。

袁虎：瞅这机会，我们的部队撤回去了。

刘成：对，因为之后敌人向镇子发起了攻击，双方又展开了攻守战。

袁虎：从你说的情况判断，双方都想奇袭，却在半路上意外遭遇。

刘成：可能就是这情况。

袁虎：昨天，从那两个侦察员谈到鬼子并未撤兵我就判断，敌人仍会继续进攻白河镇。果然让我猜中了，幸亏咱们炸毁了李家寨敌人的军需站，要不然的话，昨夜白河镇损失更大。搞不好，镇子会让敌人攻破。

刘成：我也这么想来，侦察小组说昨夜敌人只朝南门打了一小会儿炮，看来他们是缺炮弹了。

袁虎：总算帮了白河镇一把。

袁虎揉揉眼睛，摸了下左肩伤口，皱起眉来。

刘成：怎么了袁团长，是不是伤口痛啊？

袁虎轻轻地点了下头。刘成跑到门口：冬雪，冬雪！

不一会儿，冬雪喘着粗气跑了来：出事了？

刘成说：你看看袁团长肩膀……我出去查哨了。刘成说着很快走出屋。袁虎眨巴着眼睛：小刘怎么了，见了你不好意思似的。

冬雪说：谁知道啊，魔魔怔怔的，见了我就躲。冬雪说着给袁虎解下绷带一看，由于汗湿水浸，伤口边缘已红肿。冬雪用盐水轻轻地擦，擦了五六遍，袁虎吭也没吭声。冬雪瞪起杏眼：盐水擦伤口最痛，你咋不吭一声？

袁虎说：吭什么吭，人家关公怎么刮骨疗毒来？冬雪说：那是写书人瞎编的。你想想，那毒都渗进骨头里去了，还刮得出来？这是最起码的医学知识，写书人不懂，就信笔胡诌呗。

袁虎笑起来：我还是头一回听到这说法。以往对关公刮骨疗毒的英雄气佩服得不行，你这一说，我也觉得那事是有点儿悬乎。

冬雪说：不过真有比关公骨头还要硬的。袁虎问是谁。冬雪就说：刘成那家伙呗。冬雪给袁虎的伤口重新进行着包扎：那是去年在冀中，一次战斗中，他大腿里钻进颗子弹。开刀取，没麻药，你猜怎的，他就让我硬掏。

袁虎一愣：用什么掏？

冬雪翘着嘴角：用镊子呗，还能用手指头抠吗？子弹是掏出来了，可他……袁虎情不自禁接下她的话：他也痛昏了？

冬雪长叹一口气：他把俺刚发下两天的新棉袄后背啃烂了！

袁虎赞叹：真是个好小子！嗯？冬雪，你心疼自己的新棉袄了？冬雪的脸红了红：光这还不算，手术完了，他还死抱住俺的腰。多亏我哥哥力气大，把他拽开了。过后问他干吗这样，他说抱住俺的腰，伤口痛得轻，我就羞他。所以自那以后，他见了我就躲。

袁虎大笑，说：这小家伙还挺女孩气呢。冬雪说：是啊，男同志哪有这么害羞的，就他……袁虎又笑，笑得伤口痛，直咧嘴：哦哦，怪不得，怪不得见了你就躲啊。

冬雪的脸更红了：其实，这小子挺好的，那时我们在一个连里，我哥哥

189

是连长,他是侦察排长。我和哥哥都挺喜欢他。

袁虎打趣儿:那我告诉他,以后让他见了你别再跑了。

冬雪说:告诉也没用,他就这性格,好像在我身上做了什么错事一样。袁虎说:那当然,一个小伙子抱了人家姑娘的腰,当然要不好意思了。

冬雪说:可我并没怪他呀!袁虎说:那是你的事,八成他不这么想。

伤口重新包好,冬雪收拾着器械:袁团长,你的命可真够大的。

袁虎咧咧嘴。冬雪在袁虎面前用手比画着:你的伤,就像炮弹皮量好尺寸后再钻进去的,要是再深点偏点……

袁虎:那就完了?

冬雪点点头:嗯,你的命真大。

冬雪收拾完器械往外走,门口人影晃动,冬武和志德进了屋。于志德冲袁虎歪歪头:福大命大,造化也大。睡足了?

袁虎觍脸儿一笑说:怎么叫足?我能几天不睡,也能连着睡上几天几夜。于志德说:你真是个怪人,伤怎么样?袁虎抻抻胳膊:咱干八路的,这还叫伤?一九三九年春天,我们在八盘镇以南和日伪军遭遇,老排长给敌人打掉了一只脚,还硬是朝部队驻地爬了一天一夜。哎,那几件事办得怎么样?

刘冬武说:你迷迷糊糊睡觉时吩咐的事,竟还记得?

袁虎:我说梦话自己都能记得。

冬武志德笑起来。冬武说:按照你要求的标准,投弹手只选了三十多个,其中还包括刘成和我俩。袁虎在小屋里走了两步又站住,说:三十多个也满够。咱们合计一下,看今天夜里怎么打。二人一惊:打?

袁虎点头:你们没听刘成说吗,侦察组回来报告,敌人昨夜又疯狂进攻白河镇了。要不是咱们昨天端了李家寨,令敌人炮弹短缺,后果真没法想象。冬武问是不是还打李家寨。袁虎一怔:咦,你们怎么猜到的?

冬武志德说:我们也不知怎么就猜到了。袁虎咂咂嘴:这才叫不谋而合。

冬武说:只怕敌人会有防备。袁虎想了想说:这可以肯定,也是常情。无论谁吃了这样的亏,都会加强戒备。志德说:进袭有准备的敌人,在战术上是"情理之外"了。袁虎一笑:我们这么想,是不是敌人也会这么想?

人们考虑问题,总爱想到一个螺丝道儿上。那么,咱们就不能反着转他两圈吗?冬武忽地立起身:有道道儿了。日本人以为我们判定他们有了防备,绝不会再去冒险。那么,咱就钻他个情理之外的空子。

冬武右手斜向里一劈:对,削他妈个第二茬!

袁虎朝周围看了看,说:屋里太黑,咱们到门口外边计划一下。

三人走出土屋，蹲在地上写写画画，相互指点补充着什么。末了，刘冬武拍拍手上的土站起来：我看这计划比较完整了。

袁虎咬住嘴唇，一拳擂在地上：再砸他一顿，让小鬼子疑神疑鬼，这样，兴许就可以减轻白河镇的压力了。

挺硬的泥土地，让袁虎的拳头砸了个寸把深的坑。刘冬武和于志德惊得双目发直，押了半晌，志德愣愣地问：你的劲儿咋这么大？

袁虎笑笑：从小生就的。

刘冬武拽过他的手，细心查看那一个个长了厚茧的指关节。于志德也凑过来看，看了一会儿，志德口气肯定地说：了不得，你是个练家子。

袁虎依然笑笑，不说什么。远处传来咚咚的脚步声，查哨的刘成走过来。袁虎拉刘成蹲下来，把刚才商定的计划告诉他。刘成：马不吃夜草不肥，干就是了。

袁虎：那么，晚饭后行动，仍分三路出发。

东岳军分区司令部里，江震趴在桌子上打盹儿，李政委在写着战情报告，林参谋长看一会儿地图踱一会儿步。

报务员将刚刚收到的军区的电报递给林参谋长。

林参谋长认真地看着电报念出声来：据情报，敌围困白河镇的军需物资正由平州、河城分别运往白沙河战场。

江震猛地抬起头来：如果敌人弹药充足，必将发动更大规模的进攻。

林参谋长说：是啊，我看咱们得调整防御部署了。江震起身走到地图前，一边看图一边琢磨。李政委也放下笔走过来。江震用一支铅笔在地图上画了一圈：从西、北和东三个方向各调一个连，另外，分区机关的人全部组织起来，加上特务营，重点加强镇南防线。

李政委和林参谋长同时点点头。

江震说：如果你们没有异议，下命令吧。林参谋长摇动电话，向部队下达了司令部新的作战命令。

几乎与此同时，李家寨松井指挥所里的指挥官也在精心谋划。指挥所的墙上贴着日本人最近新画的白沙河以南地图，松井站在地图前用心琢磨。这时电话铃响了，松井走到桌前抓起电话机：莫西莫西？

电话是前沿指挥部长谷川联队长打来的，长谷川的声调很平缓：你听着，滕野将军命令我作如下部署。

松井双脚并拢：是！大佐阁下。

松井站在桌子前握着电话机，恭敬地听着上司新的军事部署。末了，长谷川的口气认真地说：明白了吗？

松井说：请大佐转告将军，今晚我一定按照他的布置行动。松井放下电话机喊来通信兵，他让通信兵立即命令第一小队队长和第二小队队长到指挥部来。通信兵答应着跑出去，不大会儿，一、二小队队长走进来并排站在松井面前。

松井向两个小队队长悄声布置着什么……

入夜，分三路行动的"混成团队"悄悄在上次落脚的那块玉米地里集合了。袁虎和三个支队的领导人坐在一堆坟丘间一边吃干粮，一边分析游动监视哨报告的新情况。游动哨传来消息，将近中午，七八辆大卡车从东南方向开来。由于篷布蒙着，看不见装的是什么。卡车进了寨子，就没有出来。可是，天黑时却有两队鬼子悄悄分别溜出南北门，行有二里，突然遁地似的没影儿了。

袁虎一边嚼干粮，一边苦苦地思索。的确，日本人的这番举动挺反常，可他一时又解不开其中的"结"。吃着吃着，不由得停住了牙口，像自语也像对同志们说：鬼球蛋，还他妈真难琢磨。

同志们都在分析，都在琢磨。玉米地里，听得到人的咀嚼和吞咽声，没有人说话。身旁有蟋蟀叫，庄稼棵间有虫儿在爬，庄稼叶子在微风中颤动，鸟儿从战士们头顶上飞过。不见有人活动，也听不到任何人说话，空气显得沉闷，气温不是太高，但让人觉得有点儿燥热。终于有了动静，刘冬武忽然拍拍大腿：鬼子的这番举动挺反常，里边一定有个"结"。

于志德就着军壶喝了口水：这两个小队是不是增援他们的攻击部队去了？

刘成摇头说：绝对不可能，增援的话应该两支队伍都出北门。再说，区区两个小队的鬼子一百多号人，增援进攻型的大部队也不起作用啊。

于志德用手指反反复复拧额头，拧了一会儿，忽然从冬武肩膀上探过脑袋，嘴巴几乎凑上袁虎的耳朵：我说袁团长，是不是日本人也和咱一样，在考虑问题时的"螺丝道儿"也反着转了？

袁虎停止咀嚼想了半天，歪头看着于志德：还别说，有道理！不愧是鬼子，真够"鬼"的。咱翻一对跟头，他也跟着来两个。还真不能低估这些东洋小个子，要不是志德把问题的"结"解开，今夜如果再按设定的计划干，非栽了不可。

冬武一时没解开，问他咋这么说。袁虎指指东边，跟大家低声分析：同

192

志们想一想，要是那些车拉的是军需物资，干吗一下午既不过河，也不卸货返回？再说，天黑了，两队鬼子溜出来干吗？更何况，寨里上午一共来了一百几十人，如今出去这么多，难道放着大批军用物资不管，要演空城计吗？

刘冬武：明白了，车里运的不是军需物资，是从河城调来的兵。这么看来，鬼子算准了我们今夜可能再打李家寨，故意把兵车扮成货车，引我们上当。那出去的两股敌人，是准备抄我们后路的了。

坟丘里一片寂静。

于志德：袁团长，不行咱先撤吧。

袁虎坐到一个坟顶上，不动，也不说话。星儿闪闪亮，风儿瑟瑟响，"主帅"无语，大伙也就自然地保持着沉默。

坐在坟顶上的袁虎望了望天上的二毛朗，又看了看手表，他起身走下坟顶：同志们休息好了吗？

人们给问得一怔。刘成说：都坐半宿了，还休息不好吗？

袁虎紧了紧腰带说：那好，立即出发！袁虎说罢带头顺庄稼垄往南去，后边的同志们忙乱了一阵，便也开始有次序地跟上了他。

6

趁着夜色，队伍顺着庄稼地间的小路向南进发。袁虎一路上队伍叮嘱大家小心行走，不要踩坏了庄稼。冬武说：团长你放心好了，战士们都是庄稼人出身，格外爱护地里的庄稼。可也是，虽然行军速度不慢，走出很远了基本上没有损坏谷子玉米，更不要说高粱棵了。袁虎看着心里高兴：同志们在庄稼地里行军挺内行。

冬武说：这都是经年累月练出来的。因为敌我力量悬殊，以往的年月里我们部队大都夜间行动，夜间在庄稼地里行军都能做到脚下有根。袁虎点点头，继续带领队伍往南走。除了脚步声，没有一个人说话。

往南行了十几里，队伍来到了一片茂盛的苜蓿地。苜蓿已经长到半人高，绿油油的散发着清香气。有的战士伸手要捋苜蓿叶吃，袁虎瞪了他一眼，战士赶紧把手缩回：报告团长，我犯错误了。

袁虎：老百姓的东西，任何人不准乱采乱拿。

刘成笑着从旁插话：回去背诵三大纪律八项注意。

战士态度诚恳：是，刘队长。

袁虎说：往后传话，让同志们在苜蓿地里睡一觉养养精神。袁虎的命令挨次传下去，除了放哨的以外，战士们全部顺着苜蓿垄眼躺下身子睡了。

刘冬武也守着袁虎躺在苜蓿地里，袁虎坐在一侧。刘冬武说：团长你不睡一觉吗？袁虎的眼睛一直往远处盯着：我没事，你睡吧，到时候我叫醒你们。

晨曦微露，刮起了小风。袁虎朝远处望去，依然模糊朦胧。袁虎看了看手表转过身来：冬武，冬武，该起来了。

熟睡中的刘冬武被袁虎推醒，坐起来揉揉眼：我觉得刚睡呀。

袁虎指指东边天上。冬武抬头看看：咦，大毛郎也快消失，的确天不早了。

冬武推推旁边的志德、刘成……手上的动作梯次传下去，战士们在睡梦中被叫醒。借着残星余光，大家只见南边不远处有个大村庄。刘冬武凑到袁虎跟前问这是哪里，袁虎说是马家屯。刘冬武：我们到这里来干什么？

袁虎：打伏击。

刘冬武：到这里打伏击？

袁虎：那当然，要不带着你们跑这么远干吗？

于志德和刘成也凑了过来。

刘冬武一脸疑惑：志德、刘成，团长说要在这里打伏击。

于志德和刘成相互看了看，没说话。袁虎用手朝周围一划拉：这一带的地形，我是熟得再不能熟了。你们看到前边那个大村了吗，这是马家屯。马家屯是个大村，四周还有五六个小村围着它，村与村之间，道路相接，沟壕相连。沟里有水有草，沟岸上还能生长庄稼。这一带小树林小果园特别多，初到此地，很有些世外桃源的感觉。当然，这里也最适合打伏击了。

昨夜李家寨军情突变，袁虎就忽然产生了利用这条路的想法。他分析：鬼子既然"明修栈道"，咱也就必然"暗度陈仓"。昨天中午的"货车"是用以遮人耳目的，那么，真正的货车很可能于今天到达。敌人的物资补给地是河城。而从河城到李家寨，不走"官道"，只能从天上飞了。故此，袁虎决定将队伍带来这里，决定"计中施计"，打一个伏击。他本想把自己的想法讲给大家，又担心干部战士中有人不赞成。无论如何，已经定下的事，那就开弓没有回头箭。莫非虎实实地从大碱洼出来，再软塌塌地撤回去吗？

于志德：不知团长要伏击从哪里来的敌人？

袁虎说：马家屯是咽喉要道，往东南七十里通河城。向西北八十里是平州城。一条土公路由河城而来，绕过大碱洼南侧拐向西北通往平州，那条通李家寨的大路就是从这条土公路经马家屯分出去的。刘成听得一怔一怔的，说：还真不知道有这么条土公路。袁虎说：那天夜里我们从李家寨撤退就是绕道土公路回大碱洼的呀。刘成点点头：当时夜黑风高，真没注意。

袁虎说：这条土公路是张宗昌驻山东时顺着古时一条官道改修的，时而穿村，时而过林。由于匪祸战乱，已多年废弃不走，有的地段塌陷缺损，有的地段生满荆棘杂草。可是，日军进攻白河地区，运兵运粮运弹药，恰恰就利用了这条废弃多年的官道。刘成竖起大拇指：你在这一带活动数年，几乎熟悉这儿的一草一木。哪里可以运兵，哪里可以设伏，全都一清二楚，你可真是这里的活地图。

袁虎：闲话少说，借着天刚放亮，部队赶紧入村吧。

刘成：入村？

袁虎说：当然要入村，你趴在苜蓿地里怎么打伏击。再说，刚睡醒的人一般都没精神，从这里到村内，路虽不远，却可以让人活动一下手脚。志德点点头说：难怪你年纪轻轻当团长，事事处处都能提前想到。

袁虎的嘴唇抖了几下，想说什么。刘冬武插嘴：团长，队伍集合在一起吗？

袁虎说：这是秘密行动，不能集合成堆，分散开，各走各的。战士们相继爬起来，袁虎率领队伍悄没声地向马家屯潜行。

袁虎率队潜进村里，村里的人们尚未起床。家家户户院门紧闭，只是偶尔传出鸡叫狗吠。袁虎让部队隐在几个胡同里，他和冬武、志德、刘成凑在一起。

袁虎首先给刘成布置任务，他告诉刘成：马家屯东南五里以内，待会儿你派出五组侦察兵，每组三人，三人间隔一百五十米。你告诉他们，只要土公路上有敌人出现，侦察兵立时就变成"电话兵"。刘成说：好的，是掷坷垃还是跑步报信？袁虎沉着脸：只要不被敌人发现，你就是鸣枪报信也可以。

刘成不好意思地笑笑，转身走了。

袁虎看着刘冬武：马家屯南一里多地的拐弯处，正东是个梨树园，西边一片坟地。坟地里蒿草丛生，间有几棵快要枯死的杜梨树。你带两个分队的投弹手潜伏在坟地里，我和志德、铁岭的单刀队及部分同志藏在梨树园内。敌人只要出现，到时遥相呼应，打他个措手不及。

于志德：团长，有把握吗，我们可不要白忙活。

袁虎说：有七成把握，借着天刚透亮，我们分头行动吧。

队伍悄悄走出马家屯后，按照袁虎的部署各就各位。

袁虎和于志德率领常铁岭的单刀队和部分战士埋伏在梨园内，拂晓时，战士们身上沾满露水。有人乏了，想睡，刚一合眼，又激灵灵地打起精神。袁虎对身边的战士说：你们睡一会儿吧，养养精神，敌人一时半会儿来不到。

这些同志大都是前天夜里突袭李家寨时，由冬武带去打截击的人。几日来，多没有能和鬼子真枪实刀干，挺丧气。此刻，参战的心情很急迫。有的坐在地上举枪乱瞄准，有的把枪上的刺刀一会儿安上，一会儿退下。单刀队的人更怪，有的用刀背磕额头，有的用刀刃蹭鞋底。袁虎瞧在眼里，心中直乐。凭他自己的经历，他明白这是战士们一种特殊的"泻火"办法。想和敌人拼杀，可敌人又不在眼前，一时无处下手，又不能喊不能嚷的，不如此折腾一阵，怕是要憋疯了。但是，无论你怎么急，都没有用，鬼子一时不来，你就得一时耐着性子等。

太阳爬上东南天空，天气开始燥热。梨树园里倒能遮凉，西边乱坟草丛里的人可怎么受呢？就有人开始探头探脑，也有人乱叫乱骂。冬武呵斥了一阵，才又平静了。此时，他和袁虎虽然不能彼此通话，但心中却在同时考虑一件事：莫非敌人运输队不来了？要真是那样，可就泄气透了。然而，根据敌人的兵力，分析他们的军需情况，他还得非来不可。否则，两三千王八蛋吃什么？用什么？

等吧，耐心才是最重要的，特别是在这种情况下。

梨树园里，有个战士提着刀走过来走回去，面上不显，心里焦急。袁虎叫住他说：我知道你们参战心情很急迫，可也得等鬼子来到呀，别急，啊？等着，仗有得打，只要你不害怕就行。战士撇嘴一笑：不就是小鬼子吗，怕他娘个球啊，我从小练把式，这几年无论拼刺刀还耍刀片，从来没输给他们过。

袁虎拍拍这位战士的肩：等打完这一仗，我教给你一套缠丝刀法。

战士乐了：哈，终于探出实底来，团长你果然是个练家子。

袁虎一怔，学着鬼子话笑起来：你的，狡猾狡猾的有。

周围战士们都笑起来，一个个走过来要求袁虎教功夫。袁虎说：这时临阵磨枪不起作用，等打完这一仗回到营地再说。

战士们答应着坐到旁边，可不大会儿又站起来，仍旧东游西蹿的。袁虎说：志德，你劝劝他们。于志德说：差不多都这样，连常铁岭也像着了魔似的，我劝谁？

袁虎：呵呵，那就耐着性子吧。

太阳爬上东南天空，天气开始燥热。

战士们渐渐平静下来，一个个躺在梨树荫下歇着。

196

时间似乎过得很慢，慢得让人心烦。袁虎和于志德潜行到梨园边上，俩人向南边仔细瞅着。于志德：怎么刘成派出去的几组侦察兵还没动静？

　　袁虎说：是啊，从河城到这里几十里地，敌人早起出发的话，估计也该来到了。于志德说：莫非敌人运输队不来了？真是那样，可就泄气透了。

　　袁虎摇摇头：等吧，耐心最重要，特别是在这种情况下。

　　于志德说：看你脾气那么暴，要紧的时候还真沉得住气呢。袁虎说：当急则急，当缓则缓嘛。几个战士从他身后悄悄来到梨园边，袁虎回头看到，瞪起眼来：回去，都回去，又不是娶媳妇，急什么！

　　一战士：不是娶媳妇，团长你急什么？

　　袁虎轻轻捅了那战士一下，乐了。

　　袁虎：那咱们一块儿回园子里。

　　几个人低声说着话，从梨园边上消失了。

　　就在天刚破晓时，江震和林参谋长已经进入前沿阵地了。林参谋长说刚才陆彪给他电话，那段被炸塌的寨墙堵上了。江震问什么时候堵的，林参谋长说：昨夜敌人撤下去后，民工们就自发地动了手，一直干到拂晓，那段豁口终于用砖石木料和空弹药箱子堵上了。江震叹口气：之所以能守住镇子，幸亏镇内的群众。

　　林参谋长：还有，看来敌人同样缺乏炮弹，可能与前天夜里李家寨敌人的军需重地被炸有关。否则，昨夜敌人光用炮轰也够我们受的。

　　江震这两天一直在想，炸掉敌人军需重地，这支部队到底是哪里的呢？其实，从司令到战士，现在都在想这事，疑惑、焦虑、纳闷。

　　江震和林达来到前沿阵地那段炸坏的寨墙，寨墙是堵上了，但只堵了很矮的一截，两个战士持枪趴在半截寨墙上监视着墙南的动静。对面河堤上显得挺安静，敌人折腾了半夜，可能也在休息调整。江震看着半截寨墙：干得好，这样倒为我们抗击进攻的敌人提供了方便。

　　林参谋长：是啊，以往是我们的战士伏在寨墙上迎击敌人，现在可以用这半截寨墙做工事了。你瞧，他们在墙下修了战壕，敌人一打炮，战士们就躲进去。

　　两个人走进战壕里，正趴在战壕边上睡觉的陆彪听到脚步声忽地站起来，陆彪一个军礼：首长，你们这么早就过来了？

　　江震看着熬得双眼通红又黑又瘦的陆彪，抓着他的手直摇：陆彪啊，我们好歹还在地道里睡了一觉，你可是趴在这里通宵未眠啊。

陆彪苦笑，他说：我趴在战壕边上睡觉习惯了，当年在井冈山闹革命时，用你的话说，不经常这样枕戈待旦吗？江震咬着嘴唇点点头：陆彪同志，我代表司令部谢谢你，谢谢前沿阵地上浴血奋战的同志们。

江震和林参谋长走出战壕，立在半截寨墙前朝远方凝视。镇南那片开阔地上静悄悄的，有乌鸦在开阔地上飞来飞去，啄食着地上的腐肉。江震回过头：陆彪啊，白天无战事，让同志们尽量多休息。特别是你，一定要抓紧时间多睡一会儿，这样熬下去，铁人也要掉末。

陆彪点头：司令放心，我和战士们都知道自己爱护自己。

江震说：有情况及时打电话，我和林参谋长、李政委轮流值班。

陆彪答应着，把两位首长送出战壕。

李家寨松井指挥所里，松井坐着，两个小队队长站着。松井询问昨夜八路小分队有无动静，两个小队队长同时摇头：没动静，所以天明之后，我们就撤了回来。

松井嘴里嘟哝，八路军竟然没再袭击李家寨，看来滕野将军也有判断失误的时候。一小队队长说：可能是过路的八路部队，恐怕早就跑远了。松井犹豫了一下点点头，似乎对部下的话信服：刚才沙河北派人专门送了滕野将军的亲笔信，说因为缺乏炮弹，皇军已经连续两夜没有大举进攻。所以，今天的军需物资运到后不要在寨子里停留，径直送到沙河北皇军阵地上。另外，长谷川大佐指示，如果今夜八路仍无行动，就把昨天增援来的部队派往前沿阵地。

小队队长：少佐，估计运输物资的车队已到半路，我们是不是派人接应一下？

松井摇摇头：有皇军部队护送，又是白天，八路军胆子再大也不敢轻举妄动。

两个小队队长：是，少佐阁下。

松井想了想：既然没有情况，你们回去休息吧。

两个日军小队队长立正，行了军礼走出去。

太阳距子午线不到半米，梨树园外传来几声呼哨。正在和于志德谈论着日军"五一"大扫荡的袁虎飞跑到林边，见刘成笑嘻嘻地从一片谷地里猫一样蹿出来，眨眼之间就到了他跟前。刘成眼睛一眨：来了！

三人重新回到梨园树下。刘成说：敌人刚一露头，侦察员就像接力跑似的把信儿传过来了。袁虎乐得打了个嗝：说说敌人的兵力情况。

刘成说：一个小队的鬼子在前，一个中队的伪军殿后，中间十几辆大车。

袁虎问有没有汽车，刘成摇摇头。袁虎说：看来这是各处战事一拖，汽车这样的运输工具就格外紧张，日军要维持军需，只好在民间派车拉夫了。

刘成说：我们也是这么想的。

志德说：这么一来，对我们可是大大有利。因为汽车速度快，押货的日本兵也在车上，一般先得截住或用地雷手榴弹来炸，弄不利索让它溜走不说，有时还吃亏。骡马大车绝无此忧。袁虎说：难度也挺大，进攻时先得小心不能伤着民夫，要是黄瓜茄子一刀拍，伤了民夫可不行。志德说：这倒是个大问题，得赶紧派人到那边坟地里，嘱咐他们打起来可别伤着赶车的老百姓。另外，让冬武沉住气，鬼子不往坟地里跑千万别露面。志德说着，派了个战士到坟地那边送信儿去了。

袁虎似出意外：刘成，刚才听你一说，敌人兵力不小啊，他们现在到哪里了？

刘成用手朝南指：根据时间计算，差不多要进前边那个村了。

袁虎估摸了一下，说：那村是小赵庄，离此大约四里地，还来得及。他叫过志德和二支队小个子队副孙宝明吩咐：你俩，带上这个支队，到前边离公路三十多步远的那片芝麻地里伏下，放过鬼子和车队，截住二鬼子狠打。二鬼子被打散后，你们在后边紧追，鬼子这边的事你们千万别插手。咱们来个掐头去尾留中间，这样民夫们就安全多了。

孙宝明不乐意地扭脖颈，让我们打二鬼子吗？袁虎蓦地变了脸色：战场之上，服从命令！其余同志原地不动。

志德拽了宝明一下。宝明抻了抻，嘴里虽然嘀咕着，还是带着队伍走了。

二支队刚刚卧进前边一里外的芝麻地，孙宝明仍在嘟哝，说：让他们打鬼子，让我们打二鬼子，这不明显看不起咱吗？于志德说：袁团长这个人性如烈火，你不能顶他。再说，这是在战场上啊。孙宝明哼了一声，回去后我得找找这个理。

于志德嗔怪他：你呀，总是大处不算小处算，只要打了胜仗，管他什么一鬼子二鬼子呢。多杀几个敌人多缴获几条枪，这才是正理。

孙宝明还要说什么，志德忽然压低声音：咦咦，快看，露头了。

敌人果然从小赵庄那里露了头。远远可以看到，三名日本兵扛着枪，甩手正步走。只看前方，不看两侧。志德和宝明趴在垄口处，瞧着好气又好笑。尖兵嘛，既要前边行走，还要注意搜索。这几位倒好，趾高气扬，像接受他们天皇检阅似的。可转而一想，对了，鬼子们准是以为有昨天的兵车"投石问路"，有绝对优势的兵力在本地压着。即便有小股八路或游击队，也只能夜间活动。青天白日，躲犹不及，还敢出来"打劫"皇军吗？可是，他们压根儿不会想到袁虎所率领的八路军部队正在这里等着。

孙宝明：妈妈的，让你神气，看老子就在大白天敲你狗日的。

于志德看了孙玉明一眼：这是军令，你可别大咧咧地不在乎！

孙宝明：喊！

梨园边上，袁虎也已发现了远处的敌人，并且看到，尖兵的后边，是鬼子扛着枪排成双行。尖兵后边的鬼子队伍虽然走得整齐，但脚步有些凌乱。队伍后边一溜大车。看到大车，袁虎怔了怔神，他的脑子里忽然有个东西一闪，咦！昨儿那七八辆卡车里不光是兵，还真有货。否则，李家寨物资已被炸毁，白河镇正在激战，只靠这些悠而晃荡的骡马车，物资能供得上吗？看来，小鬼子的道道儿还真多。当然，尽管如此，昨晚放弃袭击李家寨还是对的。因为真要那样干，肯定是赔本的买卖了。

敌人的队伍越来越近。鬼子队伍后边，大车一辆跟着一辆，前边出来了好长，后边仍未断头儿。大车的后边，有一百几十个伪军跟着。梨园里有战士跃跃欲试，袁虎朝后摆摆手：听从命令，任何人不准随意行动。

大车终于完全出了小赵庄，敌人进入了八路军的伏击范围。

袁虎朝南望望，南边悄无动静。难道孙宝明还为让他打二鬼子闹情绪？真如此，你伙计可是自找倒霉了。袁虎哪里知道，此时芝麻地里，于志德和孙宝明紧紧盯着三十米外的公路。鬼子们过去了，大车一辆接一辆地过去了，伪军们一溜弯斜地出现在芝麻地西侧。孙宝明嘴巴凑在于志德耳边，说：这队二鬼子怎么跟喝醉了似的？于志德哧溜了一下：看样子是刚刚组编的，肯定没有战斗力。

袁虎正嘀咕，忽见有部分八路军战士从伪军侧后冒出来。接着，芝麻地里的枪声也响了。有几个行进中的伪军扑地撂倒，其余的慌忙组织反抗。而这时，绕到他们侧后的八路战士也开火了。原来，志德和宝明搞了个前后夹击。伪军战斗力差，让他们前后一挤，像乱了帮的羊，哄地跑散了。胆儿大的趴在路上举枪对射，胆小的则蹿向西边的田野。有个官儿跳骂着叫喊"顶住"，大约是一个昔日和他有仇的部下，混乱中在不远的距离内给他来了一枪，子弹击中脑袋，天灵盖像个扣着的菜盘子"嗖"地飞起来，在混乱的人群上空打了几个旋儿，和着脑浆与血水，扑啦啦甩下。死尸像被谁猛地一击，晃几晃跌进道沟里。

伪军们转身向南逃跑，于志德率领战士们紧追不舍。

后边枪声一响，前边的鬼子马上停住，一个指挥官拔出洋刀喊了几句，日军行动快，立即兵分三队，一队奔向后去，两队警戒两侧。两侧负责警戒的日军嚷叫着驱赶大车往北跑，赶车的把式立在车辕上，挥着鞭子抽打拉车的骡马。马儿咴咴叫着，十几辆大车速度加快。

二支队打散伪军后，本应继续追击歼灭。这样，日军就会乘机领了车队快跑。跑到梨树园前，袁虎他们一个突袭就能将鬼子和车队分开。这样，就不用担心赶车的民夫遭难了。可是。孙宝明的举动打乱了袁虎的计划。他看到志德领了人追伪军，却又惦起了开"洋荤"。一声吆喝，带着部分战士向北逼来，恰好就碰上后援的那队日军。一阵乱枪，互有伤亡。八路军当即卧在路边，鬼子们也赶忙躲在车后车下。枪响处，骡马受惊，驾着满载的大车乱叫乱跳。有的大车跑着跑着翻了个，车把式给甩出去很远，驾辕的骡马在车辕里侧着身子嘶叫蹬腿。

小赵庄以北一片混乱。

有的大车翻在路旁，有的奔向田野。车旁车下的日本兵给轧得撞得鬼哭狼嚎。那个最先抽出指挥刀的军官急了眼，一声怪叫，集中所有兵力朝后压去。日军装备精良，战斗力又强，人数上也占优势。一经接火，孙宝明势必要给搞垮。

袁虎急得一拳擂在树干上：孙宝明，谁让你狗拿耗子的？

刘成：鬼子全线压上，孙宝明怕顶不住了。

袁虎：孙宝明这个王八蛋，怎么就不解事呢！

刘成：现在怎么办，救他们要紧啊。

袁虎一回头，看到几个战士手里端着老套筒。

袁虎：快快，你们几个一起开火，不管打中打不中，干他一家伙。

几位战士举起老套筒，老套筒枪发出"咚咚哐哐"的轰响。

老套筒接连轰响，正在向孙宝明进攻的日军小队长像给吓惊了的牛，往前猛蹿几步忽又站住。日军小队长的仁丹胡鼓动了两下，脸上现出欺软怕硬的神色：嗯？原来是八路游击队和民兵的干活！

日军小队长转过身来单腿半跪，军刀朝梨园一指：八猴子的，先统统消灭！

歪把子机枪"嘎嘎咕咕"朝梨园扫过来，几十名鬼子"呀呀"叫着呈散兵队形冲向梨树园。鬼子们冲到梨园边上，咚咚哐哐的枪声忽然停了。

日军小队长战刀一挥：八猴子的要逃跑，消灭！

日军将队形展开，对梨园进行快速包抄。前边的鬼子已到林边，有的鬼子进了梨园。刚进了梨园的鬼子又"呀呀"叫着往外退，鬼子兵一边往外退一边用刺刀长枪乒乒乓乓抵挡着什么。有三个鬼子兵退得慢了些，身子一仄歪，脑袋"嚓"地飞起来，鬼子兵带着斜茬的脖腔上呼地蹿出一股血。很明显，是让人用刀砍了。

7

鬼子小队长被眼前的情景吓了一跳，他挥舞着指挥刀，鬼子兵们端起大枪朝梨园里一齐开火。梨园左侧，一挺鬼子的机枪和几支长枪也朝梨园里射击。

园里梨树棵很密，树棵很粗壮。战士们分别藏在梨树后边，敌人的子弹打在树身和树皮上，噌噌地冒着烟。三八大盖每次装填五发子弹，鬼子们一齐射击，一齐换装子弹。瞅着鬼子们装子弹的一瞬间，常铁岭带领单刀队冲出梨园。单刀队员把短枪插在腰里，几步就纵进鬼子群里，单刀队员动作极快，鬼子兵眨眼间给砍倒三四个。单刀队员们雪亮闪光的单刀舞得让鬼子们眼花，鬼子们开始乱了。

鬼子小队长一声号叫，鬼子兵连忙退后，叽里呱啦安上刺刀，退出枪膛里的子弹。鬼子兵跳着，叫着，转圈子在梨园边上和单刀队拼杀。

单刀队的战士憋红了眼。冲出梨园后，不喊，不叫，也不说话，只是咬着牙，虎着眼，把单刀片子照自己选定的目标横砍直劈。在这里，没有战场上应有的枪声炮声和手榴弹的爆炸，只有钢铁锋刃的碰撞，夹杂着阵阵短促无力的惨叫。这是最原始的搏击，现代真正的短兵相接。

说实在的，仗是地地道道打乱套了。

袁虎本想待敌人贴近后先来个排枪齐射，未及下令，这常铁岭就带人冲出去和敌人砍上了。其实也怨不得常铁岭，鬼子没到园边就忽地变了队形，速度又特快，眨眼间前锋就靠近了梨园。这样的机会，单刀队岂肯错过。

刚才被打散了的伪军在鬼子的威逼下重新组织起残兵，从南边向二支队反扑。这边冲过去的鬼子残余趴在路上开枪死死顶住，二支队已经处于敌人的两面夹击中。二支队处境危险，袁虎命令刘成赶紧率两个分队快速南援。

刘成率人南援二支队，袁虎率领几十名有长枪没刺刀的战友从园里冲出。持枪的八路军战士冲进敌群，抡起枪托乱砸。梨树园外拼得天昏地暗，可是，有个鬼子官却不知犯的什么病，他不厮杀，而是双手握了东洋刀，远远地站着，神汉作法似的东劈一下，西劈一下，又不时将刀立在胸前，叽里呱啦喊些什么。袁虎看出，他是在给自己的部下鼓劲儿，就咬着牙照直冲他而去。那鬼子却不慌，仍旧专心致志重复他的动作，似乎什么也没发觉。不料，袁虎冲到他跟前时，他蓦地一个猴跳圈，身子一歪，东洋刀闪电般斜劈过来。离袁虎不远处的刘成手持双枪，吓得连声惊叫。因为他的"司令官"莫说拿刀，连短枪都还在腰里别着。人家这一刀下来，劈不死他，也要卸掉胳膊。开枪又怕伤着袁虎，这可怎么办呢？刘成正急得下颌打战儿，忽见袁虎身子"噌"地打个旋儿，速度快得让人眼花，没看清怎回事，就旋到了鬼子正全力向他劈刀的双臂下。肘尖狠命向后一捣，鬼子官就十分顺从地扔了手中刀，后退半步，四仰八叉地躺倒了。袁虎拾起地上的刀，再不理睬正捂着胸骨仰在地上吐血沫的对手，却眼瞅四周，好像又掂量哪个鬼子有资格和自己搏一下。

一个正拼命的日本小队队长看到了这情景，忙脱开缠住他的两个对手，穿人空子冲过来，举刀对袁虎唰唰唰一连几下。袁虎在跳开的同时，将他劈来的刀巧妙而轻松地一拨开，少佐惊得口呆。凭手臂上的感觉，他明白碰上了使兵刃的内行。这位内行的功夫，比他要高出许多倍。想到这儿，巨大的恐惧感攫住了他的心，那多年养成的武士道精神，不知怎的就顺着屁沟溜走了。日本小队队长勉强虚张声势地又跳了两下，然后双手擎刀，拔腿就往公路上逃。这情况在日本军官中是相当罕见的，连正准备和对方斗一斗的袁虎也怔住在原地，竟自忘了追他。

由于四支队的出击，单刀队的力量骤然增加，不大会儿，日本兵就给刺死砍死七八个。如今，这位可能是剑道高手的小队队长一逃，日本兵又好像失了主心骨，哇哇叫着聚到一块儿，复又拼命冲向大道。单刀队哪里肯放，在后边盯屁股紧追。这一下，敌我双方都坐了蜡。八路军在后开枪怕伤着单刀队。大路上的鬼子开火也势必打着他们自己人。于是，双方的机枪手长枪手都傻愣愣地瞪着。

鬼子兵跑上大道，八路军单刀队和长枪手也随后赶到。鬼子们立脚不住继续后退，趴在公路上支援同伙的鬼子也一同给压到公路那边去了。

公路南边的日伪军被增援上去的刘成和于志德的二支队击溃。伪军南逃，日本兵的残余则迅速靠拢到这里。日本机枪手在公路边上架起机枪，常铁岭远远看到，招呼同志们赶紧卧倒。单刀队员们和后边的长枪队员迅速卧倒，公路边上敌人的机枪响了，机枪子弹带着哨音，在战士们头皮上嚓嚓飞过。

袁虎擦了把额上的汗，朝前边常铁岭的身后伸出大拇哥。

长枪队员开枪射击，卧倒后的单刀队员也抽出短枪朝敌人打去。一时间枪声大作，子弹横飞，小赵庄以北成了人间地狱。

被打散的伪军跑得很快，于志德和孙宝明追不上，就率人从正南顺路打回来。公路对面的鬼子分出兵力抵抗，火力分散，敌人渐渐顶不住了。日军军官举目四顾，发现身后一片可做屏障的坟地，他战刀一举，下令部下撤到那里。鬼子兵听到命令，一边回身开枪，一边争先恐后地朝那儿奔。日军可能蒙了，就不想一想，八路军既然打伏击，会让那么要紧的地方空着？

刚才公路对过的交战场面，刘冬武和战士们一直趴在坟地里不时拨开草丛往外看，对面梨园前的战斗情景如在眼前。刘冬武急得攥着拳头，有两个战士想要起身冲过去支援战友，刘冬武低喝一声把他们摁住。被摁住的战士只好伏下身子，一拳在坟上砸出个坑。

公路那边的鬼子终于溃退，鬼子在指挥官的带领下越过公路，开始向这片坟地狂奔。刘冬武和战士们看看面前摆着的手榴弹怒气渐消，开始做好投弹准备。鬼子离坟地只有几十步了，刘冬武喊了声"打"，一颗手榴弹先甩了出去。战士们随后将手榴弹一起扔出，手榴弹像一群老鸹似的飞向西边落入敌群。有的手榴弹准确地落在鬼子们脚下，鬼子抬脚就踢，手榴弹轰轰隆隆地先后爆炸，鬼子们死的死，伤的伤。没死没伤的十来个鬼子见中了埋伏，发声喊冲向北边一个空当。

仍在公路以西的八路军向逃跑的鬼子一齐开枪，北突的鬼子兵不断被撂倒，没被打死的鬼子也渐渐跑不动了。那个日本军官领头跑了一会儿终于停住，日本兵也随之停下脚步。有的拄着枪大口喘气，有的干脆坐在了地上。日军官喘息稍定，挥舞着指挥刀命令坐在地上的鬼子兵站起来。

日本兵重新集合站好。

日军官：大日本皇军的武士们，杀回去，夺回我们的军需物资！

日本兵马上填装子弹，准备向八路军进行反击。

袁虎冲到公路上时，那群鬼子已经往北逃出很远。袁虎看到那个鬼子军官在重整队伍，便从一个战士手中要过一条步枪。袁虎推弹上膛瞄向日军军官扣动扳机，一声枪响，日军军官在枪声中蓦地停住动作，手中战刀像小孩耍玩具似的在头顶上绕了几绕慢慢丢向身后，继而捂着胸口转了半遭，一头栽下。

日本兵见军官被打死，重又返身向北逃走。

袁虎在后边连击连发，又有两三个鬼子兵中弹倒下。袁虎继续射击，鬼子已经逃出步枪射程之外，枪弹带着啸音飞向远方……

战斗结束了。一场伏击战，除有十数个日本兵逃出去到李家寨报丧外，其余六十来位帝国武士全回他们的"皇道乐土"去了。这一仗，枪支弹药食品药品不说，四支挺新的掷弹筒的确是个意外收获。这东西轻便好使，用于小部队的机动作战最方便不过。然而，战斗中，八路军有七八名战士受伤，十几位同志牺牲了。袁虎举首长叹：唉！战争，这该死的杂种！

赶车的民夫有的让流弹打死，有的趁乱逃跑了。大车有的翻了，有的还在道旁的田野里停着。袁虎下令货物集中，除能带走的外，余下的在大路上堆成垛。垛中有沉重的弹药箱，一把火点上，轰隆隆响声似雷，唰啦啦火光如电。火光浓烟夹杂着震耳的轰鸣冲向高空，传得很远很远。

四乡八村的房上树上站满了人，他们是从许多意想不到的藏身处跑出来的。他们目睹了这场伏击战，心中万分纳闷——这支八路军是从哪里开来的呢！

小赵庄村中的房上树上同样站满了人，乡亲们也同样目睹了这场伏击战，同样纳闷这支八路军是从哪里开来的，什么时候到了这里，为何全村几百人就没个听到动静看到踪影。百思不得其解后，顺理成章就把这支部队视作天兵天将了。当然，也有的老乡回忆，说：这几天北边白河镇一直枪炮不断，八路军与日本鬼子交战正酣，眼前的这支八路军队伍，兴许是从那里开过来断敌粮草的。神八路神八路嘛，让你听到看到就不叫"神"了。

有个人站在街上喊起来：兄弟爷们，鬼子逃跑了，八路胜利了，咱们是不是帮着八路收拾一下战场啊？

周围的人齐声响应：是啊，打鬼子咱不行，帮着收拾战场的力气还是有的呀！

人们呼啦啦涌出村来，争先恐后朝村北跑。

村北公路两旁，袁虎正指挥同志们抓紧清理战场。战士们刚刚着手清理，小赵庄的人们从村中涌出来相助帮忙。袁虎赶紧走上去与为首的老乡握手道谢，并叮嘱乡亲们注意安全，手脚快一些。刚才的战斗中，赶车的民夫死的死逃的逃。大车有的翻了，有的还在道旁的田野里停着。袁虎招呼老乡们先帮忙把跑散的大车归拢一下。老乡们自动分工，这件事很快就处理好了。

战场上，几十具日本人的尸体和十几位八路军战士的尸体交叠在一起。于志德心细，安排人手当即把同志们的遗体和负伤的战士抬走。抬到哪里去？当然是抬回大碱洼。于志德请示袁虎是否请老乡们帮帮忙，袁虎连连摇手，说：这绝对不行，我们的驻地现在不许任何外人知道。于志德一怔猛然醒悟，真是智者千虑也有一失，差一点儿就大意失荆州。

205

公路西侧摆着几大堆枪支、弹药、食品、药品，还有几个掷弹筒，两门六〇小炮。袁虎绕着这堆东西看了看，下令同志们抓紧处理，六〇炮弹和掷弹筒以及十来箱小炮弹统统带走，剩余的军毯、皮鞋、食品分给前来帮忙的老乡。除能带走的东西外，余下的在大路上堆成垛，袁虎让老乡和战友们撤离现场，自己在几十米外向弹药箱投去两颗手榴弹。难以带走的弹药箱被手榴弹炸药引燃。火光浓烟夹杂着震耳的轰鸣冲向高空，传出很远。

战场上的事情稍一就绪，袁虎下令立即撤退。通往大碱洼的小路上，同志们急匆匆地向西走着。袁虎传下命令，部队行进中不许踏到庄稼或路旁草棵，以免敌人找到痕迹。刘成询问为何不走南边的公路反倒曲线绕行，袁虎说：你小家伙傻了，大白天在公路上走，万一碰到鬼子汽车怎么办？

抬着牺牲同志尸体和伤员的担架走在前边，不时有战士从后边跑上去替换抬担架的同志。部队行走间，袁虎不时留下一两个战士藏在路边庄稼地里"放眼线"，既防备敌人暗探跟踪，也能起到游动哨的作用。刘成说：袁团长，跟你在一块儿长了不少见识。袁虎翘翘嘴唇：喊，我也是跟首长们学的。

部队接近大碱洼时，袁虎忽然停住，同时也拽住刘成，说：小刘你得马上返回小赵庄。刘成一惊，问他为什么，袁虎说：你想，敌人的运输队被我们劫了，能不恼羞成怒吗？敌人找不到我们，肯定要找附近村庄的老乡出气。你赶紧返回去，告诉小赵庄和附近村子的老乡到外地躲一躲。刘成一跺脚：咳，对对对，刚才临撤时还想这事呢，一忙乱，忘了。好，我立即返回。

刘成叫上一名侦察员转身往回疾走，部队继续前进。

李家寨一所院子的北屋里，松井少佐刚接完电话，门口走进日本小队长向他报告，说自河城运来的军需物资在小赵庄以北遭到八路军伏击。松井吓了一跳，放下电话听筒询问损失情况如何。小队长告诉他，除少数日军士兵突围来到李家寨，两个小队的日军和一个中队的保安队全部被歼，军需物资被八路军抢走一部分，余下的全部被烧被炸。

松井在桌前晃了一下，赶紧扶住桌角站稳身子。他让小队长把三个突围的日本士兵叫到这里来，小队长答应着转身走出去。少顷，三个日本兵走进来，呆呆地立在松井面前。松井让他们谈谈运输队被八路军伏击的经过，三个日本兵轮番说着当时的情况。松井听完问道：是八路军的正规部队吗？

日兵说：完全是八路军的正规部队，并且战斗力非常强。松井问有多少人，日本兵想了想，说：如果按我们的编制，得有一个中队。松井说：皇军加上保安队，和八路军人数不相上下，并且武器装备大大胜于对方，你们怎么会几乎全部让八路军吃掉呢？日本兵说：他们设下的埋伏太神奇了，几乎是完美无缺。特别是他们的那支大刀队，太厉害了。

松井面无表情地想了一会儿：好，你们下去吧。

日本兵走出屋，松井走到墙边看了会儿地图。他转过身看着站在面前的小队长，询问李家寨距小赵庄的距离。当听说有二十多华里时，这个日军少佐点点头挎上指挥刀，命令小队长带上自己队伍跟他到小赵庄现场察看一下。

松井带领部下来到小赵庄北边的公路上下了马。日本兵手持步枪站在远处警戒。松井立在公路上遥望四周，远处近处，日伪军尸体横陈，有几只飞来正准备啄食死尸的老鸹在低空盘旋着。老鸹看到日军人马来到，呱呱叫着飞走了。十多辆歪在田野路边的大车横卧竖陈，没有烧毁炸毁的军需物资仍在冒着黑烟。松井走到日军尸体处细细查看，躺在地上的日军有的胸前脑后是茶杯大小的血窟窿，有的缺腿断臂脑袋没了踪影。松井的脚下，一个日军士兵稍稍动了动，松井哈下腰看了看这个日本兵，站起来挥了下手，走来两个日本兵把这个伤兵抬走了。

松井在土路上南北走了几十步，眼光停在小赵庄的村头上。村头上杳无声息，只有刚才飞走的老鸹停在村头树上向这里窥视着。松井眼里冒出一丝寒光，他咬着牙朝小赵庄挥了挥手：炮轰这个村子！

日本兵支起小钢炮朝村里接连发射了几十发炮弹。立时间，村里的房屋中炮起火，黑烟白烟交织在一起，像龙卷风一样冲向空中。松井又朝小赵庄挥了挥手，五六十个日本军呈进攻队形直奔小赵庄。

大碱洼里，月亮面色惨白地虚悬在空中，本就阴郁冷漠的大碱洼又镀上了一层暗灰的锡铂色。红荆条和那些植株高大的杂林碱蓬棵，在夜风中摇摇摆摆，像千万个含冤不倒的骷髅，忽停忽动地哀立着，大地如霜，比霜白。厚厚的碱层鳞片似的闪着白光，在寒夜中更使人感到说不出的凄清和肃杀。

一片泛着白碱的土坎子上，袁虎和他的十几位战友默默站立着。面前排开了两溜土坟，土坟里安息着这次伏击战中牺牲的同志。人死了，同伙不忍割舍，或背或抬，跋涉几十里，将死者运来这块"根据地"。他们的目的明确而又坚决，死者逝矣！这些同志活无定址，但终须死有所归吧。队伍中有人拉动枪栓，袁虎连忙摆手制止，因为现在是特殊时期，我们不能有排枪齐鸣，也无法举行隆重的葬礼，只能脱帽向烈士们告辞。眼望一座座新坟，心中是无尽的悲伤。在这压抑沉重的夜晚，战士们流着泪脱下帽子低下头，朝眼前的两溜土坟行了个军礼，又慢慢弓下身去，继而是长时间的默立。这默立的本身就包含了追忆、悼念和誓死复仇的多种心理。谁都知道，当一个人准备和对手血战到底时，绝不做那种虚张声势的叫喊。而是像海啸以前的情景，表面异常的平静。这平静却又是让人心悸，因为在表面平静的内里，正暗暗从最深处往外积攒着强大的潜力。这潜力又总是引而不发，一旦发之，就会猛如雷霆，快如闪电。

队伍中不时响起抽泣声。袁虎声音嘶哑：同志们，安息吧，我们会努力杀敌，早日把日本侵略者赶出去，为你们报仇，为全国遭受日军杀害的中国人报仇！

月色越发淡了下去，那是薄云给他裹上了一层寿衣。袁虎长长地叹了口气，劝同志们离开了坟地。下半夜，返回小赵庄的刘成回到营地，袁虎、刘冬武、于志德坐在坟地边上。刘成半蹲半站，一边啃着饼子一边向袁虎汇报。刘成连说"好险"，幸亏自己和侦察员提前赶到小赵庄，乡亲们也就是刚刚分散投亲靠友，五六十名日本军就赶到村北了。先是朝村里打炮，接着就进村屠杀放火，他和侦察员来不及往回撤，就跑到东南上一片庄稼地里藏着，直到天黑了才跑回来。袁虎点点头，说：只要乡亲们没遭残害，我们心里就轻松了。

月亮西坠，袁虎询问：到白河镇附近观察敌情的小分队出发了吗？于志德说：回来后就派了人，现在可能已经到了白沙河岸。袁虎说：这就好，大家进屋吧，休息一下咱们再商量商量下一步的行动计划。

几个人脚步沉重地回到了小土屋里。土屋内灯光暗淡。暗淡的灯光下，袁虎用指头叩打着脑门，边思索边顺势侧卧在土炕上。于志德坐在土坯垒成的矮桌前，掏出一个小本子查看。看了一会儿，抬头告诉袁虎说：这次缴获的物资军毯两人一条，罐头饼干够吃七八天的，只是这伤员……志德口气犹豫又沉重，袁虎当然听得出来。他坐起身的同时，口气是百分之百的把握：明天把伤员送进村里去。

于志德疑惑，问他：你是说把伤员送进碱洼村吗？袁虎似乎正在思索什么，只是点点头，并没说话。志德稍等了会儿，为难地摇摇头说：不那么好办吧！袁虎似乎终于想完了一件事，精力开始往这个问题上集中：你是恐怕村里不收留？

志德顺口回答说：这些村民又凶又横，又不听话，好像还没开化。

袁虎有些不自然：这里的老乡……是这样的？

志德忙站起身：哎，对了，你曾说过和碱洼的人熟悉。不过我得告诉你，上次我们试图进村，他们公开声明，只要是带枪穿军装的，就别想进村。要是非进不可，就拼。我看，还是得谨慎些。

袁虎一听，口气也缓和了：那么，明儿咱们先去说一说再定吧。

袁虎重又侧歪到土炕上，于志德用刀剜开牛肉罐头放在袁虎面前，几个人一边吃东西一边叙话。于志德问袁虎和碱洼村的人到底是什么关系，怎么说话这么瓷实呢。袁虎虚于应付，只说自己和这个村的关系非同一般，让志德尽管放心。于志德请袁虎说明白点，袁虎揸了一会儿，说：我和这个村的人相识得有十几年了。刘冬武：难怪团长你说话这么有底气呢。

袁虎告诉大家，这是个两省三县交界的偏远地区，一大两小三个村，不成规则地坐落在这片洼地上。碱洼村最大。村里人同族不同宗，有几百年前定居此地的老户，有近几十年躲避兵灾迁来的，也有发了横财隐居此处以"坐享清福"的绿林绺子。由于缘路窄，村民们自然亲结亲，亲联亲，形成这里特有的"盘肠亲"。多少年下来，几百户的大村庄，就跟一个大家庭似的。休戚相关，祸福与共，更有着一种特殊意味的团结。

这里的人经过多年磨难，生活上虽已无福可言，但是，比较外边的人来说，少遭许多兵乱之苦，受官府威逼勒索也差些。所以，就特别注意维护这片"乐土"。他们心齐而胆大，可是，又和别处的百姓稍稍有别——缺少同情心，也不好客。除非自己的亲戚或确实认作朋友者，一切外来人都要受到怀疑、排斥或误解。他们似乎不甚介意朝代的改换。因为他们是顺民，也是叛逆。无论谁当政，他们都要照样捐税，从没有公开拖欠公开抗争过。但是，这儿是名副其实的穷乡僻壤，除非过往顺路，官家也不会为一点儿钱粮受辛苦。更兼他们有些恶名在外，一般胆儿小的也不敢来。所以，有时捐无人收，税无人问，倒落得轻松自在。

这里人种庄稼，熟兽皮，编荆筐，或者做那黑道上的买卖。再就是熬硝盐。各家各户，大人孩子抽空儿刮碱土，支了铁锅，熬出硝盐，结伙儿背着推着去城里卖。这叫卖私盐，官盐是由官府里设的盐局子卖的。盐局子里有盐巡，专查卖私盐的，查住了不是扣留就是打骂。可是，盐巡见了他们这道儿人，也是睁只眼闭只眼，轻易不招惹。有时吆喝几声，他们就笑一笑，收起来往别处挪一挪，摊开照卖。再吆喝，他再挪，不怄气，也不犯话，一直将你拖得精疲力竭。

从清朝到民国，官府也曾多次派人到这儿缉私盐。可是，这里的人不光野性难驯，地形也格外照顾他们。倘若来的人少，未曾立足，先被捉住，捆了手脚蒙了眼，在月黑风高的夜里抬了送回城，只留枪械，不害性命。要是来的人多，他们先就一片片荆条碱岗中藏了。一旦对了阵，早已备好的火枪土炮轰然作响。火枪土炮里填了砂粒，装了火药，打在人身上，伤皮钻肉但却死不了。没受伤的循着响声再去找吧，打枪放炮的人早已踪影皆无，就如眨眼遁地了一般。当然，这种情况下，兵大爷们也并非真要找到他们的藏身之所。因为找到了，必是一场血肉的拼搏。而这些卖私盐的，闲时除了死记硬背《三字经》《百家姓》，就将拳脚棍棒当成家常活。要是真刀真枪地动了交手仗，吃亏倒霉者还是这些缉私盐的。所以，盐巡们往往"见伤收兵"，抬了呼天抢地的同伴回城。然后请来专门给牲口割马眼的，用小刀和银簪挑开皮肉，把绿豆大小的砂粒一颗一颗朝外拨。有时，一人身上的砂粒要拨半拉月。

"穷乡恶地出刁民"。官府慢慢认定这个理，总琢磨大碱洼对自己好处不大，麻烦不小，又是两省三县交界处，就有意把个烫手山芋扔给别人捧着。曾有很长一段时间，这里两省三县都不认，成了个小小的国中国。

袁虎忆起了这些，自然就忆起了告诉他这些新鲜事的爷爷。他把爷爷当年在这里曾经有过的传奇经历告诉几位战友，战友们这才恍然大悟。是啊，袁镖师当兵在生死关头曾助碱洼村一臂之力，大碱洼的人肯定是忘不了的。明天袁虎亲去碱洼村接上自己和老乡们的关系，请同胞们帮自己的队伍一把，肯定有把握。

袁虎：尽管如此，我们要是进了村，得事先教育好战士们，免得弄出矛盾。因为这里的人做皮活、搞条编、熬硝盐，卖私盐，有的还从事高来高去的活。

刘成：什么叫高来高去？

袁虎：哦，这是江湖话，说白了就是绑票或打劫。

刘成：咦，怪不得他们手中有枪啊。

刘冬武：这点团长你就放心吧，我们毕竟是八路军，有着铁的纪律。

袁虎：那好，睡觉。

于志德：你们先睡，我得带班干部查岗。

袁虎连说：对对，小心无大过。

8

刘成一天往返两次，累坏了，躺下不一会儿就呼呼入睡。袁虎翻了个身，眼睛刚刚闭上又睁开了。奔波鏖战了一天一夜，袁虎本应又困又乏，可不知怎的他就是睡不着。刚勉强合上眼，又激灵一下醒了。脑中反复考虑几件事：

白河镇情况怎么样了？自己是带着这支队伍突进去，还是在外边继续着打？如果打下去，打多久，能解决什么问题？兄弟部队如今在哪里？能不能尽快来解白河镇之围？还有……袁虎越想越多，越想越难以入睡，干脆就从炕上坐起来，点一支白日缴获的"三炮台"，边吸边思索。

刘冬武翻个身，睁眼看到袁虎坐着吸烟，便也坐起来。袁虎说：你睡吧，我考虑考虑几个问题。刘冬武揉揉眼睛，说：咱们这些整天行军打仗的，眯上一觉就行，我也不睡了，干脆和你做个伴儿，一边考虑问题，一边闲聊。

袁虎掐灭香烟：也行，你像文化人说的那样，舍命陪君子啊。

两个人刚聊了一会儿，于志德查岗回来。袁虎从炕上跳下来，他让志德抓紧歇一会儿，自己再出去走走看看。志德答应着爬上炕，身子一歪就睡着了。袁虎往外走，刘冬武也跳下炕来：我陪你去，反正也睡不着了。袁虎说：你还是再睡一会儿吧，天还早着呢。刘冬武摇摇头，说：可能是说话说的，现在一点儿也不困了。袁虎说：也好，一块儿走走，战士们睡在树林荆丛下，比咱们辛苦多了。

刘冬武：幸亏今天打了个伏击，缴获的这些毛毯都用上了。

袁虎说：现在是特殊情况，我们可以自行做主，平常时缴获一枪一弹都得上缴。刘冬武说：那当然，军队纪律，一切缴获要归公嘛。两个人说着走出小屋，走到树林荆丛前，看到远远近近有游动哨走来走去。走到战士们跟前，一战士从毛毯下探出头来：团长，你们还没睡呀。

袁虎俯下身子：睡了，睡了，怎么样，睡得着吗？

战士说：地下铺着荆草，身上盖着毛毯，比前几天舒服多了。袁虎点点头，说：战争年代，当兵就得吃大苦啊。战士说：团长啊，没说的，打日本保国家，军人的职责。袁虎：嘿，你觉悟水平够高的呀。

战士说：不是我的觉悟，是指导员平时教给的。

袁虎：好好，你睡吧，我们再到那边转转看看。

战士往上拽了下毛毯，翻身睡了。

袁虎和刘冬武沿着小路在树林荆丛中转着，二人不时停下来，看一下正在休息中的战士们。游动哨见到二人身影，照例轻轻叫一声"口令？"二人同时轻声回答"宿营"。两个人转了几处往回返，刘冬武说：劳累奔波了一天又一夜，袁团长你肯定乏了，咱们赶紧回去好好睡一觉，明天我陪你去碱洼村里认乡亲。

于志德从那边走过来，袁虎问他为何不多睡一会儿，志德说惦着游动哨的情况，他要去查一查。袁虎侧侧头：老于，有你在，太让人省心了。

志德笑笑：你们再回去睡一会儿，咱们轮流值班。

袁虎回到屋里仍然睡不着，他坐在炕上，一边吸烟一边思索。桌上棉油灯的灯花越结越大，油烟子直直地蹿上去，在不高的空间里绕几道弯儿，又颤悠悠地散开了。一个小蜘蛛从房檩上打着秋千荡下来，袁虎定定地看着小蜘蛛，小蜘蛛眼看荡到油烟的范围内，忽然又长腿摆动，细丝抽回，急溜溜地缩了上去。袁虎咕哝：嗬，真有灵性。

袁虎跳下炕走到灯前，用火柴拨掉灯花。灯头挑一挑，屋里亮了许多。灯光中，袁虎看看睡在炕上的刘成，刘成用帽子半遮着脸，微微鼾声中睡得挺香，便拿件衣服给他盖上肚子。袁虎刚要转身往外走，门外传来轻轻的脚步声，于志德悄悄地走进来：团长，你还没睡呀？

袁虎：睡不着，脑子里总是想事。

于志德：大碱洼边上的游动哨抓住个探子。

袁虎：这探子现在哪里？

刘成忽地从炕上爬起来：什么？探子！

于志德朝门外招招手，几个战士手持短枪押进一个人来。一个战士给那人松了绑绳，又掀去眼上捂着的毛巾，然后兜屁股一脚：就这小子，一直就在碱洼边上贼头贼脑转来转去，要不是好几个人抄住他的后路，就让他滑了。

那人活动一会儿手腕，眨巴着眼，双膝一歪就要跪。袁虎手快，两个指头倏地挑住他的下巴：站着回话！

那人面带惧色：娘哎，俺可是来投诚的！

袁虎盯住他看了一会儿，说：我认识你，你叫赖八。对方灯光下瞅了袁虎好一阵儿，失声叫起来：娘哎，是你呀！

袁虎说：是我，那晚在李家寨寨墙上你就是被我制服的，对吧？

赖八穿了条裤衩，上身穿一件女人的大襟紫花布衫，弓腰歪头，不男不女的。灯光下，屋里的几个人看了想笑，见袁虎神情严肃，又忍住了。袁虎问赖八到这里到底想干吗，赖八直起腰拍拍胸：今儿碰上你，就好说了。八爷我是来投诚的。

袁虎斜他一眼，问：谁是八爷？赖八又哈了腰，说：哦哦，赖八，赖八！长官原谅，我说顺嘴了。袁虎脸色和缓，指指赖八的装束，问他怎么弄成这样子。赖八龇牙一笑：我说长官，八爷我……不不，赖八我可不是死心汉奸，这几年投过国军，当过自卫团，还干过几天八路军。可是，一回又一回，都让日本人打散了。没办法，这才又进了保安队。

袁虎说：你到底还是当了二鬼子！赖八嗫嚅着说：没办法，混饭吃呗！

俺可从来是身在曹营心在汉啊。赖八说着，端起水来大口地喝下去。

袁虎：身在曹营心在汉，就凭你的嘴说？

赖八说：有凭为证，那晚你制我，我略闪了闪，黑灯瞎火中你把个穴位砸偏了，说良心话，咱弟兄真跟日本人顺沟子，当时只要喊一声，那晚你的活儿就砸了。赖八说着拧过脖颈让袁虎瞧，刘成怔一下看看袁虎，袁虎示意刘成端过棉油灯来。灯光下，赖八颈后那个能够制人发昏的风岩穴下有条暗红的血淋子。一直拧着脖子的赖八说：长官，你一出手我就知道是行家，八爷，不，赖八我没撒谎吧？

袁虎点点头。

赖八说：当时我一低头，你的立掌就擦着要穴劈下来，你失了手，我也没吱声。袁虎说：还真得谢谢你，你这算将功赎罪，是个中国人。来，坐下喝点儿水吧。赖八弓了弓腰，走到炕沿处坐下道：应该的，八爷我应该的。

刘成笑起来：你这兵油子，倒爱争辈。

袁虎说：我出手准狠，你赖八能在我手下躲过，也是不一般了。赖八马上昂起脑袋：不瞒长官说，要论功夫，我赖八也不是喝稀饭的。

袁虎说：是吗，有机会我倒要领教领教。赖八也不示弱：长官您就瞧好吧。

袁虎说：那晚我感觉是手下出了点毛病，可眼见着你倒下了。赖八就笑，说：我久历江湖，不傻。那晚要不佯装背过气去，非挨你一刀不可。袁虎拍拍赖八的肩膀说：你是不傻。问他怎么找到这里的。赖八说：那晚我在黑暗中看到你们一个个从水沟涵洞里冒出来，惊得嘴都合不上了。我在寨子里待了这么长时间，竟不知有这个暗洞。战斗打响后，寨里乱成一片，趁着乱，我从涵洞里钻出去，溜进西南一个村里。我在村头一家偷了些干粮，抢了件衣裳，然后就蹿进了庄稼地。

刘成：这两天你一直在庄稼地里躲着？

赖八说：昨天夜里你们在棒子地里卧着时，我就在不远处的谷子地里趴着。

刘成一惊：啊？我么没察觉！

袁虎倒相信，因为练武之人有借物隐身的本事。所以，八路军队伍半夜里往南走，这个赖八觉得奇怪，就在后边远远跟着。打日本运输队那场伏击战，他骑在远处一棵大树上看了个清楚。伏击战一结束，他就跟上了这支撤离的队伍。刘成吃了一惊，心想小子腿脚够利索的，我返回时竟也没遇见他。赖八不说，刘成当然也不知道，刘成他们走的是田间路，赖八行的是田间垄。

他们一明一暗，刘成等人当然见不到赖八了。可是，赖八几次遇到他们安在队伍后边的暗哨，暗哨问他是干吗的，他说是要饭的。暗哨盯了他一阵儿也没盯出什么，就把他放了。

袁虎问他何时跟到这里的。赖八回答说：跟到大碱洼边上时，又胆怯了，想加入这支队伍又担心八路军不收留。不收留倒也罢，假若当作日本探子那可怎么办呢？所以，这半天半夜，就一直在周围踅摸。进不敢进，走又舍不得。终于，自己还是被八路军放出的游动哨发现，并真当作日本探子捉住了。袁虎点点头，似乎相信了赖八的话，便问赖八对李家寨的情况知道多少。赖八说：袁世伦投日当了汉奸，日本人怕土匪们反水之后再反水，就把他们大部分调进了平州城，置于日军大部队的监管之下。留在当地的，只有他的手枪队，听说这支手枪队日本人另有用处。袁虎：哦，我说那晚怎么没有见着那些人呢。

袁虎让刘成找身衣服给这位"八爷"换了。刘成笑一笑走出去。

袁虎睡得晚，起得早。他走出小屋，打了个舒身伸伸懒腰。揭去厚重的夜幕，清晨显得格外凉爽明快。小风吹动着荆梢，这泛潮的大碱洼，就有一种青嫩咸涩的混合气味迎面扑来。一位战士从不远处的水坑里用钢盔端来清水递给他：袁团长，刚起来，疲困，你洗洗脸缓缓劲儿吧。

袁虎连忙接过来道谢，战士笑笑说：你领我们多打几场胜仗就行了，谢什么谢呀。战士说着话回身走了，袁虎端着水回到屋里。袁虎洗了脸，换了身便装，刘成提着包东西从外边走进来：团长，你现在就进碱洼村吗？

袁虎说：还得待一会儿，这时候村里的老乡还没吃早饭呢。

刘成说：是啊，我们也该吃早饭了。刘成说着打开小包，是昨天缴获的饼干。袁虎说：战争年月，有弊也有利，瞧，鬼子真大方，弹药食物全给送来了。刘成说：那当然，送多少要多少。两个人坐在炕沿边，一边说话一边吃饼干。刘成给袁虎倒了杯水端过来：光吃饼干噎得慌，喝口水压压。

袁虎喝了口水：碱洼边上放了游哨吧？

刘成说一直就放游动哨。他问袁虎，说：我一直挺奇怪，作为指挥员，你怎么从来不放固定哨？袁虎说：同样有利有弊，固定哨可以隐身暗中观察敌情；游动哨呢，虽然容易被敌人发现，却总是最容易发现敌人。所以，两相比较，我还是喜欢放流动哨。刘成说：你真是个军事天才。袁虎说：什么天才地才的，我是听别人讲故事学到的。刘成：故事，什么故事？

袁虎说：小时我爷爷讲的，说汉朝的飞将军李广在边关作战，他就从来不放固定哨，只是把游动哨放到五里开外。这样，他总是及时发现胡人部队的活动情况，因为能够提前准备，也总是打胜仗。刘成：真像老人们说的，天下到处是学问。

早饭后，袁虎身着便服朝碱洼村走着。走过一片稀稀落落的榆树林，就看到了碱洼村的村墙。袁虎小时候多次到过这里，记得几百户人家圈在围墙内，围墙内的村子像个紧凑的棋盘，被大街小巷分成许多格子块。格子块里，户接户，家连家，家家土坯房子草泥顶，院落宽阔硕大。一部分房子起脊，一部分房子平顶。平顶房顶的边上垒了半人高的土墙，土墙上有方方的小洞。这些小洞既能遮身瞭望，也能掩蔽打枪，不起眼却很实用的各家院墙都是用红荆条裹上草泥垛成，高大厚实。袁虎越过不太高的村围墙，清楚地看到拳房院里那高大的武圣殿殿堂。殿堂顶上好像有人在放哨，袁虎驻足凝视，殿堂顶上的瞭望哨可能发现了他，两个人正朝他这里指画。袁虎继续朝村子走去，殿堂顶上有个放哨的走了，另一个放哨的仍旧朝这里望着。

袁虎走到村口，刚要进村，就被几个从村口里闪出的小伙子拦住。几个小伙子有的手持单刀片，有的握着三节棍，还有一个拿红缨枪的。手持单刀片的青年走上前问他：你是哪里的，来我们村干什么？

袁虎指指村外，说自己是在村外驻扎的部队。几个人立时紧张起来，纷纷亮出手中家伙。他们口气强硬地命令袁虎原路回去，说：是还是想进村啊，没门。袁虎笑笑说：我还是非要进村不可。单刀小伙：口气挺硬实啊，你不想要命是吧。

袁虎仍旧微笑看看他手里的刀：你想砍我？

单刀小伙：砍人不至于，抓人可是手掐把拿。

袁虎说：也不一定。单刀小伙说：不信就试试呗。他说着话把单刀交给同伴，一闪身到了袁虎面前，伸手就要锁喉。袁虎轻轻移步，对方伸出来的右手两指抓空。小伙往前跌了几步立住身：别说，还碰上茬子了呢。来，咱们一起上。

另外几人把家伙放到地上，将袁虎团团围起来。袁虎摆摆手：别别，别这样，我进村是为找两个熟人。

小伙子们停住手问他找谁，袁虎说：找村里教武功的老教头也行，马立田叔叔也行。单刀小伙一怔，问他怎么称呼马立田为叔叔。袁虎说：你们年龄都不大，见了马叔就知道我是谁了。小伙子们相互看了看：那，你跟我们走吧。

几个人把袁虎夹在中间，朝村内疾步走去。

袁虎随这几个小伙子走到拳房院前停下脚步。他仰望拳房大院门口，遥忆当年自己和爷爷在老教头、马立田等人陪同下走进拳房院的情景，眼睛湿润了。

几个小伙子挟着袁虎从大门口走进院子里，正逢老教头和几十名青壮年从拳房里走出来。身材高大的老教头六十几岁，依旧双目炯炯有神，腰板挺直，方脸阔口下一蓬细长飘拂的银髯随风摆动。老教头马立田等几位年龄稍长的要回北厅，其余人与老教头告辞后相互说着话走向拳房院大门口。袁虎当然认识老教头，更认识马立田，赶紧跑上几步：教头爷、马叔！

袁虎冷不丁的一句话，院里的人立时怔住。马立田从人堆里转出来：小虎，是小虎，你怎么到这里来了？

教头：小虎？

马立田：老人家，这不是袁镖师的孙子小袁虎吗？

教头细细一看，连连顿足：天啊！你看我这眼，孩子，你何时到的？

袁虎说：教头爷，这话得慢慢说了。马立田说：小虎参加了八路军，这些年在队伍里可真打出了咱中国人的威风。年前我跟你老人家拉起来，你不是说要打发人去寻他吗？哦哦，先进屋再说。老教头：对对，你看我，乐傻了，快进屋去。

众人簇拥着袁虎走进北厅。院子里，几个挟持袁虎的小伙子大眼瞪小眼：娘哎，原来是袁老镖师的孙子啊，难怪我们不是个儿呀！

一群人走进屋里坐定，大伙儿全都涌上来围着袁虎。老教头握着袁虎的手嘴唇哆嗦：孩子，真没想到能见到你，你回来晚了，你爷爷……

老教头喉头一哽，泪流满面。

袁虎的眼圈也红了。马立田赶紧劝慰：先别说那些事了。小虎，平州一别转眼就是两年。还是那句话，你怎么到这里来了？

袁虎看看周围，神情有些犹豫。马立田告诉他：这里没有外人，有话尽管直说。袁虎点点头：马叔，那就长话短说，日军突然发兵包围了军分区驻地白河镇，江司令，哦，就是我们以往的独立团江团长江震派我带人冲出包围圈，到袁家寨传令新编二十四团在外围牵制敌人。跟我同时冲出来的战友先后阵亡，我冲到袁家寨才发现，那里也被日军占领了。

马立田插话：你是说新近接受八路军改编的袁世伦一伙吗？

袁虎说：对对，就是他。后来才得知日军一到他们就投敌了。马立田叹着气说：本地人都知道，那个袁世伦是出名的三花脸土匪，阴狠坏三绝，你们没让他套住算是幸运。袁虎说：是啊，我发现袁家寨有敌人后，就迅速调转马头往回跑。敌人开了炮，结果我中了敌人的炮弹昏迷在乱坟岗子里。

老教头吓了一跳：啧啧，真悬！

袁虎继续说：当夜，一队前不久在日军大扫荡中冲出来聚在大碱洼的八路军战士把我救回来，这几天我们已经和敌人打了两场交手仗了。马立田连说：知道知道，炸了李家寨的日军军需物资，昨天又劫了他们的运输车队。袁虎点点头：马叔，你们的消息也够灵通的。

马立田：相距几十里地，连枪炮声也能听到。

袁虎说：本想这两场战斗能把敌人引开，以减轻白河镇的压力，可是，日军非常狡猾，就是围着白河镇不撤兵。战斗中我们有些战士负了伤，如今仍在碱洼地里躺着。我进村找各位前辈，就是想大家请帮个忙，让伤员进村治疗休养。

老教头和马立田对望了一下，同时点点头。

老教头：看来，前不久要进村的那伙八路军是真的。

马立田：我早说过，他们就是真八路，老乡们怀疑，我也不能多说。

老教头：唉！你看这事闹的。

几位老乡相互计议后对众人说：既然是真八路，那就赶紧把伤员抬进村里吧。老教头连说：都进村，都进村，连队伍一块儿开进来。马立田当即布置：各位兄弟爷们儿快去组织人，打扫房屋准备担架。

老乡们答应着起身离去。

袁虎站起身，老教头拦住他，说：孩子，你别动了，大小事有咱村里的乡亲们呢，咱们先吃饭吧。袁虎说：我已经吃过早饭，既然村里决定接纳伤员，我得赶紧出村把这情况告诉大家。马立田听后连连赞成：小虎说得对，你马上出村告诉你的队伍，让队伍有所准备。

袁虎答应着，匆匆走出北厅。那几个小伙子仍在院子里等他，走上来道歉，并央求袁虎找时间传授功夫。袁虎爽快地笑笑：行啊兄弟们，现在打日本要紧，等日后天下太平了，我把全身本事一点儿不留地教给大伙。

9

村外大碱洼土屋前，袁虎、刘冬武、于志德站在屋前望着村口，目光透出期待与焦灼。终于，他们看到马立田带领碱洼村的青年人，抬着门板和用棍棒荆条扎成的担架走出村，脚步快捷地来到他们跟前。三个人赶紧走上去和老乡们握手致谢，袁虎向马立田介绍了刘冬武和于志德。几个人相互握手后刘冬武说：袁团长，前几天就是这位老马先生到树林荆丛中看望了咱们的伤员，还答应回村后帮着咱们做做老乡们的工作。

马立田歉意地叹了口气，说：要不是今晨袁虎亲自到村里，这事可能还得耽搁几天。好，不说那些了，咱们先抬重伤员，再安排轻伤员。此时，刘冬雪已把伤员的伤势轻重分清楚，袁虎、刘冬武、于志德和战士们帮着老乡先把重伤员一一抬上担架。伤员们被相继抬走，马立田看看三人：队伍也进村吧。

袁虎说：马叔，这件事我们几个商量了，还是隐蔽行动的好，先把伤员们安排妥了，队伍晚上再悄悄进村。马立田点头：小虎，你成熟多了。

袁虎让冬武留下照应部队，自己和志德跟着马立田他们进村安排伤员。

伤员们被抬进碱洼村后，送到村内一个大的拳房里。有的需要换药，有的需要重新包扎，如今有了较为安静的环境，刘冬雪终于能够松口气了。她刚把一应需要处理的伤员整治完备，马立田带人送来了热水热饭。马立田走到伤员们面前挨个安慰，于志德看在眼里非常感动，他把袁虎悄悄拉到一旁：袁团长，我们怎么感谢碱洼村的老乡们呢？

袁虎说：来日方长嘛，再说，乡亲们也不是图什么回报。于志德感叹道：军民鱼水情，今天我是真真切切地体会到了。

上午先把伤员们接进了村，晚上，部队悄悄地开进来。一切都有条不紊地进行了安排。伤员们被安置到一个舒适而安全的地方，四个支队则分别住进村里的几座拳房。为了保险，部队夜间住在村里，白天在大碱洼的荆条蓬棵中潜伏。悄悄入，暗暗出，村周围设下暗岗，几里地以外放出游动哨。村内村外，各设一个指挥部，分工值班，一有情况，便可互为攻守。

部队做了进一步的调整。单刀队由袁虎亲自带着，另配两挺机枪。四个支队的旧武器，全换成了新缴获的三八式。每个分队组织一个机枪班。机枪班不光掌握两挺机枪，还配备了一个掷弹筒。马家屯伏击战中，得了两门小六〇炮和掷弹筒。袁虎忆起这件事，就让志德物色了几名炮手，组织了一个炮班，由"纵队"指挥部机动调用。调整停当，袁虎指头顶住太阳穴，想了想，突然对冬武说：告诉同志们，孙宝明的职务给撤了。

冬武一惊：为什么？

袁虎说：孙宝明不服从命令，差点儿出了大错。冬武怔了一怔，见一旁的志德和刘成都在点头，便不多问，转身出去执行了。就在当天晚上，马立田带着十几位青年给部队送来了大饼、稀饭羊肉菜。考虑到有的战士吃不服羊肉味，还特地备了几盆醋渍萝卜花儿。冬武等几位同志见了，一个个和他们抱成堆儿，点头流泪，却怎么也说不出一句感谢的话。

饭菜很快到了战士干部们的嘴边。这些人几天来东奔西走，紧张战斗，何曾喝过一口热水，吃过一顿热饭？如今，好像又过上了以往的正常生活，那股舒服惬意劲儿，真可说是一种否极泰来的感觉。

吃饭间，人们都喜欢拉闲话。这些青年人又好像特别善拉。从他们口中，大家才明白，八路军的这些同志之所以被挡在村外，是他们以往上当受害造成的。

前年秋，五十多名装扮成八路游击队的土匪经过这里。八路军抗日出名，这打日本的队伍，谁不拥护？他们被悄悄地接进村里，照应了吃喝，安排了住宿。不料夜间枪声大作，这些狗东西分成几路，又是杀人放火，又是抢掠财物。那一刻，老教头正领着徒弟们练硬功，听到动静，知道不好，忙爬上武圣殿顶楼，敲响木梆，同时大喊着"魔鬼进村了！"多亏是这碱洼村，村中许多汉子，是代代相传的"黑市买卖"人。他们听到枪声梆声喊叫声，情知是打鹰的今儿让鹰啄了眼。羞坏了，气急了，当即有的联手，有的单干，用刀矛铁链和短枪，同土匪们展开了拼搏、周旋。土匪们原想顺路捞一把，不想竟然撞在圈里，惶惶外撤时，十几人已给结果了——自那以后，带枪穿军装的想进村？难啦！

冬武他们听了瞠目结舌，心想，要不是他们这位袁团长，队伍莫说进村，以后的情况还不知会怎样呢？袁虎这时也豁然醒悟，他脱口道：怪不得马叔认出我以后，就"真八路、真八路"地咋呼。原来有这么一笔冤枉账啊。

村中青年和八路军战士在拳房里攀谈，拳房外袁虎、刘冬武、马立田蹲在地上商议着一些未了事宜。袁虎说：现在好了，有了村中乡亲们的支持，我们可以放开手脚干一场了。刘冬武说：是啊，鬼子不从白河镇撤兵，军分区的压力会越来越大，我们必须给鬼子们加加压。马立田眨巴着眼睛想了一会儿：依我看来，你们上两次的行动没有引起日本人的足够注意，所以他们才盯着白河镇不放。

袁虎：马叔，别看你是一般老百姓，看问题还真透彻。

马立田：哈哈，是吗？

刘冬武：袁团长说得没错，接触时间不长，我就感觉老马不简单。

马立田说：过奖了，我就是个一般老百姓。一阵急促的脚步声，志德和刘成气喘吁吁地跑过来。于志德说：袁团长，袁团长，不好了！袁虎忽地站起身问怎么了。志德和刘成跑到袁虎跟前，看了看马立田，欲言又止。马立田慢吞吞地问：是不是伤员不见了？

于志德：对对，一个也不见了，连冬雪也不见了。

袁虎：哦，我以为什么紧急情况呢，让马叔解释吧。

马立田笑笑说：你们放心就是，村中老乡商量后决定，把伤员们转移到一个非常安全秘密的地方了。于志德吃了一惊，说：这么要紧的事，为什么不事先和我们说呀？马立田迟疑了一下：对不起，这个地方除了老教头和几位德高望重的老乡外，没人知道，也不能让其他人知道。

刘成追问到底把伤员转移到了哪里。马立田说：原谅吧，真不能说，说出来我就在村里再也无立足之地。袁虎赶紧解释，说：志德、刘成，这事我知道，马叔他们事先和我说了。刘成：哦，你知道就好，可吓死我们了，以为出了意外了呢。

袁虎说：好了，把心放到肚子里吧，来，咱们研究布置一下今后的行动计划。马立田说：你们别在这里研究了，拳房大院里有个单间房子是给你们当指挥部的，去那里吧。袁虎一听：好，太好了，我们走。

马立田把袁虎等人领进拳房院里的单间小屋里，屋里有座土炕，炕上放着一张小方桌。马立田指指小方桌说：你们研究布置吧，我到各拳房里看看去。

袁虎说：马叔，你也不是外人，不用避着。马立田说：过一会儿我再来，说着走出屋去。几个人坐在炕沿上，借着小方桌上的棉油灯亮开始商议今后的行动计划。

袁虎一连问了刘成两个问题——外围哨和游动哨是不是都放出去了？白河镇侦察小组现在是否应该到达隐伏地点了？刘成回答说：游动哨一直按部就班，白河镇侦察小组下午就已出发，从时间上推算应该到了。袁虎说：好，非常时期，万万不能大意。我们开个会，安排安排下一步的行动。

于志德说：袁团长真有大将之才，军事上既能收得拢，又能放得开，难怪年纪轻轻就当团长了。袁虎的脸皮紧了一下说：别吹我了，我吃几碗干饭自己心里明白。大伙笑了一会儿，冬武说：马家屯伏击战中，我们缴获了敌人不少武器弹药，现在，三个支队的旧武器全换成了三八式。再打起仗来，我们起码在火力上不吃亏，我看可以采取大的行动了。

几个人凑在一起，一会儿高声一会儿低声地议论着，会议开了将近一小时，袁虎说：可以了，就到这里，咱们到各拳房里看看战士们。袁虎说完起身往外走，三人紧紧跟在他的身后。袁虎和冬武、志德、刘成四人走出拳房不远，黑暗中一个人迎面走来。袁虎看出是马立田，迎着问：是马叔吗？果然是马立田走过来。马立田问道：你们的会开完了？

袁虎说开完了。马立田站住：我正要去找你聊聊呢。袁虎说：那我们回拳房吧。马立田摇摇头说：小虎啊，你找个队伍上的头头陪着，到我家坐一坐，有几句要紧话咱爷儿俩得说说。袁虎说：那好。他让志德和刘成先回各自的分队，让冬武跟自己去马立田家。

一路上，马立田盯准了袁虎，和他唠了许久，翻来覆去地询问白河镇的情况，又问这支部队的组织过程。虽是老熟人，但因为战争年月，情况复杂，对这位问得既细又急的马叔，袁虎也开始戒备了。当对方又问他近几日准备怎么办时，他心头一沉，更加含糊其词地回答说：看看情况再定吧。就是驻在这里，也只想暂时休整一下。马立田见他如此口气，不自然地笑了。黑暗中，他又盯了马立田一眼，马立田也恰好正看他。四目相对，因为离得近，袁虎发现，那对不算明亮的眸子里，既有深情，也有狡黠。

拐了两个弯又进了一个小巷，马立田走到一座大门前说到了。打开院门走进屋，屋内漆黑一片。马立田划火点上棉油灯，顺便让袁虎和冬武坐在炕沿上。袁虎看看空荡荡的屋子刚要说什么，马立田就解释，说：孩子跟他娘去了姥姥家，家中现在只剩我一人。袁虎有些吃惊，这位马叔真神奇，能够提前知道自己想问什么。正在暗自纳闷，只见马立田从炕墙的暗洞里掏出几封信拿在手里走过来，袁虎和冬武奇怪地望着马立田，眼里满是疑惑。

马立田：你俩先看看这几封信。

袁虎和冬武分别拽出信纸看着。袁虎和冬武看完信同时抬起头，脸上露出惊喜的神色。袁虎说：马叔，你是共产党在冀鲁边区的特委书记？

刘冬武：要不是有这几封东岳分区江司令和李政委给你送来的信，打死我也不相信您这位带点土气的老乡会是党的重要领导人啊。

马立田：鉴于当时当地的特殊情况，是组织上让我隐身在碱洼村，发动起一些可靠的"黑道朋友"和村中青年，专门隐藏、护送在冀鲁之间来往的党和部队的重要干部的。年初，回民支队司令员马本斋由山东荣成返回冀中，就是我带人接过黄河又送去平州城的。由这种工作的特殊性所决定，我不能声张，不能在地方上露面，我所做的一切，都是秘密进行着。此地唯一能够和我直接联系的，就只有军分区江司令和李政委。

刘冬武：难怪连村里的人也不知道你的真实身份啊。

马立田：为使大碱洼尽量避免引起外界注意，非有极其重要的任务，连江司令和李政委也不直接和我联系。如今，形势突变，我再也不能不表明身份了。

刘冬武说：马书记你算做对了，这样我们这支部队也就有了依靠，也才敢请您帮助打击敌人，让军分区机关的损失尽量减少些。这下我心里更踏实了，前天刚遇到袁团长，今儿又逢了您这位党组织的负责人，真是太幸运了。马立田说：我见到小虎也真吃惊不小，才两年的时间，他竟然当上团长了。

袁虎一阵不自在：马叔，刘营长，事到如今实话实讲吧，我本来不是什么团长，而是从白河镇突围出来给二十四团团长袁世伦送委任状的特务营的副排长。由于血污了委任状上的名字，而我和袁世伦又同姓，这些散聚在大碱洼里的八路军官兵就把我认作了团长。

刘冬武一怔，随即握住袁虎的手：你就是我们的团长，从这两天的军事行动看，你比一个团长的指挥能力都要强。你必须承担这个重任，为了战斗的胜利，你绝对不能再向第三个人透露真相。

马立田：小虎啊，冬武同志说得对，形势的需要，你和我的真实身份目前只许我们三人知道。这个决定，你，我，还有冬武同志，要当作一项纪律来执行。

白河镇前沿日军指挥部里，长谷川大佐正在接电话。长谷川放下电话走到滕野面前立定：将军阁下，昨天我们的军需物资被劫后，师团后勤部今晨已从平州、河城急调补给，目前车队已经出发。

滕野问护送兵力是多少。长谷川回答说一个中队。滕野说：大佐，你觉得一个中队的兵力保险吗？长谷川说：平州通河城的大公路上没问题，两旁地势平坦，视野开阔，又是我们的实际控制区，八路军不敢在那里设伏，关键是从路口到李家寨这二十几里地。滕野点点头：大佐。请马上通知松井少佐，带一个小队到路口接迎，从公路到李家寨这段路加强警戒。

长谷川答应着，转身走到桌前再次抓起电话。

平州通河城的公路上，一队重兵护送的大卡车从河城方向开来。一队骑兵在公路通李家寨的小公路上往来奔驰，松井率日军一个小队和一个中队伪军在公路通李家寨的路口处迎接。两队卡车先后驶下公路开往李家寨，大批军需物资在半天内从河城、平州方向朝这里运来。

晚上，白河镇镇内镇外一片沉寂。

镇内，从东、西和北三面抽调的八路军部队与南边的部队分段防守。黑暗中，八路军指挥员手握匣枪警惕地注视着围墙以南的开阔地。而在白沙河南岸的日军炮兵阵地上，大批的炮弹箱摞在一起，许多炮弹箱的盖子已经完全打开。一直操炮待命的日军炮兵转动摇把调整着炮身，准备随时将大批炮弹隔着白沙河射向堤外。与此相配合，日军的进攻部队也在白沙河堤内做着准备，炮轰过后，他们就要向镇内发起攻击。

日边白河镇前沿指挥部里，长谷川不时地看表，又看表。他把目光瞄向滕野，滕野也在看手表。长谷川想说什么，但没有说，他一直在等，等滕野确定的那个进攻时刻的到来。进攻时间已被这位小他十多岁的少将改动了两次，他感觉或断定对方还要改。他不能问，也不能提建议，他的任务只有两个字——执行。

长谷川的直觉兑现了，滕野稍稍侧头：命令部队于十一时开始攻击。

长谷川终于按捺不住了，他小心翼翼地问道：将军阁下，已经比以往推迟了半小时了，怎么还要继续推迟吗？

滕野对于下级的询问并不生气，他慢吞吞地说：从人体生理学上讲，十一时是人最困乏的时刻。加之我军三天来进攻力度减弱，八路守军已经疲沓松懈，推迟一小时进攻，可以收到事半功倍的效果。

长谷川：是，将军！

碱洼村北的土碱丘上长有榆树，抗碱力强的榆树长到一人多高茶碗粗细也就再也不长了。树下，稀稀落落长出些小草，袁虎、冬武和马立田此刻在土丘上坐着。他们遥望东北，东北上忽明忽暗火光闪动。枪声炮声隐隐传来，袁虎说：他妈的小鬼子又发疯了！冬武说：咱也按计划给他个敲山震虎，从旁揍他一家伙进行迷惑性牵制。袁虎冲他点点头却没说话。袁虎习惯性地用指头摁住太阳穴，扭脸又瞅马立田。马立田说：一定是日军补充了军需弹药，又有资本强攻白河镇了。我们当然不能眼瞪眼地看着。是不是这样……马立田低声和袁虎、冬武说着。

刘冬武：你是说小型闪电式？

马立田点点头。

袁虎挥掌砍折一截枯树枝，绷紧的口唇间蓦地蹦出一个字：打！

碱洼村东，月儿尚未出来，天地间灰黑一片。夜色中，几十名黑影从碱洼村的围墙口里纵出来，这些黑影身手敏捷，一会儿就消失在村外的荆条丛里。

是一支八路军的小部队。队伍成单行前进，不走正路，只在荆棵的间隙里钻。队伍越往前行，荆丛越稀，渐见庄稼。大毛朗歪向西边时，月儿出来了，此时这支队伍已完全出了大碱洼并继续前行。

碱洼外的玉米地里，战士们在淡淡的月色下轻手轻脚往前走，尽量不弄出动静，更不能踏坏庄稼。走在前边的于志德忽然站住，他朝后摆了摆手，身后的队伍马上伏下。于志德又招招手，袁虎和冬武轻轻溜过来。志德将手罩在嘴上告诉二人，前边有动静。

袁虎侧耳细听，前边地头上有轻微的响动。响动很轻，如风儿刮动着落地的树叶。袁虎拍拍志德的肩压低声音：志德，你的耳力真不错，没有丰富的夜间行动经验，很难听到这么细微的响动。

于志德：你估计会是什么？

袁虎：从声音的快慢节奏，肯定是人在走路，但人数不多。

冬武：最要紧的是弄清是些什么人，在干什么。

袁虎和冬武、志德低语。袁虎、冬武带领几名战士，顺垄眼一点一点向地头上移。袁虎摆摆手，身后的人停住。地头上一个沙哑低沉的嗓门：娘的，溜了半夜，连八路军的一根毛没碰着，倒把爷累个够受。

一个粗嗓门接上：日本人没腔眼，就不想想，八路是打了就跑的主儿，怕是早出去一百里地了，难道在这里等你日本人来拾掇吗？

哑嗓门叹口气说：就是嘛，趁早，还是找个窝巢去宿宿吧。到下半夜露水挺大，咱们再这么溜下去，非弄个浑身透湿不可。粗嗓门哼了一声：抽支烟再说。

有枪筒之类的铁器撞击声，袁虎故意碰了下庄稼。地头上当即没了动静，接着是匣枪机头张开的声音。粗嗓门：嘘，别动，听听说，别是他妈那一拨的。

没了动静。一阵小风吹过，玉米叶唰唰响起。沙哑嗓门：嘿！风刮的。

接着是关机头的声音，之后有人掏火柴划火。袁虎凑到冬武耳边告诉他，这是原李家寨土匪手枪队里的。冬武问袁虎咋知道。袁虎说：我和政委去他们那里做过收编工作，哑嗓子的叫刘五。

冬武点点头。袁虎：这么办……

袁虎附在冬武耳朵上说着。

按照袁虎的安排，冬武带着三名战士悄悄后移。过了一会儿，西边的豆子地里传来冬武的假嗓：刘五，刘五，妈的你们哪里去了？

地头上的人站起身：谁？

刘冬武：我，是我。转了半夜，毛儿也没见，你们碰到情况了吗？

刘五口气迟疑：没有。你，你们……

玉米地里志德乘机带人靠上去，急剧的大跨步夹杂着庄稼咔嚓声。随之地头上传来刘五"哎哟哟"的叫声：娘哎！八，八路爷手下留情！

224

地头上传来低低的审问声。

晚风刮一会儿，又停了。

月儿已经爬上东半天，天上有层淡雾样的东西罩着，混混浊浊。袁虎半蹲在玉米地里，若有所思地望着天上的星月。玉米秸唰唰一响，冬武走进来：袁团长，这两个家伙确是那个土匪手枪队里的，说日军一进白河地区他们就跟着司令投降了。因为近两天李家寨一带接连出事，日本人就将他们编入特工部队，分散在这一带侦察警戒。今夜派出来好几个小组，每组相距三四里地，有情况鸣枪为号。

袁虎：问没问附近敌人的驻军情况？

冬武说：刘五交代，东北不远的桥头刘驻有日伪军各一个中队，李家寨驻进了敌人骑兵，意思是便于对他们随时策应。袁虎说：真是万幸！若非你们手快迅速制服对方，枪一响，今夜计划全得泡汤。冬武说：也算是天遂人愿吧。他问这两个家伙怎么处理，袁虎想了想：捆起来，塞住嘴，抬到正东不远路边的庄稼里。

袁虎率领队伍来在玉米地里的一个坟场上，战士们坐在坟的空间里休息。袁虎蹲在一座大坟前低声布置了新的任务。由于情况变化，他们将这次夜袭的目标改为桥头刘。为减小行动目标，队伍分成三路，避开敌人的游动小组，分别绕道向桥头刘进发。袁虎说桥头刘正西有片麻棵地，队伍在那里会合，暗号为蛤蟆叫。到时，志德和他进村，冬武带一个小组插到桥头刘南边，任务是诱敌出击。

袁虎布置完毕，队伍马上行动。

月色朦胧中，三溜灰色的影子在高矮不一的庄稼地里忽隐忽现。开头是由西往东，渐渐地又稍稍转向东北。桥头刘位于白沙河的北岸，队伍分为三股，从不同位置插了过去。

袁虎带着十几个人停停走走，不时观察周围的动静。午夜时分，袁虎他们靠近了桥头刘村西一大片麻棵地，袁虎趴在麻棵地西南边的沟坎上静静地听着，四周没有动静，袁虎飞鱼掠水跃过去，身子扭了几扭，就没入了麻棵地。后边的战士也要跟上去，一位排长摆手制止：等一下，别急。

战士们耐心地等着，大约过了一袋烟的工夫，周围没有动静。排长压低声音告诉同志们，每三人一伙，间隔两分钟跃过去。战士们按照排长的叮嘱，十几个人不大会儿就进了麻棵地，此时，袁虎正趴在麻棵地边上等着他们。

袁虎和十几名战士趴在麻棵地边上，用手捂着嘴"咕呱，咕咕呱"叫了几声。就在十几步外，也传来"咕咕呱，咕呱"的蛤蟆叫声。袁虎低声说：

有一个小组先到了。便带领战士们循声摸过去。对面于志德哈腰走过来：团长！

袁虎和志德凑到一起。志德说：我从麻地边上看到你们过来，同志们身手不凡，一个个像江湖小说里描写的飞侠。夜间行动，不便招呼，所以我也没说话。袁虎说：你是处于旁观的位置，其实你带的那些人同样利索。今晚出来的干部战士大多自小生活在武术之乡，功底扎实，体格强健，有的在部队里还受过特殊训练。抗战爆发以来，他们经常以夜为昼，所以行动起来特别的洒脱。除非你有探照灯，除非你是猫头鹰，否则，要看清他们的行踪位置，根本不可能。

志德：三路到了两路，只等冬武了。

袁虎：按说也该到了。

袁虎和志德潜行到麻地边上往外瞧，麻棵地外毫无动静。志德说：难道他们认错了方向？袁虎说：不能，这么月朗星稀的夜，还会分不清东西南北吗？志德说：是不是感到把握不大撤回去了。袁虎说：更不能。冬武细心稳重，有着极强的组织纪律性，他不会擅自改变计划。等等，咱们再等他一会儿。

志德：嗯？八成是遇到麻烦了，再等等看。

真让志德说对了，冬武那支队伍遇到了麻烦。

冬武从南侧率队向东插到桥头刘东南角，正准备再向北穿插，忽听地头沟处有小小的动静。冬武朝后挥挥手，同志们赶紧伏下身子，听到地头沟里有小小的水流冲击声。冬武纳闷，袁虎说过，到这儿往前是条死沟汊，顺死沟汊转向西再向北，就到约定会合的麻棵地了。可是，死沟汊子咋有水流冲击声呢？再细听，水流冲击声停了，前边沟沿上有人说话：娘的毛，爷儿小肚子差点儿鼓破。

冬武这才明白，原来是有人小便。这会儿沟沿上又传来低低的说话声：别咋呼，快系好裤子，听听，那边有动静。

冬武知道碰上敌人的游动小组了。

冬武朝后做手势，让同志们卧着别动。

冬武他们不动，对方也不动。

月亮已经偏西，冬武急得出了汗。冬武压低声音对身旁的两位战士说：再这么抻下去，今夜的行动就得砸锅。事到如今，咱们只有豁出来干了。冬武附耳嘱咐了两名战士几句，三人立起来，边朝前走边喊着：刘五，刘五哪？

沟沿上突地传来一声詈骂：去你姥姥的屁吧！

随着骂声传来，对方"叭叭"就是两枪，子弹蹭着冬武的肩尖飞过去，把身后的一位战士打伤了。冬武赶紧伏身，冬武伏身的同时一甩匣枪，成串的火光唰地飞出去了。战士们迅速跃起，呼地一下压上去。两三个人影顺了沟沿往东跑，边跑边喊"八路来了！"有一个惨叫着跌倒，驴打滚翻进沟里去。再一阵枪响，又有一个中弹跌倒。跌倒的爬起来哭叫：妈呀，我给打中了。二哥，拽上我二哥！

前头逃命的家伙似乎顾不了这兄弟，兔子一样跑没影儿了。这挂彩的便骂，日你妈的，大闺女养的，连把兄弟也不救了……叫着骂着，滚进水沟里乱扑腾。一位战士循声送去几枪，咕噜噜一阵响，水里没动静了。

扔手榴弹，打排枪！这是冬武急中生智，想出的扩大声势的办法。霎时间，几十颗手榴弹排炮似的轰隆隆爆炸，一片枪声又夹杂着人的呐喊，远处听来，真如有大队人马对阵作战似的。

刘冬武率领十几人伏在一条沟沿上，指挥战士们朝桥头刘方向持续不断地开火。枪弹在桥头刘上方飞蹿，带着嗖嗖的声响。

这一来，桥头刘也真乱了套。歪把子机枪在村中土楼上"嘎咕咕"地扫过来，是给他们的游动小组壮胆的。大街上，人跑哨子响，眨眼工夫，日伪军就列队集合了。日军中队长河津少佐挎着东洋刀站在队伍前，说：这是八路军夜袭部队被皇军的特工人员发现向南逃窜，李家寨的守军又给以迎头痛击。他命令一个日军小队和一个警备小队留守村内，其余两个日军小队和警备小队统统跟他出村去包抄八路军。一个日军小队队长大着胆子说：这么做是不是有点儿冒险了？河津怒吼：八嘎！这是攻击白河镇的皇军指挥部为保障后方军需安全制定的预案，执行命令！

日军小队队长：哈伊！

一听村南枪声大作，袁虎就明白，这是冬武他们真同敌人遭遇了。他急得以拳擂地。因为今夜同志们都是带的短武器，目的只是骚扰一下敌人。倘若拉开阵势干，在敌人的强大火力面前岂不吃亏？应该想到啊，说是桥头刘，实际上离桥仍有二里地。敌人在这里的驻军首先是用于接应守桥部队，保证军需畅通。其次就是策应外边的游动小组，防止我们的袭扰。这里南有李家寨，北有沙河桥，东有日军后方部队，西是整夜有巡逻的南北大道。桥头刘的敌人包在"兵窝"里，自然夜里也敢出击。我考虑不周，失算，失算啊！

志德问是去接应冬武还是强攻桥头刘。袁虎说：既已如此，敌变我变，以攻代援，把袭扰改成攻击。蓦然间，袁虎脑子一转，又觉得这是个可乘之机。既然已经到了这里，我何不见机行事，利用此时村内敌人力量薄弱的机会，率领这两个小组一鼓作气冲进去！袁虎把自己的意见一说，志德马上同意，说干就干，三十几人在袁虎的带领下。立即跃出麻棵地，悄悄向村边靠近。袁虎一边行动一边悔恨，悔恨当初就没想出这么个引蛇出洞的主意，带些长武器重武器来，起码先在村南敲死他一部分。

战术——这个奥妙无穷的东西。

10

袁虎带人来到桥头刘村的西北角，在浅浅的村沟外停下。袁虎细心地观察了一阵儿，又朝前边扔了几块坷垃，确信村外没有敌人的游动哨，这才对于志德说：我先上，你带着同志们向西街口运动。注意，要是情况有变，立即回撤。

桥头刘的围墙其实算不得围墙，一段一截，是借两处住宅或两座房子之间连起来的。袁虎说着话就要起身靠向围墙，忽然有人拽住他的肩头：团长，看我的！

是赖八。袁虎迟疑了一下，赖八说：怎么了团长，不相信我？袁虎心一横，朝村沟那边扬扬脸，赖八哧溜蹿出去了。眼见赖八几步跨过浅沟到了墙根前，腾身一跃，离地足有四五尺高。右手一伸，五指如爪抠住墙沿，身子一转，脊背贴墙，生生地整个人在那儿"挂"住了。紧跟着鹞子翻身上了墙，整个动作快捷而灵活。袁虎暗暗叫好，称赞赖八这"沙坑"功夫练得不错，难怪他敢说大话。自从和赖八接触，他就觉出这人身手不一般。这次出来，就点名让赖八跟着。果然不负所望，他第一个先上了墙。要是此刻有什么意外危险的话，那他必是首当其冲了。

赖八上墙后将身顺倒在墙上，脑袋微翘，细细地向村内观察了一会儿，才又朝这边招手。袁虎身子一矮蹿上去，也用同样的功夫上了墙。那趴在墙上的赖八本想露一手给袁虎看，今见袁虎比自己来得还利索，就有点儿丧气，丧气归丧气，心里可也真服了。墙上的赖八冲袁虎竖竖大拇哥，袁虎在墙上冲志德摆摆手。志德心领神会，带人拐向桥头刘的西门。

袁虎和赖八俩人轻轻跳下墙，袁虎在前，赖八在后，悄悄地向西街门摸去。

因为桥头刘包在兵窝里，日军认为八路军胆子再大，也不敢狗熊腔子上拔白毛。故此，这里的敌人挺大意，也很得意。几天来，每个街口只放上一个伪军班，大队的鬼子伪军，都住在本村小学和一个有土楼的大院里。

今夜，村南初时枪响，继而枪声大作，手榴弹也连续爆炸。日军中队长以为八路的夜袭部队先是碰上了游动小组，接着又在攻打他们的某"友邻"。倘若出现了前几天李家寨被毁的那种事情，他不及时策应救援，定会承担责任。故此，就急如星火地率部南去。可他万没想到，袁虎却乘这机会，真的来他这狗熊腔子上拔白毛了。

袁虎和赖八在房屋的遮掩下来到西街口，从一个胡同口朝外望，只见土坯垒成的街门上，安着檩条做成的木栅栏，粗壮结实，还用铁链锁着。南、北两侧有街屋，小窗口上透出亮光，细听，屋中有人说话。街门处，两个伪军端着枪，正在议论南边发生的情况。只听街门南边有个伪军说：莫非八路要攻桥头刘？门北那个伪军笑着说：吓死他们也不敢，桥头刘是什么地方，军转重地呀。门南那个伪军说：可别拉大话，连李家寨那么重要的补给站不也让八路炸了吗。门北的伪军接上说：李家寨和这里不一样，这里四周都是皇军的人，你就把心放到肚子里吧。

距离虽说不远，毕竟有段距离。冲上去制伏他们吧，你手脚再快，没有人家扣扳机的速度快。悄悄靠上去，前边又再也一无遮掩。袁虎和赖八四目相觑，一时倒真犯了难。待了一刻，赖八忽然拉他一下，俩人相跟着出去几十步，拐进一条胡同。从胡同里拐出来后，俩人的架势都变了。袁虎走在前，左手提着匣枪带子，右手捏着帽子，左甩一下，右甩一下，十足当官的模样。赖八跟在他身后，顺街筒摇摇摆摆走过来。离西街门不远站住，袁虎喊：谁的岗哪，过来一个！

两个站岗的伪兵一愣，其中一个慌忙背好了枪，边跑过来边说："是，班……队长！"显然，他认为来者晃着膀子提匣枪、不是这"长"，准是那"长"。

伪兵跑到他们跟前，盯着袁虎的脸左看右看不认识。正纳闷，猛然从对方手中的帽子上弄明白了。刚要喊，脑后大筋给谁捅了一下，头一低，脑袋就晕了。袁虎把枪挂在腰带上，左手提着他的后衣领朝前送，右手的帽子依旧甩动着。从旁边看上去，像是和那伪兵一边走路一边扶了肩背说什么。走到门口，另一名哨兵慌忙立正。忽然又发觉不对劲，可是还没反应过来，赖八的刀尖已经指住他心窝，低声道：敢嚷，一刀捅进去！

伪军吓傻了：好汉……

赖八龇牙瞪眼：老子是八……八路爷爷。

那个伪兵吓酥了：八路爷爷！

赖八俨然老革命的口气：小声点儿，妈的狗汉奸！只要不弄鬼，八爷不

229

杀。说着，刀子在手中拧个旋儿。若非情况紧急，袁虎准得笑出来。唯恐赖八再啰唆，忙低声命令着：快，开街门！

那伪兵再不敢说话，走到栅栏前摘下了铁锁。原来，栅栏门并没上锁，那铁锁只是在铁链上挂着的。

栅栏门轻轻地移开了，志德带人从斜对过的沟里悄悄溜出，悄悄地溜进门内。也就刚刚占据街口，开门的伪军忽然惨叫一声跌倒在地，抽搐几下断了气。原来，赖八卸了磨宰驴，真的给人家"一刀捅进去"了。听到动静，南侧街屋里有个伪兵探出头来。探出头来的伪兵还没看清外边发生了什么，马上又让贴在门旁的战士给搡进屋里，几个战士随即冲进南侧的街屋，屋里传出一阵扑棱声，有战士在低喝"谁动弄死谁！"屋里渐渐安静，战士们背着缴获的枪弹从南侧屋里走出来。与此同时，战士们也冲进北侧街屋里。不料，里面除了锅碗瓢勺，只一个伙夫在灶下傻坐着。汉奸们会享受，站岗放哨还要吃夜饭呢。

于志德告诫集中在屋里的伪军，说八路军只杀鬼子和死心塌地的汉奸，不杀有良心的中国人。有两个家伙灯下冲他翻白眼，他灵机一动，转身对门口的战士说：准备好了，有一个妄动的，就用手榴弹炸他们。

战士会意，掏出两颗手榴弹，揭盖勾弦拿在手里。伪军们见了，当即喊了妈，齐刷刷跪下道：不敢动，动是骡子养的！

从伪军班长口中得知，每个街口都是只有警备队的一个班看守，鬼子住在有土楼的刘家大院里，警备队队部住在村东小学。志德用栅栏门上的大锁卡住屋门，命两个战士在街口守着。袁虎走过来，和志德悄悄地说了几句，志德点点头，和五个战士套上刚刚弄到的伪军服，拿起刚刚缴获的长枪向东而去。

袁虎率大部分同志直扑有土楼的刘家三合院。

志德带领五个战士来到村东头一片小水湾处停住，就在水湾的这边伏下。正如袁虎所讲，对岸果然有个大院，那大院就是驻有伪军的小学。因为东边一打响，这儿的伪军肯定要去增援，而志德来此的目的便是两个字——堵截。

就在志德堵截小学大门的那会儿，袁虎等人也来到了十字街，从十字街向北不远，就是那座有土楼的三合院了。这原是一家财主的宅子，日军开进，就把财主一家赶到别处去。四间东屋，四间西屋，西屋南端带一大门。六间北屋的西头，便是土楼。这里距白河镇只有三公里，昔日是八路军东岳军分区的属地。自然，袁虎对这儿也格外熟悉。

白河镇前沿日军指挥部里，滕野躺在行军床上，长谷川躺在另一张行军床上。滕野说：长谷川君，今夜攻击效果不理想啊。长谷川跳下行军床站在滕野面前：是的将军，没想到八路军调整了兵力部署。

滕野说：如果没有炮火支援，我们丝毫占不了便宜。长谷川：是的将军，不过，我们的炮火已将白河镇的南围墙大部摧毁，整个白河镇已几乎完全暴露在我军的攻击视野内。这样，我们是否可以考虑白天也对其特定目标施以炮击呢？

滕野说：炮火摧毁的只是地面建筑，真正让我们担忧的是白河镇内的地下设施。包括国民党高军南撤时留下的兵工厂，据情报讲，兵工厂就设在地下。长谷川说：将军阁下请放心，我们在兵力和武器装备上远远胜过八路军，估计再有几天时间，镇内的八路即使不投降也得拼命突围。到那时，我大日本皇军即可开进镇内，彻底摧毁白河镇内的共军地下设施，以实现这次的行动目的。

南边传来激烈的枪声和手榴弹爆炸声，滕野忽地坐起来。接着是报话机响，长谷川疾步走到报话机前抓起听筒：哪里？哦，桥头刘以南？不不，你们不要出击，要防备八路军的调虎离山之计。对对，加强警戒，保护好军需物资。这里有河津中队就足够了。

长谷川放下话筒回到滕野面前，双脚并拢：报告将军阁下，小股八路军袭扰桥头刘。李家寨松井请示出击，我没允许。

滕野说：你做得对，这是八路军惯用的麻雀战，小心对方调虎离山。

长谷川：是的将军阁下，松井的主要任务是保护李家寨的军需物资，盲目出击有可能中计，特别是在夜间。

滕野点点头：大佐，你的意见是对的，不过，仍要派部分皇军前往桥头刘协助河津以防不测。

长谷川：是，将军阁下。我马上按您的命令执行。

长谷川拿起报话机：龟田中佐，请马上派两个小队赶往桥头刘支援河津。

长谷川传达完滕野的命令，又坐在桌边查看地图，一边看一边用铅笔画着。滕野仍旧坐在行军床上，仍旧凝神想着什么。

滕野想的是桥头刘以南的枪声和手榴弹爆炸声，莫非真是八路军的小股部队又在袭扰吗？若果真如此，一个河津中队就足够对付敌方了。关键是要判断出八路军袭扰部队的规模，是大部队中的特工部队，还是地方上的武装？但无论是什么形式的八路军武装，只要不危及桥头刘的安全，就可高枕无忧。更为关键的是，守备桥头刘的驻军不能出击，特别是在这神鬼难测的夜里，只要到了野外，实力再强的外国军队，也会变成一群落入大海里的蚂蚱。

　　然而事实却不能遂其所愿，河津耐不住性子，早已率军杀出去了。日军中队长河津少佐率领他的部队，舞着指挥刀杀到村南，只听得"啦啦啦"一片匣子枪响，却看不到八路军在什么地方。他率队急追，那枪声就停；他稍稍放慢，那枪声就又响。忽快忽慢追出四五里，仍旧追不上，河津担心起来，莫非这是八路军有意诱他远出，然后潜伏在某处的大部队压上来把他一举歼灭？他停下来，仔细观察了一下，这儿距西南上的李家寨少说还得五公里，万一发生意外，谁也顾不了谁。再看看前边，田野里一片庄稼，特别是那高秆的玉米和高粱，别说夜间，就是白日，你走到近前也看不清里边到底有什么。他的额上渗出了冷汗，决定不再继续追了。

　　就在他停住的地方，有条横贯东西的沟坎。河津与两个小队长嘀咕了两句，便命令日伪军将好几挺机枪都架在沟坎上，朝着沟南呈扇形地拼命扫射。夜色中，机枪吼叫，天地颤抖，那一片片的庄稼，在近距离内给扫得少皮无毛。有块刚刚甩穗的玉米地，镰刀割过似的很快削平了。月儿惊得躲到了云后，星星吓得闭上了眼睛，夜风自愧弗如不敢再刮，天底下除了摄人心魄的枪声，就是错乱交织的火舌。其余的一切，似乎都不存在了。

　　村南是激烈的枪声，村内却死一样的静。袁虎带领队伍串着小巷悄悄接近了刘家大院，在一条直顶大院的胡同里，袁虎挥手让同志们贴暗处蹲着。袁虎趴在胡同口进行观察，大个子邹威凑过来：团长，你对这里熟悉吗？

　　袁虎低声说：战前这是八路军东岳军分区的属地，我当然熟悉。邹威说：好马不及地理熟，没有团长你带着，我们就是睁眼瞎。袁虎指指土楼顶：别说话。

　　月光下，可以清楚地看到哨兵立在楼顶向南张望。哨兵枪上的刺刀被月光映得一闪一亮，对面院中有叽里呱啦的说话声。袁虎告诉邹威，出了这个胡同口是南北街，斜向东南十几步就是大门洞。从这儿进攻，地形再好不过。他叮嘱邹威把三枚大黄把手榴弹捆作一处，准备往院里扔。邹威点头一乐：好嘞！

　　村南的枪声越来越远，敌人对冬武他们正穷追不舍。邹威手握捆在一起的三颗手榴弹凑到袁虎面前：团长你真了解我。我个儿大，力气更大，干这活正合适。

　　邹威弄出了动静，土楼上的哨兵听到响声猛地扭过脸来，直瞪瞪地朝下盯。哨兵哇呀叫着开始拉枪栓。袁虎说了声"马上攻击！"抬手一枪朝上打去，子弹正正地穿过哨兵下巴。哨兵头上的钢盔打飞了，钢盔飞起挺高，在空中呜铮铮拧了几个旋儿，当啷从楼上掉到地下。斜对过的大门口"叭"地打来一枪，刚跃出胡同口的一位战士咕咚跌倒。袁虎吼一声"封住大门！"两把匣枪哗啦啦扫过去，两个朝这冲的鬼子没来得及吭一下就给撂倒了。邹威一跃蹿过街心，从后背上将三个"大黄把"扔进院里去。院中随之吱呀怪叫，接着，惊天动地一声响，三枚手榴弹同时爆炸。浓烟带着硫黄味人肉味蹿起多高，房顶瓦被震得稀里哗啦乱蹦，显然已经碎了许多。

原来，大黄把手榴弹引爆时间长，落到院里"咝咝"冒烟的当儿，有个亡命鬼子拾起来又要往外掷，可是，他哪有这么大力气呢？扔到房上又滚下来，并且在滚下房檐的瞬间凌空爆炸了。这一来，不独炸遍全院，连屋里的鬼子们也被从窗口飞进的弹片炸死炸伤许多。

袁虎带人冲进院，院里已是血肉一片。有个断了腿的鬼子挣扎着去够枪，被邹威一脚踏在背上不动了。战士们分头冲进三个屋，在小范围内，就看出了短枪的好处，点扫崩打，得心应手。土楼的底层，几个命大的鬼子蒙了一会儿，忽然想到应该反抗。他们手持长枪跳到院里，"呀呀"叫着和八路军战士肉搏。八路军战士没带长家伙，非常被动。开枪打吧，敌我相混，明显地也伤自己人，就在这迟疑中，两名战士给鬼子挑死了。其余的人一躲闪，四五个鬼子冲出门去便逃。战士们随后追出，兜屁股乱枪撂倒两个，另外三个像漏网的鲇鱼，哧溜溜钻进胡同里不见了。战士们随后要追，袁虎喝道：放他们走！

战士们怔了怔，站住。

几乎与这儿同时，东街响起了枪声，显然是志德他们和出援的伪军接了火。袁虎看了看这大院里的情况，见目的已经达到，马上命令一名战士赶去让志德他们撤回来。因为这时北边南边都响起越来越近的枪声，很明显，白沙河那儿来了援兵，而追击冬武小组的日伪军也已回撤。八路军必须尽快出村，一旦给包在这里，那就插翅难飞了。

袁虎他们刚刚到了东西街，志德几个也撤了下来，同志们抬起受伤和牺牲了的战友，迅速从西街口撤出。他们隐进那片麻棵地，由麻棵地向西再向南，兜半个圈儿，太阳露脸儿时回到了大碱洼。

上午十点，冬武那个小组甩掉敌人后，也绕道东南趸回来了。初时，他挺内疚，认为他们小组的失误影响了整个行动计划。待袁虎诉说了这意外的收获，这个稳重的大汉竟然喜得眼圈也红了。这真正的是因祸得福，倘若敌人兵力都在桥头刘，昨夜至多惊扰吓唬或者打掉他一小部。现在，歼灭日军几乎整个小队，得长短枪几十支，更重要的是，就像在敌人的鼻头上剜下一块肉，让他惊恐难堪又难受。没有参加夜间行动的部队，已经撤出村来潜伏着。刘成带一个分队，换上便衣到大碱洼边上去侦察。袁虎带领参战的同志们进了村，在一座拳房里，一个个和衣而卧，呼噜噜睡上了。

昨天夜里，河津正指挥部队瞎驴撞槽打得高兴，忽然隐约地听到后边村内传来枪声。隔那么远，又正是机枪不住点的扫射中，他竟能听到并引起注意，确实还有几分灵性。战时的几声枪响并不奇怪，可随之而起的那一声沉闷的爆炸，使河津心里产生了一种不祥的感觉。紧接着传来的激烈枪声，证实了他的感觉准确。他吓得伸直了脖子，骂了句连日本人怕也听不懂的日本话，战刀一挥，下令火速回撤。

河津率部一路打着机枪回到村里，八路军早没影儿了。北边来援的日军也已赶到，指挥官见到河津的面，呜哇几句又返回了白沙河。此时，月儿正挂在西南天上，灰白暗淡。河津抢进作为司令部的三合院，月光下举目四顾，顿时傻了。一片片烂肉，一摊摊污血，一具具死尸，一条条大腿胳膊。这里一堆，那里一块，像谁家的大肉铺子给捣烂了。西屋残破的窗棂里，一条细而长的人腿不知怎么嵌了进去，软软塌塌荡在那里，像根奇大无比的蒿萝卜。他认定八路军用了调虎离山计。他为自己中计受损而悔恨、羞辱、恼怒，此刻他一声不吭，只想报复。可是，此间现在除了死尸，就是自己的部下，有气难出，有火无处泄。他只好下令先收拾院子，把那些散了架的尸身尽可能地搭配均匀，以便火化装匣运回日本国。糊在墙上的烂肉用锹铲下来，粘在地上的便用刀刮，刮不净的拿水一冲，然后一股脑儿运到门外，倒进那个大粪坑里埋了。

河津挺得住这场景，却受不了这味道。他吩咐完毕，自己则跑到门外，顺着南北大街，在几十步的距离内来来回回地踱。他仍旧一声不吭，像在思索什么，谋划什么。下级军官们笔直地立在街两旁，脑袋随他步子的移动，一会儿向南又一会儿向北地慢慢扭转着。伪军中队长哈腰九十度，有时远远躲开，有时稍稍凑近，看样子有话要说，可抻了半天，还是什么也没敢说。他已经派人去东街小学了。驻在那里的小队长是他把兄弟，他纳闷，把兄弟这半天怎么还不露面呢？是不是也像这里的鬼子窝一样，让八路军给蹽烂了？若果真如此，倒也利索，半斤八两一般重，河津再凶，也没话说。怕就怕那边囫囵这头烂，河津既奸又邪，为了推卸失职的责任，准就找个替罪的。找谁——再找谁，不是明摆着吗？他挺害怕，恨不得立即知道那边的情况，但河津无令，他又不敢擅自离开，所以只好哈巴着身子，在一旁察言观色。

伪中队长心里揣着只兔子，他的把兄弟此时也够紧张的。两天来，投敌的土匪手枪队长一直住在学校里，每晚放出游动小组后，他就和伪军小队长在学校里吃喝玩乐。夜里村南军情突变，他还没有觉出什么。待到街心战斗打响，他才真的慌了，催促伪军小队长出去增援，不料刚出学校门，就让志德他们一顿排枪揍回去。接着，听到水湾对岸传来"打鬼子不打中国人"的喊话，知道八路军进了村，只求不要攻进来，哪里还敢出去增援啊！这土匪本来有奶就认娘，他从刚才街心传来的爆炸声和激烈的枪声中，判断是八路军的主力来到了。定是今夜扫清外围，明儿会同白河镇的守军歼灭滕野。南边发生的激战，肯定也是八路今夜的"扫外"战，河津这头笨驴，还闹不清哪头炕热呢。这小子越想越怕，三十六计走为上，竟就带了自己的随从，从后边偷偷爬墙跑了。

土匪王明起一跑，伪军小队长更加胆怯。干脆听天由命，缩在学校里不动。直待西边街上没了动静，他才壮着胆子领人出来观瞧。说来巧得很，刚出门口，就见西边有俩人绕过水湾直朝这儿跑。借着月光，清楚地看到他们手里端着枪。小队长喊话，那俩人也不应，只是认准大门，飞快地向前冲。小队长吓得蹦起来，以为是前来偷袭的八路，没动脑子多想一下，就甩手开了火。别说，枪法还真不错，一梭枪弹射出去，那二人"呜呀呀"相继跌倒了。听到这声音，小队长吓得立时尿了裤，因为他从"呜呀"声中听出是日本人。他想，敢情这是从刘家大院逃出来到他这儿避难的。一点儿不差，确实是两位太君，逃出八路军的枪口，倒死在他们的皇协军手下。

小队长也机灵，明白闯了大祸，呼扇着湿裤裆跑上前，让部下把两条死尸拽进了水湾，用泥捂好，盖严。要是八路军来到，挖出来请功。要是日本人返回，就说什么也没遇见。糊弄好了，又缩回去，心中七上八下地等着。也不知过了多长时间，闻讯是日本人回了村。当把兄派来打听消息的人见到他，把三合院里的情况一说，他连眼都吓直了。暗自庆幸没出门，否则惹恼了八路军，下场也必然是同样的。他想去那里看看，但一想到自己误杀了鬼子兵，就心虚害怕。唯恐让日本人瞧出毛病来，只好像一条看到同类在门口被杀后正遭剥皮的狗，坐立不宁地在院里躲着。

河津少佐在街上往来走了半小时，看看院中收拾干净，才迈着沉重的步子走进去。他进了屋，刚找了条三根腿的凳子坐好，就听外边叽哇乱叫。片刻，一名日兵倒拖长枪进了院。他认得，是那个留守小队的幸存者。虽然坐在凳上没动，心里却惊恐万分。因为要是死干净了，他倒可瞒哄上司，少担罪责。如今冒出这么个大活人，就少不得要大费脑筋了。

进来的这个鬼子兵正是从这院里逃出去的三人中的一个。这三人本在东边一座破草棚里藏着。村内消停后，就悄悄溜出来。听村南村北都打枪，考虑外突不保险，就去学校里找他们的皇协军。在绕过水湾经过那段开阔地时，这个鬼子按照战术要求，自愿殿后以防不测。还真是"好心自有好来报"。否则，他岂不要代替自己的一名同胞让那位小队长练了枪法吗？

河津同这个鬼子兵谈了一会儿，绿豆小眼轱辘辘转起来。突然，他忽地站起身，抽风似的一声号叫，随着这凄厉的叫声，伪军中队长跌跌撞撞跑进来，一个立正道：太君的吩咐！

河津小眼血红，拍着破桌子吼：你的部下，良心坏了的，证据的大大有！

河津只会几句常用的中国话，翻译一时又不在，伪军中队长摸不着头脑，傻怔住不知如何对答。可是，看这鬼子头儿脸上青筋暴胀，嘴唇哆嗦，隐约觉出事情不妙。不敢多问，只管"哈伊"。

河津命令"东边小学的开路"，一提指挥刀，命令一个小队的日军紧急集合，然后让伪军中队长跟着，直奔正东去了。

霎时间，惊魂不定的伪军小队长正在院里转，门外站岗的告诉他，说：河津队长带人来了。他吓得几乎岔了气，眼皮扑棱棱乱跳。惶急中戴歪了帽子，手中提一根腰带去迎接。他出学校门，鬼子队伍也恰好嚓嚓嚓地走过来。他忙跌着跟头跑上去，一个立正，想报告，却又忘了该说什么。河津的小眼盯他一会儿，伸手摘下他仍旧吊在肩头上的匣枪，然后命令他的小队全部在门前集合。

河津站在水湾边上，叫过那名日兵指点着，很顺当地将两具鬼子死尸挖出来。伪军小队长一见，吓瘫了。要辩解，要推脱，办不到。河津相信自己的兵，还是相信他？你说你打错了，误会了，谁钻进你心里看了呢？河津望望死尸，又望望他，嘿嘿儿怪笑。他叫过通中国话的日军小队长，叽里呱啦说了些什么，小队长一个敬礼，指头扶着鼻梁上的眼镜框，转身走向伪军小队长，指指两个日本兵尸体，口气很随便地问他：小队长，你的说，怎么打死的？

伪军小队长双耳嗡响，光张嘴，说不出话。在他眼里，这个和自己职务相同地位不等的日军小队长比河津还要奸恶。因此，他更害怕，越怕越说不出话，可对方依旧慢条斯理地看着他：说，说了的关系不大。

小队长哆嗦了半天，忽然指着身边的几个伪兵：是……他们！

这个小队长真可以说是天良丧尽，竟要拉出部下来做替死鬼。"眼镜"挥挥手，上来两个日本兵夹着他，他指一个，日本人拽一个，一连拽了四五个。这四五个倒霉鬼有口难分辩，只好哭着骂着挤在一块儿，等着日本人发落。

这小子以为立了功，不再那么惊恐。正琢磨合适的话语讨好，日本小队长又问他：你的说话，八路怎么进来的？

伪小队长以为新的机会到来，连忙凑到河津跟前一个立正，说话也不再结巴了：报告队长，八路是从西街门进来的。

伪军小队长抛下自己跑到河津那里去，日军小队长很是生气。生气也不发作，只是随后跟过来，习惯性地扶扶镜框：哦？你不出门就知道八路的西边进来？

伪军小队长明白自己落进这个眼镜鬼子的圈套里，脑袋发蒙，心里乱跳，一溜响屁后拉在了裤里。事实上，这消息是把兄派来的人告诉他的。他顺口说出来，竟让对方拿住了把柄，这可怎么办呀！河津捂着鼻子躲开他，"眼镜"龇牙一笑仍旧引他上路：通八路的，对不对？

伪军小队长终于吭出一句话：不，太君，我的……忠于皇军！

日本小队长嗓音绕着弯儿向他逼过来：嗯？我们的明白，守街门，你的部下。八路的放进来，打皇军，不打你们。

伪小队长又吓蒙了：不，太君，八路打我们……不打我们，打皇军。我们增援，八路的大部队堵住门……

他语无伦次，"眼镜"却在嘿嘿阴笑：嗯，大部队，你的知道八路的大部队？大部队的，怎么打不掉你？说，你的说！

画虎不像倒类犬。怎么说，说什么？伪军小队长此时不恨自己恨爹娘，恨爹娘给他的心眼太少了。他紧闭了嘴唇，死死盯住那对眼镜片，发现那对镜片由白变红，红得吓人，不像眼镜，倒像死人身上用枪打出的血窟窿。一边的河津见他这神情，和"眼镜"说了几句日本话，忽然狼狗一样跳过来，一指两具死尸：你的说，八路的不打，皇军就铁炮的干活？嗯？

伪军小队长吓得连连后退，裤腿里淌出一溜黄水。河津仍旧咬牙切齿步步进逼，距离伪军小队长一步之遥，河津嘴里呜啦着抽出了指挥刀，小孩子拿瓦片打水漂儿一样猛地挥下去。咔嚓响声中，伪小队长的脑袋像个皮球一样斜飞起来，在夜空中画了一道血弧，旋转着落在伪军中队长的脚下。

伪军中队长低头看时，只见把兄弟颜面如生，口眼张合，像是临死之前有什么话没来得及和他说。他慌忙捂眼后退，懵懂中又听到几声惨叫，闪眼间，那几个被日本人围在中间的伪军也全给当作活靶挑了。他吓得差点儿叫起来，忙用力咬住嘴唇，直到河津将刀插进鞘，走到他跟前，在朦胧夜色中用泛光的小眼睛盯他，他才意识到自己应该做什么。赶忙大跨步一个立正，眼角里瞥见把兄弟的那颗脑袋还在打战儿，便故作气愤地抬腿一脚踢过去，那血葫芦样的东西在他脚尖上蹦了蹦，带着破皮囊的噗噗声滚进水湾里去了。河津见状，态度缓和，他指指院门前剩下的伪兵，做了个一分为二的手势：嗯，统统的，掰了掰了的。

伪军中队长赶忙深鞠一躬，将这些人分编到另外两个小队里去了。

河津忙完，天色渐亮。这一夜，他累得够呛，气得够呛，吓得也够呛，损失得更够呛。日本人军纪极严，他明白上边不会轻易饶恕他的失职。于是，就沉下心来，想好了一个推卸责任减轻罪过的办法。

河津回到自己的队部，给上司写了份战况报告。报告中说八路军约一个营的兵力在村南进攻桥头刘，被他击退。然后又追到村南，展开激战。由于兵力不足，顾前难以顾后，加之保安队一个小队投敌，致使八路军的另一支部队乘机攻进村里，消灭他整整一个小队。他在报告中强调，说根据情况分析，这只是八路军的试探性攻击，等他们的大部队在某处集结完毕，就可能包抄正在进攻白河镇的日军部队。所以，他建议白河镇前沿指挥部速速撤军。

报告写完，他当即派人送到自己所属的大队长那里。所派的人中，自然要有那个福大命大的日本兵。因为他可以代述，可以证明。

送信的走了，河津中队长揉揉眼睛，走到院里伸个懒腰。他累了，也困了，很想睡上一觉。正在这当儿，那个伪军中队长惶惶然如报丧一样跑进来，说：刚才在西街口发现一具皇协军的尸体，是让人用刀捅死的，其余的全给锁在屋里。这无疑是来向河津说明和辩解，今夜村内失事，确是八路军奇兵突袭，而非他的把兄弟里应外合。河津听完勃然变色，抡圆了巴掌扇出去，把个中队长打得转了向。河津随口一气骂了十句"八嘎"，气呼呼扭身进屋去了。

河津的报告，以最快的速度逐级上送，终于送到了滕野少将的手中。滕野看罢，两道粗眉毛拧成疙瘩。他把那个日本兵叫到旅团部，详细询问了事情的经过，沉吟片刻，便决定亲自到桥头刘查看一下。

昨夜桥头刘之战，他很快就知道了。他当时仍旧认定，这是八路军的小部队干的。目的是引起他的注意，减轻他对白河镇的军事压力，因此未予理睬，只让长谷川下令派了小部兵力前往支援。现在看了河津的报告，他的想法有些动摇了。就桥头刘的兵力来讲，漫说小部队，就是整连整营的八路军问题也不大。可是，一夜之间，村南发生激战，村内又给收拾得那么惨。再认定是什么八路的零星小部队，可就太死板太愚鲁了。特别是报告中后边那段话，确有几分道理。联系近几天李家寨所发生的情况，似乎真有八路的部队在向这儿陆续集结。今天来一支，打一下，明天又来一支，又打一下。打击量不大不小，让你始终认为是一支小部队干的。一旦让他集结完毕，那就"敲掉外围，全线爆发"。这战术，从形式上看它是对敌方的消耗和麻痹。在实质上，则是力量的凝聚和调节。自从和八路军接战以来，他就觉出这个对手比他们日本鬼子要"鬼"得多，往往一亮出来，就是些让他这种熟读兵书的人始料不及的办法。

滕野想到这些，一缕阴影掠过心头。他忙把自己的规定接替指挥者——长谷川大佐叫到面前磋商安排了一下，然后就带着卫队向桥头刘去了。

滕野到达桥头刘后，一直坐在当作临时指挥部的小学教室里。河津少佐木桩似的立在他面前。像学生背课文一样将他们所写的战况报告复述一遍。滕野听完，不点头也不摇头，没事人儿一样让河津引到那套三合院里察看了一番。接着，又马不停蹄地到了村南。这个年轻的日本高级军官不哼不哈，脸上始终让人看不出异常神色。他像闲玩儿似的在那个沟坎上慢慢逛着，不时从脚下土里抠出个子弹头擦擦看看，又若无其事地扔到一边。这儿是河津少佐报告的与八路激战之地，所以滕野察看得挺认真、挺仔细。他走着走着，忽然站住，以很随便的口气问河津昨夜八路军的兵力是怎么部署的。河津说最少有两个连和他对面作战。滕野听了，喀喀嘴唇，走到沟坎以南去侦察。他看看地里，没有什么部队停留的痕迹。再看庄稼，由北向南被子弹削倒，很明显是一面大火力的"干活"。想起在沟坎上捡到的都是短枪子弹壳，这个精明过人的旅团长心中什么都明白了。他蓦地立住，冷笑着盯住跟在身后的河津，良久喀喀嘴仍没说话。河津心里发毛，知道滕野已经把他的伎俩识破，他犯了罪，闯了祸。说真的，他根本没想到旅团长会亲自来查。事到如今，只好硬装糊涂。因为军法对于低能的指挥官可以原谅，而对于谎报军情者，那可是严惩不贷的。所以，滕野逼问他，他一口咬定，自己认为和他对阵的确是八路的大部队。滕野连问两遍，他都这么说。气得滕野又往前跨了两大步。河津忙立正站好，伸出脸去准备挨嘴巴。谁知滕野没打他，只是指头点了额，叽里咕噜轻声骂了一通日本话。

对于这样一位年龄比自己大许多，而军阶却又比自己小许多的中队长，滕野少将到底应该如何处理呢？

袁虎醒来，已是下午四点多。他跳起身，用湿毛巾擦把脸，就匆匆跑到村外。阳光正盛，火辣辣的，荆丛蓬棵没有覆盖着的那些地方，晒起一层白花花的碱痂。在荆丛蓬棵里搭起的低矮窝棚中，战士们有的歇息，有的擦枪，有的凑在一块儿拉家常。袁虎走到一架窝棚前，正要低头朝里钻，东边的碱岗上有人喊他：首长，首长站一下！

袁虎直起腰，见是跟刘成出去侦察的战士有两人回来了。不知是光线的缘故，还是有所思虑，他双眼忽然眯起来，冷不妨先问道：刘成呢？

两位战士告诉他，为了摸清敌人的动向，刘成已经化装出了大碱洼。他恐怕同志们惦记着，特让二人回来送信儿，另外几名战士，仍活动在大碱洼边上等着。

原来，今晨刘成带人运动到碱洼边上，伏在一片庄稼地里朝外看。这自然看不出什么。正要继续朝前运动，右前方的道边上忽然传来牛一样的"吭吭"声。他让两名战士摸过去瞧了瞧，战士回来告诉他，有俩人给捆住手脚堵住嘴，用绳子拴在庄稼棵上。小刘记起，袁虎说昨夜曾在路上捉住两个汉奸，因行动不便，捆起来扔在地里了。小子们倒是福大命大，还没死，又恰巧碰上刘成他们。是放了还是继续扔在那儿不管呢？小刘踌躇好一会儿，忽然咧嘴一笑，他想起个大胆又冒险的侦察办法。他把这个办法一说，不想同志们齐声反对。因为这实在太危险了。可是，既然接受了任务，就得尽力把情况搞明白些。一切可以利用的机会，都得充分利用，没有机会，也要努力寻找机会。这是做侦察工作的起码准则。当过侦察排长的刘成，如今瞅到了空子，能不全力去钻吗？他再三解释，并举出自己的把握根据，同志们才答应了。

刘成嘱咐了同志们几句，就朝那个仍旧发出"吭吭"声的地方摸去。看看到了跟前，他"呀"一声立住，故作吃惊地问：你们……

那二人短衣打扮，脚穿礼服呢布鞋，四马攒蹄捆个牢靠，像待宰的牲畜，随便扔在玉米棵间。从昨儿半夜到现在，不断地"吭吭"。因为堵了嘴，做不得声，只好以这种低级动物才有的办法呼救。希望有过路人听到动静给他们"放生"。岂不知，这些天来除非扛枪打仗的，谁还跑出来拿性命闹着玩儿啊。要不是碰上刘成他们，这里肯定是俩人的露天坟茔了。

这二位已经在地里躺了半夜，身后的绳子头给挂在庄稼根上，动不了，也喊不出。开始尚能忍受，到后来，想到可能老是这个架势躺下去，不死不活的，就再也耐不住了。当听到东边枪声如豆人声喧闹时，又盼着有谁来救。可是，不一会儿枪声骤停，再也没了动静，就又急得头昏眼花。想到自身可

240

能死在这儿，便更加伤心害怕。可也只能如此，没有什么办法。除了时不时"吭吭"几声以示存在外，只有闭眼等着，等着咽气前那最后的一刻。

刘成蹲到俩人身边，以一种捉摸不定的眼光冲他们定定地看。他越看，那两个家伙越着急，不停地抽动身子，喉中哽咽，眼珠乱转。刘成看了一会儿，站起来假装要走，俩家伙一急，就浑身哆嗦，眼泪直流。刘成见到正是火候，重又蹲下身去，先拽出塞在他们口中的擦枪布。两人长舒一口气，齐刷刷喊了句"我的爹！"接着，就像受了十二分冤屈似的"呜呜"哭起来了。刘成瞪眼瞧着，不劝，也不说话，待他们哭过那一阵儿，便装作不明缘由，问是怎么回事。俩人倒说实话，谈了昨夜的"不幸"，恳请刘成救命。刘成故作戒备地抻了一会儿，才解开他们手脚上的绳索。两人爬起来又跌倒，几起几落，干脆就势跪在了地上，冲刘成咚咚连磕几个头。刘成忙伸手去拽，谁知拽起来又倒下，像给抽了筋似的。原来，俩人给捆了半夜，腿脚身子已经完全麻木了，一时半晌，怎么站得住呢？刘成本有功夫底子，就分别给他们推拿揉搓，那二人觉得手脚血脉流动渐通，感激得直抽鼻涕：兄弟，再生父母，再生父母啊！

刘成故意叹口气：患难弟兄，不客气，我也成江湖流浪人了！

那两个家伙坐在地上：哦，兄弟，这话怎么说？

刘成真会逢场作戏，一抽鼻涕掉下泪来：不瞒二位，小弟原籍沧北，父亲和仇人怄气丧命，临终前嘱我来此地投表叔，一是避祸，二是想法报仇。可是，正逢这里开仗，我已在庄稼地里藏了两天，这可……

刘成说着说着忽然停住。

那二人活动一下渐有知觉的腿，很认真地问：兄弟，表叔在哪里？

刘成也很认真地看看他们，又瞧瞧庄稼地边上的路，然后样子挺神秘地说：二位哥，听说过这地界跑腿的（土匪别称）袁司令吗？

刘五歪拉着身子往起站：袁司令，你是说，久占袁李二寨的袁司令？

刘成点点头：对，怎么，二位认识他？

刘五沙哑着嗓子说：嘿，兄弟，你算一头碰到门神上了。那，那袁司令是俺们当家的。

刘成装作吃惊：咦咦，听说俺表叔让八路收了，那二位……

另一个接上话：你别慌，让八路收了是不错，可前些天又反水了。

刘成气呼呼地：哦？那皇军咋又占他李家寨？我去找，差点儿一让枪给崩了！

刘五说着站起身，趔趄几步立住：啧啧，战事需要，战事需要呀。兄弟，实话相告，当家的已经调防城里了。

刘成佯装吃惊：哪个城里？

刘五捶捶腰：平州，平州城啊！

刘成暗笑，不用你说，我早知道。原来，那日赖八投奔大碱洼时，已把这些情况全说了。日本人怕土匪们反水之后再反水，第二天就把他们调进平州城，置于日军大部队的监管之下。当然，刘成的戏，还得继续演。他急忙立起身说：这，我得马上去城里找他。

刘成还未抬腿，早让刘五拽住了，刘成再三挽留，口气带着乞求：兄弟，大恩没报，怎能让你走？先进村去，喝点儿水用点儿饭，歇歇脚再说。

刘成故意挣脱：不，不行啊，我的事太急了！

刘五又拽住不放，嗓子更沙哑了：好兄弟，你就这么走了，不是催我们下地狱吗？吃屎狗沾点恩，还得摆摆尾巴呢。

刘五死死拽住刘成，那另一个也加上一把。其实，小刘成正巴不得进李家寨呢，于是也就顺水推舟：如此看来，非打扰不可了。

12

刘成跟着两个汉奸狗子进了桥头刘，径奔东街小学。最巧不过，恰好碰上那个土匪手枪队的队长王明起。原来，这家伙昨夜逃走，躲进了村东的庄稼地里。今儿下半夜听没了动静，就领人悄悄潜回来了。见到河津少佐，知道伪小队长已经砍掉了脑袋，没人和他"对账"了，当即又添油加醋，说那个小队长勾结八路，昨夜想着首先杀死他。为避免让皇军产生误会，便带了部下逃到一旁躲避着。这当儿河津要的就是佐证，自然喜出望外，对他就格外恩宠。中队部迁出三合院后，就让这个手枪队长带了部下和他一块儿住在小学，刘成救了他的心腹，他挺感激的样子，听说来人是他主子的表侄，假意寒暄之后，竟还拍了刘成的肩膀说：爷儿们放心，你表叔不在，有我呢。

刘成并非乱插竿子，这个土匪头子的确在沧北有表亲，他是听袁虎说的。加之刘成又是地道的沧北口音，土匪们也就不想别的，认定他是自己主子的表侄了。对于"袁司令"的表侄，日本人似乎也高看一眼，两个汉奸狗陪着，在村中走来转去，竟没有什么阻拦。将近中午，村外开来约两个小队的日本兵，刘成估摸，这是敌人对桥头刘的兵力补充。午饭后时间不长，村西传来隆隆巨响，如同夏天七月的旱天雷一样。刘成故作好奇，要跑出去看，被两个家伙阻住了。说是军事行动，保密，还是不去看的好，以免惹出麻烦。刘成点点头，显得很听话。他们三拐两拐，进了那座有土楼的三合院。院子里换上了伪军，因有刘五二人相伴，也不阻拦他。他闹着玩儿似的咯噔咯噔跑上土楼，从楼上望村外，一清二楚。刚才的隆隆声已经渐小渐弱，他循声望去，看到说不清是两辆还是三辆乌龟一样的装甲车。装甲车开过村去，往北快到桥头了。西边的大道上，由李家寨方向开来汽车、大车。不用问，这是敌军用物资急援白沙河。他又转脸北望，望得见白沙河水和河水那边宽阔的二滩。二滩上情况没有什么变化，与那日他和袁虎观察到的情况差不多。可是，当他重新扭过脸来时，只见西边大路上由南开来一长溜马拉炮车。他正要等着车队来到弄清数目，下边刘五却哑着嗓子喊他，他唯恐引起敌人的怀疑，一边应着，一边忙不迭地下来了。

晚饭时，手枪队长王明起从外边急匆匆进屋来，把枪往床上一摔：妈的，日本人看来是要拼命了，咱们得忖量着。

刘五几人赶忙凑上去问。原来，这家伙从接替河津驻守桥头刘的池田少佐那儿得了消息，北边战事正紧，日军一时抽不出大部队，只能调来些装甲炮车。滕野无奈，决定今晚调整部署，明夜集中所有力量攻打白河镇。攻得下，当然达到了目的。一旦攻不下，就只好保存兵力，围而待援了。

刘成暗暗着急，他想象得到，日本人"一锤子买卖"的打法是相当厉害的。一旦让他展开，白河镇军民的损失可就大了。这一夜，他睡不着，还得装睡。天明，他找到王明起，说要进城找表叔，让派几个人送送他。王明起作难地咧咧嘴，因为路上处处是非处处险，派谁去，谁不怕呀？还是关了"救命之恩"的面子，刘五自告奋勇，与伙伴把刘成送过李家寨，上了去平州的大路，就夹尾巴狗似的惶惶跑回桥头刘了。

自从侦察员汇报了刘成要进入李家寨一事后，这半天一夜袁虎几乎是在烧热的鏊子底上过的。他从村内走到村边，从村边又走到碱洼，时不时地自言自语：刘成，刘成咋还不回来呢？

第二天早饭后，袁虎再也耐不住了。他喊来冬武和志德，说是准备出发。俩人问他准备到哪里去，他"哦"了一下又道：我，我想想再说吧。

冬武和志德相互一看，莫名其妙地怔住了。两天来，他们就感到这位团长的身上有股情绪。这种情绪有时明显，有时隐匿，你对他总也捉摸不定。打起仗来，无论是组织指挥还是个人战斗力，是那么的出色。可下了战场，有时却和个一般战士似的。确切地说，这是个毛病。大约此刻他的毛病又犯了。俩人正呆呆怔怔的，袁虎忽然又问：哎，我说同志们，刘成咋还不回来呢？

袁虎问了一句，眼圈就红了。

俩人恍然大悟，此时此刻，他是忧心如焚地惦记刘成啊。这些天，他们也已看出，袁虎对刘成有种特殊的感情，只要有机会，就拉刘成守他坐着。逢到这时，他那对鹰隼一样的目光，则变得深情而柔和，常是爱怜地盯住小刘的脸，眉头耸动，似在回味体验着什么。好像刘成就是他的小弟弟，他则是刘成的亲哥哥。冬武冲志德点点头，走上去说：袁团长，你干过侦察吗？

袁虎点点头。

冬武：侦察工作好干吗？

袁虎摇摇头。

冬武握住他的手：是啊，要是当侦察员和吃馒头一样容易的话，人人都要成为英雄了。我比你了解刘成，别看年轻，可是有名的老侦察，十五岁抓汉奸，十六岁钻炮楼，十七岁带领行动小组进沧州，连侦察加进攻，把敌人的宪兵司令部都给炸了。对这样的同志，你还不放心吗？

袁虎又点点头，但那眼圈依旧红红的。他不说话，却攥住冬武的手，扭转身子，神情专注地向东望着。

天近中午，有战士进土屋来报告，说刘成回来了。袁虎从炕沿上跳起身，本待要冲出去的样子，忽然又顿住，好半晌才慢腾腾地问刘成在哪里，战士说刘成自东南方向来，此刻正在那边窝棚口和二支队教导员赵化刚说话呢。他"哦"一声，这才抬起腿来，和志德、冬武一块儿走出土屋，脚不沾地般向东去了。

可巧，刘成也从那边奔过来，老远就喊"袁团长袁团长"。可是，这袁团长不答话，也不停步，而是一气走到他跟前，细眯眼睛，紧闭口唇，一声不响地盯着他，盯了足有一分钟，连旁边的人也被盯毛了，突然低吼一声"你这个冒险找死的家伙！"接着挥拳就打。尽管冬武、志德抢上去抱住他的胳膊，但刘成仍旧被他揍了个趔趄。刘成站稳身子，不还手，也不说话，他理解袁虎的心情，他不怪他。正准备甘心承受对方更猛更狠的一拳，不料袁虎却怔住了半天，忽然扑到跟前双臂抱住他，哭了，低低地哭了。

刘成双眼发红，声调暗哑：团长，我这么做值得，非常值得，你听我说呀……

冬武和志德分别拍拍两人的肩膀：别难过了，还是让小刘赶紧谈谈情况。

的确如滕野所判断的，袁虎他们前几次的袭扰行动，就是为了引起滕野的注意，以减轻日军对白河镇的军事压力。他们原来设想，给日本人造成有八路军大部队在附近活动集结的印象，让敌人产生后顾之忧，不得不攻前而防后。这样，即使难解白河镇之围，也能吸引敌人部分兵力，让军分区机关获得喘息的机会。

然而，想归想，事情是那么好办的吗？滕野非比寻常，他是个强悍而精明的日本武士，是士官学校和帝国大学的双料高才生啊！听了刘成的侦察报告后，袁虎、冬武和志德才感到，他们想得太简单、太容易也太天真了。

午饭时，几个人边吃边说，纷纷琢磨计议新的诱敌办法。袁虎依旧习惯地按住太阳穴，咬一口干粮，闪光的眼珠转动一下。就这样好久好久，他忽然从蹲着的炕沿上跳下来，若有所思地说：我想了个新的计划，来，咱们先合计一下。

屋里挺热，他走到门口，蹲在地上，顺手用筷子在地上左画一下，右画一下。随着他的指点和解释，人们脸上刚才那忧悒烦恼的神色渐消，代之是一种又喜悦又佩服的神色。志德冲他咂咂嘴道：袁团长，你可是长了个专门打仗的脑袋瓜啊！

袁虎并不谦虚：是让日本鬼子逼的！不过，真要给我一支顶用的武装，哪怕是一个团，几天内我就把这些狗东西揍趴下，可惜……

志德接口：可惜咱们的人太少了。

袁虎叹口气点点头。

屋外有人说话。一会儿，二支队教导员赵化刚进来了。孙宝明给撤职后，二支队一直由他自己负责。这位端庄的中年军人，袁虎自从见了他，就一直把他视作老大哥。这不仅是因为他在所有同志中年龄最大，重要的是因为他有那种让人尊重的气质，并且在某些战术问题上很有自己独特的看法。马家屯伏击战结束后，部队分三路撤回以防敌人发现踪迹的办法，袁虎就是采取了赵化刚的意见。现在他来了，来得正是时候，袁虎就让他也蹲在地上，把他们刚才合计的重新简略地说了一遍。

赵化刚吸着烟：巧了，我也是来汇报的。

冬武他们是老相识，抬手拔下他嘴上的烟卷自己吸一口，笑嘻嘻地说：你汇报什么？赵化刚说：我也想到个点子，和你们刚才的计划差不多。老赵说着就在地上画了个图：我多少补充一点儿吧。

赵化刚拿根棍儿在那条代表白沙河的横杠东端一扎：要是同时奇兵突袭，再狠狠在这里干他一下，不管滕野多么滑头，挨这么顿揍也得迷糊了。

虽说是不谋而合，但经赵化刚这一补充，作战计划就更完善、更实用。袁虎把手指骨节握得嘎巴响，人没站起来，口中已经下了令：志德，叫常铁岭准备，单刀队今夜行动。

245

于志德慢条斯理说声"是",笑嘻嘻地起身出门去。这里,袁虎让冬武按计划去组织部队,自己则扎好腰带,急匆匆地进了碱洼村。这次战斗不同以往,他考虑再三,决定去找马立田,请马立田带领村中武装帮帮忙。

太阳由南转西,袁虎回来了。他和马立田并肩走,后边跟了三十几个人。十几人挎着长笛盒子枪,二十多人提着鬼头刀。鬼头刀既长且重,全不像八路军所用的单刀那样轻便灵巧。这时,八路军单刀队已在小屋前了。队长常铁岭迎上来,从一位村武装的小伙儿手里拿过一把不像鬼头刀的弯刀,侧歪着脑袋左看右瞧。这把刀的样式挺怪,比单刀大,比鬼头刀小,厚背薄刃,隐隐泛着蓝光。马立田就笑:不认识吧?这是专门用来宰牛的。鬼头刀不凑手,把它也拿来了。

常铁岭三十多岁,不大爱说话。当年曾是国民党二十九军大刀队里的,瞧这刀有趣儿,当即来个立式,唰唰唰一路刀使开去,人随刀走,刀随人旋,在一个不大的范围内,劈挑削砍跃作一团。马立田的队伍里响起一片喝彩声。有人认出常队长这刀法很像二十九军大刀队的"缠头裹脑八卦刀",迅捷刚烈泼辣,上阵杀敌,对方常是防不胜防。人言二十九军三大件儿,长短枪,大刀片儿,鬼子见了腿打战,果然不假。

到底不是武功行里的器械,收式时刀交左手,右手中指食指习惯地斜着往下一抹,分厘之差,就抹在特别弓出的刀刃上了。指头蹭破,滴了一溜儿血。单刀队长练刀失了手,乐坏了那位拿来宰牛刀的小伙儿。他笑着,跳着要过刀去。一声呼哨,三十几位群众武装立即散开,人盯人,刀对刀,相互间开始"厮杀"。那些挎长笛盒子的大汉,却抽出枪来连瞄准带比画,一会儿跳进人群,一会儿蹿出兵阵,往来"串花儿"间,似在演练什么阵法。

马立田告诉袁虎,这往来蹿跳叫"串花儿",是这支队伍的独门绝技。即使有上百人围住他们,几进几出后,对方也会损伤大半。袁虎说:真厉害,我记得小时爷爷曾提到过这名字。马立田以手遮口:就是你爷爷所传授,你爷爷传给安师父,安师父又特地来到碱洼村,把这绝技传给了大家。

袁虎点点头:可惜我没来得及习练。

八路军单刀队的同志们看得心痒,也悄悄地撤到不远处,双双拔刀对练,一时间乒乓声响白光闪烁。这些生长生活在武术之乡的年轻人,谁没在城中武馆或乡下拳房锤打过几年呢?长短兵刃,他们拾得起放得下。艺在防身,也在克敌。因此,也就更盼着有大显身手以洗国耻的机会了。

袁虎陪马立田站在土屋前,不声不响地望着这些生龙活虎的小伙子,心中一阵的难过。他清楚地知道,或在今夜或在今后的多少天内,势必会同敌人展开残酷的血战。这些此刻活蹦乱跳的小伙子，一仗下来到底能剩多少，他不敢说，谁也不敢说。要知道，日本兵绝非孬包，那些据说是由于祖宗挨饿而再也长不高的小矬子们，受了武士道精神的熏染，战场上"呀呀"起来是挺难对付的。对于刀枪肉搏，他不怕。说实话，三五个黄狗不在他的眼里。可是，像他这样有真功夫的人，别说在这儿，就是全东岳军分区能有几个？因此，这会儿他站在那里，虽不说话却在暗暗琢磨，尽力想琢磨出个既取得最佳战果，又让伤亡降到最低限度的战术。当马立田和常铁岭分别把自己的"刀队"叫到一旁，各自嘱咐布置什么时，袁虎忽又想起，只顾替这些人担忧了。那些今夜担负其他作战任务的同志呢？他们所面临的，不将是同样的情况吗？想到这里，不由自主抬脚往南去了。

荆丛窝棚中，战士们正在磨刀擦枪，你一言我一语，纷纷议论着什么。显然，冬武已经做过了战前的组织动员，同志们正在积蓄力量，一触即发。

袁虎走到一座窝棚前，弯腰钻进去，战士们没有那些形式上的礼貌，很随便地邀他坐下。这些天已经形成习惯，战场上视他为指挥官，尊重他，服从他。下了战场，就把他当成自己的哥哥或弟弟了。而他的行为做派以及言谈话语，都顺理成章地让人这样对待他，有位翘鼻子的年轻战士扳住他肩头，说是憋得难受，让"首长哥"带他们北上冀中大干一家伙。他笑一笑问：你是不是想家了？

年轻战士低了头：这还用说！

袁虎依旧笑眯眯地看着他：我也想家，我说同志小弟，你领我去找吧。

年轻战士一愣神：你家在哪儿？

袁虎叹口气，声音变低，脸上的笑容也收敛了：国已破，哪还有家！

这虽是普通的道理，而这道理同志们听了不下千百遍，但在此时此刻由袁虎说出来，同志们感到特别的情真意切。窝棚里静下来，好像有人在轻轻地叹息，轻轻地哽咽。一位老班长咳嗽一声凑过来，恳切地说：首长，攻过白沙河，跟敌人拼一场。我们没别的，有一腔子血。老这么偷偷摸摸地干，不过瘾啊！

袁虎拍拍他的肩头，一咬牙：好吧，就在今夜！

袁虎害怕影响人们的情绪，忙顿住，环视周围，声调又变得快活了，说：当前敌众我寡。咱们只能长枪当成小刀使，麻利地捅他一下就撤回手。这叫战术，懂吗？他说着，伸指头要刮年轻战士的翘鼻子，那战士一躲，碰到了班长，班长一下撞在窝棚柱上。窝棚晃了几晃，轰然倒塌，把他们一股脑儿全捂在里头了。

窝棚是荆条柴草搭成的，不重。战士们笑着嚷着钻出来，正要往外扒袁虎，忽听旁边"哧哧"地有人笑，扭脸看时，他们的团长正坐在十步以外乐呢。

翘鼻子吃惊地问：你、你怎么出来的？

袁虎说：钻出来的。

班长瞪大眼睛问道：俺们咋没看到？

袁虎亦庄亦谐：一步之差呗，想想，"敌人"压上来了，还能慢条斯理的？

班长认真地看他一眼，顶着一头柴火叶子俯身整窝棚：你是飞腿，我明白了。战士们却纳闷，这班长，他明白了什么？

袁虎看着战士们整理好窝棚，辞别他们回到小土屋里。他要在行动之前再次考虑一下战术计划，尽量把问题想得更全更细。

袁虎回到土屋不长时间，就把各支队领导人召集在一起。他双手掐腰，环顾周围，一身的胆识和战斗气息：部队马上出发了，我点到谁，谁就把自己的任务复述一遍：第一个，三支队教导员魏国明。

魏国明站起来：我的任务是和队副张龙各带一部分人，天黑后到李家寨西侧那条长满青蒿的沟崖下，分别埋伏到沟的北端和南端。白沙河方向枪声一响，我们就顺沟沿往来呐喊，可以打枪，扔手榴弹，尽量把声势闹大一些。

袁虎：如果日军出寨攻击你们怎么办？

魏国明：报告团长，李家寨是军需重地，夜间敌人在不明虚实的情况下不敢出来攻击。这点，但凡有些军事常识的人都会想到。

袁虎：好，请坐下。刘冬武，说说你和刘成今夜的任务。

刘冬武站起来：白河镇以西，五羊河与白沙河连接处，西去三里是一片连绵不断的刺槐灌木。下堤岸往北，是许多田林间作的枣树。天黑之后，我和刘成率二、三两个支队，配两门小炮和四挺机枪到那儿潜伏。今夜，我们承担的是正面作战任务。报告完毕。

袁虎挥挥手：我再强调一下，二支队教导员赵化刚，队副孙宝明，率队跟随冬武和刘成执行任务。

于志德：团长，我们二支队队副孙宝明不是撤职了吗？

袁虎：散了会你就去通知他，孙宝明从现在恢复职务。

于志德：是！

袁虎：于志德，复述你的任务。

于志德：我带本支队中的一个分队，天黑后潜入桥头刘村西边的那片麻棵地，刘冬武他们打响后，我们跃出来佯攻桥头刘。

袁虎：很好。我也复述一遍自己的任务，我率单刀队和碱洼村的群众武装，以及另外从一、三支队各抽调一个分队组成的临时战斗队，战斗队配有两挺机枪，两个掷弹筒。因为需要绕路由南再拐向东，所以先你们而行。注意，只要一处打响，全线立即展开行动。大家记住了吗？

屋里的人齐声回答：记住了！

13

大碱洼与挨近的村庄并非界线分明。先是一段地区，长着稀落的碱蓬棵。再往外走，是些像沼泽又不是沼泽的小水洼。可能就是这水的关系，将企图继续扩张的碱性挡住了。过一条浅沟，开始有了庄稼。越往外走，庄稼越好，三四里地以外已是葱郁成片。这地方正是秋热，以往的此时，早秋收完，晚秋未熟，农活告一段落。每到夜晚，庄户人耐不得蚊虫叮咬和天热，多要聚在打谷场里，摇着蒲扇，听说书人胡诌武家坡什么的。今年则不同，夜晚里枪声炮声的，鸡狗也不敢大声叫，谁还寻那"农家乐"呀！特别是到了夜里，田野寂静，村庄缄默，除枪声炮声，时不时又有夜猫叫，让人听了起一身鸡皮疙瘩。

太阳偏西，袁虎亲率一个分队加上单刀队和碱洼村的群众武装，率先走出大碱洼，进入往南去的杂树林与荆丛棵中。黄昏时分，刘冬武和刘成率队向东北方向疾行。天黑了，于志德带了两个分队往正东方向出发。魏国明和张龙所带部队出发最晚，因为他们的任务是天黑后潜伏到李家寨西侧那条长满青蒿的沟崖下。

西边碱洼村围墙上，许多人向这里张望，不时有人指指点点的。

志德带队出发时，袁虎已率领队伍穿过十几里的杂林荆丛大洼。他把队伍聚拢到荆丛大洼边上，自己和马立田站在荆丛里往外观察。马立田指着前面的沙丘告诉大家，前边就是当地有名的大沙岗。翻过大沙岗，越过一道沟就是一片庄稼地，庄稼地南端是东连河城西通平州的土公路。沿路北的庄稼地斜奔东南，过了马家屯再行半小时就到了金牛河上的西桥头。

众人抬眼看去，沙岗像小山一样矗立着。袁虎说：大家都听清了，咱们分成几拨，每拨相隔五十步，注意隐蔽前进。有的战士就要走出杂林荆丛，被袁虎一伸手拽住，说是待天完全黑下来再行动。

人们或立或坐，就在杂林荆丛边上等着。

249

夜色终于降临，袁虎挥挥手，部队分成若干拨相继钻出荆丛直奔大沙丘。

白河镇以西——五羊河与白沙河连接处，西去三里是一片连绵不断的刺槐灌木。走下堤岸往北，是许多田林间作的枣树。月亮未出之前，冬武和刘成率三个支队，配两门小炮，两架掷弹筒和四挺机枪来这儿潜伏。今夜，他们是主角，承担正面的作战任务。在作这一部署时，不知袁虎忘了自己曾经下过的命令还是有意的，竟当着全体指战员的面宣布二支队教导员赵化刚，队副孙宝明，率队跟随冬武……战士们闹不清孙宝明何时复的职。几位领导人也纳闷。然而袁虎这么说了，别人也不能打折扣，只能服从。孙宝明呢，却也毫不吃惊，依然大咧咧地吆五喝六，命令战士们准备这准备那，似乎自己从来就没有给撤职过。

几乎与袁虎等人同步，刘冬武和刘成带着两个支队趁晚悄悄爬上沙河大堤，潜入堤上的灌木丛里。已是夜间，用不着刻意伪装，干部战士在灌木丛里静静地伏着。半个时辰后，东边白沙河二滩上传来隆隆巨响，刘冬武说：刘成啊，看样子你在桥头刘得到的情况证实了，敌人今夜又要动用从河城方面新调来的装甲车。冬武说着看看从志德那里借来的怀表：十点了，不知团长他们到达指定地点了没有。他们的袭击目标就是赵化刚最后指点补充的地方，最重要也最远。

刘成说：他们要绕一大圈路，此时可能还在途中。我听马师傅说了，那地方在白河镇的东南角，是金牛河到白沙河的入口处。从大碱洼去那里本来是不远的，只要绕过李家寨斜插东北，到金牛河边浮水过去也就是了。再说，金牛河里的水也不深。但袁团长说尽量秘密行动，所以避开李家寨绕行。另外，害怕渡河时凑巧碰上敌人的游动小组，为了行动保险，只好舍近求远。我们再等等吧，反正一般来说敌人发动进攻总在十一点前后。

刘成：只能等啊，否则我们就破坏了整个作战计划。

就在刘冬武和刘成担心袁虎他们能否按时到达战术预定地点时，袁虎和马立田正率队朝着目标疾行。他们分成几拨，每拨相隔几十步，斜奔东南，很快到了那条土公路。队伍顺路但不上路，又行半小时，悄悄接近了金牛河上的西桥头。金牛河不大，河水由南向北流入白沙河。袁虎派人到桥附近侦察了一下，确认无碍，才将队伍迅速带过河。

先行部队过桥后，就潜伏在桥下远处的庄稼地里。后边的几批人相继跑过桥去，终于在最短时间内聚齐。潜伏在桥下庄稼地里的马立田回头看了看金牛桥，说：第一道险关算是闯过来了。袁虎说：从这里到河口处还得有十来里地，快十点了，得加快行军速度。

马立田说：现在已是夜晚，我们可以顺着河堤下的小路走。

袁虎：对，敌人的流动哨设在金牛河西，天黑后也没有行人。走！

黑暗中，队伍借着庄稼的掩护迅速往北行进。他们避开大路河堤，仍钻庄稼地里的小道。顺着庄稼的垄眼，急速地向北，向北。庄稼地养育了人，帮助了人，战争年代又特别帮助了八路军。庄稼地是屏障，是阵地，是对付日本鬼子的天然武器。如果没有这成片的庄稼，像袁虎的"混成团队"能进退自如吗？

半个多小时后，队伍进入北边金牛河入口处。袁虎把队伍隐伏在河口下的庄稼地里，派人四处侦察。侦察的结果直让他大喜过望。敌人不光没在这儿布兵，甚至游动哨也没放一个。这就省了许多麻烦，行动时无须分兵拒敌，也不用暗里摸哨了。袁虎和马立田首先爬上白沙河河堤，俩人趴在河堤上往前看，只见金牛河水与白沙河水的交汇处流水哗哗，泛着白浪，因为夜深人静，流水声显得特别大。袁虎说：从这里东行一里许，原来有座木板桥，桥南桥北各有一条路，桥北那条路顺镇东而过，桥南的一条则是从土公路上分出来的。木板桥年久失修，被前年的一场大水冲垮了。马立田说：可以浮水过河。袁虎说：不用，河中石条垒成的石磴子倒了，石条落在水里，有的露头，有的淹没。有不愿去白河大桥转远路的来往行人，就踩了露头的石条从这里过河。马立田说：那还得往东走一里多地呀。袁虎想了想：马叔，这一带水深，别看多走一里地，比浮水过河省时间也省体力。

马立田：你对这一带的地形地物，比我清楚多了。

袁虎说：前两年我当侦察员，一直在这一带活动，能不熟悉吗。马立田说：那好，赶快行动吧。袁虎：稍等一下，你看对岸。

袁虎和马立田趴在两河相汇的"牛角峪"处往北看，漫过七八十米宽的河面，隐约看得着白沙河二滩上的日军人马。顺滩西望，火星点点，鬼影绰绰，夜光不明，看不清什么。他们再扭脸左瞧，金牛河以西七八个村庄里，有的灯光点点，有的漆黑一团。袁虎指指河西的那些村庄：马叔，看到那些村了吗，我判定村村都有日伪军。

马立田说：这是肯定的，从白沙河岸往南几里地，分驻着日军的后备部队。这里一旦打响，日本人调兵过河来拦截我们的话，是用不了多长时间的，所以这次行动的要点，就在于速战速决。袁虎点点头，朝堤下的分队长打了个手势，分队长把配有机枪掷弹筒的战斗队带上河堤。袁虎低声向分队长交代任务，分队长频频点头。袁虎和马立田下了河堤，带领队伍顺二滩朝东快步走去。队伍悄悄运动到下游的破桥处等着，袁虎压低声音叮嘱大家：踩着

251

石头过河时尽量别弄出声音。待会儿听我的命令，渡河后距敌不到二里地，一个突袭压上去，就是敌人提前发觉了，临时组织力量也来不及。

黑暗中，战士们点头表示明白。

这极好的地形，极好的机会，袁虎真后悔来时没有多带些人，在这儿狠狠砸他一家伙，鬼子准得炸了窝。但转而又想，只图痛快也不行，打是打了，可人多目标大，在敌人圈儿里，万一行动不便让敌人抄住，还回不回得去大碱洼？滕野敢于"背水作战"，他定有准备，别看日本鬼子个头小，心眼却比许多大个子还要多。

马立田问袁虎：担任主攻的冬武他们什么时候动手？袁虎说：按计划冬武他们应该抢在鬼子发动进攻之前行动，现在马上就十一点，也快了。这时，河对岸的二滩上有点点的"鬼火"，"鬼火"处传来隐约的响动和鬼子们叽里呱啦的说话声。袁虎开始纳闷，敌人已在开始调节兵力准备进攻了，怎么冬武和刘成还不动手？马立田也在担忧，他望望很远很远的西北方。西北方黑黑的、静静的，没有一点儿声息。万事俱备，袁虎只等和冬武约定的那个时刻，此时，他趴在河岸上，除了天上的星星和远方地平线上闪烁的白光，只能看得到隔河的点点"鬼火"。他又望着隔河夜色中显得漆黑遥远的白河镇，心里有些发紧，他想到了镇里的战友、镇里的百姓，还有那情同父辈的江司令……

马立田附耳对袁虎说：这二位，可别误了事呀！

其实，此刻刘冬武和刘成正卧在白沙河堤上的灌木丛里，不时地朝东边张望。东边影影绰绰的，因为看不清，具体情况也难以推测。冬武看看怀表，又看看天色，说：这会儿袁团长他们应该到达预定地点了。

刘成：没什么意外的话，应该到了。

冬武说：就是出现意外，我们也得照计划行动，这是出发之前定好了的。冬武说着扭头看看东南和东北，一片模糊。他沉了沉对刘成说：你在这里带队，我领人到五羊河那边和潜伏在堤下的赵化刚他们联系一下，今天夜里的行动，不能出一点儿偏差。刘成说：指挥是你的强项，侦察我是内行。你留下，我带几个人去摸一下情况。冬武点点头：也行，可要速去速回，因为离月亮出来的时间不长了。我们必须充分利用这月出前的黑暗，让敌人发现得尽可能晚些。

刘成答应着，带人淹没在夜色中。

刘冬武到不远处的炮手和机枪手位置上检查，看着机枪手和六〇炮手一脸凝重地望着对面的河岸，低声问道：准备好了吗？

炮手和机枪手说：早就准备好了，只等你一声令下。冬武说：记住，既要狠，又要准，还得快。炮手和机枪手嘻嘻一笑，说：这几点你叮嘱够十遍了。冬武说：就怕你们忘了。现在，开始准备。

机枪手瞄准目标。

炮手调整着炮位。

装填手托着炮弹立在炮筒旁边。

刘冬武满意地点了下头。

五羊河堤下，刘成带人悄悄地接近了赵化刚和孙宝明带领的队伍。刘成知道两个分队的战士潜伏在堤下的庄稼棵里，便朝潜伏地扔了两块坷垃。赵化刚听到暗号悄悄移到刘成跟前，刘成压低声音：看清敌人的布防情况了吗？

赵化刚说：只能模糊看到敌人是沿五羊河堤单线布防。但每隔百十步有个集中点，集中点上的敌兵有的坐着有的站着，有的悄声说话。刘成问这些敌兵说什么。赵化刚说：距离太远，听不清说些什么。刘成：好，我们往北摸一下看看。

刘成几个人顺堤往北摸了一段路，停住。这儿有些东西堆着，几个伪兵坐在旁边，另有几人来回走动。一个伪军官在给他们训话：弟兄们听好了，千万注意警戒，今晚对岸的弟兄要协同皇军在月亮升起之前对白河镇实施强攻。

刘成一惊：马上回撤。

一位战士不小心弄折了两棵庄稼，伪兵听到动静喊了几声，堤顶上立即就有机枪冲着庄稼地里开了火。刘成几个人在机枪响亮中迅速跃向一旁，也就跃开几秒钟，伏身处的那一小片庄稼就给机枪子弹扫平了。

刘成他们拔腿西奔。奔跑中，一名战士中弹牺牲了。

刘成他们抬起战友的尸体，往南径奔白沙河。

原来，敌人戒备相当严。因为近几天发生的事情让他们惊疑不安。先是有八路骑兵由两河相交处的这儿突出去，接着就有军需物资被炸，运输队被歼，桥头刘驻军损失惨重且与八路军发生激战。为防止在这儿也出现麻烦事，敌人把五羊河堤以外几十步内的庄稼全砍了。对较远处的庄稼地，也部署了固定的火力点监视着，一有动静，马上机枪扫射。幸亏刘成他们身体灵活，否则，一个也别想活。因为堤上的机枪就像土炮打雁，哪一挺打哪一片早就固定好了。

刘冬武刚从机枪手和炮手那边回到自己原来的位置，东北方五羊河堤上的机枪忽然响了。子弹带着红色的光焰向刘成他们去的那个地方喷射，声音响亮洪大，黑黑的天地都在震响着。敌人的机枪扫了一阵，骤然停住。可是，远处河堤上却传来"抓住他，抓住他"的喊声。喊过之后，再听不到什么更看不到什么，一切又都恢复了刚才的宁静。冬武担心刘成他们出了意外，当即派人去接应。可是，派出的人刚要出发，潜伏在左前方堤下的赵化刚已把刘成他们送过来了。

冬武赶紧钻出灌木丛迎上去。

刘成见到冬武第一句话就说：敌人就要发起攻击，我们必须马上行动。冬武让他谈谈情况。刘成说：从赵化刚他们的潜伏点往北，不远就有一个伪军的火力点。我在行动时清楚听到他们说，今晚月亮出来之前，对岸的伪军要配合日军发起攻击。冬武说：明白了，敌人兵分两线，小部分在西堤负责后卫，大部分则在五羊河的东岸。东岸之敌今夜要配合南线敌人对镇子发动进攻。以往，这儿的敌军对镇子是只围不打，如今改变部署，看来镇内要对付一场更残酷的血战了。

刘成：巧的是，我们恰好也在今夜对敌采取大的攻击。

刘冬武说：这在一定程度上可以减轻镇子里的压力，但我们必须抢在敌人发起进攻之前行动。你立即带一个分队两挺机枪，运动到半里外那个长满酸枣树的小岗上埋伏下，我则率领大队直接朝刚才敌人开枪的地方摸进。

刘成说：这样你很危险。

冬武：以毒攻毒，按常理，敌人不可能想到刚从那里打跑的人又回到那里。

果然，冬武带领一百多人悄悄摸到堤前百多米，堤上堤下的敌兵还没察觉。他们伏在庄稼地里，隐约可以听到敌人的说话声，声音忽高忽低，可能仍在议论方才发生的事情。赵化刚和孙宝明也悄悄运动过来，借着星光，冬武盯着堤顶上的一个方位对孙宝明说：看见了没有，那儿有个敌人的火力点，刚才敌人的机枪就是在那里开的火，你的任务是争取以最快速度夺下它。

孙宝明手端双枪，在黑暗中点点头。

冬武看看身边的几位干部继续压低声音布置着：孙宝明把敌机枪阵地拿下后，按原战斗计划执行。部队迅速压上去，撕开口子，迅速扯大。扯到一百多米，停住，守住。然后，集中火力朝五羊河对岸打。目的就是一个，让敌人产生咱们要攻进白河镇的错觉。

干部们纷纷点头，但不说话。

冬武挥一下手：各就各位，行动吧。注意，从这里再往前行，可能会有敌人的哨兵。明的好收拾，问题是敌人放上了暗哨。在这样的距离内，又是夜间，硬攻倒也不难。但是，只要枪一响，自己肯定会有伤亡。所以，各支队尽量悄无声息地往前靠，敌人几时发觉，咱再几时开火。

孙宝明带领一个小分队悄悄爬向河堤，战士们距离河堤越来越近，渐渐看清了堤顶上果然有挺机枪朝外探着。堤顶上的敌兵眼尖耳灵，很快就发现了孙宝明他们。敌兵不喊不叫，架起机枪就扫。孙宝明眼疾手快，敌兵架枪的瞬间他俯身向下并同时双枪开火。机枪子弹擦着孙宝明的脊背飞过，把后边两名战士打伤了，而孙宝明与此同时射出的子弹几乎一颗不漏地打中敌兵。敌兵一梭子枪弹没打完，双手一扬趴下了。刘冬武立即下令：同志们，狠狠地打！

两门小炮同时开炮，两挺机枪一起开火。炮弹和机枪准确地命中敌人的火力点，战士们几个蹿跃逼近河堤，向堤上投出手榴弹。霎时间，堤上堤下乱了套，枪声炮声夹杂着手榴弹的爆炸声，五羊河堤的这个地段成了个大炒锅。

这里刚刚打响，李家寨八路军伏兵也开了火。魏国明和张龙指挥战士只是开枪呐喊，并不进攻。寨里的日伪军不敢出来，却轻重武器同时用，朝这三百米外的沟崖猛扫瞎打。

桥头刘可热闹了，早已伏在麻棵地里的于志德听到五羊河方向打响，喊了声"上"，带领一个分队佯攻桥头刘西街门。另一个分队各有一半人跑到村南村北开枪。枪声和手榴弹爆炸声响成一片，队伍里响起阵阵高喊——同志们冲啊！接替河津驻守桥头刘的池田从学校里跌着跟头蹿出来。一边呀呀叫着"火力的顶住"，一边派兵设防。听到南边北边都是枪声，迷糊了一阵儿，忽然似有所悟地拔出指挥刀，亲自带一小队日兵朝东街门惶惶奔去。他以为八路军今晚又搞调虎离山之计要弄他。故此，非但不敢出击，反而考虑对方一旦攻进来，他该如何采取巷战的办法。

刚才敌人固定哨向刘成他们开火时，一直埋伏在金牛河口以东破桥墩处的袁虎和马立田当然听到了这发自西北方向的机枪声。袁虎立起身挥手下令渡河，马立田赶紧拦住：再等一等。

袁虎一犹豫，西北方向的机枪声停了。

袁虎重又伏下身子。

马立田：敌人只打了一梭子，分明是一次意外。

袁虎：我一向自认镇定不乱，到了关键时刻，还是马叔沉稳。

马立田：我也是忽然想到的。

此刻，战术预案中的几个点同时打响，正是袁虎他们出击的好时节。埋

255

伏在金牛河口以东破桥墩处的袁虎忽地蹿起来，这头年轻的狮王，带领呼啸风云的部下，踩着装点山河的星辰掠过了白沙河。

11

骤然而起的枪声和炮声传入日军白河镇前沿指挥部里，拿起报话机正要下令向白河镇开炮的长谷川张开的嘴又合上了。上身笔直坐在椅子上的滕野忽地站起来急匆匆奔向地图，长谷川也放下报话机跟过去。

几个作战参谋从外边奔进指挥部站在滕野背后，滕野不时向作战参谋询问着。滕野用红蓝铅笔在地图上圈圈画画好一阵儿后，将铅笔放在旁边的桌上说：这是一支八路军的先遣部队，我们必须暂停对白河镇的攻击，命令前沿部队支援五羊河一线，将这支部队歼灭或立即压回去。否则，皇军将会腹背受敌。

长谷川：会不会是八路军的主力？

滕野：主力部队不可能使用六〇小炮。

长谷川：沙河以南的李家寨和桥头刘也有八路军在攻击。

滕野摇摇头：那肯定是策应。

滕野的指挥部里一片忙乱。

袁虎率队顺利过了河，八路军单刀队在前，碱洼村的群众武装在后。两支武装像出山的豹子，连蹿带纵很快插入了敌兵群里。

此刻，白沙河二滩上的日军也已开始行动，号声哨声此起彼落。西端靠近五羊河堤的日军已在增援他们的"友邻"，这一段及东段的也迅速拉上河堤，在做着某种固守或突进的准备。河滩上除部分留守士兵外，就剩下大批的军用品。刘冬武他们突然发起的攻击，把敌人的注意力几乎全部吸引过去。直到袁虎他们过了河，鬼子才发现腚后遭到了偷袭。

这时，日军再想堵截他们已完全来不及。然而，日本兵确也训练有素，并且有着作为军人来说最难能可贵的坚毅沉着。他们虽然只有一个小队多一点儿的兵力，却敢于迅速组织迎敌。霎时间，白沙河二滩上展开了一场残酷激烈的肉搏。说来也怪，昔日每逢拼刺都要"呀呀"叫的日本兵，今儿却患了肿嘴风似的，只管端了长长的三八枪，在星光夜色下一声不吭地瞅了对手的胸腹戳。黑暗中"砰叭"乱响的钢铁碰撞声传向四周，让人疑心这儿不是在打仗拼命，而是开了许许多多的铁匠铺。八路军单刀队员的数量稍稍多些，

256

一对一之外，还有余数两个打一个。要是那些群众武装再上来，形势就更好了。但群众武装只是横刀提枪，在一旁掠阵，似乎在恪守"好汉"的打架规矩——一个对一个。所幸，这些八路军战士用惯了刀，身手极灵巧，总是让日本人的长枪挑空刺空，瞅冷子飞燕一样斜蹿上去，刀随人至，"噗"地在鬼子肚上捅个窟窿。刀把一拧拽出来，再向别的敌人进攻。说实话，鬼子兵是些硬种，有的已被捅破了肚子，还伸枪与对方拼命。有的干脆攥住捅进肚里的刀背不放，八路军战士拽刀稍慢，被旁边的鬼子瞅了空儿，一枪把胸腹刺穿——这是真正的"血战"。

队长常铁岭刀法好，个头大，敌人很自然地就重点对付他。三个老鬼子盯上来，同时围住了他。尽管他身经百战，尽管他耍了将近二十年的刀，尽管他使出浑身本事躲闪磕架，但鬼子们那闪亮的刺刀尖，始终离他身子三寸两寸的。离他七八步外的袁虎刚刚削了一个鬼子军曹的头，正在重新寻找和自己本领相当的对手。他打仗从来显得不紧不慢，此时见铁岭给逼得手忙脚乱，心中一惊，便一个地躺滚过去。那三个鬼子中的一位忽觉下身凉飕飕的，刚一低头，左腿咋地让人砍掉了。和他挨着的同伙就地转个圈，发现地上横着个耍刀的大活人，下意识地举枪就扎。他没想到，这躺着的比他站着的还灵活，身子一滚让他扎空，尺多长的刺刀就全扎进沙地里去了。他想应该赶快拔出来，不料那躺着的人像开玩笑似的用刀尖朝他裆里一撩，从前阴到肛门，竟就把他的"布袋"底子豁开了。他轻轻叫了一声瘫在地上，最后一个鬼子咕噜一句要拼命。袁虎一跃而起，和常铁岭一人对一个。吐口唾沫的工夫，一个鬼子让常铁岭卸下条膀子，另一个鬼子被袁虎当胸一脚踢进了白沙河。

双方都有伤亡。然而，鬼子兵可的确是越来越少了。眼看他们就要被全歼，从正西顺河滩又跑来几十个。这些鬼子兵不声不响地溜过来，明显是想混进战阵协助同伙。谁知未到近前，忽然一声尖厉的呼哨，一帮人像幻影似的在他们面前出现了。这帮人身穿便服，头戴礼帽，有的提短枪，有的持大刀。那些持大刀的，不哼不哈，看准鬼子们的脑袋，双手抡刀就砍。鬼子们怔住了，也糊涂了，弄不清这是何方人马，可是，不管对方是谁，只要是冲着自己来的，就非得迎战不可了。他们赶忙散开来，有的一对一，有的一对俩，在单刀队和鬼子混战的地方以西不远，又一个新的拼杀场面形成了。双方拼杀在一起，虽是黑夜里混战，但一方是便衣，一方穿军装，分得清，看得明。

这次的拼杀很奇特。因为除了耍刀的之外，那些戴礼帽的大汉有的提了盒子炮，在战阵里挺有规律地奔跑穿插。那情形，像古时军队演练阵法似的，有的穿进来，有的跳出去。鬼子兵的好奇心特别大，觉着有趣儿，觉着古怪，不时地分神去瞅，被对方瞅准空子，一刀劈下脑袋。

持枪人也并非瞎蹿瞎跑，他们灵活地躲闪着鬼子的刺刀，瞅准机会，"当"地一枪，马上就有一名鬼子给撂倒。太君们终于明白了这是咋回事，看看只剩了十几人，鬼子军官大喊"这是武当八卦阵的干活，皇军背靠背应战！"鬼子们退出枪弹，挺着刺刀向外围成一圈。使鬼头刀的大汉们立即撤到旁边，枪手们朝着围成一圈的鬼子兵开火。鬼子兵相继倒下，没有倒下的鬼子兵挺着长枪冲过来。枪手们迅速闪开，使鬼头大刀的便衣大汉们又立即涌上来和鬼子兵拼杀。

西边当即又有日军来援，可此时八路军单刀队刚好全歼了那批鬼子，像接力赛一样，他们绕过"串花儿阵"，很及时地将对方截住。又一小队鬼子来援，马立田率群众武装及时赶到单刀队西边……

小型战斗，绝怕兵力零星消耗。日本人不是不懂，而是无可奈何。这地段本就兵力薄弱，刚才五羊河那边出了事，又调上大堤一部分。那部分日军虽在急速回援，却难得很快就赶到。而远处河堤上的日军，根本看不清这儿的情况，所以不能开炮，也不能打枪，只能在指挥官的带领下，甩着双腿跑来参加肉搏。这样一来，八路军和群众武装就有机可乘，将来援之敌轮替着分批歼灭。两支抗日队伍渐渐接近金牛河口。此时，月亮悄悄升起，大地一片银灰色。可以清楚地看到白沙河二滩上满地尸体，尸体多数是鬼子的，也有八路军战士和群众武装的。

袁虎和马立田带着两支队伍交相西突，时间不长就杀到了金牛河口。袁虎看看已经差不多了，再拖下去的话，恐怕敌人的大部队压上来很难走脱，并且西线的冬武和刘成也不能坚持太久，还是见好就收吧。于是一声暗号，部队分成两拨，一拨背起自己伤亡的同志后撤，另一拨一边掩护，一边将敌人的帐篷什物放火点燃了。撤一段烧一段，等撤到乱桥墩前，白沙河二滩上近三百米的地段，已是赤练起舞火焰腾腾。

负责这个地段的日军中队长见这里火起，再顾不得援助"友邻"打截击，忙带着一个中队往这里赶。他们顺堤东窜，很快，就跑到了河口那座正在燃烧的帐篷前。不知是赶下去救火，还是急着参加肉搏。先到的不等军官下令，就"呀呀"叫着朝下冲。这时，一直伏在对岸牛角峪担任警戒掩护任务的那个小组欢呼起来。借着火光，他们看得清，望得明，鬼子群刚从堤顶下到斜坡，掷弹筒就"咚咚"连发，两挺机枪哆嗦着身子，从钢铁的口中喷出了火舌。鬼子兵没防备，成片地给撂倒。有的滚下堤去，有的则趴在那儿，仰在那儿，好像要以自己的身体护住那心爱的堤坡。日军中队长沾了腿脚慢的光，他跑在后边，见状忙令部队卧倒。然而部队跑得正急，一时收得住脚吗？喊叫间又有十几人下去送了命。这位"太君"一声哀号，忙和剩下的东洋武士们趴在地上，连头也不敢抬了。

正在五羊河堤与敌人血战的刘冬武见到白沙河东段火光冲起，立即下令回撤。这是战斗计划中所强调的，说明此次行动目的达到，任务完成了。在五羊河堤突破口做"攻进"状的部队，听到命令大部分迅速撤了下来。然而，那突破口的中心处，枪仍在响，手榴弹仍在爆炸。飞光流弹中，孙宝明脱光了膀子，双手抡枪，在和围上来的敌人拼命对打。在他附近，约十几名八路军战士也在坚持战斗。可是，周围的敌人越聚越多，再不马上撤下来，后果可就惨了。然而，孙宝明打疯了，不论和他在一块儿的赵化刚怎么劝，他就是不撤。这些天来，他憋急了，憋苦了。今天，他终于有了发泄的机会，所以，脑子热起来就什么都不顾，只是舍生忘死地打！打！打！他不撤，赵化刚自然也不能撤。两人都不撤，战士们能撤吗？当然，就犹像了那一会儿，或者说耽搁了那么一会儿，再想撤也办不到了。

刘冬武急红了眼，根本不考虑对方能否听到，隔着二百来米扯起嗓子喊——快撤！他的喊声孙宝明没听到，敌人却听到了。一梭子机枪子弹冲着庄稼地里扫过来，他赶紧滚到一旁卧下。抬起头，再要喊，晚了，一切都晚了。好几挺机枪从不同方向朝孙宝明那里打过去，无论是进路还是退路，都让敌人给封住了。六〇炮和迫击炮的炮弹纷纷落到那里，那里再也听不到人声，看不到人影，只有火光硝烟和轰轰隆隆的爆炸。刘冬武一拳擂进地里去，他大声咒骂孙宝明，更咒骂自己。几分钟，就差几分钟啊！

此刻，敌人开始集结兵力追击他们。机关枪已经调头排过来，小炮弹也挺有目标地往庄稼地里落。远处，几束光柱惨白如霜，那是敌人装甲车上的探照灯发出的。冬武见形势危急，顾不得悲伤难过，急令部队快速后撤。可是，敌人行动很快，紧追不舍，一时间难以摆脱。当他们快要接近拐向东北方向的白沙河岸时，刘成带的那个分队在长满酸枣树的沙岗上打响了。机枪和步枪越过他们的头顶射向后边的敌人，而架在堤顶的两门小炮和掷弹筒也开始咚咚咣咣地朝敌人群里轰。敌人闹不清八路军到底来了多少人，又在夜间，疑心前边有埋伏，所以踯躅片刻，就急惶惶撤回去了。

冬武他们紧急撤离之后，白沙河以南李家寨和桥头刘的枪声像是配合二滩上的火光,乒乒乓乓响了半小时。不过,这已不是八路军的枪声,因为八路军早已撤走。无论步枪还是机枪,都是日伪军由里向外打的。

月亮终于升起来了,大地在月光下惨白凄凉的样子让人看了害怕。白沙河这片刚才雷鸣电闪的地段,宁静了一会儿又开始混乱。有哨声,号声,传令声。还有零星的枪声和铁锹的碰撞声。不知过了多长时间,这里终于又恢复了宁静——是那种无数人形容过的"死一般的寂静"……

八路军和碱洼村群众武装与敌人展开激战的这当儿,白河镇八路军地下指挥所的几位首长一直既紧张又疑惑。白河镇地图铺在一块木板上,江震、李政委和林参谋长坐在木板旁。棉油灯光暗一下亮一下,映照出几人不时变化的面部神色。白河镇外战斗已经结束,但白沙河南边枪声依然在响。听动静战斗应该发生在李家寨一带,这到底是一支部队分而击敌,还是几支小部队在相互配合?

江震、李政委和林参谋长谛听着。

白沙河以南的枪声也渐渐停下来,林参谋长用红铅笔在地图上画画点点,末了在左侧画了个记号。江震看着那个记号脸色骤变:看情况,前天夜里日军进攻势头不大,原来是悄悄把部分兵力调到镇西去了。今夜倘若不是有外援接应,我们将处于多面受敌的境地。

李政委说:从刚才我们在土楼顶上看到的情况分析,敌人今晚的攻击重点设在了镇西。这说明,日军指挥官改变了他的作战思路。林参谋长说:新调来的装甲车也放到镇西,说明敌人要决心在西边打开缺口。因为镇南那片开阔地他们不好逾越。

江震:可是,刚才这不到一小时的镇外鏖战,彻底打乱了日军今夜进攻白河镇的计划,从而也使得白河镇化险为夷。

林参谋长:刚才我站在土楼上就观察到,这支袭击敌人的部队战斗力很强,进退自如,打得相当有章法。另外,他们同时又在东南河滩上与日军展开激战,在沙河以南展开袭扰,配合得如此默契如此恰到好处,绝非一般地方部队所能做到的。莫非二十一团和二十二团提前返回了!

李政委摇摇头:不可能,两个团返回,我们无论如何也能得到消息。

江震连连点头。

江震在地下室里转一遭:我犯了个致命的错误,昨晚应该派出部队向正面之敌发起反击。内外夹攻,打不垮也会给敌人以重创。

林参谋长说:当时我也曾这么想过,但唯恐这是敌人设的圈套,引我们

260

出去再乘虚而入，所以也没敢把这想法提出来。

江震：战机，稍纵即逝啊。

李政委：别引疚自责了，敌人毕竟兵力是我们的两三倍，倘若我们攻出去后，日军真的乘虚而入，防守部队撤回受阻，后果也不堪设想。

江震：捣毁李家寨，伏击运输队，夜袭桥头刘，昨夜又兵进白沙河。几天来数番扰敌袭敌并给敌人以重创的，到底是哪一支部队呢！

月儿未落，天已经亮了。

滕野少将面前的景象破败残损，狼藉不堪。一架架帐篷烧成灰烬，一堆堆军用物资给炸得零零散散。一大片东洋武士昨天晚饭后还哼起日本军歌，眼下有的给削了脑袋卸了膀子，有的被生生砍作两截。仍然活着的不是捅破了肚腹，就是少了腿脚。有的呻吟叫喊，有的狂吼乱骂。救护队戴着红十字袖章，在被救护者的呜咽或詈骂声中，紧张而又小心地忙碌着。

河滩上有许多小型的弹坑，这是从对岸发射来的小炮弹造成的。大堤斜坡上一片日本兵的尸体，那是下来援助或追击时，恰好遭到了对岸机枪的拦截。

那位侥幸活命的日军中队长木讷地立在少将左侧，直到滕野斜视他一眼，才开始叽里呱啦念佛经似的汇报什么。尽管他说得口干，少将却是面无表情，双眼一动不动地盯着远处河水中泛起的白沫。虽然他不声不响，但属下的汇报却能一字不漏地收入脑中，而脑中也像译码机般迅速分析，归纳并随之做出了总结。

昨夜一战，不光让他损失惨重，同时也彻底破坏了他的夜间攻击计划。就像有意算准和他对着干一样，八路军的进攻恰恰早他一刻钟。他骇然已极，甚至怀疑有内奸把消息走漏。可是，这次攻击时间的确定，由他自己掌握并发令。要说有内奸的话，那就是他自己了。

刚才，部下向他报告时谈到了八路军的大刀队，这让他暗暗心惊。大刀队的威风，他看见过也经历过。那看见的一次是在追击宋哲元部队的途中，二十九军枪炮不济，殿后部队却舞起了大刀片。日本军让人家舞花了眼，砍破了胆。结果，堂堂东洋武士被阻一天。那经历过的一次，是让他想起来就胆寒就气恼的平型关大战了。短兵相接后，他和他的部下恰恰遇上了一支大刀队。人数虽不多，却把日兵砍得丢魂失魄。那锋利沉重的钢刃，劈头盖脸劈下来，刀挡刀弯，枪架枪折。若非他见机不妙迅速冲出逃走，带着冷风寒气的大刀早送他的灵魂回国拜谒天皇了。时隔数年，每每想起就心头打战。

261

如今，难道那支八路军大刀队来到了这里吗？世间巧事极多，说不定还真是呢。因为他来围攻白沙河镇之前，就听说这里有支参加过平型关战役的八路军部队。如果如此，那可真是冤家路窄。

从今天的情况来看，是不能再把对手看作一支无足轻重的八路军小部队了。否则，被其今天啃一口，明天抓一把，零零碎碎就把自己的"肉"给啃掉了抓没了。他虽然有了新的判断，可心中随之又产生了一些新的谜团。部下在汇报昨夜战况时，曾谈到跑出些戴礼帽的。他们有的双手抡着鬼头刀和日本兵拼搏，有的跳着奇怪的圈子，用枪点射以协助同伙。他们又是什么人？是从哪里来的？滕野知道中国历史上曾有过黄巾军红巾军的，莫非又有了打日本的礼帽军吗？唉！一切都得费心琢磨……

那位日军中队长汇报完，就立在一边等候处罚。作为一个级别不算低的军官，竟没有按起码的军事常识在牛角峪一带放出警戒，他是过于大意了，骄傲了。如今已经造成了这样的后果，责任自是不能推卸。他还算有自知之明，断定这位貌似斯文的上司不会轻易饶他。果然，滕野听完他的汇报，先是面无表情地点点头，接着很随便地和身边的卫兵们说了句日本话，中队长脸色骤变，低头"哈伊"之后，就被卫兵带走了。

滕野轻轻松松地处理了他的部下，然后三两步走到马前，跨上马背，在卫队的簇拥下，径奔五羊河堤。

五羊河堤的情况稍好些。死尸已经收敛完毕，昨夜让八路撕开的口子也"堵"上了。仍是一位负责这段区域的中队长迎接了他，并向他汇报了昨晚的战斗经过。这里的情况，尽管参谋人员已提前向他报告过，但他仍像刚才在白沙河二滩一样，神情专注地听着。他从在这里发动攻击的八路军有小炮、掷弹筒以及强大的机枪火力判断，他们和东边那些使大刀的并非一个部队的。联系到昨夜同时发生在李家寨和桥头刘的袭扰事件，他得出结论：这里是一支力量较大的八路军部队。这支部队在东边南边的八路军部队配合下，企图发动突然袭击，强行攻进镇里。他们之所以这么做，一是接迎里面的守军突出来，二是增兵固守。要是第一个目的，倒是正合他意。倘是第二个目的，那就得考虑到，八路军是不是有更多的人马集结在他的周围。一旦某项计划完成，就开始烙他的"夹馅饼"。

滕野考虑了一会儿，忽然想起了什么。他问八路军战死者的尸体在哪里，中队长一个转身，当即领他朝坡下走去。

离堤不远的庄稼地里一溜挖了几个坑，八路军战士的尸体都在里边。滕野走到坑边，命令部下跳下坑去，把这些尸体挨个翻看。当他由南到北看到死者服装上的几个不同番号时，后背上立时冒了汗。

至此，他确信证实了自己的判断。这些日子，八路军又在搞以往让他领略过的"打桩"战术。它是以固定的一点——例如现在的白河镇，把你黏住，缠住。让你攻不进，撤不出。再以小股部队在外边搞突袭，毁给养，打一些让你看着摸不着的仗。于此同时，他的各路部队休整了，集结了，然后以绝对优势兵力突然围上来，里外夹击，将对方一举歼灭。由此看来，河津少佐那头笨驴在他报告中的推测，倒也确实有理。

如今摆在自己面前的有两个方案，一是尽快攻下白河镇立即撤军。可是力量不足，需要援助。而上边昨日复电，援军需待十天。这十天里，谁知会发生什么变化呢？滕野在坑边上来回走着，脑子里在反复地思索。终于，他拿定了主意，并在这儿就传下令去，早饭后，大队长以上的军官到指挥部参加军事会议。

当天下午，一队队日军和一队队伪军相继撤下。有的向西进驻附近的村庄，有的过白沙河向南，开进那七八个村子不动了。他们行动真够快的，不长时间，将近两千人的日伪军都有条不紊地分别部署好，在悄悄实施滕野新的作战计划。

当然，对于白河镇，滕野也不放松。尽管他断定镇里的八路军是在坐守待援，不可能突围反击。但为防意外，他还是征得长谷川大佐的同意，将最得力的松井谷野中佐的第一大队留下，另外又留下数百伪军，继续围攻白河镇。然后，率领龟田和鸠山两个大队过河南撤。

松井中佐也是相当精明的，他知道仅凭自己一个大队和那些不中用的伪兵去攻白河镇，其效果差不多等于零。所以抱定宗旨，不求别的，只求不出大的差错。受命之后，每到夜间便派部队到镇前打打机枪，扔扔手榴弹，或在堤前的开阔地里轰轰隆隆地跑跑装甲车。有时也组织几次象征性的进攻，当然是点到为止，并不准备也不可能攻进镇里去。他的主要目的就是试图证明日军对白河镇仍在围攻。白天呢，还像以往似的按兵不动，只是命令部署在沙河南堤外的炮兵向镇内打炮。有时是一阵排炮，有时则只打几十发。这样，意在惊扰镇内军民，又想借此制造假象——日本援军正在逐渐增多。

这部分日军的撤离是秘密进行的。滕野先令各部派出先头小部队，将一切将要进驻的村庄全部封锁。只许人入，不许人出。村庄以外的田野里，或疏或密地布上散兵，而各条道路各个路口却不看重，只是派了少量的特工便衣在那儿埋伏。

滕野的旅团部迁到了地势较高易守难攻而又不显眼的抬官村。然后传下命令——各部隐蔽，不许喊叫响动，不许打枪走火，他要设网捉"兔"。无论白天夜间，也不管敌方是零星部队还是整连整营，只要进了这个"网"，就再也别想囫囵着跑出去。

他这一招确实狠毒，确实高明。他了解，在日军大兵压境的情况下，游击战就成了分散的八路军部队的拿手戏。特别在当前，遍地青纱帐绿乎乎一望无际，小股八路军进了青纱帐便如鱼游大海，哪里去寻？

他不去寻，却在等。这就看出了他的谋略，他的精明。一旦敌方在这一带露头，马上就会让他的某个"网眼"裹住。小的裹住了，再顺着网络逮大的，不是很容易吗？要是那"大"的力量确实大于日军，他不攻，但可以守。在这里守，就不同于在白河镇那里。他和松井大队脊背相靠，即使八路军真搞内外夹击，日军也无前后受敌之虞。如此攻守兼备十日，援兵一到，还有什么顾虑？当然，他也并非一味坐等。也派出了便衣四处探寻。他还指示部下，建立了好几支夜间侦巡队。尽管也明白这种措施可能作用不大，但他还是怀着某种令人难以捉摸的心理这样做了。

15

滕野的司令部迁至抬官村后，和他的参谋人员登上村内的一座小砖楼。本来这里地势就高，再上得楼来，举起望远镜四处观察，真可谓坦荡荡一览无余了。但是，他看着看着，脸色渐渐开始阴沉、沮丧。因为他忽然醒悟到，日本军队处在中国这样的田野里，同中国人打捉迷藏一样的仗，实在是太傻了。此次军事行动之前，他也曾向上司提出过，在这样一个季节里去和八路军交战是否合适的问题。因为遍地庄稼遍地险，且又快马不及地理熟，日军不是明摆着要吃亏吗？但他不了解最高司令部的用意在于"稳定后方，抽兵南下"，已经顾不得等到秋后发兵了。况且，日军讲究的又是绝对服从，上级对下级，几乎是以天皇的身份出现的，他只可以担心，却不能不执行。如今，这场征剿战果然被他言中。他这位大日本皇军的少将旅团长，不得不在绿色的海洋里和八路军进行较量。虽然他也识得"水性"，可中国有句此时对他来说极不吉利的话：但凡淹死的，都是那些自以为识"水性"的。

滕野朝周围望了一会儿，阴沉着脸走下楼来。看惯了他那温和面孔的部下不明上司的心理，又不敢问，只有默默地跟着。

八路军和碱洼村武装夜战五羊河，伤亡不小，收获更大。那些及时撤下

264

来的同志,在冬武和刘成率领下沿白沙河西去。兵不厌诈。每行二三里,就有一个分队涉水过河,如此行出十几里,部队全部过完。这样,第二天即使敌人来查看,也难以发现部队去向,更无法摸清八路军到底有多少人马。

袭扰桥头刘和李家寨的两支部队撤下来后不停步地往南走。走到一个隐秘的地段才折头向西又往北。天亮之后几路人马先后回到大碱洼,就等袁虎他们了。

袁虎和马立田带队撤过白沙河后取道向南,拂晓时,部队到达金牛河桥以东。因为路远,天亮前难以接近大碱洼。同时,也怕敌人发现踪迹盯上来,那事情就麻烦了。大碱洼此时是这支部队的根据地,是八路军战士和碱洼村乡亲们的归宿地和依托。无论如何,不能让敌人发现八路军是隐伏在那里。

马立田问袁虎是否还有别的路可走,袁虎说:顺河向南十几里有个河汊,过河汊是大鹏庄,咱们潜进那个村子休息一下,晚上再回大碱洼。马立田想了想,以目前的情况看,也只好这样了。袁虎挥挥手,队伍沿河继续南行。

又行十数里,天开始放亮了。队伍到达一片高粱地里,前边担任尖兵的战士跑回来报告袁虎,说金牛河西岸上有人活动,但闹不清是些什么人,要干什么。

袁虎低声命令部队原地休息。

部队停下后,袁虎说:马叔,你照顾一下队伍,我和常铁岭到前边观察一下。马立田叮嘱他们情况不明千万小心,袁虎答应着,和铁岭带上几个战士轻轻向高粱地外走去。高粱地边上是一片片的豆子地,豆子地无遮无拦,再看不到能够掩蔽行动的高秆庄稼。从地边上朝东南望,千多米外有个大村庄,村里黑乎乎的,有几座高大的楼房。袁虎说:铁岭,那就是远近闻名的"圣人村"——大鹏庄。

大鹏庄历史上出过翰林,出过举人,出过"一门三知府,父子九登科"。至今,还有两三名教授在西南联大教书。这是个"圣人村",也是"富人村",且不说散布全国的买卖商号,村中单是几顷地以上的土财主就有十几家。

袁虎告诉常铁岭,自己以往曾多次来到这里,对这里可以说非常了解。那年执行侦察任务,无意中救了这个村的伪保长一家。特别是他女儿秀娥,几乎是从鬼子手里抢出来的。这以后执行任务被敌人发现,遭到一百多日伪军追捕,便逃进大鹏庄,又是姜保长一家救了他。因为恐怕日伪军在村外设伏,那天夜里自己住在姜保长家,不知怎的神魂颠倒,竟和秀娥好上了。

常铁岭:秀娥一定是自愿的。

袁虎：那当然，我们八路军能强人妻女吗!

常铁岭说：美女爱英雄。以后你们又见面了吗？袁虎说：见过几次面，后来被领导知道了，把我从侦察连调到了作战部队，自那时再没见她。常岭很羡慕，说：袁团长，抗战胜利了你一定要娶她做老婆。袁虎：只是不知她现在怎么样了。

袁虎脸上掠过一片愁云。

常铁岭安慰他：吉人自有天相，放心，秀娥不会有事。

袁虎说：两年多了，这地方乱得一塌糊涂，是好是歹，料得到吗？常铁岭安慰袁虎，说：我平时从不多说话，但一般说出话来都能兑现。

袁虎苦笑：老常，你把自己当神仙了。

袁虎又望着正南的一条沟，那是条通往金牛河的顺水沟。心里想，是进这个村，还是让部队留在高粱地里呢？大鹏庄东距县城四十几里，往南不远是条东西河，往西二里多又是金牛河。刚才尖兵报告金牛河岸上有人活动，莫非敌人发现了他们的行踪，提前调河城的部队来这里拦截？鬼子有汽车，几十里地眨眼就来到，快着呢。如果如此，也一定是后有追兵。那么，部队就只能进庄组织抵抗了。可是，大鹏庄情况怎么样？这得弄清。否则一头扎进鬼子窝里，可就更麻烦了。据可靠情报，前几天他突出白河镇时，日军还没到这儿来，如今隔了几日，情况可能有变化。他望望常铁岭，铁岭也茫然地看着他。显然，对此时一无所知，怎么行动，全靠他了。

袁虎自然得拿出办法。他留下两名战士在此继续警戒瞭望，自己和铁岭带了两名战士，先到河岸上摸准情况再说。

高粱种在洼地里，洼地都有顺水沟。顺水沟有的专为排水，有的就成了两户人家的地界。小沟顺大沟，大沟顺进河。袁虎前两年常在这一带活动，沟沟壕壕都了解。袁虎和铁岭带着两名战士运动到顺水沟前。沟里有水，不多。天色乍明还暗，正好掩护他们顺沟西去。

好险！他们顺沟到了河边，沿河边上是斜坡，借坡上的蒿草掩护溜到前边那条顺水沟的沟口时，立即惊得吐了舌头，借着曙光，只见前边沟崖头斜坡上坐着二三十个人，手里好像拿着枪械。不断有人指指东边的大鹏庄，呜呜啦啦说些什么。显然，他们是在这儿等谁或伏击谁的。但有一点可以断定，黄狗们的目标不是袁虎他们。因为最糊涂最浑蛋的指挥官，也不会这么大咧咧地设伏兵拦截一支八路军。袁虎不敢惊动他们，就带了几位同志悄悄退回了那片高粱地。他琢磨这些家伙是在打大鹏庄的主意。可大鹏庄里驻的又是什么人？袁虎找到马立田，仔细推敲了一会儿，决定以静制动，部队暂时待在这里，视外边情况变化再说。

留下几名战士照护伤员，袁虎和马立田便把部队带到了地边上。这时，天已完全亮了，在高粱地边上担任警戒的两位战士见了袁虎，马上搋搋他的胳膊，紧张地朝前指着。袁虎探头一看，天啊！就在二百米外的那条顺水沟里，齐刷刷露出一溜小黄帽儿。一挺机枪和几十支步枪朝南架在沟沿上，显然也是在打大鹏庄的主意了。刚才，要是队伍不慎再向前走上十分钟，简直想象不出会是什么样的后果。袁虎庆幸之余，又下令谁也不许闹出动静，就这么悄悄隐伏着，看看这帮鬼子到底要做什么。

田野里刮起了小风，庄稼叶子发出轻轻的唰唰声。透过庄稼的缝隙，袁虎注视着已经轮廓清楚的大鹏庄。庄里依然寂静，而前边沟里和金牛河堤上的敌兵也依然不动。这到底是怎么回事呢？袁虎皱着眉头，百思不得其解。

风儿渐大，庄稼叶子发出轻轻的唰唰声。村东忽然响了两枪，枪声过后，是一阵死样的沉寂。陡然间沉寂被打破，大鹏庄的东边机枪匣子枪响成一片，其中夹杂了三八大盖的"叭勾"声和手榴弹的连续爆炸声。村庄的东半截隐隐传出搏杀声，搏杀声和枪声混在一起，渐渐地在向村中和村西移动。沟崖上那三十多个人站起身迅速往西边的金牛河口跑去，袁虎蓦地想到，这些人是要在金牛河口打伏击呀。顺水沟里的黄帽子在一动一动的，鬼子们显然也在做着某种准备。袁虎终于完全明白，敌人在夜间偷偷将大鹏庄包围。他们的目的也很清楚，不在村里打街战、巷战，而是把对方轰出来，预先设下伏兵，在这田地里聚而歼灭。

可是，他们包围的这些人是谁呢？袁虎还真闹不清楚。

天光大亮，村西的这片田野明快而清晰，袁虎正在观察哪里还有敌人埋伏，身旁的战士低声惊呼——团长你快看！袁虎也看到了，村西街口冲出来一拨人，有三十几个，人人手抢双家伙。这些人边打边退，后边有人尾追。这伙人退出村来不远，转身径奔金牛河岸，看样子他们打算涉水过河。袁虎"咦"了一声，原来是他们呀！马立田问他们是谁，袁虎来不及解释，立即命令铁岭率领一个分队隐蔽赶往金牛河口，以最强最快的攻势把潜伏到那里的敌人敲掉。敲不掉轰跑也可以。常铁岭：团长，我们冒险支援的是些什么人？

袁虎：一句话说不清楚，去，快去。

常铁岭轻轻招呼着，一个分队跟着他俯身朝河口方向去了。

袁虎再往前看，抢双枪的英雄们仍朝西边河堤飞跑。他连说"不好！"可又干瞪眼没办法。此时要想不让他们遭受伤亡，只能寄希望于常铁岭他们一个个都变成飞毛腿了。

被从村里赶出来的这些人脚步挺快，这时已经跑到距河堤不到二百米。就听河堤处一阵排子枪，当即扑倒四五个。幸亏他们是分拨掩护撤退，所以倒了前头的，吓怔了后边的。那后边的一看河堤处有埋伏，转身向北跑来，直奔顺水沟。眼看着越跑越近，顺水沟里的敌人开始弓腰屈背，准备架枪射击。在这平坦的大洼里，在这样的距离内，日本人又是有组织有准备的，一旦开火，那些人是死定了。眼看着沟里一个日本官举起了指挥刀，袁虎急得脸都青了，几乎没有经过大脑思索，就冲身旁的机枪射手喊了声"打"。机枪手反应够快，这里"打"字刚落地，那里的歪把子就搂响了。清脆而急骤的枪声，把一溜闪光呈扇面送向了顺水沟，马上就有几个小黄帽儿消失了。地边上，另一挺机枪也叫起来，几十名八路军战士和群众武装弟兄，也先后撸响了手中的短家伙。扛掷弹筒的战士忙乱了一阵又停住，大概舍不得那数量有限的小炮弹吧。沟里的鬼子一下就给揍蒙了，有的滚在沟底，有的无所适从。当官的急得眼睛发蓝，举战刀"杀鸡给给"一声怪叫，便有些日兵转过身来趴在这边沟沿上和他们对射。霎时间，清晨的田野里枪声一片，震耳的砰叭哗哗声，像大河决口似的。相对交错的火力，把这一带的庄稼枝叶打得满天飞。

西边的金牛河口上响起了枪声，明显是常铁岭他们和敌人接上了火。袁虎稍稍松了口气，至少从村里冲出来的这些人不会受到三面夹击了。受到河口处的敌人伏击正往这边跑的那些人听到这突然的枪声，先是吓怔了一会儿，接着像醒悟到了什么，赶紧齐刷刷卧在豆地里不动。袁虎知道他们还没迷糊过来，便高声喊着：救国军弟兄们，我们是八路军，正接应你们。你们赶快朝狗日的后腚打呀！

他刚喊完，豆子地里就响起噼里啪啦的匣枪声。这些人的身手相当矫健灵活，他们边打边往沟边靠，因为距离越近，匣枪的威力才越大。这一来，一场三方混杂的战斗打热闹了。

河堤上的枪声一直未停，现在越发激烈。那些埋伏的日伪军追着豆子地里的人开枪，而在他们的后边，又有十多名八路军战士跟着屁股打。日伪兵刚刚转身迎敌，豆子地里马上分出一拨人上去夹击。一阵挺有次序的枪响，日伪兵马上趴倒七八个。剩下的见情况不妙，拔腿南逃。南边响起了枪声，是那儿的伏兵赶来接迎了。这边的人也不紧追，只是集中火力，联手向顺水沟里的日本鬼子攻击。

沟里的鬼子顶了一阵，架不住两面夹击，勉强抵抗着向东撤去。在逃上东边的南北道进村时，袁虎看到还有二十多人。他们抬着架着些伤兵，急惶

268

惶地钻进街口去。袁虎他们和豆子地里的人同时跃到沟边，见里边有十几个日本人的尸体。一个日本官双手握刀躺在血泊里。是愤怒，绝望还是因为什么？反正看样子他是用自己的刀把自己捅死了。豆子地里的那伙人除中弹伤亡的以外，呼啦啦全部蹿过沟来，竖起大拇指直晃脑袋：八路兄弟，够义气，谢谢，真得谢了。看来，咱们不愧是一个水湾里的蛤蟆。

虽说刚刚打完仗，袁虎看到他们的样子也差点儿笑了。这伙人实在狼狈。说狼狈还是好听，简直就像些猛然从妓院里给轰出来的。有的穿着裤头，有的穿件小褂，有的光屁股倒戴了顶凉帽，有的挽着裤腰而裤腰带却在脖子上挂着，各色各样。就一件让人服气，没有一个丢了枪的，又都是双家伙。

一位只穿条裤头的大个子跳过来，瞪着牛眼冲袁虎吆喝：咦咦，小袁，是你呀！咱瞧摸着有谁手头子这么利索呢！久违了，久违了！

大个子说着拍袁虎的肩膀，又搂着亲嘴：袁兄弟，好样的。有我们弟兄在，你啥都甭怕。当然，今儿多亏兄弟出手帮忙，要不我的弟兄们全玩儿完了。

听这人前边的口气，好像不是袁虎带人把他的队伍救出来，倒像他们刚替八路军解了围呢，袁虎身后的战士禁不住发出哄笑。袁虎推开身前的大个子，又指指他的身后：李队长，先整整军容，整整军容再说别的。

大个子回头注意到自己五花八门的队伍，咧咧嘴道：唉，现了他娘的眼了。

大个子挥手命令部下都坐在地里别动，嘴里嘟哝着说：提溜嘟噜的，卖菱角吗？大个子回头对着袁虎尴尬地笑，袁虎说：赶紧武装起来呀。大个子求袁虎借几条裤子给弟兄们遮羞，袁虎指指沟里的鬼子尸体：李队长，那不是现成的吗？

坐在豆子地里的光屁股们哄地跳起来，双手捂着羞处，飞一样抢下沟去脱日本兵的衣服。这时，常铁岭提着单刀带着队伍从西边赶过来。袁虎问情况怎么样，常铁岭说：打死几个，其余的看到这边形势不妙，向村里跑了。已经穿上日本死人裤子的救国军爬上沟来，大个子指指手握大刀的常铁岭：这位壮士是谁？

袁虎：我们单刀队队长常铁岭。

大个子慌忙走过去亲热：谢谢常队长，要不是你带人先去河口清理了这些日本兵，我们这伙人都得遭他们暗算。

袁虎：李队长，暂时不会有危险了，静静心稳稳神吧。

大个子一侧身躺在沟崖上：娘哎，累散架了。

马立田看着眼前这些穿戴得五花八门的人，悄悄问袁虎这支队伍的情况。袁虎问他：记不记得一九三九年国民党"高军"南撤时留下的那一百几十人？马立田说：当然记得，这些人自称救国军，后来不是驻屯尹集吗，我还组织人做过他们的统战工作呢。袁虎点点头：马叔，这部分人就是"救国军"的一个小队。

别古来的人马虽然不多，却都是些硬骨头。他们的头头别古来是个刁钻古怪而又天不怕地不怕的角色。他和他的部下都是本地人，家乡观念特别重。"抗日保家乡"是他们的宗旨，所以打日本是很卖力的。"高军"南撤他们留在本地，在八路军的帮助下消灭了"李八师"占据了尹家集。他们便有时活动在敌占区，有时又驻在八路军根据地。在敌占区时，不声不响，分散住着。一有机会说声行动，晚饭前传下信儿去，晚饭后就能全部集合。闪电战端一个鬼子据点或者打个漂亮的伏击，随之就溜了。这些人并不想"好汉做事好汉当"，却专门喜欢给别人"栽赃"。有时一战之后，现场故意留下某土匪团伙或当地伪军的痕迹，队伍却拉到了八路军控制的地盘里。因为他们杀的是日寇，八路军不光提供保护，还要待之以礼。可是，他们有时现场留下八路军活动的痕迹，转而又跑到土匪窝里去。这样，鬼子总找八路军或某土匪团伙去泄傻气，他们却来往自如地活动在夹缝里。时间长了，鬼子看出了蹊跷，就组织了专门的特务队跟踪盯梢。盯了一年多，鬼子组织起大队人马对他们进行围剿，又多亏江震派陆彪率领一个营救出了他们。那年刘官屯大洼与敌人雪地大战后，这些人突然销声匿迹了。有传说他们分散进了省城，有人说已给日军歼灭，也有传说他们南下找原来的部队去了。到底如何，谁也摸不清。现在他们忽然又重新出现，袁虎真还有些吃惊。

这些人佩服八路军，却又嫌八路"土"。所以八路军想和他们联合，他们不答应，也不服。他们厌恶土匪，有时甚至想打掉某个匪伙，可他们又离不开土匪的帮助。土匪怕他们，常利用自己的眼线给他们提供情报，有时绑了肥牛票或者劫了"大头"道，还特别地贡给他们许多钱物。这些人办事别扭，打枪的姿势也别扭。每逢开枪，总是侧着膀子歪着头，就如放羊孩子瞅准羊腚扔坷垃，打得挺准，也挺顺手。这几乎成了他们队伍的特征，据说是他们那位别司令的传授。也多亏他们这种别扭的射击姿势，否则隔了这许久，袁虎还不一定马上就能认出。

八路军战士和李队长的部下打扫战场，袁虎和李队长坐在沟边上聊起这段时间的情况。李队长告诉袁虎，前年冬天刘官屯雪地之战后，他们别司令就拉着队伍开到东海小岛上一位海盗朋友的窝里去修炼了。袁虎挺奇怪，因为他和别古来相交那段时间，从没听对方说起有海盗朋友。因为牵扯到某些江湖机密和规矩，袁虎当然也不追问，直到李队长自己说出来，袁虎这才恍然大悟。

那次刘官屯雪地之战后，别古来率领他的队伍一头扎到了海边上。到海边上的那天，恰巧又赶上下大雪，有艘日本补给船给冻在了海面上，他们乘机劫了日本人的船，打死他们的押运兵，把船上的物资全给弄下来藏到附近的旮旯里。日本军队见补给船被劫，马上派兵追寻搜查，然而别古来他们藏东西的地方自己不说，连鬼也找不到。鬼子们折腾了一些日子，这事也就不了了之。海边的冰化了以后，他们弄到几艘小船，假装出海打鱼，把东西零碎着弄到一个小岛上。岛上有个拉着竿子的好汉，以前在高军长手下干过营长，和别古来是莫逆之交，于是也就连人带货都收下了。

一直在海岛上养精蓄锐的别古来前些日子听说鬼子扫荡，惦着家乡，就命李队长带着先遣小分队，一个狮子大甩头来到了这里。李队长带人钻进河城，捎带脚把日本人城边的一个班用刀子抹了。撤退时没想到让昔日的对头盯了尾，他们昨晚在大鹏庄宿下，就招来两个小队的日军和两个小队的伪军夜半将大鹏庄围住。日军知道他们厉害，不敢进村打，就用了这赶牛出栏的办法。

袁虎说：听李队长这么一说，咱们还真是巧遇呢。

李队长：袁兄弟，这回要不是遇上你，我这个先遣小队非得让鬼子给端了不可。这恩这情，我得报给别司令。

袁虎：都是为了抗日，客气什么。

李队长：哎，袁兄弟，以咱们现在的力量，对付这股狗杂碎有把握。小鬼子反正已经发现了咱们，跑也是跑，打也是打，倒不如攻回村里敲掉狗日的们再撤。就是小鬼子再来援兵也不怕，出村一钻青纱帐，鬼子们个儿小腿短，往哪里去追咱们啊。这主意你看行吧？

袁虎正在考虑如何回答，一战士说：快看呀，村里起火了。大伙望去，大鹏庄的东半截有几处地方冒起黑烟。接着，村内东北角隐约传来汽车马达声。过了一会儿，有两个人跑出村，李队长当即站起身大喊：在这儿呢，在这儿呢！

那二人听到喊声直奔这里，李队长迎上去，问他俩咋不跟弟兄们一块儿往外扑。其中一人说：我俩穿好衣服出来一看，你们都快到了街门，没办法，只好先藏起来了。刚才幸亏有个老乡给我俩送信儿，说是鬼子开走了，我俩这才逃出来。李队长把二人拽到袁虎跟前：幸亏遇到八路弟兄，要不，你我

271

弟兄怕是见不到面了。

二人冲袁虎等人鞠了一躬，气喘吁吁地坐在沟边。

袁虎：二位，村里情况怎么样？

二人喘息稍定，说：鬼子伪军坐上汽车跑了，要不俺咋能逃出来呢。袁虎有点儿纳闷：这鬼子怎么就撤了呢？马立田分析说：一定是鬼子见救国军有八路接应，不明虚实心中发毛而逃走的。李队长朝袁虎侧着头：袁兄弟，鬼子汉奸们既然走了，估计一时半晌不会再来，咱们还是回村里继续住着吧。

袁虎看着马立田：马叔，你的意思呢？

马立田：部队连打两仗，太累太紧张，是得好好休息一下。我也估摸敌人刚刚撤走，立马返回的可能性不大。即使他们调兵重来，我们站在楼上就能远远望到，届时撤离，时间蛮来得及。

袁虎：那好，部队进村休息。

八路军、群众武装和李队长的"救国军"合兵一处，分批开进了大鹏庄。

16

大鹏庄虽然有名，却十分偏僻。州城府县都离它挺远，这让人想来似乎不合情理。它地势高，村周二三里以内，全是种的抗旱怕涝的矮庄稼。所以站在村中楼顶望去，六七里地内的庄稼沟陌尽收眼底。进村后，袁虎和李队长分了工。李队长带领他的弟兄占住村南和村西的街口，自己则带领部队监视正东和正北。这两个方向，是敌人最可能出现的方向，他怕救国军弟兄们马虎了，让敌人闯进来端了锅。李队长大概也明白自己人的脾性，欣然允从。

袁虎、马立田站在十字街口。村内除了鸡飞狗跳牲畜叫，一个人也看不到。

马立田问袁虎，这里的情况他是否清楚。袁虎说：不用担心，我以往经常来这村里，村里的姜保长现在已经是咱们的人。再说这村里有许多地窖子，各家各处的地窖子串联起来，形成了四通八达的地道，如遇敌情，退守都很方便。现在街上之所以没有人迹，可能是自从鬼子扫荡开始，大鹏庄有头脸有钱物的人就纷纷跑进省城的私宅里去了。剩些佃户雇农无顾忌的人，枪声一响也早进了地道地窖子，所以此刻的大鹏庄，除了鸡飞狗跳牲畜叫，找人？难啦！

两个人正说着话，李队长在十字街上转过来：嗯？人呢！怎么连个人影也见不着了？想找人帮忙掩埋那几个阵亡的弟兄，怎么也找不着。没办法，

272

我只好亲自带人把弟兄在村边草草掩埋掉。

袁虎说：李队长，战争年月，咱们也只能让弟兄们入土为安了。哎，你带领弟兄守住村西和村南的街口行吗？李队长：袁兄弟，到了这里，全都听你的。另外我告诉你袁兄弟，这村里许多院子都空着，你们就别讲什么规矩纪律，只要门开着，进去找地方睡就是了。

袁虎看看马立田：我们商量商量再说。

李队长朝袁虎和马立田拱拱手，转身朝自己队伍的驻地走去。

袁虎和马立田带人走进村内一座大院前，院门敞着，高大的影壁墙挡住了人的视线。袁虎和马立田带人站在门口问：院里有人吗？

没有回应，袁虎和马立田走进大院。大院是四合院，一溜七间北屋，七间南屋。东、西厢房各四间，正对影壁是一间跨屋。院内静悄悄的，没有回音。马立田说：好宽敞的院落，瞧，北屋东头还有座三层砖楼呢。袁虎：是个大户人家。

大院里空旷无人。马立田说：真怪，这么大院子怎么连个人也没有？哦，对了，你说过，有头脸有钱物的人早跑进省城的私宅里去。袁虎点头说：是的，他们怕给人砸坏大门，干脆把大门敞开着。所以李队长才说，见门开着进去睡就是了。

马立田：看来李队长早就进过这些院了。

袁虎：这是他们的习惯，进村先到各处仔细查看。

袁虎和马立田在各处房间里安置好八路军战士和群众武装的弟兄们。袁虎抬头看看砖楼：马叔，在楼顶设个双岗。

马立田说：对，一个岗哨看两个方向。敌人来不来暂且不论，防患于未然要紧。有几个战士从厢房走出来，袁虎叫住他们：你们分成三班，每班两个人，两个时辰一换岗，就在这楼顶上担任瞭望哨。发现敌人踪迹，马上下来一个人报告。

几位战士：是！袁团长。

袁虎、马立田、常铁岭走进西厢房的跨屋里。跨屋里只有桌椅和一个土炕，三人坐在椅子和炕沿上。袁虎说：铁岭，你带人把阵亡的同志抬到村边安葬吧。

常铁岭点点头，眼圈红了。

袁虎：马叔，那几个阵亡的碱洼村弟兄怎么安置？

马立田：昨夜战斗结束后咱们必须马上撤退，没时间也来不及，现在有了喘息的时间，我看也在大鹏庄外选地安葬吧。回去后，他们的家属由我安

273

置就是了。

袁虎：唉，只能如此了。那咱们分一下工，马叔和铁岭你二位带人分别去料理阵亡者的安葬事宜，我到村里找找有无熟人，给队伍弄些吃的喝的。

马立田说：好的，咱们分头行动吧。

三个人走出屋子。

袁虎出了大院直奔姜保长家。姜保长家的大门紧紧关着，袁虎轻轻敲门，院内没有动静。袁虎再次敲门，院里响起轻轻的脚步声。袁虎双眼贴住门缝，发觉门缝里有双眼睛也正警惕地往外瞧。门洞里的人轻轻"呀"了一声，响起拉动门闩的动静。大门轻轻地拉开，姜保长一把将袁虎拽进去，大门重又关上了。

姜保长把袁虎拽进屋里，让袁虎坐到椅子上，从旁边倒来一碗凉开水。

袁虎喝了口水：我以为你也藏起来了呢。

姜保长说：我是不能藏的，鬼子汉奸一进村，我就得忙着应付他们。要不的话，这些东西不是烧院子就是往水井里扔死尸。袁虎说：你就一直在屋里坐着。姜保长回说：也在院子里转，听着街上的动静，随时准备应付。袁虎问姜保长天明时街上打仗他在哪里，姜保长指指平顶房：就在上面趴着，打得够热闹，有一伙人给鬼子们搡出了西街门。正要下房去应付，看到鬼子们又从街西往村内败退。接着，就慌忙跑到村东，爬上汽车开走了。再接着，你们就进来了。

袁虎说：刚才给鬼子搡出西街的是救国军部分队伍。姜保长挺纳闷，他说自己从来没听说有这么一支队伍。袁虎告诉姜保长，这支队伍不在本地活动，所以大家不了解。姜保长啧啧两下：这救国军也是抗日的？

袁虎点点头：幸亏这支队伍遇上我们，要不就叫鬼子全吃掉了。

姜保长问袁虎带进来的有多少人，袁虎想了想说：得有一百几十人吧。哎，从昨夜到现在，我们一直行军打仗，现在队伍又累又饿，你想法给我们的部队弄些干粮开水行吗？姜保长：这没说的，一定尽力，一定尽力办到。

袁虎：那最好现在就着手去办。

姜保长说：好吧，不过，为了掩人耳目，你得装成强迫我。

过了一会儿，袁虎端着枪把姜保长从院里"押"出来，街旁各处的门缝里已透出窥视的目光。袁虎对着姜保长训斥，姜保长点头哈腰一连串"是是是"。袁虎提着匣枪走了，姜保长原地转了几圈，开始去敲各家各户的大门。

袁虎回到大院，马立田和常铁岭安排好殡葬阵亡者遗体的事情后也回到院里。马立田和常铁岭走进屋里，袁虎站起身：安排好了？

常铁岭声音有些嘶哑：算是安排好了吧。

常铁岭说完，转过脸去擦泪。

袁虎喉头发紧：老常，别难过了，朝夕相处这么多天，我知道你心里不好受。

马立田也擦擦眼睛：小虎，事情办得怎么样？

袁虎说：找到了一个昔日建立的铁关系，我想大家的吃喝问题肯定能解决。马立田说：这就没问题了，人是铁饭是钢啊。大约半个时辰后，院外响起杂乱的脚步声和说话声。门口的岗哨进来报告，说有许多村民前来慰劳部队。三个人迎出来时，姜保长已经弓腰进了院，在他身后跟着一溜抬簸箩挑水桶的老百姓。姜保长朝袁虎哈哈腰：八路长官，敝庄也没什么好吃的，大伙只能凑些饼子窝头咸菜疙瘩送过来，贵军就委屈一下吧。

袁虎：水呢，水送来了吗？

姜保长：水是烧开了的，凉凉再喝。

姜保长说着回过头：碗呢，水碗带来了吗？

后边一个提篮子的赶上前：带来了，在这里呢。

篮子里一摞摞的茶杯水碗。

袁虎：谢谢乡亲们，我代表这里的八路军将士谢谢乡亲们。

众人：客气了，长官太客气了！

院子里的气氛开始活跃，乡亲们把干粮簸箩放在院当中。战士们从各处屋子里走出来，有次序地从簸箩里拿起干粮，舀上水喝。乡亲们有的站在旁边看着战士们吃饭，有的则赶紧溜走。袁虎：铁岭，你带人给李队长他们送些干粮过去。

常铁岭答应着，和战士们抬起一个簸箩往外走。袁虎把一张纸条递给姜保长，说：这是我们吃饭的欠条。姜保长推辞了几下接过欠条，乡亲们说：当兵的吃饭也还账啊？院里的八路军战士笑起来，袁虎解释说：我们有三大纪律八项注意，借东西要还，损坏东西要赔。有个乡亲说：八路军不拿百姓一针一线，往日光听说过，今天算是亲眼见到了。

袁虎、马立田和铁岭在西跨屋里睡了一觉醒来，感觉浑身上下清爽松快了许多。尽管他们累得要命，尽管也困得要命，睡梦中还是醒了许多次，而每次醒来，都要到各处转一转，查一查。八路军指战员已形成了习惯，只要情况特殊，再累再困，每隔一定时间都会自动醒来，像定时钟一样准确。可能是敌人在这里挨揍之后心虚害怕，也可能是还没顾得回来找碴儿。这一天竟安安稳稳地度过去了。战争岁月，又是在如此恶劣的环境里，一支小部队

275

能这么怡然自得地在村里住上一整天，简直无异于天堂上的生活。

三个人从跨屋门口望出去，偏西的太阳光正照在影壁墙上。袁虎问道：怎么样马叔，累坏了吧？

马立田打个舒身，说：睡了一觉感觉轻松多了。他问袁虎中午那个又来送饭的姜保长和他悄悄说些什么，袁虎说：他问我晚上是不是继续送干粮，马立田"哦"了一下，说：我看这人也不像死心塌地为日本鬼子办事的。袁虎压低声音：马叔，进村时我就和你提到过，当年我搞侦察时救过他一家，一来二往，他早就是白皮红心了。咱们住在这村里，有事只管找他。马立田说：我看出你们是在做戏。袁虎说：那当然，样子还得装装嘛。就得做戏，不能说这村里就没有坏人，更不敢保证没有日伪的坐探呀。马立田频频点头后又仰躺在炕上，双手托着后脑勺。

马立田：咱们天黑后走？

袁虎：一定得走。

马立田：李队长他们能不能跟我们走？

袁虎：难说，我问问他吧。

救国军住在另一家大院里。袁虎走进李队长住的屋子，李队长正就着炒豆粒喝烧酒。见袁虎进来，李队长光脚从炕上跳下来：袁兄弟，来，陪大哥闹一口。

袁虎笑笑：大哥忘了，我不喝酒。

李队长：哦哦，马虎了，马虎了。

袁虎说：李大哥，我们准备马上撤走。李队长打着酒嗝说：这里挺好的，干吗要走啊？袁虎笑笑说：我们的目的是打鬼子，不是住在这里享福。李队长尴尬了，仍然打着酒嗝：走就走吧袁兄弟，我得等司令消息。记着，甭管走到哪里，有咱弟兄在，什……么也甭怕。

袁虎说：李大哥能不能跟我们一块儿走？

李队长：我真的要等别司令，如果他不来，我还得到指定地点找他。这就是说，就是说我不能跟你们去。啊？有咱弟兄在，甭怕，走，走吧！

夜幕罩住了天地，八路军和碱洼村的群众武装站在院子里。袁虎、马立田和常铁岭在墙边低声商量行军路线，就听袁虎说：好，就这么定吧，我在前边领路。

马立田说：李队长他们不跟我们走？袁虎摇摇头：没说通，他说要在这里等别司令。其实我看出来了，他们有自己的目的地，只是找借口不说罢了。

276

马立田说：这些人真怪，什么都留一手，你没问问他们去哪里？袁虎摇摇头说：不能问，这是别古来部下的老规矩，他们不问别人，更不准别人问他们行动的目的地。马立田说：真是些别扭人。袁虎：这些人活动范围大，疑心和勇气同样大。

马立田说：那好，咱们出发吧。

昨夜战斗结束后，刘冬武和刘成率领的部队拂晓时到达大碱洼。半小时后，于志德、魏国明和张龙带着队伍先后从南边荆丛棵里钻出来。刘冬武和刘成跑上去，几个人搂在一起。冬武说：你们怎么从南边来？

于志德说：为了迷惑敌人，我们这两处做诱饵的队伍撤下来后，不停步地往南走，往南走，走到一个隐秘的地段才折头向西又朝这里来的。冬武说：我们这几路人马回到了大碱洼，就等袁团长他们了。刘成说：袁团长对那一带地形熟悉，不用担心，大家抓紧时间休息吧。冬武说：刘成啊，天已经亮了，你赶紧睡一觉，黄昏后还得带侦察分队再奔白沙河。刘成：明白。我去睡了。

刘成走了，刘冬武、于志德、张龙几人睡了一觉，又都聚在土屋前，议论着昨夜的战斗情况。刘冬武耐不住，总在屋前走来走去。三支队教导员魏国明走过来：刘队长，你在这里来回走了半天了，快回屋内睡一会儿吧。

刘冬武：睡一会儿？袁团长他们到现在没回来，已经派出三拨人去约定地点等也没等到，志德午饭后带人东、南两路去寻至今也没回信儿。你说，我能睡得着吗？要睡你去睡，我得在这里等他们的消息。

魏国明说：袁团长带兵你还不放心吗？刘冬武：战争年代，谁也难保不出现意外。

魏国明说：袁团长遇事机敏善断，不用担心。

刘冬武摇摇头，说：袁团长虽然带兵有方，可他毕竟是人不是神。

天色由黑变亮，由亮变黑。一天的时间很快过去了，刘成的侦察小队已经出发，可袁虎他们仍旧没有消息。刘冬武等人渐渐沉不住气，土屋前的各支队负责人聚在一起，商量着是不是天明后部队化装分头接应袁虎他们。将近午夜时分，远处传来哨兵的询问：谁！哦，于队长啊。

刘冬武喊了句"志德回来了"，就和大伙赶紧迎过去。于志德气喘吁吁地从荆丛棵里冒出来：刘队长，可把他们找回来了。

刘冬武：袁团长他们回来了？

于志德：对对，回来了，全回来了。

刘冬武：在哪里？

于志德：再有半个多小时准到。

刘冬武：你怎么判断要半个小时？

于志德说：袁团长恐怕你再派人出去寻找，让我跑着回来告诉你的。刘冬武说：他怎么不和你一块儿回来？于志德：袁团长替战士们抬着伤员呢。

刘冬武回过头：国明，马上叫担任警戒的一分队去接应袁团长。

魏国明打了个呼哨，一分队战士迅速跑过来。

刘冬武和魏国明带上一分队，跟着志德向东南方向跑去。

刘成率侦察小分队潜伏在白河镇东南河堤上的灌木丛中，静静地朝东北方向望着。入夜，隐蔽在河南堤下的日军小山炮又开始向镇内轰击，镇前机枪呼啸，手榴弹爆炸，两辆装甲车在开阔地里轰轰隆隆地奔跑着。刘成盯视良久：怪啊，日军今晚反常，别看有了装甲车，这进攻怎么有气无力的？

侦察队员们说：我们也感觉到了，日军的行动跟以往就是不一样。

为了弄清真相，必须贴近侦察。刘成在前，战士们紧跟其后，侦察小分队悄悄往东靠近。子夜时分，侦察小分队运动到五羊河与白沙河交汇处。刘成朝后边摆摆手，小分队停住。刘成说：你们看，那是什么？

侦察员们仔细看着，夜色中，一路路军队相继从前沿阵地撤下。看行动，有的像鬼子，有的像伪军，队伍一溜接着一溜，得有两三千人。

刘成仔细盯了一会儿，似在考虑着什么。刘成看到，日伪军径直撤过白河大桥一路向南了。刘成：弄清楚他们去哪里，跟上。

侦察小分队悄悄在远处跟随着敌人的大部队。

就在刘成率领侦察小分队贴近侦察时，江震和林参谋长也来到白河镇内的前沿阵地。负责指挥防御的独立团团长陆彪走上前，在和两位首长交流着今晚情况的变化。江震：老陆，你是不是感到敌人今晚的进攻与以往不同？

陆彪：是的，除了炮火依旧外，敌人的进攻似乎是象征性的。敌军攻了几次，可都像是点到为止，没像以往那样拼死拼活的。

林参谋长：敌人是不是那种知道不可能攻进镇也并不准备攻进镇的架势？

陆彪说：对了，参谋长一语中的。江震望着月光下的开阔地，点点头陷入沉思。江震思索了一会儿，忽然口气斩钉截铁：我判断，敌人的主力已经撤了。

林参谋长：根据呢？

江震说：前天晚上几个地方同时对敌人打响，这大范围的军事行动虽然并未重创敌人，但肯定给敌人的指挥官心里埋下了阴影。林参谋长说：日军是不是判断为我大部队已向白沙河一带靠拢？江震说：有这个可能，所以，敌人至少撤走了部分兵力，以防遭到前后夹击。陆彪：这样的话，我的防守压力就大大减轻了。

江震：继续观察，如果明晚敌人仍是故技重演，那咱们就主动出击。

陆彪说：那我现在就着手准备。

江震：可以，你先拿出个具体方案来，让林参谋长审查一下。

夜里十二点，袁虎带队兜了六十多里地，终于回到了大碱洼。袁虎讲了巧遇"救国军"的事，冬武才明白了迟迟未归的原因，可是，当袁虎得知赵化刚、孙宝明等同志牺牲时，这个铁一样的汉子，竟喊着他们的名字哭了。然而，战争就是个吃人的机器，碰上它想毫发不损，有门吗？

袁虎率队住进碱洼村拳房里，村内的老乡不时送进饭菜和开水。袁虎、常铁岭和参加夜袭的八路军分队不断道谢。这一兜圈子少说也有七十里地。大家跑了多半宿，都累坏了，吃饱喝足后，都在抓紧时间睡觉，因为天明后仍要撤到村外去。常铁岭问马立田去了哪里，袁虎说：他去安排伤员了，安排好伤员后，他就和那些群众武装弟兄各回各家。

常铁岭：这次多亏老马和碱洼村武装兄弟相助，回头咱得好好谢谢人家。

袁虎说：凡是抗日的都不是外人，马叔就更不必说了。常铁岭侧侧头：碱洼村的群众，好样的！

刘冬武走进来坐在袁虎跟前：袁团长，刘成出去侦察带回了重要消息。

袁虎站起身：他在哪里？

刘冬武说：刘成在土屋里，他在村外，怕影响你休息，说暂时先不过来汇报。

袁虎一脸严肃：不行，得随时掌握敌情。走，咱们去土屋。

刘冬武说：袁团长，你奔跑了多半夜，睡一觉再去吧。我来告诉你，是恐怕你惦着他。再说，小刘带回的既是重要消息也是好消息，早一会儿晚一会儿没关系。

袁虎抻抻胳膊弹弹腿：没问题，再跑上一天一夜也没问题。走，现在就去找刘成，及时了解情况，有利于灵活对敌。

常铁岭啧啧称奇：袁团长真是个铁打的人。

279

17

袁虎和刘冬武来到村外土屋里，志德正和刘成聊着。刘成见到袁虎先是一怔，随即就把袁虎紧紧地搂住了。两个人既不动也不说话，只是这么紧紧地搂着。好半天，刘成松开袁虎，灯光下看出，小伙子脸上的泪水已经流满了。

根据小刘侦察的情况，袁虎判断他们这次行动的战术目的总算达到了。明天上午他要给全体指战员开个会，除了每天放到外围的游动哨和每晚的侦察小分队，谁也不准到大碱洼外活动了。日军大队人马撤出前沿，一定会舍死亡命地寻找我们。我们要明白自己的力量，和鬼子不能硬拼。就是说，鬼子大队人马不再调上去攻打白河镇，我们也不去理他。我们可以和鬼子抻下去，鬼子却抻不起。

谈到鬼子今晚撤下来的根本原因，大家分析这次的袭击行动让鬼子指挥官产生了误解，一定认为是八路军在有计划地向白河镇分批集结。他们急切间攻不下白河镇，又怕腹背受敌，这才撤下来寻找战机的。还有一种可能，这些天来我们零敲碎打，鬼子的兵力也损失不少了，他们是在撤下来静等援军。不过，等到鬼子援军来到时，我们跳到外线的主力和二十一团、二十二团也就杀了回来。到那时，双方摆开大战的阵势，我们这支小部队又可以长枪当成小刀使了。

对形势的分析很形象、很精辟也很透彻，几个人同时笑起来。

刘冬武：好，就听袁团长安排，让我们这支"混成团队"的指战员在大碱洼里好好休养一番。一旦寻到战机，就像猛虎出山！

太阳西落，暮色四合。白日里停了的小风又轻轻地刮起来，红荆条随风摇摆，枝梢相蹭声像细雨落地，从远处"沙沙"地传过来。

黄昏时刻，袁虎站在村头拳房的平顶上，出神地望着东南方向。世间的事情有时就那么古怪，那么凑巧，或者说还有那么点让人难以相信的荒唐。自己本来只是个八路军侦察排的副排长，岂料一场战事，竟让一个副排长摇身一变成了团长。袁虎想到这里想笑，他还没笑，院子里响起笑声，往下看时，是冬雪提着药箱来了。袁虎赶紧走下房顶，回到屋里，冬雪已经打开药箱，在给刘成包扎。

前天晚上，刘成在潜入五羊河以西的灌木丛里侦察时，被堤上的刺槐扎破了胳膊。这本是小伤小病不值一提的事，可一直在村里医护伤员的冬雪听到消息，急忙追到村外小土屋，到底把刘成找到了。微嗔轻斥之下，刘成很听话地褪下上衣，冬雪先消毒后上药，还时不时地嘘声嘘气，轻放轻拿，生怕将小刘弄痛了。那亲切细致的样子，让袁虎看了都眼生妒火。冬雪给他包扎好，轻轻在肩头上扑拉一下，临走时又抿嘴嘱咐：明儿这时去找我换药。啊！

小赵庄以北的伏击战中，不但缴获了大批弹药军火和毛毯，还意外得到了许多医疗药品，这让冬雪一直担心的问题得到了解决。本来冬雪携带的外伤药品数量就有限，如果再有十天半月，恐怕就只有自己动手过滤盐水了。因为药品充足，伤员们得到了及时治疗，已有十几位同志能够行走自如了。

今天，是冬雪来给刘成换药，因为刘成没按冬雪规定的时间去找她。

冬雪换完药走了，袁虎揪住刘成问他：小家伙，冬雪咋对你这么亲啊？

刘成不认账：团长你在说笑话吧。

袁虎指头点着他的额：人小鬼大，当我看不出来？

小刘吭哧半天：我说首长，别开玩笑，俺，俺把她当成大姐。她疼我，是那年突围时我救过她……不，她也救了我。

袁虎：用什么救你？

刘成：镊子。

袁虎：哦，这就是了。救过，我也救过她，她也救过我。这就是了……

刘成一怔：谁？

袁虎口中喃喃着起身走出去：是她……小刘，咱们到村外坐坐。

在他身后，刘成莫名其妙，又憋不住，终于"扑哧"笑了。

袁虎和刘成走出拳房，走出村庄，来到村北那个土丘顶上。土丘的顶端，一株榆树让日月压成了弓腰的病汉。树下，袁虎和刘成并肩而坐，不动，也不说话，只是凝神望定白河镇方向，似乎要从遥远的苍穹下搜寻到什么。

滕野分兵白沙河以南，这已被刘成的侦察证实了。可是，日军分兵后的新动向，对袁虎的"混成团队"来说更重要，他当然也想早点儿知道。然而，两天派出几起侦察分队，都没能得到新的消息，他开始纳闷和忧虑。今天感觉烦躁，就拉了刘成到土丘上来了。他觉得，人在高处能驱烦解忧，能把缥缈凌乱的东西在脑中重新捋顺归纳，以形成实实在在的应变计划。特别是在今天，在这战争气氛说不清是浓是淡的情况下。

天渐渐黑下来，空中星星越来越多，仰首望去，深邃神秘的空中明光闪烁，像点缀在蓝色幕布上的水银珠似的。一缕难以描述的欣悦忽然袭上袁虎的心头，他赶忙眯上眼睛，竭力体会这难得的快意并想留住它。这种欣悦愉快的感觉，他少年时代能够经常地产生，可是自从成年以来，就很少很少出现了。

也难怪，痛苦的生活经历，严酷的战争事实，让包括他在内的所有受苦人心中盛满碎玻璃样的东西，谁还有欢欣？谁还有喜悦？战争毁灭了人类，改变了世界。它让生活在这个世界上的人心理变态，精神分裂。在这样的景况下能获得一缕快意，是多么让人满足啊。

袁虎微微仰首，双膀轻抱，完全陶醉于这难得的快意之中了。然而，像有意破坏他美好的情绪，一颗耀眼的流星忽地从天幕上斜斜划过，星光短暂但却明亮，明亮的星光恰好映在刘成那仍带稚气的脸上。袁虎无意地侧目看时，刘成恰好也正看着他。四目相对，小刘轻轻叹了口气：袁团长，你真好，你让我想起了我的大哥。

袁虎一怔：你大哥？

刘成声音滞涩：我大哥！冀中一战，身上中了敌人十几颗机枪子弹，牺牲时，死死地抓着我，舍不下……

刘成咬住嘴唇，哭了。

袁虎将刘成一下搂在怀里，鼻眼发酸。因为实在巧得很，刘成的模样儿个头与神气，极像他那可怜而苦命的小弟弟。从第一次见面时，袁虎就吃惊得很。相似？酷似？不管怎么说，他的小弟弟是又回到眼前了。

——那天，经领导批准，袁虎和弟弟化装成农民，到平州城去找爷爷。几年的时间，爷爷一定更老了。对自己的后代，老人家还不知道怎么牵肠挂肚呢。如今看到我们俩，是哭还是笑？要是爷爷问起外祖父和父亲母亲，该怎么回答：对了，得撒个谎，不能实话实说。否则，爷爷会受不了的。然而……

从那时起，他明白了，除了部队这个大家庭，他只有相濡以沫可爱又可怜的亲人小袁光了。然而，罪恶的战争，该死的侵略者，它毁灭了人的情、人的爱、人所谋求的美好的一切。他那刚强的小弟弟，如今也见不着了，永远也见不着了，作为兄长，作为亲眼经历爱弟受苦受难的哥哥，袁虎此刻忆起，能不肝肠寸断吗？他的泪无声地流下来，濡湿了整个脸颊。

袁虎把刘成搂得更紧更紧。他重又得到了看到自己的弟弟——这是神明的恩赐，是对他爱心的慰藉。而刘成也重又有了位可敬可佩的哥哥——的确是位关心爱护他的好哥哥。尽管天气挺热，他俩还是相互偎依，各自沉浸在一种难以描述的幸福中。

这是天性。

大碱洼远离城镇，远离战争，远离日本人的"围剿"扫荡。闻不到血腥味、火药味，看不到死尸也看不到硝烟火光，只能远远地听到那间或有之的沉闷炮声，听到那忽而连贯忽而零星的枪响声。在这个充满战争充满拼杀的混乱世界里，特别是在这鬼子扫荡的日月，如此的一块乐土，的确是千里难寻啊！

一片碱地，阔大平坦，不长荆条不长蓬棵。白花花的碱层成块成片，让人想到海边的盐场，有时也会想到毒火正盛险象丛生的秃头白痴。这儿地皮潮湿而松软，若非令人难耐的咸土味，躺在地上一定会有紫花棉褥的感觉。

这片碱地有几十亩大小，自从东方天亮，这儿就开始"骚乱"了。一队队八路军战士，有的在场中，有的在场边，练投弹，练搏斗，练刺杀。碱场上喊声阵阵，刀光闪烁，处处晃动着雄健的躯体。

碱场的北部，碱层和碱层下面松软的土地混合在了一起。这是被沉重的腿脚千次万次踩踏而成的。此刻，正有几十人在一处围聚着。人群的中间，不时响起呐喊声，传出骚动，传出牛一样的哞哞和有怨有赞的吆喝声。

这里，一群战士在看摔跤。

几次侦察的结果证明，日军分兵河南以后，也在以静制动。白河镇所经受的压力，终于减轻了。这情况，正是袁虎所企求的。至于下一步如何行动，须看日军的动向再说。这几日，权当休整，权当养兵。所以，"混成团队"除了例行的军事训练外，战士们就聚在碱场上，像过年过节似的摔跤娱乐。

袁虎走到人群前，从人缝里看到圈子里边在摔跤。

摔跤场里，叫阵的是赖八。赖八光膀赤脚，一条破口袋从中间豁开，由脖颈撸到胯下，一根麻绳拦腰勒住，当作跤场上用的褡裢。另一条同样结构的褡裢扔在场中，等着上场的对手穿它。

赖八脸上露着得意之色，他瞥瞥四周，抱拳喊着柔中有刚的江湖话：列位英雄，赖八不才，只摔倒了四五个。还有没有较劲的上来，在下还愿陪着。如果没有，我赖八可就是全团第一了。

赖八撅了胯骨在场子边上晃，边晃边戳那站在圈内人的肚皮，嗯，你上吗？嘿？你来吧！人群晃动，赖八更得意了：咦，没有个长公鸡毛的吗？

大个子邹威晃进来：我试试行吗？

邹威大马金刀往前一站，赖八给吓住了。赖八眨巴着眼，忖量着。抻了好一会儿，赖八嘴里咕哝：这么个大个家伙，没有六百斤的力气，提得动你吗？

邹威伸手捉赖八，赖八绕着场子跑。赖八一个猴跳钻出人群，撞进袁虎的怀里。袁虎伸手扶住赖八：八爷，我正想找你聊聊呢。

跟前的战士们哄地笑了。

袁虎和赖八绕场边慢慢转着。袁虎说：赖八，上次进桥头刘时，我看你沙坑功夫不错啊。赖八：团长，说真的，当时我想在你面前露一手呢，可随后见你的弹脚功夫比我强得多，就也不敢胡显摆了。

袁虎说：高抬了。哎，你老家是哪里的，你的功夫在哪里学的？

赖八佩服袁虎，因为佩服，他把自己的过往经历都告诉了袁虎。

赖八原名赖兴奎，老家在省城附近一个大村，父亲是村里的打更人。他从七八岁随村里会武的长辈练功夫，天生脑瓜灵透，招式拳义一点就明。很多武师都喜欢他。所以，他的功底扎实，凡散打、器械或摔跤之类的技巧力气类，他都掌握一些。十五岁村里捐资送他进省城国术馆，但受不了约束，二年不到就跑回了家。邻村一户大财主慕名请去护院，酒铺里结识了黑道朋友，喝得痛快，谈得投机，两个月后合伙做了"局子"，绑了东家的肥牛票。东家变卖了田产，赎回老命，心里明白，嘴里不敢说，只是请了中人，厚礼把他辞了。九一八事变，他又被村里荐到县里参加地方武装训练。训练四个月，交朋友八个，插香磕头拜了把兄弟。把兄弟中数他小，省了以往名字的麻烦，顺口称作赖八。他是"八爷"。八兄弟翌年入了国军，省城一战，让日军打垮，八位"爷"只剩了仨。这哥仨也给捉住当了皇协军，后来调驻一个县里。和他们同住一块儿的有个矬鬼子，这矬鬼子常拿了他的皇协朋友练柔道，有一回练到赖八身上，被赖八一连跌了四五跤。鬼子跌蒙了，爬起来揉着脖颈问他叫什么。他说叫赖八。矬鬼子听见"八"字，龇龇牙从旁拽过把刺刀抵住他心窝：你的说，八路的干活？赖八知道对方跌恼了，故意找碴儿。他却有个犟脾气，不服。矬子呀呀着就要捅他。幸亏把兄弟小队长说情，鬼子才放过他。这以后，锉鬼子隔三岔五就来找他的碴儿，拿把刺刀"八路八路"地在他胸口上划拉。赖八心里又怵又恨，暗想自己早晚非死在他手里，倒不如先毁了他狗日的。这小子说干就干，在一个挺冷的晚上，锉子又喝了酒跑来找他的麻烦，让他瞅冷子一拳打昏，麻利地用根绳子勒死装进粮袋里。说给把兄弟，把兄害怕，却义气，趁夜深人静，偷偷让他扛着口袋走了。赖八一夜蹿出八十里，天亮时找到一支八路军的游击队，将袋中死鬼子往外一倒——算是要求参加八路军的见面礼。

两年后，这支游击队在行动时遭了敌人伏击，赖八被炮弹震昏，醒后已

284

被敌人扔进牢里。说来也巧，伏击他们的敌人中，就有他的把兄弟。把兄弟已经当了汉奸中队长，原先的鬼子队伍早已开走，新来的不知"旧账"，把兄弟再三"开导"，他终于又当上了伪军。他自己说这是"身在曹营心在汉"，不过是为了以后脱身。日本人前些时兵进白河地区，他所在的汉奸部队也给调了来。把兄弟带兵过了白沙河，他的小队却给留在李家寨了。那晚李家寨一战，终于有了机会，所以就光屁股钻出寨子，到处寻找八路军。

这是一个人的性格。这种性格袁虎了解也理解。所以相信他说的是真话，至少大半是真话。两次战斗的考验，证明袁虎的看法正确。赖八虽是个毛病挺多的兵油子，但靠得住。这样的人往往倔强，好胜，干什么都喜欢表现自己最行。袁虎拍拍赖八的肩膀：好好干，去掉在伪军队伍里的各种坏毛病，做个正经的中国人。这以后，你我肝胆相照，共同杀敌。

赖八站住，立正，"啪"地行个军礼：是，团长，跟着你干，过瘾！

那天夜里，五羊河与白沙河东情况突变，战斗骤起，白河镇里的人相当惊异。整个战斗过程中，江司令员和李政委始终在一座土楼上站着，他们边看边议论，一时竟不能判明这次战斗的内容是什么。

当五羊河堤上枪声打响时，他们以为从铁路以西开来了我军主力。之所以从那里下手，可能是为了从敌人的薄弱处撕开一个缺口，然后直插而入，接应军分区机关的部队突围。当时，他们很着急，因为白河镇不到万不得已也不能舍弃。主力部队忽然派兵来接，肯定是战局大变，他们不撤不行了。然而，事先既无通知也不联络，镇内无备，万一接应部队突破五羊河敌人防线，而镇子里还忙着收拾盆盆罐罐，那可就糟透了。

江司令和李政委正在计议可能的应急措施，东南白沙河二滩上也突然响起了厮杀声。再听吧，五羊河堤上的枪声喊杀声也更加激烈。这样持续了半小时，不见西边有部队突进来，却见南边白沙河堤后燃起了大火。火中夹杂着喊声、枪声和小型炮弹的"咣咣"爆炸声，似乎在那儿发生了敌我都没料到的战况变化。几乎与此同时，西边五羊河堤上的枪声渐强渐弱，并迅速地向西移动着。

两位领导人立即明白了，这是我们的部队在袭扰日军。这种当年在红区实行的"敌驻我扰"的办法，今儿对日军同样产生威胁。可是，这是哪支部队呢？肯定不是主力，主力部队真要来到这里，不会打一下就撤的。他们联系前几天白沙河以南接连发生的日伪军被歼事件，判断这是新编二十四团在不断牵制敌人。顿时，司令部的人们心中感到一种说不出的轻松和安慰。因为如此"里拒外扰"，白河镇起码可以暂保无虞。

第二天，天气晴朗。早饭后，嗖嗖的小南风挟着白沙河里的水汽，将一阵阵的火药味和焦煳味刮进镇里。白河镇昨儿一夜无战事，此刻更没有了前几天冷枪冷炮造成的紧张气氛。镇里镇外，寂寥静谧。被战争折磨透了的人们，却对这种近乎反常的安静，怀有一种莫名其妙的恐惧心理。因为四周的日军并未撤退，白沙河与五羊河堤上，依然插着一面又一面的膏药旗。不时有什么东西从堤后探出来，鬼魅似的倏忽一晃又缩回去。

天气晴朗，气氛异常。

江司令总是感到不对劲，他走出设在地道里的指挥部，爬上那座土楼。他举着望远镜仔细地观察四周，足足七八分钟，忽然转身对刚刚跟上来的政委说："老李，要出事了！"

李政委也举起了望远镜，不大会儿，他那薄薄的嘴唇开始哆嗦。原来，白沙河堤上也出现了两个举着望远镜的，其中一人指了指这里，回头对另一个说了些什么。然后，俩人打着手势走下了河堤。紧跟着，堤后河滩上响了两枪，是在发信号。果然，有个提着两色旗的鬼子兵跑上河堤，分别向北向西打旗语。

一刻钟后，白沙河南岸下的日军炮兵阵地上响起了炮声，炮弹呼啸着越过白沙河，又越过白沙河以北的开阔地，像长眼睛有灵性一样，准确地落在镇内已经破败不堪的街道上。土楼的一角给炮弹炸塌了，所幸早在炮响之初，江司令和李政委已经进了指挥所。长期的战争生活，已使战地指挥员们锻炼出未卜先知的本事。刚进指挥所，江司令就下了命令：各阵地做好准备，注意敌人的炮后进攻。

怪不得叫"鬼子"，也真是有点儿神出"鬼"没。排炮也就响了十几分钟，上百名鬼子兵就借着炮弹的烟雾从正南上来了。好快的速度，守在破围墙边的八路军战士偶然抬头，前边鬼子兵的小胡子都已瞧得清楚。可是，八路军指挥员刚要下令射击，鬼子兵们却又迅速地隐进了镇前密密麻麻的炮弹坑。用枪打，打不着。用手榴弹炸，又投不到。鬼子们就这么泡在镇前，不进攻，也不撤退，和围墙后边的八路军守军唱起了瞪眼戏。

这时，装甲车也从堤上开下来了。但并不靠近镇子，除了间或闹着玩儿似的朝镇内打几枪，只是在那开阔地里轰隆隆往来巡逻。

镇西和镇北，也发生了这种情况。炮声中，日军运动到距镇不远的地方，隐身于一切可以利用的弹坑沟壑，不进也不退，就那么黏黏糊糊地泡着。

江司令接到阵地上的报告，在炮弹爆炸声中走出指挥所，他仔细观察了周围的情况，断定敌人在使用一种调兵办法。借着炮火掩护，把兵力分成几批运动到镇前伏下，然后，在近距离内集中力量发起攻击。他吩咐只管严密监视，敌人不动，不用理他。一旦有动，远的机枪扫，近的用手榴弹炸。但是，无论如何不要出击，因为一旦到了镇外，就会完全暴露在敌人的火力范围内了。现在的主要目的是保住力量守住镇子，至于消灭敌人，那是需要看形势瞅机会的。再说，日军以往只是夜攻，今儿白天就开始行动，里面肯定另有文章了。

日军的炮火从来也没像今天这么猛烈。本已毁坏的围墙，高处又给削掉，许多缺口反倒让塌土填平了。镇内除了硝烟就是火光，不时有整个的房顶墙皮给掀起来，风筝一样在半空飘摇而过。白河镇在战火中痛苦地呻吟，倔强地挣扎。

大约十点，敌人的炮击终于停了，照以往的规律，炮停，敌人开始进攻。所以，硝烟未散，工事中的八路军干部战士已经跃出来。他们让日军的炮火炸急了，憋坏了，很希望和外边的鬼子们真刀真枪地拼一拼。可是，他们这儿严阵以待，敌人那里却声息全无。好像伏在镇前的鬼子们真的钻了地。让人怀疑他们是否已经全部死在了自己的炮火下。

下边干部战士们纳闷，江司令和李政委更纳闷。小鬼子们莫非又在变戏法？

只好等待，观察。

中午，敌人的炮火又从几个方向同时朝镇里发射。像早饭后一样，鬼子兵又呈作战队形运动上来，这次大约要进攻了吧？指挥员发出了准备迎战的命令，战士们已在摩拳擦掌。可是，又完全出乎八路军指战员的意料，这新运动上来的日兵刚刚到达上午那些日军的隐蔽地，上午在这儿隐蔽的敌人立即又在炮火掩护下撤走了。原来，敌人是在巧妙地"换防"呢。

像上午一样，下午敌人仍是打炮，仍是轰轰隆隆地跑他的装甲车。

傍黑，晚风掠来一块块黛青色的薄云，薄云汇集如一块硕大的篷布，将苍穹下的万事万物悄悄盖住。星光本就暗淡，此时更被遮掩，黑色刚刚开始，能让人一览乾坤新面目的晨曦曙光还相当的遥远。

黑暗中，白河镇周围闪亮了一溜火炬飞萤。接着，轰隆隆传来人们痛恨至极的炮声。与炮声同步的炮弹一群群地落进镇内，像白日一样肆意发泄它们的淫威。机枪步枪也开始呼啸，紧跟着是那种让人汗毛直奓的非人非鬼的怪叫。这次，敌人真的发动了攻击。但攻击的剧烈程度却远不如前些日子。守镇的八路军几乎没费什么力气就打退了他们。到半夜，日军已是四上四下。

287

他们似乎怕了，服了，最后那次进攻，几乎可以说是象征性的。接下来就用了白日的办法，躲在镇前的弹坑里"泡"着。

下半夜，镇前声息全无。八路军守镇部队觉得事情蹊跷，派了小分队悄悄摸上去侦察。小分队摸到阵前一看，气得跺脚乱骂，真他娘的"日本猴儿"，你这里紧张地防守着，他们却早已偷偷地撤走了。

江司令听了前沿部队的报告，明白敌人是在搞一种"贴近堵截"。实际上，这是因兵力不足而采取的缩小包围圈的办法，这样看来，我们的外援部队已经引起了敌人的恐慌，他们不得不首尾两顾，以防我们里应外合，今儿一天的情况，便是明显的证据。敌人正扬长避短，利用自己炮弹充足的优势，反复地对白河镇实施威慑性轰击。这叫不打你，不骂你，只吓唬你。江司令思忖片刻，对李政委说：以牙还牙。怎么样？

李政委点点头说：可以，但要绝对隐蔽行动，稍有不慎就是肉包子打狗了。他想了想，又补充：为保险起见，派精干部队，先"清点"情况明确的镇南地段。

不谋而合。江司令笑了。随之，他命令司令部特务连拉出去，神不知鬼不觉，于黎明前埋伏在了敌人白天待过的那些炮弹坑里。

第二天早饭后，不出江震所料，白沙河二滩上的日军故技重演。炮击开始后，一个中队的日军又像昨天一样迅速运动上来。可是，太君们做梦也没想到，他们昨儿的窝让八路军给占了。司令部特务连的手段人们可以想象得到，镇里的人让炮火压得抬不起头，他们的位置却是和冲过来的日兵自由平等。战士们从炮弹坑中长身而起，抢双枪打靶般朝毫无准备的鬼子们打去。一个小队的日兵，眨眼间躺下了一半。其余的有的吓疯了，有的吓蒙了，有的前冲，有的不动。但确实有种，没有一个转身逃走的。只是情况太突然，短兵相接，长枪极不灵活，安刺刀也都是手忙脚乱了。有一位到底安好了刺刀，武士道精神大振，豁命"呀"的一声叫，寒光闪处，竟生生地把身前的同伴刺倒。尺多长的刺刀没拔出来，自己也不知又让谁一枪撂倒。

整个战斗也就一刻钟，送上来的鬼子就已清点干净。在这同时，镇内江司令命令把一直藏在地道里的七八门迫击炮抬出，顾不得炮弹短缺，冒着被敌人炮弹炸毁的危险，"咚咚咚"一连几十发，准确利索地打向白沙河二滩。等日军指挥官回过神来，命令炮兵调整轰击镇外我特务连时，这些见好就收的老手，早趁这几分钟的机会，抬起自己伤亡的同志，一溜烟地撤回镇里。

就这一击，日军再也不敢大意。"贴近堵截"虽然继续搞，只是每每行动前，先用炮火把镇前清一遍。并且，不只白天泡着，夜间也不撤走了。按说，这情况迫击炮正好使，可惜镇内炮弹太少，不到万不得已，是不能用的。这情况，敌人肯定是料到了，所以才敢放心地如此"贴近堵截"。

鬼子不撤，八路军也并非全无办法。夜间组织多股小分队，悄悄地摸上去，用短枪打，用手榴弹炸。打了就跑，日军干着急，明知越来越吃亏，可上边无令，既不能攻，也不敢撤，只好隔一会儿打一阵机枪，勉强对付着。这一闹，形势似乎倒了过来。八路军成了进攻者，日军却成了防守的。这是江司令意在消耗敌人兵力，不想进攻或突围。否则，就目前情况，日军挡得住吗？

下　部

O

这两三天，袁虎觉得很痛快。侦察小分队的接连报告证明，让他们"牵"出来的日军至今仍驻在白沙河以南。不进，也不撤，显然是在防备他这支"大部队"了。袁虎暗自好笑，也感到一种说不出的安慰。因为据侦察，白河镇不光减轻了压力，似乎战友们每夜都还能多多少少捞上一把。

他的目的已达到，他准备和小鬼子拐着。

怎么拐？很简单，只要滕野不找到大碱洼来，他绝不跑出去招惹他。因为马立田已经通过平州的地下组织获悉，日军急于调兵南下，所以想尽快结束这次扫荡。我外线部队不日即将返回，而各地的日军又像滕野一样，陷得挺深，要尽快拔出脚来也办不到。这种情况下，袁虎乐得坐等时机，与大部队合起伙来，轻轻松松地对付滕野。

心里一痛快，就想找村里的老乡们聊聊。这不，他未曾去找，老教头已让马立田来请他了。袁虎分外高兴，天刚黑下来，就去村西头的拳房院了。

拳房院的讲武堂里，粗大的自制牛油蜡烛发着红中带白的光，室里一片明亮。袁虎和马立田坐在桌旁谈论那天的战斗，老教头在武圣殿里给后生们讲完拳谱走进来。老教头和袁虎互相打过招呼，吩咐随身的徒弟说：请吧！

席面一会儿备齐，老教头见门外站着两位八路军战士，就说请那二位也入席吧。战士说：谢谢老人家，我们负责首长的保卫工作。老教头笑了：在碱洼村，又是在拳房大院里，你们团长的安全还用担心？入座吧。

战士仍旧摇头。

袁虎说：既然老人家让你们入座，你们也就别客气了。两名战士迟疑了一会儿走进屋。席上——馒头羊肉，一壶茶水，军人吃饭，狼吞虎咽。半炷香的工夫，袁虎和两位战士已经坐在椅子上打饱嗝，作陪的老教头和马立田相视一笑。两人赶紧吃下最后一口馒头，就又沏上了茶。诱人的茶香弥漫屋子，烧茶用的柴火是松枝松果，松枝松果的幽幽香气也飘散开来，与茶香交混，屋里的人嗅到后顿觉精气超然，心旷神怡。

饭后喝茶，津津有味。老教头和袁虎谈论些拳脚功夫，昔年旧话，越谈越兴奋，越谈越亲热。老教头看着身边的马立田：我看，袁镖师的"念想"

293

就交了吧。

马立田点点头，起身走进西套间。

马立田一会儿走出西套间，手中提杆大铁枪。袁虎见了，惊得从座位上跳起来。因为这正是爷爷用了一生的十八斤大铁枪，原以为已经遗失，没想到会在这儿见到了。老教头告诉袁虎，这枪在这儿已保存好几年了。袁虎睹物伤情，泪如雨下，情不自禁一头磕在地上：爷爷，爷爷！

马立田扶起袁虎，劝他节哀。

谁能料得到老人家英武一生，最后竟死在日本人手里呀！

袁虎擦泪而起，双手一拧枪把，红缨乍起，闪闪枪刃耀起一片银花。袁虎收住枪式面对老教头：老人家，这枪暂时还放在这里，等打走了日本鬼子我再来取。

老教头接枪在手：有你这句话，我就能放心收藏着了。

袁虎说：就这样吧老人家，我得到各拳房里看看，许多事情还没安排好呢。

袁虎辞别老教头，和马立田及两位战士走出拳房大院。

袁虎和马立田边走边聊，两个人关心的仍是从白河镇前沿撤下来的敌人的情况。马立田说：今后的关键是侦察，随时注意敌人的动向是最主要的。袁虎说：每晚都派出侦察小分队，听刘成说，今晚是志德支队里的李排长负责外出侦察。

碱洼地外公路以东，有个本地少有的几十户人家的小村庄。村内的宅基都很高，与白沙河的二滩差不多。小村如同别处一样，周围一道浅浅的护村沟，沟里有水，不多，天长日久，有的地段已近淤平了。一条东西小路过沟入村，通顺着村内那条唯一的小街。小村正西有片高粱地，正是高粱拔节的日子，夜间里边嘎巴乱响，像有人折秫秸。

将近子时，地里的高粱棵又嘎巴嘎巴地响，嘎巴声中夹杂了唰啦啦的摩擦声。地里的嘎巴声停了，星光下，一个灵活的脑袋从高粱秆间探出来，左右晃动着。晃动的脑袋重又隐进地里，一个黑影悄无声息地从垄眼里钻出来。黑影伏在路边听了听，朝身后扔了块小小的坷垃。高粱地里又溜出个人来，俩人同时向前一踊跃，身子落地的同时又卧倒，顺手拔出枪来，机警地逡巡着。

夜色中，看出其中一人是赖八。

赖八俩人悄悄贴近小村边。星光下，赖八看到村边有两个人躲在村口树下的暗影里。他悄声对另一人说：快回去告诉李排长，鬼子有暗哨，返回去。

二人贴着地皮返回高粱地里。

赖八回到高粱地里伏在李排长面前，李排长问他情况怎么样，赖八说：这么个小村里都驻有鬼子，咋回事呢？李排长说：村子这么小，肯定鬼子也不多。赖八来了精神：李排长，赵化刚和孙宝明两位首长是不是你的老上级？

李排长说：一个是我的连长，一个是我的副连长。赖八问他和两位领导交情怎么样。李排长说：八路军不讲交情讲感情，讲纪律。赖八口气变了：那你们感情怎么样？李排长说：这还用问，好极了。五羊河两位领导牺牲，要不是袁团长又安慰又约束，我早带人找日本鬼子算账去了。赖八说：今晚你带队，你说了算，下命令把这村里的鬼子收拾掉，多少也给你的领导报点仇。话是我说的，主意你自己拿。李排长：不行，咱们的任务很明确，潜入敌人的布防圈，观察敌人的详细情况，注意日军是否夜间调兵，以防他们重过白沙河。

赖八：哼，还老战友呢，连这点儿险也不敢冒。

李排长说：袁团长军令森严，对侦察小分队的任务再三强调过，咱们不能违抗军令。否则，出了事我真的负不了这个责。赖八说：今晚可是个机会呀。李排长说：今晚就算了，以后再寻机会。

赖八：哼！我看你是没这个胆。

李排长瞥了赖八一眼不作声了。

赖八说：要是我，豁上受处分，也要给老领导报这个仇。李排长咬了咬牙，问赖八了解这里的情况吗，赖八说：这村距李家寨不远，投八路前我跟保安队队长来过，谁家有几只老鼠都清清楚楚的，只要进了村这天下就是咱的了。李排长问村里有多少鬼子，赖八轻蔑地撇下嘴：我想，池子小，没多少王八，至多一个班。

李排长开始犹豫：袁团长强调过……

赖八说：先痛快地撸他一顿，他要问起，不会说是意外遭遇吗？

李排长轻轻点着头，李排长双眼盯着那黑乎乎的小村。赖八问他还思量什么，李排长说：这是打仗，不是小孩子过家家。赖八说：论夜战巷战，咱们这些人是小鬼子他祖宗。李排长：好，这样……

李排长附耳和赖八说着，赖八连连点头。

赖八又和那位战士悄悄爬出高粱地。

李排长回头做了个手势。

小分队跟在李排长身后，悄没声地爬出高粱地。

八路军小分队悄悄贴近到小村前，李排长拍拍赖八的肩头，赖八会意，和一个战士悄无声息地匍匐过去。不大会儿，村口响起田鼠打架的吱吱声，李排长冲战士们挥挥手，十来条影子各自以适宜的姿势，利用蒿草、树棵的遮掩靠到村边沟前。李排长最先到了沟边，那位战士戴了顶鬼子帽，端着大枪在沟前来回地晃，赖八蹲在不远处的一丛树下。李排长爬过去，见赖八身边一个死鬼子，喉管里还"咝溜咝溜"地冒血沫。赖八举举手中的匕首：让我引过来，抹了。

李排长赞许地拍拍他的肩指指村口：走，咱俩进去，查查敌人的窝。

俩人猫腰溜进村内。

李排长和赖八进了村，村里一片沉寂。赖八领着李排长来到一座破碾棚藏住身。李排长问鬼子住在哪里，赖八说：当时还真没注意，咱们找找看。赖八从破墙上抠下块茶杯大小的坷垃扔向对面的矮房，坷垃在房脊上转悠一阵又掉下来。听到动静，不远处的一座平顶房上传来日本人叽里呱啦的对话，房上的日本兵在向院里说什么。赖八手一指：想起来了，就在那院，没错。

又有鬼子说话上房的声音。李排长说：看来刚才的响动引起了敌人的注意，他们在仔细观察。李排长生怕出了变故，悄悄拽了赖八一下，赖八捏着喉结学了几声猫叫。房顶上的鬼子相互说了些什么，接着传来踩梯子下房的声音。

李排长让赖八去把同志们带进来，他自己则靠着门口，手持短枪，朝那有鬼子兵的房顶上死死盯着。虽然黑暗中什么也看不到，可他仍是那么死死地盯着。这双发光的眼，冒着复仇火焰的眼，星星见了发抖，浮云见了哆嗦，一只觅食的蝎虎见了，吓得"嗖"地钻进墙缝。他端着枪，却不敢张机头，唯恐等不及同志们来到，自己抬手一枪打响。

不大会儿，战士们悄没声地溜进碾棚。李排长一指那院子，压低声音命令战士们摸进去，不准开枪，用刀扎，扎死这些狗娘养的！李排长声音发抖，牙齿咬得嘎嘣响。

战士们攥住掖在腰带上的短刀把，队伍分成两股，慢慢地靠近了那座院落。

院子不太大，独门独处。赖八无愧于自己的出身，这黑夜的活路透熟。狸猫样的轻挺身子蹿了几蹿，很快就靠上了院门。他没有贸然上前，而是先隐身到一边，他来这儿抓过狗，知道离门不远那黑乎乎的一片是些蓖麻棵，他还记得，那次一条吓瘫了的母狗就是从里边拽出来的。他认准了这个地方，就带着几名战士钻进去了。运动到那片蓖麻棵的边缘，离门口就只有十几步远。赖八伏身在地，仔细地往前看。大门口位于院落的西南角，星光下隐约可见门口鬼子哨兵晃动。赖八拉拉身边的战士，附耳说了些什么。那战士移身到他几尺以外，二人就要开始行动。正在这时，门口的哨兵转过身，急溜溜地朝这走。

赖八惊得大气不喘，紧张地注视着这突如其来的变化。他右手攥紧刀把，左手把住地皮，死命地握着，握着。鬼子兵朝他越走越近，鬼子脸上的小胡子也看清了。鬼子脸上有两个小而圆的东西在闪光，夜色朦胧，看不清是什么。这就更让人害怕。莫非真的是个"鬼"？赖八惊骇地张大了嘴，闭闭眼再看，终于松口气。这个鬼子兵是近视眼，那圆而闪光的东西是两个白色的镜片。

鬼子兵在距赖八四步之遥停住，手中大枪一甩上了肩，解开裤扣，冲着"八爷"的卧位放水枪。水柱洋洋洒洒漫开来，只差一点儿就直直地射到赖八脸上。麻秆遮挡和撞击着鬼子的尿液，赖八脸颊上尿花飞溅，嗅得一股尿臊味，他想吐，想骂，想跳起来把对方那该死的东西一刀剜下。但"八爷"到底是汉子，他闭闭眼，终于忍住了。鬼子兵右手忙活了一阵收兵回营，赖八乘鬼子兵转身时突然跃起冲上去，左手一伸，用帽子把对方的嘴巴鼻子捂住。鬼子兵憋得直摇头，赖八右手的刀子正好将鬼子喉管割断。鬼子脖子上的血水向外喷，赖八左手一拧调整了血喷的方向，膝盖一顶对方腰眼，鬼子松松散散倒在他的脚下。

赖八一抬眼，十多条黑影已从两个方向蹿到了院门。赖八扔掉手中血帽子，跨过死尸，飞快地追上去了。赖八还没进门，北边传来轰隆隆的炮弹爆炸声，他低声喝骂：狗娘养的，又在进攻白河镇了！

李排长率小分队进入院子里，赖八随后跟进去。房顶上的鬼子哨兵朝下望了望，一言不发又坐在房上"放哨"了。赖八冲进挂着马灯的北屋，正在炕上睡觉的一个鬼子兵迷迷瞪瞪坐起来。鬼子兵刚张嘴，赖八身子一闪跳到炕上，手中的刀子朝对方脖子上一划拉，鬼子翻了个身蹬达腿。赖八取过一个枕头压住鬼子的头，鬼子蹬了几下不动了。枕头下，冒出一摊血。李排长这时跟进来，朝赖八摊摊手：怪不，只三个鬼子兵。

历史上的大小战斗，像今晚这么顺利的恐怕不多，顺利得让人吃惊，让人纳闷，让人不敢相信这会是真的。赖八进院时，清楚地看到房顶上的鬼子哨兵还朝下望了望，大概把他当成自己人，一言没发，又坐到房上去放哨了。更怪的是，屋里这么折腾，房上的哨兵竟没反应。即使再谨慎小心，这杀人的勾当，总也得闹出些响动吧？

赖八说：不对头，咋这么顺当？李排长一激灵，说：有问题，快撤！队伍迅速拉出院子，隐蔽着往村边潜行。

就在李排长他们朝村外撤离时，一支日军侦巡队从远处转过来。侦巡队人数不多，精干强悍，每支侦巡队配有机枪、长枪和短枪，另外配有三两个伪军或本地降匪。侦巡队行动隐秘、无声，他们靠近了村口，放哨的八路军战士还没发觉。八路军哨兵在村头来回转着，领头的鬼子军曹向另一个军曹摆手。因为鬼子在村头设岗多是隐蔽，不会这么大胆随便，军曹见此情景，肯定看出有问题了。

那个军曹向侦巡队摆手，日军侦巡队隐蔽起来并迅速潜行到村边。军曹在沟沿那丛杜梨树下发现了他们自己哨兵的尸体，认定有数量不多的八路军侦察员进了村。军曹挥了下手，四个日本兵悄悄摸上去，八路军的哨兵未及防备，当即遭了毒手。日军夜间侦巡队堵在村口，军曹注视着村子里对他的部下说：滕野将军的办法真好，我们侦巡队白天睡觉，夜间活动，每夜出去留下几个既当钓饵又当替死鬼的"高丽兵"，妙，真妙！滕野将军所设的小圈套，把八路给套住了。

两个军曹按照上边的命令办，对八路军的侦察人员能抓活的尽量抓活的，抓不住就在后边盯着。他们分成两拨，一拨守在村头不动，等进村的八路侦察兵出来时再动手，另一拨由那个军曹率领绕向东村口。

两拨日军分开行动时，小分队已撤到村口，留在村口放哨的战士不见了。李排长发了两次暗号，放哨的战士没有回声。护村沟外传来一阵响动，李排长连说：不好，散开！战士们快如风卷刚刚伏身在两边土崖下，一溜闪着火光的机枪子弹清脆响亮地顺街筒扫过去了，两名行动稍慢了点的战士惨叫着倒下。

李排长：糟糕，我们已被敌人发现拦住了。

赖八：黑天半夜的，不怕，迂回着往外冲就是了。

李排长：等等，试试深浅再说。

绕到村东领头的鬼子军曹性急，刚到村东就率队摸进村来。军曹率队到了他们的驻地院子里，只见门敞着，没有哨兵。这伙鬼子急唰唰跑进院子又冲进屋里，屋里除了死尸就是血。房顶上的哨兵溜下来，大睁双眼不知所措。

军曹一声叫，领着队伍冲出了院。这伙鬼子刚出院门，庄西头已经枪声大作，对面的机枪子弹呼啸着穿过小街飞过来，这个军曹明白，偷袭的八路已给截住了。

鬼子兵打着枪往前冲去，军曹制止了自己的部下。鬼子兵停下来疑惑地望着军曹，军曹说：对面射来的子弹不长眼，打八路，也同样打我们。

于是，鬼子兵们伏下身来堵住东去的出路。

小村的西半部，村口敌人的火力很猛，李排长带着战士们隐蔽在宅基土崖下一动也不能动。赖八说：毁了，我们怕是出不去了，鬼子前后夹击呀。李排长说：形势危急，必须立即冲出去。他瞄了下对面敌人的机枪位置，掂了掂手中的匣枪，估计着射程。赖八说：咱们都是短家伙，不顶事啊！李排长：也不能在这里等死吧！

赖八"嗯"了一声，从腰里摸出个东西。赖八一扬胳膊，一颗手榴弹在机枪子弹的火力上方"嗖嗖"飞过去，手榴弹落在敌人机枪不远的地方爆炸了。李排长吃了一惊，因为出发前检查过武装，队伍中根本没有带手榴弹的。当然，他此刻顾不得追问来源，只有喜出望外。手榴弹爆炸，机枪稍一停顿，李排长见是机会，立即下令：打！

李排长跳起来朝正前方开了火，战士们也随之跃起，十来把匣枪唰地抡过去，敌人一时给镇住了。冲锋中，赖八又变戏法似的甩出一颗手榴弹。手榴弹的爆炸声伴随着不成点的短枪声，战士们硬是把敌人的拦截线撕开一个豁口。侦察小分队就在这个豁口冲了出去。

侦察小分队冲出不远，后边枪声又响。李排长：小心追命枪，卧倒！

战士们刚卧倒，后边的情况发生了奇妙的变化，拦截他们的鬼子竟然冲着村内的鬼子开了火。李排长跳起身说声"快走"。战士们欺身而起，霎时间就进了那片高粱地。赖八边跑边说：排长，这村西头的鬼子以为村里还是我们的人，火拼了。

李排长说：让他们狗咬狗吧，咱们走。

李排长带领赖八等人迅速朝西跑。

然而他们并没留意，自己身后有两三个黑影一直紧跟着。

真让赖八说对了，村内村外的两拨日军打得很起劲儿，那个军曹下令集中火力射击，第一伙八路军给逃走了，第二批再也不许跑掉。鬼子们发起疯来，机枪步枪一起开火，村里有日本人叽里呱啦的叫喊声，军曹在枪声中听到日本话，马上命令停止射击。另一个军曹率队从村子里冲出来，东、西两支鬼子夜间侦巡队在村口会合，鬼子兵两路合成一路，朝正西追去。

八路军侦察队冲过高粱地不远，李家寨通白河大桥的南北路横在面前。侦察队跑过大路，对面忽地冒出十几个鬼子兵。鬼子兵不声不响，也不开枪，撞过来举枪就刺。事出突然，八路军战士们手中又无长枪，三名战士闪得慢了点，让敌人挑了。跳开去和卧下的同志急忙开枪，那三个鬼子也应声倒下。

剩下的鬼子攻势更猛，敌我混作一团，八路战士难以开枪。战士们只好连连闪躲，赖八身手灵活，不时把鬼子摞倒。鬼子看到赖八厉害，立时上来三个人将他围住。鬼子"呀呀"叫着，闪亮的刺刀不离赖八身前身后。赖八迅速闪躲，战友们自顾不暇，没有谁能过来帮助他。所幸三个八路军战士抄起死鬼子的大枪舍命拼刺，鬼子被稍稍逼退。

这时，东边枪声又起，子弹尖叫着从他们头顶上划过。枪声越来越近，赖八慌神，右腿给鬼子刺中。赖八尖叫一声倒在地上，鬼子几把刺刀同时指住他。追赶上来的鬼子已到跟前，李排长打个呼哨，和同志们跑过大路，迅速地钻进了庄稼地。李排长同样没留意，有十来条黑影先后跟上了他们。

黑影们不打枪，不叫喊，和前边奔跑的李排长他们拉开一定的距离。

就在他们跑敌人追的过程中，袁虎正在碱洼村拳房里蒙眬入睡。门外忽然响起唰啦啦的脚步声，值勤的刘成跑进来：团长，有情况！

袁虎轻身下床：快讲。

刘成说：出去的侦察队可能和敌人遭遇了。

袁虎：哪个组？

刘成：每夜都有两个小组到大碱洼外边侦察，是哪一个还说不清。

袁虎：怎么知道和敌人遭遇了？

刘成：你跟我出来。

袁虎跟着刘成朝外疾走，两个人来到村口，听到很远的东方隐隐传来枪声。二人正在判断枪声的具体位置，枪声停住，像深夜窗外下了一阵急雨似的。袁虎一惊：快去告诉冬武和志德，让他们做好应急准备，另外带两个分队出来。

刘成返身朝村里跑去。

袁虎站在一个碱岗上，朝远处谛听着。

过了不长时间，冬武、志德从村内跑到村口，跑到袁虎跟前。袁虎说：刚才东边远处响了一阵枪声，估计是咱们的人和敌人遭遇了。你俩做好准备，把队伍拉出村来待命，我和刘成各带一部分人出去看看。

冬武和志德答应着返身回村，这时刘成已按袁虎的吩咐带着两个分队跑到村口。两人商量了一下，各带一个分队急匆匆奔东边去了。

路上，袁虎问小刘碱洼以内的游动小组有无变化，刘成说：还是那八个游动小组，有的固定一点，有的分散巡逻。任务一是接应外边的侦察小组，二是随时和村内村外的指挥部联络。袁虎：很好，千万马虎不得。

离大碱洼边缘四五里，袁虎和刘成碰上小陈带领的游动小组。袁虎问小陈有没有特殊情况，小陈报告说：我们的侦察小组可能被敌人截住了，有两个小组已经摸上去接应，我们留下来等待情况变化。袁虎一侧脑袋：刘成，你带七名战士斜插东南，要是小组的同志遭到不测，就由你们继续执行侦察任务。有一条，尽可能不和敌人发生冲突。

刘成答应着带人走了。

袁虎带领手下的战士借助荆条碱沟，轻捷灵活地继续向东行进着。大约行有一里地，前方荆条唰唰响动，袁虎一摆手，战士们迅速伏在路旁。星光中，四五个人影相跟着，撞开荆条蓬棵，从不远处的碱岗上奔这来了。人影距袁虎他们只有十几步了，一战士说：领头的是从冀东过来的李排长，二支队孙宝明的老部下。另一战士刚要招呼，被袁虎一把捂住嘴。袁虎做手势让大家只在原地静卧。

李排长他们飞快地跑过去。

袁虎松开手，那战士喘着粗气：首长，你干吗捂我的嘴？

袁虎说：看来你没打惯夜仗，打惯夜仗的人都明白，夜间与跑急了的人突然相遇千万不要冒失叫喊。因为此时对方正神经高度紧张，听到声音会毫不犹豫地朝响处来上一枪。这种完全是下意识的枪击就好像子弹长了眼睛，十分古怪地循声找去，所以就打得特别准。

战士：哎呀，长了见识了。

袁虎起身领人蹿上前边的碱岗，不远处荆条晃动，一个高大的影子闪出来。袁虎赶紧伏下身子，影子身后又冒出两个。那些人便衣打扮，都握着匣枪，脚步轻巧，身手灵活。三人行动既轻又快，几步便溜上了碱岗。

星光下，袁虎看清三人中的大个子是刘五。他向身旁的战士做了个杀的手势，战士们腾身而起。汉奸们没想到八路军在自己身边伏着，两个汉奸被战士们用刀子捅了。与此同时，袁虎擒住了刘五。

袁虎用帽子堵了刘五的嘴，要把他拽下碱岗审问。岗下荆条又响，有枪栓拉动声，袁虎情知不妙，左手擒着刘五，右手抄过刘五的匣枪照腿上搓一下张开机头，哗啦啦朝响动处打去。战士们也忙又卧倒，一顺枪冲那儿开了火。对面荆条里几声惨叫，荆丛中手枪步枪也响了。火力不猛，挺准确，一位战士身子翘得高了点，脑袋给敌人的子弹打碎了。枪声中夹杂着零星的日本话，刘五见是机会，挣开袁虎左手驴打滚跌出去。

刘五爬起来往回跑，袁虎抬手一枪，刘五惨叫着一头啃在岗下。

双方开枪对峙了几分钟，敌人撤退了。

袁虎他们等了一会儿没动静，便从两边抄上去。袁虎他们摸到那片荆丛中一看，除了三个死汉奸趴着啃碱外，只有一摊接一摊的污血。

袁虎把枪插在皮带上：幸亏先发制人！

战士问：怎么没有鬼子尸体，光汉奸呢？袁虎说：日本人把他们自己的伤亡人员运走了。战士说：明白了，汉奸活着不值钱，死了也被当作狗。

袁虎带人尾追而去，他们追到碱洼边上，听到枪声斜抄过来的刘成从一侧传来暗号，两队立即会合。刘成看看左右：没人影啊。

袁虎说：狗比人跑得快，你追得上吗？刘成问是继续追击，还是改换办法，袁虎说：你带一个小组留下监视，我得赶紧返回去问明情况。

刘成：好的，团长你回营地吧。

袁虎带人迅速回返。

南北大道西侧，赖八被鬼子们困住。赖八的腿被鬼子刺刀扎伤，这一刀扎得挺狠，赖八一声惨叫，叫声很响。跟随侦巡队的伪小队长闻声跑过来，低下头仔细看了看赖八，赖八正疼得闭着眼。伪军小队长认真看了看赖八的面孔，惊叫一声：呀！这不是老八吗？

鬼子们一怔。

赖八听到声音睁开眼看清是伪军小队长，立刻扭身滚到伪小队长跟前，伸手拽住伪小队长的腿：哥，救我！

两个鬼子举着刺刀走上来，鬼子的刺刀尖抵住赖八的心口。鬼子望定伪军小队长：警备队的，八路的，你和他什么的干活？

伪小队长说：太君，这个人是警备队中队长把兄弟的干活。伪小队长伸出两个大拇指并在一起冲鬼子兵比画：前些天，他让八路的抓去了。

鬼子歪着脑袋：八路的那边跑腿？

伪小队长一时不知咋回答，鬼子们抖抖手中刺刀：死啦死啦的！

一个鬼子兵举枪要刺，另一个鬼子忽然压住同伙的枪。鬼子们叽咕了几句日本话收起了枪：警备队的有，背着他。

伪小队长让一个伪兵背起了赖八，日本兵端着枪一前一后朝一个村里走去。

赖八被日本兵押走不长时间，袁虎已经回到了营地。在碱洼前的土屋里，袁虎坐在炕沿上一脸怒气。李排长在袁虎面前站着，旁边坐着冬武和志德。袁虎说：李排长，我不是明确向你交代了吗，侦察小分队不许袭击敌人。

李排长：什么也别说了，我负全部责任。

袁虎说：你还嘴硬，这个责任你负得起吗？李排长说：负不起也得负了，认打认罚。袁虎忽地站起身，说：你混账啊！袁虎似乎没有收住脚，就势推

302

了李排长一把。袁虎力大，李排长后退两步跌倒在墙角，额头磕破了，血流下来，糊住了李排长的眼睛。李排长挣扎着爬起身，仍旧立正站着。

于志德忽地跳到袁虎面前：团长，你军阀作风！

袁虎口气更硬：你知道他闯了多大祸吗？

于志德说：他闯了祸你可以批评，可以处分，但不能打人。袁虎很生气，说：你还祖护他！于志德说：我的兵我就得祖护。两个人越说越激动，刘冬武连忙上前劝解：志德，志德，大敌当前，袁团长有些冲动，你要谅解。

刘冬武把于志德和李排长劝出屋去。

袁虎望着走出去的二人：不像话！

刘冬武说：团长你消消气，李排长是志德从冀东带过来的，你这么一把摔他个跟头，额头也磕出了血，志德脸上也是挂不住。袁虎说：算了，不说这事了。哎，老刘，你估计赖八是战死了还是被俘？刘冬武想了想：刚才李排长说，他们撤退时赖八还活着，以后的情况就不清楚了。

袁虎说：如果赖八被俘，可能会捅娄子。冬武说：我也有这种看法，毕竟他才入伍不长时间。袁虎：李排长他们报仇心切我们能理解，可由于他的失误，很可能给部队造成更大损失。这次意外事件，让我一时间感到心中没底了。

刘冬武：那我们赶紧做好准备吧。

袁虎：你是说做好迎敌的准备？

刘冬武：当然，有备无患。

袁虎点点头。

两个人坐在土炕沿上，低声商议着。

1

抬官村滕野指挥所里，滕野手拄东洋刀坐在正面椅子上。一个日本佐官走进来向他报告，说是那个被俘的八路带来了。滕野点点头，招招手。不大一会儿，赖八一瘸一拐地被推到滕野跟前。鸠山中佐跟进来，他双脚并拢站在滕野面前：报告将军阁下，这是唯一落在我们手里的活口，是刚从八路那里出来的。

滕野盯着赖八，嘴唇动了动，有个翻译官走到赖八跟前，问他大碱洼里有多少八路军。赖八的腿一哆嗦：报告……有，有八万多。

滕野忽而地站起来。翻译官也吓了一跳：多少？

赖八挤挤眼睛说是八万多。滕野站起来又坐下，眼睛里闪出让人捉摸不定的光。旁边的鸠山阴阴一笑：将军，整个冀鲁边区一共才有多少八路军啊，哪能在这儿集结这么多。这家伙明显是在撒谎唬人。

滕野点头：别说八万，就是八千，我们的联队也早给打败了。

滕野咕噜了几句，一个面目狰狞的秃头鬼子几步蹿过来，举起刀朝赖八头上劈下来。赖八尖叫一声"妈呀"闭上眼，秃头鬼子的刀刃沾着赖八脖子上的肉皮又架住，冰凉的刀口让赖八身上起了层鸡皮疙瘩。赖八尖声喊起来：不是八万。

滕野挥挥手，秃头鬼子收刀站到一边去。

滕野抻了抻，命令翻译官继续追问赖八大碱洼里到底有多少八路军。赖八虽然知道搪塞不过去，仍旧信口说：有八百多。滕野点点头，很相信的样子。

滕野问八路军住在哪里，赖八说：八路军在大碱洼分几处住着。滕野追问八路军的武器情况，赖八说：有许多门小炮、许多挺机枪，还有许多电台电报机，一天到晚嘀嘀嗒嗒的。滕野往前探着头，惊得小眼溜圆：他们长官是谁？

赖八说：我给逮了去后，在八路那儿就当个小兵，还让人盯着，见不到大官。只听说有个什么司令，年纪轻轻，打仗挺狠。兵们说，小日本听了他名字就转筋……滕野没动声色，他的部下恼了。鬼子们齐声嚷道：八嘎！

赖八赶紧更正：哦，我说错了。是鬼子，鬼子兵……

周围又有鬣狗一样的尖叫声，秃头鬼子又抽出了战刀。

赖八：哦，是……皇军！

滕野点点头：哦，司令，年纪轻轻的……

鸠山用日语和滕野交流：莫非是他？是那个声名赫赫的八路军军分区司令。

滕野说：有可能。我看过八路军将领资料，这个人曾任八路军一一五师独立团团长、独立第一师师长兼政治委员、晋察冀军区一分区司令员兼政治委员。当年曾率部参加平型关战斗和百团大战，指挥了著名的黄土岭战斗，击毙我日本军的名将之花蒙疆驻屯军最高司令官阿部规秀中将。

鸠山点头称是，说：除非是他，要不，有谁能在短短几天内指挥部队东搅西闹把我们搅得心神不安呢？滕野忧心忡忡：要真是他，麻烦更大，我们必须要更小心，那是八路军里的名将啊。

鸠山说：将军，这个八路军名将的指挥才能可以和您相比吗？滕野没有回答部下的询问，只说自己平生最嫉恨这样的军人，也最佩服这样的军人，更喜欢和这样的军人较量较量。鸠山：是的，听说这个人是中国宋朝名将杨业的后代。名将和名将较量，是军人的骄傲、军人的乐趣，这样的机会谁也不想放过。

滕野：中佐说得对，一个军事指挥官在他一生的戎马生涯中，能和敌方名将对阵的机会不多。不和敌方名将较量，即使你有天大的军事才能又如何显示、比较和得到世人的认可呢？

鸠山：那我们下一步……

滕野拄着指挥刀站起来：兵进大碱洼，消灭八路军，抓住那个年轻司令员。我将把他押往华北驻屯军司令部，再由司令部转押到东京，让他臣服于天皇陛下。为阿部中将报仇，为大日本皇军雪耻。

滕野说了句日本话，鬼子兵把赖八带下去。滕野又咕噜了几句，情报官河野一声"哈伊"也急匆匆出了屋门。滕野起身朝摆在桌上的地图走过去，部下赶紧把地图捋平。滕野走到桌前，俯身地图上，龟田中佐、鸠山中佐、作战参谋等人站在他身旁。过了一会儿，门外响起"报告"声，情报官河野和袁世伦的手枪队长王明起相继走进来。滕野虽然眼睛离开地图，但并不看进来的这两个人，只是不紧不慢地说：王队长，这个大碱洼距离此地有多远，多大？

王明起说：报告太君，距离白河镇不到二十五公里，长宽各有十余里吧。滕野问他是否去过大碱洼，王明起回答说：是的太君，以前我曾带人冒充八路军到那一带打劫。滕野：好的，好的，你到那边画一张大碱洼的地图，要详尽一些。

王明起答应着退到另一张桌子前，有一名书记官给他拿来纸张和水笔。

滕野转向河野：情报官，谈谈你们的侦察情况。

河野：报告将军阁下，我们的人化装成老百姓分五路靠近了大碱洼，通过望远镜瞭望，发现有大批八路军在碱洼场子上活动，还有些人在碱洼村村口进进出出，可以肯定，大碱洼是有八路军队伍驻扎。

滕野说：说更具体的情况。河野说：报告将军阁下，我们的人怕被八路军发现，没敢贴近他们驻地跟前。滕野：好的，好的。

河野退到一边，书记官把王明起画好的大碱洼的地形图递给龟田。龟田看了一眼，将地图放到滕野的面前。滕野看着面前的地图，脸上的肌肉轻轻抽动着。

滕野：大碱洼的地形很奇特，我们可以完全相信赖八的话，那位年轻的八路军司令员就驻在大碱洼。他带的队伍虽然不一定就是八百人，但根据几天来的活动情况判断，出入不大。

鸠山说：将军阁下，由我率领一个大队前去，即可消灭这支八路军部队。滕野摇摇头：这是股劲敌，不是八路军的散兵或者地方游击队。且不说这支八路队伍的强大战斗力，单那荆棵丛生茫茫如烟海的大碱洼，也够皇军大伤脑筋的。所以，我们必须毫不犹豫地调动所能支配的全部兵力，以绝对的优势包围他们，进行闪电突袭，先打掉对方的士气。

龟田：我们要生俘那个八路军的年轻司令员。

滕野：对对，生擒他。他是八路军的名将，我是皇军的名将，我们同样年轻，我要和他较量一下，看看是八路军的名将厉害，还是皇军的年轻将军更强大。

鸠山：将军阁下，如果我们实施包围，兵力可能不够。

滕野说：这点我已考虑过了，奉命南下的吉冈部队前天刚到平州，他们要在平州短暂逗留。我可以联系吉冈派出两路部队，一路协助我们的一个中队过白沙河往南推进，一路在界沟沿线布防以拦截八路军西去。另外，还派出少量部队在碱洼南缘设防，然后以主力由东侧进击，突入大碱洼。龟田中佐担任东侧的主攻，鸠山中佐负责过白沙河向前推进，并负责荆洼南部边缘的拦截。另外，再致电日本华北驻屯军司令部，请求派飞机协助侦察。

龟田、鸠山一个立正：是，将军阁下！

记不清什么时间了，袁虎到一个偏远的乡村去侦察。他上了一条沙岗，看到一排排砖基土坯房，房子挺高大，似有隆隆之声在里边响着。一个似曾相识的中年人站在门口，不太热情地往屋里让他。他隐约记得，这个中年人好像和自己或自己的弟弟打过架，可一时又记不起为了什么。

中年人把他让进屋里，他便怀了几分的警惕。摸摸腋下夹着的双枪，双枪似乎变成自己的两根软肋了。中年人伸手间抽去他一根软肋，他就感到一阵的疲惫。忽然，感到腿部不适，低头看时，右腿内侧生一瘤子似的东西。他很沮丧，如此一来，今后怎么完成任务呢？中年人看透了他的心思，提议给他割除。他虽不置可否，那人还是给他腿上擦了麻药。这种麻药是他从未见过的，但相当有效，仅一会儿，就只有脚和大腿根儿还有知觉。中年人眯眼瞧他，同时用把带钩的阔面刀将大腿的表层挑破。挑破的皮给拽起来，黑乎乎松弛如麻布，里面的瘤状物就隐约可见了。松弛的肉皮被继续切割，先是无声，继而就"霍霍，霍霍……"

有个声音叫他：袁团长，快起来！

他被人一把推醒，原来是在做梦。扭脸看，面前站着冬武。这时，太阳已经照进屋里，可是，他耳中仍旧响着梦中的"霍霍"声。

冬武指指外边：袁团长，你听。

袁虎一个激灵坐起来，外边怎么会有他梦中最初听到的隆隆声啊？他跟着冬武跑出屋，举首四眺，终于，遥见东北天上飞来一架飞机。那飞机慢慢的、低低的，越来越响，越来越大，像老牛驾车一样的平稳，斜楞着翅膀从大碱洼上空向南擦去。在将要看不见听不到的时候，又倾斜着身子往回绕。毫无疑问，大碱洼就是它的目标。袁虎和冬武见此情景，赶紧奔出村去。此刻，正在碱场上练兵的战士们已经停止了活动，都在仰首等着看飞机。袁虎立即下令全部隐蔽。因为再清楚不过，这是敌人派了飞机来侦察，只是来得突然，人们一时没反应过来。袁虎一下令，马上明白，战士们飞一样四处寻了荆丛蓬棵藏了。

事实上，袁虎也并非多么高明，或者悟性有多么大。只因昨晚侦察小分队发生了意外，使他对今天的一切都很警觉。故此，飞机一出现，他就意识到敌人是在对大碱洼进行侦察。

飞机再次来到碱洼上空，并在碱场那一块儿兜大圈子转着。转了两道，忽然拔高飞向西南，再转回来时，飞得更低更慢了。此时若用机枪扫，有九成把握打老鸹一样打落它。袁虎和冬武歪在一棵浓密的荆丛下，仰首上望，飞机飞过时，响声震得耳膜痛。带起的风如同一把大扫帚，将荆条蓬棵呼地抿向一边，把底下的人憋得喘气困难。眼看着飞机扑向人们，压向人们，马上就要跌落，却又机头一翘唰地掠过去了。那啸声，那阵势，若非久经战阵的人，必得当场吓死在飞机肚皮下。心绪迷乱中，袁虎和冬武看清了涂在机身上的膏药旗和形状奇怪的机徽，看清了那个一边驾机飞行，一边将机身不断倾斜并歪了脑袋朝下张望的精瘦狰狞的家伙。俩人当时都下意识地握住腰间的枪柄，好像马上就给那飞行员来个点射。当然只是这么想想而已，因为他们心里清楚，手枪子弹对于厚肚皮的侦察机来说，其作用和小孩儿玩儿的泥蛋儿没什么区别。

飞机再兜回来时，飞得稍高了，气势也小了，不算留恋地哼了一阵，然后擦着碱洼村武圣殿的尖顶，吃力地向空中爬去，爬去。再没有回头，再没有盘旋，径直地飞向了西北。眼看着越飞越慢，越飞越小，终于苍蝇似的消失在遥远的蓝天里，给人们的脑中留下余影，留下余音，留下惊骇的想象，留下恐怖的气氛。

干部战士纷纷从藏身处跑出来，有的拍打身上的土，有的吹口哨，有的骂脏话，有的开玩笑说刚才准备如何如何……

飞机飞走了，袁虎的心情却更沉重了。因为他预感到，一场残酷的恶战将发生在大碱洼。故此，他不敢疏忽懈怠，忙让冬武把各支队干部召集到一块儿，研究部署了应付各种紧急情况的对策。散会后，他又和冬武回到村里，找到马立田，把他们的计划谈了一下。马立田表示同意，并说在必要时，他所控制的群众武装仍然可以和部队相互配合。

指挥部从村里撤出来。除了伤员，同志们又都回到了荆条蓬棵和柴草搭成的窝棚下。几天来，大碱洼的欢愉气氛消失了，同志们在沉闷中等待并准备迎战那随时都可能发生的战斗。

碱洼村外的小土屋里，袁虎和冬武、志德坐在炕上。袁虎说：我有种预感，一场残酷的恶战将发生在大碱洼。冬武问他有依据吗，袁虎说：还拿不出确凿的依据，但在以往的战斗经历中，这种突然产生的预感总是非常准确。

冬武、志德相互看看，无语。

袁虎：怎么刘成去村内请马叔还不回来？

冬武说：估计也快回来了，等一等吧。三个人继续讨论眼前的情况和今后的局势。过了一会儿，门外传来刘成的声音：回来了，我回来了。

刘成和马立田先后走进屋，袁虎等起身让座。

马立田刚坐下，袁虎就口气沉重地说：马叔，我们已经暴露给敌人了，估计日军可能要兵进大碱洼，请您来就是想商量一下，能说服村里的人暂时到别处避一避吗？就是说暂时转移。

马立田皱起眉头，说：好几千人往哪里转移？袁虎说：鬼子来了，乡亲们可是要遭难的呀。马立田说：这些年来，大碱洼一直很安稳，估计不会吧。袁虎说：以往大碱洼之所以安稳，是因为偏远荒芜，与外界接触不多。日军这些日子吃尽了我们的苦头，如今知道我们潜伏在这里，大碱洼还能安稳得了吗？马立田：这样吧，我尽量说服老弱病残和女人孩子到城里或亲戚家躲躲，至于青壮年们，都是天生的硬汉，你让谁走他也不干。

袁虎说：马叔你尽量做工作，能走的就走。马立田说：小虎你也别太担心了，带好你队伍要紧。另外，万一有意外发生，我所控制的群众武装可以和咱们部队再次配合。袁虎：好，只能这样了。从现在开始，马上把村内指挥部撤掉，无论白天黑夜，除了伤员，战斗部队全在村外驻扎。游动小组日夜活动，加强对碱洼边缘地带的侦察。

自飞机飞走到下午两点，寂然无事。中秋的太阳依旧火烧火燎，大地散发着那种潮乎乎的热。都说秋高气爽，但在这整日让人惶惶不安的岁月，"秋高"倒是看得到——因为天确实显得高了些，而"气爽"却是无论如何也体会不到的。

村北土丘上，风儿稍大。又因长了树，似乎就比别处凉爽些。土丘顶端有棵树王，所谓"树王"，也仅仅是比饭碗略粗。这树不知沾了哪条地脉的光，树头大而树枝密，远远看去，一蓬绿伞似的。自从吃过午饭，袁虎就爬上这树的顶杈蹲着。他不停地转动身子，朝西、北和东三个方向张望。

南边有村子挡着，当然没法观望了。但已派人爬上村中高房，总也算个监视哨吧。况且南边并非关键，因为那方向没有敌人的部队，以往又曾是八路军的重点活动区。有两个心眼儿的指挥官，也不会绕到南头再向北进。

西边稍北的方向是平州城。眼下敌人各处用兵，据马立田提供的准确消息，如今城内空虚，鬼子一向用兵谨慎，不会再在那里抽调兵力进攻扫荡大碱洼。

正北方地形复杂，但隔着一条白沙河。并且，敌人目前正在冀中一带和八路军搅成一锅粥，十天半月腾不出手来。而侦察到的确实情况又证明，滕野分撒河南的部队始终未动。所以，正北出现敌人的可能性也不大。

他最最担心的，就是东边了。

东边有庄稼，有荆棵，有大批的日伪军，就是没有可供防御的好地形。非但如此，倘是敌人进兵，还可隐蔽行动。袁虎深知这一点，从上午就把那个方向的力量加强了。这不，他又亲自爬到土丘树顶上注视着。

今朝有战事，肯定了。

下午三点，整整是三点钟，袁虎所担心的事情终于发生。

那会儿，袁虎似乎正在想什么。突然，遥远的东方传来持续激烈的枪声。接着，视力所及的终点处忽地闪了一下红光，继而传来轰隆隆的闷响。有野麻子花样的黑白烟柱不断冲起，连成条，连成片。烟柱化成烟雾，雾中又不断闪出火光，传出闷响。渐渐地，闪光和响声混淆交杂，形同一个烧开了的巨大油锅。

很显然，日军刚进大碱洼，就遇到了袁虎派出的警戒部队的堵截。因为要急于打开通路，便施展了他们的作战惯技，炮轰在前，兵随其后。也很明显，滕野可能把袁虎他们认作八路军大部队了。否则，怎么会一接仗就摆出这种两军对垒大举进攻的阵势呢？

妈那个腔！袁虎冲手心吐口唾沫搓了搓，骂骂咧咧地溜下了树。他跑下土丘，一会儿就蹿到了碱洼场的小屋前，扯着嗓子喊：集合，同志们都集合！

除去派出的侦察小组和警戒部队外，二百多号人在短时间内集合在了碱场上。袁虎望着这些整齐划一虎虎生气的同志，刚才还有点儿空落落的心当即踏实了。这是些铁汉、硬汉，是民族的骄傲和精华。这些人的颈后有根倔强的筋，在强寇面前不弯不折。一往无前是这些人的本性，在关键的时刻，都会舍生献身，以自己血肉之躯铺平民族战争的胜利之路。和这样的人共同战斗，是光荣，是享受。

然而，此时袁虎却又顾虑重重。说实话，从目前情况来讲，他不希望和敌人硬打。他只想把敌人从白河镇周围吸引出来后，就肉钩子引狼似的拽住滕野。只待我军主力返回，他就算松了这口气了。可是，天有不测风云，谁承想昨夜李排长他们搞出那么一场戏呀？如今，他不得不以劣对优，去干那即使不赔本但肯定也赚不了的买卖了。故此，他就替这些战友们担忧。尤其是那些十七八二十来岁的小伙儿，他们像自己的弟弟——他又想起弟弟了。

他冷静下来，终于克制住自己的怒气。是啊，目前的情况，不能像以往战场对阵似的和敌人死拼硬搏了，必须采用看风扬场、以柔克刚的办法。他静静地看了大伙一会儿，忽然不紧不慢地问道：同志们，看来鬼子要进大碱洼，怎么办？

同志们纳闷地看着他，好像他问得没道理。好一会儿，才七嘴八舌地说：那就和他打呀，这还有什么含糊的！袁虎摇摇头，笑了：不打，撤！

撤？很多战士以为听错了。

撤！袁虎回答得斩钉截铁。

有战士嚷道：当兔子吗？啊？

人声喧哗，队伍要乱套。袁虎咬着嘴唇，在场子前走来走去，这时，东边枪声炮声更紧更急，他搓了搓手大喊一声：刘成！

这一声像个炸雷，人们给吓怔了。喧闹声立即停止，而刘成也似乎早有准备，极迅速地跑上来一个立正：有！

袁虎说：你带两个分队上去，把担任截击的同志们接下来，然后以最快的速度，西行追赶队伍。刘成答应一声，带人走了。这里，袁虎一旋身，左手掐腰，右手冲大伙儿一划拉，嗓门提得更高了：咋呼个屁，啊？我们是革命还是豁命？我宣布，现在情况紧急，不民主，只集中，无论是谁，都得听我命令！

他平时挺随和，可发起威来，像吓人的老虎似的，谁见了谁怕。如今一急，脸都成了烙铁，谁还敢不听团长吩咐呢？他又简单地讲了几句行动秩序，然后命令冬武率一个分队先行，自己则带了余下的所有战士急速西撤。

袁虎率队走几里便留下两名战士，以便和随后撤下来的刘成他们联络。尽管行动顺利，可他心里总是那么沉重、焦虑还有些难过。他刚才之所以发那么大脾气，并不单单因为有些同志不守纪律，他还有更大更重要的顾虑。昨天夜里，袁虎回到碱洼村已经下半夜，但早已跑回来的李排长还在等着向他做检查。这是个刚正之人，天大的责任自己负，一个字也不往别人身上推托。故而，袁虎就把一腔子火气全泼到他身上了。

　　李排长不守纪律，牺牲了好几位同志，还让敌人发现了部队的踪迹。天公地道，该受处分。写检查，关禁闭，甚至可以枪毙。但是，袁虎就像不明白这些似的，他动手打人。李排长和孙宝明都是志德从冀东带过来的。志德自然尴尬。他上来劝解当然也阻止袁虎打人，袁虎说他"护局"，反衣带牵连地把志德骂了一顿。这位处事缜密的干部当时也无反常表现，只是拽了自己的部下躲出去。可黎明时分，哨兵来报，志德领了十几个冀东同志出村往北去了。还留给袁虎一封信：

　　袁团长：

　　　佩服你的能力。可是，你骂人，打人，你实在不像八路军的领导人。冀东兵给你惹了不少麻烦，致歉。我把剩下的同志带走，去找我们的部队，以后见。杀敌的战场上见！

　　　　　　　　　　　　　　　　战友的敬礼
　　　　　　　　　　　　　　　　志　德

　　志德带人走了，这对他是个打击。一是削弱了"混成团队"的战斗力，更主要的是引起了他心中的愧疚。他冷静下来，才意识到自己的确做得不对。打人骂人，严重违反三大纪律八项注意。按说，自己本身就要先受处分。唉！坏脾气，一辈子难改的坏脾气！

　　这事他虽然秘而不宣，可许多人已经知道了。他生怕关键时刻再有人"裂"一下，所以开始时用和风细雨的口气。然而，几天来同志们打顺了手，估计不到眼前形势的严峻性，只想打打打。看样子说服动员他们撤，非骂了祖宗不可。终于惹得他"旧病"复发，叫骂之中一锤子钉死了。这简单粗暴的办法，在这会儿却起到了磨破嘴皮说三天也难产生的凝聚效果，真正的歪打正着了。

　　队伍顺利西撤，由于迎着太阳走，加上人的心情焦躁，天气就显得格外热。没有风，荆条纹丝不动。人在荆丛中穿过，长长的荆条被拨动得甩起来，鞭梢一样抽打你的手脸脖颈，火辣辣的，生痛。上晒，下烘，大碱洼此时的温度不亚于无盖的蒸笼。渐渐地，人们的衣裤就让汗浸湿了，再经太阳一晒，人人背上一片盐花儿。

为防意外，也为了行动迅速，二百来人分成人数不等的几个三角队形。这种队形，攻可迅速推进，守可在短时间内汇成一体。这之间相互联系，彼此支援，是部队在地形复杂区或青纱帐里活动时的最佳组合方式。昔日江震带他们从山西转往这里，在许多地区都是以这种队形才得以顺利行进，袁虎真没想到，老上级所创造的，此时此地倒被他用上了。

大约走了一半路程，在碱洼村北担负侦察任务的三位同志，跟着留在后边专管联络的同志追上来，报告说敌人大队过了白沙河，从北边慢慢压上来了。袁虎吃了一惊，他没料到敌人会从那里来，而且来得这么快。这时，东边的枪炮声越来越少。袁虎估计那里有两种可能，一是担任阻击的同志们撤了，敌人失去了对抗目标，减弱了进攻力量，此时正在搜索。二是因为敌我力量悬殊，同志们已遭不幸，敌人消除了阻力，正琢磨实施下一步的进攻计划。南边虽无消息无动静，但路程最远情况也最不明确。所以，当务之急，是趁敌人没发现队伍之前，撤进大碱洼以西的青纱帐，在那庄稼的海洋里和敌人打逛摸。有机会，就消灭敌人占些便宜。没有机会，就抽空子钻回大碱洼。无论如何，不与占绝对优势的敌人死拼硬打。

前边的战士传下令去，部队行进的速度更快了。荆丛越来越稀，地上的碱花儿也越来越少。袁虎知道，他们已接近了大碱洼的西边缘，离他们计划中的目的地已经不远。正要催促大伙加快脚步，西边忽然传来杂乱的枪声。立时，队伍自动停住。袁虎带领单刀队的几位同志往前疾跑了一阵儿，迎面遇上冬武派回来的人，报告说大碱洼以西发现敌情。袁虎一怔，这又是完全出乎他意料，平州城守军有限，敌人从哪里及时调来这么些兵？他想了想，考虑其中有诈，就传令队伍原地不动，他自己跟那前来报告的战士跑去观察。

前边一条南北大沟。说来也怪，这沟既是大碱洼的终止线——一过沟就是白土地里好庄稼，又是两省两县的天然分界。距大沟一百几十步的一丛荆棵下，冬武正在那里卧着。他神色紧张地注视着前方，几十步外有两名战士的尸体，他身后不远是一名负伤后显然又抢下来的。

袁虎一个扑虎趴在冬武的身边，尽量镇定地问：有情况了？

冬武把抓在手里的帽子狠命摔在地上：都怨我大意，把两位同志的命送了！

袁虎盯着前边说：现在不是后悔的时候，想办法对付吧！

他不再多说废话。因为肯定毫无疑问，沟西有敌人伏兵。眼前最要紧的是弄清敌人兵力情况。袁虎令一名战士赶回去，让部队火速拉上来。

前边沟沿上，几个发光的东西一闪一亮。有战场经验的人一看便知，这是鬼子头上的钢盔让太阳照的。如此热天，还戴钢盔，看来是早已做好打硬仗的准备了。从他们这里到沟沿，估摸二百多米。这二百多米几乎没有荆棵，只有一条不甚明显的碱垄子。这样地形，敌人只要在对面放上一个中队，你就别想冲过去。再说，即使豁出代价冲过去，后边那渺无边际的庄稼地里就保证没有敌人埋伏吗？要是那样，"混成团队"的结局肯定是全军覆灭。

一刻钟后，部队拉了上来。袁虎与冬武合计了一下，决定立即搞大的火力侦察，以迫使敌人暴露他们的兵力情况。这时，东边的枪声又忽然激烈，这使袁虎心中一震，莫非刘成和他所接应的阻击部队还没撤下来，又和敌人接了火？要那样，小刘成可又真该挨揍了。当然，他只是这么想想，他的主要精力还是顾眼前。他低声传下火力展开的命令后，右手朝西一挥，立时，除手枪之外，所有的长枪、机枪、掷弹筒以及小炮，像要把天地撕裂般同时响了。前边大沟沿上一片烟雾，烟雾中传来哭喊，传来叫骂，传来叽里呱啦的日本话。就在这一片骚乱中，那里的机枪步枪还是以让人难以相信的快捷和准确朝这里打来。紧接着，在沿大沟南北各几百米的地方，敌人的轻重武器全部打响，子弹如风卷冰雹似的向东扫来，八路军战士几乎连头也不能抬了。

由于敌人的火力集中，前边的碱地给刨出一片一片的坑。那为数不多的荆棵，眨眼间也给扫成半截枝杈。幸亏八路军开火后立即后撤，因为就在他们东撤二百米的几分钟里，沟西传来轰隆隆的巨响，飞蝗般的炮弹在他们原来的伏卧处着落、爆炸，碱土掺杂着钢铁的碎片，一大块一大块地被抛上抛下。听声音就知道，这是日本人的马拉火炮，轰击力强，杀伤力大。

他们在引诱敌人暴露火力的同时，自然而然地也把火力位置暴露给敌人了。

袁虎惊得脸色发白，连连夸奖同志们撤得快。他一回头，发现战士中有些人好像发呆，明白是情况突变造成的，急忙高喊：撤！按原来队形，快回撤！

原来的队形，无论如何也来不及恢复，队伍显得有些乱了。乱就乱吧，只要撤得迅速就行。眼下是什么光景啊，一慢一快，那就是一死一活。

太阳压西的时候，袁虎带队撤回到碱洼村以南。这儿有大片的荆丛杂林，即使敌人追到，也可在里面与之周旋一段时间。况且，敌人三面堵截，除了进村，也只有南下一条路了。把队伍拉到这里，无论进退，机动程度都比其他地方大些。

出乎意料，西边的敌人没有追过来，北边的敌人过了白沙河之后也停下，东边虽然气氛依旧紧张，枪声也变得有一下没一下了。看来日军对这荆蓬遍布、凸凹不平的大碱洼心怀疑惧，不敢贸然突进，来的是稳扎稳打、步步为营的办法。但更大可能是天晚了，敌人既怕夜战又怕大碱洼。尤其是在大碱洼里打夜战，他们更怕。

形势暂时缓和。

此刻，袁虎最担心的还有两处，一是于志德他们，这些同志肯定已经过了白沙河，不知是否避开了河那边的敌人。要是迎头碰上，众寡悬殊，那可是上天无路、入地无门了。再就是刘成他们，情况到底怎么样了？他有点儿后悔，那么紧急那么危险的事，本该自己去办，而不该委派这个"小家伙"。可是退一步讲，要是自己走了，这二百来名同志谁来带呢？

处处矛盾，处处纠结，怎么解呢？

四周派出了暗哨，袁虎让同志们好好休息一下，他独自走上一处稍稍高些的碱岗，机警地朝四面张望着。当望到北面时，他的心禁不住"扑通"一下。因为有俩人正借着荆丛的掩护往这里靠近。夕阳把大地照得恍惚迷离，看不清他们的模样。但是，其中一个虽没穿军装，从步履行动看却像刘成。他忙招呼了冬武，俩人拔出枪来，悄悄摸过去。

他们向北摸近百多步，分两处隐住身子，静静地等着。那俩人样子虽然百倍警惕，却始终难以发现他们。走得近了，袁虎和冬武终于看清，一位是马立田，另一个确是刘成。

此时意外相逢的心情，怎么说呢？

刘成告诉袁虎，他们撤下来时，有十多位负伤的同志。正作难赶不上队伍，马立田把他们接进了村。他们将伤员安置在村内一个妥当的地方，刚刚休息了一下，高房上观察的人说有支队伍从西边开来了。在这里忽然消失，就明白是进了这片荆丛地。由于情况不明，撤下来的同志也不敢贸然行动。部队在村中暂时待着，他换了便衣和马立田出来侦察。

至此，马立田的真实身份，再也不能瞒着刘成了。

小伙子听了袁虎的介绍，攥住马立田的一只手，久久地摇晃着，双眼盈泪，嘴唇乱抖，却始终说不出一句话。在那种情况下，忽然明白自己身边始终有着地下党组织的支持帮助，那感受那心情，是能用语言描述的吗？马立田问了下他们西行的情况，当即决定，部队先进村去，再研究商议对敌的办法。

本来，袁虎他们不愿进村，唯恐连累村内的群众，然而，在非常时期，在那种特殊情况下，马立田的话就代表着党的决定，他们必须服从。

经过细致的安排，队伍利用各种掩蔽物，十分谨慎地分散开进村里。

还是驻进那些拳房，仍有热饭热水可以吃喝。紧张得要死的战士们终于松了一口气，尽管谁都明白这仅仅是暂时的。

2

太阳落下去了，那种苍凉沉寂的气氛，重又笼罩了大碱洼。

袁虎向村周放出游动哨，又在四街高房设了岗，这才放心地回到拳房。他和冬武、刘成研究决定，夜半出村，直下正南。这样，天亮前就可到达碱洼南缘。战士们经过上半夜的休息，体力得以恢复，即使遇上敌人截击，也可在晨曦未露之前冲杀过去。

直到这时，他仨才几乎同时想到——冬雪呢？因为照顾伤员，上午冬雪没有随队西撤。可部队返回村里后，她怎么就没露面呢？由冬雪又想到了伤员。刘成带来的伤员，下午已由马立田托付到一些很保险的群众家。可以往的伤员呢，莫非也分散安置了？当然，这些只有去找马立田解答。

不用找，天黑后，马立田自己来了。袁虎刚开口，却被他摆手止住，然后附耳低语了几句。袁虎点点头，让刘成照应部队，他招呼了冬武，跟上马立田出去了。马立田把俩人领到自己家，返身闩上门，笑眯眯地望着冬武说：想小妹妹了？

冬武口气惶急：她在哪里？

不料马立田收起笑容，却来了个所答非他所问的话：冬武同志，这件事在碱洼村非同一般，老教头破了百年规矩，允许外人知道这个绝对的秘密。但作为八路军的干部，你也得做到誓不外传才行，冬武迷迷糊糊地点头。马立田说了声"好"，领俩人走到一口用于冬天编荆筐的地窖子前。马立田前边下了地窖子，袁虎和刘冬武随后跟进去。进了地窖子，搬开一块伪装得谁也难以看出的"墙壁"，才发现有条多半人高的隧道。进隧道摸黑前行，走了挺长时间，中途拐了几个小弯儿，掀开头顶上的木板爬上去，忽然到了一个宽阔的新世界。这里形同几间大屋，里面有水，有饭，有牛肉干，羊肉干。有牛油蜡烛照明，有厚实的干草做铺。四周墙壁上，有根本发现不了的气孔。

315

不仔细看，你认不出这是特意留出的砖缝儿，透过砖缝，大体可以窥到外边的情景。刘冬武正惊疑，烛影晃动下，西北角上传来一个女孩的声音：哥哥！

冬武听出是妹妹的声音，立即跑过去，果见冬雪在一个柱子前站着。她身后躺着的正是那些伤员，听到他的声音，伤员们纷纷抬头翘身，急切地问：是你刘营长，外边情况怎么样了？

正常，一切正常！冬武安慰着大伙，这才看清，几十个人只占了这儿的一个角落。看来，这地方是够大的。他问了问情况，伤员们说挺好。可也是，在当时的条件下，能够按时用盐水洗洗伤口，再上药，包扎，就不错了。治疗及时，生活稳定，历尽苦难的八路军伤员们，简直是一百个满足，还能要求什么？冬武见这情况，很惊奇，他问冬雪这是哪里，冬雪摇摇头：不知道，昨天下半夜你们撤出村后，马大伯就让人把我们转到这里来了。

这时，袁虎和马立田也走过来，冬武又问马立田这是什么地方。马立田抿抿嘴：这是我家。你不是进了我的家吗？

冬武茫然摇头，这时袁虎冲他摆手，意思是不要再问下去了。

事实上，这个地方正是武圣殿下——那个高出地面七八尺，外看似台阶，实则内中空阔的"地基"。它建造得隐秘，巧妙，要是不告诉你，你就是在此住上十天，也不会知道自己身居何处。

这地下宫殿的另一开口在村外，在一座巨大的石坟中。

碱洼村的群众都知道石坟中是昔日一位老教头的尸身，事实上，有尸体的坟穴依旧，而石坟却在许多年前修理时就借机挪了位置。这挪过来的石坟，把通过来的隧道口盖着。入夜，古老的坟地里草高虫叫，常有嗷嗷怪响和磷火跳跃。即使不信邪胆子大的人，也是轻易不到那恐怖神秘的地方去。这时，力气大的人把坟前那块带樺的石板门悄悄移开，就可以自由出入了。

马立田家这处隧道口，本来是在隔院一位老教头家。老教头去世前留下遗言，于是又改了马立田家。当然，在马立田"百年"之后，按规定还要改往另外一位德高望重的人家。这神秘的天地，除了老教头和几位德高望重的族长，大多数村民是一无所知。这神秘的堡垒，初时听说专为收留犯了"王法"逃难来此的绿林同道。后来，也掩藏本村在外犯了案的。但是，你在外可以"借"，可以劫，可以"拿"，可以抢，却不可以偷，更不准把"票"绑进村。否则，"飞了票"村里不保，犯了案想在这里躲避也办不到。这是传统，这是准则，这是无条例的规章，这是无文字的契约。不需要什么有形的东西来保证，完全是一种出于内心的自觉。

大概，这就是信仰的力量吧。

伤员们被安置在这样的地方，还有什么可惦挂的？袁虎和冬武欢喜不尽，又和同志们聊了一会儿，惦着外边的情况，就起身告辞。临走时，冬雪也要跟着出去，俩人拿不定主意，就看马立田，马立田想了想，点头说：也好，让姑娘出去吧。这里已经储藏了很多药，又有现成的刀伤药，轻伤员照料重伤员就行了。

也只有这么办。说真的，二三百人的队伍，除了冬雪，就只有一个刚学习半个月就下了连队的小卫生员了。遇到重伤号，小家伙又急又怕，只想咧嘴哭。万一有什么棘手的事，可真离不了她。这情况，想是老马也了解。

从马立田家出来后，冬武兄妹径奔拳房去，袁虎则和马立田到了拳房院里。他见到老教头说明去意，老人家明白他的意思，理解他此时的心情，就拉住他的手说：孩子，小日本欺负到了咱家门上，咱就得争争打打了。上天慈悯，伤号有咱碱洼村人照料，你们尽管放心去干吧。

由于激动，老人家声音暗哑了。

真正的武林人士不会轻言寡信，铁骨铮铮的老教头更不会轻诺于人。任何感激致谢之类的话都属多余。袁虎意诚心诚，右手捂胸，朝老人家深深一躬。

告别了老教头，走出拳房院，袁虎顺街东去。偌大一个村，今晚却静得出奇。间或巷口房上有人影晃动，那是八路军的哨兵。战争年代这种特殊的沉寂气氛，尤其让人憋闷，让人疑惧，让人惶恐。可能是这种气氛过于浓重，连最爱无事生非的狗儿也不再吠叫，全都静静地卧在自家的院中。

袁虎和单刀队住在一起，就在村头靠东南的那座拳房里。袁虎和岗哨打个招呼进了院，见队长常铁岭还没睡。这个威猛憨厚的大汉，正在灯光下默默端详自己的刀锋，见到袁虎，慢慢立起身说：袁团长，何时出发？

袁虎说：再等一等吧。铁岭又坐在铺上端详自己的刀。

袁虎坐在地铺上，吸了支烟。正出神地想着下半夜如何行动，刘成来了。走进屋，犹豫了一下，把个纸包递给他俩。打开看，是包牛肉干。袁虎就问他哪里弄来的。小家伙吭哧了一会儿终于回答，说：是冬雪给的，让我转送给你俩。

铁岭直瞪了眼纳闷：哎，我说小刘，冬雪刚才来过了……咋不说？

袁虎咂咂嘴，打断铁岭的话：我说老哥，三四十了，不开窍啊！

铁岭琢磨半天，龇牙一笑：哦！

刘成大约害怕袁虎还说什么或问什么，忙坐到他跟前，双手摁了他的身子说：袁团长，你跑了一天了，躺下睡会儿吧？

袁虎笑了。他倒下身子，口角笑意未退，嘴里还哼呀地应答着什么，却已经慢慢打起了鼾。也就一分钟，竟迷迷糊糊睡着了。

有人逢事睡不着。而他，却睡得又快又实在。

然而，袁虎也只是睡了那么一小会儿就醒了，他用凉水洗了把脸，带领一个小队到村口查看情况，同时命令村外的游动哨和暗哨迅速撤回，以便布置战术，力争下半夜突围。

八路军游动哨接到命令后开始悄悄往村内撤，十几个黑影在后边远远跟着。游动哨进了村，黑影跟到了村边。房上岗哨发现了，问是什么人并让他们站住。黑影不回答，却冷不防地朝房上的哨兵开了枪。

袁虎带一个分队唰地上了围墙，只见十几个黑影朝村口处冲进来。袁虎一挥手，战士们朝黑影开了枪，有几个惨叫着倒下去，剩下的黑影们见硬攻不行，马上撤下去了。袁虎说：这是敌人的轻装部队，幸亏及时行动，这才没让敌人掏了窝，他们后边一定跟着大部队。冬武闻声赶来：可是，枪一响，什么都清楚了。

枪声停后，袁虎和几位同志趴在村头高房顶上朝外看。真糟糕，敌人好像算准了他们一定要往南去，已在村南边布下了一条东西防线。敌人之所以迟迟没有强行进攻，一是不明八路军的虚实，二是在这样地形条件下不敢进行夜战。他们等着天亮，因为天亮后借着荆丛碱岗的掩护，大部队在炮火支援下更能施展。

夜色浓重，仅能从响动声中判断，有许多敌人在村外行动。

袁虎说：鬼子的行动好快啊，这是我们始料不及的。冬武指着东边：团长你看！

袁虎朝东望去，正东极远的小路上，有几个亮点在闪动着，跳跃着，看样子是奔这里来的。一会儿，那地方传来隐隐的蜜蜂一样的嗡嗡声。

袁虎：听到了吗，鬼子的汽车！

袁虎和冬武伏在围墙上注意听着看着，东边的汽车声越来越近了。冬武从墙上翘首远望，袁虎猛地摁下他的头。就在此时，东边"叭"地打来一枪，子弹从冬武左侧"啾"地飞过。冬武吓了一跳，说：不是团长摁我这一下，恐怕小命交代了。袁虎说：你以为敌人的轻装部队撤走了，其实正趴在东边瞄着我们呢。

冬武：妈的，真邪门儿，夜里这些王八蛋也看得见我呀！

袁虎说：你没练过功夫，不明白这里边的窍门，夜间由低往高处看，清楚得很。刚才你一抬头，我就觉出了危险。冬武还要说什么，袁虎说：快看。

借着夜光，可以看到碱洼村东边有许多黑点在忽隐忽现，袁虎凭借小时练就的功夫眼，看到敌人借着那些荆条蓬棵的掩护摸上来了。怎么办，撤出已经来不及。防守呢，这么大个村子，很容易顾此失彼。一旦打起来，没有转移的村民必会遭到连累。这时，马立田登上围墙贴到袁虎身边。

袁虎：马叔，我们给敌人包围了。

马立田说：是的，没料到敌人会趁夜摸上来。暂时先守一下，找机会突围出去。袁虎说：咱们的兵力不够，马立田说：别担心，我去想办法，村里除我的几十名群众武装，还有许多专吃"黑饭"的。这些人很讲义气，只要把话说明白，他们会合作。袁虎：那太好了，这样我们就增添了和敌人对抗的力量。

马立田说：我马上去找他们的头头。

马立田说着下了房。

不一会儿，村里响起有节奏的木梆声，这意味着绿林好汉们在集合了。

袁虎和冬武等人伏在围墙上悄悄议论，敌人的计划很周密，西边设伏堵住咱们的去路，北边和南边的部队围而不打，他们在东边发起进攻。看来敌人指挥官对大碱洼的地形掌握得很清楚。可是，他们从哪里得到这里的地形情报呢？其实很简单，日军不是让王明起画了一张碱洼地图吗，有了这张地图，他们才选择从东边发动攻击。选择东边进攻的确是个好主意，没有杂林遮挡视线，有利于炮火轰击。地形平坦便于部队展开进攻，进攻失败又可迅速撤回。那敌人为何不选择村北呢，那里不是更平坦吗？村北不行，一片碱岗并无遮挡，不利于部队隐蔽。再说，村北有条深深的碱沟，难攻易守，敌人肯定看出了这一点。再说，日本人的兵力多在正东或东北方向，兵力运动不要说使用汽车，步行也能很快到达这里。

二人正议论着，身后远处响起杂沓的脚步声，袁虎朝墙下望去，近百名群众武装在下面集结了。围墙下的人一个个五大三粗，步履矫健。有的提着长枪大刀，有的腋夹枣木棍子铁门栓，有的攥着土炮和"单打一"，有的腰缠铁链或甩着七节鞭。另有三四十人双手握着头把匣子枪，俨然是这些人里边的领头雁。好！为了一个共同的目标，这些多年来打家劫舍"牵肥牛"的英雄豪杰，今儿终于和抗日的队伍走上了一条道。

袁虎心中安稳了一些，他和冬武跳下围墙，走到群众武装队伍前：老乡们，眼前情况紧急，多余的好话我也不说了。为了抗日，你们要跟着八路军一块儿冒险，一块儿出生入死，一块儿浴血大碱洼。我谨代表这支八路军部队向你们致以战斗的敬礼。敌人马上要进攻，你们的具体任务由立田叔分派吧。

袁虎和身旁的马立田低声交代了几句，和冬武上了村口一座高房。

马立田站在队伍前：乡亲们，日军进攻的重点肯定是东边，手中有火器的留在这里帮着八路军守卫村口，有铁器家伙的沿北围墙和西围墙协助设防……

月光渐亮，袁虎和冬武伏在平房顶上看到了一种让人纳闷的奇怪景象。月光下，村东一里之外的豆子地里有几辆汽车先后停住。车上的鬼子手持长枪，像外出训练返回营地似的在黑暗中叽里呱啦下了车。汽车没熄火又返了回去，下车的鬼子快速插向他们刚刚布下的东西防线以南。冬武：你估计敌人这是为什么？袁虎紧锁眉头看着村东又望望村南，一时很难判定。他和冬武交换了一下意见，同时断定了敌人的企图。敌人知道八路军依靠群众也最怕拖累群众，不会引得他们用火炮轰平这个村子，所以判断八路军在西边遭截击后返回这里不会全部进村，一定将大部兵力放在南边的荆丛里，而村中的八路军只是一小部分。他们的目的是把八路武装一分为二地截开，消灭村里的，明儿天亮再把荆丛里的赶往南去。如此看来，敌人在荆洼南边一定设伏了。

果然，插向南边的敌人消失在杂林荆丛洼里，东边的敌人开始进攻。先是小炮轰击，炮弹落在村内，许多房屋立即给炸塌了。炮击时间不长忽然停了，村外不远处响起了机枪。因为月亮升起，日军借着月光在机枪掩护下向村子发起了攻击。围墙上的八路军也立即展开火力，日军未到村边就又迅速退回去。袁虎和冬武都感到奇怪，这算什么进攻？

其实这是敌人的试探性进攻，攻击力度不大。鬼子们又退回到原来的位置，利用碱岗荆丛的掩护，不紧不慢地和村内对射。

袁虎和冬武跳下高房，回到东边的围墙上。

因为上弦月出来了，碱洼村以东变得亮了些。袁虎趴在围墙上注视着东边的情况，而此时南边的敌人开始向村内打枪。袁虎命令战士们停止射击，他稍稍挺起身子隐在一个草泥垛口旁，借着微弱的月光朝村外观察。东边的敌人仍在不紧不慢地朝村内射击，从村外敌人的射击情况看，东面和南面的村口已给封住了。东边远处又出现了敌人的车灯，情况已经很明显，敌人在继续增援。这时，墙下忽然有人轻声叫着：袁团长，袁团长！

袁虎回头看时，一位戴礼帽的大汉站在墙下。大汉告诉袁虎，说：马师傅让我赶来报告，北边的敌人在悄悄地往村内压。袁虎说：你告诉马叔，敌人不攻你们别开火，需要支援时就来告诉我。大汉：好的袁团长，我回去告诉马师傅。不过马师傅让我转告你不必担心，我们在大碱沟和寨墙上设了两道防，日本鬼子一时半会儿攻不进来，他最担心的是你们这边，希望保持联络。

大汉返身走了，袁虎把注意力重新集中在东边。围墙下又有人叫他：袁团长，刘队长让我赶来向你报告，西边也有敌人悄悄压上来了。

袁虎朝墙下做了个手势，前来报告的战士返身跑回去。

袁虎：碱洼村已经给包围了。

冬武：是突围还是固守？

袁虎：让我稍微想想再说。

看来，敌人对村内的这"部分"八路军并不轻视。当然，他们不知道也不相信，这"部分"就是八路军在大碱洼的全部人马。东边敌人的运兵车来得相当快。袁虎和冬武还在商议对策，先头的那辆已在几百米外停下。紧接着是第二辆，第三辆……

东边一片荆丛里，日军龟田中佐正用步话机向滕野指挥部报告，说是十分钟后日军最后一个小队就要到达，他们已经完成了对碱洼村的包围。何时采取最后行动，就等着将军的命令了。滕野也在报话机里告诉他，他已命令鸠山中佐和西边的援军向这里靠拢，命令龟田做好准备，命令一下，立即发起攻击。

龟田说：这是股非常凶悍顽强的八路军部队，我们两次发起试探性攻击，都被他们给顶了回来。根据情况判断，他们不会坐以待毙，很可能向南突围。滕野告诉他不必担心，因为南边的二线部队会予以拦截。即使万一八路军冲破第二防线进入大荆洼，他也已经电令李家寨的松井中佐抽调兵力绕道向南，在荆洼南部边缘的沙岗设伏。如果八路军部队向南突进，必会遭到致命一击。

龟田：好，等您的命令，我准备发动正式进攻。

灾难如期而至——村南村东的敌人做好了他们要做的准备，开始向两个村口进攻了。北边无动静，西边亦无声。袁虎心中有数，日军不是来不及调兵同时进攻，而是想把他们赶出去，赶至掩蔽物少而又较平坦的村北和村西，在天亮时加以消灭。谁都清楚，围歼敌方在旷野要比村内容易多了

敌人的机枪和步枪火力全部集中起来，把伏在房顶及围墙上的八路军战士压得难以抬头。一时看来，八路军是只有招架之功没有还手之力了。然而，大风从不一顺刮。就在日军火力稍停暂弱的当儿口，八路军的火力终于展开了。两挺机枪加上一百多支步枪，拼起来也够邪乎的。村外爆起片片尘土，

附近的荆棵很快就给削平了。鬼子兵要藏身保命，阵脚有些乱，一个拿着指挥刀半蹲在机枪前的日本军官刚一吆喝，黑暗中忽然要亲吻夜空似的仰面甩手，拧了拧身子一头趴下。

没死的鬼子兵和伪军连忙藏在荆棵和碱墩后边。掩藏在村边的敌人距离不远，袁虎命令集体投弹。村墙上的八路军战士向村外甩出几十颗手榴弹，手榴弹落在荆棵和碱墩里，立时飞起十几个敌人的尸体。围墙上第二拨手榴弹紧跟着甩出去，荆棵和碱墩里的敌人惨叫着往回跑。袁虎让同志们借着月光，瞄准敌人后背开枪。围墙上一连串的枪响，往东逃命的敌军士兵又倒下好几个。

袁虎和冬武伏在围墙上，袁虎请冬武估计一下东面敌人的兵力情况。冬武说：按惯例，进攻这样一个村庄，担任正面攻击的至多一个日军中队，加上伪军也不会超过四百人。攻守比例一般是四比一，这样算起来，防守暂时没有问题。

这种情况下突围会造成重大伤亡，八路军决定先守一阵再说。另外，敌人可能认为村内只是这支八路军的一部分而轻视袁虎他们，而袁虎正可利用敌人这一错觉和敌人摆迷魂阵。只要敌人稍微出点漏洞，他们会当即突围南撤。

冬武说：没想到敌人发现我们后行动这么快，眼下也只能是暂时固守。敌人又开始向村内发射迫击炮弹，火力也同时加强了。袁虎思忖再三，觉得不能这样等死，得想法突围出去。因为现在就是个机会，敌人东边参与进攻的兵力很强，南边就相对软弱了。他决定先侦察一下南边敌人的截击情况。这个想法一提出，冬武立即赞成，他让袁虎继续指挥防守，自己跳下围墙率领部分同志出击。袁虎说：荆丛林中天黑路险，可得小心啊。冬武十分镇定：团长你就放心吧。

3

冬武率领两个分队悄悄摸出村，他们匍匐前进，过了碱场，接近了荆丛。荆丛里发出细微的响动，冬武摆手让同志们隐住身子，自己甩手朝荆丛响动的地方打出一梭子弹。荆丛里传出惨叫声，冬武就地滚向旁边。荆丛里敌人的机枪哗地扫过来，荆丛边上的长枪短枪也一起响了。冬武等人给压得抬不起头来，只好隐蔽撤退。敌人从三面以极快的速度围上来，所幸此时村中围墙上的机枪响了，冬武等人在火力掩护下撤回到村里。

冬武回到袁虎身边说：看来，敌人村南的兵力不小，突围的难度太大了。

袁虎点点头没说话，他凝视村外，心中在默默盘算着。

月亮渐渐爬上东边的树梢，龟田中佐站在一处用木头和荆条搭成的临时指挥所里，用一支铅笔在自己手心里轻轻敲着。龟田身边背着报话机的日兵在和滕野指挥部联系通话，龟田专注地听着他们的通话内容。外边响起急促的脚步声，一个日本兵从西边跑进来报告，日军两次强攻，都是攻到村前又给顶回来。

龟田点点头：命令大平少佐寻找火力较弱的村口突破。

日本兵答应着转身跑去，龟田转向背着报话机的日本兵，说要向少将阁下报告一下。报话兵迅速接通滕野，龟田接过报话机：将军阁下，我们强攻两次，村内八路顽强抵抗，看来他们不会退出村去进入我们布下的罗网。

滕野：再集中兵力强攻一下，如果仍旧受阻，马上停止攻击。

龟田：是不是改变战术？

滕野：不，按既定战术执行。我调炮兵中队支援你们，一定要把村内的八路军赶到村外歼灭。

龟田大喜，命令身边的通信兵跑到前沿阵地，让大平少佐继续组织强攻，如果进攻受阻，可以暂停一下。通信兵答应着跑出去了。

距碱洼村以东不远处，日军大平少佐听着刚从龟田那里回来的士兵传达龟田的命令，于是指挥日伪军又一次发起进攻。敌人的这次进攻同样被击退，被击退的鬼子伪军退到远处，像歇息，也像继续准备。战斗气氛暂时趋于缓和，袁虎瞅这机会再次和身边的同志交换了看法。

冬武：敌人是不是等到天亮再进攻？

袁虎说：鬼子鬼子嘛，鬼心眼多着呢，他们不会就此罢休。这样……

袁虎对冬武附耳低语。

冬武点点头，招呼机枪手和两个分队战士悄悄下了围墙，他和战士们撤到拐角处又上了围墙。袁虎跳下围墙：单刀队，跟我来。

袁虎率单刀队跑到村口。

碱洼村前，大平看着又一次进攻被八路军击退，咬牙切齿气咻咻的。诚然，日本兵也并非软蛋，否则，不会在短时间内占领大半个中国。火力对抗中，他们并没忘记进攻。因为他们的指挥官已经看出，八路军是不会退出村去，轻易地走进他们布下的网套里。

进攻失败，大平气得把手中的指挥刀摔在地上。大平一生气，忘记了刚才龟田"如果进攻受阻可以暂停一下"的命令。他下令机枪步枪继续开火，火力压制下，大平忽然发现对面一处火力减弱。大平盯着那地方，咬着牙，血红了眼睛，发出一声怪叫。前沿阵地上的日伪军立即又站起来，并且分成了两拨。大平舞着军刀带领一个小队的日本兵和一个小队的伪军朝那地方冲去，作为梯队的第二拨日伪军在一个日军小队长带领下在后紧随。大平带队一会儿硬冲，一会儿卧倒，攻击速度很快，和第二梯队拉开了不小的距离。日军离村口越来越近，大平忽地站起身：机枪掩护一小队攻击火力较弱的村口。

大平的一个小队和部分伪军攻进围墙后，发现附近并没有人截击。小队长正感到奇怪，围墙拐角上，冬武指挥机枪步枪一齐朝墙外开火。日军小队身后的梯队被村中突然加强了的火力截住，不能攻，也不能后退。他们只能趴在地上，紧紧地贴着地皮。村口围墙下，袁虎率单刀队突然出现了。日军小队长一下子怔住，该他走运，该他扬威——也该他倒霉。村口内响起一阵刀枪碰撞呐喊嘶叫的搏杀声，这个来中国练拼杀的日军小队长和他的部下，也就永远地没了消息。

村口里的搏杀声消失，大平愣在原地。一阵机枪扫过来，大平下令部队后撤。围墙上火力依旧，日伪军不敢直起腰来，只能一点一点地爬着往后退。

大平连跳带爬，总算有惊无险地退回到原来的藏身之地。他坐在地上，一会儿摔帽子一会儿摔战刀，窝在心里的那口恶气再也难以发泄。

敌人暂时停止了对碱洼村的进攻，袁虎提着刀回到围墙上，单刀队的同志们也分散开休息。袁虎和冬武凑到一起，两个人长长地松了口气。冬武说：看来敌人挨了揍，一时半会儿不会再攻击了。袁虎说：指不定小鬼子又在耍什么阴谋呢，提防着点儿吧。袁虎和冬武商量了几句，同时跳下围墙。袁虎命令身边的两个战士分别跑步到北边和西边，把马立田和刘成叫过来，就说有重要事和他们商量。

战士奉命跑走，袁虎仰脸叮嘱墙上的人注意，机灵着点儿，小心鬼子再攻上来。墙上的战士们朝下摆摆手，示意明白。

袁虎和冬武检查自己的队伍，有阵亡的，也有受伤的。阵亡的几位同志暂时在村边停一停，这几个伤员怎么办呢？袁虎说：一会儿马叔来了后再说。两个人沿着围墙边走边察看部队情况。不大会儿，马立田带着十多个群众武装成员和刘成急匆匆地赶过来。马立田带来的群众武装成员扛着担架，他们把受伤的同志和阵亡的同志都抬走了。

几个人蹲在地上商议军情。马立田说：真奇怪，这里打得铺天盖地，我们那儿怎么连点动静也没有呢？袁虎说：敌人不了解村内情况，再说他们兵力也不够，所以才重点选择村东进攻。幸亏敌人没有同时进攻，否则我们真还顾前顾不了后呢。

从刘成所谈情况来看，西边的敌人看来是日军的增援部队，几乎没打算进攻，只在远处卧着。因为平州城如今空虚，敌人也不敢大意。然而无论怎么讲，在村里继续守下去不妥。敌我力量悬殊，而且日军还在增兵，拂晓一旦发动集中攻势，仅凭眼下八路军的兵力，那就很难顶得住了。大家统一了意见，今夜突围，势在必行。东、西和北三个方向肯定不能去，只有向南，冲出碱洼村，在杂林荆条碱岗间和敌人周旋。之后钻出大碱洼再向南，碱洼以南几十里外是我们的老区，即使敌人尾追而去，占了地利人和，也可在那儿和它"拉锯"。

村中的老乡带人送来干粮和开水，袁虎吩咐大家：抓紧吃饭，说不定一会儿就要开战。袁虎说着抓起两个大饼子，边吃边登上围墙。冬武、马立田和刘成也学了袁虎的样子，抓起大饼子跟着上了围墙。

几个人趴在围墙上，一边吃饭一边注视着村外的情况。村东和村南一片寂静，敌人对村子仍旧围而不攻。这情形看起来是日军在坐等天明。敌人能等，八路军不能等，必须立即行动。冬武说：决定吧，天大亮了就不好行动了。袁虎咽下最后一口干粮点点头：好的！不管对面日军的力量多大，也要豁出去拼一家伙。纵是九死一生，也比困在这儿全军覆灭好得多。

马立田和刘成跳下围墙分别奔往正东和正西，两人按照刚才商量好的决定，要把那两侧的防守部队带来这儿集结。

马立田和刘成走后，袁虎和冬武借着泥垛口的遮掩继续翘头东望。夜光下，隐约看到东边远处的荆丛蓬棵间有几个黑乎乎的东西蹲坐着。那是敌人的山炮，也就马拉火炮，敌人夜间偷运来的。看来，敌人之所以围而不攻，已经改变了把八路军赶出去的主意，而是要采用以往的办法，把对手连同村子一块儿毁灭。突围，必须得抓紧突围了。两个人同时深深地吸了口凉气，为了碱洼村里百姓的生命，必须立即行动，再也不能迟疑一分钟。

晨曦刚露，寂静的村东忽然响起一声像熊叫又像狼嗥的喊话。这喊话声传了几处，停住。短暂的重新恢复了的静寂后，如同山崩地裂——东边那几门山炮和几门迫击炮齐唰唰地响了。炮弹拖着红光飞在空中，像雷电挟着暴雨那样发出刺耳的啸声。啸声过后，炮弹齐唰唰地在村边并排落下。树木荆篱给炸飞，房屋围墙给轰塌，黑烟裹着火焰在这个大村的一端向天升腾，升腾，再升腾，最后化作黑白间杂的浓烟弥漫开来。这是日军惯用的覆盖轰炸，这下，村里的老乡可就惨了。

所幸，老弱病残已经提前疏散，昨夜枪声一响，马立田就派人挨户传信儿，让留在村里的百姓躲进冬天编筐的地窖子里睡。否则，很难摆脱这场灾难。

一发炮弹落在围墙前，汽浪把袁虎和冬武掀到了围墙下。俩人从尘土中钻出来，冬武说：怎么，马师傅和刘成他们还没到呢？

袁虎说：附近街角上就有地窖子，赶紧让战士们分散躲进去。冬武在炮声中传达袁虎的命令，围墙上的指战员跳下来，纷纷跑进各处的地窖子里躲避。

日军的炮火由东向西延伸，日军的攻击部队随着炮火延伸发起冲锋。八路军战士纷纷从地窖子里跳出来时，日伪军已冲到了村前街口。八路军防守部队爬上围墙，围墙有的地段给炸塌，有的地段还完整。日伪军一窝蜂地涌向被炸塌的墙段前，让炮火震得晕头转向的八路军战士稍稍镇定了一下迅速反击。步枪、机枪、匣枪一起射击，手榴弹不停地在敌人群里爆炸。一部分伪军给迎头打回去，一部分鬼子攻进了村里。在一条被炸塌了的墙角处，四名鬼子截住了一名八路军战士，几把刺刀同时刺向这名战士，战士拉响了掖在腰里的手榴弹，惊天动地的轰响之下，战士和四个鬼子同时血肉横飞。

又一股敌人冲进村内，袁虎和冬武分别带领战士们迎头冲上去。敌我双方在拼力争夺和防守，又有几股日伪军从围墙缺口处冲进来。袁虎和冬武的队伍处境险恶，他们只好拼尽全力一边抵挡，一边找机会进行反击。

马立田带领群众武装从北向南跑来，刘成带领的八路军战士由西向东疾奔。两支队伍在十字街处会合。马立田朝刘成挥挥手，两支队伍一同向东南方向奔去。敌人的炮击在继续进行，炮弹在街上、巷子、村民的院子里不断爆炸。马立田喊着让大伙散开跑，两支队伍迅速散开。他们一会儿卧倒，一会儿站起，在炮火硝烟中向东疾奔。马立田和刘成的两股队伍终于赶到围墙东南角上，八路军和群众武装合兵一处，敌我力量立时发生转换，枪声和刀枪拼刺声混在一起，日伪军大部分给消灭，剩下的慌忙越过断墙逃了回去。

日军的炮弹炸遍了整个村。

日军的炮火轰击终于停下来，袁虎他们终于松了口气。这时，留守村西的战士飞奔而来，报告说：炮声停止后，村西的敌人开始朝村子移动。正说着，留守村北的战士也飞奔而来，报告说：炮声停止后，村北的敌人快要攻进了村里。

看来，敌人开始实施既定的合歼计划，眼下在村里多待一分钟便增加十倍的危险。马立田提议，借着天还不亮，应该尽快突围。

袁虎站在断墙口处用望远镜朝外望着，村外远处仍旧黑乎乎的。村前不远的情景已依稀可见，他注意正东远处的一处茂密荆丛，那地方，不断有人跑进跑出，大约是敌人的前沿指挥所。心想，不管是不是敌人指挥所，临走前先揍他一家伙再说。袁虎叫过六〇炮手，指指那个地方：这距离，能打到吗？

两个炮手齐声道：完全可以，看我们的。

两个炮手调整炮位，相互看了一眼并同时竖竖大拇指。两发炮弹填进炮筒，轰轰两声，炮弹冲出炮口，像投掷出的手榴弹一样，在天空画着弧线向正东那篷荆丛飞去了。

袁虎判断没错，那个地方正是龟田的临时指挥所。

龟田正在指挥所里和滕野指挥部通话，一发炮弹落在指挥所不远处，龟田的指挥所给震塌了。龟田和几个部下在棚子里拼命往外拱，拱出棚子，傻傻地站在震得乱七八糟的棚子跟前：八嘎，八路的，要突围！

龟田的部下们抖着身上头上的草皮，问龟田八路会选择哪个方向突围。龟田说：八路军朝这里开炮就是想先占据这里，然后利用有利地势掩护部队突围。快，命令进攻部队收缩，准备歼灭他们。

部下刚要跑走，龟田再次补充：立即从南边荆洼撤兵增援这边。

龟田部下答应着，迅速派人传达龟田的命令，而村东这边正在进攻碱洼村的日伪军马上由攻转守，准备围歼从村子里冲来的八路军。

袁虎伏在断垣处朝村外观察，碱岗处的敌人火力被明显压制住。袁虎看到从林中荆洼里忽然蹿出一股敌人，拼命地朝村东奔去。这是他未曾料到的，明白朝东边那片茂密荆丛开炮是歪打正着，消灭多少敌人无妨，关键是引起了敌人指挥官的误判，从而给八路军和群众武装创造了突围的好机会。

袁虎看到部队集结完毕，当即命令小炮、掷弹筒以及机枪步枪同时向村南那处碱岗开火。袁虎虽然已经注意到那个碱岗上的敌人火力减弱，但仍旧不想放过它。所以就决定砸掉它、铲除它。

日军让八路军的声东击西糊弄怕了，唯恐上当，不但不许别处增援，反而把村东的防守力量加强。这样一来，碱岗处的敌人火力被压制后更弱。袁虎发现一招已经得手，根本用不着搞什么声东击西了。于是，就让投弹手狠命甩出几十颗手榴弹，借着敌人火力减弱，借着声浪硝烟的掩护，冬武和刘成率领一半的兵力，在我们自己的火网之下，如长枪大矛般直直地刺向那里。

等敌人发觉自己误了自己后，已经晚了一步。碱岗被冬武和刘成占领，并迅速扩大了控制范围，袁虎和马立田带领其余的同志，瞅这相对安全的机会，老虎扑出山谷一样冲出了村。部队会合，暂时没了顾忌，袁虎命轻重武器一齐朝北开火——告诉敌人，我们已从这里突围南下，要追快追，用不着在村里折腾了。

八路军神话般地从日军防守最严火力最强的村南突出去，这让进了村又追出来的鬼子军官们惊讶不已。当然，他们不迟疑，尾随着跟进了大碱洼。可是，在大碱洼里，就不能完全是日军的天下了。

碱洼村呢？

此时的碱洼村，最好不去看，也不要告诉世人什么。

龟田立在倒塌的指挥所前朝村子方向看着，村东的日伪军伏在地上等着八路军部队冲出来。日军等了一会儿没有动静，却听到村南响起了手榴弹的爆炸声。龟田怔了一怔蹦个高：八路的狡猾，声东击西的干活。

龟田连忙调部署，把从村南撤下来的日伪军重又调回村南，同时命令村东设伏的日伪军冲进村里。

日伪军毫不费力地占领了碱洼村，龟田挂着指挥刀站在十字街上。一名日军联络官跑到龟田跟前，报告说：八路军已全部突围南去，滕野将军命令紧急追赶。龟田点点头：禀报将军阁下，八路的狡猾，我们中了调虎离山计了。

联络官返身离去，龟田令部下叫过大平少佐。

大平跑过来立正站着，龟田询问他们中队现在建制如何。大平说：报告中佐，目前不能谈建制了，只能说还有多少兵力。龟田：嗯，抓紧报告。

大平：哈伊，中佐，我中队目前还有不足一百人，其中……

龟田挥挥手：好，留下三十人驻守碱洼村，以防八路突然返回，其余的连同警备队全部进入大碱洼，追击南逃的八路军。

大平：哈伊！

日伪军紧急撤出村子往南追去。

村内，一名胖翻译官引路，留守碱洼村的日军小队长率领鬼子们向西走去。翻译官领着鬼子们来到村西拳房院东边的水湾边上指着拳房院说：这里面很干净，皇军可以作为营地。

日军小队长朝大门内望着，大门内武圣殿的高台阶上背西面东跪着一位老人。日军小队长指指老人问"他的什么的干活"，翻译说：报告太君，可能是这村里专教武功的老教头。日军小队长说：老教头，武术领袖的干活。走，进去。一群鬼子们来到院门口，院里传出一声暴喝：大胆倭寇，给我站住！

鬼子看到，老教头从武圣殿台阶上站起身，手提一条三节铁棍。

鬼子们欲进又退，朝里看了一会儿，不敢开枪，也不敢进大门。鬼子们对这庄重的场所和情景怀着敬畏，有两个鬼子微微躬身。老教头声音洪亮：你们日本人崇尚武士道精神，今日敢和老夫单打独斗吗！啊？敢于单打独斗吗？

老教头的喊喝声越来越清，越来越大。

日本兵初还吃惊，继而好奇、专注，最后给惊呆了。

日军小队长咕噜几句，有几个日本兵回身朝东跑去。不大会儿，日本兵扛来了六〇小炮。小炮架在了拳房前的水湾东崖，距拳房仅仅一百多步，炮口对着老教头的前胸。挎军刀的日军小队长双眼溜圆，一眨不眨地盯着老教头。老教头站在武圣殿的台阶上，他身材高大银须飘飘，双手握着三节铁棍，似在随时准备迎敌进入拳房大院者。

日军小队长将手一举一甩，日本兵开炮——炮哑了。

几个日本兵惊得双手哆嗦，退弹、装弹，又发——炮响了。炮口偏了，高了，炮弹像老鸹一样绕过拳房大院的武圣殿顶，向着灰褐色的西南天边飞去。

炮声并没影响老教头的喊喝声，老人家挺起胸来，虎目圆睁，长髯飘拂。

老人家仰脸望着高大雄伟的武圣殿，垂胸银髯轻轻颤动。

老人家忽然仰首高声：天啊，收留我这个自戕的武人吧！

老人家重又转过身去，面西背东而立，那大而厚重的右掌抡起来，在自己的左胸猛击一下，一颗苍老不屈的头颅倏地歪向一边，老人家宽阔厚实的身子直直地立着。与此同时，日本兵的第三炮又打响了，炮弹终于飞向武圣殿，落在了台阶上爆炸。轰隆声中，老教头腾空而起，大笑几声，化作红白相混的雾霭向西冉冉飘走了。

日本兵继续发炮，弹未出膛先自轰然爆炸，钢铁碎片掺杂着炮手的肢体肉骨，撒满了水湾的东崖。日军小队长的军刀给震得脱了手，军刀飞起来又落下挂在一根树枝上，刀尖刀刃冲下面的鬼子来回摆动着。

滕野站在报话机前，报话机里传出龟田中佐的报告声：报告将军阁下，盘踞碱洼村的八路军已被我大日本皇军击溃，目前窜入大碱洼，正向南溃逃，我已命令部队跟踪追击，请示下一步的行动。

滕野没有立即回答。他们原以为八路军一定要在荆丛蓬棵间和日军玩儿上几天捉迷藏，不会轻易退出有着天然掩蔽物的大碱洼。所以，就从东、北和西三面布兵。一是防止八路军意外突围，二是要将八路军一步一步往南挤，挤到沙梁下的开阔地消灭。现在八路南逃，出乎他的意料，但也正是他所希望的。

龟田继续请示：将军阁下，我们是不是应该在南边布防啊？

滕野口气很轻：中佐请放心，李家寨的松井已派出骑兵南下，鸠山的芥川中队和两个中队的皇协军也已提前到达沙丘截击。当前你的任务就是不紧不慢地将八路军赶到碱洼以南的开阔地，然后四面合围聚而歼之。

龟田：将军阁下，我可以率领部队追上八路残部予以歼灭。

滕野：绝对不行，以我判断，目前八路军残部仍有数百人，虽然数量只及皇军半个大队，但在这位年轻司令员的指挥下，战斗力却可抵得一个皇军大队。你如贸然逼近，有被对方吃掉的危险，那时八路军掉头北上，我们的计划将前功尽弃。另外，据皇协军地方人员说，沙丘西南部有个沼泽地叫鬼洼，已令芥川及各部尽力将八路军截到鬼洼里消灭。所以，其他部队都要配合。

龟田：是，将军阁下。

4

"混成团队"杀出碱洼村半小时，正北的敌人就全部压过来了。他们漫过碱洼村，紧紧在袁虎他们后边跟着，与正西正东方向的日伪军连接起来，像簸箕沿子一样兜在八路队伍的后腚上。西边大沟沿和东边碱洼边上，也像得到某种暗示一样，日伪军快慢有致，与后边的敌兵巧妙配合。八路军和群众武装已给整个儿地装进了口袋里，既不能停脚，也难以往两侧突破，只能向南猛冲。

几乎与此同时，碱洼村以东的日军接到紧急命令，一个中队的鬼子兵乘上卡车，东出大碱洼，又拐上李家寨的大路飞速南下。敌人的行动和他们的行动目的，袁虎他们有察觉吗？

有察觉！袁虎带领同志们进入大碱洼后，就觉出遭到了敌人的三面堵截。两侧和背后不时响起枪声，虽然听出那是漫无目的的射击，然而从和他们始终保持的行动距离分析，是在一步一步把他们往南逼。可是，他们现在唯一的希望也是南边——过大沙丘进入青纱帐，然后实施原来的计划。敌人既然这么干，也就肯定在南边设有伏兵。事到如今只有相机行事了。

马立田所带的群众武装走在前头。因为他们熟悉地形地物，多年来在这里进进出出，环境适应了，身手就灵活，在荆丛蓬棵间走起来，声音小，速度快。这样，万一有什么意外情况，也可及早发现。

袁虎叫住刘成。他让刘成率一个分队后边警戒前进，自己和马立田前边探路，冬武率大队居中。这样形成射击要领中的"三点一线"，前后都能照应。

刘成说声"好的"，他让行进中的一支队二分队暂时停一下，当即向战士们传达了袁虎的命令。一支队二分队的同志接受任务后速度慢下来，他们让过大部队，一个个精神抖擞，自动殿后。

袁虎带头迅速向前插去。正行间，走在前边的几位壮士忽然停住脚步伏下身子。袁虎见状挥挥手，队伍也都伏下。袁虎和马立田趴到前边：有情况？

一位壮士点点头。

前边有嚓嚓的脚步声。

马立田从荆丛缝中看到几个便衣持枪的人轻手轻脚往荆丛里走。

袁虎眼睛一瞪，这是些汉奸特务。马立田问：你认识他们吗？袁虎说：没错，他们是袁世伦手枪队的。袁虎说着将单刀从背后抽出来，几个壮士也抽出鬼头刀。袁虎一挥手，几个人一跃而起冲到特务们面前。刀光闪处，几个特务相继倒下。

袁虎擦擦刀上的血：这是敌人派到荆丛里来打探的。

队伍继续前进，行有二三里，身后传来枪声。袁虎等人连忙停止前进，只见一拨便衣特务从他们后边蹿过来，冬武率队紧追在特务们后边。袁虎呼哨着返身冲上去，枪打刀剁，特务被杀了个干净。

冬武赶上来：这股汉奸特务刚好钻进咱们前后的空当里，幸亏发现得早！

袁虎：缩短两队间的距离，敌人可能还有这样的侦巡队。

从碱洼村到大碱洼的南端三十多里地，由于中途受阻，还要防备敌人设伏，所以接近中午才远远看到大碱洼以南的沙丘。这沙丘东西绵亘四五里，乍看起来，像条灰白色的小山脉。沙丘最高的地方也不过七八丈。可是，它向四处延伸开去，形成了光秃秃一片沙梁。沙丘沙梁怎会形成，没有人搞得很清。传说康熙帝二下江南时，为建行宫，官府就令百姓在这官道以北数里垫此地基。地基废弃未用，以后南边沙化了的土壤被风刮起，刮到这儿被高高的地基留住，经年积存层层长，终成沙丘沙梁。沙丘以南二百几十步外，渐渐有了树，有了庄稼。再往南七八里，就是那昔日的官道如今的土公路了。

沙丘以北，也是二百来步远的开阔地。地面沙细如粉，但是人踩上去并不会陷得多深。因为沙地的表面让大碱洼爬上来的碱性物封住了。否则，四季风起，这儿早成了沙的世界。

就在这时，敌人忽然开始进攻了。枪声挺近，也挺激烈。原来，在行进过程中，敌人已经悄悄靠近他们，松散的口袋不知不觉地收紧了。可是，三面合拢，难道能空出南边来让他们逃走吗？袁虎一边命部队停止前进，一边望着沙丘琢磨——要是敌人在每个丘顶上设下一百人，居高临下，机枪封锁，那么，我们的人必将陷入灭顶之灾。

马立田凝神注视着沙丘：你们等一等，我和一位老乡到丘上探探路。

袁虎说：不行，万一遇上敌人怎么办？马立田说：我们不带武器，又都是老百姓打扮，遇上就说是到南乡收皮货的。没有敌人伏兵我们就挥手，有敌人我俩就大声说话，听到说话你们就马上绕道西南。敌人即使怀疑我们化装侦察也不会开枪，因为他们也担心惊动八路军大部队。袁虎说：马叔你可要小心啊！

马立田说：你不嘱咐我也得小心啊。你马叔大风大雨经得多了，这点儿事算得什么，放心吧。马立田说着，摘下短枪大刀就要迈出荆丛洼。马立田和一个老乡刚刚走出几步，后边响起了机枪声，紧接着，东边、西边也响起了激烈的枪声。躲在荆丛中的人们一愣怔，荆丛对面沙丘上也响起了机枪声。

袁虎：糟糕，行进过程中敌人已经悄悄靠近我们，现在是四面合拢了。

前有堵截，后有追兵，怎么办？袁虎再不迟疑，立即行动，既然敌人重兵在东，我们斜向西南角上插。于是，队伍呈三角形向西南方向运动。

沙丘上的枪声停止了，八路军武装也不理睬他，继续西行。西行中碰到攻上来的两股敌人，战士们一阵猛打，敌人立即垮下去。袁虎指挥队伍强行前进，冬武忽然赶过来叫住他：我说袁团长，不对劲啊！

袁虎一怔：怎么？

冬武说：你看出来没有，敌人根本没有全力堵截。袁虎一惊，是的，是有点儿怪。再凶的日本兵，也没有这么不禁打的。而且，东边的敌人也好像停止进攻了。马立田忽然"哎呀"一声，说"糟了！"

袁虎和冬武同时吓了一跳，疑惑地看着马立田。马立田说：我们的西南方不远就是"鬼洼"，快快，部队马上停止前进。袁虎朝后一挥手，部队立即停住。

八路军的几位指挥员围在马立田身旁，马立田紧张地攥住身旁的荆棵子。袁虎问他：这是怎么了，刚才说西南方不远就是鬼洼，什么叫鬼洼？马立田说：这"鬼洼"是片水洼地，既不长草，更不长庄稼，就是一片烂泥塘。烂泥塘还能长草长藕，这里什么也不长，所以才称它是鬼洼。袁虎思索了一会儿说：马叔，这鬼洼有多大，要是不太大，冲过去还是办得到。

马立田连连摇头，说：无论如何不能硬冲，这鬼洼得有两个碱洼村大，从沙梁子跟前向西至大沟，无荆丛，无蓬棵。无遮无拦中，一片的烂泥沼泽，人踏上去，一陷半尺深，所以人们才叫它鬼洼。马立田擦擦额头上的汗：倘若我们被赶进鬼洼，那就非让敌人四面围住，像打野鸭似的一枪一个练了枪法。

袁虎也擦了下头上的汗：如此看来，咱们是中了敌人的圈套了，怎么办呢？

袁虎又习惯地指头顶住太阳穴。

刘冬武说：袁团长，这情况是不是和二打李家寨那次一样，咱们与敌人又同时滑到一个螺丝道儿上了？刘成说：没准还真是这么回事。袁虎沉思好一会儿，仰起脸来：要是这样，那沙丘上的敌人数量可能不多。

刘成指指沙丘：很清楚，敌人先是故意把我们往前赶，沙丘上面打枪，是设的疑兵计。他判断我们怕中埋伏，一定改奔这里，所以就等在鬼洼周围打伏击。

袁虎点点头说：是这样的，为今之计，只有强攻沙丘，险中求胜了。

刘冬武咬着嘴唇频频点头。

几位部队领导人凭着多年的战斗经验推断，沙丘上肯定也是有伏兵。不过，与其让敌人在鬼洼里打活靶，还不如豁出一拼，兴许还能冲出去几个。袁虎怔怔地看着刘冬武，一时拿不定主意。刘冬武说：团长，就这么办好了，情况紧急，快下命令吧！袁虎"啪"地掰折一根荆枝，一甩头：快，插回去！

队伍呼啦一下集中起来，当即掉头东南。

荆丛蓬棵中，掀起一个又一个绿色的巨大涟漪。

袁虎使出他的功夫，拽了冬武和刘成抢先赶到前头。也就走了二里地，就被西边的敌人发现行踪，立时枪声大作，敌人又疯了似的攻过来了。然而，袁虎此时却不再紧张。因为，他刚才下令返回时，已经解开了心中的那个"结"——沙丘上肯定有伏兵，但那些伏兵可能此时已撤到"鬼洼"南侧去打截击了。

大碱洼西侧的沟崖上，一名日本军官直挺挺地站着。日本军官举起望远镜朝东观察，荆丛里的巨大涟漪由西向东清晰可见。日军军官凝神观察了一会儿，然后移开望远镜沉思着。日军军官跳下沟崖要过通信兵手里的报话机在和谁通话，他说：八路军又原路返回，看来皇军的计划已被对方识破。报话机里传出一个嘶哑的声音，内容是火力追击，命令沙丘上撤到西边的部队立即返回沙丘。

日军军官放下报话机拔出指挥刀向东一指下令开火，沟崖上立时枪声大作。日军官又跑上沟崖举起望远镜，看到子弹擦着荆条梢飞向那片绿色涟漪，几颗小炮弹在碱洼里冲起高高的烟柱。然而，荆丛里的巨大涟漪仍旧向东快速移动。

日军军官放下指挥刀。

日军军官回头命令两个日本兵：跑步向南，命令西撤的部队立即返回沙丘。

日本兵拔腿向南奔去。

日军传令兵离开不长时间，一个中队的日本兵从大沙丘以西朝着沙丘跑来，在日本队伍中间夹杂着一个中队的伪军。随着一个日军军官举着指挥刀的拼命号叫，伪军中队长举着手枪嚷起来：快，快赶回到大沙丘上阻击八路，要是让八路逃走，我们一个也别想活。快，快快！

日伪军已经不成队形。

大批黄色的影子像散帮的绵羊，呼呼噜噜由西往东奔向沙丘。

队伍返回后停在原地，袁虎等几人伏在一片较为稠密的荆丛下，凝神朝沙丘沙梁上观察。此时，没有风。细沙沉默不动。太阳照在沙地上，荧光反射，亮晶晶一片细小闪动的小点，像撒满钻石粉似的。沙土吸热，也泛热，离那儿还挺远，就有热气扑过来了。后边枪声大作，前边却没有人影，也没有动静，一切都在自然的永恒中按各自的规律分布排列。

袁虎他们简单地商议了一下，决定对那个最高的沙丘单独采取大的火力侦察加突袭。不管各丘顶后边有无敌人伏兵，都只能采用这个办法。因为此时无论派谁或派多少人上去侦察，都是极为荒唐的举动，有头脑的指挥员，不会睁眼看着部下去送死的。说话间，机枪调上来了，小炮和掷弹筒也调上来了。长枪手伏在两侧和前边，一旦情况突变，马上掩护重武器后撤。当然，如果情况是在意料之中，那就什么也不用说了。

多亏这么部署，也幸亏这么做。否则，袁虎的这支"混成团队"只能作为集体殉国的烈士载入史册，而这片大碱洼前，也将成为后人每逢清明那天必来祭扫的场所。

袁虎一挥手，六〇炮和掷弹筒同时发射。轰隆声中，沙丘顶的前后左右冒起一片片沙尘硝烟。机关枪一个点射之后嘎咕咕扫过去，在沙尘硝烟中又点缀出无数的土花儿。有点儿让人意外的是，沙丘上还没动静，东边的敌人却忽然又开始了进攻，而后边和西侧的敌人，也压得更紧更近了。子弹如风中飞蝗，把他们头顶上的荆条梢唰唰啃落。有几位来不及俯身的战士中了飞弹，没顾得喊一声就扑地倒下。袁虎的脑子反应也真快，马上命令二支队往东，四支队往西，分别顶住两侧敌人。又让两挺机枪和群众武装压向北去。不一会儿，敌人的三面夹击就被暂时遏制了。袁虎口里下达着命令，眼睛始终紧盯前边的沙丘：沙丘上果然有敌人，他们也终于做出了反应。袁虎听枪声看情况，暗自庆幸。因为前边的情况已经表明，只是那个最大的沙丘上有伏兵。人数还不多。可以肯定，的确如冬武所说，敌我双方又"同时滑到一个螺丝道儿上了"。这对"混成团队"绝对是意外的好运气。眼下，必须立即拿下这个沙丘。拿下它，就可以暂时控制局面了。

袁虎绷紧嘴唇，扒掉上衣，伸手抄起一旁战士手中的机枪。袁虎端着机枪，招呼附近的战士跟他上。刘成一步蹿上来拦住他：团长，让我来！

袁虎吼一声甩开刘成：都什么时候了还你争我抢的！

袁虎一步没蹿出去，被刘成拽住了胳膊。小刘成双目如炬望着袁虎，恳求的口气中也有威胁。刘成说：团长你就让我去吧。这里没有我不要紧，没有你就全完了。你要上，先打死我！三面阻击的队伍撤回来后，敌人又向这里逼近，周围的枪声一阵紧似一阵。死神以每秒十公里的速度朝这儿逼近，犹豫和延误就是自杀。袁虎终于控制不住自己，眼泪哗地涌出来，他将手中机枪一把搡给刘成，嘶声吼道：给你，死活一锤子买卖了。所有武器，豁出本来掩护他！

袁虎吼完，看也不看刘成一眼，返身向后冲去。因为这会儿后边骚动大乱，有几处已经拼上刺刀了。

小炮弹在沙丘顶上连连爆炸，机枪步枪专朝敌人露头的地方打。借着火力掩护，刘成把三十多斤重的机枪提在手里，脚下踏着白色的细沙，如流星闪电般冲向前去。手中的机枪时而横扫，时而点射。一个分队的同志端着长枪，握着匣枪，只开火不叫喊，紧紧地跟着他。

小炮和掷弹筒好像打顺了手，炮弹出膛更快，弹着点也更准确，加之机枪劲扫，长枪补射，梁上梁下一团的烟雾，分不清哪是硝烟，哪是沙尘了。事实上，丘顶只有一个中队的伪军守着。枪炮声中，沙丘上的伪军乱作一团，有的伪军往沙窝里拱，有的伪军脸贴沙地瞎扣扳机。伪军中队长朝西嘶声叫喊：芥川太君，回来，皇军快快回来！

一颗小炮弹落在伪军中队长身边爆炸，伪军中队长身子仰了仰倒下。伪军死了头头乱了方阵，有的伪军滚下沙丘，有的伪军躺下装死，有的伪军一边打枪一边往东逃。小炮弹仍旧在沙丘上不断爆炸，沙丘上的伪军队伍完全乱了。见这情况，碱洼边上一支队副队长李清又带一个分队跟上来，声势更大了。这二百多步的开阔地，刘成一梭子弹没打完就冲了过去。待到冲上沙丘，接近了那迟迟不散的烟雾沙尘，小炮和掷弹筒也停止了发射。

刘成回过身来向随后跟进的人大声叫喊，他让同志们加快脚步，因为跟在后边的敌人已经压上来了。刘成喊罢继续投入战斗，沙丘上刹那间响起震耳的喊杀声和手榴弹爆炸声。机枪步枪和短枪一齐射击，沙丘上的战斗场面空前壮烈。防守沙丘的伪军已经溃不成军，有的逃跑，有的投降，有的趴在地上号叫。

伪军不禁打，这符合道理。你想，他们有些是给抓去的，有些本来就是怕死而当的汉奸。给抓去的不愿和八路军硬打；怕死而当汉奸的，一打仗自然还是怕死的。所以，碱洼边上小炮机枪一响，他们就恨不得钻进沙窝。虽然也开枪，但大部分是脸贴沙地瞎扣扳机。只到八路军攻上沙梁，拱掉了帽子的伪军中队副才明白自己招来了杀身之祸。他和几个亲随开枪打倒了几名八路军战士，而他自己和他的亲随，也在沙雾中让刘成的机枪扫成了马蜂窝。

刘成和战士们几乎是在转瞬间控制了那个最高最大的沙丘。

对于逃跑的伪军，刘成也不追赶，忙返身接应跟上来的李清他们。李清所带的那个分队和两挺机枪上来后，碱洼边上的同志们也恰好打退了敌人的进攻。有刘成他们在丘顶上的火力支援，碱洼前的八路军和群众武装渐渐向沙丘靠拢。

在袁虎他们身后，一群日伪军冲出荆丛，刘成从沙丘顶上架起机枪向敌人扫射，长枪手们也伏在沙丘顶上向北边的敌人开火。冲出荆丛洼的敌人退回去，退回去的敌人又冲出来。袁虎和同志们交相掩护，八路军和群众武装终于分批分伙地冲上沙丘。袁虎跑到刘成跟前：小刘，我的好弟弟，今天幸亏有你！

刘成双眼依旧血红，只是脸色比刚才和缓了。

袁虎：掩护沙丘下的同志赶紧脱身。

沙丘下，几位负伤的同志未及脱身，又给冲出来的敌人缠住了。敌我混在一起，伤员们一个接一个倒在敌人的子弹与刺刀下。打又打不得，救也没得救，这可咋办！刘成急得咬牙切齿，抄起机枪朝碱洼中的荆丛来了一梭子。荆丛中传出几声惨叫，惨叫声中夹杂着日本话。误打误撞，荆丛里追上来的敌人被他的机枪打中了。

像回答刘成那冲天而去的枪声，西边沙丘顶上忽然有机枪响了。三名战士和李清同志当即中弹。大伙急忙卧倒，扭脸看时，一大片鬼子哇哇叫着正往这里冲。这是西去"鬼洼"打截击的那个日军芥川中队又回来了。可是，他们晚了一步。这所谓的一步，是十分钟或者几分钟。而在此刻，一分钟的先后，也是八路军和群众武装的生死关口。

在敌人昨天的作战计划中，以为八路军一定要在荆丛蓬棵间和他们玩儿上几天捉迷藏，不会轻易退出有着天然掩蔽物的大碱洼。所以，就从东、北和西三面布兵。一是防止八路军意外突围，二是要将他们一步一步往南挤，挤到沙梁下的开阔地或"鬼洼"，再行一举消灭。但估计八路军一时半会儿到不了那里，故此只派了一个中队的伪军和一个中队的日军，分别守在丘顶和"鬼洼"。这实在有点儿象征的味道了。要是昨儿袁虎他们径奔这里来，也就避免了许多的磨难和杀戮。唉！人非神仙，总是有失算之处的。

今晨，八路军突出碱洼村急速南下，日军才想到这里是个薄弱环节，急令芥川中队乘车南行，到土公路后下车直插大沙丘，以协助伪军在那儿堵截。刚才八路夺路折往西南，日军指挥官以为得逞，就如袁虎所判断的——又把这个中队撤到"鬼洼"南侧去了。

诡计被八路军识破，日军连忙调整战术，命令调到"鬼洼"准备打伏击的芥川中队火速撤回沙丘来。芥川舞着东洋刀带领他的部队冲过来，一边跑一边喝叫，快快，东边沙丘上的八路要逃脱了。日军纷纷立定，机枪步枪同时向沙丘上开火。机枪步枪子弹带着哨音向大沙丘上飞去，鬼子兵脚下很快，不大会儿前边十几人已经接近大沙丘了。

日军的机枪步枪不断射向沙丘，沙丘上几名战士和几位绿林壮士当即中弹，大伙急忙卧倒。正在接迎沙丘下战友的刘成扭脸看时，一大片鬼子哇哇叫着正往这里冲。此时，荆丛洼里的敌人也在拼命向沙丘上攻击，东、西两边又响起了枪炮声。八路军和群众武装现在是两面受敌，也可能过不了多长时间，他们就要被敌人四面包围了。就是说他们虽然冲上了沙丘，但仍在敌人的包围中，眼下已到了生死关头，部队要火速撤走。袁虎观察了敌情，命令步枪和掷弹筒阻击北边的敌人，小炮和机枪掉头向西压制日军，火力交替掩护，全体同志向沙梁以南的玉米地里撤退。打仗一旦顺了手，指战员之间往往就产生一种心灵感应。这不，袁虎刚刚下令，几挺机枪就掉头向西，大河流水般齐刷刷地扫过去。随着机枪的啸叫，鬼子们死的死，伤的伤，攻势一下子被压住。

袁虎大吼一声：撤，赶快撤！

八路军和群众武装迅速撤向沙丘以南的玉米地。

敌人又重新扑过来，一边开枪，一边分兵追击，而大碱洼里的日伪军也已迫近沙丘。疲顿至极的战士们在跑往庄稼地的这段距离内，脚步都有些迟钝。

跑得快的，勉强进了玉米地；跑得慢的，被远处射来的子弹击中倒下。

这时，刘成还在沙梁半腰里。本来，他掩护两组机枪射手撤下后，自己也要撤。可是，他刚抱起枪，敌人就盯上了他。一个鬼子官哇啦几声，来自西沙丘的火力就把他盖住了，副手刚刚帮他换上一个弹匣就牺牲在旁边。尽管撤到地边的两挺机枪拼力射击敌人，可是，由于后边的敌人这时也上了沙丘，两处的火力集中起来，又强又猛。地边上，战友手中的枪筒子打热了，还是难以帮他解脱。

刘成的头皮被子弹擦破，血糊住了一只眼，看东西朦朦胧胧的。他忽然感到喉头发干，浑身燥热，便用力地咽口唾沫。唾沫如甘似露滋润肺腑，他觉得清爽了一些。他扭头下望，撤下去的同志们已经进了玉米地，没有撤下去的，也就永远撤不回去了。他又望望四周，大批的敌人死在远远近近的沙丘沙梁上。这是同志们的战绩，也有他的功劳。胜利的欣慰漾满小伙子的心头，那厚而坚实的唇角处，渐渐绽出了满意的笑。

看来，敌人是盯准了他。无论从哪里射来的枪弹，都不离他的前后左右。很明显，敌人打算捉活的。西边的敌人开始迂回而来，沙丘上的敌人也在步步逼近他，他已经处在三面包抄的绝对险境中，不被擒，即遭死，脱险是完全不可能了。

刘成久久地不动，也不开枪。他完全明白自己的处境，他在做着最后的打算——临死前多找几个垫背的。

鬼子兵已经逼得很近，他仍旧不开枪。他们就认为他是吓蒙了，或是子弹打光了，就大胆地逼过来，逼过来。蓦然间，十九岁的小刘成挺起了高大的身躯，手中的机枪震颤着狂叫着呈弧状吐出了条条火舌。惶恐如痴的鬼子们仅仅来得及张张嘴，就如砍掉的高粱秸一样成片成片地倒下了。远处的敌人忙乱了一阵，冲这挺立的大笑着的人集中射击，这个年轻而伟岸的躯体倒了——像一堵墙似的给大风刮倒了。轰然的倒地声震飞了松软的沙土，长大的身躯冒着汩汩红血朝沙梁跌下去，跌下去，最后面对苍穹仰身而卧。

他仍然眷恋着蓝天，眷恋着这个世界。

天上的阳光变得暗黄，身体跌下时迸起的沙雾是一片的血红色。空气中依然回荡着机枪子弹的啸音，鬼子正怀着舐血未遂的报复心理，集中所有的火器，循这血红色的沙尘雾气拼命扫射。高天变矮，大地变窄，乾坤在一瞬间给蒙上裹尸布了。哭吧！喊吧！哭喊声来自沙梁以南的玉米地里。有男人的，也有一个女人的。在遥远的天地相连处，此刻似乎有一种超人类的东西在慢悠悠地飘呀，飘呀……是什么？到底是什么？

5

袁虎已和大部分同志冲进一片高而密的玉米地。刮风般的枪声如暴雨骤落，他环顾四周，感到少了点什么，忘了点什么。回眸间，遥见一团血雾就从高高的沙梁上跌滚而下。他忽然明白了，认定那血色的雾团就是自己身边所少了的。同志们听袁虎喊了句"弟弟"或是别的什么话，就见他返身往回冲。冬武和马立田一把没拽住，只好带了两名机枪射手紧紧跟上。迎着的战士被撞倒，挡路的玉米让他踢折了。他忘记了自己如今所处的位置，忘记了子弹飞舞所造成的死亡威胁，忘记了那是刚刚九死一生才摆脱的险地，忘记了除那团"血雾"之外世上的一切……他终于跑出了玉米地。他以让人难以置信的速度扑向刘成那已经卧在沙梁下边的身体。一串机枪子弹从沙丘上扫过来，在他的身后激起一溜又一溜的沙尘。离刘成身体不远时，他跟跄了一下，在身子就要跌倒的刹那又站直了。敌人的机枪手不知出于什么目的，射来的子弹总是对他绕弯转圈而不直接打。但是，从沙梁上已经成群地扑下来的日本兵来，敌人的目的是什么还不清楚吗？然而，袁虎对此似乎全然不知。幸亏冬武和部分战士业已来到地边，见势不好，就集中火力朝扑下来的敌人猛射——从而才真正救了他。

沙丘沙梁上，敌人的官兵全部惊呆了。他们有的站着，有的伏着，竟没有再开枪，而是眼睁睁看着这位斗牛般的八路军从沙梁下抱起自己战友的尸体，返身冲向南边的庄稼地。如果他们此时开枪，以这样的位置这样的距离，袁虎明显是一具活靶子——必死无疑。

袁虎将要接近玉米地边时，一名满脸都是笑纹的日本军曹终于端起了枪。就在他扣动扳机的瞬间，一名日本兵忽然抓住官长的枪管往上一抬，枪响了，子弹带着哨音飞向广袤的万里长空。而在枪声中，袁虎已抱着战友的尸身钻进了玉米地。军曹呆视着年轻的士兵：八嘎！

士兵双手垂直，轻轻地说：如果我负伤了，您是不是也会这样抢我救我？对这样的忠义武士，大日本皇军不应该杀。

军曹笑容未减，眼光却变得凶狠了。他像对士兵也像对自己说：战争，这是战争啊！说着，用手做了个砍杀世界的动作。

不知是尝到了对手的厉害，还是限于兵力不足，日军没有再追。

袁虎抱着刘成的尸体跑出三四里地，这才停下歇息。大伙儿围上来看时，俩人身上的血都凝固了。

刘成身上的血，是他自己的。袁虎身上的血，是从战友身上沾来的。刘成身上有多少处伤，没法数，也不敢数了。同志们围着他的遗体，有的低泣，有的哽咽，有的僵直了脸不说一句话。悲从中来——能用此话形容吗？

冬武擦去脸上的泪，叫了几位战士，打算就近处将烈士葬了。不想袁虎瞪眼看了看他，大喊一声：我命令，带着他。他还能活，能活！

同志们见他伤心至极，谁也不敢再多说什么。是呀，兴许他还能活。万一真活了呢？他才十九岁，还是个娃娃。这娃娃为了救出大伙，他自己丢了命。他为别人而死，别人自然是衷心盼他活。

照理说，他也应该活。

袁虎抱起刘成的身体，头也不回地向前走。

死里逃生的这支八路军部队和群众武装，在青纱帐中急速南下。一气突进两个小时，竟然后边没有追兵，前边也无敌人堵截。同志们暗自庆幸，但庆幸之余，心中又有些忐忑不安。

刘冬武率领八路军部队走在前边，行走在八路军部队前边大约三百米的是三位穿便衣的八路军。三人商人打扮，任务既要探路，也要侦察敌情。袁虎抱着刘成的身体和刘冬雪等人走在中间，在他们的身后，是马立田带领的群众武装殿后。队伍突进两个小时，前无堵截，后无追兵。刘冬武返回到袁虎跟前，说：团长，情况有些反常啊。不知怎么回事，我总感到有什么东西在屁股后边坠着。袁虎将刘成的身体背到肩上：这样，隔三五十米留下一个潜伏哨，小心后边有敌人的尾巴。

刘冬武叫过小陈和小李：小陈，你伏在这个地方查看后边的情况。小李，前行一百米后，你也留在原地。如果发现咱们身后有人跟着，仍然投坷垃报警。

小陈说：好的营长，刘队长牺牲了，我们正想替他报仇，发现有敌人探子跟上来，用不着你盼咐，报警之前我先宰了他。刘冬武摇摇头：小陈，你年龄不大，却是个老侦察，不能这么冒失。如果发现了敌人探子，你放他过去，然后掷坷垃给小李报信，你俩前后夹击，力争活捉。因为现在咱们的队伍是摸瞎打仗，急需掌握敌人的情况和动向。

小陈：队长这么说，我明白了。你放心，我和小李会把事情办好。

刘冬武安排好小陈和小李追上大队。

距离小陈不远处，刘冬武又把小李留下。天地间起了风，青纱帐被刮得唰唰响。有了风声的配合，队伍的前进速度明显加快了。

太阳偏西，队伍已经向南走了三四个小时。留在后边的小陈和小李先后数次追上来报告，说是并未发现有人跟踪。刘冬武点点头，叮嘱他俩继续执行自己的任务，丝毫不能麻痹。因为敌人的探子也是专搞侦察的，反侦察手段并不比我们差，必须处处留神才行。二人答应着，继续留在后边观察。

袁虎背着刘成的身体行走，刘冬雪疲惫地跟在后边，不时地抽泣。一直走在前边的刘冬武停下来，袁虎背着刘成的身体赶上来：怎么停住了？

刘冬武指指前边：团长，你看。

袁虎抬起头来，前边不远处一个大土丘。隐约看到土丘上有房，也有树。袁虎认出，这是本地有名的玉皇阁，如此看来，队伍在匆忙行动中，不知不觉向东偏了。玉皇阁正东三里是金牛河，过金牛河二里多就是大鹏庄，鬼使神差，今儿咋又走到这里了呢？

从这里再往南几里地，就是一条河，过河朝西行进三十里，便到了一个相对安全的地带，可是，同志们实在太累了，很想就地歇一歇。袁虎一考虑，觉得大伙儿从昨夜一直拼斗到现在，仅在行进途中啃过几个生玉米，继续奔走，的确体力难支，况且，南边那条河的沿岸，说不定已有河城的日伪军等上了。战争这东西，你得想到一切可能。倘是那样，情况就更糟糕、更复杂。所以目前，最要紧的是吃饭休息，并尽力避开敌人。

他又想到了大鹏庄。

大鹏庄进出方便，路径熟悉，确是他们理想的歇息地。如果部队能够进村休息一下，吃点儿饭，拂晓从那儿南行渡河，敌人肯定是不会想到的。主意已定，他就派了两位前几天和他一块儿到过大鹏庄的同志，换上便服先去侦察，部队则停在这里，分散坐在地上休息等着。部队坐在庄稼地里。后边的小陈和小李跟上来。刘冬武询问有无情况，小陈说：只发现了两个老百姓，顺着地边走过来走过去，看样子是护庄稼的。刘冬武皱了下眉头：不见得，你们继续监视。

小陈答应着返回去。

刘成的尸身被平放在一条小水沟边上。袁虎表情木然地看了一会儿，就攥紧帽子，背向水沟坐下。他不发话，对于刘成的尸身谁也不敢擅自处置，同志们此刻理解他，也更怕他。刘冬武皱着眉头坐在他旁边，脸色凝重而沉郁，显然是在强抑悲愤，勉强支撑的同时又苦苦地回忆着什么。

远天一块奇形怪状的云，不停地变化，像神明驾驭着飞毯，静悄悄地飘过来，神情专注地朝这片玉米地里俯视。

刘成的尸身旁，坐着如痴如呆的冬雪。自打突围到现在，谁也没顾得注意这女孩子是怎么跑过来的。这是个奇迹，是个意外，意外得有点儿让人不可思议。这女孩子不光冲过了敌人的封锁堵截，闯过了敌人的枪林弹雨而没有掉队，并且还抢救包扎了好几名受伤的同志。从碱洼村一直到这里，她始终紧紧抱着那个破旧的帆布包。包里装有救人的纱布、绷带、红汞、盐水以及简单的手术器械和消炎药。此时，这些东西再次用上了。

她坐在那儿，没有哭声，没有眼泪，也不说一句话，只是像看着就要久别的亲人，从刘成那没有血色的脸上开始，定定地痴痴地向下望着，不知望了多久，也不知望了多少遍，才又忽然想起什么似的匆匆解下腰带上的毛巾，折叠整齐，慢慢地、轻轻地将刘成的眼睛盖上。接着，她从帆布包里掏出一堆东西摆在面前，怔怔地待了一会儿，重又将毛巾取下，从水沟里蘸着水，给刘成的全身仔细擦抹。擦去了土，擦去了泥，擦去了大小伤口上的血。擦抹完了，又把毛巾洗好，拧干，正要重新盖在刘成的眼睛上，忽然看见一小缕阳光透过玉米梢间的空隙射下来，刚好晒在刘成的脸上。冬雪微微摇了下头，低语道：瞧，这一晒，够多热啊！嘴里咕哝着，就吃力地站起身，将毛巾搭在玉米梢头上遮挡阳光。干完这件事，又蹲下身来，挨个儿查看刘成身上的伤口。伤口成片，很难分清哪是步枪打的，哪是机枪打的。由于距离不远，大多数伤口已经洞穿。冬雪查到腿部的一处伤口时，停下了。她似乎认定了什么，下意识般拿起一小块棉花，从瓶子里蘸了盐水，在伤口周围轻轻地擦，一遍又一遍，末了扔掉棉花，自言自语地说：消毒好了，这就好了……随之，就拿起探针和镊子，俯在那处伤口上小心地拨弄着。伤口渐渐敞开、扩大，她侧着头，眯着眼，十分细心地往里看。终于看到了，看到了一颗子弹头斜斜地在里边嵌着。她轻轻地"呀"了一声，扭头看看刘成的脸，又迟疑片刻，这才将探针和镊子继续伸进去，一点一点地伸，一下一下地拨。探针和镊子同时触到了子弹头，她的手却开始哆嗦。她静下心来，紧闭了嘴唇，屏住了呼吸，瞅准那子弹的屁股用力夹去，镊子滑，子弹也滑，"咔嗒"一声溜了。她立时出了汗，忙又望望刘成的脸，细声细气地说：小刘，对不起了，忍一忍，实在忍不住，就咬我的衣服吧！刘成不动，也绝对不会动。可是，千真万确，她听到他"嗯"了一声，而且还听到了一句熟悉的话：不怕，动手就是了！

冬雪的唇抽动了几下，转过脸来，俯下身去，更小心更谨慎地往伤口里伸着探针和钢镊。伸一下，拨一下，停一下，如此复始延续，似乎觉得过了五天五夜，那灰色的疔毒样的子弹头终于被她钳住了。她嘘了口气，大声地叮嘱刘成：你……可得忍住！让刘成忍住，自己却"咯咯"地打起了牙战。显然，她既心疼紧张，又担忧害怕。她竭尽全力控制住自己的情绪，掐紧镊子一点一点往外拽着，拽着——终于拽了出来——那枚灰色的弹头——代表着人世间的罪恶……

冬雪长舒了一口气，用胳膊擦去头上的汗。她大睡刚醒似的怔了足足五分钟，忽然双手捂住脸"哇"地哭了。她一哭，不知怎的周围的人也都相继哭起来，哭声像电波，像流水，朝着天上、地下荡漾传播。白云驻足，太阳掩面，玉米难以承受这悲伤气氛的刺激，也哀哀地蔫了叶子耷拉了头，秸秆簌簌地抖着。此处的此时此刻，有生命的和无生命的，都在经受难耐的精神折磨。

冬雪终于止住了哭。她默默地坐了一会儿，想起了自己应该做点什么。她擦去头上的汗，脸上的泪，将那处刚刚取出子弹头的伤口慢慢地捏合，涂上红汞，盖上纱布，然后，用绷带小心地缠紧。

人们的情绪渐渐安定下来，仍在企盼着渴望和忐忑不安中等着——等着去大鹏庄侦察的同志的消息。时间过得又慢又长，因为这是处在环境残酷而艰难的岁月。如果是在和平安定的年代，人们会感到时间转瞬即逝。而今，却如茫茫天地，无尽无休了！

回来了，派出去侦察的同志终于回来了。

侦察的结果令人心安，让人高兴——周围无战事，大鹏庄无敌情。

袁虎望望快要落下去的太阳：天黑后进村。

黄昏后，部队悄悄接近了大鹏庄。金牛河与大鹏庄之间是一片开阔地，靠河不远有块瓜园，瓜园里有瓜棚架子。瓜园以东是片谷子地，瓜园再向西是块齐腰深的黄豆地。袁虎率领部队潜伏在谷子地里，他和刘冬武、马立田凑在一起。袁虎和冬武说：咱们兵分两路，我率两个支队和碱洼村群众武装进村，你率领一个支队就潜伏在这片谷子地里。这里可以伏兵，可以休息，一旦情况有变，还可接应村中的部队。刘冬武点点头：好的团长，你放心。只是，只是刘成同志的尸体……

袁虎的眼泪唰地流出来：这半天我想明白了，人死不能复活，咱们带着刘成的尸体活动也不方便，待会儿进村后，拜请村中父老把小刘掩埋了吧。袁虎说完，趴在地上压抑着哭起来，马立田拍拍袁虎的肩膀：小虎，目前你是这支部队的主心骨啊，千万不要乱了心绪。否则，这支部队就没法带了。

袁虎抬起头，擦去了脸上的泪：马叔，道理我明白，只是忍不住。

马立田拍拍袁虎的后背：这种事，我经历得不比你少。忍住，一定要

343

忍住。

马立田说着，自己也开始眼圈泛红。

天黑下来，部队开进了大鹏庄。这时的大鹏庄很平静，至少从袁虎他们进村以来是平静的。大多数富户都搬走了，搬到了省城或县城里的第二个"家"里去，以躲避这儿新近发生的兵灾战祸。没走的人，也都钻进了夹壁墙和"地溜子"之类的藏身之所。故此，走在街上就很难看到行人。如此情况，能不平静吗？

袁虎不敢大意，为以防万一，除了安排冬武驻在村西河边的一块谷子地里随时接应村中部队外。还在村外东、南和北三个方向放了游动哨，在村边楼顶上安了固定岗，这才让同志们分三处呈掎角之势休息。

大鹏庄是开辟过的地区，虽然眼下形势险恶，但中国人到底是中国人，他们忘不了八路军。八路军进村后，工夫不大，街上就三三两两地出现了本村人，给部队送来玉米饼子、高粱窝头，又有人送来稀饭开水。袁虎在三支队的驻地吃饭。他吃了多少，自己不知道，战友们也没注意，只是几位送饭的老乡你看我，我看他，啧啧咂嘴儿道：瞧瞧把个同志给饿的！

队副吴忠解释说：他饭量大。

老乡摇摇头：有这么大饭量的吗？

因为心情不好，袁虎只是面无表情地向老乡们说了几句感谢话，就起身回到了作为临时指挥部的村公所。村公所的主人就是昔日的姜保长。姜保长现在勾挂两方，那边应付日本人，这边暗暗"勾结"八路军。在村公所西屋的檐下，一块门板上搁放着刘成的尸体。自打中午到现在，他和冬雪一直认为小刘还能复活，不许埋葬，也不许抛下。时间和事实终于让他们恢复了理智，先是冬雪——如今他也清楚地意识到，这个小弟弟是死了，的确是死了。纵有回天之术，他也不能重新复活。还是让小弟弟"入土为安"的好。否则，尸身要变质，要腐烂，因为天气很热。村内一位八旬老人自愿献出了寿木，乡亲们中的几位明白人给刘成整容装殓后，把他抬往村头的一处高崖。高崖上一口昔日的地瓜窖权且做了墓穴，烈士带着他的青春，他的威猛，他的豪气和信仰，带着他对人民的忠诚与贡献，终于长眠地下。在这里，在此时，战友们不能鸣枪为英雄送行，也难以诉说那些令人哀婉的旧话。只是流泪、抽泣、呜咽——用这种人类最通俗也是最真诚直接的方式，表达着心中的一切。

冬雪虚弱疲惫地趴在坟头上，双肩不停地耸动着。善良的乡亲们明白她的心情，劝她保重，劝她坚强。在袁虎和同志们的劝慰下，她终于还是被几位大娘七手八脚地搀走了。袁虎呢？袁虎立在坟头前，微微垂首，脸孔阴沉可怕，目光呆滞，呼吸深重又似不畅。两只骨节分明的拳头，就像枣木疙瘩一样紧紧地握着。那钢浇铁铸的样子，显然是奔涌浩荡的情感之流突然地凝固了。他木桩似的扎在那里，不动，也不说话，直到几位同志连劝带推又拉，他才慢慢地移动脚步。就在他举步转身的瞬间，人们忽然看到，那对方才迷惘的眼睛里忽然打了个亮闪儿，泪水当即溢出眶外，如瀑而泻。可是，他却让人吃惊地没有哭出声来——双唇依然紧闭，双拳仍旧紧握。

在这个夕阳西下的时刻，在这让当事人永远难忘的村头，这位有些传奇色彩的时代英雄，却迈着与他的性格气质和力量全然不和谐的缓步，在同志们的搀扶下摇摇晃晃走回去了。

回到村内宿营地，袁虎依旧默不作声地坐着。半日前还生龙活虎的小刘成，突然地并且永远地离开了部队离开了他，离开了这个残酷、罪恶但仍然让人留恋的世界，他确实难以忍受。尽管那年月每天都会有人随时牺牲，可他对于小刘成有着那么一种特殊的感情，所以，缠在心头的痛苦就极难解脱。他想到曾经打过刘成一拳，就后悔。他想到事后刘成偎在他跟前，亲弟弟似的讲述那次的侦察过程，心里就更难过。刘成那眉飞色舞的讲述，这半日来总在袁虎眼前一次次地浮现。那个起了关键作用的夜袭白沙河的战斗计划，他正是听了刘成的侦察报告才调整制订并决心实施的。如今，小家伙的音容犹现，人呢？他眨眨眼，似乎那个亲切的永远难忘的形象重又来到跟前。是他，还是他？或者两人都是。因为他俩的确太相像了。

6

李家寨的南寨楼上，滕野少将戴着雪白的细线手套，左手拄着战刀，右手举着望远镜，挺胸昂首又做遐思状。他一会儿望望西边，一会儿望望东边，虽然他也明白望不到什么，但是，又非这么做不可。

寨墙下边，参谋们不断地将一份份战报或情报递上来，滕野有时自己看，有时就让部下给他念。无论他自己看还是让部下念，这位旅团长都能随之作一下指示或下一道命令。做指示或下命令的口气声调虽然那么轻松平和，实际上每个字每句话都是要杀生害命的。

寨子里，无线电发报机将这些魔鬼的语言传送到各作战部队，各部队再按他的命令调整和部署自己的兵力。在过去几年的战争里，无论情况多么紧急严重，他从来都是这种沉静的指挥态度，让部下看起来成竹在胸。

自从将大部分兵力撤到白沙河以南，他就打定主意暂时按兵不动。他断定八路军会来探他的虚实，与其舍死亡命地去找，倒不如乐得在原地等。他很清楚，倘若对方是八路的主力部队，近几日肯定要对他大举进攻。要是仍像前几天那样袭扰，就不用担心。三五天后，他就能估计出对方的兵力情况。彼此，或继续防守，或围剿追赶，都可相机而断。他也明白，即使这支八路军人数不多，战斗力也相当强大。对付这样的武装，单纯的"以静制动"很不保险。因此，就组织了多支夜间侦巡队，目的在于"以小制小"，没准儿就能碰巧抓住八路军的行动线索呢。

　　还真让他琢磨对了。李排长的侦察分队袭击了那个小村，夜间侦巡队到底派上了用场。不但打死了将近十名八路战士，抓住了一个赖八，还基本认定这支八路军的兵力情况和他们的驻扎地在大碱洼。

　　赖八的被俘，就是滕野决心进攻大碱洼的关键因素。所以，别看他面上不动声色，其实进兵大碱洼消灭八路军，并争取抓住那个军分区司令员的计划，已在这位少将旅团长的心中初步决定了。

　　然而，他虽年轻，却极老辣。自从来到此地，对那个距白河镇五十多里的大碱洼，除了在作战地图上曾留意外，仅听部下简要介绍过。他从来不打无准备的仗，所以他先做了两件事，一是找来了解大碱洼情况的本地汉奸王明起，反复询问后又画下一张详尽的地形图；二是亲自电请日本驻华北军司令部，要求派飞机协助侦察大碱洼。

　　日本驻华北军司令部答应了他的请求。当天中午，滕野就收到了飞机空中侦察的情况报告。报告不详尽但却明晰：初临大碱洼上空，发现约二百余人在一片空地上活动；二次飞过碱洼上空，人已销声匿迹；第三次，情况如前。碱洼南北向椭圆形，白碱与绿色植被俱明显。

　　滕野看着司令部发来的电文，脸上的肌肉轻轻抽动着。至此，他完全相信了赖八的话，认定是那位年轻的八路军军分区司令员驻在大碱洼。他带的队伍虽然不一定就是八百人，但根据几天来的活动情况判断，出入不大。可是，要消灭这股劲敌，却是件让他头痛的事。从飞机的侦察报告中他看出，这支队伍人数不多，训练有素。否则，不会在飞机二临碱洼上空时就以那么快的速度严密隐蔽。要是飞机二次或三次飞临时，仍然见到有人在碱场上跑来跑去，那么，滕野就会判定是八路军的散兵或者地方游击队了。

　　且不说这支八路队伍的强大战斗力，单那荆棵丛生茫茫如烟海的大碱洼，也够滕野大伤脑筋的。所以，在他实施自己的作战计划时，毫不犹豫地调动了所能支配的全部兵力，企图以绝对的优势，进行闪电突袭，先打落对方的士气。同时，又电请奉命南下，前天刚到平州暂时逗留的吉冈部队派出两路部队。一路协助他的一个大队过白沙河往南推进，一路在界沟沿线布防以拦截八路军西去。他又派出自己的少量部队在碱洼南缘设防，然后以主力由东侧进击，准备突入大碱洼，先和那位八路军分区司令打一次亡命仗。

日军进攻开始以后，在大碱洼的边缘就遇到了八路军的阻击。明明看着是一丛荆条，几株蓬棵，不料日军摸至近前，马上就有密集的火力从那儿往外喷射。日军人仰马翻后，就龇牙咧嘴找人复仇。谁知围住那里扑上去时，却真的只是一丛荆条，几株蓬棵。这样纠缠了半个时辰，日军怕了，急了，火了，就改用炮火轰击开路，步兵跟在炮火后头。炮弹炸一片，搜索前进一段。这一来，大大减缓了他们的推进速度。直到过了许久，停止炮击而由步兵猛攻了一阵，没再遇到抵抗，才明白八路军已经悄悄撤走。就在这时，滕野收到西边界沟处日军来电，说八路军大队西进未遂又给顶回来，方知这半晌对付他们的，只是八路军的一些游动阻击小队。早知如此，日军一开始就甩掉纠缠，急兵西追，这阵子恐怕已将八路大部合歼于界沟之前了。唉！失算啊。滕野表面上不动声色，暗中却急得挫牙。

他估计，八路军被"顶"回大碱洼后，一定会利用这里的天然条件和日军周旋。按照他所掌握的地形情况，从纯军事的角度上说，八路军能够利用的，也只有碱洼村南那片杂林荆丛地带。这一带碱岗突兀，碱沟成溜，一丛丛荆条与一株株杂林乔木交错成片，藏人容易，寻人难。另外，碱洼的大部分地带都比较平整，荆蓬也稀疏得多。八路军要想在这儿和日军作战，哪怕是暂时的，也非让日本兵吃大亏不可。所以，滕野就想以他有限的兵力先把这个地方包围住，然后集拢西、北两面的人马，再将里面的八路军分股分片，加以消灭。

他还估计，八路军从西边返回后，来不及进碱洼村，或者不进碱洼村。但为防万一，他还是派了快速部队抢先赶到碱洼村前阻击。可是他没料到，袁虎他们走得迅速，返回得更快。本来不想进村的，却让马立田招进了村。

滕野最初接到报告，以为只是小部分八路军在村里，故而也只以少量兵力发动攻击。大部队的注意力，仍旧放在那块地形复杂的杂林荆丛里。后来，攻击部队遭到猛烈抵抗和严重杀伤，而村南却毫无声息。他这才判断，八路军的这支部队可能都在村里。因为根据他的经验，这种情况下，村南即使有少量八路军，也会千方百计，甚至豁出命来接应他们的战友突围。

他判断得真对。

滕野高兴又振奋，这一来，他就不必过于劳神设计谋划，让自己的部队钻荆棵子去和八路军拼刀动枪了。他分为两步走。第一步先将对方由南、东两侧挤出村去，以便与北、西两侧的部队合击歼灭。倘不成功，就用他们日军的作战绝招——炮火覆盖，大兵推进，连人加村一并抹掉。

幸亏八路军及时突围。

八路军能够迅速连续地从他部署的几道防线上撕开口子，这让滕野始料不及。接到报告，他暗暗惊讶。惊讶之余，就由衷地佩服八路军战士的骁勇，佩服那位年轻军分区司令员的指挥能力。

滕野不愧是滕野，判断准确，反应也快。当他接到八路军突围向南插去的报告后，立即口授了"三面胁迫，南端伏击，务将八路军歼灭于鬼洼或沙梁前的开阔地"的命令。想到沙梁处疏于防守，又命令芥川中队乘车赶往增援。不过，阴差阳错，芥川中队偏偏贪功撤往鬼洼，致使这支八路军队伍大部分冲过沙梁，进入了比大碱洼更渺无边际的青纱帐。

如今，八路军未消灭，日军倒损失了几百人。滕野有些急眼。可他又不表现，他是个精明人，他清楚地知道，在青纱帐里和八路军相斗，那是绝对占不到便宜。他也知道，这支八路军一定会有他的去向和目标，不会永无休止地走下去。他一边电令河城日伪军在南边那条河的沿岸和渡口布防，一边动用起特工部队。他的这支由日本人和汉奸组织的特工队，人数不多，极精干，很适于跟踪侦察。他们远远地跟在八路后边，跟了半个下午，也仅是引起了八路军的警觉而没有被发现。滕野心中有数，只要这支八路军往南过不了大河，往西越不过铁路，行动再快，今夜也难逃己手。日军有骑兵，有汽车，这是八路军断难相比的。

天黑时，情报终于传到了滕野手里，说溃败的八路军进了大鹏庄。滕野喜出望外，他让参谋人员拿过临时军用地图，亲自计量了大鹏庄距此的实际距离，又问了大鹏庄的详细情况。稍作沉思，就电令沿河布防的河城日伪军，限他们今日午夜前赶到大鹏庄以南二里处集结。又电请西、北两路的吉冈部队返回平州。随之，就开始口授他刚刚拟订的作战计划。

滕野像给小学生布置作业似的对部下吩咐完毕，便悠然地走下寨墙，脱去外衣手套，到专门给他预备的房间里洗澡用晚饭。

就在这个日酋尽享口腹之乐的同时，他的一道道命令已经通过参谋人员之口——有的是骑兵传递，有的是高空电波，向他属下的各作战部队发走了。

夜色笼罩着大地。无论是村内还是村外，都有无忧无虑的蝙蝠在空中飞来飞去。它们在觅食，在嬉戏。只知玩耍，只知欢乐，全不晓人间苦难，更不知人间自己导演的世事悲剧。苍穹颜色愈浓，夜空中，星星睁眼下视，一

348

幕奇特的景象，在它们的眼下越来越清。

在下面的一片土地上，先是不动的一些东西忽然开始动。进而大动，大批地动。逐渐地，这些由不动到动的东西速度加快，越来越快。它们目标一致——向李家寨东南四十里外的一个黑黢黢的地方集中。

几颗有灵性的星星为此而担心。有的不忍目睹即将发生的事情而一溜闪光滑走，有的心怀疑忌地闭上眼睛，有的远远遁入高空深处。当然，也有的坐视惘闻而无动于衷。不知过了多久，一颗颗红绿交替的火球在大鹏庄以东相继升起。这些火球在空中纷纷画出漂亮的光弧又慢慢下落，像传说中的魔鬼在夜间伸长了舌头去舔舐地上的人血。

晚饭后，滕野走进寨内临时指挥所。

指挥所墙上挂着地图，地图下面的桌上铺着白色桌布，桌布上放着纸张和几支红蓝铅笔。滕野一直站在地图旁边，手中的红蓝铅笔指指这里，画画那里。报话机响了，滕野放下铅笔来到报话机前，联队情报官河野和书记官站在一侧。

河野：将军阁下，前线指挥龟田中佐要和您通话。

滕野接过报话机：龟田中佐，现在战况如何？

报话机里传出龟田的声音：报告将军阁下，我们的合围计划失败，八路军突围后已经越过公路向西南方向撤退。皇军阵亡四百多人，一个中队的皇协军被打垮，我现在正准备追击八路军突围部队。

滕野：不要追击，在青纱帐里和八路军相斗，我们占不到便宜。我已接到情报，八路军是撤向他们西南方向的老根据地，天黑前他们无论如何到不了那里。我马上电令驻河城的部队在南边那条河的沿岸和渡口布防。

龟田：将军阁下，根据情报能否确定八路军的具体位置？

滕野：他们进了大鹏庄。

龟田：好的将军，情报确实可靠吗？

滕野看了河野一眼，河野一直在静静地听着。

滕野：龟田中佐，现在由河野情报官和你通话。

河野立正，敬礼，接过报话机：龟田中佐，请您马上和鸠山中佐联系，请他把特工队给您介绍一下。特工队是由皇军情报人员和皇协军中的精英组成，人数不多，却很精干，适于跟踪侦察。他们一直跟踪八路部队，所以情报确定无疑。

龟田：好的，好的，我马上和鸠山中佐联系。

滕野接过话筒：龟田中佐，部队到达八路军宿营地后立即向我报告，我会派骑兵和鸠山大队里的摩托化部队驰援你们，协助你们消灭这股八路军。

滕野说完，仍旧俯身察看桌上的地图。大约半个小时后，情报官河野走进来向他报告，说：经过再次证实，溃败的八路军逃到了金牛河以东的大鹏庄。

滕野点点头，没说话，他顺手拿过一张本地临时军用地图，用尺子亲自计量了大鹏庄距此的实际距离，头也不抬地命令道：电促河城驻军，令他们今日午夜前派皇军和皇协军各一个中队赶到大鹏庄以南二里处集结。

一旁的书记官连忙记下来。

滕野：电令鸠山部队，派骑兵和汽车前往大鹏庄以北和村东二里地待命。

书记官又赶紧记录。

滕野：三面包围之势形成后，各部队马上向我报告，听我的命令，于拂晓对大鹏庄发起攻击。

书记官记下他的话刚要转身走，不料滕野继续说下去：电令龟田中佐，分派部队迅速赶赴大鹏庄以西设伏，一旦八路军从大鹏庄内退出，立即将其在大鹏庄以西开阔地段歼灭。

书记官记下这句话立在原地准备继续记录，然而滕野坐在椅子上不再说话。

书记官打个敬礼，转身走出去。

晚上，袁虎、马立田和刘冬武等人悄悄走进姜保长家，几个人围桌而坐。桌上的棉油灯的光焰忽闪忽闪的，秀娥和她母亲张罗着做饭，姜保长出外安排部队的吃喝。刘冬武低声：袁团长，这个姜保长可靠吗？

马立田摆摆手，袁虎和刘冬武同时望着马立田。马立田看看门外，声音压得极低：放心，组织上早就对姜保长做了调查，他白皮红心，已经是我们的人了。

刘冬武说：这就好，因为是新区，我是有些不放心。

秀娥端过茶壶来，给每个人斟上茶水。马立田说：闺女，村里咋这么安静啊，大街上连个人影也见不到。秀娥看了看几个人的面相说：为了躲避这儿新近发生的兵灾，大多数富户都搬到了省城或县城里的第二个"家"里去。没走的人，也都钻进了夹壁墙和"地溜子"，能不安静吗？

这情况马立田虽然早从袁虎那里听说了，但他仍旧故作轻松地说：这样看来，今夜我们也可以睡个安稳觉了。袁虎冲马立田笑了笑，转而望着刘冬武：我说冬武，饭后你马上出村，你是那里的主帅呀。

刘冬武说：我跟你们进村，是要了解一下部队进来后的驻扎位置，到时有了情况也随时好变通。这晚饭嘛，我看还是回村西宿营地里吃吧。队副吴忠一个人在那里，我还真有些不放心。一旁秀娥听到连忙挽留：这位大哥，饭菜马上就好，你还是吃了再走吧。

刘冬武站起身：妹妹，我是重任在肩，以后有机会再来吃你做的饭。

袁虎说：这样也好，我们一块儿走吧。

秀娥目光焦急：袁大哥，你……

袁虎说：部队刚进村，许多事情还没安排好，我们明天再来。

几个人说着，起身走出去。

部队仍旧住在上次住过的大院里，姜保长带人给部队送来玉米饼子、高粱窝头，还有稀饭开水。冬武带着两个战士顺街西行去村外宿营，袁虎和马立田走进院里。姜保长迎上去：我不是让你们在家等我吗？我嘱咐娥儿她妈做饭炒菜了。

马立田说：谢谢姜保长，不过，我们找你是想了解一下当地情况，等你不回，就又到这里来了。说话方便吗？姜保长前后左右看了看，指指厢房一头的跨间。马立田点点头，姜保长继续张罗着战士们的吃喝。

过了一会儿，袁虎蹲在干粮簸箩前吃饭，马立田悄悄地走进那个跨间。又过了一会儿，姜保长走进来，黑暗中马立田正站在门口等着他。两个人蹲在屋角处压低声音交谈。马立田：老姜，你得继续保持保长这个身份，不能太过暴露。

姜保长：我一直很注意呀。

马立田口气很严：不行，你没有尽量掩饰自己。像今晚送饭这种事，你就不能亲自来，找个保丁替你就行。

姜保长说：我怕别人办得不地道，让战士们肚子受委屈，以后注意就是了。马立田抻了抻，说：老姜你取得日伪的信任不容易，以后还得利用这个身份为抗日做更多的工作。所以，我们对你特别看好，希望你这个日伪保长装得更像一些。姜保长说：这容易，以后我不再明着和你们接触就是。马立田说：光这还不行，因为你的行动可能已经引起了别人的注意，得想个措施帮你加强一下日伪保长这个形象。

姜保长满脸疑惑：你准备怎么做？

马立田附耳姜保长：如此这般……

晚饭后，袁虎和马立田带人走进了村公所，姜保长和几个保丁赶紧起身迎接。袁虎和马立田也不客气，直接坐在桌子后边。

姜保长和村内几个保丁见两位八路军领导面带怒容，一个个显得惶恐不安。他们有立有坐，一副准备当面受审的样子。

马立田开口了：日本人也常来你们村吗？

姜保长：我说这话长官你可别嗔怪呀，俺们这些人都是走两条道的，谁来了伺候谁，为的是给村里求个平安。所以呀，贵军到了我们迎接，皇军，不不，鬼子来了也都支应着。呵呵，呵呵。

袁虎说：你们平时过得还算平安吗？姜保长说：不瞒两位长官，这大鹏庄别看没有围墙，其实凡是靠村边的房子，都有砖砌的"护腔墙"。护腔墙连在一起，比围墙都强。村内多是富户，家家都有护院的长短家伙。一有动静，各家彼此呼应，爬上楼顶打枪。所以呀，小股土匪不敢来这里，而大的匪团早让村里的"人头"敛钱喂饱了。那连成片的护腔墙又高又宽又厚，除四个街门外，每边还有条由巷子通往外边的出口。出口都有栅栏木门，夜间关紧，有打更的往来巡逻。倘若不是战乱，这里的人倒过得安宁。

马立田说：好了，天也不早了，你们也去歇着吧。记着告诉乡亲们，听到枪声赶紧钻地窨子。另外要特别警告你这个保长，如果敢于做出不利于抗日的事来，我们随时会来取你的脑袋。姜保长浑身哆嗦：好的，多谢长官指点，我们告退了。

姜保长和保丁们相继退出去。

袁虎低声说：这姜保长装得还怪像的。

马立田说：难保村里都是好人，他也得装着点儿呀。袁虎说：我一直叮嘱他把自己包装好。嘿，姜保长很精明，不动声色地告诉了我们，这村子的"护腔墙"大有用途。马立田：是啊，万一有敌人来攻，我们就可以凭借这些高墙据守。

黎明前，一颗颗红绿交替的火球在大鹏庄的东、南和北相继升起，这些火球在空中纷纷画出漂亮的光弧又慢慢下落。村东北边楼顶上的八路军哨兵发现了这几颗火球，哨兵一惊，瞪大眼睛朝远处看着。夜色中，四名八路军的游动哨已经从村外奔到村边楼下，游动哨说：快去报告首长，三个方向的日伪军呈散兵队形悄悄向村子靠近。

楼上的哨兵说：好的，你们赶紧进村吧，我马上去报告。哨兵说完朝村外举起枪，另一个哨兵赶紧按下同伴的枪筒：不行，不能开枪，还是先去报告首长。否则，枪一响敌人会很快压上来的。

那位哨兵点点头，转身下楼。

不太响的推门声，把躺在凉床上睡觉的袁虎惊醒。他跳起来，院里的哨兵已经立在了屋门口，哨兵说：刚才村头来报，不知敌人什么时候来的，现在已将村子偷偷包围了。事出突然，袁虎的脑袋轰地响了一下。他稳稳心神，一溜风出了屋门。袁虎站在院子里：同志们，敌人上来了，赶紧集合。

战士们从各个房子里跑出来集合。

袁虎快速清点着人数，转身命令几个战士分头跑步通知各部队，按原战斗计划准备。几个战士答应着跑出去，袁虎带领部分战士向村东跑去。

袁虎跑上村东边一座楼的楼顶，楼顶上的瞭望哨是大个子邹威。邹威趴在楼顶女儿墙后，大手朝前画个半圈：团长，瞧瞧吧，海（多）了！

说话间，又有马立田和三支队教导员吴忠等人爬上来，气氛挺紧张。袁虎眨眨眼，掏出匣枪，咔地顶上火，撇着嘴对楼顶上的人说：来得多，死得多。他们的日本娘肚子大，就可着劲儿地养了往这里送吧！

一句笑话，周围的气氛马上缓和了。夜色朦胧中，袁虎依仗眼力好，只见正东、东南和北边同时有几股敌人摸上来。数量难以看清，只是黑乎乎的一片。他们行动挺小心，速度也挺慢。袁虎嘱咐吴忠盯住敌人的行动变化，他自己快步跑下楼，从撤进来的游动哨那里简单了解一下情况，又急匆匆地跑向村西村南观察。村西村南也有敌人，只是不如村东多。

奇怪的是，四周敌人向村子靠近到一定距离后，忽然按兵不动，袁虎纳闷了一会儿，猛然醒悟，敌人一定是吸取了在碱洼村的教训，谨防过早地惊扰八路军而在夜间突围出去，所以就改为"定点包围"。彼时天光已亮，再从近距离内发起进攻，不管八路从哪儿突围，都难逃日军预先设下的火网。

袁虎和马立田等几位干部商议了一下，虽然明白了敌人的意图，却觉得马上突围也不是办法。首先是不了解外边的敌情。再就是这儿不比大碱洼，村周都是矮庄稼，敌人的火力容易发挥，万一冲出后让日军围在平地里，后果就不堪设想了。最后决定，一边让部队守住各村口，一边派人潜往村西和冬武联络。倘情况弄明，形势有利，就可里突外接，突出村西，涉过金牛河。

时间过得真快，不知不觉，夜色已经淡了。可是，和冬武去联络的人没有回来，这让袁虎增添了几分忧虑，也更加重了他本就有之的疑惑。敌人这么快这么准确地将他们包围在大鹏庄，这本身就让他纳闷。因为自从进村来，就实行了严密的封锁。别说是人，便是鸡鸭也没出去一只，那么敌人是怎么得到消息的呢？他滕野不可能有顺风耳千里眼吧。莫非是冬武那里……一个不祥的念头在他脑子里一闪——如果是那样，天啊……他只是想想，并没有说。他对所怀疑的每件事情的最后肯定，总是要等证据确凿。

夜色乍黑又淡，东边已露些微曙光。又过了一会儿，不远处的杨树林后，一片地瓜地里立起两个人,手里的一件什么东西挥舞了几下,几路敌人就行动起来,以快出原来几倍的速度,轻巧地扑向了村口。

大鹏庄无围墙,却有姜保长说过的连成片的护腔墙,虽然不算坚固,但作为临时防御工事还能将就。这时,敌人已经运动到林子边。过了那片杨树林,离村口也就百多米。这百多米也不尽平坦,有几棵大柳树,也有零散交错的土岗坑洼。敌人还真了解大鹏庄的地形,否则,不会单单选中这儿作为重点进攻位置。

袁虎已经回到邹威放哨的那座楼上。靠近村边,看得清楚,敌人过了杨树林,攻势骤猛。可能以为八路军还没发现他们的行动目的,也可能企图先发制人。三四挺机枪突然同时朝沿村边的房顶楼窗开火,日军紧跟着几个踊跃就到村前了。小甜瓜似的手榴弹连续地甩进村,炸坏了"护腔墙",炸塌了房顶。把街口和一些院中地面炸出许多大小深浅的土坑。紧接着,村前是杂沓的脚步,"呀呀"的叫声,夹杂着持续的枪响,大鹏庄东侧陷入了空前的狂乱和骚动。

袁虎却特别沉得住气。直到敌人距村还有二十来米,他才一抖手中匣子枪,先把一个双手擎着战刀的鬼子脑袋敲飞。这枪声,就是开始还击的命令。立刻,村边房上地上的步枪一齐开火,敌人一下子倒下十几个。可敌人依然继续往上冲。这刹那,吴忠指挥战士们把一堆手榴弹甩过去。手榴弹的爆炸混合着第二阵排子枪,敌人终于受不了,丢下死的伤的,返身就朝杨树林里逃。有两个鬼子官刚刚举着战刀跳出来,人流难逆,磕磕绊绊又给拥回去。

袁虎用指头弹弹枪苗子,松了口气。

天渐渐亮了,望村前,死尸一片,手榴弹炸出的坑子一个连着一个。几棵无辜的大柳树弹痕遍布,有的花花斑斑,让枪弹几乎剥光了皮。硝烟和火药味在清晨就显得特别浓,使大鹏庄的上空罩满了阴沉恐怖的气氛。

7

大鹏庄以西几百米的地方,刘冬武率领队伍隐蔽在谷子地里。黑暗中听到有动静,哨兵轻轻爬到冬武跟前说:队长,有情况。

刘冬武和哨兵爬到谷子地边上,立时惊得睁大了眼。只见一队日伪军由村北转到村西来,转到村西后的日伪军就埋伏在了瓜园以东的豆子地里。哨兵低声说:真他妈的巧啊,只一块瓜园隔着,要是敌人再往这挪上一百米,马上就和我们遭遇了。冬武点点头:这些微的误差,使我们发现了敌人而自己却没有被发现。只是擦着敌人外缘部队的屁股搞潜伏，可就大气也不敢喘了。

哨兵说：咱们是不是趁敌不备揍他们一家伙。冬武摇摇头说：不行，我们的任务是接应村内的部队。敌人不动，我们也不动。两个人趴在地边上继续观察，这股日伪军并无警惕性，就那么大大咧咧地坐在地头上。一个伪军士兵：嘿嘿，这旁边有瓜地，咱们先吃他几个。几个伪军就朝这边走，不远处传来日本鬼子的怒喝。将要走到瓜园边上的伪军站住，其中一个：不就吃个瓜嘛。走，摘两个。

另一伪军士兵的声音：皇军下了命令，不许弄出动静，你不想要命了。

伪军们又悄悄地顺在豆子地里不动。

刘冬武胳膊轻捣一下身边的战士：天快透亮了，别被敌人发现，咱们回去。

两个人慢慢退回到谷子地中间卧倒。

天快亮时，听到村东响起枪声和手榴弹爆炸声，冬武急得坐卧不安。他明白，敌人发现了八路军队伍，从前边豆子地里的情况看，敌人已经包围了大鹏庄。是突进去与队伍会合，还是待在这里静观其变？冬武一时拿不定主意。想了半天，冬武认为还是按原来的战斗计划执行，因为如有必要，袁虎会派人出来和他联络。

可是冬武哪里知道，村中的部队已经没法派人出来了。

天已大亮，袁虎等人站在楼上朝远处张望，远处杨树林里没动静，杨树林以东也没动静。看来，敌人是在视线恰好不及的树林后边鼓捣什么。袁虎让大个子邹威趁这空子赶紧组织人把伤亡人员往村内转移，邹威答应着迅速走下楼去。这时，袁虎派往西街与常铁岭联络的吴忠带着几名战士上了楼，袁虎询问和村西的联络情况怎么样，吴忠摇摇头：接连派了两拨人，至今没消息。我听到这里打得激烈，就赶过来了。怎么样，没出什么问题吧？

袁虎侧了下头，没说话。

两个人趴在楼顶继续向远处张望。

吴忠：怎么正北、正南和正西都没动静？

袁虎说：可能是那几个地方地势平坦，敌人不敢贸然进攻。吴忠看看前边：是否可以从别处调两个分队来，加强一下这儿的力量。

袁虎说：小日本猴精，万一要个调虎离山计，把我们大部分兵力吸引到这里，他却在南边北边的捅一家伙怎么办呢？

吴忠：现在天光大亮，想突围也办不到了。

马立田带着十多名群众武装又上了楼。

袁虎说：马叔，你怎么又来了？

马立田说：南边没动静，我安排好了防守问题，惦记着你呀。

袁虎说：万一南边敌人突然发起攻击怎么办？马立田：我仔细观察过了，南边的敌人离村至少二里地，不像马上进攻的样子。所以，我才敢于放心地赶来这里。

吴忠：这小日本，真他娘的鬼。

马立田说：别急，鬼子再进攻时，咱们给他玩儿个花样儿。

袁虎和吴忠疑惑地看着马立田，问是什么花样儿。马立田低声：是这样……

袁虎抻了抻，点点头说：试试吧。就怕群众武装顶不住这些打起仗来呀呀叫的家伙。马立田：甭怕，献县回民支队的马本斋他们常用这法。

袁虎没再说话，三个人走下楼，分别去安排准备着。

好像敌人有意试试他们的办法灵不灵，这里刚刚就绪，东边的枪声就又响了。

这次敌人改变了进攻方式，一排子机枪子弹先从林中射出来后，几十名日军在火力掩护下呈三角队形疾蹿猛扑。日本兵前冲二三十米，没等八路军开枪就自动卧下。鬼子兵卧倒的同时齐刷刷地甩出手榴弹，手榴弹爆炸时制造了大量烟雾。烟雾弥漫中，树林里又有两队日军先后冲出。这两拨日军交替掩护，此冲彼卧，又投弹又射击。村头上的八路军作难了，因为树林边上的敌机枪火力很猛，压得人们难以抬头。村前不断冲击不断卧倒不断射击的鬼子兵枪法又准，稍一不慎就让他击中。战士们有劲儿使不上，一时间真有点儿防不胜防。

眼看着鬼子接近村口了，守村口的机枪总也不响。有的战士开始着急，是射手死了，还是机枪让人家打坏了？他妈的，紧急时刻哑火，干什么吃的！有的战士提议应该反冲锋，和敌人来个痛痛快快的肉搏。立即有人响应，对，冲上去杀个痛快的！袁虎喝道：不许瞎嚷，听命令！

有战士连气带急，骂出了难听的脏话。

机枪依然沉默。

战士们仍旧趴在房顶上楼窗前，一枪一枪地朝村外打。

终于，第一队鬼子炸开街门，一窝蜂地冲进了村。他们得意地号叫着，恫吓着，开始把住街口，分兵攻击两边房上的八路军。后边卧着打枪的敌人也长了精神，跳起来，"呀呀"叫着朝村里奔。树林边上的鬼子机枪响得更欢，枪声中，又有两股日军冲出了树林。他们觉得胜利在望——因为已经攻进了村子，并控制了大鹏庄的东街门。

就在这时，村头楼窗里"嘎——咕咕"一声机枪点射。部分八路军和村前日本兵同时一惊，接着就出现了在战场上可能算不得奇迹的奇迹。村头两座楼上的窗口里，两挺机枪点射之后稍稍一顿，那子弹随之就大河决堤般地朝外喷射。刚才冲进来的鬼子成片地撂倒，尚未冲进村的鬼子赶紧躲避。两挺机枪和战士们手中的步枪组成交叉火力，交叉火力压住村前的敌人同时也延伸射击，射向远处树林边上的敌人。不大会儿，树林边上的日本机枪三挺哑了两挺，另一个射手见势不好，拖起机枪钻进了树林。

东街口内，出现了奇景。房顶楼窗上的八路军战士忽然吃惊地看到，在我军机枪爆响的同时，各胡同口巷子里闪出几十名彪形大汉。有的提着三节棍鬼头刀，有的摆着七节鞭铁门闩，有的拿根短而粗的枣木棍，有的拖根旧时抓犯人用的铁锁链。他们仨一簇，俩一伙，将有幸进村的太君们分割包围，一个个神态自若，不紧不慢。不像来打仗，倒像聚在一块儿看热闹。惊得鬼子们东张西望，心眼多的慌忙找个伴儿，背靠背站着，防着。有的就蒙头蒙脑，拿不定主意该拼还是该跑。鬼子指挥官一声狂叫，鬼子兵退掉枪里子弹，准备和这些人拼命了。

岂料又一奇景出现，大汉身后不远的沿街房顶上，十几名戴礼帽的汉子立起来。大汉们若无其事地摆弄着手里的两把匣枪，如同闲时打靶，冲那些被困住的鬼子兵开始点射。大汉们左手一枪，右手一枪，枪响处，鬼子的脑袋连连开花。有的鬼子兵开枪还击，枪里没有子弹。大汉们零敲碎打，鬼子兵一个接一个地被相继消灭。没被打死的鬼子兵懊丧又惊奇，不知遇到的是些什么兵。

房上的大汉们不见了，鬼子想起应该对付地上的。

包围了鬼子兵的人，手中武器笨重落后颇带原始色彩。日本兵呀呀叫着举枪拼刺突围，然而，在鬼子们眼前，对方手里的家伙变幻莫测——家伙短的变长了，长的变短了，软的变硬了，硬的又变软了。铁链子七节鞭耍成了硬邦邦的直棍，硬邦邦的枣木棍子铁门闩，却舞得弯曲柔韧如蛇。

乒乓响动中，鬼子们给弄得眼花缭乱。有的鬼子兵明明刺向对手，可被扎死的是自己皇军弟兄。有的鬼子兵刺刀捅出去再拽回时，刀尖弯成了铁钩。有的鬼子兵一个突刺蹿上去，再退回来时枪已脱手。不大会儿，剩下的十几名鬼子被消灭干净。两座楼上的两挺机枪同时停射，一位大汉在下边抢着枣

357

木棍子吆喝：夹不住尿的货，干吗不多放几个进来再开枪呢？这倒好，手还没热就办完了。

机枪手用帽子擦着头上的油汗：首长的命令，由得我吗？

鬼子们莫名其妙也是有道理的，这些来自碱洼村的群众为了在那种环境里代代生存，从小就受到严格的武功训练。长到二十多岁，已不知经过了多少生死攸关的搏斗。他们不是为了闯江湖卖艺混日子，只为了保村保家。所以，他们练功不走花架子，讲究实用。他们手中的家伙，也是经名师揣度，量材而配的。故此，玩儿得特别顺手娴熟。正路之外，自己还邪招百出。这些"武林外传"，东洋武士们怎能知道呢？拼搏一开始，他们就给裹进一个混沌迷乱的世界里了。

马立田从楼里走出来。

马立田挥挥手，群众武装跟着他向南走了。

村外未被打死的鬼子瞅这机会慌忙溜回杨树林。初时杨树林和杨树林后的日军还朝村口眼巴巴地盼着，盼着能跑出来三五个。当村内既没了枪声也没有了喊杀声时，他们终于明白，这些活蹦乱跳蹿进去的同胞，今世怕不会站着出来了。

袁虎爬上一座三层楼的楼顶，唯恐敌人打冷枪，没敢露头，便在楼顶女儿墙下的豁口间朝东张望。在杨树林后二三百米的凹地里，有两座不知多少年前的破砖窑，大批敌人此时正在那儿集结。太阳刚刚升起，光线刺目，尽管袁虎用手遮住上额，仍旧看不清是日军还是伪军，只看到黄乎乎一大片，看样子是刚刚赶来增援的。看到敌人集结，袁虎忽然想到了自己的六〇炮，当即和楼下的吴忠打招呼。工夫不大，吴忠带着两名炮手扛着小炮和炮弹箱上了楼。炮手安置好，双眼盯着袁虎不说话，袁虎哈腰把他领到豁口前，指指正东的破窑说：看到了吗？

炮手点点头。

袁虎问：打得到吗？

炮手：差不多。

袁虎拍拍他的肩：好，撸他几家伙！

炮手也不多说话，麥着胆子直腰看了看又蹲下。

炮手用脚跺跺楼顶：承受力还行。

炮手架炮，歪头瞄准填炮弹……一连几炮，炮弹相跟着越过杨树林飞向正东，落在那个挺显眼的目标处接连爆炸。

炮弹爆炸后的烟雾散去，土窑炸塌了，没炸死的敌人拼命往远处庄稼地里逃。袁虎气呼呼地骂：妈的，是些二鬼子，小子们又来傍虎吃食了。

他心中一怒，做手势让炮手继续发炮。命令是无声的，炮弹的爆炸却是有声的。六〇炮的炮弹落在杨树林里，在东南和东北角上的庄稼地里，在一切能发现敌人的有效射程内开花。有两棵杨树给炸断了，炸断了的树木混同着人的肢体、肚肠和武器残骸飞向天空。远处的庄稼地里，豆子地瓜甚至开花儿结荚的芝麻，也被成片成块地掀起来，一直掀到空中，在空中乱糟糟地旋转折腾一阵，连同结伴儿而飞的泥土纷纷落下。落下的泥土秸秆中，掺杂了对不上号的肉骨脏腑。可以想象，许多年后它们腐烂发酵生成的腐殖质，将作为赔偿土地的肥力而供养庄稼。物质不灭是永恒的，这个定律对极了。惊了炮的黄色影子如秋后荒地里的狗獾野狐，有的成批，有的单个儿，顺了田地垄眼拼命地逃开去，逃开去，直到跑完一个自己所完全不知的历程，才又惊魂未定地回眸顾盼，回忆和观察刚才到底发生了什么。

两次阻击一顿炮轰，杀死杀伤了不少敌人，暂时保住了大鹏庄。但是由于敌人进攻速度快火力猛，八路军也付出了一定的代价。村边的许多房顶让敌人用手榴弹炸毁，有二十几名干部战士被打中，除少数几人活下来，大部分都牺牲了。

袁虎下得楼来，算计自己的兵力情况，忽然又想到突围的事，就问吴忠听没听到冬武那边的消息。吴忠摇摇头，袁虎的心情就有些沉重。他吩咐一名战士去找守卫西街门的常铁岭，让他再派两人去和冬武联络。一回头，发现两名炮手从楼里出来了。没有命令擅自行动，他有点儿火，喝道：谁让你们下来的？

不爱说话的炮手说了句要紧话：首长，炮打完了，让我们待在上面等死吗？

袁虎怔了一下，似是想起了什么，转身又往楼上跑。他跑上楼去，听到吴忠在下边喊他，正要回答，东边和空中忽然传来异样的啸声，他忙把答话变成了喊话——赶快隐蔽！话音未落，一溜溜迫击炮弹拖着让人听了骨头发麻的哧哧声从天降下。落地的炮弹从来性急，当即爆炸，当即杀人。如果聋子此时看到它们，那一定像一朵朵烟熏火燎后的灰色棉花。若是视而不见的瞎子，听到的就是天摇地动冰川下滑。这一带的空气如同松了发条的自鸣钟，嗡隆隆响个不停。立时，就有许多高的矮的好的坏的高楼平房崩塌了。袁虎高喊隐蔽的同时自己已经来不及隐蔽。出于条件反射，他鹞子翻身跃下楼顶落在一座平房上。当他从平房上又给掀到地面时，那两条有弹性韧性倔强性的腿仍旧牢牢地钉在地上。这时，他听到那塌了顶的楼里传出人的喊叫，就迷迷糊糊跑进去。烟雾火苗中，只见楼条木板间伸出一只摇摇摆摆的胳膊，分明有人在求救，在挣扎。他力气大，一手掀开木板檩条，一手拉住胳膊将人拽出来，一看竟是吴忠。老吴混沌乾坤地蒙了几秒钟，冷不防问：我还活着？

袁虎：老吴你快到其他地方去看一看。

吴忠答应着拍拍身上的土往村内跑去，袁虎在炮弹爆炸的空隙间往来蹿跃。袁虎一边蹿跃一边大声嘶喊：撤，同志们赶紧撤！

战士们迅速往村里撤。

袁虎却朝外冲去。一个战士大惊：团长，你这是干吗？

顾不得回答，也顾不得安慰，眼下不允许有丝毫的懈松和啰唆。因为炮声依然在响，炮弹依然在炸，大地和空气依然在震颤，房屋依然在倒塌。日本兵相中了这个村头和村边，怀着抵人牛的凶暴心理，把不费力气就杀人的炮弹拼命地往这儿砸。袁虎让别人撤，他却朝外冲。他要冲到村头上街口上去看个清楚。他跑到村口时，炮弹的爆炸声就小了，接着就停了。街门没了踪影，街头上的"护腔墙"及房屋给炸得一塌糊涂。他正暗自唏嘘，东边那凌乱的杨树林里，忽然蹿出一伙东洋兵。东洋兵个儿小，却蹿得快，只一刹那，那身形就显得大了。袁虎那让炮声震得几乎错了茬的脑子里闪出一股浅绿色火花，火花儿像激活素一样让他猛然醒悟——敌人又攻上来了。

这上来的一伙鬼子，是一直窝在林子里窥伺机会，挨打挨炸也没走的家伙，是些狐狸和狼的配种物，是专门从后边咬人颈项的野兽。这时袁虎才明白，自己犯了个指挥上的错误。应当外冲，不该后撤。他后悔，他自己骂自己可一切都白搭。他便扯了嗓子喊：同志们撤回来，赶快撤回来！

可是，队伍早按他的命令撤进村里，听到喊声马上回撤也来不及了。后边传来叽哇叫喊声和枪栓拉动声，袁虎似觉要有"暗器"飞来，侧首偏脸间，一颗子弹擦着耳边飞过。他忙扑地一滚，滚到一堆废墟前，发现了一支埋在土坯里的枪管。他抓住枪管朝外拽，身边"嘎咕咕"枪声响，把他吓怔了。仔细一看一想，明白是一串子弹从枪筒里喷出从他腋下射了出去。那串子弹像瞄准目标长了眼睛，再准确不过地射中东边冲来的敌人，日本兵马上倒下了好几个。其余的原地卧倒，向他开枪射击。而他这时已跃在了废墟后边，心中为刚才的事情纳闷，忙掀开压在枪上的土坯，一看，是挺机枪。我们的机枪。射手已让塌倒的土坯砸死了，可他依然握着自己的枪，至死没放。他的右手食指已挛缩成自然的钩形，所以袁虎拽枪管时，就帮助这位牺牲了的同志打响了他令人难忘的最后一梭子。

360

八路军战士牺牲了还没忘记杀敌报国。

死人杀活人——奇迹发生在那样的年月。

袁虎拽出机枪，顺手将战友的尸身盖住。这时，敌人又开始冲过来，他忙架枪打出一梭子。可是，一梭子打完，就再也找不到第二梭。而匣枪这时的作用微乎其微，想肉搏也没有合手的家伙。他考虑到还有二三百人要他指挥，自己不能拼，不能死，便瞅了敌人再次受惊卧倒的机会，撒腿朝村内跑去。

身后枪响，似乎夹有呦喝恫吓之声。他不去听，只管利用各种掩蔽物往西跑。右胁下一阵剧痛，考虑是负了伤，可也并没影响他的奔跑速度。前边有人焦急地喊他，抬头见是吴忠领人接应来了。后边的敌人被吴忠等人的排枪镇住，袁虎和同志们趁机跑到一个街障后，他这才喘口气说：娘的好险，差点儿就没命了！

吴忠说：你真能冒险，大批敌人压上来了，你还去村口干吗？袁虎苦笑了一下，摇摇头没说什么。一战士惊呼：咦，团长，你右腋下军服上烧了个大窟窿。

吴忠慌忙给袁虎扯开军服，只见袁虎皮肤上燎起许多血泡，有一虎口长的肉肋给烫黑了。吴忠问是怎么回事，袁虎说：可能刚才从废墟里往外拽机枪时，让突然喷出的子弹热流给灼伤的。吴忠：你的命可真够大！

袁虎说：我自己有时也奇怪，分明是死到身边的事，可总是凑巧有机缘再活。

吴忠：你的命真大！

对面的敌人又开始进攻，子弹嗖嗖地在袁虎他们头顶上飞过。土坯垒成的街障很厚，子弹无法穿透。袁虎等人隐身街障后，听到了敌人冲过来的脚步声。有两个战士起身要趴在街障上朝敌人射击，吴忠一把将他们拽倒：找死吗？

袁虎侧耳一听：快甩手榴弹，再晚就来不及了。

另外两个战士迅速揭开大黄把手榴弹的盖子拉出引线。

指挥进攻的日军小队长举着东洋刀，带领部下顺着街筒朝前冲。日军一边冲一边开枪，街障上的土坯被子弹打得噗噗掉土。因为子弹无法穿透街障，日军小队长命令朝街障后扔手榴弹！可是，天下就有这么巧的事情，日军小队长的投弹命令刚刚发出，就有两三颗大黄把尾巴上冒着烟迎面飞来。日军小队长赶紧喊话卧倒。话音落地，大黄把已经落在地上咝咝地冒起了烟。有几个日本兵抬脚往回踢，踢到手榴弹的同时大黄把也爆炸了。街面不宽，鬼子很集中，大黄把威力很大，轰隆隆几声巨响，冲上来的鬼子给炸死一半。

日军小队长给炸断了一条胳膊，指挥刀连同他的胳膊飞起来落到街边房顶上，剩下的鬼子慌忙跳到街边胡同里，不时探头朝外射击。

正东一块高丘上，几根木头扎起的架子上盖着几领草席，龟田手持报话机站在席棚下。龟田的声音很大：报告将军阁下，八路军已被全部包围在大鹏庄内，皇军正在从东街门突入，准备在村内聚歼他们。

报话机里传出滕野的声音：龟田中佐，巷战不是我们的强项，要尽可能把八路军赶出村子，在村外开阔地上消灭。

龟田：将军阁下，能否再将长谷川联队的山炮中队调来助战？

滕野：龟田中佐，山炮中队已从大碱洼调回白河镇阵地，大鹏庄只是一个村子，你们有迫击炮就可以了。

龟田：是，将军阁下。

龟田放下报话机，转身向部下下达命令。

日军的迫击炮阵地坐落在大鹏庄东一个土嶙子后边。一个日军指挥官站在几门迫击炮旁边，日军传令兵飞快地跑来传达龟田的命令。日军指挥官接到命令举起指挥刀长号一声，迫击炮再次轰击。炮弹带着凄厉的啸音朝大鹏庄里飞去，紧随迫击炮的轰鸣，杨树林里冲出两队日伪军。日伪军在炮火延伸中冲到村口，占领了村东头。一个日军少佐指挥着占领村头的日伪军在附近搜索，破烂的街口残垣里，两挺日军机枪架起来，枪口直指村内。

与此同时，大鹏庄村外的东南和东北两个方向不断有汽车开来。从汽车上下来的日伪军在大鹏庄的东边不远处扎住，有几个日伪军头目站在几支队伍面前调整军力部署。远处，仍有日伪军的队伍继续快速向这里集结。

8

敌人炮轰之后，藏在林中的日军终于乘机从三个村口冲进而占领了村头。随后，大批日军从东南和东北两个方向涌来，在大鹏庄的东头扎住。

在这个秋高气爽的上午，在这个已无完整建筑的村头，一条南北二里来长的宽大胡同为界，日军在东，八路军在西，双方时而对峙，时而攻守拼搏。这是一场力量悬殊但却坚韧不拔的地盘争夺战。双方都力图将对方消灭或者赶出村去。日伪军的援兵在不断增加，而八路军的后备力量却是越来越少了。

形势对八路军及群众武装越来越不利。一直保持沉默的北侧和南侧的敌人，在双方相持半小时后可能认为时机已到，也突然地发起了全面攻击。大概那两侧地势平坦，易守难攻，加之没有炮火配合，所以敌人的进攻程度不像东边那样激烈。尽管如此，也已使袁虎他们感到压力更大。如果两侧有一侧被攻开，他们除了立即向西突围外，就只有以死相拼了。当然，突围肯定会落入敌人的伏击圈，这是明摆着的。你明白，你了解。敌人也知道你明白，你了解。但是他就要逼你往那条路上走。你不走吗？那好，大兵困住，你有能耐就升天飞走吧。

八路军没翅膀，不能飞，只能突围。

村公所现在成了包扎所。伤员抬到这里后，由冬雪和那个小卫生员做紧急处理后，就被姜保长分别安排到地窖子里去。伤员不能随部队行动，就拜托本村乡亲照应。形势危急，战斗激烈，冬雪也就暂时从极度悲伤中解脱出来，手头恢复了以往的灵巧和快捷。袁虎来找她包扎时，她正从一位年轻战士的屁股上往外取弹片，战士喊叫，她就吼：没出息，咬住牙！

袁虎从村公所包扎好出来后，一边往东跑，一边不断地回头向西看。此刻，他有些后悔，后悔当初不该将冬武他们留在庄西。否则，此时无论突围还是硬拼，两个分队也是股不小的力量啊。想到冬武，他更纳闷，这位处事稳妥的人，为何至今一点儿动静也没有呢？

他顾不得多想，因为东边这时已经打得难分难解。

那年月，敌我之间的短兵相接或街战巷战，可以说是家常便饭。

大鹏庄的巷子胡同既长又乱。整个村子的格局，像幅画错了经纬线的大棋盘。有的巷子长达一里多地，有的只有几米几十米。有的看上去是个死胡同，谁知进去不远往旁一折，马上又"柳暗花明又一巷"了。

在那条暂时成为分界线的大胡同两边，八路军正和一个中队的日军对着干。间或有股日军攻到西边来，立即就有八路战士迎上去，在那里打一场白刃格斗的血战。机枪步枪连续响着，手榴弹也在不间断地爆炸。刺刀入腹入胸的"扑哧"声和着声声惨叫，奏出一支支非人类所能视听的血的哀歌。

袁虎跑回这里后，战士们刚刚打退一股敌人。他看了看情况，当即把有限的兵力分成两部分。四分之三的人固守阵地，四分之一的人由他亲自率领做机动队。机动队的任务既艰难又单纯，哪里被敌人突破，就到哪里去"补豁"。袁虎此时有了最无可奈何的想法，情况已然如此，能顶多久算多久吧。在这个村里，保住一寸土，就多一寸的回旋余地。所幸，村西仍无动静，南北两侧的村口还没被敌人攻进来，他只挡这一面，就能暂时专心致志了。

他已经杀红了眼。他用的是只有在拼命时才用的打法。他左手枪，右手刀，哪把顺手，就用哪把。许多鬼子都先后和他交过手。知他手段古怪厉害，再碰上时，先就叽里呱啦叫着让自己的同伙和他拉开距离。拼刺，这在袁虎的刀前注定行不通。有时要神神魔魔地举枪打，这就注定死得更快。因为他刚举枪，袁虎手里的短枪已响，枪响就意味着对方的死亡。他打枪也乖戾，只打一枪，并且只打对方右眼。这样，即使对方还能活下去，也不能再用眼睛瞄准开枪杀人了。这可能与他从小练枪的习惯有关。他练枪一是打钱眼，二是打指头大小的河蛤蜊，不偏不倚，一枪一个。

相持中，凡是碰到过袁虎并再次碰上他的日本兵，祖宗传给他们的武士道精神差不多都顺着腚沟漏掉了。胡同口探出头来见迎面是他，"呀"一声返身就逃就躲。鬼子们气不过，有时也组织起一帮人，瞅冷子攻到胡同西边来专门寻他。而在这时，冲出来堵他们的，就不是袁虎一个人了。

在胡同的南半截，一股强悍的敌人用手榴弹炸开缺口冲过来，他们迅速扩大地盘以形成新的进攻支点。袁虎当即率队前去堵截。混战中，一个戴眼镜提金柄战刀的日本少佐忽然神神叨叨地跳到旁边，冲了袁虎勾动食指：刀的，过来的。

袁虎歪头看他一眼，冷笑着走过去，冲他下巴削了一刀。少佐一矮身，竟然躲过。随之双手抢刀闪电般斜劈过来。袁虎当真吃了一惊也吓了一跳，躲闪不及，忙拧身运腕将刀背迎上去。他力气极大，刀沉刀背又厚，"咔嚓"火花迸射间，少佐的战刀一声响亮给磕飞了。这个少佐一只镜腿挂在耳朵上，傻憨一样立在原地看着对手，纳闷比他魁伟不了多少的这个人力气怎会如此之大。要掏枪，手震坏了不好使。要逃，八路军已把他的来路封死了。到底小日本心眼多，抻一抻，又冲了袁虎勾指头：空手的干，敢？

在这种时候这种情况下，谁还有闲心练摔跤习柔道呢？可他偏偏碰上的是袁虎。袁虎有个怪脾气，一说较艺，谁不服气跟谁来。特别是对鬼子，不论用刀用枪还是摔跤玩儿散手，我都得让你在中国人面前输个一塌糊涂。不服？那就尽管来吧。当然，袁虎明白此时不能乱耽搁，必须立下杀手。他把刀扎在地上走过去，小鬼子戴好眼镜，迎面立下。他是个很有两下子的空手道高手，认定这回对手非让他打死不可。所以，俩人一接近，他就猛地将袁虎右腕擒住。他的目的很清楚，先来个"挫腕"，然后搭背将对方狠狠地摔出。他的动作快如电石火花，要是一般人，两秒钟内就得遭殃。可是，他快，袁虎更快。他擒住袁虎手腕的同时自己的手背也让袁虎左手搭住。他尚未反应过来，袁虎已经抖腕反擒而且左脚把他的右脚后跟锁住，左手外缘冲他小臂上一切，那少佐惨叫一声，后跌的同时小臂骨咔嚓折了。不过，他还是咬

364

牙站了起来，并且又捞住了刚才让袁虎磕飞的刀。这个小日本呀呀叫着找袁虎拼命，袁虎火透了，抄起地上的单刀，人带着风，风挟着刀，"蚕丝缠身"旋过去，白光闪处，那少佐的脑袋以眼镜下缘为界，被齐刷刷地裁成了两截。眼镜伴着他的上半截头骨和脑浆，在他的尸首上旋了一圈落下。金丝镜旧情难舍，仍然忠诚地落在主人身旁。少佐抽搐着的手指奇怪地朝它抓了抓，怀着无限的留恋松开了。

我说你不行嘛！袁虎斜了鬼子尸体一眼，蹭蹭刀上的血污，又去寻目标厮杀。

这样坚持了一个多小时，袁虎清楚地意识到，他们的处境越来越难了。他考虑这样挡下去不行，就思忖把敌人放进来。让对方兵力分散到各个角落。而我们则分成几大股，在局部范围内，以相对的优势消灭敌人的小股力量。这样，敌人有兵用不上，有炮不能打，在这个大村里，和小日本玩儿捉迷藏，尽最大可能坚持到天黑以后再说。但是，这中间既要独立作战，还要相互联络，用什么方法指挥才能使各股部队分而不乱呢？袁虎正自琢磨，身后的一位分队长忽然轻轻喊他：袁团长，北边的敌人上来了！

袁虎一看，果然有股敌人冲开北边的一个村口，在迅速抄他们的侧后。这时，他们正趴在一座平房上，忙吩咐那位分队长下去带人堵一下。分队长下了房，带了十多名战士迎上去。可是，瞅这机会，胡同以东的日军加强了攻势，几十名鬼子呼地压过来。八路军两面受敌，渐渐扛不住。袁虎只好让战士们利用房屋胡同的掩蔽，逐渐退到了东西大街的南侧。敌人继续逼过来，正在街南一座楼上的三支队队副吴忠见情况危急，当即命令机枪居高临下猛扫过去，敌人这才给顶住。

至此，大鹏庄东北部全让日军占了。而大胡同以东的南半部分，也在敌人的控制范围里。大鹏庄的三分之二，也就是整个村的西南部分仍在八路军手里。可日军占据了斜对面街上的那片平房顶，一座二层楼也被他们控制住，机枪步枪呈水平面地打过来，距离这么近，火力占优势，自然就打得准，打得狠。瓜皮手榴弹不时地甩过来，把院墙房顶炸塌，眼见着八路军的损失越来越大。

为了保存力量，袁虎只好采用他刚才想到的办法。于是，临街处的同志全部下了房，在身后远处房上楼上的火力支援下，在院子内，在门洞里，在七拐八拐的小巷中，一会儿聚，一会儿散，和不时攻过来的鬼子们展开了变幻莫测的巷战。他们彼此保持松散而准确的联络，既能独立消灭敌人，又能相互支援。

将近中午时分，八路军又丢掉了一些地盘。而且机枪也只剩三挺，一挺在西南部，两挺在西北部。两边又联系了一下，连同守卫西街口的单刀队及马立田带领的群众武装，能打能拼的也不超过二百人了。

　　中午过后，日军将大鹏庄的南北街门同时攻破，马立田他们只好退到村西南片。而西北片也只有魏国明和张龙的四支队坚守着。他们利用自己适于近战巷战的特点，和不断突入街西的部分敌人周旋，逐房逐院地争夺。敌人则一边攻击他们，一边用机枪将南北大街封锁。这样，街西的过不来，街东的过不去，袁虎他们的地盘就被隔成个村中孤岛了。又过了一会儿，敌人忽然完全放弃了对街西的攻击，转而集中力量对付袁虎他们。目的很明显，步步为营，分片歼灭。袁虎他们看来是头一"片"了。

　　袁虎他们被困在了核心，处境相当险恶。日军的迫击炮又从村外轰进来，并且弹着点挺准。在袁虎他们目前据守的这个小范围内，有两座楼给炸塌，许多院子里燃起了大火。浓烟从火中扑出来，把人呛得难以呼吸，袁虎他们只好连连后退——这地盘也就更小了。

　　日军炮轰之后终于出兵，他们分别从东、北和南三个方向朝"孤岛"合击。有一股鬼子已抢占了他们西边的部分地段。至此，这里的八路军算是实实在在地给困在了中间。鬼子在迅速从四面向他们进逼，形势之严峻，容不得袁虎再犹豫了。他当机立断，下令舍弃这里，冲过南北街，和西边的队伍会合。

　　八路军冲过南北大街，立脚未稳，敌人尾随着压过来。袁虎指挥同志们钻进一个胡同，撤进一所院子，敌人紧追不放，也跟进了胡同。这条胡同是死胡同，胡同尽头有座土楼。几十个鬼子冲进胡同里，前边的三个即将接近那所院子门口时，胡同尽头那座楼上探出了一挺机枪。机枪点射几下，跑到院门口的三个鬼子兵当即倒下。其余的几十个鬼子慌忙举枪瞄准土楼窗户，还未来得及扣扳机，窗户里的机枪响了。机枪居高临下向敌人猛扫过来，敌人急忙后退，在胡同的北半截挤成人堆。机枪继续喷出火舌，鬼子群中不时发出惨叫，大部分被机枪射中，只有几个逃出胡同。

　　机枪手从窗口探出头，朝尚在院中的袁虎等人招手。袁虎等人翻过院子的南墙顺利撤走，大鹏庄东北部被日军占领，而南半部分也在敌人的火力控制范围。

　　机枪手已从胡同土楼上撤出，进而爬上附近的砖楼。袁虎他们在和敌人周旋，十来个鬼子端着刺刀出现在他们身后。机枪手在砖楼上看到了，从窗口架起机枪朝那十来个鬼子扫过去。有几个鬼子给打死，其他的猴跳圈一样躲进一条小胡同。

袁虎听到机枪声，回头看到了倒下的鬼子兵。因为身后远处楼上有机枪支援，袁虎和同志们信心倍增。他和吴忠重新会合，率领八路军战士与敌人展开拼杀。他们在院子内、门洞里，在七拐八拐的小巷中和敌人近战。将近中午时分，八路军又丢掉了一些地盘。机枪也只剩两挺了，一挺在西南部，一挺在西北部，袁虎和吴忠带领的八路军减员情况严重。

接近中午时，日军将大鹏庄的南北街门同时攻破。袁虎派往各处的人回来报告，只有守卫西街门的单刀队仍然建制完整。马立田率领的群众武装顶住了从南门进来的敌人，西北片的三支队仍然坚守阵地。袁虎和吴忠商量决定向村西南方向撤，到那里和马立田的群众武装会合后再与敌人周旋，力争坚持到天黑。

刘冬武和那两个分队一直在村西守着。为防万一，冬武将队伍分成两部分，一个分队原地不动，一个分队在金牛河的狭窄处潜伏。冬武的做法很实际，也很正确。因为万一情况有变，袁虎他们势必往这边撤。到时只要村头枪响，他们马上过去接应部队出来，然后西渡金牛河。

刘冬武率领战士们伏在谷子地里，支队梁勇伏在刘冬武身边。

梁勇说：刘队长，你听，村里的战斗越来越激烈了。刘冬武点点头：看来袁团长他们已经陷入敌人的包围圈，怎么办呢？

事实上，袁虎命令常铁岭先后派出的两起联络人员，都是刚出村不远就让敌人的暗岗杀死，而冬武要派人进村也根本不可能。如此两地音信断绝，出村的有顾虑，村外的只等打接应，时间一拖，自然就耽搁了。

枪声紧一阵又慢一阵。一阵铺天盖地的迫击炮声后，村东头的枪声骤然剧烈。凭经验，冬武判断敌人已经进了村。可是，挪了半天，怎么不见袁虎他们突围呢？莫非敌人数量不大，队伍顶得住？是进村还是在此等候，冬武一时左右为难。但看到这村西的敌人静卧不动，自然想到了恶狼躲在山口等羊群的传说。心里骂了句"歹毒"，便也决定以不变应万变，先继续在这儿潜伏，只要敌人伏击我们的部队，或者向村里进攻，他就立即率队而起，兜住敌人的屁股打。

一直挪到中午，又过了一阵子，这里的敌人依然不动。但村内的枪声、炮声、手榴弹爆炸声以及厮杀呐喊声却越发激烈。并且，南北两侧的枪声也由村外转到了村内。冬武意识到，村内已经打成黏糊仗，此时队伍想撤恐怕也撤不下来了。他再也不能等下去，必须立即冲进村，要死大伙一块儿死，要活一块儿活。

冬武正要派人去把河边的那个分队拉过来，那个分队长却已派人来找他，说是河对岸好像有队伍活动。冬武大吃一惊，莫非敌人发现了我们在此潜伏，特地调了部队来抄后路？他急忙运动到河边，借着蒿草的掩蔽往西瞧。果然，河西玉米地里庄稼乱动，显然有人过来，而且距离挺近了。说话间，几个人矮身走出玉米地，相当轻捷地蹿上河岸。清楚地看到他们腰里别着枪，有俩人冲这儿瞧了瞧，回头和一个细高个儿说着什么。冬武认定这是日军的便衣特务队，刚要下令准备战斗，旁边一位战士忽然失声道：嘿，那不是李队长吗？

对方动作快得惊人，战士话音未落，他们已经拔出腰里的双枪。可看到河岸上立起身着八路军服装的战士，又以同样的速度把枪掖回去了。细高个儿几步跳下岸，隔着河水轻声问：是袁兄弟的人吗？

没错！战士一边回答，一边对冬武介绍，刘营长，这是救国军里的李队长。

原来，那次夜袭白沙河，这战士编在机枪班里。大鹏庄外巧遇救国军的这位李队长，算是把他认准了。刘冬武听袁虎介绍过这些人的情况，听战士一说，也马上站起来：哦，李队长，久仰！

李队长隔河抱拳：这位是……

战士本想说"刘营长"，想一想，又改嘴了：我们队伍里刘……刘支队长。

李队长依旧双手抱拳：刘队长，失敬失敬。

李队长客气着，冲岸上的人做了个手势。岸上一人用胳膊朝后画了两下，玉米棵一阵大动，一支百多人的便衣队伍刹那间出现了。

当先一人，三十以内年纪，月白裤褂，留分头，戴眼镜，举止文静又洒脱。像军人，像文人，像政府里的官僚，也像便衣特务。总之，他什么人也像，又什么人也不像。让你难以形容，难以揣测。他样子不慌不忙，脚步却极轻极快，冬武从李队长身上抬起眼时，他人已到岸上了。一猫腰，轻巧地跳下来，立在水边朝冬武笑笑问：袁兄弟袁虎呢？

冬武对这个人挺好奇，也走下岸来，说：团长被围在大鹏庄了，我们正准备冲进去接应。那人点点头：哦，那么老兄是留在外边打接应的了？

这个人像预先知道情况一样，和冬武说着话，手一挥，立时有几个大汉下到河水里，一拉溜立到对岸，后边的人双手搭住前边人的肩，一座人桥立时形成了。李队长领着十几人先行过了"桥"，这才对冬武说：和你说话的，是我们别司令。

冬武点点头，其实，李队长不说，他心里也已明白这人就是别司令。从气质到行动，他有这个感觉。别司令这时也过了河。他握握冬武的手，看看岸上已经露面的八路军战士，张口就问：老兄手下多少人？

冬武说：四十来个。

别司令用手指了脚下：小日本呢？

冬武知道他问的是这村西，稍一顿道：真鬼子二鬼子，加起来得有二百多。

别司令朝腚后双手一搓一提，两把带着烤蓝的德国匣枪就握在了手里：好！咱们这样，兄弟我带人把小日本赶开，老兄和我们李大哥楔进去，想甚法也得把袁兄弟他们接出来。

真是求之不得。冬武的心里敞亮极了，也感激极了。他连声道谢。别司令依然笑吟吟地说：谢什么谢，谁跟谁哪！

说着，也不管队伍是否全过来，提脚先蹿上河岸。

刘冬武和别古来带领队伍哈腰顺水沟东行，队伍来到谷子地北头停住。队伍悄悄爬进谷子地垄眼里隐藏起来，刘冬武和别古来爬到谷子地边上朝外张望。

瓜园以东的豆子地里露出日本兵的头。

别古来说：刘队长，我带人撕开一个口子，你率八路弟兄冲进村内接应小袁。

刘冬武：好嘞！

别古来没回头，只朝后边招了下手，救国军一百多人无声无息地运动过来。别古来叫过李队长：李大哥，这片瓜地有五十多米宽，正好是短枪手榴弹的火力范围，咱俩轮流杀上去消灭正面敌人，让刘队长带人接出袁家兄弟。之后，你作为第二梯队跟进接应。

李队长双枪一摆：好，现在开始？

别古来话随枪响：打！

别古来的双枪响处，几个鬼子当即趴在地上不动了。李队长带着几十个人跳起身冲上去，枪弹如扬谷喂鸡般朝鬼子头上背上泼洒开去。两个日本机枪手首先被打死，其余的日伪军来不及还击，一个个拼命往北逃。日伪军相继逃进北边的水沟里，受伤跑不动的有的原地装死不动，有的竭尽全力往北爬。

别古来双枪合把从腰上摘下手榴弹。

别古来的手下也学着司令摘下手榴弹。

手榴弹像老鸹一样飞向豆子地里，跪着的坐着的鬼子当即趴下啃土。那本来趴着的，哼都没哼就稀里糊涂死去了。一眨眼，日军的村西防线生生地给扯了个窟窿，刘冬武率领战士们呼啸着，在硝烟中从那些未死的鬼子跟前掠过去。

鬼子指挥官傻了一样张大着嘴。

当日本兵趴在烈日下伸长着脖子朝村头张望时，当他们的指挥官手挂战刀半跪在机枪旁边准备随时下令向突围出来的八路军开枪扫射时，从他们的背后，就在近得让他们自杀也不会相信的距离内，忽然间枪声响了。接下来，是那种容易让人患惊悸症的手榴弹的连续爆炸。

别司令的人的确能征善战，接到眼线的报告，他们两个多小时跑了三十几里地，就准备在这儿抄敌人的屁股打。意外地碰上冬武他们，更是虎添翅膀。他们在近距离内展开自己的优势火力，十分钟内，日军的村西防线就生生地给扯了个窟窿。几十个人呼啸着，在硝烟中从那些未死的鬼子跟前掠过去。被揍傻了的太君们还没想到该不该阻挡，这些人已经连冲带打地冲进了大鹏庄。庄头上当即有人接进去，他们团聚了，会合了。鬼子们终于明白了是怎么回事，气歪了鼻子，叽里呱啦地骂日本话。他们很想跟上去攻进村以报刚才的一箭之仇，可是——来不及了。那些从背后冒出来的便衣又开始对他们发难，照样有的抢双枪，有的甩手榴弹。在十几分钟内，就把他们大日本皇军的一个中队像赶野鸭子一样轰进了北边的沟里。

沟边上，被炸掉了一只耳朵的鬼子中队长又咬破了自己的嘴唇，他用手套擦着两处的血，又用刀鞘狠磕自己的马靴。在他的脊背后忽然地出现一支队伍并立即将他的部队打个落花流水，这真是对以精明强悍而著称的日军的嘲弄和奚落。他像让人一刀割掉了尾巴的狼，侥幸活命后又惊惧又愤怒。他咕咕噜噜地在原地转着，怨气终于无处发泄，便不顾大日本皇军的军风军纪，摘下帽子又解开上衣纽扣，一屁股坐在庄稼地里说：八嘎！这里太阳的，比赤道还热！

他刚坐下，忽又想起自己担负的截击或者说伏击任务，忙又从地上弹起来，一手举战刀，一手捂耳朵，如狼嗥叫——南边的杀……

通往村西街口的出路打开了。别司令一边继续组织力量顶住来自南北两面的敌人，一边不断朝村口望着。他面上不急，可是心里呢？

9

刘冬武他们冲进了村，恰好看到常铁岭从一条胡同里跑出来。刘冬武问铁岭情况如何，铁岭说：我都快急死了，没有袁团长的命令，我不敢贸然去支援他们，和你联系吧，派出的人总是有去无回。这下好了，你们攻进来就好办了。

刘冬武说：要不是救国军别司令带人来援，还指不定怎么样呢。唉，袁团长现在哪里？他的情况如何？铁岭说他也不了解袁团长现在所处的位置，怎么办呢？这时，不远处的楼顶上有人喊：冬武，冬武！

冬武和铁岭抬起头，咦，是马立田。

马立田说：你们别往这边走了，我下去。马立田从楼顶上消失不一会儿，就从一条胡同里跑出来。刘冬武和铁岭迎上去，马立田高兴得拍起了巴掌。他跑过去一把抓住冬武的手，什么也不问，就指着北边街口处说：看到那里没有？

原来，敌人开始进攻南北大街以西、东西大街以北的那一片了。真没想到，以速战速决为作战宗旨的日军，这回却采用了老牛破车的打法。冬武顺了老马指的方向看去，只见日军从北边东边同时往里挤。有一股鬼子也悄悄地由靠街胡同往西插。敌人要是合了围，守西北片的四支队也就完了。冬武见这情景，喘口气说：我带人把四支队接出来，你快去找袁团长，马上西撤。别司令在村西呢。

冬武说着率队离去。

像突然而起的龙卷风，冬武带着那刚刚冲进来的两个支队穿巷过院，向北边喊杀声最响的地方"旋"了过去。老马顾不得观察战斗情况，赶紧去找袁虎。

眼下，敌人占领了东半村后，开始全面西进了。此时的战场形势，是名副其实的两军对垒。这大鹏庄的西半截房高楼也多，地片也大。八路军不断变换阻击位置，和敌人的距离有时近在十几米，日军也就不打炮了。这情况对守的一方来说，自然要比攻方优越。可是，敌人的火力和攻击力明显加强，而攻击部队也完全是那种阵地战的打法。这给打惯游击战的八路军添了不少困难，因为他们诸如机枪一类的重武器太少，弹药也不足了。既要顶住敌人的进攻，还要注意节省弹药。做饭无米，这仗可怎么打？闹不好最后结局就是一场肉搏。

有一件事袁虎越来越怀疑，这半日，三个方向进攻打得天昏地暗，西边的敌人却始终未动。是真有强大的伏兵，还是疑兵计？那种战场上"无声胜有声"的军事骗局，往往胜过了"铁骑突出刀枪鸣"的效果。就像现在这种情况，敌人三面围攻，只留西边，他让你产生"西边定有重兵埋伏"的顾虑而迟迟不敢西去。待把你压缩到最小范围后，再增兵西街口，那时，四面合围，把你一举歼灭。这种类似"三国"里"空城计"的办法，在军事上是个挺特殊的战术。只有那种工于心计相当精明相当有才能的指挥官，才敢深思熟虑知己知彼后冒险一用。它可以使自己有限的兵力得以充分发挥，并能骗得敌方坐以待毙。

这次敌人是否是用的疑兵计，不敢说。可是，仗已打到这份儿上，还用得着考虑那么多吗？干脆冒冒险，人说万里还有个"一"呢。

主意拿定，袁虎分头传令队伍往西集结，同时下令架起还仅有的两门六〇炮，向村子的东半截开炮轰击。他想来个欲退先进，让敌人产生错觉。

黑乎乎的炮弹拖着蓝烟挟着风，准确地先后落在东北片那幢二层楼顶上。爆炸声中，一名指挥官连同两名日军机枪射手，像耍把戏一样喊叫着跃到半空又落下，落在一条小巷里，再不喊叫，也不动了。

日军这半天再没听到八路军的炮声，以为对方手中的几件小玩意儿早让他们的炮火炸毁了。这时忽然炮声又响，很让鬼子们惊诧。他们停止进攻，停止射击甚至停止了说话，如此足足两分钟，终于闹清了发炮的位置，才又鸣枪致哀似的朝这里开火。说实在的，袁虎这几炮算是给自己惹了祸。六〇炮刚撤下来还没隐蔽好，随着机枪步枪的射击，迫击炮的炮弹也哧哧叫着往这里落。小鬼子用枪用炮都最歹毒，找准目标就不要命地打。袁虎离开那小院几分钟，连楼加房就给炸飞了，方圆六七十米的范围一片烟火。日军的地面攻势也骤然加紧，更让袁虎吃惊的是，村西此时也忽地枪声大起，好像那里的敌人也开始组织进攻了。

别古来带领部下追击南逃的伪军，北边响起枪声和"呀呀"怪叫声。别古来回过头，见日本指挥官舞着东洋刀带领鬼子们冲出沟来。

指挥部下用匣子枪压制日军火力的李队长光着膀子抡着双枪迎面顶上去，兵力相差悬殊，李队长他们渐渐支持不住。李队长他们边打枪边后退，眼看刚刚撕开的口子又要让日军合上。别古来：弟兄们，放弃追击，回过来支援北边的。

二十多个人立即停住，呼啦一声冲回来。别古来率先越过李队长他们的头顶向鬼子群里扔出手榴弹，手榴弹爆炸中，冲到豆子地里的日本兵先后倒下十来个。李队长带领的弟兄不再后退，趴在地上开枪射击，冲在前边的日军少佐给打伤了。东洋刀掉在地上，但他仍旧翘着上身指挥部下向对方反击。

别古来和李队长合兵一处趴在豆子地里，救国军甩出一只只手榴弹，救国军的短枪在不停射击。通往村西街口的出路重新打开，别古来组织力量巩固阵地。

受伤的日军少佐终于支持不住趴在地上，失去指挥的日本兵赶紧抬起他们的长官撤进水沟里。别古来一边射击，一边不断朝村口望着。

李队长：司令，那位刘兄弟已经带人杀进村里。

别古来：小袁的部队一定受损严重，你赶紧带些弟兄插进去帮他一把。

李队长说声"好嘞!"一挥手，十来个弟兄马上跟过去。他们腿脚极快，不大会儿就到了村口。别古来望着李队长率人进村里，长舒了一口气。

袁虎他们的地盘越来越小，渐渐给压到了一处街角。幸运的是，这地段小巷胡同能串能通，他们虽然分成若干战斗单位，相互还能配合。糟糕的是，他们和马立田及单刀队四支队被敌人隔开，统统失去了联络。

大鹏庄的西半截不同于东半截，这里楼多，夹壁墙多。地窖子地溜子少。没搬走的人，有的钻了地溜子，有的进了夹壁墙，有的就在那墙壁厚实的楼底层躲着。厚厚的楼门包了铁皮铆了圆钉，别说用手推，就是榔头砸也白搭。这一来，战士们进楼难，上房难，串楼串房更是难，只好借助小巷和炸塌了的院墙，在这个区域里转悠着与敌人血战。到底日军兵力强大，相持了半小时，终于攻进了这块地盘。八路军几乎到了以死相抵的地步。几名战士跟定袁虎。袁虎奔跑于各处，一边和日军拼杀，一边组织分散的战士准备找机会西撤。他行动快，战士有时跟不上，就喊住他。他问干吗，战士们说：吴教导员专门嘱咐过，让我们几个负责保护你。袁虎苦笑着摇摇头，爱怜地望望同志们，脚步自然地放慢了。嘴里却似自言自语道：弟兄们，像今儿这种情况，你们还能保护我？

在一个小巷里，二十几个鬼子堵住了他们。他们打了几枪退进了一所院子。院子挺大，西北角上是座砖楼。这种楼一般都有地溜子和外边某个暗处通着。要是进得去，居高临下打他一通，最不济也就是钻地溜子。可是，楼门紧关着，用力推，谁不动，这证明里面有人躲藏。几个人一时没了办法。正准备翻墙到另一所院里去，十多个日兵已经端着刺刀蹿进来。袁虎他们只打了几枪，就让鬼子紧紧围住。有位年轻战士措手不及，被三个鬼子同时从三个方向刺中。那战士咬着嘴唇没喊出声，就扭着身子倒下了，可鬼子依然狠命往下戳。

这情景被困在一边的袁虎看得一清二楚，他用刀磕开鬼子的长枪，一拧身从对方腋下蹿出来。左手一抖，匣枪哗地扫过去，三个鬼子的刺刀未及从年轻战士的身上拽出，就相继栽在那战士的身边了。

袁虎这一枪搂得太急，子弹全打了出去。换梭来不及，而原先困他的鬼子们又跟着攻上来。他一气，把个空枪"呜"地甩过去。昔日多年和爷爷学打暗器，手劲儿大，手头子准确，枪苗子就像一支箭戳在迎面鬼子的太阳穴上，生生地插进去半截。没见得怎么淌血，这位日本武士就摇着脑袋晕头转向地跌倒，手脚不断抽动，口里吐着白沫，像得了羊角风似的。

本来，像事先按比例分好，十二个鬼子对付袁虎他们五个。攻击那位年轻战士的三个，攻击袁虎的三个。那三个让袁虎一梭子报销掉，这三个也让袁虎的匣枪苗子扎死一个。另外这两个气急败坏攻上来，要说他俩对付别人还可以，可对手偏偏是袁虎，这就活该他们倒霉。上来后，刚要照例兜圈，就让袁虎矮身欺近，反背刀将其中一个的脑袋磕烂。同一时间内，另一个举枪刺来的鬼子也让他顺势飘起的刀锋斩掉了胳膊。断了一条臂膀的鬼子扔掉大枪嚷起来，嚷了几句跌倒。可能痛疯了，躺在地上抱住自己的那条断臂，一边滚，一边叫。

另外三名战士每人分别被两个鬼子围着。说实话，一个八路战士对付一个鬼子倒也不吃亏。一个对付俩就相当吃力了。这三名战士有的给挤到了墙根，有的被鬼子左一枪右一枪，只顾得架架挡挡。那位给挤到墙根的战士见没了退路，只好豁出去拼。一个鬼子从左侧挺枪刺来，他一闪身，刺刀扎空，半截刀捅进后边的墙缝。瞅准这机会，战士双臂一挺，力气不大也几乎把对方的肚皮捅穿了。可是，鬼子还没倒下，这战士也被另一个鬼子刺中。这一枪刺得相当狠，一尺多长的刺刀从战士的右胸穿过，又扎进后边的墙里，把战士生生钉住了。

这刹那，袁虎恰好解决了那两个日兵。扎死八路军战士的鬼子惊回首，号叫了一声，另外四名鬼子中马上抽出两名。三个鬼子咕噜着日本话，立时分三个点将袁虎盯住。那两位八路军战士化险为夷，连刺几枪又把对手逼得后退。

这三个鬼子相当"鬼"，看出袁虎是武功行里罕见的高手，就尽量和他拉开距离，瞅准机会攻一下。攻得快，撤得也快，总不让袁虎贴近了，但总也不放过他。有人说过所谓的功夫，就是快的打慢的，力气大的打力气小的。

正当鬼子们自以为得计时，袁虎忽然矮身旋转，刀光裹住身形，滴溜溜快得像个陀螺。鬼子们眼前出了怪事，对手人变小了，手中刀却变长了，长得足以超过他们的枪杆而直取咽喉，惊得他们更远地跳开去。可是，待他们站定了再看时，对方手中的刀仍是那么长，人还是那么大。

其实，这刀之所以变长，是速度极快而产生的虚光。你离得近了，必就眼花，鬼子悟不出其中道理，还以为袁虎会使魔法。

鬼子们待要组织二次进攻，那砖楼上的窗户却忽地开了。窗前站出个端匣枪的大汉，闹着玩儿似的朝下打了两枪，迎面两个日本兵的脑袋当即开了瓢，红花脑浆喷了满地。大汉吹吹枪口蓝烟又伸手，第三个鬼子哇哇叫着张进门洞。那两个正和八路军战士拼命的鬼子一慌，其中一个胯上中了刺刀，跌在地上挣扎。另一个拖了大枪往外逃。几个人要追，大汉叫住他们，说巷口有鬼子机枪堵着，让他们赶紧进楼，有人等着。

这时，楼门开了。开门的竟是马立田和姜保长。他们是从地溜子里过来的。姜保长二话不说，拉住袁虎走进楼，待战士们跟进来时，他们关上楼门，钻进掀开坯的炕里。炕是空的，有暗道直通对街的院子。进了那个院，又进了另一个地溜子。一个接着一个来，也不知串了几个院，走了多么远——一股牲口粪尿的味钻进鼻子，姜保长说：该出去了。

他们从一个碾盘底下钻出来，已到街西头的南侧。在他们西边不远，战斗正打得火热，子弹头咻溜溜在附近乱飞，部队已明显地从原来地盘上往后撤了不小的距离。袁虎见指挥战斗的是冬武，吃惊地"咦"了一声问：他……他们什么时候进来的？

马立田这才把别司令已到庄西，刘冬武突围进来接他们的事说了。袁虎又惊又喜，忙高声喊：冬武，冬武，老刘哪！

冬武听到了袁虎的喊声，回头朝他摆摆手，又指指左侧一个大院，什么也没说，又转身指挥战斗。因为，这时敌人又再次攻上来了。

一阵剧烈的枪声过后，救国军李队长提双枪斜披绸褂儿，率同伙儿从冬武指点的院里跑出来。李队长几步跑到袁虎跟前：我说袁兄弟啊，你可来了！

李队长抱住袁虎就亲。

袁虎扳住他的肩头：李队长，你怎么也来了？

李队长：咳，袁兄弟，别司令害怕刘队长人单力薄，特派我杀进来协助接应。袁兄弟，别怕，有我们在，你什么也不用怕。

袁虎说：谢谢李队长，别司令在哪里？李队长往西一指，随着一把拽了袁虎的胳膊：走，快走吧！

袁虎拍拍李队长的手背：李队长，队伍，还有咱的队伍呢。

李队长：哦，队伍，一块儿走。别司令带人卡住那里，一万人也出得去。

敌人被击退，冬武和接应出来的那个支队来到袁虎跟前。魏国明喘息稍定，说：幸亏刘队长及时带人赶到，否则我们就给敌人包了饺子了。

刘冬武笑一笑，没说话。

马立田这时已将群众武装也集中到这里，李队长双枪叭地并在一只手里，拍拍袁虎的肩膀：袁兄弟，好样的，人齐了，我们出村吧。

袁虎说：好的，集中火力量把敌人顶回去，然后火速西撤！

姜保长走过来：我呢？

马立田说：老姜，还是按咱们商量的，你赶紧穿地溜子回村公所，让保丁把你拴在村公所的床腿上。敌人虽说在这里待不长，可你还得应付着。再说，刘冬雪和另一名卫生员都留在村里照料上百名伤员，这许多事情就拜托你照应了。

姜保长说：马师傅您就别多说了，我照办就是。姜保长和几个人分别握了握手，转身走进碾棚里。袁虎看着走进碾棚里的姜保长说：马叔，你早安排好了？

马立田说：接下来我们和敌人必是一场恶战，伤员根本不能带在身边。袁虎说：我担心敌人发现了伤员。马立田说：放心吧，我了解，这村的地溜子里很安全。马立田见袁虎疑虑，便附耳跟前：这村里有十多人都是我们的地下工作者，因形势严峻，不能露面。这情况继续保密，记住了！

袁虎说：这就好，那我们马上行动！队伍集结，袁虎又看到了那两门尚存的六〇炮，立即命令向村子的东半截再次开炮轰击。炮手马上架好小炮装填炮弹，炮声响了，黑乎乎的炮弹拖着蓝烟挟着风，朝村子的东半边飞去了。

炮声中，袁虎一挥手，八路军和群众武装飞速奔向西街口。

别古来命令部下迅速回撤到瓜园东边的谷子地里，免得两面受敌。

别古来的部队唰地撤向西去，南边重新集结的伪军冲了过来，沟里的日军仍旧趴在沟沿上向别古来的部队射击。别古来的部队卧在谷子地里，和东南、东北两股敌人对射。村东南的伪军向着谷子地发动攻击，北边水沟旁的日军和别古来的部下对射之后，又呀呀叫着冲向谷子地。

别古来思忖片刻，将救国军分成两拨抵抗两侧的敌人。二分队的刘队长带人专门投掷手榴弹，别古来带人专门用长苗子匣枪向敌人射击。敌人反复攻击多次，多次被打退。别古来蹲在一个坟丘后边，用望远镜不时瞧瞧村口。

村中枪炮声骤紧,别古来说:注意,八路弟兄就要冲出来了,接应成功后马上悄悄撤离谷子地。

果然,不大会儿,村口有部队端着长枪、短枪,舞着单刀冲出来。冲出来的部队稍一停顿,拐弯杀向西南。西南上的伪军在溃退逃跑,远远看到李队长在歪着膀子侧着头向伪军射击。别古来放下望远镜:注意,集中火力狠撸鬼子。

两股火力同时压向北边水沟里的鬼子,鬼子丢下几具尸体,再次被赶进水沟里。别古来见接应成功立即下令:弟兄们,撤了!

别古来的部队迅速蹿出谷子地,跑到金牛河边,仍是借着"人桥"过河而去。

八路军和群众武装二百多人顺利出了大鹏庄,同李队长的队伍合兵一处,过金牛河,钻进青纱帐。至此,这支队伍里有共产党的八路军、国民党的救国军和群众武装,要是那个仍旧披着汉奸皮的姜保长也加入,成分就更全了。他没有来,他被保丁们拴在了村公所的床腿上。他必须那样——因为冬雪和另一名卫生员留在村里照料上百名伤员,许多事情离不了他。

东边的枪声远而凌乱了。

10

八路军和群众武装二百多人出了大鹏庄,李队长率领部下在前,部队钻青纱帐,急行十几里,前边出现一片大枣林。李队长停下脚步,后边袁虎和马立田赶上来。李队长说:袁兄弟,到了。

袁虎说:就是前边这片枣树林吗?李队长说:对,别司令来时就看到眼里的,说这林子里可以歇息人马。袁虎:不知别司令他们来到没有。

不远处庄稼地里响起两声呼哨。李队长:到了,这不牵手(联络)呢。

庄稼地里走出两个便衣打扮的人。

一个便衣人轻轻拍了拍手:李队长,别司令在林子里候驾。

袁虎说:咦,那不是刘队长吗?

刘队长笑吟吟地走过来:袁兄弟好记性。

袁虎说:当年杀鬼子救人时,我和刘队长借过枪哪。刘队长嘿嘿两声,惭愧,那次我在袁兄弟面前把脸丢大发了。袁虎走上去和刘队长握手,说:为了抗日,刘队长见谅吧。刘队长说:旧事重提,倒挺快活。哎,别司令率部在林中等候,袁兄弟快去吧。袁虎点点头:好,部队加快行动,到林中和别司令会合。

袁虎率领部队进入枣树林中，别古来早已站在林边等他。两个人见面后长叙不休，差点儿把其他人冷落了。相互介绍后又相互寒暄，很快大家就成了好朋友。因为处境仍然险恶，先行到来的救国军弟兄担负着林边的警戒。八路军和群众武装分别坐在林中休息，袁虎、别古来、马立田、刘冬武、李队长和刘队长坐在一块儿说话。有饿了渴了的在抓紧吃东西喝水，以便水足饭饱后应对随时发生的意外变化。袁虎与别古来靠得很近，袁虎问别古来：别大哥，这两年你一直在哪里，什么时候回来的？

别古来说：自从你我弟兄分别后，我带人在这一带打了一段时间游击，看看不行，就躲到海湾子里一个海盗朋友那里休整。袁虎说：对了，这情况李队长已经告诉过我。别古来：近日得知日本人进军这一带后，就又率人赶回来了。

袁虎说：你是怎么知道我们给围在大鹏庄的，别古来说：这段时间我一直在这一带活动，上次你们在这里救了李队长，我才知道你也在这附近，多次派人寻找也没找到。昨天晚上眼线报告，说有支八路军小部队给日本人围在了大鹏庄。我估摸着是你，天没放明就往这里跑，跑了几十里地来到金牛河边上，准备抄敌人的屁股打，没想到意外地碰上刘队长他们。

刘冬武：幸亏别司令的人马及时赶到，要不的话我们可就惨了。

别古来：刘队长高抬。

马立田说：别司令的部队真是能征善战，从你们的宿营地到这里，八十多里路呀！这八十多里路，你们几个小时就来到，神速。别古来笑笑：咳，我们整天跑习惯了，百儿八十里的小菜一碟。嘿，刚才李大哥告诉我，幸亏你们队伍中有人认识他，要不还就误会了呢。李队长从那边插进话来：你误会我可误会不了，我认得你们的军装嘛。

袁虎说：幸亏别大哥带人赶来，在村里我们的仗越打越难打，闹不好最后结局就是一场肉搏。日军一进村就采取阵地战的打法，这给我们增添了不少困难，我们重武器少，弹药也不足，既要顶住敌人的进攻，还要注意节省弹药。

刘冬武看看袁虎，说：我们在村西急坏了，盼你们突围吧，总也不见个人影。袁虎说：当时我也在怀疑，这半天三个方向进攻防守打得天昏地暗，西边的敌人却始终未动。这让我考虑西边一定有敌人重兵埋伏，还考虑到你们两个分队是不是已经让敌人给摸掉了，所以迟迟不敢往西来。

大伙儿七嘴八舌，虚则实之，实则虚之。从这里可以看出，日军指挥官是个工于心计相当精明相当有才能的家伙，他可以使自己有限的兵力得以充分发挥，并能骗得敌方坐以待毙。现在是可以这么断定了，敌人要把我们压缩到最小范围后，再增兵西村口，然后四面合围，一举歼灭。然而，似乎也是老天保护，怎么就那么巧，小鬼子偏偏插到刘冬武他们东边去。否则刘冬武他们过早地和敌人接了火，兵力上处于绝对劣势，即使不被敌人歼灭，也得给赶回金牛河西。到时，敌人会改变战术，东、西、南和北四面提前同时进村。

正在议论纷纷，林边树上的瞭望哨溜到地上，说是有一支日军过了金牛河，直奔这儿来了。别古来问有多少人，哨兵说：远远的看不太清，得有二百来人吧。别古来又问是鬼子还是汉奸，哨兵仍说：看不清，不过从行军姿势上看，有鬼子也有汉奸。别古来听到这里，侧歪在树身上擦枪。不大会儿，他慢慢坐起来，口气很轻松：袁兄弟，听你的，咱们是躲着，还是把他们收拾了？

袁虎说：咱们的人已经苦战了多半天，还是暂时避开些好。

别古来匣子枪在手里哗啦合了把：那么，这就走吧。

枣林里，各路武装迅速集结。别古来朝大伙拱拱手：弟兄们，并非一路人，却走一条路，大伙记着跟上我。

队伍走出枣林，转而向南。

枣林南边有个大村，村北一条浅沟。队伍跟着别古来快速奔到浅沟里，擦着庄后的浅水沟重又向东潜行。行有里许，左侧出现一块十几亩大小的麻棵地，别古来摆摆手，大家彼此相跟着顺垄眼钻了进去。麻地的四周是谷地、豆地，麻棵地在矮庄稼中突兀而立，风吹麻棵，麻叶婆娑。袁虎、别古来等伏在地边上，刘冬武凑过来：别司令，待在这地方保险吗？

别古来说：旷野中，孤零零的地界，有谁会想到麻地里竟敢卧藏人马？

用兵在奇，兵不厌诈。这位别古来心细胆大，怪不得能以百人之众在这一方纵横驰骋。别古来朝外边指指，几个人从麻棵缝隙间往外看，正北直通那条东西小路上几无遮拦。说话间敌人出现在他们的视野里，鬼子的黄军装和绿色的地幔对比显明。双方相距不足一里地，鬼子却连看也不朝这里看。从他们那快速的行动和持枪在手的架势看，敌人是有目标的行动。别古来往外看了一会儿扭头对大家说：娘的，我们让"日本狗"盯上了。

袁虎问什么叫"日本狗"，别古来说：你还不知道吗，每支日本军里都有这么些"日本狗"，练一种特殊本事，专门跟踪盯梢。俺们吃了不是一次亏了。袁虎说：怪不得我们驻进大鹏庄，敌人马上就能追来呢。

379

别古来指指北边：你们快看。

离那片枣林挺远，一名日军军官立住了。日伪军迅速散开，敌人的部队呈牛鞅子队形猫腰包抄上去。日伪军行动很快，一会儿就把枣林三面钳住。后边又开来一队鬼子，鬼子在这边的豆子地里架上小炮，不远处一百几十名鬼子分在两侧，做着准备冲锋的动作。西北方的玉米梢儿上不断闪现出飞驰的鬼子骑兵的脑袋，日本人连骑兵也调上来了。

别古来：两条腿跑不过四条腿的，咱们尽量避开日军骑兵。

袁虎说：那当然，除非迎面遇上，否则我们不和骑兵交手。

几个人在麻棵地边上全神贯注地朝西北方向的枣树林望着。

袁虎等人伏在麻棵地边朝外望，袁虎望了一会儿，说：敌人的战术大体上还是老办法。马立田说：三面围抄往外赶，留下一边让你出去，然后再用骑兵堵截追击。

幸亏别古来当机立断，真要在枣林里待下去或者晚出来几十分钟，一场血战是在所难免了。袁虎抹了下头上的汗，看看一旁的别古来，别古来正神情专注地从麻棵缝里往外瞅那条土埂。别古来感觉到袁虎在看他，扭过脸说：万一小日本奔这里，咱就顺了那条埂子撤进村。只要在村里顶到天黑，咱就什么也不怕了。

袁虎点点头。

几个人再往远处看，只见一个鬼子兵持枪跑到炮兵阵地前。鬼子兵对日军指挥官说了些什么，日军指挥官做了个手势，小炮收起，那个鬼子兵又跑回去了。

日本军官叉着双腿，公鸡一样对着旷野打量着。

日本军官扭头和几个装束特殊的人说了些什么，挥挥手，日伪军继续向西开拔。西北角上的玉米地后蹿出几十名鬼子骑兵，鬼子骑兵在那一带往来驰骋了一会儿，列队往北去了。

麻棵地里，袁虎等人看到鬼子撤走，各自松了一口气。

夕阳西下，大地渐渐蒙上一层淡淡的灰纱。凉爽的日暮时分，麻棵地里不再闷热。袁虎说：别大哥，我们进村吧？别古来握住袁虎的手：袁兄弟，我这次来大鹏庄目的有二，首先当然是抗日打鬼子，第二是"还债"。因前些日子你带人救过老李的小分队，我是有恩报恩。如今目的已达到，我们还是去干我们自己的。

袁虎说：别大哥，你重感情讲义气，真心抗日却又固守山头，真是个人物。别古来一笑：袁兄弟，你武功盖世，头脑清楚，江湖上最讲交情，军事上又有着带兵打仗的天赋，大哥我从心里喜欢你，佩服你，你才是个人物。

袁虎说：那咱们两家合起来打鬼子不是更好吗？

别古来拍拍袁虎的肩膀，看着袁虎又摇摇头：袁兄弟，别多说了，你现在是人困马乏，天黑后率队进村歇息一夜恢复下元气，明天天亮前赶紧撤离，千万不要在这里耽搁。

袁虎说：那你呢？别古来说：我带着弟兄们趁黑夜赶回秘密宿营地，明天正好歇息。袁虎：那好吧，我也不相强了。

别古来说：记住，天明前务必撤离这里，小心让"日本狗"给盯上。袁虎连说：好，好，别大哥，我记住了。别古来：你是不是准备继续往西南直奔你们的老区？

袁虎说：仗打到这份儿上，我不准备躲避敌人了。瞅日军四处乱找的机会，我要冷不防地重返大碱洼。

别古来：我本无意细问，你却失口说出，原来你们一直驻在大碱洼。

袁虎说：对大哥这样的忠义之士，没必要隐瞒什么。别古来：这是兵家之忌，你就从没问我驻在哪里，谢谢兄弟相信我。

天色黑了下来。

袁虎说：既然大哥不愿与我同行，那就请便吧。

别古来立起身打了个呼哨，部队悄没声地集合在一起。别古来朝袁虎等人拱拱手说了句"各位来日方长"，便头也不回地率队西行而去。

大鹏庄龟田中佐指挥所里，龟田手拿报话机站在桌前向滕野汇报战况。他首先报告说自己没有达到在大鹏庄聚歼八路残部的目的，他们被一支来路不明的部队接应出去，渡过金牛河后消遁了。报话机里传出滕野的声音：来路不明的部队？

龟田说：是的，据参战将士称，没有番号，没有军装，身穿便衣，多用匣枪。滕野问他有没有在金牛河以西展开搜索，龟田说：搜遍了附近方圆十几里，并没找到他们的下落。滕野想了想立下结论，说：这伙八路一定是借着青纱帐西遁，要奔他们的老区而去。

龟田表示要连夜追击。滕野制止了他，他要龟田以逸待劳。说：我可以电请平州的吉冈部队，请他们在铁路以西派兵拦截。对方遭到拦截后，必然再次跑回大碱洼躲藏，这样我们就可以再次包抄他们以达全歼的目的。

龟田请示日军的具体行动路线，滕野却口气轻松地说：让部队上半夜抓紧休息，下半夜即可向大碱洼以南的沙岗进发。黎明前到达沙岗以南五里处隐蔽待命，我会根据情况及时通知你们如何行动。

滕野的口气似乎料事如神，龟田将信将疑但还是说：谢谢将军阁下。

袁虎率队于下半夜出发，天明前到达大沙梁以南的庄稼地里。袁虎、马立田、刘冬武等人伏在地里往外看，马立田担心旧路重返有些冒险。他把自己的想法说给袁虎，袁虎说：马叔，从这儿冲出去，又从这儿回来，重蹈旧路，目的就是给敌人以出其不意。这样吧马叔，为了保险，咱和冬武带人到前边观察一下。

三个人运动到大沙岗南的地边上，前天的战斗痕迹依然存在，沙丘上下一片的血污坑凹。刮起了晨风，细沙唰唰飞扬，如雾如烟。天刚拂晓，人的视力受到障碍，一时间难以看清什么。三个人趴在原地不动，静等风停，沙落。

等了一会儿，冬武碰碰袁虎：我看不对劲。

袁虎认真起来，因为那天突围时若非冬武一句"不对劲"提醒，队伍就陷进了"鬼洼"。今儿旧话重提，这就得小心了。他问冬武看出了什么，冬武说：你瞧啊，这风不大，咋会刮起这么多沙来？再则，刮的是南风，可丘北的沙尘咋也那么大呢？袁虎抬了抬身子，注视着沙丘渐渐皱起了眉。

又待了一会儿，丘北的沙尘更大了，并且丘顶上隐隐传来人的说话声。几个人正感惊愕，沙丘上忽然沙尘更高，接着几个人的脑袋朦朦胧胧露出来了。清楚地听到一个人在喊骂：快快，娘的误了军机，咱们脖儿上的球蛋就他妈谁也别想要了。快着快着，先把机枪架到这里。

丘顶上有敌人，是伪军。

袁虎打个愣怔：咋就这么巧啊，早到半个小时就没这意外了。

无巧不成书，无巧难取胜。两个说法，一样的道理。

说话间，人声更大，沙丘上的二鬼子越来越多。几个伪军官甩着手里的帽子爬上丘顶，其中一个伪军官朝沙丘以北挥着手：快，快往丘上爬。

丘上的伪军越聚越多，伪军们东西拉开去，在丘顶上设立防线。

一个伪军官仍然在骂：娘的，半宿拉夜就出发，让老子跑一身臭汗，这不八路残余还没个影儿呢。待会儿太阳升起来，这沙丘高地，能把人活活晒死。

另一个伪军官声音稍高：咱可说好了，有话在先，如今可是患难与共，到时谁要孬种，老子挨治，你们也别想舒坦了。日本人也他妈的忒不仗义，稍慢了点就大耳刮子扇了你。狗操的小矬子，日你东洋八辈老祖宗！

这个伪军官捂了左脸骂，那个伪军官走到对方面前：呀，脸肿了！

庄稼地边上，袁虎一拳擂在地上：我把小日本看轻了。

冬武拔枪在手：怎么办？

袁虎说：先沉住气。他让马立田赶紧返回去，告诉同志们做好战斗准备。马立田临走时叮嘱他，敌人不下来就先不惊动他，看看二狗子们到底想干什么。袁虎答应着，马立田朝后边爬去。袁虎说：敌人莫非能掐会算，咋就知道我们此时来到这里呢？刘冬武：别司令曾和我们谈到过的"日本狗"，准是又让他们盯上了。

袁虎：可是，你看沙丘上的伪军，横地里布下好长防线，有的趴着，有的侧卧，枪口却统统指向正西偏南的方向。是敌人错估了我们的行动方位，还是有另外的什么目的？这些浑蛋，尽干些偷鸡摸狗的活儿，前天突围也是先碰到的伪军。我心里有气，真想拽过机枪由下往上扫他一梭子。

刘冬武说：这可不是撒气的时候。哎，你看！

袁虎顺着刘冬武手指的方向朝北望去，一个伪军士兵摇摇晃晃走到玉米地边上。袁虎大吃一惊，张大嘴马上又伸手捂住。抻了一会儿袁虎把手从嘴上挪开，喘了口气说：竟然是他！

刘冬武说：是赖八。这小子不光没死，还又当了二鬼子，千刀剐的。袁虎挽起袖子攥起拳，刘冬武问他想干吗，袁虎双目如炬，瞪着玉米地边上的赖八不说话。

刘冬武：团长，情况危急，你可不能感情用事啊！

袁虎紧绷着的嘴唇放松，拳头也撒开了。

袁虎和冬武看到，赖八从沙丘上走下来，走到离玉米地不远处撒尿。赖八撒完尿回头望望沙丘，小心地朝玉米地里走来。这时沙丘上有个伪军官喊：老八，老八，你小子是不是打算溜号啊？

赖八说：我去拉屎！

赖八应着走进地头，矮下身来，兔子般顺垄往东南猛蹿，玉米叶子给赖八碰得哗哗响。沙丘上"砰"地开了一枪，子弹擦着玉米穗飞过去，没有伤着赖八。沙丘上传来一阵扇耳光的声音，一个伪军官厉声喝骂：不就是跑了一个赖八吗，你冒冒失失开枪，打着打不着他先不讲，惊动了那些人，咱们不是白等了。

伪军士兵连忙解释，说自己并非有意，是不小心走火了。那个伪军官骂他是公报私仇，因为那天让赖八摔了两个跟头磕掉了门牙，就想借机打死他。另一个声音接上来：他妈就一个兵痞！如今日本人的天下，他能逃到哪里去，说不定待会儿就又回来了。

袁虎和刘冬武注视着赖八的行动。袁虎说：这小子还真是要溜号，看来不是死心当汉奸。你待在这里别动，我跟上去捉住他，也好弄清情况。

袁虎没等冬武回答，起身追上去。袁虎腿快，转眼就离赖八不远。袁虎低声叫着"赖八，赖八！"赖八不答应，也没回头，却在哈腰又抬身间，一块东西"嗖"地打过来。袁虎扬手接住，是一块坷垃。

袁虎继续压低声音喊赖八，赖八蓦地站住，隔着庄稼低声喝：好手不逮漏网鱼，是友是仇，说！

袁虎说：是我，袁虎。

赖八一下子拧过身，嗖嗖几步顺垄眼钻回来，跑到袁虎跟前，扑通跪下：袁团长，我有罪，别杀我，我是没法子才又干上二鬼子的，千万别杀我。

袁虎说：你起来说话。赖八仍旧跪着：袁团长，我这次溜趟子，是想去路上截住你们送个信儿。万一截不到你们，我就逃回老家去。

袁虎问送什么信儿。赖八说：他们今儿要在这里打伏击，我当然不干了。

袁虎问打谁的伏击。赖八想了想：不清楚，反正是说打伏击。日本人对付的，在这一带除了八路军还能有谁？我想就是伏击八路军。

袁虎：鬼子怎知我们会来这儿呢？

赖八摇摇头：闹不清。

赖八回头望望丘顶：我们队长也想问个明白，生生挨了日本人两巴掌。

袁虎：是不是这一带还有我们另外的部队在活动？

赖八说：不知道，只听说八路从西南方向过来。袁虎说：你起来吧，不用怕，我不打你，更不杀你，跟我走就是。赖八站起来，哈着腰跟袁虎往地头上运动。

袁虎和赖八匍匐到地头上，马立田也回到了这里。赖八跪在地上分别给几个人磕头，马立田说：算了，回到队伍里就好，别这么多礼数了。

赖八低下头。

袁虎：刚才赖八说，敌人要在这里打八路军的伏击，敌人得到的情报说八路军是从西南方向过来的，难道我们的增援部队到了？要那样的话，我们得先把这些打伏击的汉奸消灭掉。

马立田说：情况不明，不能贸然行动，我们做两手准备吧。

袁虎想了一会儿：这样，为了防备万一，部队分成两部分，一部分后撤，一部分待在原地。如果情况突变，也可有个前后策应。冬武，你我各带一部分，群众武装还是由马叔负责。

袁虎说完俯下身子往回走，赖八紧紧跟在他身后。

袁虎想了想：赖八，你快回沙丘上去。有什么动静报个信儿。要紧处帮一把，你也可重新立功。他们要是问你，你就说刚才有人打枪，自己一慌张就往南跑了。跑了一段没动静，看看没危险，就又返回来了。

袁虎推了赖八一下，赖八假装提上裤子，故意蹭动玉米叶子走出去。

沙丘顶上有人说话：咦咦，说什么来，这不又回来了。赖八口气挺横：刚才谁他妈打枪，可把老子吓得够呛。

另一个声音：不是成心的，是不小心走了火。

沙丘上传来伪军们七嘴八舌的吵骂声，冬武有些担心，说：这家伙会不会出卖咱们？袁虎歪歪头：横竖都一样。不放他去，闹不好待一会儿敌人会来地里搜查，那麻烦更大。

沙丘上一直没有异常动静，大伙儿稍稍松了口气。队伍中有人在吃东西，有的则在玉米棵下歇息。风吹玉米叶，唰唰啦啦，像人在沙里走动，又如什么小东西在草里爬。天上白云朵朵向北飘，时有雀儿在地里鸣叫。刘冬武凑到袁虎跟前：多好的天地，多好的时光啊，假如现在不是战争年月的话……

袁虎的眼睛慢慢闭上：也不知敌人对付的到底是哪路人马。

刘冬武说：等着吧，也许很快就水落石出。

袁虎睁开眼：冬武，我近来常做梦。

刘冬武说：这么些事整天压着你，能不做梦吗。

袁虎说：昨夜我又做了个梦，梦中进了平州城，朦胧中走错了路，顺着一条泥地往北去，鞋子浸满了水，又湿又重。好容易拐上西去的泥路，脚下又似坑似沟。费尽气力，终于走出了街口。街口上有住户，我上前叩门，开门的是一个干瘦老人。忽然，旁边蹿出几只狗，一齐扑上来咬我……

沙丘上响了一枪，两个人紧张地翘起头来。听得沙丘上传来殴打和骂声：娘的，走神儿想你小姨子了？要是坏了事，我毙你个花驴养的。

沙丘上有告饶声：队长，天气越来越热，这沙丘上更热。我大约热昏了头，不小心朝天摆弄枪走了火。饶过我吧，啊？队长您饶过我吧！

袁虎说：我们这里离沙丘太近了。冬武点点头：嗯，从沙丘上下来，过了那道小沟到玉米地至多二百米，倘若伪军们下来乘凉大便什么的，说不定就出事。

袁虎：直到如今仍不见动静，是不是敌人望风捕影或者等的就是我们？

冬武说：真要如此，陪他们待在这里泡在这里，那可是太冤枉了。袁虎说：我们不能再等了，绕到正西，在"鬼洼"边上溜过去。万一在那里也碰上敌人，能躲就躲，不能躲打一仗继续西撤。横竖都要走，总不能趴在这儿没完没了地等着。

刘冬武说：要是行动时闹出动静被敌人发现怎么办？袁虎：队伍顺垄南行，出去一段距离后再向西，这样可以避免横过玉米地时弄出大的响声。

刘冬武：好的，我去和马师傅说，立即行动。

11

袁虎率队伍悄悄撤到玉米地南头，又悄悄进了地头沟。因为部队行动隐秘，沙丘上的人竟无一人发觉。顺地头沟朝西望去，沟边上有一片谷子地。袁虎率队越过谷子地，队伍俯身西行，不大会儿部队进入一大片茂盛的高粱地。

队伍终于可以直起腰来走路了，战士们也放松下来，但行走速度依旧很快。队伍西行之间，后边忽然传来急骤的枪声，大伙一惊，难道敌人发现我们追上来了？袁虎挥了下手，队伍立即停止前进。

细听，是沙丘那里响起剧烈连贯的枪声，枪声中夹杂着叫喊与吆喝。听这动静，好像有队伍向丘上冲杀。袁虎纳闷地微皱眉头，因为太突然了，莫非是老区派来接应我们的队伍，或者是白河镇被敌人攻破，我们的部分同志给撵到这里来了？袁虎再三思忖感觉不对劲，白河镇在东北方向，这里是西南方向，大掉角呢。袁虎决定与冬武去和马立田商量一下再说。

袁虎和冬武同时跑到队伍中间马立田这里，马立田也正在听着沙丘上的枪声。马立田说：你们来得正好，这情况出人意料，一时难以判断。如果……

无论是谁，只要和鬼子汉奸对着干，就得去支援他。抗日时期，很大可能就是咱们自己人。三个人一商量，决定重新杀回去。袁虎的匣枪朝后一摆队伍首尾调换，顺来时的路快速向东运动。

部队迅速返回到玉米地前，从这边望过去，果然沙丘前攻防战打得正激烈。一方要攻，一方拼命防守。袁虎正要率领同志们突围上去支援进攻的一方，身旁几个战士忽然惊呼：团长，你快看！

袁虎和刘冬武回过头，只见东南上的豆子地里有一片黄乎乎的敌人抄过来。两个人马上判断出，这可能是追赶那支目前尚不清楚的队伍后边的敌人。要让他们盯上来，上下夹击，丘下的队伍就算交代了。袁虎让冬武马上率一支队抄过去进行阻击，尽量不让那股敌人贴近沙丘。

刘冬武立即率队东去，他们俯身前进，看到那股日伪军行动很快，有一部分出了豆子地直奔沙丘。此时，敌我双方相距尚有二百多米，但这支日伪军已经发现了刘冬武的部队。日伪军立即朝刘冬武他们开火，刘冬武命令同志们贴近堵截，八路军队伍向前跃进了几十米。

　　八路军战士伏在地上迅速展开火力，火力挺猛又意外，那抄过来的敌人给吓住了。敌人慌乱中半跪半卧在豆地里，机枪步枪一齐响，和冬武他们展开了对射。

　　冬武率部和这股敌人对峙着，袁虎率队行至玉米地边时已听到身后传来激烈的枪声。他明白冬武已经和敌人接上火了，便命令部队加快行动速度。袁虎率队到了玉米地中间，前边的玉米棵里响起哗哗的摇动声，显然有人正朝这边运动。袁虎朝后挥手，部队停止前进，前边的哗啦声也顿时停止了。随之传来一个哑嗓门：团长，袁团长，我是赖八。

　　袁虎松了口气，连忙招呼赖八。赖八听到袁虎的声音弓着腰唰地蹿过来，见到袁虎急咧咧地说：袁团长，了不得啦，有股子朋友让鬼子汉奸上下围住，都光了膀子豁了命了！

　　袁虎口气沉着：你看清和鬼子伪军交火的是什么人了吗？

　　赖八咧着嘴连连摇头：从来没见过，没见过，但个个都不是孬包。

　　袁虎想了想：好，马上冲过去。同志们，走！

　　队伍脚下加快速度，顺着垄眼向北跑去。

　　袁虎率队跑出玉米地，距离沙丘挺远时不由吃了一惊，只见沙丘下别古来提着双枪，率领他的救国军奋力向沙丘上进攻。沙丘顶上的伪军在拼命抵抗，伪军居高临下，机枪步枪朝别古来的手下猛射。别古来的手下枪法准，身手灵活，他们忽而跳起，忽而卧倒。跳起时枪响，卧倒的刹那间枪声又响。沙丘顶上的伪军不时被打死，别古来的手下也有几个中了枪。中枪死了的不能再动，没死的趴在沙丘半腰里依然开枪。别古来的手下把一颗颗手榴弹甩上丘顶，沙丘顶上沙尘弥漫，枪声爆炸声响成一片。

　　沙丘顶上有伪军的哭号，有伪军官的喝骂。

　　别古来他们攻一段停一会儿，渐渐接近丘顶。

　　袁虎远远看到，伪军们趴在丘顶上向攻到沙丘下的救国军开枪。但他们的机枪手一个接一个地被打死，一个伪军官手握短枪跪在丘顶上指挥。一颗子弹飞来，伪军官惨叫着倒下。这个伪军官刚倒下，又一个伪军官补上来继续指挥。就听这个伪军官吆喝：弟兄们快看呢，皇军从东南边杀过来了，顶住，给我坚决顶住！消灭了这股顽匪，每人赏五块大洋。

别古来扒掉上衣，手持双枪率队往丘顶上冲杀。

袁虎他们看到，沙丘上正在指挥的伪军官忽然怔住。因为他居高临下看到，东南上赶来的鬼子部队让一支八路军部队截住，鬼子部队在还击，在后退。这个伪军官还看到，沙丘前边一侧玉米地里人头乱动，有戴八路军帽的，也有戴礼帽的。伪军官蒙了：妈的，这是怎么回事，哪里又冒出来两支八路？

这时，袁虎率领的队伍已经冲出了玉米地里，很快冲到丘下。伪军们让前边突然出现的情况吓傻了，机关枪停下来，机枪手一时闹不清是该打沙梁下的还是先打南边的。说话间侧后唰唰响动，几十个八路军战士和几十个大汉杀上来。伪军官嘶声尖叫：乱了，今天他妈的打乱套了，这到底是谁跟谁呀！

伪军们看到这情景六神无主，不知朝哪里开枪，应该先打谁。

伪军官急得口吐白沫：别他妈的发蒙啊，先打丘下的，快呀！

慌乱了一阵，伪军们忙掉过枪口。

可是，晚了。沙丘下的人已经跃到百米之内，手枪、步枪和机关枪一齐朝沙丘上打。八路军中，一位块头能抵两人的黑大个轻巧地端着机枪往丘顶上扫。三十来斤的歪把子拿在大个手里就跟麻秆似的。那些穿戴不一的大汉们撒着欢儿地抡起双枪射击，攻势凶，火力猛。沙丘顶上响声嘈杂，飞沙漫天，刚刚出来的太阳发暗发黄了。不断有伪军惨叫着滚下来，跑开去，有的惶急中扣扳机，扳机好像生了锈。有的好半天扣动了，"叭"的轻响，光拉枪栓忘了装子弹。

八路军组织起火力掩护，别古来的救国军抡着匣枪冲上丘顶。别古来的人开枪掩护，八路军这边二十多个提着铁链鬼头刀的大汉冲上了沙丘。刀光闪闪，风声呼呼，匣枪脆响中，机枪手和长枪手也冲上丘顶。丘顶上的伪军们逼得恨不能上天入地。往北逃，不能。因为那正是八路军要去的方向；往东或往东南逃也不行，那方向正是扒光膀子豁了命的一伙。伪军们急中生智，纷纷往八路军这边跑。一个跟着一个学是人的共性，伪军队长扑地跌在八路跟前，几十个伪军马上跟着跪倒。八路军将他们手中的枪一一捜去，然后向东西两边的沙丘上的伪军开火。

别古来已经杀上丘顶，袁虎跑上来和别古来握了下手。袁虎说：别大哥，你协助我们的部队消灭残存的二鬼子，我去把冬武接过来。

别古来拍了下袁虎的肩膀，喘着粗气率队向残敌冲杀。丘顶上的伪军低着头，老实巴交地举起一双空手跪着。伪军不知跪了多长时间，枪声忽停，有大胆儿的伪军抬头侧目看。只见侧后攻上来的，南边打截击的，会同刚才被他们阻在沙梁下的那一伙，已经悄然下了沙梁北坡，飞快地没进了大碱洼。

东北东南一片黄，是大队的日本兵压过来了。一个伪军官转了下眼珠拍了拍屁股，张着跟头蹿下沙梁去。另一伪军官明白过来：弟兄们，在这里等鬼子来砍脑袋吗？哼，散他娘的球蛋吧！

一大群伪军呜哇叫着跳下沙丘四散逃去。

沙丘以北的荆洼丛里，袁虎、别古来、马立田、刘冬武等人带领队伍往北疾行，荆丛又高又密，不时有撞折荆棵之声。袁虎和别古来并肩走着，一边走一边聊着事情的经过。袁虎奇怪，问：你们不是回秘密驻地了吗，咋在这里和敌人动了交手仗了？听别古来一说，这才恍然明白。

原来，别古来率领队伍绕道跑了多半夜，天未明时在一片梨树园里歇息，岂料就碰上了拉网搜寻的日军。这些日军不像留守部队，像是野战部队，他们行动极快，战术素养非常高。别古来本打算和敌人绕上几个圈子，再凭自己的快腿把他们甩下，然后西过铁路到以往的旧地盘潜伏。岂料兜来兜去，反让人家兜进了圈套，撵到了这里。若非袁虎他们意外碰到，救国军怕是以后再没机会救国了。

袁虎怀疑是前两天堵截他们的那支日军，可无论如何，他们的行动也不能这么快呀。除非他们提前赶到别古来他们前头，可那天他们明明看到，这支日军在枣树林里出来后，一直向北开拔了嘛。前后想想，一定是日军在金牛河西这一带没找到他们，判断对手已经往西而去，便电请平州的日军在铁道一线堵截的。

袁虎：肯定是平州的日军，把你们当成了八路军。

别古来：看来，我和八路军有着不解之缘。

袁虎说：那当然，我记着你那句话呢，咱们不一直在联合抗日吗。

别古来苦笑了一下。

队伍继续前进，前边渐渐出现了疏密不一的乔木，部队已经进入荆丛杂树林。

滕野率卫队骑马来到沙丘以南的土公路上，他跳下马往北走，龟田和随从们紧随其后。滕野站在公路上，用望远镜注视着大沙丘。他和龟田在沙丘以南五里处潜伏的日军晚来了一小时，不但没有截住八路军，反而损失了一个保安中队。虽然吉冈派出担任截击的部队此时已经登上大沙丘，但八路军早已越过沙丘进入荆丛林。如果滕野知道吉冈部队截住的不是自己所向往的对手而是别古来的救国军，他一定会气个发昏。

吉冈的部队仍在沙丘上，此时报话员在报话机里正和对方讲着什么。滕野向后伸了伸手，副官递上望远镜。滕野摇摇头：要平州。

通信兵调好报话机递给他，滕野接过报话机和吉冈旅团长通话。吉冈询问战况如何，滕野说：吉冈将军阁下，我们的合围目的达到，谢谢。吉冈说：为了大日本帝国的利益，有什么需要，请随时通话。滕野连说：谢谢将军，贵部可以撤退了。

滕野把报话机递给报话员，继续举着望远镜朝沙丘上看。沙丘上的日军开始往下撤，光秃秃的沙丘暴露在他的眼前。沙丘上横陈一片的死尸——有日军，有伪军，有八路军，也有闹不清身份的人。

滕野放下望远镜，沉思着。

滕野想，幸亏有吉冈部队增援，才把八路残部截住逼回到这里。可惜警备队和保安队战斗力差，还是让八路残部溜掉了。滕野摇摇头，没办法，皇军兵力有限，只能借助这些下等的支那人了。不过，既然已经截了回来，这次八路残部再也别想逃走了。滕野暗喜，因为他终于有机会活捉那个八路军的年轻将军。当然，滕野并不是过于乐观，从这几次交兵来看，这个八路军的年轻将军无论在战术素养还是大局上的军事才干，远不是他想象的那么简单。

滕野想到这里再次要过报话机，他和吉冈通话，说是八路军的残余已被他们堵在碱洼里荆丛里，请吉冈命令他的部队自西向东以协助进剿大碱洼。过了一会儿，看到从沙丘上撤下的吉冈部队果然向西开去，滕野点点头，调了下报话机又接通鸠山。他命令鸠山派两个中队由东向西合围大碱洼，另派一个中队日军和两个中队的保安队乘汽车赶往碱洼村前，由村前向南进军拦截八路残部。他下了死命令：记住，这次无论如何不能再让八路军溜掉。

滕野又调了下报话机：长谷川君，已将八路残部再次包围在大碱洼，我已电请吉冈部队配合鸠山大队和龟田大队将其包围，命你抽调一个骑兵小队往西沿白沙河南岸往返巡逻，及时传递消息。

滕野放下报话机望着龟田：中佐，率领你的部队快速向北，争取尽快合围。

龟田：是，将军阁下。

龟田带领部下朝沙丘走去。

滕野看了看表：走，回李家寨。

滕野的随从上马。

袁虎、马立田、别古来等率队疾行在杂林荆丛中,敌人在后边追得急,不时响起枪声。敌人显然不是端枪平射,因为子弹总是带着哨音飞向天空。马立田说:敌人在对我们鸣枪驱赶了,你们瞧,子弹都是往天上打。

这话不假,荆林茂密,隔枝不打鸟,日本人肯定明白这个道理。他要是平射,子弹不会拐弯,能穿过荆丛杂林朝这里飞来吗?

其他三面静静的,没有枪声,也没有任何大的动静。因为是明显的鸣枪驱赶,敌人肯定在后紧追不舍,敌人的阴谋诡计不用明说,也已昭然若揭。可是人人都知道一个道理,战场上有枪声的地方倒可防备,没枪声的地方却是最大的威胁。所以队伍前进中就时刻提防,这种情况下,因为说不定什么时候或在什么地方,会突然冒出一队日本兵。

说着说着应验了,前边传来激烈的枪声,我们的先头小分队可能和敌人接上了火。不大一会儿,北边的荆丛一阵晃动,吴忠带领十几个战士出现在袁虎他们面前。袁虎迎上去:你们和敌人接上火了?

吴忠摇头:没有,是大批鬼子汉奸从北边压上来,我们是赶过来报告的。

敌人的确已经把他们包围了,这又厚又重的圈子一旦合了围,抗日队伍就算进入了死亡谷。这时刻,人们似乎已嗅到了远处敌人的气味,不能前进,更不能后退,东、西两个方向也没有指望了。袁虎和几个人商量了一下,毅然下令:同志们,弟兄们,把身上带的所有能吃的东西尽量吃掉,把刀枪子弹擦擦。半小时也可能是一小时后,以自己手中的武器和父母给咱的血肉,和鬼子们进行最后一搏。

队伍来到一个碱岗上,马立田停下来。他告诉大伙,这里距碱洼村还有六里地,再往前走肯定要和敌人相遇。袁虎思考着,筹划着,决定部队暂停前进。

队伍停下来。

马立田走过来说:事到如今,我们得想个最保险的办法才是。

袁虎说:马叔,都到这份儿上了,还有什么办法可想,豁出去干就是了。马立田皱皱眉头思考半晌,说:你们稍等一下。马立田说完这话朝绿林武装的好汉们走过去:哎,各位兄弟爷们儿们,到这边来一块儿合计合计。

马立田说罢朝旁边走去,绿林武装跟着他走到不远的地方停下。人们看到,马立田蹲在这些人面前,压低声音和他们交谈。马立田和绿林武装的成员们做着各种手势,那些人站起来又坐下,坐下又站起来。马立田的手掌朝下压了压,喘着粗气继续讲着什么。过了一会儿,马立田又把其中的十多人另外分开带到一边,他有时着急有时和缓地和这十多人争辩,打手势、讲解着。

这十多人开始点头，像听信了马立田的话。

这十多人忽然面西而跪，吻吻"净土"之后，低声地念叨着。

有两个人起身走到马立田跟前，与马立田附耳说了一会儿悄悄话。之后两个人领着马立田继续向东走，走出挺远站住。那二人环顾四周，确定无人特别留意，便指指一个地方：马大哥，就是这里。

马立田蹲在地上仔细察看二人所指的地方。

马立田站起身，和二人交谈。那二人指指天，指指地，对马立田说了些什么。马立田点点头，朝袁虎等人那里招招手：你们三位过来吧。

袁虎、别古来和刘冬武从那边走过来。马立田指着一个地方，又看了看另外两位绿林朋友。两位绿林朋友拨开一片荆丛，荆丛下满是绿草，与别的地方没什么不同之处。袁虎等三人看看马立田，脸上现出疑惑之色。马立田看看那两位绿林朋友，眼中也是一片茫然。两位绿林朋友哈腰掀开一块厚厚的草皮，草皮下是一块很长很大的石板。石板掩蔽在草丛之下，看上去与其他地方的草地一般无异。然而，当两个人合力掀开石板后，一个斜向下方的隧道出现了。

袁虎等人惊奇地看着这个隧道，一脸的茫然和不解。

马立田低声告诉他们，这是个在漫长岁月里好汉们专事"窝票"的暗穴。几个人吃了一惊，暗穴，这里竟有暗穴？马立田解释说：这暗穴是"跑腿"人的命根，凡入伙走这条道的，都对天起过誓，一旦遭了事，打死吊死，不提这儿半个字。父子爹娘，也不能说。所以，连我也是知其有而不知道真正地点。那天大碱洼被困，好汉们宁肯舍了性命朝外冲，也没一个说出可以利用这暗穴的。

别古来：哎呀，这可真是救命之穴呀。

马立田说：是啊，穴又深又大，藏得下许多人马。有暗道通往南边二里外的碱岗，岗上荆蒿丛生，出口处也有块石板蒙顶，顶上同样是草皮蓬棵掩盖着。别古来冲那二人一抱拳：好汉弟兄，谢谢你们，我明白道上的规矩，舍命舍财不舍信义。你们此时道出这天大的秘密，我别古来无以为报，只求留得命在，来日战场上和鬼子见高下了。两个绿林朋友连忙说：朋友言重了！

马立田：情况紧急，不要多说了，咱们快进隧道吧。

几个人急忙跑到队伍前，组织人们按顺序溜进隧道里。

队伍相继钻入暗穴，袁虎和马立田最后溜进去。袁虎力大，探身拽过那块石头掩好穴口，他和马立田就在洞口静静地听着。

暗穴里有的地方狭窄，有的地方宽大，队伍一溜长蛇藏在穴中，相互挨得紧紧的。不知过了多长时间，穴顶的上方传来轻轻的响动，响动声像是穴口那极小的缝隙里刮进的风声。一位壮士说：注意，有人过来了。

另一位壮士：从响动的时间算，人数不少。

响声渐渐地逝去，那位壮士把耳朵贴在洞壁上仔细听着。这位壮士听了好长时间仍不放心，又让另一位同伴听了一会儿这才说道：后边没人了，咱们走吧。

人们一个接一个把话传到洞里边。

袁虎：马叔，能走了吧？

马立田说：听行家的没错。

袁虎：好，传下话去，队伍往南行动。

队伍起身往南。

就这样，南边的敌人从他们"头顶上"走过去——径直往北搜；抗日武装从敌人的"脚底下"撤——径直往南走。这支如今是名副其实的"混成团队"静静地，悄悄地，神出鬼没地把敌人甩掉了。

这是真正的绝处逢生。

倘若滕野知道是这么回事，他一定会气急败坏而剖腹自杀。

可惜，他不知道，也不能让他知道。

12

大碱洼荆丛中，龟田中佐带领日军和伪军紧随八路军之后。龟田命令部队快速跟进，踩着八路军的脚印追，他就不相信这些人会飞到天上去。

命令迅速后传，日伪军加快了行动的脚步。日伪军追过一道碱岗，前边的荆条在扑簌簌地动。龟田认定八路军和那两个不知名的武装被他们赶上了，立即下令开火。日军机枪手哗地打出一梭子，斜对面的机枪也响了，机枪子弹擦着龟田的头皮飞过，龟田当即矮身蹲下。跟在龟田前后左右的日伪军也相继卧倒。

龟田举着指挥刀狂吼一声射击，两挺机枪同时响了。对面也响起了声嘶力竭的叫喊，机枪和步枪同时朝龟田这边开火。子弹像飞蝗一样擦着荆梢扫过去，很多荆条给子弹削平了。对方火力之强让龟田感觉奇怪，他放下指挥刀略略抬高身子，忽然看到身边一个枪上挑着太阳旗的日本兵。他命令日本兵把旗子挑高，日本兵立即把太阳旗高高举起。对面荆丛传来日本话：你们是哪一部分？

龟田命令一个日本兵回话。

日本兵站起身：我们是龟田大队的，你们是哪一部分？

对面：我们是鸠山大队二中队。

日本兵：我们误会了！

南北两路日军会合，这时东、西两边的日军听到枪声也赶过来，几路日军在荆丛中意外相会，眼瞪瞪地都说不出话。八路军和那两支武装几乎是瞬间消遁，这太离奇太突然太不可思议了。

北边有骑兵在一溜矮荆棵间向这里奔驰。

龟田下令：让他们回去吧！

龟田要过报话机，和藤野联系通话：报告将军阁下，八路军又一次逃脱了！

李家寨藤野指挥部里，藤野手拿报话机听筒发呆。守卫李家寨的松井中佐立在藤野身旁：将军阁下，是否出了意外？

藤野打个愣怔：是的，龟田和鸠山报告，皇军在大碱洼里合了围，可是，被围剿的八路军却没了影儿。要不是有骑兵插过来联络，几支部队还差点儿打了糊涂仗。难道八路军飞升了？遁地了？

松井站得笔直：是的将军阁下，这的确让人百思不得其解。

藤野：我早说过，这个八路军的年轻将领远不是我们想象的那么简单。

松井说：将军阁下，八路既已远遁，我建议皇军大部队还是重回白河镇。藤野摇摇头说：你想得太简单，重回白河镇，没那么容易。松井问怎么不容易。藤野说：我现在才闹明白，这个年轻的八路军司令员在我们外围一连串的袭扰行动，完全是为缓解白河镇之围。如今，他所率领的这支八路武装已经和皇军摽上了，如果皇军大部队返回白河镇，他们仍会尾随而至，仍旧在皇军的背后袭扰不休。到那时，我军仍是顾前难以顾后。

松井：这么看来，必须消灭这支八路军武装。

藤野点头又摇头：遇到这样的对手，说到消灭，谈何容易啊！

袁虎等人率队进入沙丘西南方的大片高粱地里，战士们坐下来休息。

袁虎和马立田、刘冬武谈论着战况。别古来沉默不语，一直在擦枪。

大碱洼摆脱敌人之后，别古来一直沉默不语。他为这两次意外脱险而庆幸。他真诚地感谢袁虎，感谢八路军，感谢这些忠厚侠气的群众弟兄。他是个务实的人，不喜欢说虚与委蛇的客套话。他也是个自负而固执的人。但现在有一件事他算真正服气了，那就是八路军和老百姓的鱼水关系。像大碱洼里这一场，要是没有这些当地老乡的诚心相助，后果敢想吗？隐隐地，他觉出自己那种天马行空的抗日方式是有些离板了。他暗暗决定，为了更有效地打鬼子，他得同这些人合作，至少在目前要全力合作。

袁虎、刘冬武和马立田分析敌情之后得出结论，我们虽然中了敌人的四面埋伏，然而由于敌人判断失误却又歪打正着。敌人分明把别司令的部队当成了八路军，这才前设埋伏后用追兵，力图把我们赶进大碱洼一举消灭……

别古来把双枪收起来：可是人算不如天算，做梦也没想到这里的绿林弟兄竟在这大碱洼里有这么个暗穴。要不是他们的帮助，我们恐怕只有来生再见了。

袁虎握住别古来的手：别大哥，你是条汉子，说话不藏不掖。

别古来说：人贵耿直嘛，接下来的日子里，我会带领弟兄们与八路军好好配合。等到这场拼杀结束，该分手时我还是要把话说到明处。

袁虎、刘冬武、马立田、别古来坐在高粱地里，继续商议下一步的行动计划。他们一致认为，抗日武装不能光是躲避敌人，也得主动出击。说真的，这几天指战员们憋闷坏了，也气坏了，真想豁出去闹他个天翻地覆。当然，主动出击并不是蛮干，与敌人豁命相拼不行，得让敌人跟着我们转。就是说，用我们擅长的脚下功夫把敌人拖乱、拖垮。和敌人打转转是抗日武装的强项，我们为什么不以己之长克敌之短呢。

谈到具体行动计划，袁虎说：平州城东南有个镇子叫齐官镇，是敌人在华北的一个物资补给分站。靠近镇子有条齐官河，是白沙河上游的一个分支源头，我们可以赶到那里，藏身于二滩苇丛中，天黑杀进镇子里打他个落花流水。鬼子吃了亏，必得去追我们，我们引敌西进马陵古道后，再趁机杀回来。别古来以拳击掌，连说：这办法既高又妙，是险招，更是好战术，难怪当年我们军长说兄弟你是天生将才。走，现在就走。

部队夜间行动，第二天拂晓就到了齐官镇南的齐官河。果然如袁虎所说，河中水浅，二滩上长有一大片一大片的高秆芦苇。袁虎等三百多人潜伏在苇丛中，一边休息，一边吃喝。不吃不喝的就躺在干净的河床蒲苇上，松软而舒服，正可睡觉或者小憩。苇丛边上，哨兵趴在地上注视着河的两岸，两岸悄无声息，因为此处经常有鬼子出没，没有特别重要的事，人们是不敢到这里来的。

袁虎、刘冬武、马立田、别古来伏在苇丛中望着河岸不远处的齐官镇，谋划着今夜的进攻办法。主意拿定，几个人轮流休息静待天黑。

时间似乎过得很慢，特别是人在等待某人某事时，这时间尤其显得更慢。尽管过得慢，上午、下午——这一天还是慢慢过去了。袁虎睡了一觉有了精神，他凑到冬武面前说：天快黑了，让同志们做好准备。

冬武悄悄向苇丛中爬去。

袁虎、马立田和别古来继续观察着不远处已经模糊不清的齐官镇。

晚饭后，白河镇前沿指挥所里，司令员江震和独立团团长陆彪一边察看挂在地下工事土墙上的地图，一边商议着今晚的行动。自从滕野撤兵白沙河以南，八路军就经常于夜间派出小部队前往敌人阵地或阵前袭扰。和敌人几次交手之后，陆彪感觉小打小闹的没意思，就想今晚直捣敌人阵地。

江震的眼光离开地图，他说：陆彪的建议暂时不行，虽然外线部队牵制了敌人，白河镇压力减轻，但我们也不能贸然出击。行事须小心，用兵须谨慎。一招出错，就得承担严重后果。陆彪说：敌人的大部队已被调开，这里至多只有一个大队的日军，我们怕什么？江震说：我们的最终任务是保住镇子，保住镇内的数千百姓，保住那座兵工厂。而敌人这次之所以大动干戈，目的就是冲着兵工厂来的。

陆彪：那今晚还是打袭扰战？

江震说：可以加强兵力，动作大一些。

陆彪点点头，马上招呼通信员，他让通信员传令给一营。蓄势待发的一营营长王天成，立即整营行动，较昨天晚上突前一百五十米。

通信兵答应着跑出去。

江震点燃一支烟，走出工事站在围墙残垣上，看着八路军夜战部队接连跃出围墙。十几分钟后，白河镇以南传来激烈的枪声和手榴弹爆炸声，伴随着此伏彼起的喊杀声，白河大堤以北枪弹横飞，手榴弹爆炸时的闪光一阵接着一阵。

江震和陆彪站在半截围墙内，两个人望着镇南不断闪现的火光，听着阵阵手榴弹的爆炸声。江震说：王天成他们得手了。

枪声和手榴弹爆炸声继续向南推进，江震看看手表：快，陆彪，快吹冲锋号。

陆彪怔了一下，朝身后的司号员做了个手势。

吹锋号吹响了，镇南的交战声渐渐停止。十几分钟后，王天成带着特务营返回阵地前。王天成和战士们相继跳进半截围墙里，撸着袖子手持匣枪的王天成气呼呼地走过来：我们正杀得兴起，为什么吹号停止进攻？

陆彪看看江震。

江震拍拍王天成的肩膀：突进，但不能冒进。敌人虽然兵力减弱，但和你一个特务连比起来，仍然要强大得多。一旦敌人醒悟，调集重兵包围了你们，镇内无法接应，你们如何突围？

陆彪：江司令说得有道理，我们现在是见好就收，不能灭敌一千自损八百。

王天成兀自兴犹未尽：好容易打个痛快仗……

陆彪：快让战士们休息吧，都下半夜了。

王天成亲率特务营袭扰敌人阵地时，李家寨滕野临时指挥部里一片忙乱。滕野手拿报话机听筒站在地图前：长谷川君，你是说今晚八路军大举进攻了？

报话机里传来长谷川大佐的声音：是的将军阁下，八路军的兵力比前几晚增加了两倍，我前沿部队快要顶不住了。

滕野：长谷川君，请您放心，八路军不会突围，他们是以攻代守，因为那个兵工厂是八路军冀鲁豫部队赖以补充武器弹药的根本。

长谷川：将军阁下，能否抽调一个中队来加强一下我们的防线，这几天八路军每晚骚扰进攻，皇军损失严重。事情好像反过来了，八路军成了进攻者，而我们却成了防守者。什么保安队，不行，根本就谈不上战斗力。

滕野：好的，我们围剿的八路军残部杳无踪影，我估计他们是化整为零逃到外地去了，眼下他们暂已无力对皇军构成威胁。今晚如无异常，估计明天就可以抽调部分兵力返回去协助你。

长谷川：好的，将军阁下。

书记官走过来：将军阁下，师团部的电报。

滕野接过电报阅读电文：平州东南的物次补给站齐官镇今晚遭八路军偷袭，吉冈部已奉命南下，着你部速派兵前往齐官镇并剿灭这股悍匪。

滕野将电报摔在桌上，起身在室内来回走着，脸上现出少有的怨气、怒气和凶气：肯定，我敢肯定这又是他们干的。

书记官原地立定，不敢说话。

滕野在室内走了好长时间终于停住，他拿起报话机：龟田中佐，鸠山中佐，命令你部立即随我向齐官镇进发。

滕野扔下报话机，挎上战刀匆匆走出去。

第二天上午，齐官镇街上出现了一群日本军人。走在中间的是滕野少将，龟田、鸠山及随从们跟在他的后边。一名伪军中队长陪着一名头上缠着纱布的日军军官迎面走来。头缠纱布的日本军官站住向滕野行个军礼：报告将军阁下，我是齐官镇的守卫中队长伊藤中佐。

滕野点点头继续向前走：好，说说昨晚的情况。

日军军官边走边向滕野报告昨晚的情况：太突然，实在太突然了……

滕野一路走着抬头望去，炸毁的岗楼，烧毁的仓库，捣烂了的镇公所，被打死打伤的日伪军和满街满地的弹壳，弹片和污血……

滕野站住：八路军呢？

日军军官：据皇协军的眼线讲，他们昨晚就过铁路往西去了。

滕野：果然又是他们，地图。

随从将地图展开在滕野面前，龟田和鸠山同时凑上来。滕野用马鞭指着地图：你们估计，八路会逃到铁路以西什么地方？

日军军官向伪军中队长招招手，伪军中队长哈腰凑上来：太君。

滕野瞥了一眼伪军中队长，伪军中队长的腰哈得更低了：太君！

滕野：你说，八路逃过铁路以后会去什么地方？

伪军说：可能是顺马陵古道逃走了。滕野眨巴着眼睛：马陵古道？

伪军中队长说：是啊，那里有堤无河，一南一北两条堤，相距数里。两堤间道路纵横，此伏彼起，七残八缺，最适于行军打仗了。滕野：就是"奇哉孙子智，减灶擒庞涓"的马陵古道吗？

伪军中队长说：太君大学问，我的不明白，只知道那里是马陵古道。滕野又仔细看了看地图，问这马陵古道通往哪里，伪军中队长回答说：通往哪里我不知道，只知道两堤之间有个大村，是个奇村、怪村、迷糊村，本地人称这村为"迷糊寨子"。

滕野：奇村，怪村，迷糊寨子？

伪军中队长说：是的太君，听过那里的人讲，那村地势复杂，高处极高，低处极低，小巷曲折，岔路错落。你找不到一所周正的房屋，更难寻一条顺道正街。加之村大树密，不是长年生活在这里的人，进村后稍一不慎就得转迷糊了。所以叫奇村，怪村，迷糊寨子。

滕野：那里是八路军经常活动的地方吗？

伪军中队长说：这我就不清楚了。滕野拍拍伪军中队长的肩头说：你的，大大的忠诚。伪军中队长得到夸奖，哈着腰退到一旁。

滕野转向龟田和鸠山：特工在先，大部队随后，兵发马陵古道。

龟田、鸠山：是，将军阁下。

相传禹王持链锁蛟疏九河。九河原在哪里？是哪些河？传了几百辈子几千年，无论老古董们引出多少自认确凿的考据，大约也都难以对证了。"奇哉孙子智，减灶擒庞涓"的马陵古道在哪里？世事沧桑两三千年，又有谁说得清呢？那时有山，有川，有沟，有壑。如今，哪里去寻那些旧址古物？哪里去寻让庞涓上当致死的大槐树呢？

那么，这里就是马陵古道吧。

河多则堤多。没有堤的河，人们叫作"沟"。可是，这里有堤却无河。一南一北两条堤相距数里。南堤完好，如龙似蛇，逶迤东去。北堤此伏彼起，七残八缺，像被巨鼠啃了。袁虎他们就来到了这里。但这次在这里已经不是单纯的躲避，而是等待——等待滕野。如果滕野不来，一两天后袁虎还要去引他来。他已经和他摽上了。故此，捣毁那个齐官镇上的敌窝时，就有意给滕野留下了寻找自己的线索。他也判定，滕野一定会来这儿找，通过几天的交手，他已看出这个级别高年纪轻的日酋的确不是善茬儿。是个要么就干出名堂，要么就死的怪家伙。他已经把他激得发了疯，着了魔。可是，我这个级别低年龄也不大的八路军战时司令官也并不好惹。你要兜圈，我就和你兜圈。你要硬打，我就创造或寻找机会和你硬打。我已做好了准备，你也已经把我激得发了疯，着了魔。不是鱼死，就是网破。兔崽子，你来吧！

两堤之间的马陵村是八路军经常活动的地方，村内军属烈属相当多。自从昨夜袁虎他们开进来，人们就明白，有场恶仗要在这儿打了。南堤往南四里地，就是直通东北河城的那条河。第二天一早，老百姓像大彻大悟似的躲避战乱，扶老携幼上南堤又过河。有的投亲靠友，有的就在庄稼地里躲着。实际上，这是本地党组织的安排，以使袁虎他们消除顾虑，集中全力与敌人战斗。也有很多青壮年留下来，一是给自己的部队带路，二是照管老乡们的家。

袁虎、刘冬武、马立田、别古来等人坐在马陵村一家老乡的屋里。桌子上摆着一张村人刚刚画好的马陵古道和马陵村地形图，别古来探头仔细看着地形图好半天，十分惊奇地说：早听说这个马陵村是个迷糊村，没想到比传说的更复杂。闹不好，在躲避敌人时我们自己也得跑迷糊了。

袁虎说：我们来到这里已经不是单纯的躲避了，是引日本人上钩的。听说这个日本头头的部队战斗力，不好惹，可我偏要惹他，激他，让他来找我。别古来呵呵笑了，说：你这个八路军的头头同样也不好惹，两个不好惹的碰了头，那就看谁更有智谋更有勇气了。我说得对吧。袁虎拽过别古来的手掌拍了拍，没说话。

刘冬武说：真要打起来，我们好说，可村里的老百姓也跟着遭殃啊！马立田说：这问题早想到了，组织上已经做了安排。

屋内，几个人继续研究那份马陵村地形图，外边传来吵吵嚷嚷的声音，似乎有大群的人在活动。袁虎让通信员去外边看看发生了什么情况，一个刚刚从院外进来的通信员跑进屋，说是村内的老百姓从早晨到现在，正一拨一拨地转移。袁虎看看马立田：难怪马叔说组织上早有安排。

马立田说：老百姓转移是一方面，可不要麻痹大意，让敌人逼近了。刘冬武说：不会的，我们沿途放了游动哨，村外也安了岗，敌人一接近就会得到消息。

袁虎说：那我们出去看看，免得出现意外。

几个人起身一起往外走。

袁虎等人出门一看，大街上往外转移的百姓仍然很多。妇孺老幼相扶相搀地往南走，牵着牲口推着小车挑着担子的往西奔。袁虎奇怪，怎么往南的光老人小孩儿呀！一位老人告诉他，南堤往南四里地就是直通河城的那条河，上南堤再过河，老人孩子可以投奔当地村子里的亲戚朋友。往西呢，有大片的杂树林子，推车挑担地把粮食牲口弄到那里藏起来，免得让鬼子抢了去。一群青壮年从胡同口里走出来，马立田向袁虎他们解释，这些青年自愿留下来，村内地形复杂，他们一是给咱们指路带路，二是照管外出老乡的家。

袁虎点点头，暗想，马叔不愧是做地下领导工作的。一个哨兵从北边跑过来给袁虎行个军礼：报告首长，东北方向的庄稼地里有人活动。

袁虎：哦？那我们快去看看。

几个人快步朝村北走去。

袁虎等人跑到马陵村北高坡上，见有个哨兵骑在一棵树上朝东北方向瞭望。袁虎走上前让哨兵下来，自己双手抓着树干，身子纵了几下就爬上树顶。袁虎朝东北方向张望了一会儿，朝树下的别古来伸手：别大哥，把望远镜给我。

别古来踮起脚把望远镜递给袁虎，袁虎架起望远镜一看，远处的庄稼棵不停地晃动着。袁虎盯住那里细看，不禁吃了一惊。庄稼地里有三四个人，前边的两个也正举着望远镜朝这里望。其中一个朝这里指指画画，袁虎暗说：这下热闹了，这几人肯定是"日本狗"，他们发现了我，也肯定早已发现了我们的哨兵。袁虎把自己的发现告诉树下的别古来，别古来说：别忙，你看看还有什么情况没有？

袁虎再次架起望远镜远近搜索，还真是另有情况，在更远的庄稼地里，在那些人的背后还有另一伙人在运动。这伙人更怪，他们不紧不慢跟在后边，好像有什么特别的打算。别古来问道：你又看到了什么？

袁虎一动不动地朝那里看着，没有回答别古来的问话。

别古来：你到底又看到了什么？

袁虎仍不说话，只用一只悬着的脚踢蹬了几下。此刻袁虎从望远镜里看到，庄稼地前边的十多人不再动了。他们似乎在相互嘀咕、商量。正在这时，先前被他发现的三四个人转身往回走，而后边那些人忽地散开，呈半圆形麻利地靠上来。后边的人与前边的三四个人越靠越近，明显地一方有准备，一方无察觉。骤然间，那片庄稼地里一阵混乱，有短促的搏击动作和随之而起的枪声。

三四个人中有一个人冲开后边那十来人的半圆的防线，冲开防线的那人并不恋战，惊枪的兔子一样撞折了庄稼朝东北方向逃走了。那发动袭击的一伙也不追赶，捡了地里的什么东西，迅速地往这里走来。

袁虎突然哧溜滑下树来：是志德，是志德他们回来了！

别古来接过望远镜：谁是志德？

袁虎：最初和我们患难与共的战友。

别古来：他们干吗去了？

袁虎叹口气：唉！当时全怨我。

别古来：说清楚嘛。

袁虎：志德是冀中过来的，他带的兵中有个排长违反了命令，我没控制住自己的情绪，把那排长揉了个跟头。那排长额头磕在墙角上出了血，志德看不下去，当时就和我掰了脸。本来以为事情就这么过去了，可没想到当天夜里，志德竟领着他从冀东带过来的十几个人走了。

别古来：这算什么呀，别说揉个跟头跌破头，即使抽他的嘴巴他也得听着。要不，怎么叫上峰和下属呢。

袁虎苦笑：别大哥，八路军和国军里的纪律不一样，主张上下级平等。

别古来一脸迷惑：平等！

袁虎跳下树来往东北方向跑，马立田、刘冬武、别古来紧紧跟上。对面的十几个人也开始朝这里跑，袁虎腿快，后边的人跟不上。袁虎跑出足有二里地，刚好和拐出庄稼地的于志德他们迎头相遇。袁虎和志德相互盯看了一下，二人又迟疑了一下，忽然抱在了一起，就势滚跌在地上，像亲热，也像打架。

志德：还真是你们！

袁虎：你们可……可回来了……

二人从地上站起来，袁虎又一把抱住志德。志德喘着粗气流泪。袁虎说：志德，是我错了，一时冲动，打了李排长，我诚恳地接受批评并向李排长道歉。这些天我一直心里不是滋味，你们这一回来，一天云彩全散了。

志德说：袁团长，我做得更不对，不该在关键时刻离开你们，我接受处分。袁虎说：我们要在这里和鬼子进行一场决战，你来得正是时候。志德连忙摇头：决战？不行，绝不行。

袁虎问为什么不行，志德说：光我们看到的，就有一千多鬼子在齐官镇集结，真打起来，顶得住吗？袁虎说：我们的力量也大了。

后边的人赶上来，袁虎把志德拽到别古来跟前说：我给你介绍一下，这是救国军别司令别古来。于志德：久仰大名，我们袁团长多次说起过您。

袁虎说：别大哥，这是二支队队长于志德，因为我做事冲动把他气走了的。于志德连忙解释：不不，是我太冲动了。

别古来和志德握握手：好好好，弟兄们凑到一块儿，我们的力量又增强了。于队长一伙肯定累了，赶紧回村内休息，说不定今天还有仗要打呢。

袁虎：对对，回村，回村里去。

一伙人说说笑笑，朝马陵村走去。

13

那天拂晓，志德领着手下的二十来名同志出了碱洼村，直到过了白沙河也没碰上敌人。可是，再往前走，他却开始踯躅。当初，一股怒气怨气助着，走了这段路，心境渐渐平和。想想自己也太莽撞，干吗非要和袁虎闹翻呢？说真的，自从接触以来，他们就相互尊重，相互佩服。他佩服袁虎精干勇武、运筹得当。袁虎佩服他的忠诚精细、深思熟虑的个性。几天来一个接一个的战斗胜利，就在于他们和冬武等几位同志的密切配合。如今，敌人随时都可能进兵大碱洼，这种情况下和袁虎怄气分手，得当吗？对头吗？这个袁虎，在处理上下关系问题上是有些不具领导者的水平。不只自己，连冬武等人也有如此看法。可是，没有纯真的金子，也没有十全十美的人，对这个年轻的团长，也不能太要求他共产党化了。况且，昨夜那事情大部责任在李排长，自己是不是也有点儿本位主义了？

他把同志们带进北堤灌木丛里，说是休息，实是踌躇不决。越犹豫，时间过得越快，待到午后，再下什么决心已经晚了。因为南堤上开始从东西两端汇来日伪兵，并很快地朝碱洼村方向兜过去。什么原因使敌人这么做，这是极明显的。此刻再走，等于临阵脱逃嫁祸同志了。可是，他又无可奈何，他的人数毕竟太少力量太小。直待敌人和他们拉开了相当的距离，他才又和同志们涉过白沙河，悄悄在敌人后边跟着。他不能贸然行事，他必须相机而动。敌快他疾，敌慢他缓。离碱洼村数里，敌人再不动了，他也只好停下。当然，他们此时再想进村，是根本办不到了。

夜里，敌人对碱洼村的进攻剧烈而迅猛，志德他们只能望"洋"兴叹。没有能力解围，也没有能力攻进去。气极了，在敌人身后撸了一阵，反而引得日军派了一个中队压过来，一直把他们赶到平州方向去。

这以后的几天，他们一直在平州城南的庄稼地里躲着。那天夜里齐官镇发生战斗，断定是我们的某支部队出现。急忙赶去，可八路军已经大功告成，刮风一样撤走了。幸亏他们也迅速撤开，否则，得被滕野当作袁虎一伙围住。可是，他们发现了部队撤走时留下的痕迹，并从这些有意留下的痕迹里判断出这支部队竟是袁虎他们。说不清是高兴还是难过，有好几位同志当时就掉了泪。按说应该立即循迹赶上去，但志德天性精细，想了想，让多数同志仍旧潜伏，他和几个同志化了装，第二天拂晓就开始在齐官镇附近侦察。他明白，自己能发现的痕迹，敌人也肯定能发现。既然这样，敌人必然会采取行动的。果然，天明时，他们发现有大量日伪军在小镇集结。毫无疑问，是要去追剿袁虎他们了。

不敢再迟疑，他们当即行动，循了那些极为明显的痕迹，借着青纱帐掩护赶往东南去。出去二十里察觉前边有动静，几位手脚灵活的同志跟上去，却惊奇地发现，是一帮有中国人也有日本人的杂货。回来告诉志德，志德纳闷了一阵，和同志们一分析，认定这是敌人派出的特工暗探，于是就不声不响在后尾随着。

一点儿不错，被他们歼灭的这些人，正是别司令说过的"日本狗"。他们是专门训练出来用于打探军情，跟踪盯梢的。

几个人进村回到老乡家，志德随袁虎等几个人走进屋里。刘冬武安排了志德手下的人吃饭休息，又端着一碗菜和两个窝头走进来。冬武把饭菜放到桌上：志德，你跑了好几天，怕是连口热水也没喝上，快趁热吃点儿饭吧。

志德说：是饿坏了。他把饭菜端到跟前，狼吞虎咽。

冬武安排好了向志德告辞，因为他还要去村北带领队伍监视敌人。

冬武走了，志德也很快吃完饭。他抹抹嘴，说：要不是动手消灭那几个盯梢的日本探子，可能袁团长还认不出我们呢。袁虎说：确实是这样，闹不好就把你们当成敌人派来的前哨小队。可是，也幸亏你们发现了他们，这些人就是别大哥说的"日本狗"，专门跟踪盯梢的，让你们撞见，算这帮王八蛋倒霉。

依照惯例，敌特盯梢，敌人的大部队一定离这里不远了。袁虎说：我们准备一下，今夜或者明天，和敌人面对面来一场血战。

听说要在这里和日军决战，于志德一反昔日的温文尔雅，脸红脖子粗地和袁虎争辩着：不行，绝不行。真打起来，这里无遮无挡，比不得大碱洼。敌人只要四面围住，不用进攻，只用炮轰也够咱受的。你们在碱洼村的教训，可得接受啊！

袁虎不再说话。从他那微眯的眼睛里，可以看出内心是受了震动。是啊，碱洼村一仗，就是吃了日军炮火的亏。那惨痛的教训，是应该汲取的。由于愤怒和杀敌心切，由于对这股敌人的强烈报复欲，他把事情看得简单了。如今看来必须重做部署，否则……他低下头来，沉思着。

一直默不作声的别古来说话了：我倒有个打算，是不是可以牵着鬼子转一圈。

袁虎抬起头来，见别司令笑嘻嘻地在自己胸前用手指画了一下，就眨眨眼问道：别大哥的意思，咱们和敌人打踅摸？

别古来点点头：好马不及地理熟，小日本长不出四条腿也别想赢咱们。

别古来从旁边找了根棍儿，蹲在地上慢慢画，慢慢说。画完说完，扔掉小棍儿拍拍手上的土说：这有点儿像刘邦的明修栈道，暗度陈仓，但是有区别。要是小日本大兵压境，咱就用这法。要是和咱差不离儿的力量，就把它掐了。

袁虎第一个蹦起来：对，只要有机会，就先撸它一家伙。

马陵古道上，一溜运兵车由东向西开来。汽车速度较慢，汽车前后有几十名骑兵随行。龟田中佐手挂军刀端坐在驾驶室里，汽车到达一个拐弯处停下来。车门开了，龟田跳出驾驶室，后边的通信兵背着报话机赶上来。龟田鸠山接过对话筒向滕野报告：将军阁下，我部已到达距马陵村两公里左右的拐弯处，请指示。

报话机里传出滕野的声音：龟田君，八路残部被皇军赶得精疲力竭，看样子要在马陵村做最后挣扎。你到达指定地点后，首先包抄八路残部，然后以小规模试探性进攻缠住对方，以防他们再次转移逃跑。

龟田说：将军所言极是，据特工侦察，流窜到铁路以西的八路残部都在马陵村藏卧。马陵村地势地形非常复杂，也非常奇特，说不定他们是想利用有利地形和皇军来个鱼死网破。滕野说：最重要的是目前不要过于惊动他们，要稳住他们，我和龟田大队的步兵随后赶到。龟田：是，将军阁下。

龟田把对话筒交给通信兵，重新钻进驾驶室里。

龟田坐好后一挥手：继续前进！

袁虎等人正议论敌情，有位战士跑进屋报告，说：在北堤值班警戒的冬武派人来了，东北上发现敌人。几个人一惊，几乎同时问：真的？

这当然是多余的问话，不是真的，冬武会派人来报告吗？别古来仍旧嘻嘻一笑：小日本王八变兔子，长了毛也换了腿儿了。

袁虎：嗯，比兔子跑得都快。

袁虎说着，让马立田和志德留在这临时指挥部里，他拽了别古来直奔北堤。

冬武和常铁岭在一个高高的堤段豁口上趴着，见袁虎和别古来走到面前，冬武伸手朝东北一指说：看看吧，除了四个轮就是四条腿的。

袁虎：哦，这是汽车骑兵一块儿上啊。

袁虎和别古来趴在堤段豁口处，先后举起望远镜。

很远的大道上有一溜汽车，汽车顺着蜿蜒土路向这里驶来。别古来用望远镜看了看，说是八辆。奇怪的是，车速挺慢。而在汽车的前边，有几十个鬼子骑兵时而冲进庄稼地，时而又在大道上来回奔跑。像搜索，也像遛马。两个人明白，那是鬼子害怕有伏兵。可转而一想很可笑，大白天谁会在庄稼地里设伏兵！看来，鬼子是让他们的对手打惊了脑儿了。在离大堤一里之外的地方，日军忽然停住了。步兵下车，骑兵下马，显然是在准备什么。袁虎等几人就估计，这是敌人的先头部队，来到这里不敢冒进，在等他们的大队人马。

可是，他们判断错了，那些日军似乎整了下队形，就分成几股朝大堤处运动上来。骑兵则跃马横枪，在步兵后边往来奔驰着。袁虎转脸看着别古来：别大哥，我带人去断他的后路，炸他的车。

别古来说：这活还是我的队伍去吧。袁虎拦住他，他让别古来留下指挥这里，准备迎击正面进攻的鬼子。别古来说：兄弟，指挥阵地战我外行，还是干那活儿凑合。袁虎：你不能去，那百十号人只听你的。

别古来拍拍袁虎的手臂：放心吧老弟，有我的分队长呢。

别古来下了堤。

北堤下，别古来腰插双枪站在堤下一个平坦处，救国军的两个分队在距他十步开外排列。别古来吹了声口哨，两位分队长老李和老刘走过来。两个分队长从别古来口袋里掏出香烟自己点燃，那个老李长长地吸了口烟：司令，有活？

别古来嘬嘬牙花：两位大哥带弟兄们去干点活。

李队长说：好，司令吩咐吧。别古来指指东边的汽车说：去把小日本的那些玩意儿给炸了。李队长说：行行行，你说说战斗方法。别古来和两个分队长同时蹲在地上，别古来连说带比画，两个分队长不时地点头，不时地询问着什么。别古来拍拍手站起身，两个分队长也站起了身。别古来：刘兄，手头子得利索着点儿。

刘队长：放心吧司令，这是我的拿手绝活。

两位分队长点头颔首，嘻嘻哈哈。

在别古来给他的部下布置任务时，常铁岭趴在堤口处不时扭头看看别古来等三人。他侧目看看袁虎，看了看袁团长，好像他们不是去干一件可能会搭上性命的险事，倒像是被打发到岳父家陪客人喝喜酒的。

袁虎：呵呵，说得真形象。也难怪，几年的游击生活，他们已养成了什么也不在乎的性格。要不的话，他们就不像别司令的部下了。

铁岭指指东边：袁团长，你快看。

袁虎扭过脸举起望远镜，远远的东北方又出现了一队鬼子骑兵。那队骑兵往这里接近了一段路程转而奔向东南，从东南又向正南。袁虎放下望远镜：看情况，敌人是要绕道去占领南堤，包围我们。

铁岭说：这些傻狗，咱们本来就不准备往南去了。袁虎说：可能鬼子也很了解这个村的复杂情况，以为我们会凭险据守。铁岭摸了下背后的单刀柄，说：我真有些耐不住了。袁虎：耐不住也得忍着点儿。瞧，别司令的人开始行动了。

别古来带着他的部分弟兄爬上堤来朝远处比画了一下又一努嘴，刘、李两位分队长立即带人跃出堤去。救国军壮士身手矫健，李队长和刘队长以高低不平的地势为掩护，迅速分成两路。他们以庄稼棵为掩护，李队长率领一股壮士悄悄潜向正面日军，但在运动到一块谷子地里伏下不动了；而刘队长的分队好像忘了自己的任务，径直插向正北。

堤口处铁岭看得目瞪口呆：袁团长，他们这是什么战术？瞧，一部分人卧在庄稼地里不动，另一部分却没命地挺向正北。

袁虎说：用兵自有妙处，我猜他们这是一部分吸引敌人的注意力，另一部分袭击敌人。正面谷子地里的那个分队是吸引敌人注意力，借着庄稼草棵遮掩直下正北的是在绕路袭击敌人。以他们的运动速度，只要中途不出意外，别看绕了半个弧，也能在敌人向这里发起攻击之前就能到达所要袭击的目的地。

铁岭说：不好，敌人发现了他们。袁虎赶紧举起望远镜，果然，一个日军骑兵班跃马舞刀蹿进了李队长潜伏着的谷子地。骑兵在谷地里乱蹦乱跑，距李队长他们的卧伏地点越靠越近。袁虎紧张地皱起眉头：快，机枪准备。

两挺机枪当即架在堤口处，枪口直指敌人跃进谷子地里的日军骑兵。袁虎说：要是救国军弟兄处境危险，就机枪掩护他们迅速回撤。机枪射手说：袁团长放心，几个点射就解决了。

袁虎继续举着望远镜，却看到敌骑兵在那个小范围内遛了一会儿，又若无其事地向北驰去。袁虎放下望远镜，擦了下额上的汗：好险！

东边一辆汽车上响起了机枪声，袁虎重又举起望远镜。他看到，机枪的扫射目标却好就是分队弟兄隐身的地方。袁虎猛地放下望远镜，骂了句好狡猾的小鬼子。铁岭：怎么了团长？

袁虎说：刚才敌骑其实已在谷地里发现了李队长他们，碍于地形地物，怕吃亏，就没事人似的撤回去，转而用机枪朝那里打。敌人可能把他们当成了小股侦察队。

铁岭说：这下完了。别古来凑过来：常队长，你说什么完了？

铁岭说：咱那一个小队的弟兄啊，距离这么远，这里的火力又接应不上！别古来举起望远镜看了一会儿说：你等着瞧吧。

袁虎再次举起望远镜，见敌人的机枪把那片谷子地扫了好一阵，谷地里除了枪弹打飞的碎禾土花外悄无动静，谷穗也不曾动一下。一个班的骑兵又跃马舞刀地进了谷子地，顺了谷子地垄眼寻找刚才潜伏到这里的人。敌骑兵好像没有发现什么，就聚在一块儿商议，他们东张西望，间或用手比画。此时，东边棉花地里忽然立起几个人，同一瞬间歪头甩手，齐刷刷枪声过后，有七八个鬼子跌下马来。

有几匹马驮了死尸往北逃，那几个开枪的人身手矫捷，蹿上去擒住马嚼口，翻上马背，枪苗子一拧马腚，箭头似的向东北方向去了。

有两个日军骑兵班斜刺里追去，汽车旁几十名鬼子兵开枪朝这几人压过来。那几人也不恋战，趄个圈子打马往回飞奔。

袁虎：快，机枪掩护。

机枪"嘎咕咕"一个点射，随之哗地朝敌人骑兵扫去。

机枪一响，追赶过来的敌人骑兵退了回去。

堤口处，李队长等人喘着粗气奔过堤来，他们跳下马，快步走到别古来这里说：别司令，活儿干完了。别古来拍拍李队长的肩膀，掏出两盒"三炮台"放在弟兄们面前。袁虎说：弟兄们真是好身手。

别古来笑道：好看的还在后头。

刚才刘队长带领弟兄们奔到正北那条沟里，他用手画了个半圈：向东，再向南，明白我的意思吗？

弟兄们点点头，不说话，哈腰顺沟向东去了。他们借助这里的沟沟坎坎灵巧地运动着，渐渐接近停放鬼子汽车的地方。刘队长是个很风趣的人，尽管形势险恶仍旧忘不了说笑话：弟兄们，准备，抡圆了膀子，手榴弹的给！

弟兄们掏出手榴弹，刘队长却又摆手制止。有个弟兄问他：怎么了大哥？刘队长往汽车后边的豆子地里指了指，有好几门黑乎乎的迫击炮在那里支着，日军炮手正在搬箱子运炮弹。约一个班的鬼子担任警戒，鬼子兵有的面朝里，有的脸朝外，一个戴白手套的鬼子官在慢慢踱步。鬼子军官一会儿望望南，一会儿看看东，刘队长压低声音：这狗娘养的是在等待上司的开炮命令。炸毁它。

弟兄说：恐怕鬼子有防备。刘队长说：大白天，又在他们队伍的身后，日军防卫松懈，这样的好机会不能错过。刘队长说着做了个手势，队伍分成两路。一路原地不动，一路向东北绕到敌人背后忽然开枪。

有几个鬼子给打倒，这边的日军当即往那边跑，原地不动的救国军壮士蓦地从棉花地里跃起，一百几十米的距离眨眼间就蹿了上去。距离迫击炮只有几步了日军才发现有人偷袭，敌军官和他的部下从腰间拔枪，一串子弹飞来，几个鬼子相继倒下。汽车顶上的日军机枪手调过枪口，可是敌我混在一起，敌机枪手犹豫了。弟兄们趁机甩出手榴弹，轰隆爆炸中一片烟雾，七八辆汽车燃起大火。汽车被炸，炮兵被歼，刘队长满脸乌黑：哪个弟兄会打炮，哎，哪个弟兄会打炮。要是有会打炮的，只消炮口压低，朝那正在往堤前运动的日军来上几家伙，这战斗就省老劲儿了。也罢，快往炮口炮膛里塞手榴弹吧。

是啊，弟兄们用惯了小刀匣子枪，打炮这活儿玩儿不转的。既然玩儿不转，那就炸毁它。弟兄们将手榴弹塞进各门炮口里，退开一段距离一拽线，好几门迫击炮轰隆隆炸成一堆烂铁。

日本骑兵掉头压过来，几十位好汉撒开长腿，四散奔逃。不断有鬼子骑兵被打下马来，救国军勇士抢了大洋马骑上，如飞而去。有几个逃不及的弟兄拉响了手榴弹……袁虎放下望远镜抱住别古来，两个人泪流满面。

过了一会儿，袁虎推开别古来把双枪提在手里，别古来问他干什么，袁虎说：去杀几个鬼子给弟兄们报仇，顺便找找那些逃开去的弟兄。别古来大惊：袁兄弟，你有时像个军事家，有时怎么像个小孩似的？打仗哪有不死人的，八路弟兄牺牲多少了，为了抗日嘛。

袁虎说：这道理我懂，但是这口气我咽不下，我惦着逃散的弟兄。

别古来说：你放心，逃出去的，找一个隐身处藏了，夜间绕路找到固定的汇聚点归队。这是我们几年来打仗的经验，分散和集结的秘密办法。袁虎见别古来口气轻松，想想自己也未免幼稚，不好意思地摇摇头。

别古来拍拍袁虎的肩膀：来来，坐下坐下，咱弟兄俩说会儿话。

两个顺势坐在堤口旁边的土垛子上，别古来掏出烟递给袁虎。

袁虎接过来，别古来举着打火机给袁虎点燃香烟。

日军的汽车和迫击炮先后被炸，日军指挥官憋了一肚子火。日军指挥官命令集中轻重武器向堤口处射击，日军突击部队在火力掩护下很快匍匐接近了一段残缺的大堤。堤上反击的火力很弱，鬼子们开始跳起来冲锋。就在此时，日军背后忽然响起连珠炮般的枪声。鬼子们吃惊地回过头去，左侧五十米开外的棉花地里，二十多个持双枪的中国人忽然冒出来。这二十多个中国人在距他们几十步远的地方歪头射击。距离很近，火力集中又突然。十几名日本兵只来得及朝对方开了几枪就相继倒下。大堤缺口处袁虎和别古来拍手喝彩，领头的刘队长一摆手，这伙人就在敌人机枪扫过来的前几秒钟里蹿进堤内。

然而，有两个堤段却被日军迅速攻占。

袁虎说：别大哥，敌人气势汹汹，我们还是避其锐气赶紧后撤吧。

别古来：后撤，撤进村里？

袁虎说：敌人有骑兵，大白天两条腿跑不过四条腿的，我们只能撤进村里。撤进村里后，就按咱们预先计划好的战术打。别古来：好嘞。

两支队伍合成一块儿，迅速撤进村去。

11

日本兵在马陵古道的拐弯处借着几棵小树搭起了临时指挥所，龟田正坐在指挥所的凳子上看地图，西边忽然传来轰隆隆的爆炸声。龟田惊得站起来，问西边出了什么情况。一个通信兵往外跑，正好撞上另一个通信兵跑进来。

跑进来的通信兵报告龟田，说：我们的汽车和迫击炮让八路军派人炸了。

龟田看了看通信兵：我已经听到了爆炸声，立即命令步兵停止行动！

通信兵转身跑出去，龟田站起身来走到门口举起了望远镜。龟田对前边的堤口处进行了细致的观察后放下望远镜叫来通信兵，命令部队由原来的多股并为三路，每一路前边组织一支小而精悍的突击队，对前边的堤口进行闪电攻击。在短时间内把堤上的八路部队压下去，一直把他们压到那个村里。

龟田举着望远镜继续朝远处看着，听到西边枪声连连，过了不长时间，一名少佐走进来报告，说：遵照您的命令，刚才一战，八路军残余已被压进马陵村，是不是迅速包围这个村，以防他们逃遁？

龟田放下望远镜看着少佐仍在思索：少佐，村子很大，以我们现在的兵力难以形成包围。南边和西边已有骑兵迂回堵截，八路军惮于我们的骑兵部队，白天是不会突围的，目前要集中兵力进攻东侧和北侧。

少佐建议等到援军到来后再向村子里进攻。龟田说：你害怕了？少佐马上立正，说：大日本皇军无敌于天下，我怎么会害怕呢？龟田侧过脸：那好，你率领你的中队，从占领的堤口处向村内进攻，前锋仍以一个小队组成。无论如何也要把八路军完全压回到村里，以利我们形成包围。

少佐答应着退下。

马陵村北村口，一百几十名日军呈三角队形朝北村口发起攻击。日军第一小队在前，另两个日军小队分别在后左方和后右方。日军第一小队渐渐接近了村口，村口处并无动静。第一小队的日本士兵端着枪，小心翼翼地继续前进，岂料刚刚进入村口十来米，对面忽然射出密集的子弹。接着，村口里又扔出手几颗手榴弹，日本兵给打死几个、炸死几个，其余的赶紧卧倒开枪并还击。

村口处没了动静，日军士兵爬起来，端着枪继续逼近。村口里忽然又射出枪弹投出手榴弹，日本兵再次卧倒还击。这时，日军身后的机枪跟上来，机枪抖动着朝村口射击。村口处的枪声和手榴弹爆炸声渐渐变弱，日军小队长站起来举着指挥刀：八路后退了，攻上去。

日军进攻之际，守在马陵村北口的袁虎、刘冬武、别古来和常铁岭带领队伍且战且退。敌人的火力渐渐变弱，敌人的攻势突然减缓。敌人的目的很明显，只是想把抗日武装压回到村里，等他们的大部队到来后实施包围。这也是袁虎他们意料之中的，不过却不是袁虎他们的战术目的。他们得尽可能消耗敌人的有生力量，所以得想法把敌人引进村里。袁虎把这任务交给刘冬武，自己和别古来还有铁岭分别带领短枪队和单刀队撤回到村里。袁虎低声

410

和三人说着自己的计划，三个人点点头分别开始行动。袁虎进村前再三和冬武交代，敌人如果攻上来，先朝敌人扔手榴弹、开枪射击，然后佯装反攻一阵立即撤回到村里。

相应的情况下制订相应的战术，对敌斗争就是这么简单而神奇。

敌人一个小队占住了村口处的残堤后，斜后方的两个小队也停止了前进。日军少佐拄战刀立在一个断墙后。命令第一小队堵住村口，只要不把八路军放出来即可。少佐话音刚落，村口里忽又响起一阵枪声。接着像上次一样，又有几颗手榴弹掷出来，在离日军小队不远的地方爆炸。

日军少佐正在怔忡不安，一股八路军冲出了村。八路要反攻，日军小队长大惊，马上命令部下准备迎敌。日军机枪向村口射击，第一小队剩下的几十个人向八路军发起反冲锋。八路军在火力压制下重又退回到村里，小队长见八路军人数不多，不等少佐下令，举起指挥刀哇哇叫着，四十几名日本兵冲了进去。日军少佐伏在破堤后看着村口刚才发生的情况，忽然感觉事情不妙，赶紧下令让另两个小队冲上去接应，让第一小队迅速撤出村。

两个小队的日军向村口处冲去，村口内射出密集的机枪子弹，投出一枚枚手榴弹。冲上去接应的日军给打死一部分，其余的被压制在村口外。日军伏在地上拼命朝村口射击，而此时只听得村里隐隐传出短促而激烈的搏杀声。

八路军和堵在村口的日军两个小队相互射击，相持不下。火力交错中，一小队的三个日本兵连滚带爬冲出村来。日军集中火力压住村内的火力，三个日本兵倒拖长枪逃到堤口处。少佐走到三个日本兵跟前：其他的人呢？

一日本兵说：报告少佐阁下，除我们拼命冲出村来外，其余的全部战死了。

少佐：啊？怎么会这样！短时间内损失就如此严重，仗是怎么打的？

日本兵说：我们也讲不清楚，只是进得村去，三转两转迷了路。到处是七拐八拐的小巷子，根本没法集中搜索。为了寻找八路军，部队只好分头行动，不料分开后，进了七拐八拐的小巷子再转不出来。先时不见八路的影儿，此刻忽然到处都有八路军。有的刀砍，有的用枪打，就这样，在很短时间内，我们的小队就差不多给分别收拾完了。

少佐伸长了脖子双眼直勾勾地对着村口盯了很久，忽然冒出一句中国话：中国人的，走祖宗路。这里的，又出孙膑了。

一中队伪军从东边开过来，伪军中队长走到少佐跟前哈下腰：少佐阁下，我们奉命赶来支援皇军，您看……

少佐横了伪军中队长一眼：停止进攻，把八路军堵在村里。你的中队转到村西，协助那里的皇军骑兵形成包围。

伪军中队长连声答应，带着自己的中队继续向西。

马陵村内的战斗结束了，袁虎、别古来、常铁岭分别带人从各个小巷子里走出来。铁岭舞了个刀花说：杀得真过瘾，有两个鬼子在小胡同里还想跟我们拼刺刀，也不想想你那大枪转得开身吗。三下五除二，收拾了。唉，要是再能引进一些鬼子来就好了。别古来说：我们刘队长讲，他一梭子还没打完呢，眼前的几个鬼子就都趴下了。剩下两三个鬼子兵，他打算练点射，不料刚举枪，他们就撒丫子窜了。跑得那个快呀，谁也撵不上他们。

几个人笑起来。

刘冬武从北边过来：报告袁团长，日军架着机枪步枪，有的赖在破堤后边，有的趴在堤前，无论我们怎么挑逗，他们就是不上钩。

袁虎：再也引不进来了？

冬武：是的。

袁虎说：敌人是在等待援兵，我们也趁此机会养精蓄锐吧。冬武，你把同志们撤下来休息一下吃点儿饭喝点儿水，准备我们的夜间大战。

刘冬武答应着朝村口处走去。

袁虎等人又进了那个老乡家。

黄昏时，滕野乘车到达龟田的指挥所。刚坐下，他就习惯地俯身在地图上，看一看，点一点，画一画。龟田中佐笔直地立在他身边报告刚才的战况：报告将军阁下，我们刚到这里不长时间，汽车和迫击炮就被八路的小分队给炸了。我们派到前沿的一个中队，因为不慎上了八路圈套，短时间内损失了一个小队。所幸按照您的指示，一个中队在骑兵配合下对马陵村形成了四面包围。目前皇军……

滕野依然不动声色地俯身于地图上。

接连几天的交战，他认定这个八路军的年轻司令员不光有着惊人的军事才干，而且是那种让人头痛的"橡皮将军"。一旦黏上，你就难以脱身。你不找他，他来找你；你不追他，他故意招你追。在上军校时，教官就曾不止一次地告诫他和他的同学，如果在中国遇到这样的军人，要十二分地小心。为安全起见，他曾在地图上认真研究了让他迷惑不解的马陵古道，并派了龟田大队做前锋。前锋受挫，他投石问路的计划也就算成功了。

滕野站起身来：龟田君，鸠山大队就在后边几公里。眼下皇军只在村周形成松散包围，不要过分强攻，以免八路被逼得再次突围。我们的目的是麻痹对方，让他们误以为皇军就是一个大队的力量。待天黑后，借着夜幕，鸠山大队压上来，不知不觉将村子围住，拂晓进攻，天明解决战斗，争取活捉八路军的年轻将军。

龟田：是，将军阁下。

红日西沉，天地间的光线变暗。村周除了零星枪声，敌人已经不再进攻。袁虎、刘冬武爬上村边高房往四周看，日军已包围了村子，但围而不攻，不知又是为了什么。冬武出神地往东看着，忽然扭过头来：说不定，敌人是在等待援兵。

袁虎说：我刚才也是这么想呢，可现在敌人的兵力已经不小了。

袁虎指头按住太阳穴，沉思着。

房下传来马立田的声音：嘿！村南有动静了。

俩人回转身，见马立田提着匣枪来到房下。袁虎问马立田手下的队伍情况怎么样，马立田说：群众武装只有几十个人了，现在与别司令的队伍联合守着南侧和东侧。人手虽然紧了些，勉强还能应付，现在就怕敌人大举进攻。

马立田登着梯子上房来，袁虎问：马叔，村南有什么动静？

马立田指指东北方：有十多个日本骑兵刚才朝那里去了。可又怪，样子不紧不慢的，也闹不清是送信还是侦察村边的情况。

袁虎：可能是去送信。

马立田摇摇头。

袁虎：去联络？

马立田：和谁联络？

袁虎：是啊，来围村的日军都在这里，他们去和谁联络？

刘冬武：这说明，那方向不远有敌人的大部队，所以日本骑兵才去那么多人，所以他们的样子才不紧不慢的。

马立田说：我一时弄不出原因，所以才特地赶来知会你们一声。

袁虎探身叫过房下的一位战士，让他跑步去村西头把于志德队长叫来。战士跑步走后，袁虎说：我想敌人要有大动作了。刘冬武说：敌人现在围而不打，从军事常识来讲是等待增援。袁虎：无论是什么情况，我们做好准备吧。

几个人继续聊着。

房下传来于志德的声音：团长，你找我？

袁虎探头见是志德：哦，志德，你在下边等一等，我们这就下房。

三个人顺着木梯走下房。

袁虎朝东指了指：咱们一块儿去找别司令。

村内一平顶房上，别古来正坐着喝清茶，间或用望远镜朝村外望一下。袁虎几人相继走上房来，别古来立起身，笑眯眯地说：诸位喝一杯吗？

袁虎说：哪还有这份闲心思！别古来说：袁兄弟，无论什么情况下，咱们当头的不能乱了心绪。别古来说着，从茶壶里倒出茶来递给他，袁虎接过来喝了一口：别大哥习惯不改，多少年了还是喝明前龙井。

别古来说：袁兄弟好口味，一口就尝出来了。袁虎说：咋尝不出来呢，那年你送我的不就是这种茶吗？别古来侧侧头：奇才也！

袁虎苦笑：别大哥，情况好像不妙，按你原先的战术计划行动吧。

别古来：现在？

袁虎：对！

别古来摇头说：不行，得等天黑。大白天，咱们跑不过小日本那些四条腿的。袁虎想了想：也对，万一出村被发现，敌人的步兵好说，骑兵可就难对付了。

刘冬武：别司令，佯装西出，这是你在指挥所里制订的那个计划吧？

别古来说：是的，迷惑敌人而已。

刘冬武：那这活儿由我来……

别古来抢过话说：还是让我的一分队干吧，我这些弟兄真豁命，腿也快。于志德插话：还是交给我吧。我们闲了这些日子，也该卖卖力了。

于志德双眼看着袁虎。袁虎说：村西平坦而狭窄，要是敌人有一挺机枪把那里封住，别说是冲出去往西北林子里跑，就是单纯出村也难。别古来说：假装西突又是咱们行动措施中的关键招。不这么办，部队就难以走脱。袁虎说：这活儿还是由我来干吧。于志德当即阻止：不行，你是指挥员。团长你放心，我有办法……

于志德凑到袁虎耳边低语着，袁虎迟疑、点头：好，就这么干。

天色已过黄昏，袁虎、刘冬武、马立田、于志德蹲在院子里。袁虎和别古来分别拿着一根小木棍儿交替在地上画着。袁虎说：志德，你们到了村边后，只要能出得村去，一定按这条线走。志德掏出怀表和袁虎对了一下时间站起身：好，就这么办，我回去做准备了。

袁虎等人将志德送出院。

志德走出几步，袁虎忽然喊道：志德你站住。

志德回过身来，袁虎跑上去紧紧地握住志德的手，喉咙里哽咽了半天，却什么也没说。两个人目光相注，袁虎说：志德，保重！

四只大手松开，志德顺着小街往西去了。

门口几人望着志德的背影，志德在一位青年向导的指引下，走进了七拐八拐的小街巷里。暮色渐浓，夜晚降临。袁虎看看表，别古来也看看表：行动吧？

袁虎：行动！

滕野一直注视着眼前的地图：马陵村，马陵村！

滕野的手指狠狠摁在一个地方：明天拂晓我要打一场拼尽血本的仗，由外而里，尺尺紧缩，步步进逼，把你们连同这个村统统砸烂，捏碎。我要消灭这支八路队伍，捉住这个头目，看看这个年轻的八路司令员到底是个什么样的人物！

电信员走过来：将军阁下，长谷川大佐的电报。

滕野：念。

电信员：近日来据守白沙镇的八路军连连发动反攻，其势越来越猛，我处兵力有限，堵截万分困难。如果队伍近日不能回援，皇军将有被迫后退的危险。

滕野一拳擂在桌子上：八格牙路！

滕野把电报撕碎，大步地在指挥所里走来走去。

这封电报让刚才还信心满满的滕野一时没了主意，没了办法。在他的戎马生涯中，第一次感到这样忧心如焚，技穷力竭。他也不能不考虑一下实际情况，如果长谷川率领的大队被迫后撤或者被彻底打垮，彼时，连同以往的损失在内，责任统统都是他的。他不傻。滕野停下来：给长谷川回电。

电信员一手持笔一手端着小本记录。

滕野：长谷川大佐，龟田、鸠山两个大队的皇军已将八路残部包围在马陵村，今夜拂晓发动进攻，天明战斗结束，大部队即可返回。命你坚守白沙河阵地，如有失误，军法处置。

电信员仍旧站在滕野面前。

滕野挥挥手：发吧。

电信员：是，将军阁下。

电信员在发报，嘀嘀嗒嗒的声音很有节奏。

滕野注视着桌子上的地图，慢慢抬起头，望着外边的天色。天色渐晚，天空中有飞来飞去的蝙蝠。西边突发激烈的枪声，滕野怔了一下，收回眼光：

415

报话员，要鸠山通话。

报话员接通龟田，将报话筒递给滕野。滕野：龟田中佐，发生了什么情况？

报话机里传出龟田的声音：报告将军阁下，有一股八路军往西突围，据负责村西防卫的山口少佐报告，突围的八路多数被打死，有的走脱，有的又给顶了回去，只有很少几人逃脱。不过，现在仍有小股八路军继续突围。

滕野：龟田君，马上抽调部队紧急支援村西，一定要堵住他们。

龟田：将军放心，我一定按您的命令部署好部队，八路残部插翅难逃。

滕野：龟田君，八路军这次突围之后必是全力突围，鸠山大队马上赶到，今晚就将八路残部包围。攻击白河镇的山炮中队已到达你大队的驻地，另有鸠山大队的八门迫击炮，炮火足可覆盖整个马陵村。你要坚决堵住外逃之敌，不许再有一个八路军突围。

龟田：是，将军阁下！

滕野：要鸠山中佐接话。

报话员接过调整好：将军，鸠中佐接通。

滕野：鸠山君，现在八路残部已在试探性突围，请你马上率大队全部人马急驰马陵村。要快，一定要在晚十点前赶到。

报话机中传来鸠山的声音：是！将军阁下。

马陵村西头的枪声和手榴弹爆炸声持续不断，其中夹杂着机枪的连发射击声，声势很大，似乎真有大批人马从那里往外突围似的。就在这持久而激烈的突围与反突围所形成的激战喧嚣中，八路军和群众武装为一队，别古来的部队另成一队。其他人马齐聚马陵村村中岔路口前。

袁虎抱着别古来的腰，别古来抱着袁虎的脖子，两个人亲热得难以离别。袁虎：大哥，咱们一块儿行动不行吗？你干吗非要各干各的！

别古来说：两把刀子一起出，让小鬼子防不胜防，这样不更好吗。

袁虎：你去的地方比我去的地方远得多，不好动手啊。

别古来说：这几年我天马行空习惯了，没有合适的机会是不下手的。袁兄弟请放心，到什么时候也会记着有你这么个好兄弟。

袁虎右手拍拍别古来的后胸，终于把对方松开。

别古来仍然抱着袁虎的脖子：袁兄弟，相知难，分开更难，来日方长。

村西响起激烈的枪声和手榴弹的爆炸声，接着是人的呐喊声，就像千军万马在突围。袁虎说：志德他们行动了，日军在急于往西增援。我们要的就是这个机会，大哥，你我就此别过，我会想你的！

别古来拍拍袁虎的肩膀，松开手：趁着日本人现在摸不着头脑，行动吧。

二人抱拳作别。

别古来率队出村，两位马陵村的村民在前边带路。

别古来一伙跟着向导走了，袁虎等人也急忙出发。他们来到马陵村一个巷口，已有几个村中青年站在巷口等着。马立田说：这几位是马陵村的村民，也是我们自己人，村内路径复杂，外人容易跑迷糊了，由他们分别带路，就不会出错。别司令那里我已安排了两个向导，这几位是为咱们带路的。

袁虎、刘冬武走上前和几位村民握手：同志们辛苦了！

一青年：为了抗日，辛苦劳累点算得了什么，团长下令就是。

袁虎、刘冬武、马立田在黑暗中相互对望着。袁虎再次叮嘱：记住了，队伍每十二人为一股，分别从东边和南边悄悄向外摸。汇合地点在东南那片杨树林里。每支队伍前边的人都要跟上向导，后边的人跟上前边的那一拨，千万不要马虎了。无论谁落下或迷糊了，出不了村就找个地方隐蔽。

黑暗中虽然看不清楚，但可以感觉到队伍里的人纷纷点头。两支队伍分成两路，分别由村中青年引路走向村南和村东。

夜幕渐沉，队伍很快消失在夜色中。黑影中，不断有三五个，七八个人影朝着村外疾跑。人影中有人时而贴着墙壁听听动静，继而再跑。有人时而弓着腰察看左右以后再大步朝前行。有一个人正跑着扑通趴下，后面几人警觉地把枪端平。一只猫蹿过同志们的面前，几个人扶起趴下的同伴继续前行。

马陵村东南角一户院落外，有个青年人若无其事地走出来。

青年人看看左右轻轻拍了下手，身后响起轻轻拉动门闩的声音。

几个黑影溜出门来又轻轻带上门。

黑影机警地向四周看看，听听，学了声蛙鸣。

远远近近响起了蛙鸣声。

蛙鸣停止，三三两两的黑影从不同地方分头跑向村子东南角。

黑影脚步迅速，落地轻盈，几乎没有动静。

两个青年人从一条小巷里拐出来，眨眼没入不远处的树丛。

青年身后的小巷里隔一小会儿又闪出几个黑影。

黑影学着前边的青年人迅速没入不远处的树丛。

一段残破的土墙外有牲口打着响鼻、吃草的声音。

残墙上突然跃下几个黑影，继而轻轻落在墙外。

残墙上又相继跃下几拨黑影。黑影都是先朝左右看看，继而轻轻溜出村去。

半小时后，分成几路出村的八路军和群众武装相继来到马陵村东南杨树林。

夜幕下的杨树林影影绰绰，风刮得树叶哗啦啦地响着。

一阵阵很轻地踩着地上树叶和喘息的声音。

杨树林的东侧陆续有七八个黑影进入林中。

东南侧也陆续地聚拢过来八九个黑影。

黑影越聚越多，迅速会合。

夜色中，袁虎和马立田在小声地数点着聚拢的人。

袁虎压低声音：我们的人都到齐了？

众人互相看看点头：都到齐了。

袁虎：好！作战方案弟兄们都清楚了，咱们必须在天亮前赶回大碱洼。

马立田：到大碱洼七十里，天明前还必须赶到，这就看咱们的脚力了。

袁虎一挥手，所有人向东疾行而去。

此时，马陵村西的枪声和手榴弹爆炸声依然剧烈。

15

一行几十人在夜色中匆匆疾行在乡间小路上。

走在前面的是别古来。

别古来身着便装，腰里插着双枪。跟在他身后的众人也是身着便装，腰里别着匣枪。夜色下每一个人脸上都闪着汗水，有人掏出水壶喝了口水。就听黑暗中别古来说：弟兄们跟上我！

黑暗中一人：司令你睸好吧，跟了你这么多年，弟兄们哪一回落下过？

几十个黑影斜岔着掠过一片豆子地，拐上一条田间小路。

前边地里响起"嗖"的一声。

别古来朝后摆了摆，队伍立即停下。

队伍停下的同时迅速卧倒，一个个转瞬间便拔枪在手。

前边地里的"嗖嗖"声继续着。

别古来凝神注目看过去。

夜色中，一只野兔在偷啃豆荚。

别古来自嘲地偷偷一笑，朝身后挥挥手。几十个人几乎在同一时间站起身，一声不响地继续前行。

别司令带领队伍继续东行，去实施计划中的另一步。

袁虎他们夜出马陵村，只有两小股队伍在行动中碰上了敌人。其余全部潜出村来，在夜幕遮掩下，先后到东边几里外的一片树林里会合了。如此顺利，绝不是运气好。一是村中那些留下来的青壮年引路帮了忙；二是志德带人佯装向西突围把东边和南边的敌人迷惑了，把敌人的大部分力量牵制了。

不能停留，不能耽搁，队伍按时疾行东去。过铁路，抄近路，五个小时行程八十里。二毛郎挂在东边天上，天上一片星光。袁虎和马立田率领队伍接近了碱洼村，夜色中远远的碱洼村一片寂静。袁虎一行人很快没入村头的一片松树林。大家集合在松林中央，袁虎向大家招手示意，大家围拢过来。

袁虎擦擦汗：现在这样，我和马叔加上另外几个人进村。冬武和其余的人都留在这里等候着。

大家点头。

刘冬武：我们什么时候进村？

袁虎说：枪声为号。等我们在村里动了手，你们就进村接应。

刘冬武点头。

袁虎和马立田等人悄悄溜出树林。

碱洼村外东南角是一块坟茔地，一大片坟丘排列有序。马立田、袁虎带着几个人摸进了坟地。袁虎前边带路，在一个个坟丘间轻轻地迈着脚步。过坟丘再走半里地就是村子南街门，几个人脚下加快了速度。马立田在坟丘间停下，压低声音：小虎，咱们走近路吧？

袁虎回过头：近路？哦，围墙都给炸塌了，咱们找最近的断墙进村。

马立田：不，我是说走最近的路，近路，也是暗道。

袁虎：暗道？村外有直通村内的暗道。

马立田已经走到袁虎跟前：我早和你说过的，有暗道直通村内。

袁虎：太好了马叔，你总是出奇制胜。

马立田头前走，队伍紧随马立田身后。马立田拐到另一片坟茔里站住。夜色中，一座座高大的坟丘立在荒草中。袁虎挥手让大家卧倒在坟丘间。袁虎机警地望望四周，又静静地听，坟地里各处响着夜虫的叫声。

马立田：小虎呀，这里有条暗道直通武圣殿下的地下室。

袁虎：就是我们伤员藏身的地下室吗？

马立田点点头。

马立田指指不远处一座巨大的石坟：暗道开口处就在那里。

袁虎：在石坟里？

马立田：是的，碱洼村的乡亲都知道石坟中是昔日一位老教头的尸身。事实上，有尸身的坟穴依旧，而石坟却在许多年前修理时借机挪了位置。这挪过来的石坟，把通过来的隧道口盖着。只要把坟前那块带隼的石板门悄悄移开，就可以自由出入了。

袁虎：这、这太神奇了。

马立田没说话，引着袁虎来到石坟前：小虎你力气大，挪开坟前石板。

袁虎弓腰运力挪开石坟前的挡板，石坟正面露出一个宽约二尺高约三尺的洞口。马立田：我头前带路，让同志们随后跟上。

袁虎打了个响指，众人躬身过来。马立田哈腰钻进了洞中，其余人鱼贯而入，最后一人将石板挪过挡在原处。

挪过石板的人又轻灵地返回到松林中。

一条狭窄漆黑的甬道里，洞壁上间断地闪着小油灯。

袁虎一行人在洞中弓腰疾走。

袁虎：马叔，我们走了这么长时间，也不知伤员和留守的同志们怎么样了。我有些担心，万一这个秘密泄露，他们的安全就面临威胁。

马立田：放心，除了老教头和村中几位长辈，这个地下室没人知道。

袁虎：鬼子进村后一定搜查，搜查中会不会发现呢？

马立田：这你更不必多虑，当年里边窝过七八个犯事的绿林道上的，官府来过四五趟，一点儿馅也没露。

袁虎：这就好。

袁虎等人又拐过一个弯，前边的甬道渐渐宽阔。

马立田：再往前不远就到了武圣殿地下入口，你们跟在我身后。

宽阔的地下室里，地上铺着干草。

头上手上腿上缠着绷带的伤员蜷缩在干草上轻轻呻吟着。

一个大嫂在喂一个伤员喝草药汤。

头顶上不停地响起咚咚的脚步声。

大嫂：同志们，日本人又进了大殿了，忍一忍，尽量别弄出声来。

伤员们的呻吟声立刻停止。

有的伤员攥紧着拳头，有的因为剧痛咬紧牙关。

头顶上的脚步声又响了一阵儿，听到有人走出了殿门。

地下室里的人松了口气。

地下室东南角的木板被推开，马立田从入口处爬上来。

随后，袁虎等人也相继从那里进入地下室。

伤员看见袁虎等人情绪高涨起来。

袁虎对伤病员做了一个安慰的手势：同志们，弟兄们，受苦了！

一个伤员：受点苦算什么，只是整天惦着你们呢！

袁虎：我们这不是又回来了嘛。

马立田嘘了一下：小声点，这头顶上就是武圣殿的地板。

伤员：是啊，小鬼子进了拳房院，天天在武圣殿里折腾。

袁虎：王八蛋！就让他们暂时猖狂一会儿吧！

马立田：袁虎，别着急，现在要紧的是出去侦察一下各处的情况。

袁虎点点头，轻声安慰着伤员们：你们等一会儿，我们去去就来。

马立田走到地下室的另一角，掀开一块木板，露出袁虎和刘冬武那天晚上随马立田进来时的入口。

马立田冲袁虎等人招手：咱们从这里走。

袁虎一行人先后将身子顺进那个洞口。

半间屋大小的地窖侧壁上有个深深的洞，用于冬天储藏地瓜。马立田和袁虎等人在通道尽头推开一扇小门进入地窖侧壁上的洞里。马立田挪开那捆松散地放在洞口的秫秸，几个人从甬道进入地窖。

马立田：同志们在这待着，等我上去了解一下情况回来再说。

袁虎等人点头。

马立田蹬着地窖侧壁上特意挖出的小坑攀上去。

袁虎等人静静地待在地窖里。

马立田的媳妇和孩子躺在炕上睡觉，墙边的大缸底下被轻轻敲响了三下，隔了一会儿又响了三下。媳妇醒来溜下炕，将大缸挪开一半：是你吗？

缸下面的洞口里传出马立田的声音：有没有情况？

待到媳妇说出"平安"二字，他才让媳妇拉他出来。这是地下室的另一个出口，除少数几人外，知道这个出口的就只有马立田的媳妇。

媳妇拽了一把，马立田双手撑着洞沿钻出来。媳妇要点灯，马立田在黑暗中拍拍媳妇肩膀指指洞口下，媳妇点点头明白了。马立田说：不在孩子姥娘家待着，你娘儿俩怎么回来了？我本来只是想试一试，没料到你还真在家。

马立田媳妇：他姥娘那村子也驻进了日本人，整天在村子里牵羊抓鸡，有时还专门派人到各家抓年轻女人。想想我们家好歹还有个藏身的地方，我就让弟弟把我们娘儿俩悄悄送回来了。

马立田：幸亏你回来，要不的话我在下面挪这口缸不少费劲。他娘，快说说村里现在是什么情况，鬼子都住在哪里。

媳妇小声地告诉马立田，村里一共来了三十多个日本人，还有一个汉奸翻译官。这些鬼子都在拳房院里的南北讲武堂里住着。每天天一亮，就有个鬼子爬上窑楼顶，从窗眼里往村内可劲儿地打机枪。

马立田：打是机枪？

马立田媳妇：是机枪。打完机枪以后那个该死的胖翻译官就喊话。无非是喊些让村里人老老实实，不要私藏八路什么的。

马立田说：知道了。一会儿我们的同志就出来，你到院里哨着点。

媳妇拉开屋门轻手轻脚地走到院子里去，马立田转身进了洞口。

马立田很快返回到地窖里，向袁虎等人转述了村内的情况。看样子，这是一支日军的留守部队，建制不到一个小队。至于日军为何要在村里留这么点兵力，很明显是日军害怕抗日武装返回碱洼村。留些人驻着，万一抗日武装想回来时会产生顾虑。说到底，日本人在这偏僻之地留这么少的部队，就是为了壮胆。而鬼子每天早晨打机枪再让汉奸喊话，就是为了证明他们的存在。

下一步怎么行动，有战士提议趁天不亮冲进拳房院里消灭敌人。袁虎说：不能那么做，我们得把小鬼子引出来打。袁虎谈了具体的战斗计划，同志们齐声附和。

袁虎一挥手，众人一个接一个地爬上地窖口。

夜色笼罩的村子里已经听到几声鸡鸣。马立田的媳妇探身屋门口，朝马立田等人招招手。袁虎最先走出屋门站在院子里，马立田等人随后跟出。袁虎身子一纵，一条胳膊担住墙头，他仔细地朝院外观察了一会儿跳到地上：可以行动！

袁虎和马立田带领大家分别跳上墙头，跳出院外。

村子里，东西、南北两条街上静静的，袁虎等人从这个胡同闪进那个胡同。村里胡同接胡同，房屋连房屋，这地形最适合八路军打巷战了。袁虎和马立田分别带领一拨人行动，这些人脚步轻灵地穿街，过巷，不大会儿看到了村中拳房院的大门。马立田向袁虎招手，一行人迅速聚拢，找个隐蔽处伏下来。

袁虎和马立田耳语着。

袁虎指指前边西北角上仡立的拳房院：我去把鬼子引出来。

马立田说：你自己去吗？袁虎说：人多目标大，我一个人行动没顾虑，也利索，马叔你放心就是了。马立田还要说什么，袁虎一跃而起，弓着腰往前蹿去。

马立田吩咐同志们做好战斗准备，同志们顺过枪来，枪口直指拳房院大门。

此时的拳房院子里静静的，一个哨兵端着大枪转过来又走回去。武圣殿高高的窑楼上，一个鬼子不时地朝窗外探探身子。院子里的哨兵走过来，有时也朝窑楼上望望，窑楼上的哨兵便朝院里的哨兵做个手势。

马立田和战士们紧张地注视着袁虎跑去的地方，只见袁虎的身子在院门拐角处闪了闪不见了。马立田咬着嘴唇，端平了手中的匣枪。一个战士声音压得极低：马师傅，袁团长一个人，我有点儿担心。

马立田微微点头，没有说话。几个人的目光紧张地朝前注视着。

晨曦已露，天光渐开。武圣殿的尖顶在不远处依稀可见，周围一片安宁。袁虎一个箭步跃到院北靠近后窑楼的墙根处，仙人挂画，身子紧紧贴在墙上。袁虎左右瞧了瞧，顺势掏出匣枪。

这时，拳房院子里值班的鬼子哨兵走上大殿丹墀，鬼子哨兵从衣袋里掏出一个哨子叼在嘴唇上。哨子吱吱地响起来，南北讲武堂里响起鬼子兵哼呀哈呀的起床声。住在北讲武堂里的鬼子小队长提着衣服光着膀子走出来，小队长走到院中的一个水盆旁边，骑马蹲裆式站着。南讲武堂里走出个鬼子兵，鬼子兵来到小队长跟前叽里呱啦了几句。日军小队长拍拍自己的头，日本兵端起水盆慢慢浇到小队长头上。水流淌到甬路两旁的泥土里，日军小队长擦干身子，穿上衣服往北讲武堂里走。天边已经开始发白，那个帮小队长洗完冷水浴的日本兵走进了武圣殿。不一会儿，武圣殿顶上后窑楼的半圆形的窗口探出了那个日本兵的头。日本兵打着哈欠，将机枪筒子顺出窗口。

拳房院外，袁虎一动不动地贴墙站着。袁虎听到院里的哨音，他抬起头，眯起了眼，紧盯了武圣殿顶上后窑楼窗口。那个日本兵正好露出脑袋拉枪栓。袁虎眼睛一亮，嘴唇绷紧了：小鬼子，这可是你最后一次打枪了！

袁虎看看匣枪，保险已经打开。他屏住呼吸，稳稳地贴在墙上。头顶上方哗啦一下，日本兵把枪栓拉开了，袁虎又仰脸朝上看了一眼。

武圣殿顶上，半圆形窗口里的日本兵探出了头，动了动身子。日本兵双手端着机枪漫无目的地朝村内一阵扫射，嘎咕咕的机枪声在这个偏远村落的早晨显得特别清脆嘹亮。日本兵打完一梭子子弹朝外张望，日本兵从窗口里完全探出了头。

拳房院外，贴在墙上的袁虎听到了头顶上传来的机枪声。他没有动，咬着牙骂了一句狗日的。枪声停止，袁虎从墙边往外迈了一步，看到了日本兵的头。日本兵也在朝下看，他发现了袁虎，呀地叫了一声。袁虎看也没看抬手就是一枪，子弹从日本兵的下颌往上穿过头顶。袁虎吹吹枪筒上的硝烟朝上侧侧脸。看到日本兵已毫无声息地趴在窗台上。一溜污血从上边流下来，袁虎急忙躲到一旁。

日本兵的机关枪掉了落在下边的武圣殿房檐上，砸坏了武圣殿顶上十几块瓦。几个起床后在厕所里大小便的日本兵听到响声提着裤子往外跑。站在武圣殿台阶上的哨兵拉动枪栓：八路军来了！

枪声和武圣殿顶上掉下来的机关枪惊动了屋里的日本兵，日本兵提枪跑出屋，恰好和提着裤子跑回来的鬼子兵迎送相撞。里里外外人擦人，屋门口乱糟糟的。日本小队长握着东洋刀跳到院里号叫了一阵，几十个鬼子兵炸了窝似的端着枪叽哇叫着从南北讲武堂跑出来。

日军小队长率领鬼子们跑出院门，不远处一个人影冲日本兵打了两枪，立时就有两个日本兵倒下了。人影闪了闪返身东去，日本小队长一边让人抬起挨了枪的两个士兵，一边命令两个军曹带人去追刚才那人。

二十来个鬼子一边打枪一边朝人影追过去，那人影回头一扬手，枪声响处，小队长身边的又一个士兵应声倒下。仍旧站在拳房院大门口发呆的日军小队长吓了一跳，咕噜了几句，带着其余的日兵返回院内。

十几个日本兵继续追赶袁虎，日本兵刚到一个街角，拐角上匣子枪响，一串子弹射来，冲在前边的两个日本兵立即倒下了。后面的日本兵立即原地卧倒，一阵寂静后，日本兵从地上爬起来，心惊胆战地拉开距离往前搜索。

当黎明前的那阵黑暗到来之时，日军布置在大堤以北的火炮，终于将沉沉夜幕撕碎了。就像用尺子量好又用秒表算好了似的，晨光将临，炮弹就炸遍了马陵村的每个角落。炮火方停，日军也恰好进了村。村中再没有了完整的房屋，那七拐八拐的小巷小街，也已是通行豁达。除了废墟之外，没有什么人为的障碍可以阻挡日军的进攻了。鬼子兵十分顺利地在村中某处合了围，然后是兵望官，官望兵，在这个硝烟弥漫的早晨——眼睛瞪着眼睛，傻了。

情况报到指挥部，正在察看地图的少将旅团长慢慢抬起脑袋，慢慢将手中的红蓝铅笔扔在桌上，又慢慢站起来，像问别人，又像问自己：八路……哪里去了？

没有人回答。

没有人回答，他自己回答：一定是昨晚突围西遁了。

稍一思索，又想，昨晚部下报告，突围的不是一小部分八路吗？哦，明白了……他命令将昨晚在村西守卫的日军骑兵队长带来，可部下报称那个队长已被突围的八路打死。他就有些尴尬，以头脑清楚而闻名的藤野旅团长，部下已经报给自己的事情，怎么一夜之间就忘了呢？于是，又迁怒于那个日军中队长山口，说他伙同部下"谎报军情贻误战机要受军纪处罚"等，末了又狠狠骂了一通"八嘎"之类的日本话。

藤野慢慢地踱出指挥所，望着硝烟未尽的马陵村，长长地吐了口气。看来，他为没能捉住或打死那个八路军的年轻司令而遗憾，也为终于击溃打跑了一支劲敌而感到安慰。少顷，他转身下令：进村看看。

硝烟未尽的马陵村一片焦土，藤野高高地站在一处瓦砾上背着手环顾四周。

四周很寂静，只有嗖嗖的晨风声。

藤野在一片废墟上走走停停，不时抬头望望远处。

日军士兵端着枪四下搜索着，试图能找到什么。

藤野走下瓦砾堆一挥手，随从们跟在他身后往村外走去。

指挥所里，藤野倒背着双手，龟田和鸠山立正挺胸站在一边。

昨晚负责村西防守的山口少佐也站在一边。

藤野慢慢转过身来走到桌子前：八路……到底哪里去了？

藤野将手套扔在桌子上面的地图上，沉思片刻把目光投向鸠山。

鸠山赶紧低下头。

藤野若有所思：哦，明白了，原来是这个少佐谎报军情贻误战机。

鸠山不解地看着藤野，难道堂堂少将也要找替罪羊吗？

真让他猜对了，藤野指指立在一边的山口少佐：把他送交军事法庭！

鸠山：是，将军阁下。

藤野冷笑着自言自语：年轻的八路司令先生，我们会见面的。

藤野露出凶光的眼神落在桌面地图上。

藤野抬起头：返回白河镇！

龟田、鸠山：是，将军阁下。

袁虎飞快地跑到马立田他们潜伏着的墙角，一闪身躲在暗处。与此同时，马立田等人朝尾随追来的鬼子开了火。鬼子中枪倒下两个后，其余的趴在地上和马立田他们对射。袁虎：这是个机会，快走。

几个人跃起来，一闪身从墙上跳进一所废弃的空院。马立田贴在袁虎身边：干得好！鬼子的机枪手见阎王去了。

袁虎：你们看到了？

马立田：看得一清二楚。

袁虎：嗯，回来的路上又捎上了两三个。

马立田：对，分拨收拾他们。

袁虎：按我们商量好的，把他们调开来打。

马立田点头。

马立田：带枪的跟我走。

袁虎顺手抄起自己的单刀：带家伙的，准备切瓜！

队员们点头各自从背上抽出刀来，各自找个有利于突袭的掩蔽处藏好，紧张但却耐心地静静等着。

两个军曹带着日本兵追过拐角，打枪的八路军不见了。军曹挥挥手，日本兵心惊胆战地端枪搜索。三个鬼子呈三角队形插过来走过街心，看前边仍无动静，这才放松了一些。另一个军曹挥着手叽哇了两声，两三个日本兵借着街旁矮墙朝房上爬。趴上房的鬼子兵探头探脑地观察着附近的院子，没有爬上房的日本兵仨一团俩一伙地散开在小巷拐角处搜索。

废弃院子的几间屋内都藏着手握鬼头刀的八路军战士，袁虎在一扇破窗后面朝外看着。袁虎暗想，小鬼子聚在一块儿时还真有点儿难对付。开枪吧，枪一响鬼子立即躲向街旁。要是靠上去硬拼，鬼子倒是打死了，可自己的伤亡也不会少。如今散了开来，就一切都在我们的谋划中了。

袁虎回头给队员们递了一个微笑。

有个单刀队员憋不住：怎么，还没来吗？

袁虎没回头，双眼仍旧看着窗外：沉住气，心急吃不下热豆腐。

有两个战士往窗前凑，袁虎伸出胳膊把他们挡了回去：等着等着！

袁虎从墙豁口处看到小鬼子进了左边小胡同，他绷着嘴唇想了想说：不等了，我们在暗处，敌人在明处，出击！

袁虎轻轻拉开房门，几个持单刀握鬼头刀的战士轻手轻脚走出去。

一条不太长的胡同里，三个鬼子小心地往前搜索。袁虎带着几个提刀的八路军战士从一门洞里闪出。领头的鬼子一怔，呀呀叫着举枪朝迎面一个战士刺去。战士一侧身，鬼子刺了个空，战士手中的刀顺势往下一削，削掉了鬼子兵的左手。鬼子兵惨叫一声丢下枪，战士刀背斜着一磕，这个鬼子脑袋开了花。

另外两个鬼子端起枪呀呀叫着拼刺，距离太近，胡同狭窄，长枪难以拐弯。袁虎迎面贴上来砍腿、削头结果了一个鬼子的命。后边三个鬼子听到声音冲进胡同里，八路一闪身又钻进了门洞。

冲进胡同的三个日本兵背靠背查看着自己的前方，一段残墙上忽然跳下一个挥舞着大刀的八路军战士。刀光闪处，一个鬼子送了命。接着，一个鬼子"嗖"地被拽进了门洞。另一个鬼子刚要开枪，一把鬼头大刀从旁落下……

紧靠这条胡同的一家房顶上，两个鬼子兵趴下身子四处看，他们看到了各条胡同和房屋拐角处发生的战斗场景，惊得嘶声怪叫。地上一个军曹问他们嚷什么，房顶上的鬼子指着不远处喊叫：八路，神出鬼没！

军曹招呼一声，有几个鬼子兵跟着冲进那条胡同。街上正在搜索的日本兵也马上端枪在手，呈战斗队形朝各处瞅。

16

房顶上两个日本兵还在边喊边跳，两个八路军战士从一侧悄悄上了房。左边鬼子听到动静回过头，一把闪亮的单刀轻悠悠地挥过来，这个鬼子兵只来得及张了张嘴就应声倒下。另一个战士朝右边的鬼子挥起大刀，鬼子兵赶紧闪躲，不想一脚踩空从房上跌下。战士探头看时，跌到地上的鬼子挣了几挣也不动了。

街上几个日本兵紧张地瞪着眼却看不见八路军的人。

远处胡同口有个人影一闪，鬼子们马上挺枪叫着追过去。鬼子们刚跑到胡同前，一个无头鬼子尸体"噗"地被扔出来。鬼子们怔了一下，军曹命令一个鬼子士兵堵住胡同口，自己带领三个士兵飞快地冲进了胡同。胡同里空无人影，两边农户的大门都关着，一个气急败坏的鬼子用膀子撞门，大门关而未闩，鬼子跟踉跄跄进门去，躲在门后的八路军战士一刀扎向鬼子的后背。

扎进鬼子后背的刀让骨头卡住，怎么也拔不出，后边进门的两个鬼子挺枪朝着战士刺来。八路军战士来不及抽刀撒手便朝院内跑，跑进了北屋。两个鬼子紧跟着进了北屋，却见八路军战士从后墙上的穿堂门逃出去。

一个鬼子挺着长枪呀呀叫着冲出穿堂门，袁虎正躲在穿堂门外的一侧。他左手成拳，右手伸掌，鬼子从穿堂门口一露头，看到袁虎吓得惊叫一声。鬼子兵刚要转身挺枪去刺，袁虎手快，抓住他的枪往怀中猛地一拽。这个鬼子兵立脚不稳，径直跌进袁虎怀里。袁虎胳膊夹住对方脖子用力一勒，鬼子挣扎几下瘫了。

跑进后院的战士趄回来，捡起死鬼子的长枪和后边跟进的鬼子拼在一起。

战士一时胜不了鬼子兵，袁虎把刀立到墙下，示意战士后退。

战士不肯，袁虎闪身近前，战士怕伤着袁虎，长枪一撤往旁躲过。

袁虎站在了鬼子面前，鬼子呀的一声端枪刺向袁虎。袁虎一侧身，刀尖擦着他的前胸唰地刺过。袁虎双手抱膀身子右旋，肘尖朝鬼子胸骨一磕，鬼子惨叫一声仰脸摔倒，战士赶上前一刺刀结果了他。

战士问袁虎这是用的啥招式，袁虎：八肘法。

战士说：八肘法很厉害呀。袁虎：闲时我教你练，练会了你就知道了。

袁虎提起墙边的单刀越过穿堂门又走进前院。

刚才把守胡同口的鬼子手端三八枪侧靠在墙角处，眼睛紧盯着前方还不时地左看右瞧。袁虎从胡同口闪出来，叉腿站在路中央。袁虎蔑视地看着守胡同的鬼子，一根指头若无其事地弹着手里的刀刃。

袁虎的刀上沾着新鲜的血迹，鬼子见状端起了手里的枪。鬼子兵挺直身子"呀"地一枪刺过去，袁虎不动，也不闪，双眼却直盯着他的刺刀尖。鬼子一惊，竟然刺偏了。袁虎还是没动，只将手中刀朝鬼子枪上一磕。鬼子惨叫一声，左手大拇指生生给砍掉了。血顺着枪托流下来，鬼子号叫着举枪过顶猛地朝着对方就砸。袁虎似笑非笑蓦地矮身下蹲，飞起右脚将鬼子连人加枪踢出七八步。

鬼子"咚"地弹在对面墙上继而落下地来，软塌塌瘫在了墙脚下。袁虎轻松地耍了个刀花走向另一个胡同口。一个鬼子横着大枪跑出胡同口，袁虎伸腿将鬼子绊倒，随即一脚踏住脊背，听到咔嚓声响，骨头断了。

鬼子倒地时一跌一震，枪响了，子弹呼啸着擦着地皮飞出去，打进斜对过的墙上。听到枪声，常铁岭带着几名战士从胡同里追出来。一个战士看到地上的鬼子举刀要剁，铁岭忙拦住：别剁，留这个活口。

袁虎挪开脚，两名战士过去要捆时，鬼子口鼻出血已经死了。

战士说：团长，你脚上的劲儿咋这么大？

袁虎说：大吗？袁虎似属无意地朝街边一根拴马桩蹬了一下，拴马桩咔嚓一声断了。战士吸了口气：怎么练的？

袁虎说：从五岁开始，爷爷天天让我端木桩。

常铁岭：功到自然成啊。

留守在拳房院里的十几个日本兵紧张地看着他们的小队长。腰挎指挥刀的日本小队长像一头笼中困兽来回地走着，汉奸翻译官紧跟在小队长后面也来回地跑。日军小队长走着走着突然停了脚步，翻译官也站住，他小心翼翼地望着小队长的脸。小队长戳着翻译官的心口窝狞笑：你们中国人狡猾狡猾的。

翻译官：是，是。大大的狡猾，哦，不不，还是太君您大大地聪明聪明的。

小队长白了翻译官一眼抽出指挥刀，另一只手指指一个军曹一个兵和翻译官：你、他、他，给我守在这里，其余的人统统跟上我。

拳房院的大门打开，日军小队长带领十多个鬼子兵走出来。

日本小队长站在门口眯起眼睛向村中望去，街上没有人影。

日本小队长左手朝前一挥，身边的鬼子跟着他向前走去。

村子里很安静，已没有了枪声，小队长带领着鬼子们边走边搜索。

因为前一伙日本兵是往东追去的，小队长也就自然地带着人朝东搜索。拐过街角，发现有两具日军尸体，小队长吃了一惊。他隐住身子往东喊，清晨，声音远而响亮，日本话又像打机枪似的，足可灌满半里地内的每个角落。可是，喊了七八声，也无他的一个部下回答。小队长就以为他的兵追人追到村外去了。想想部下的战斗力，对付三五个来寻事的"好汉"问题不大，便下令抬起那两个日本兵的尸体，准备返回去等着。

这十多个鬼子像送葬队一样正抬着尸体往回走，前边的小队长忽然中邪似的"嗷"一声立住不动了。日兵们怔了怔，才发现有几十名八路军从对面的西街口冲进来。两边突遇，都乱了一会儿，蒙了一会儿，接着就都举枪射击。鬼子人少，顶不住，小队长带头，举着指挥刀往后退，退到街心似乎想起了什么，急拐弯顺街南撤。就这时，东边房上忽然枪响，鬼子当即倒下两三个。鬼子终于乱了阵角，有那么几个扔下同胞尸体，亡命狗似的冲出村口跑了。后边的八路军情知再也难以撵上，只好照鬼子屁股打了一通排子枪。

那个日本小队长没有逃走，他和留守的日本兵继续困兽犹斗。

小队长带领部下退进一条小巷，小巷里很狭窄，长枪使不开。

日军仍成战斗队形，前边和后边的都端着枪，中间夹着日本小队长。

小队长和众日本兵心惊胆战地向里面退着。

日本兵后退过程中，不时地留神两旁的房屋和墙头。

一只大猫从墙头跳上房顶。

一个日本兵吓了一跳，下意识地举起枪来。

身边的同伴赶紧把他的枪筒按下。

十几个日本兵几乎挤到了一堆，慢慢向后退着。

小巷尽头一侧有个院子。日军小队长说：小心那院子里有埋伏。

几个日本兵端着枪几步跑到院门前，分左右把住。

院子里没有动静，小队长和他的士兵终于退出了巷子口。

日本兵刚刚靠近一个院落，院墙上伸出一支匣枪。

匣枪筒子抖了一下发出"砰"的一声，靠近院墙的日本兵当即倒下。

日本兵赶紧卧在一边向墙头上射击。

枪声阵阵，硝烟弥漫。日军小队长挥挥手，士兵停止射击。

日军小队长摆摆手，日本兵悄悄靠近了院门。

一个日本兵抬脚踹开了院门，日军小队长带着剩下的日本兵躲进院子里。

鬼子们惊魂甫定，忽听有人说了声"好，节省老子的子弹了！"

大门上方跳下一个人，小队长和众日兵呈扇形排开面对着说话的这个人。

说话人气定神闲地转身把大门闩上，然后转过身来。

小队长大惊失色，日兵们也大惊失色——他一个人竟敢闩上门！

站在日本人面前的是袁虎，他把手里的匣枪别在腰里，从背上抽出单刀。

小队长眼露凶光，死死地咬住下嘴唇。

墙外又跳进两个人，而屋子里又出来两个人。

新出现的四个人都叉腿站立，都从背上抽出鬼头大刀。

日军小队长大叫一声，日本兵哗哗啦啦将枪中子弹退出。

小队长挥着东洋刀劈向袁虎，众日兵也迎向跳下来的大刀手。

袁虎的刀在日军小队长的面前闪着寒光，小队长的指挥刀招架着袁虎。

众日兵和几个大刀手在拼搏，院子里刀光闪闪，尘土飞扬。

袁虎的刀闪过一道漂亮的弧线，日本小队长惨叫一声鲜血四溅。

小队长左手被砍掉，袁虎随之用刀一磕，对方手里的军刀只剩下半截。

其余的几个日本兵先后被大刀手杀死，院子里就剩下日本小队长一个。

袁虎蔑视地看着小队长，平静地在鬼子尸体上擦去刀口上的血。

小队长紧紧握着半截军刀怒视着袁虎。

袁虎提刀向前。小队长突然跪下，举起半截军刀刺向自己的腹部。

在最后的时刻，这个日本武士并没忘记切腹自杀。

街上的战斗结束了，拳房院内的日本军曹、士兵和一个翻译官仍在守着。

日兵端着枪听着外面的枪声面面相觑，翻译官焦虑不安溜着墙根来回走。

一阵脚步声由远而近，脚步声已经接近院门口。

日本军曹绝对服从上司的命令，小队长让他守营，他就端枪立在屋门口不动。外边先是有枪声，接着有脚步声，脚步声越来越近，有人进了院门。军曹以为是他们的人，抬眼看，却见一群便装大汉进了院。他反应挺快，忙拉枪栓。枪栓拉了半截，对面的枪声已经响了。军曹后悔地大张了嘴，一头抢在台阶下。

另一个娃娃脸的日本兵没有开枪，他双手抱枪坐在拳房院的台阶上。

马立田走上去，从他手里拽过大枪。

另一个大汉走上来，擒起娃娃脸日本兵衣领拽进院子里。

拳房院里一片寂静，马立田等人进得院内，环视四周。

两个持枪大汉早已跃到讲武堂门口分左右把住。

马立田等人脸上浮起疑惑的表情，一个隐蔽处传来响动声。

马立田听见响动警觉地四下查看，见一个角落里跪着一个人。

一大汉提着刀端着枪就要逼近，马立田制止住大汉。

马立田只身上前，伸手拽起了跪着人的脸。

是汉奸翻译官。翻译官不停地磕头：长官饶命，长官饶命，长官饶命。

那个娃娃脸的日本兵被带进院里。

娃娃脸的日本兵冲马立田鞠躬：对不起，长官。我家里还有老母亲……

马立田问翻译官：这小鬼子嘟囔的什么？

翻译官：报告长官，他说请长官饶了他的命，他家里还有一个老母亲。

马立田瞪了日本兵一眼：哼！原来你也是娘生娘养的啊？

大家一起动手，把拳房院里里外外整理得干干净净。

村子里的枪声已经停止，硝烟正在散去。一条通向拳房院的街道上，袁虎带着几个单刀队员疾步走来。拐角处遇到从南边过来的刘冬武等人。冬武说：我们在村外听到枪声就往村里运动，不想刚进村口就被几个鬼子给缠住了。

袁虎：都干掉了？

刘冬武摇摇头：唉！惦着来支援你们，逃掉了两个。

袁虎说：你们不用支援，我也能把鬼子收拾了。

刘冬武：这我相信，谁让他们碰到你了呢！

袁虎：哎，冬武，马叔他们呢？

刘冬武把枪插在腰带上紧跟几步，喘着粗气：我想他一定就在村内。

袁虎转头望着冬武：啊？马叔没事儿吧？

冬武：不会的，马书记熟悉这村儿的地理环境，他鬼精灵，吃不了亏，你放心好了。走，咱们分头去找找。

袁虎说：我想也是，那小鬼子人生地不熟的，来到咱们这个地儿上是自己找死。马叔自小生活在碱洼村，哪里能藏，哪里能打，他清楚得很。

冬武：那是一定的。哎，说得也是，这会儿马书记去哪里了呢？

袁虎指了指拳房院方向：我们先驱者在一块儿，之后就兵分两路对付敌人。依我看，这时候马叔八成是进了拳房院了。

马立田正在指挥着大家清理拳房院。

一个战士正在拾起房上掉下来的碎瓦片。

一个战士正在扫着院子的地。

娃娃脸的日本兵和翻译官正在吃力地抬着那个死在遥楼上的日兵往外走。

马立田抬头看见袁虎等人走过来，笑了。

袁虎目视着两个抬尸体的人，然后仰望、环顾拳房院好一会儿。

袁虎：拳房是个圣洁义气之地，绝不能让这些龌龊的东西玷污了。

马立田：是的，圣洁义气之地一定要干干净净。哎，小虎，咱们是不是应该清算一下战果？

袁虎：肯定要清算一下！今天消灭的鬼子也是干干净净，一干二净哪！

冬武：遗憾的是跑了两个。

袁虎：不必当回事，跑就跑了吧，怎么也得有个赶回日本营地报丧的。

院里室内的人哈哈大笑。

众人的笑声飘向武圣殿的殿顶。

一群鸽子绕武圣殿顶盘旋着。

在滕野原先的指挥所里，长谷川大佐正等着他。滕野返回白河镇时天色已晚，虽然返回的日军还没来得及重新部署，可长谷川大佐仍旧迫不及待地等他回来并向他报告刚刚得到的消息。

滕野风尘仆仆地进入指挥所，长谷川大佐赶紧起身迎接。

滕野一边脱去手套一边向等在屋里的长谷川大佐询问情况。

长谷川：是，旅团长。情况是这样的，八路军于昨天夜间从马陵村赶回到了大碱洼，留守碱洼村的我军一小队猝不及防，虽然进行了生死抵抗，但最终因寡不敌众，全部……在马陵村驻守的一个小队皇军将士全部阵亡。

这无异于晴天打响雷。滕野跳着，叫着，无论如何不承认这是真的。直到把那两个跑丢了鞋的日军士兵送到他跟前，他才闭上薄薄的嘴唇，再不说一句话。几天来的征战奔波，他的体力、精力和兵力都已消耗过半。目前镇内的八路军又反击得挺厉害，无论如何他是不能立即带兵重进大碱洼了。他挥挥手，让部下都退出去。他说他累了，要休息一下。

日本兵退出去，滕野慢慢地垂下头。

滕野眼睛毫无生气地盯着地面。

滕野慢慢坐在椅子上，室内似乎光线变暗，黑暗笼罩着滕野的指挥所。

17

李家寨东南三十华里的一个村里，别古来正睡在一个富户家。别古来一觉醒来，起身跳下炕。刚要出门，士兵给他端来洗脸水。别古来对部下一向客气：兄弟，我自己去端水就行了，何必又劳烦你。

士兵说：司令，这是我应该做的，你毕竟跑了半夜路。别古来说：你不是也跟着我跑了半夜吗？士兵笑笑没说话。别古来拍拍士兵的肩膀：兄弟，谢谢了！

士兵：司令为人总是这么和气，我都不知应该说啥了。

士兵转身走出去。

分队长老李走进屋：别司令，我问了，这里距碱洼村有三十几里地。

别古来：咦，赶去支援怕是也来不及了。

老李：我们昨晚分手时就该说好，尽量不要离得过远了。

别古来擦着脸：派两个弟兄到那里侦察一下，要是鬼子兵力强，我们还真得紧急驰援。

李队长说：据皇协内线传来的消息，碱洼村只驻了不到一个小队的日本兵。

别古来：嘿，这点儿兵力呀。

李队长说：袁虎他们毕竟跑了一夜了。别古来洗着毛巾：你可真不了解袁虎。

李队长：这么说……

别古来说：甭担心了，凭袁虎的手脚，区区一个小队的日军不在话下。

李队长：那今天咱们怎么行动？

别古来：睡觉！

李队长：睡觉？

别古来：嗯，睡觉。昨夜蹿了百十里地，弟兄们体力还没完全恢复，白天仍得睡觉，夜里好去干活。

李队长会意地笑笑，转身走出去了。

因为多数人在睡觉，这一天过得很快，不知不觉天就黑了。晚上，一盏油灯照着整个屋内。救国军司令别古来换上了国军服装，分队长老李、老刘仍旧身着便装。别司令坐在炕沿上从口袋里取出香烟，李队长和刘队长盘腿坐在他对面。别司令抽出香烟递给二人，李队长摇摇头，从袋里抽出烟袋：我抽这个，有劲儿。

李队长用烟锅在一个布袋里挖着烟丝。

别司令笑了。

另外几个穿国军服装和便衣的人也笑了起来。

别司令：今天弟兄们全都美美地睡了一个好觉，又饱饱地吃了一天，养足了精神提足了气，就等老天黑下脸来了。

李队长大笑：哈哈，别司令很懂得爱兵啊，该吃的吃该睡的睡，嗯，养精蓄锐就是为了重拳出击。这眼看着天也黑下来了，弟兄们就等您一声令下呢。

别司令看了看手表：还有一个多小时，兄弟们，渴的快喝水，饿的吃东西，今天晚上请你们演场好戏。

众人都笑起来。

李队长：别司令，也不知袁虎他们战果如何？

别古来说：他有他的打法，我有我的计划，虽然不在一个战场，可大家面对的都是一个敌人——小鬼子！李队长说：真要合起伙来干，消灭小鬼子就更容易得手了。别古来掐灭烟头站起身：说得没错，共同敌人就是小鬼子。可我前天和袁虎说了，等办妥今儿晚这件事儿，我们可就各自分道扬镳了。

李队长：哈，独往独来。别司令，你和袁虎有很多相同的地方，都是好马，任何人都驾驭不了的好马。

众人都被逗笑了。

虚掩的门开了，门外进来一个高个身穿国军服装的士兵。士兵冲别古来敬个军礼：报告司令，按您的吩咐一切都准备好了，只等您的出发命令。

别司令挺直身体，整理一下腰间的皮带：好，现在出发！

几个部下一挺胸：是！别司令。

别司令和李队长、刘队长三人一边低声说着话一起走出房屋。

后面跟着他们的部下。

屋外，夜空中繁星点点，秋风飒飒。

滕野说自己累了要休息，他的确是这样想的，也想这么做。可是，他做不到，就在他准备躺在行军床上睡个好觉，并暗中计划今夜让长谷川联队全部出击时，别司令已经领着自己的救国军，摸黑运动到李家寨的东南角处埋伏下。

别古来率人埋伏在李家寨东南角的同时，又有几个人悄悄潜行到寨西那片沙岗下。这几人大气不敢喘，静静地观察着寨子墙上的动静。李家寨寨墙上，日本兵背枪有的原地立定，有的端枪来回巡逻。拿手电筒的日本兵对着寨墙东头拐角处叽里呱啦联络着，询问那边有没有异常情况，拐角处一个提马灯的日本兵叽里呱啦地回应着日本话。寨墙上巡逻的日本兵转到别处去，一直观察寨情况的几个人聚在了一起。夜色中，可以看出其中一人是刘队长。刘队长将嗓门压得极低：小林子，听到寨东打响，你马上跑回沟里，将一半队伍拉到这里，另一半原地待命。

小林子：好的队长，我腿快，来回也就半袋烟时间。

刘队长摸了小林子的头一把，不再说话。

村外黑乎乎一片。又一群时而卧倒时而前行的人悄无声息地从东南角接近了李家寨东侧，接着又一个接一个地伏下身子。寨墙上不时传来日本兵相互联络的喊话声，伏在地上的别古来眼睛一直紧盯住寨墙。

眼看着毛朗星越爬越高，别司令叫过李队长低声说了几句，见四周并无异常，朝身后说了声"准备好"，左手举处"叭"的就是一枪。那个提马灯的日本兵应声倒下，寨墙上乱了一阵，日军开始还击。机枪、步枪刮风一样扫向寨外。天黑，看不到目标，枪弹越过别古来他们，飞向遥远的东方。

寨内枪声刚起，伏在地上的别古来和国军士兵们也一起朝着寨墙上开火。李家寨以东就轰然炸开了锅。只听步枪匣枪一起响，中间夹杂着机枪的速射与粗粝的喊喝。像雷鸣电闪暴雨骤降，又像憋急了的河水忽然开闸。东半天火龙狂舞，真如有千军万马攻城夺关似的。寨墙上不断有日本兵被击毙倒下，一个日军军官冲上寨墙，声嘶力竭地叫喊西边寨墙上的鬼子兵统统这边增援。

听到寨东枪声打响，小林子飞跑进李家寨西的顺水沟里，按别司令的部署招呼第一拨人马开上去。有三十多个人立即跃出水沟，飞快地接近寨墙。

寨东枪声密集，子弹呼啸。又一群日兵呼啦啦地涌到东寨墙上，日本兵机枪手朝下面猛烈射击，许多步枪也伸出寨墙朝下面猛烈开火。已经逼到寨墙下的别古来部队打得正火，看看敌人的火力仍是漫无目标，他的脸上露出得意的笑容。别古来突然一声呼哨，立刻有十多人从地上跃起，这些人两人一组每组横着相隔七八步，在距寨子二十几米远的地方停住。他们抽出手榴弹一颗接一颗地甩了出去，二十几米的距离加上寨墙的高度，手榴弹恰好在寨墙上下爆炸。寨子里陷入混乱，不断传出呼天抢地之声。接着传出伪军的惊呼：了不得，八路军调上炮来了！

手榴弹有的落在寨墙上，有的越过寨墙落进寨子里。顿时，爆炸声轰隆巨响,寨墙上火光四起,浓烟滚滚。火光中飞起了日本兵的身躯,四溅着瓦砾和土块。

手榴弹接连扔进寨子里,连环爆炸声声不断,枪声也雨点般地射到寨墙上。刚才扔手榴弹的第一批撤回到身后一截儿土坡上俯下身举枪射击,第二批的十多人又上去连续投掷手榴弹;第二批撤回到身后土坡上俯身举枪射击,第三批撤回、第四批接着上去……在闪闪的火光照耀下,清楚地看到这些救国军士兵组成一个投掷手榴弹再回撤射击的循环体系。从这个循环体系中投出的手榴弹连续不断,力量巨大。从这个循环体系中射出的子弹连续不断,密集而准确。

李家寨寨内轰响成片,硝烟四起,成了一场近距离的炮火轰击的焦点。火光中,寨内日本兵尸体横飞死伤惨重,瓦砾四溅屋梁倒塌,众多日伪兵号叫着乱躲乱窜。一间冒烟的屋檐下站着灰头土脸的松井中佐,松井挥舞着军刀瞪着通红的眼睛咆哮着逼着日伪兵往寨墙上冲。日伪兵们不得不冒着生命危险号叫着冲向寨墙,随之就被炸死、炸伤而倒在寨墙阶梯上。松井挥舞着军刀贴着寨墙墙壁赶着日本兵往上冲,一声轰响后一片炸飞的泥土落下来,恰好砸在松井身上。松井抖去头上身上的泥土,呜呀呀地骂着日本话。

当寨子里爆炸声响成一片时,当寨内的日伪军张皇失措不知所以然时,寨外的别古来部下忽然一个个从地上跃起,猫着腰一个接一个地快速向东蹿去,刚才的这片地上的人转眼间消失得无影无踪了。爆炸声、枪声、号叫声突然间戛然而止,只有火在静静地燃烧,黑烟在静静地冒,连躺在地上的日伪军伤员也停止了哀号。松井疑惑地举着军刀侧耳聆听,日伪军看着松井的军刀面面相觑。

李家寨以东终于获得了安宁,然而寨子西边的地上却悄悄出现了许多身影。身影迅速接近了寨墙,像寨东的那些人一样,接二连三地出现在寨墙下的沟边上。随之,手榴弹、步枪、短枪的循环体系又在寨子以西循环起来。第一批十多人扔完手榴弹撤回来举枪射击;第二批十多人接着又上前连续扔手榴弹然后撤回举枪射击;第三批……爆炸声枪声再次剧烈地响成一片。

西寨墙又一次惨遭攻击,日兵死伤惨重。松井号叫着命令所有的日伪兵舍下东面增援西面,日伪兵的机枪对着寨外疯狂扫射。寨子以西的地上田里河沟落下雨点般的炮弹、子弹。地上泥土飞溅,庄稼打碎,树木折断,硝烟处处……然而竟听不到对方还击了。

像刚才袭击寨子东边的情况一样,这些人发泄够了,立即消失得无影无踪。松井举起东洋刀下令停止射击。李家寨一瞬间万籁俱寂,火光静静地燃烧着，日伪兵尸体横七竖八静静地躺着，房檐上偶尔掉下一块瓦砾，那声音在寂静中显得很大，很响，并且一直漫延到远方。

松井呆住，所有的日本兵呆住。片刻，松井恼怒地把军刀收进刀鞘，转身大步走去。松井飞快地跑下寨墙，跑下台阶，跑进被炸毁的临时指挥所。松井在指挥所里愣了老半天，才向白沙河的日军指挥部报告这里发生的情况。他命令所有部队仍旧处于作战准备中，自己则挎着战刀，不停脚地在寨墙上转了半夜。

白沙河日军指挥所内灯火通明，桌子上放着展开的地图。滕野和另外几个日本军官在商讨着什么。白沙河以南忽然传来的枪声和手榴弹爆炸声 越来越激烈，滕野终于沉不住气了，他和几个军官忽地站起身，不约而同地朝外边跑去。

滕野等人站在指挥所前。在他们的正南方的李家寨，传来枪声和手榴弹的爆炸声。副官从指挥所内跑出来，说松井要向他汇报李家寨被袭经过。滕野快步回到指挥所，桌上的报话机呜呜响起。报话机里传出松井的声音：将军阁下，我们李家寨遭受了八路军大部队的攻击。

滕野慢慢走过来，接过报话机：我是滕野，中佐请讲。

松井：报告将军阁下，我们李家寨遭到了身份不明部队的袭击。

滕野身子一震瞪起了眼睛：什么，你说什么？身份不明的部队？

松井：但可以肯定的是，这是八路军的大部队。

滕野：中佐，说是八路军大部队，你有什么根据？

松井：八路军从李家寨东、西两侧发起攻击，要不是大部队，怎会有这么大的兵力。况且，枪炮火力之猛烈也是白沙河战事开始以来所罕见的。

滕野：既然是八路军的大部队，他们为何不攻入寨内？

松井：将军阁下，我分析这是八路军大部队的前锋部队，之所以没有一鼓作气攻入寨子里，是怕皇军从外边来个反包围。因为他们知道皇军的大部队已经返回白河镇战场。您是知道的，八路军向来用兵谨慎。

滕野面部抽搐着：嗯？他们有多少人？什么装备？穿什么样的服装？

松井：天太黑，看不清，再说战斗那么激烈，我们也顾不上看。

滕野：我军伤亡怎么样？你们……什么？什么？你说什么？

滕野的脸色紧张，大张着嘴听着对方说话。

滕野眼睛瞪得大大的，紧攥话筒的手在哆嗦。

滕野放下话筒：八嘎！

滕野一屁股坐在椅子上：李家寨子的皇军损失竟然如此严重！

滕野两眼发直地盯着地上，几个日军军官面面相觑。

滕野狠狠地往报话机上一拍：到底是谁?!

几个日军官被滕野吓得一哆嗦。

滕野听说李家寨遭到身份不明的部队的进攻，心里着实吃了一惊。他琢磨，是那位"橡皮将军"和自己摽上了。他吃惊于对方何以来得如此之快，这不，自己一口气没喘完，他就已经杀上门来。而且仍旧按次序，还是先打李家寨……他受了侮辱，他受了愚弄，他像被对方当众扇了耳刮子又遭耍笑。他无论如何咽不下这口气，他认定那位八路军的年轻司令又回到了大碱洼，又开始忽闪着一双聪慧睿智的眼睛运筹谋划，指挥部下激惹他，对付他，戏弄他。他忖度再三，给师团长发了电报，要求放弃围攻白河镇，亲率大军全力进剿大碱洼。

李家寨被袭击后的寨墙上仍有燃烧的余火，但寨墙上静悄悄的。有日本兵在站岗、收拾残局、抬尸体。火光照映着呆站着的松井，他一手背在身后，一手握着刀柄直挺挺地站立，脸上、军装上浮着灰尘，神情疑惑不解、恼怒而沮丧。

此时，白沙河日军指挥部里，滕野也在背着手围着桌子踱步。他时而看着桌上的地图，时而用一只手摁着自己的额头。身边的几个日军军官立正站直，眼光随着滕野的身影来回移动。滕野停下脚步，一转身两手杵在桌子边上，眼睛盯着地图：李家寨李家寨，袭击李家寨的一定是他，他早就扬言要与我军较量到底！

滕野猛地抬起头：他现在又回到了大碱洼，他就在大碱洼！他跟我玩儿起了耍猴儿战，他想戏弄我！

就在这时，电报员起身敬礼：报告将军阁下，师团长的复电。

滕野：念！

电报员：战局需要，速南撤。

滕野：继续念！

电报员：没有了。

滕野：没有了？

电报员挺直身子站着：是的将军阁下，没有下文了。

滕野惊讶地瞪眼：没有了，没有了……

滕野接过电报仔细看了一遍。

滕野抬起头表情如堕五里雾般迷惑。

438

滕野跌坐在椅子里。

李家寨寨内停放着几辆汽车，滕野站在西寨墙上。滕野脸上浮现着难以掩饰的恼怒和沮丧，长谷川、龟田、鸠山、松井及随从人等站在滕野身后。寨墙以西的大路上，一队队日军人马在行走着。军马拉着山炮在前进，日本兵列队背枪行走在军马炮车的周围。滕野遥望正西大碱洼方向，脸上浮现出一种莫名的怅惘。他率兵来此的目的是摧毁八路军的军分区首脑机关，捣毁八路军的兵工厂。他本以为会马到成功，岂料半路上杀出个年轻的八路军军分区司令，使他首尾难顾，疲于奔命，损兵折将。现在回想起来，似乎这期间攻打白河镇无关紧要，对付大碱洼的八路军武装倒成为目的了。滕野望着根本望不到的大碱洼，心情很矛盾，回忆起这些天来与之较量的那位年轻的八路军将领，他忽然产生了一种奇怪的想法——恨他、怕他又想见到他。

龟田走上来：将军阁下，请您上车离开吧。

滕野点点头。

滕野转身走下寨墙时，又回头望望大碱洼方向。

滕野脸上浮现出恋恋不舍的神色。

18

白沙河大桥以东的河堤上，夜色遮掩中有几个人俯卧着向远处观察。这几个人悄悄耳语、指点、比画，似乎在商议什么。白沙河河堤、桥头、主要路口上日本兵小队在巡逻，桥头上日本兵在站岗，机枪手在严阵以待。主要路口日本兵三步一岗五步一哨，大路上，日军的骑兵在往来奔驰……

几个人看了好久好久，这才悄悄地下了河堤向西而去。

这几个人是袁虎派来的侦察员，他们赶回大碱洼后，径直去了指挥部。

指挥部里点着油灯，袁虎等几个人正在灯下看着地图，两个战士走进来向他报告侦察情况。袁虎直起身子问战士：快说说，情况怎么样？

侦察员说：滕野并没放弃对白河镇的进攻。他调用了三分之二的兵力驻守在白沙河岸和五羊河岸。据我们侦察，滕野不光火力强，人数多，为了增强兵力还调集了一批伪军。两条河河堤上日兵三步一岗五步一哨把守严密，还有小部队不间断地巡逻。桥头、主要路口都架着重机枪。

袁虎和马立田交换了一下眼神：哦？

袁虎说：这个滕野，他孤注一掷了啊。马叔，白河镇里我军人数少武器弱，又缺少炮火的支援，这下可危险了。既然仗打到这份儿上，干脆也来个一锤子买卖吧。

马立田：是的，为保存实力，我军白天绝对不能在敌人的枪口准星下硬拼死打，只能在夜间行动。

袁虎：说得对，我们就是精通夜行术的大侠，让鬼子神不知鬼不觉地在夜间见鬼去。来，咱们研究一下作战方案，再给这个滕野"重重茬"。

袁虎、马立田几个人围在桌前讨论着，商议着，但总觉得其中有些地方不妥。这不妥的原因又说不明道不清，最后研究决定，重新派出两个小组再次到白沙河堤上进行侦察。

夜色笼罩着河堤，河堤上一片寂静，袁虎新派来的两个侦察小组来在河堤上。黑暗中时而疾跑，一个小组的几个人时而卧倒，时而猫着腰向前蹿，时而跃上土坡。另外一个小组的几个人也在另一面河堤疾跑、前行、跳跃。这些人离河堤越来越近，在河堤十几米的地方观察河堤上的动静。

河堤上空无一人，静悄悄的。

桥头上空无一人，静悄悄的。

通向河堤的主要路口空无一人，静悄悄的。

这些人朝南边远处张望，夜茫茫一片，什么也看不到。

在河堤下伏卧的这些人一个一个跃起，他们弓着腰小心翼翼地再接近河堤。有人往河堤上投掷坷垃，除了坷垃落地的声音，河堤上还是静悄悄的。这些人慢慢地登上了河堤，越来越多的人登上了河堤。人们先是小心翼翼地搜查着，渐渐地放松下来。有人在骂：他妈个腔的，怎么悄无声地逃走了！

河堤桥头、路口——又有几个人在查看着现场。遍地是空罐头盒、废纸、破袜子、空瓶子等日军用的生活垃圾。有人在断言：看来兔崽子们真是溜了，溜得够急够快，竟然丢下这么多东西。

有人说：不知道鬼子是撤退了还是玩儿的什么鬼花样儿，咱们必须马上回去报告情况。相信袁团长听了咱们汇报的情况后，能及时做出正确判断。

两个小组合在一起，迅速走下河堤。

白河镇东岳军分区司令部里，江震、李政委、林参谋长在听陆彪的汇报。

陆彪：据侦察员报告，敌阵地前沿空无一人，只剩了一些军用垃圾。

江震：鬼子溜了还是在耍诡计？

陆彪：我也是怀疑，就派出小分队，可小分队搜遍三面河堤，却没有发现一个鬼子影，只有些破帐篷、破枪支和灰烬烂纸罐头盒。是敌人撤退了还是玩儿的鬼花样儿？小分队唯恐有诈，不敢远行也不敢久待，就匆匆赶回镇内来了。我不敢断定敌情，特地赶来向首长当面汇报。

林参谋长：自从日军调走大量兵力对付我们的外围武装后，我们与日军在白沙河的位置就与以往完全颠倒了。他们又要攻击，又要防备八路军反击，形势明显的力竭难支了。我想，今晚敌人是因故撤退了，而不是玩弄诡计。

李政委：日军虽然兵力弱了，但占据着白沙河岸与五羊河岸。我们缺少炮火支援，为保存实力，我们不妨试探一下。

江震：对，陆彪，以两个营，兵分四面，同时朝四个方向发动强攻性侦察。

陆彪站起身：是。

陆彪走出指挥所。

陆彪离开后，江震等人一直在分区司令部坐等前沿消息。不一会儿，白河镇四周响起激烈的枪声。江震看看表，已经过了半个多小时。电话铃响了，江震拿起听筒：喂，是陆彪吗，什么？部队分别占领了三面的河堤和东边沼泽的边缘地带。哦，没有发现敌人的踪迹。好的，好的，让部队撤回到镇内休息。

江震放下电话：现在确信，围镇的敌人真的撤走了。

几个人同时长长地松了口气。

第二天上午，在阳光照耀下的白沙河一带，河堤上杨树迎风摇曳，河堤两边绿油油的庄稼也直起了腰。一队队八路军部队分几路行进在白沙河河岸上，有的在搜索，有的在唱歌，有人在快乐地说着笑话。太阳照着整个大地，树上的鸟儿也终于开始鸣叫了。有人手里拿着土块笑着对准树上的小鸟，有人"嘘"了一声制止住他。瓦蓝瓦蓝的天空上飘着棉絮样的白云，小鸟儿扑棱棱飞走了。

太阳越升越高，大地金灿灿的。连日经受战火之苦的人们，从身上从心底伴随着太阳的升高生发出说不尽的轻松和愉悦。他们像一匹匹负载过重而又远途跋涉的马，突然卸去了身上的沉重负担，就又感到空荡荡轻飘飘的。于是，就想跑，想跳，想撒欢儿了。今天，周围的一切都变得那么清，那么亮，连空气也明显比以往清爽水灵了。鸟儿从树上飞起来后在空中飞着，叫着，似有许多的思念离别之苦找人诉说。风儿轻轻地刮起来，一直刮到人们那被枪炮声震扰了多日的耳朵里，就好像三四岁的小姑娘要和你说点什么悄悄话儿。

——清平日月来到，大地好快活！

就在当天上午，东岳军分区司令部召开了白河镇保卫战总结会议。江震在会上说：经与上级联系得知，因为日军在太平洋战场上失利，所以才悄悄地从我们这里撤军。白河镇之所以没有遭受重大损失，兵工厂之所以能够保存下来，就在于我们外围有一支与敌血战十数日的生力军。自从那次敌人阵地遭到夜袭以后，围困白河镇的日军就兵力骤减，这儿的局势立见缓和。可是，直到目前，我们仍然不知道这支队伍的详细情况。开始还以为是我主力部队为救白河镇之危，派出机动力量牵制敌人。担任机动任务的小部队战斗力极强，行动也极为迅猛快捷，所以最容易激怒敌人，迷惑敌人，把敌人的兵力给引到别处去。因为是小部队，就没有电报收发机之类的通信工具。打起仗来，相互间的联络只能靠人的双腿。他们进不来，我们出不去。可现在证实，主力部队并没有抽调兵力支援我们。

之后几天，东南、西南不断传来激烈的枪炮声，听起来很有些大部队作战的势头。我们的电讯兵向所有能接上头的部队联络，可联络的结果，无论哪个部队都不曾并且也难以抽出力量来援助我们。说是地方游击队吧，这不可能。且不说打这一连串的巧仗、恶仗办不到，只那发动攻击时所用的轻重武器，在一般地方部队里也不多。为了解开这个谜，我们派了侦察小分队夜间摸出去侦察，这才听说有位姓袁的团长，率领部队在这一带和鬼子接连打了几次恶仗。我们于是认定，这是军分区在战前刚任命的二十四团的那位团长干的。现在可以肯定，绝对不是，因为已经证实，袁世伦的二十四团在日军进入白沙河地区之初就叛变了，那么，会是哪里的部队呢？

一位作战参谋走进会议室，作战参谋在林参谋长耳边低语了几句后取出一封信交给林参谋长。林参谋长接过信看了一眼：江司令，你的信。

林参谋长起身把信送到江震手里，压低声音说：是马书记的信。江震拆开信看，江震脸上的表情复杂多变，江震一扬手里的信：真相大白，天啊，竟然是他！

众人的眼光同时盯向江震手里那封信，江震把信递给林参谋长。

林参谋长看了一遍信的内容。

林参谋长眼里泛起了泪花：真想不到啊！

林参谋长：情况是这样，白河镇被围前两个月，分区司令部把屡升屡降的袁虎调到军分区直属特务连任副排长。白河镇被困，形势危急。军分区司令部指望新建二十四团能在外围把敌人的兵力牵制一下。可二十四团远在几十里外的袁家寨，而镇子遭困，道路被封锁，别说去传令送信儿，就是单从日军枪口下冲过白沙河，也是九死一生。派谁去呢？司令部选中了他。他带领四名战士铁骑斫阵……

江震：世上所发生的事虽说都是有其必然性，但大多都是由于"凑巧"造成的。凑巧大碱洼里有这么一些在敌人"铁臂合围"中冲出来的八路军；凑巧袁虎和那新任团长是同姓。他无意占据这领导者的位子，而这些人偏巧又拥戴他。于是，他干脆以假充真，当仁不让地成了这伙人中的首长。这情况，袁虎本想打完仗分手时再告诉大家，后来遇到边区特委的领导人，觉着共产党无论如何是不该糊弄的。于是，这位边区领导人第一个了解了真情，并以边区特委的名义原则上认可了。他以奇制胜，以少胜多。大周旋伴以大进大撤。短短十余天转战数百里，把两千多日军拖散了，拖垮了，拖怕了，拖糊涂了。他不是正式委任的团长，但他在这段时间内所起的作用，远比一个团长大得多。同志们，对这样一个人，应该怎么评价呢？

李政委：这么说，二十四团实际上是不存在的？

林参谋长：二十四团的番号不能取消，那么这团长人选……

李政委打着手势，声调干脆果断：就是他嘛！这样的同志不用，还用什么样的？我们今后在干部问题上再也不能墨守成规，必须量材而用。

江震点点头，绷紧了嘴唇不再说话。

李政委：今天的会暂时开到这里，各团营回去后好好总结这次战斗的失误和收获。明天或者后天，我们要召开一个排以上干部会议，让袁虎同志讲讲这次与敌血战的经历，大家说行吗？

会议室里掌声如雷。

江震：今天到此为止，散会。

干部们陆续走出会议室。

江震：老李，老林，马书记说袁虎仍在大碱洼，咱们是不是去看看？

李政委：完全应该。

林参谋长转身向着门外：警卫员，备马！

接近正午，江震、李政委、林参谋长骑着马，在警卫排的陪同下过了大沙河。

十几匹战马驰过白沙河大桥，大桥下的路上撩起片片尘土。十几骑南行数里，顺着东去的小路，径直奔向大碱洼。

沿途是日军进攻大碱洼时留下的斑斑痕迹——毁掉的树木，踏倒的庄稼……江震叹口气：这次白沙河保卫战虽然取得了胜利，但老百姓付出的代价太大了。

李政委说：过些日子，我们动员干部战士开展一次助农收获活动，尽量减少当地百姓遭受的损失吧。林参谋长：看来也只能这样补救了。

日军师团长办公室里，师团长和滕野少将进行个别谈话。滕野换了身笔挺的黄呢将军服，显得愈加气宇轩昂，英姿勃发。滕野坐在一张宽大的办公桌旁，日军师团长朝滕野点点头：少将，你可以开始汇报了。

滕野立起身行个军礼又坐下。滕野用驯顺、流利而又高低适中的音调，汇报着自己如何带兵浴血白沙河。滕野全身只有嘴动、眼动，口气庄重而矜持，听不出胜利者的自负，也看不出失败者的沮丧。

师团长看看滕野：滕野君，那名八路军年轻分区司令员与你相比怎么样？

滕野嘘了口气：这是我入华以来遇到的最难对付的一个。这个人，太可怕了！

师团长从眼镜边上瞄了他一下，口气慢悠悠地问他是不是已经把这股八路部队消灭了，滕野尴尬了半天：不，只能算作击溃。

师团长追问是不是溃仍成军，滕野思考片刻：是的。

师团长口气淡淡，说：那只能算作击退。滕野一时怔住了。对呀，我只是以优势兵力把他击退了，怎么就没想到这个简单的道理呢？师团长用手指轻轻敲着桌子，桌面上发出节奏分明的嗒嗒声，就像报务员在专心发送电报。滕野的脸色随着师团长敲击桌面的声音不断变化。

师团长忽然停止敲击桌面：那么，请问这个人和他的部队如今在哪里？

滕野：大碱洼。

师团长阴阴一笑，说：一位八路军的分区司令员，如今还在大碱洼？滕野说：这可以肯定。师团长说：你相信那真是八路军的分区司令员？滕野站起身：没错，我已经在八路军俘虏那里得到准确消息，并且实战中也证明没错。因为，八路军内一般的军事长官没有如此高超的指挥才能。

师团长收敛了笑容，音调也变得滞涩：年轻人，你是不是太自信了？

滕野挺挺胸膛：这，我想还是有把握。

师团长望了他一下，摇摇头。迟疑了一下伸手按了一下旁边的电钮。

屋门开了，特高课长山崎慢慢走进来。

山崎是个从身材到相貌都像中国人的日本人。山崎在大多数场合里说中国话，他看上去只有三十几岁，实际上已经五十开外了。山崎不会带兵打仗，只懂搞情报，搞阴谋。他搞阴谋弄情报的手段，在华北驻屯军中是数一数二的。

山崎手里拿着一份材料走到师团长跟前，说话的口气从容不迫，听上去似乎漫不经心：报告两位将军阁下，在白沙河一战中和皇军周旋数日，并把皇军的兵力耗掉将近三分之一的那个中国军人，不是那个赫赫有名的八路军年轻将领，而是一个屡立战功屡遭撤职又屡被任用的八路军副排长。这位副排长将错就错地被一些八路散兵拥戴为"司令"，组成了所谓的"混成团队"。这支"团队"共有三百一十六人，分别来自冀鲁豫边区。

滕野的自尊心受到极大伤害，但神态仍旧很平静：这不可能！

山崎声调平稳：情况绝对准确。这是来自八路军内部的情报，与我们所掌握的白河镇内有八路军兵工厂的情况同样可靠。

滕野仍旧重复着：这不可能！

山崎的脸孔没有表情，滕野的自信心已经开始动摇。山崎说：将军请相信我们的工作。山崎说着把手里的那份战报放到滕野面前。山崎指着一则消息的第一行给滕野看：八路军某分区司令员，率部在冀中某地与皇军激战半个月……

师团长歪头看着滕野：这是皇军的内部战况通报，没什么可怀疑的。

滕野不再说话，他的眼光渐渐迷乱了。

师团长：一个军阶不小的日本少将，蒙头蒙脑地跟一个比士兵稍稍大一点儿的八路军副排长打了场亡命仗，且机关算尽，终也没有制服人家，滕野君，你不认为这是在开历史玩笑吗？

滕野望望师团长，见师团长正低头看桌上的一本小册子。滕野瞧瞧山崎，山崎正不阴不阳地瞅他。滕野觉得自己受了奇耻大辱。他慢慢转过身，吃力地抽出战刀，茫然地想着什么。山崎见状，一动不动。师团长：滕野君要剖腹自杀？

滕野摇摇头，他把左手放到桌角上，右手奋力挥刀。刀光闪烁紧跟着是血光迸射，咔嚓声伴随着滕野的吼叫，滕野少将的三个指头和桌角同时齐刷刷地斩下来。桌角、手指连同那把战刀先后掉在地上。滕野踉跄几步又立住，他脸色苍白，口唇哆嗦，但声调渐渐平稳：请相信，我一定会打败他。

师团长点点头。

滕野：我早晚得打败他！

师团长面色忽变，目光疑惑，口气仍旧不紧不慢：滕野君，这个"他"是谁？是八路军的那位某分区司令员，还是这个八路军的副排长呢？

滕野脸色煞白，目光散乱。

山崎木然地将滕野扶了出去。

师团长却一直闷闷地在办公室里坐着，不动，也不说话。许久许久，身子才俯向前去，右小臂同时竖起，就势用手掌把额头托住了。他在想，一个小小的八路军副排长就有勇气有能力带领散兵和日军的一个联队战斗，并且把这个联队拖得半死不活，那么，这场战争继续打下去，后果会怎么样呢？

今天上午的碱洼村里，胜利的欢呼和此伏彼起的号啕大哭交相混杂。蓦然间，欢呼声渐小渐消，痛哭声却渐多渐大。

一座座新坟，一块块墓碑，一群群在坟前碑前号哭的乡亲。

有的哭那刚刚入土的亲人，有的哭悼作为以往欠缺的弥补；有的老乡这次跟随部队遗尸在外，人们就组织起来分头去找。找到找不到尚在两可，家中人已感到再无指望，哭声就更加悲切。

马立田在村内走来串去，不停地走到某处某户安慰战死者的家属。马立田又走到坟地里劝慰正在哭悼亡人的妻子、弟弟或父母。马立田双眼痛红，脸上布满泪痕，显得又黑又瘦，几乎不是原来那个人了。

村里的哭声震撼了天地，震撼了大碱洼。碱洼里的荆丛蓬棵受了悲伤气氛的感染，也变得垂下头来。南风刮来，荆丛蓬棵发出怪异的响动，似乎也在陪着人们哭泣呜咽。

村外土屋前，袁虎神情异样地来回走着，他时停时动，似乎有什么话要说，有什么事要做。村中连绵不断的哭声让他变得焦躁。村外活下来的同志对阵亡战友的哭悼让他胸中郁塞。袁虎仰天大叫：刘成，志德，教头爷爷，我的战友们，我亲爱的弟兄，你们为何牺牲，为何牺牲啊！

刘冬武从远处走过来：袁团长、志德、刘成……

袁虎尚未开口回答，冬武却已经号啕大哭了。

袁虎绷着嘴唇：这是谁的罪过？

刘冬武停止痛哭擦擦眼泪：当然是小日本！

袁虎问是谁把小日本引来这里的。刘冬武怔了一下，没回答。

袁虎走去拽住冬武的衣领子：你说，你说，谁把敌人引到大碱洼来的！

刘冬武禁不得袁虎力大，脖子给勒得喘气困难。一旁的战士们见了，赶紧上来解劝。袁虎松开冬武，一下子坐在地上哭起来：再明白不过，是那个兵痞赖八！

刘冬武缓过气来，走到袁虎跟前劝慰。

袁虎止住哭声：试想，若非赖八撺掇袭击那个小村庄，若非他说这里有那位八路军的年轻司令员，滕野能兵进大碱洼吗？能接连紧追不舍吗？能……

袁虎腾地站起来，两腿扎桩一样立在那里，双目如锥，死死瞄着远处那个又换了八路服装的赖八。袁虎右手握住了腰中的枪柄，口中"咝咝"地吐着气。刘冬武一把抱住袁虎，袁虎双臂一振，刘冬武给甩了出去。

冬武爬起身：同志们快来啊！

战士们从各处跑过来。

刘冬武：快，夺下团长的枪，他要杀赖八。

战士们一拥而上。袁虎运力，战士们一个接一个地给甩出去。

大个子邹威跑过来，双手抱紧袁虎的腰。刘冬武摁住袁虎的手腕，两名战士从袁虎手里将枪抠出去。袁虎顿足大叫：不能饶了赖八！

刘冬武、邹威：不饶他，团长你放心，保证不饶他。

赖八听到同志们大声喊出这话，一下子瘫坐在远处。

江司令和李政委他们在土屋前二百米处下了马，见远处土屋的屋门口有些战士进进出出，江震等径直走过去。

三位首长走到门口往里看，屋内一个奇特的景象把他们惊得瞠目结舌——屋内正面土台上立着块木板，木板上写着"为死难烈士和本地乡亲举哀"。

木板前放个茶缸，茶缸里插有几支芭兰香，香气与烟雾缭绕，屋内俨然一个临时办成的灵堂。土台下放了两块砖，砖上搁着一双鞋，有个人脱得赤条条地跪在砖上。战士们相跟着走进去，朝"灵牌"躬身施礼后，又摸起那双鞋冲跪拜人的光屁股狠抽两下。

江震：这光屁股的是谁？这是怎么回事？

一战士报告，这光屁股的战士叫赖八，因为不照命令行事，瞎闯蛮干，引来敌人，以致大部分同志牺牲，大批本地乡亲遭祸被杀。袁团长因此责令他跪地请罪，赤身受罚，以祭牺牲者。

江震：古有"负荆请罪"，那是自愿的；今有"光腚受罚"，却是被迫的。奇哉怪哉，真是闻所未闻啊。

李政委走过来：这是谁的主意？

战士说：当然是袁团长。

林参谋长：胡闹！乱弹琴。

李政委：这种非中国非外国的祭奠办法，亏他袁虎想得出来呢！

江震叹口气，摇摇头：赶快把这样的祭奠撤了。

邹威迎上来，朝江司令一拧脖子：不行！

警卫员：这是分区江司令。

邹威翻眼朝天看：司令？司令顶个屁，他没领我们打仗，我们只认得袁团长。

江震啼笑皆非，要在以往有人这么冲撞他，不管是哪个部队的，他也非叫警卫员先把他拧起来不可。然而今天，在这里，在这种情况下，战士的心情他得理解，战士的冲动更得谅解。他自己毕竟打了无数次类似的恶仗，心理上也受过失去战友的创伤。他毕竟也当过普通战士啊！没办法，看来只有去找"袁团长"了。

江震扭过头：袁虎，袁虎呢？

没有人接话，也没有人回答。

江震等分区领导只好走出屋。

江震等人站在土屋前，村内村外的哭声不断传来，江震等心中焦躁又难过。

东北方的村口传来马蹄声，江震等抬眼望去，是马立田骑马急匆匆地赶来了。马立田来到近前跳下马，和三位分区领导人先后握手问候。马立田请各位进村，江震朝屋门口觑觑脸，只见大个子邹威在门口掐腰立着。

江震：我们几个让这小子将了军了。

马立田走到屋门口，望见屋内的"灵堂"。马立田朝邹威笑笑：哦，瞧我这记性，袁团长说祭奠结束，吩咐撤了灵堂。大伙去休息吧。

邹威：袁团长他说了？

马立田：我能骗你们吗？

邹威：既然团长发了话，咱们撤。

邹威说着返回到屋里。

江震尴尬地摇摇头：瞧瞧，副排长的权威比我分区司令员还大呢。

马立田拉着三位军区领导人返身朝村里走去。

19

江震等人骑马向村内走去，江震问：老马，袁虎是说那话了吗？

马立田眨眨眼：我说他说了，他就是说了。

江震颔首，说：听你口气，挺有把握，真是卤水点豆腐一物降一物。马立田说：降住袁虎可不是容易事，是他敬我，遇事不好意思拧我。江震说：你和袁虎的关系我了解，我也就不多话了，袁虎现在哪里？

李政委：我们这次来，有重要事情找他呢。

马立田说：袁虎在村里。江震问袁虎在干什么，马立田说：自从上午送走别司令，他心绪一直不好。江震：别司令？

马立田说：就是当年高军长的卫队长嘛，你忘了？江震说，记得记得，和袁虎一样，也是个专门生事的家伙。他俩一直在一起？马立田说：近几天在一起，从马陵道回来后就分手了。江震：别古来去了哪里？

马立田说：几天前的夜里他带领自己的人马把李家寨搅了个稀巴烂，当天夜里又到碱洼村来找袁虎。他们俩人在一块儿说新叙旧一两天，今天早晨把俘获日军的大洋马留下又带着他的人走了。江震：该留住他。这样一个人，该留住他。

马立田点点头：论抗日，这人真没说的。那天要不是他带人接应，我们恐怕得陷在了大鹏庄。人是真不错，可惜……

江震：哎呀，老马怎么不和袁虎好好谈谈，让袁虎留住他。

李政委叹口气：老江，事情不是想象的这么简单啊！

一行人走到村东头，忽见不远处有个人急匆匆地往这里跑。马立田定睛看时，说：是刘冬武，冀中根据地的，也是我们这支队伍的支队长。看他那急匆匆的样子，肯定是村里出了要紧事了。

刘冬武来到几人面前，江震等连忙下马。马立田迎上几步：冬武同志，你的情况我刚才已和军分区的各位领导说了，来，我给你介绍一下。

江震说：不必了，我叫江震，分区司令员。这是李政委，这是林参谋长。

刘冬武行了个军礼，江震三人分别跟刘冬武握手。江震紧握着刘冬武的手说：刘冬武同志，我代表东岳军分区谢谢你和冀中的指战员。你们辛苦了！

刘冬武：谢谢首长，首长辛苦！

马立田说：冬武啊，你急匆匆地跑来干吗？刘冬武"哦"一声：是这样马书记，袁虎骑马跑往村南，把捉住的那个汉奸翻译也夹到马上带走了。我知道我们都劝不住他，所以只好来找你了。

马立田问他把个汉奸带到村南干什么，刘冬武说：我们也觉得蹊跷啊。马立田说：咱们快走，快去看看，翻译官是俘虏，千万别又弄出什么意外来。

几个人翻身上马，直朝村内驰去。

村东南角的一棵树下，袁虎把汉奸翻译官用绳子捆好。翻译官向袁虎哀告：八路长官，您饶了我吧，我也是为了混碗饭吃呀。

袁虎说：你带着鬼子在村子里杀了我那么多乡亲，打死了这么多八路军

449

战士，也是混饭吃吗？翻译官哭丧着脸：长官，走上了这条道没办法，只好碰命撞了。

袁虎说：好啊，我今天就是让你撞撞大运，死了活该，不死算你命大。翻译官听到这话脸色苍白，浑身哆嗦：长官，你，你想干什么？

袁虎瞪他一眼：不许问，过一会儿你就知道了。

袁虎把捆好的胖翻译高高倒吊在树上，胖翻译不时地发出哀号。袁虎走到胖翻译跟前：小子，你叫唤也没用，还是老老实实碰命撞吧。六十米开外我骑马打枪，打断绳子你倒跌下来戳不死就算你命大。

胖翻译：不不，你还是一枪毙了我吧。

袁虎不语，上马奔向远处，少顷又打马踅回来。

就在袁虎打马返回时，马立田、刘冬武和江震等军分区领导已经来到村东南。拐过一处碱岗，遥见正西一棵树下有个人被倒吊着，一个人骑马刚从那里跑开朝着树下冲来，马立田说：快快，骑马的就是袁虎。

马立田话音刚落，只见袁虎从飞驰的马上转身"叭"地一枪。随着枪声，树上的绳子断了，吊着的人头下脚上戳下来，跌在地上抽动着。

袁虎打马继续前奔，马立田几个人急奔树下。

几个人跑到树下跳下马，一起跑上去看那胖翻译官。这家伙命真大，从几尺高的地方朝下戳，竟还活着。刘冬武：瞧了没，能喘气，能看人，可能还会说话。

马立田说：不可能了，你看脖子戳成了一根单股麻花。胖翻译的嘴冲几个人直吧唧。马立田俯下身问他想说什么，胖翻译斜翻了眼，说话断断续续道：我，以往也这么吊人练过枪。这……是报应啊！

胖翻译嘴里淌出了血，身子抽搐着快要咽气了。江司令指指两名警卫战士：你们把这个半死不活的汉奸抬进村去，看看还能救活不。袁虎呢，袁虎怎么还不回来？

大伙抬头看。远处，袁虎仍在打马前奔，不大会儿就消失在茫茫的碱洼边上隐没了。江震大声呼喊：袁虎，袁虎！

没有回音。

马立田说：可能这些日子他憋闷得难受，遛马去了。我们等等吧，说不定待会儿就回来，咱们进村。

几个人走进村里，村子里很乱，到处是断壁残垣。许多烧焦的木头像黑色巨蛇一样躺在街边上，街面上不时出现一摊摊血污。许多人家传出哭声，江震等人便随时随地进出于各家各户安慰群众。马立田在前，领着几个人朝

450

一座未曾倒塌的拳房走去。他说：老江你们奔波了几十里，好歹先喝碗水呀。

江震等走进拳房，拳房里躺着许多伤员。马立田告诉江震等人，说：这是我们昨天刚从大鹏庄接回来的伤员同志们。刘冬雪在房角处给伤员们擦洗伤口，马立田领着江震等人走过去。刘冬雪站起身。马立田说：这是我们的卫生员，刘冬武同志的妹妹刘冬雪。

江震等人走上来和刘冬雪握手。

江震：谢谢刘冬雪同志，谢谢你为白河镇保卫战做出的贡献。

刘冬雪眼中含泪，只是哽咽说不出话。江震说：林参谋长，请马上安排人将伤员们转移到军分区医院。林参谋长答应着，转身向后边警卫排的人说着什么。马立田说：我们到隔壁小拳房里坐坐吧。

江震等人走进拳房单间，坐在炕上、凳上。有战士端来开水，大碗的开水放在桌上。刘冬武喝了几口水，站在拳房门口一直静静地往南看。马立田问冬武干吗坐立不安的。刘冬武回过头：袁团长怎么还不回来？

马立田：可也是呢，该回来了。

刘冬武走进屋里，仍旧眯起眼睛不时朝门口望。

江震等人一边喝水、一边和马立田谈论着这些天来发生在白河镇以及大碱洼里的战斗情况。几个人同时注意到，和刘冬武交谈时，对方有时所答非所问，有时则支吾着说些无足轻重的话，双眼却一直朝门外望着，像有什么心事似的。

马立田：冬武，你怎么了？

刘冬武凑到马立田跟前，神色有些紧张。马立田问他有什么事，冬武说：马书记，你还记得前天晚上袁团长说过的话吗？马立田的脸变了颜色，他望定了冬武，拍着腿说：糟糕，他肯定是往那里去了。没错！

江震说：你们在议论什么，怎么回事？马立田皱着眉头说了事情的经过。

前天晚上袁虎派出的侦察员于下半夜赶回来报告，说敌人已全部从白河镇周围撤走了。当时袁虎长舒了一口气，半天不再说话。不再说话的袁虎却有失常情地暗暗流泪。男儿有泪不轻弹，如果不是人们常说的乐极生悲，那么他就肯定想起了最最担忧或伤心的事情。果然，袁虎对当时在场的冬武说：这次的仗算是打完了，我要到大鹏庄去看看刘成的坟，哭一场，祭奠一下。那是我的弟弟，我的小弟弟，要不是他抢着机枪硬顶着，咱们一二百人都得埋葬在大沙丘上啊！

袁虎说罢，哽咽着苦着脸站起来，周围的人有的抹泪，有的抓着袁虎的手劝说。刘冬武说：要去我们和你一块儿去。袁虎摇头，说：姜保长等人仍在大鹏庄，我不能丢下不管。

原来，为避战乱，姜保长第二天就把女儿秀娥和她母亲送到小康庄她姥姥家躲着。姜保长让侦察员捎来信息，托袁虎想法把秀娥接到这边来，袁虎一口应承。自己应承的事，就得做到。袁虎请马立田把这期间的情况报告军分区领导，说自己这两天先去大鹏庄或小康庄照应着。

马立田让袁虎沉住气，过三五天再去也不迟，眼下还是一块儿到白河镇去，向军分区领导汇报一下这期间的情况。袁虎说：不行，到了分区江司令会限制我的，趁现在自己说了算，我得赶紧行动……

马立田说：当时我寻思他说说而已，至少得待个三五天。现在瞧这光景，他倒八成是真的去了。江震从炕上跳起来：小康庄离敌占区挺近，是我方和敌方的拉锯地带。他一个人去了，又是白天，一旦碰上大股敌人怎么办？不能去，连大鹏庄也不能让他去。他也太莽撞，太任性了。

江震转向林参谋长：老林，怎么办？

林参谋长：警卫排长！

警卫排长：有！

林参谋长：你率领一个骑兵班，抄近路把袁虎堵回来。

警卫排长：他要不听怎么办？

江震：你就说这是我的死命令！

警卫排长：是！

警卫排长一边往外走一边嘟哝：是得把他堵回来。这小子，那次打完仗后仗着自己力气大，硬是拧着手腕子把人家张连长的金表撸去了，到现在仍旧赖着不还。临来时张连长还特意嘱咐我……

江震、李政委、林参谋长脸上显出一丝苦笑。

安排警卫班去追赶袁虎后，李政委提议研究一下今后一段时间的工作安排。经过短暂商议，决定伤员全部往白河镇分区医院转移，有幸活下来的八路军指战员也到白河镇暂作休息，等战局平稳，各部队有了准确消息再行归队。

意见一致，江震说：那就这么定吧。刘冬武最后提议，说：在马陵村牵引敌人西突的于志德等同志下落不明，是不是也派人去找一下。当时要不是志德同志自告奋勇诱敌误判，我们从马陵村突围就相当难。

马立田：这当然，我已挑选了两名绿林弟兄在做准备。

刘冬武：再挑选两名八路军战士和绿林弟兄一块儿行动。

工作安排就绪，几个人当即返回白河镇。

太阳转向西边，二百几十人的队伍有的步行，有的骑马，井然有序地走出了大碱洼。顺路东去，路旁是稀疏的庄稼。庄稼经受了前几天的枪扫炮轰，如今所剩无几。江震看着庄稼的残痕突发感慨：我简直想象不出，袁虎这样一个年轻人是如何以他的几百人和劣势装备，同一两千凶残强悍的日寇战斗的。日寇的攻击目标是人而不是庄稼，庄稼几乎荡然无存，而他所带领的人马却仍有这么多。要说奇迹，难道这不是中国抗日战争中的奇迹吗？

林参谋长：创造这个奇迹的是他，是袁虎。可是，他又擅自行动了。对于这样一个怪才，一个特殊的双重性格的人，我甚至有些恨铁不成钢了。

李政委：老江啊，等找回袁虎，咱们得好好和他谈谈，这样子下去可是……

江震皱眉：这小子是个将才，可是，可是……

江震摇摇头。

众人抖缰并马。

众人同时朝东南方向望着。

袁虎果然是"千里走单骑"，骑着马直奔大鹏庄。路两边是稀疏的荆丛，路上是高低不平的碱丘。袁虎腰插双枪身背单刀骑在马上，战马时快时慢。袁虎手中的马鞭抽了下马的屁股，战马加快了速度。袁虎抬起头，望见了李家寨以西的那条大路，他又朝马屁股上抽了一鞭，战马咴咴叫着直奔大路。

就在袁虎骑马奔上大路时，碱洼村里十余匹战马也在嘶叫着，蹿跳着。警卫排长跳上战马，战士们也纷纷跳上战马。警卫排长听说袁虎是奔东去的，他熟悉这里的地形，知道袁虎会顺着李家寨西的大路直奔南边的土公路，他们只要过大沙岗往东先行插到那里，就有把握将他截住。

十几匹战马贴着荆丛西边往南奔去。

李家寨的土匪队长王明起和几个土匪悄悄地在沟里卧着。王明起不停地咒骂：他娘的，日本人一走，袁司令在平州享福，我们成了没娘的孩儿了。

一个土匪说：这样更自在，想干什么就干什么。王明起摇摇头：说得倒好，八路重新控制了这一带，容得下咱们这号人吗？

有个土匪提议找准机会吃口大的，然后就转到外地另寻出路。王明起说：这倒是有远见的想法。几个人正在想入非非，担任望风的土匪说：王队长你瞧，有个骑马的过来了。王明起探出头，几个土匪探出头。王明起说：别急，等他靠近了涌上去，劫他的钱，抢他的马。望风的土匪说：队长，是个八路军。王明起：那更好了，一定是出去送信的骑兵，抢下他的马，劫下他的枪。一支短枪弄到南边去值五六百大洋，这匹马更值钱，少说也得千八。

眼看着骑马的人越来越近，土匪们开始做着准备。

几个土匪先后亮出了枪。

大路上，袁虎继续策马向前。太阳高照，南风扑面，袁虎把帽子向后推了推，放慢了马的速度。马蹄嘚嘚，马儿迈着碎步朝前跑着，一只受惊的兔子从路边跑起来。袁虎的目光跟着兔子伸向远方，只见兔子跑到西边水沟岸边趔了个弯，飞也似的跑向东南。袁虎隐约看到，远处水沟边上有两三个人头闪了闪又不见了。

袁虎拔出枪来，推弹上膛：小毛贼，竟敢算计我，真他妈错翻了眼皮了！

袁虎双脚一踹马镫，马儿欢跳着加快了速度。

西南方的水沟里跃出几个人来，几个人手里都举着匣枪。几个土匪越来越近，袁虎只顾策马向前，似乎并没注意到面临危险。领头的土匪朝袁虎开了一枪，袁虎打个怔从马上跌下来。袁虎单臂勒嚼，顺手将马缰套在马腿上。

马儿受惊欲跑，被缰绳绊住了腿。几个土匪欢叫着奔向战马，袁虎忽地从地上跃起，他双枪齐发，王明起和一个土匪当即中弹倒下。其他土匪吓得转身就逃：妈呀，怎么碰上他了，快逃命啊！我们这些不长眼的，怎么就没看出是袁老虎呢！

又有两个土匪被袁虎打死，剩下两个拼命蹿进水沟里。

袁虎抽掉羁绊翻身上马。吹了下枪口上的烟：哼！还反了你们这些毛贼了呢！

马儿一阵狂奔。

天上——白云舒卷，似绵似绒悄悄地移动着。

远天深处，一只雄鹰在展翅翱翔……

地上——袁虎骑在马上，他双手抡枪，单刀柄在背后一耸一耸的。

马蹄刨起的尘土像烟雾一样被南风刮向北去。

图书在版编目(CIP)数据

呼啸 / 杨英国著. — 北京：中国文史出版社，
2020.1

（中国专业作家小说典藏文库·杨英国卷）

ISBN 978 - 7 - 5205 - 1287 - 9

Ⅰ. ①呼… Ⅱ. ①杨… Ⅲ. ①长篇小说 - 中国 - 当代

Ⅳ. ①I247.5

中国版本图书馆 CIP 数据核字(2019)第 189560 号

责任编辑：卢祥秋

出版发行：**中国文史出版社**

社　　址：北京市海淀区西八里庄 69 号院　　邮编：100142

电　　话：010 - 81136606　81136602　81136603（发行部）

传　　真：010 - 81136655

印　　装：北京新华印刷有限公司

经　　销：全国新华书店

开　　本：720 × 1020　1/16

印　　张：28.75　　　字数：500 千字

版　　次：2020 年 1 月第 1 版

印　　次：2020 年 1 月第 1 次印刷

定　　价：69.80 元